圣妖

著

你那么甜

[上册]

青岛出版社
QINGDAO PUBLISHING HOUSE

图书在版编目（ＣＩＰ）数据

你那么甜 / 圣妖著.--青岛：青岛出版社，
2019.12
ISBN 978-7-5552-8576-2

Ⅰ．①你… Ⅱ．①圣… Ⅲ．①长篇小说－中国－当代
Ⅳ．①I247.5

中国版本图书馆CIP数据核字(2019)第204272号

书　　　名	你那么甜
著　　　者	圣　妖
出版发行	青岛出版社
社　　　址	青岛市海尔路182号（266061）
本社网址	http://www.qdpub.com
邮购电话	010-85787680-8015　13335059110
	0532-85814750（传真）　0532-68068026
责任编辑	贺　林
特约编辑	孙小淋　李双榆
校　　　对	张静静
装帧设计	千　千
照　　　排	梁　霞
印　　　刷	三河市良远印刷有限公司
出版日期	2019年12月第1版　　2019年12月第1次印刷
开　　　本	32开（880mm×1230mm）
印　　　张	16
字　　　数	350千
书　　　号	ISBN 978-7-5552-8576-2
定　　　价	59.80元（全二册）

编校印装质量、盗版监督服务电话　4006532017　　0532-68068638

建议陈列类别：畅销·青春文学

目 录 [上册]

目录 [下册]

第一章　帅能当饭吃

九月，东城的军训基地。

天气酷热无比，头顶像是顶了个大火球一样，好好的一张张脸都被晒成了黑炭。

施甜从床上跳起来，梦里最后的记忆是教官让她绕场跑十圈，她可是硬生生被吓醒的："几点了，几点了？"

"你可真能睡！都快七点了。"同寝室的一名女生穿着睡衣坐在对面的铁床上。

施甜拿起手机看了眼，疯了，六点四十了："你们都洗过澡了？"

"对啊，你睡得跟一头猪似的，叫都叫不醒。"

施甜赶紧穿上拖鞋，急急忙忙从柜子里拿了换洗的衣服出来："来不及了，我先去洗澡！"

这是军训基地，没有独立卫生间和浴室，从进来的第一天起，教官便三令五申，规定了洗澡的时间，女生是晚上六点到七点，男生是七点十分到八点十分。

谁要是错过了时间，谁就得顶着一身臭汗过夜。

这儿是部队集训的地方，一切都要按照部队的要求来。

施甜拿着脸盆往外冲，蒋思南走到门口，朝外面望了眼："不会出事吧？"

"能出什么事啊？现在都八点多了，男生也都洗完了。谁让她睡得那么死？喊都喊不醒。不出两分钟她就要回来了，到时候我们把她丢出去，臭死了。"

"好啊好啊。"蒋思南笑着将门关上了。

施甜抱着盆一路狂奔，只有十几分钟的时间，她准备狂野一把，随便冲冲就拉倒了。

另一栋楼上住满了男生，二、三楼的阳台上站了不少人，有人看到大步经过的施甜，开口喊了声："嘿，同学。"

施甜这会儿没空搭理他们，她走到门口时，听到头顶传来一串口哨声。施甜蹙起眉头，完全没想到这口哨声背后还有什么深意。她抬头看向楼上的男生，谁怕谁啊？她好看的嘴唇轻抿，吹出一阵响亮的声响。

二楼的男生探出上半身，一张脸写满张扬的笑："这位女同学，你牛，你特别牛。"

原本浴室门口都会有教官站着，今天却连个人影子都没有。这是看他们都老老实实的，所以放松警惕了吧？

施甜来不及细想，推门走进去，有明显的水声传到耳朵里。真好，看来还有人跟她一样，踩着最后的时间过来洗澡啊。

她将脸盆放在地上，急急忙忙撕扯着身上快要馊掉的迷彩服："同学，朋友，你洗慢点啊，等等我。"

水声骤然停了，施甜将外套丢到盆里，她的军训服不合身，腰围大出了不少，所以只能用皮带拴着。她这会儿一边解着皮带，一边冲里头喊道："同学，你倒是再洗洗啊，或者，再洗个头？"

能拉着一个人作陪总是好的。这破皮带今天是成心要跟她作对，怎么解都解不开，她也不管了，先进去再说吧。

她刚迈进去一步，就听到一阵声音，像是夹了冷冽的风和潮湿的雨向她扑面而来。

可这道声音，却分明是个男音。

"出去！"

施甜吓得顿住了脚步，什么鬼？男、男、男……男生？

她是学播音专业的，对声音的敏感度自然不用说了。男生的嗓音浑厚有力，厚重度把控得十分好，这真是一把难得的好嗓子。

施甜攥紧了腰间的皮带，厚着脸皮问道："你谁啊？"

"出去！"

"我干吗要走啊？现在还没到七点呢，是你自己来早了。同学，你这样做可不厚道啊！"

施甜听到有细微的脚步声传到耳朵里，男生应该是草草套了件衣服在身上。身上的水渍还来不及擦干，白色的T恤被沾湿后，紧紧地贴在身上。

"你说现在几点了？"

"不到七点啊！"施甜底气十足。

男生胸口起伏着，身体线条若隐若现："我倒是好奇，你是怎么找到这个机会混进来的？"

"你这话是什么意思？"难不成她是成心来偷看他洗澡的不成？

施甜定睛细看对方的脸，居然是纪亦珩。怪不得声音这样好听，他是东大的名人，由他配音的一部广播剧点击量超了十亿。这成绩远远超过了编辑的预估，年度总排行单上，那部广播剧的点击量牢牢占据了第一的位置。

在东大，你就算不知道自己的副课老师是谁，你都不会不认识"纪亦珩"这三个字。

施甜抓紧了裤子，扭头就跑。也别怪她尿，这个时候不尿不行啊，得罪了纪亦珩以后肯定没好果子吃。

她手忙脚乱地拿起地上的脸盆冲出去，跑到外面时，拖鞋打了滑，施甜差点把手里的盆都摔了。

楼上的男生这会儿还没散，看到施甜出来，起着哄问道："惊不惊喜？意不意外？看到什么了吗？"

施甜铁青着脸走回去，看到隔壁班的一名女生，忙抓紧问道："你

3

好，请问现在几点了？"

女生掏出手机看了一眼："八点……二十八。"

施甜咬了咬牙关，心间万马奔腾，头顶红彤彤加绿油油一片。

她疾步回到宿舍门口，一把将门推开。蒋思南探头看了看："你怎么才回来？"

施甜将脸盆砰地放在地上，走到床边，拿起手机一看，屏幕上显示时间是七点差了几分钟。

"老实交代，谁干的？我手机的密码只有你们知道，谁改了上面的时间？"

"哈哈哈哈！"蒋思南笑得都快不行了，"今天没的洗了吧？让你臭着，让你白跑一趟。"

"白跑个鬼！里面有人洗澡呢。"

"啊？不是吧，这个时候不该关门了吗？"徐子易看了看施甜的样子，"哇，小狮子，你这是裤子脱到了一半吗？"

施甜手一松，裤子差点掉下去："我快被吓死了。"

"里面正在洗澡的，是男是女啊？"

施甜朝着两个罪魁祸首瞪了眼："纪亦珩啊！"

"哇！"蒋思南眼睛睁得跟两颗桂圆那么大，"是那个光听声音就能让人怀孕的纪亦珩？"

"下流！"施甜一屁股坐向床沿，"让我缓口气，一会儿看我怎么收拾你！"

"缓什么气啊，赶紧跟我们说说，你看到什么了？纪亦珩脱光了吗？"蒋思南几步跑到施甜身边，一张八卦脸，十分欠揍。

施甜将她推开些："你们太过分了，我差点就被人看光光了，你、你、你……"

施甜伸手就要掐她的脖子，蒋思南赶紧跳开："我们也不知道啊！这个时间，男生应该都洗完了，我以为浴室都关门了呢，哪里想到纪亦珩还能开后门进去啊？"

施甜快快地坐着，澡没洗到，自己都能闻到身上散发出来的臭味。

寝室门被人推开，朱小玉手里抱着个空脸盆进来，她刚将衣服晾在走廊上："快来听大新闻，新鲜出炉的，有女生闯到浴室去偷看纪亦珩洗澡。太劲爆了！谁的胆子这么大啊？"

蒋思南听到这儿，不住朝朱小玉挤眉弄眼，手指还一直冲施甜的方向戳。

朱小玉没明白过来，她大步走了进去："听说纪亦珩走出来的时候脸色可难看了。我好好奇哦，你们说那个女生究竟看到啥了没有？哎呀呀，大长腿男神的身材肯定是棒棒的。"

施甜气得躺到床上不理她们了。蒋思南赶紧拉过朱小玉："快别说了，我们闯祸了……"

施甜将被子拉过头顶。在学校她就是个"小透明"而已，出糗就出糗吧，应该没多少人能将她认出来吧？

施甜安慰着自己，睡一觉就好了。

第二天，部队的铃声一早就响了，谁都不敢赖床，施甜快速地起身后，先将被子按照要求叠成了豆腐块形状，再把带有馊臭味的衣服往身上套。

早上六点整，例行跑步。施甜最怕的就是晨跑，高中时候住宿跟没跑够似的，好不容易挨到上大学，偏偏东大还有这么个规定，每年九月份都要军训半个月。

所以她都大二了，却还要来这个军训基地。

同寝室的三个女生跑在前面，施甜右手按着肚子，两条腿在地上摩擦向前，她实在跑不动了。可是教官吹着哨子跟在后面，她不跑都不行。

施甜喘着粗气往前冲，余光看到旁边有人跑过去。她低着脑袋，看见一双黑色的耐克运动鞋跑到了她的前面，奇怪的是，鞋子是正面朝着她的。

施甜忍不住抬头，那表情就跟见了鬼一样。纪亦珩就跑在她前面，他戴着耳机，倒退着跑，一双眼睛毫无遮拦地落在她身上。

施甜赶忙跑向旁边的跑道，男生见状，跟着跑过去，拦在了她身前。

"你干什么？"

施甜那会儿发育得比较晚，勉勉强强才长到了一米六的个头，从此

5

以后连一厘米都不肯多长了。她现在看向跟前男生时，都要高高地仰起脑袋，这让她更加没了底气。

纪亦珩戴着耳机，应该也没听到她的话。他身上的迷彩服短了一截，显然并不合身。他的脚踝和手腕露在外面，施甜离他那么近，甚至都能看到他手背上的青筋。

男生模样是干干净净的，施甜也听说过一些关于他的传闻。人人都知他有一把最好的嗓子，诠释得了少年的净，驾驭得了青年的邪和狂，自然连中年的稳也不在话下。

如果说人生来就是一张白纸，那纪亦珩这张纸，肯定是得了上天的眷顾。因为画手在勾勒他五官的时候，一笔一画都是费尽了心思，将最好的线条和最深邃的眉眼都给了他。

施甜目光躲来躲去，不知道纪亦珩这样拦在她面前的目的是什么。

她干脆停下脚步，不跑了。身后的同学猝不及防地撞上她："怎么回事啊？怎么突然停了？你不会是昨天偷看别人洗澡，长针眼了吧？"

施甜狠狠地回了过去："你才长针眼！你哪只眼睛看到我偷看？"

她听到耳边传来一阵低低的轻笑声，很轻，微乎其微。

施甜看到纪亦珩一招手，几名男生跑了过来，他转过身，跟着他们一道加快了速度跑开了。

他这一句话没说，就让她大早上的尝到了鸡飞狗跳的滋味。施甜不敢往深处想，她秒尿了，纪亦珩千万要大人不计小人过，再说他也没什么损失啊。

她看到他什么了？湿身诱惑吗？那也不算吧。再说她才是女生，要论吃亏也轮不到他啊。

蒋思南她们在终点处等她。跑完步就该去吃早餐了，施甜饿得前胸贴后背，正要往食堂的方向冲。

蒋思南一把将她拦下来："纪亦珩刚才跟你说什么了？"

"没说什么啊。"

"你少来，他都跟你面对面跑步了，肯定是说起昨晚的事了。"

施甜两手摁在腰上，一口气还没缓过来："他嘴巴都没有张开过……"

"刚才我都听到隔壁班级的女生在议论你了，说你成功引起了纪亦珩的关注，目的达到了……"

"有病吧，"施甜反正是百口莫辩，"随便她们怎么说。"

"就是，"蒋思南挽住了施甜的手臂，"以后再有人敢胡言乱语，我就跟她们对撕。昨晚就是个意外嘛。"

施甜就是觉得奇怪，纪亦珩方才这是唱的哪出戏啊？

昨晚的事原本都可以过去了，他突然来这么一下，施甜这会儿觉得所有人看她的目光，好像都充满了怪异感。

吃完早饭，有短暂的休息时间，施甜跟同寝室的几人来到操场上。

她头靠在蒋思南的肩膀上，一脸没精打采的样子。蒋思南拱了拱肩头，很是担心她："小狮子，你一会儿可怎么办啊？教官今天肯定要格外盯着你。"

施甜自己都觉得头疼，可她这同手同脚的毛病就是改不了："我也不知道呀。"

一阵尖锐的口哨声传到耳朵里，原本分散的人群，赶紧列队排好。

施甜就在第一排第一个，教官走过来一看，目标明确，她想逃都逃不掉。

"开始报数。"

施甜第一个喊了"一"，后面的人一个个跟上。教官站定在她面前："昨晚回去好好训练了吗？"

施甜点了点头。

"好，一会儿看你表现。"

教官站到旁边。隔壁班级正在操练，口号声喊得惊天动地，齐整的脚步有力地踩着地面，四道长长的队列从施甜面前经过。

他们的班级排在最后一个，教练手里拿着个小喇叭，站到边上："听我口令，一二三，齐步走！"

施甜紧张得要死，但已经做好准备了，她踮起左脚，右手偷偷往前移，口令声一响起，她在心里一遍遍提醒自己：不能同手同脚，左脚，右手！

开始起步还是正常的，后来不知道怎么回事，她一个紧张，脑子里一片空白。左手配合着左脚，右手配合着右脚，就这么走了出去。

教官将喇叭放到嘴边："一号，一号，你的手！"

操场旁边排满了队伍，所有人都看见了。徐洋轻撞了下纪亦珩的手臂："瞧那个女生。"

纪亦珩方才就注意到了："这架势，是跑这儿来耍猴戏了？"

六班的教练跟在后面："出左脚，挥右手。"

被这么多人盯着，有些学生也乱了手脚，居然被施甜给带跑偏了，追在后面的教练忍不住了，蹲在地上笑得不能自已。

他这是带了一帮什么样的学生啊？

"立定！"

施甜赶紧收住脚步。

教官大步走过来，站到施甜的身边："向右转。"

队伍集体转向右边。施甜看到对面班级的女生用手捂着嘴巴，正在极力忍住不让自己笑出声。

那名女生后面还有三排队伍，施甜看到了一个高挑的男生，站在人群中极为显眼。

她挺了挺胸膛，如果可以的话，还想踮起脚。

"施甜，出列！"教官都已经把她的名字给记住了。

施甜走出去两步，教官双手背在身后："你怎么回事？前几步都好好的，一到后面就拐偏。瞧你把整个班级都给带跑了，我追半天都追不上，你们也是……"说着，用手里的喇叭指向六班众人，"我让你们听我口令，你们倒好，彻底放飞自我了。一个个还挺诗意啊，以为自己是断了线的风筝是不是？收不住了？！"

对面班级传来哄笑声，教官记起还有个施甜站在跑道中央，他朝她看了看："我带了那么多届学生，我就不信我收不住你这毛病。"

两个班级的人面对面站着，所有人的目光都集中在施甜一人身上。教官抬起她的左手臂："右腿准备。"

施甜将右腿踢出去，教官往后退了步："好，换手换脚。"

纪亦珩的视线穿过人群，看到施甜露在军装外的皮肤白得像是透明的纸。他们明明站在同一片太阳底下暴晒，偏偏除她之外的所有人都跟被烤焦了似的。

"对对，"教官出声鼓励，"继续。"

施甜每走一步，教官都让她停一下："对了，就按照这个节奏走起来。"

女生一步步走得格外认真，也没有因为在大庭广众之下出糗而显得畏首畏尾，可即便是这样，走到后面几步，她同手同脚的毛病还是出来了。

两个班的学生都在笑她。因为他们实在搞不懂，这是多么简单的一个动作啊，别人不需要训练就能做得好好的，怎么偏偏到了她这里就不行呢？

教官叉着腰教了几遍，还是不行，他气出笑来了，一个劲地用手拍着脑门。

蒋思南轻碰了下朱小玉的胳膊："小狮子好可怜，要是换成了我，我可能要哭了。"

"我也是，丢脸丢死了。"

两个教官都让自己班级的人席地休息了，跑道上就剩下施甜和那个教官是站着的。虽然还是早上，但九月的日头照在脸上，仍旧是毒辣辣的。

施甜头发都湿了，汗水顺着尖尖的脸颊往下淌。有人还在笑，甚至还有人掏出了手机对着她在拍。

他们有自己的微博，还有朋友圈，拍一拍，上传一下，独乐乐不如众乐乐嘛，只要他们的自拍照发出去是美的，别的都无所谓。

纪亦珩将耳塞塞到了耳朵里，看着施甜来来回回不住地走。

一圈、三圈、五圈……

施甜微喘着气，真的好热，头发里感觉有蚂蚁在爬一样，衣服紧紧贴在身上，好难受。

第六圈，第七圈，施甜这毛病还是改不过来。

纪亦珩一把扯掉了戴着的耳塞，他的声音极具有辨识度，跟不想打交道的人说话时，嗓音是没有起伏的："这位教官，你反反复复让她这样走，确定我们就喜欢看吗？"

他的教官听到这句话，朝他看了眼："纪亦珩！"

他修长的手指将耳塞缠绕起来，慢条斯理地又说道："要真有观赏性也就罢了，我看她就是天生的头脑简单，四肢不发达。教官，最终考核的时候每个班都有一个可以请假的名额，你又何必将这名额给浪费掉？随便找个理由把她踢出去就是了。"

"瞧把你能耐的。"带他的教官原本是坐着的，这会儿站起身来到队伍跟前，"全体都有，起立！"

施甜看着对面班级的人嚷嚷地站了起来，教官一亮嗓子："不喜欢休息是吧？好，那就跑起来。先来个五圈热热身。"

"啊，不是吧？"

"教官，我们可听话了，我们喜欢休息，小哥哥……"

"谁是你们小哥哥？再加一圈！"

来军训之前，学校是跟这边打过招呼的，让他们多多关照纪亦珩，不过要照顾的是他的嗓子罢了。

"跑起来跑起来，走走走，走走……"

六班的教官看了看施甜，她站在这儿碍着人家跑步了："你，回队伍里去。"

施甜一溜烟地就溜走了。

太好了，她解脱了！

军训休息时间，蒋思南和朱小玉一手一边架着施甜，非让她老实交代不可："纪亦珩怎么给你解围了呀？"

"解围？哪有啊？"施甜坐在草地上，快中午了，天气越发炎热，"他就是看不惯我，所以才说我的。"

"你这什么脑回路啊？"

施甜觉得她的理解没有偏差啊："他还说让教官把我踢出去呢。"

"算了算了，这小脑袋不开窍。"

中午去食堂吃饭的时候，施甜排在蒋思南的后面，不住朝窗口的方向张望："我看到今天有辣子鸡。"

旁边队伍的女生用手指了指施甜："就是她，害得我们跑了六圈。六圈啊，我的腿都要废了。"

"纪亦珩看上她什么啊？"

施甜的耳朵里蓦地钻进来这几个字，这怎么又传成是纪亦珩看上她了呢？施甜赶紧冲那几人摆了摆手。

其中一个女生以极其高傲、极其蔑视的眼神瞅了施甜一眼："自作多情。"

莫名其妙。

这饭还没吃饱呢，就被气饱了。

晚上，施甜没什么胃口，也不敢再睡觉了，时间一到立马就去洗了澡。

洗完衣服肚子却开始咕噜噜叫起来，她回到床前，弯腰坐下后将运动鞋套上："我要去小店买点吃的，你们去吗？"

蒋思南舒舒服服地躺在床上，脸上贴着三块钱一张的补水面膜："我才不去，晚上吃东西可耻。"

另外两个室友也呈躺尸状，朱小玉从床上爬起来，却没有要下去的意思："小狮子你最好了，给我带个冰激凌回来。"

"我也要，我也要，我要香草味的。"

蒋思南两手拍着脸，也起劲了："我要巧克力味的。"

"胖死你们。"施甜丢下一句话后出去了。

军训基地有个小卖部，可能连超市都不算吧，但最基础的卖品还是有的。门口摆了个冰柜，施甜走到了最里面，不大的店内挤满了学生，叽叽喳喳好不热闹。

她左看看右看看，看到不远处有男生，不好意思伸手去拿货架上的东西。

零食区内，各种各样吃的都堆在了一起，纪亦珩摘掉耳机，伸手拿了包薯片。

旁边的男生朝他看一眼，纪亦珩又将手伸向了边上的爆辣牛肉干。

"喂！"同宿舍的金哲轻喊声，"你不能吃这种东西。"

"要你管！"纪亦珩两手拿着，腾出一手后又去挑选。

"我看你是不要你的嗓子了吧。"金哲从兜里摸出手机，"反正班主任让我们看着你的，辛辣的垃圾食品你是千万不能碰的，还有碳酸饮料。"

纪亦珩脸色冷了冷："真烦人。"

"你肯定不能吃，一会儿结账我会告诉服务员的。"

纪亦珩觉得真是烦得要死，只好将东西放回了货架上："我再看看别的，你别盯着我。"

金哲转身去找自己要买的东西。纪亦珩站在零食区没走开，眼睛盯着烧烤味的薯片眨都不眨。

施甜见四下总算没什么人了，赶紧拿了包夜用的姨妈巾。耳边忽然传来脚步声，她一抬头，竟看到纪亦珩正朝她笔直地走来。

施甜戳在原地不知道作何反应，将双手背在身后，想了想不对，赶紧将姨妈巾塞到口袋里。

她小脸涨得通红，他应该没看见吧？

纪亦珩手里拿了袋牛肉干，还有一罐可乐。他将两样东西塞到了施甜的手里："帮我买单。"

"啊？"施甜以为自个儿听错了，帮他买单？这是什么操作？

"一会儿操场小树林见，给你钱。"纪亦珩丢下这句话，转身就走了。

施甜抱着手里的东西，还是蒙得很。纪亦珩出小店的时候什么都没买，他戴上耳机，说要单独去跑两圈。

金哲冲他挥下手："我已经让班主任交代小卖部的阿姨了，还给她看了你的照片，你可别想折回去买东西。"

纪亦珩紧锁眉头，冷冷丢下两字："无聊。"

施甜结账的时候拿了三个冰激凌，付完钱，两只手分别提着个袋子朝着操场走去。

来到小树林的旁边，施甜左右看看，不会被耍了吧？

有脚步的窸窣声传到耳朵里，纪亦珩用手机打了光，走到她的身边。施甜将右手拎着的袋子递到他面前："你的东西。"

他接过手，眼轻垂，看了眼："谢谢。"

施甜转身就要走。

"等等。"纪亦珩开口喊住她，"给你钱。"

"算了吧。"施甜假客气一声，虽然二十块钱也够她吃顿好的了，但

12

她这会儿就想赶紧开溜。

纪亦珩走到她面前，他手指在屏幕上轻点，手机的荧荧微光照射出一张清俊好看的脸。少年的五官已经完全长开，眼睫毛浓密得像是一把扇子，鼻梁高高的……

他猛一抬头，施甜忙压下脑袋。

"你的手机呢？"

施甜将手机掏了出来。

"我加你微信，把钱转给你。"

施甜觉得别扭极了："真不用。"

"快点。"少年嘴里催促出声，无形中也夹含了几许霸道。施甜心想行吧，二十块钱都够她吃五个冰激凌了。

她打开微信页面，纪亦珩扫了之后加她好友，施甜想也不想就同意了。

一看备注名，她眼角轻跳两下，要不是气氛实在尴尬，真能笑出猪叫声。

"帅能当饭吃！"

她实在难以将这个名字和面前的这张脸结合在一起。

施甜强忍住笑，红包噌地到了。她手指轻点下，看到了里面的金额：两百元。

施甜忙开口问道："你发错了吧？用不了这么多的。"

"明天晚上再帮我买一包薯片和一瓶雪碧，要乐事大波浪薯片，烧烤味的。"

哟，要求还真多。

施甜再一想，不对啊，她凭什么给他跑腿啊？"你自己不会买吗？我明天不出来了，在宿舍睡觉。"

"你买好了之后告诉我一声，还是在这个地方碰头吧。"纪亦珩说完，将易拉罐的拉环打开，将手机塞进了口袋。施甜的手机屏幕也暗了下去。黑夜中，她能听到少年咽水的声音。

"你可以自己买嘛。"

"我要能买得了，还找你做什么？"

纪亦珩说完这话，转身离开。

施甜赶忙追过去，却不料因为跑得太急而撞在了少年的后背上。他正仰脖喝着可乐，这么一撞，可乐从罐口冲了出来，他呛得不行，忙弯下腰去。

操场上昏暗无比，施甜真看不清楚前面的路，她赶紧开口道歉："对不起，对不起啊。"

纪亦珩鼻子里酸得厉害，这人真是好笑，莽莽撞撞是怕他跑了吗？

再说他都给她红包了。

纪亦珩被呛得说不出话，施甜想给他轻拍下背，一般小孩子呛到的时候，大人不都给拍背的吗？她视线不清晰，但大概知道纪亦珩在哪儿，她伸手啪啪两下重拍，没想到却拍在了纪亦珩的后脑勺上。

施甜拍完收手的时候就意识到了，她摸到了他顺滑浓密的头发。

原本在耳边呼呼吹过的风好似静止了，气氛怎么变得那么诡异，那么冷飕飕的呢？

夏天炎热，但是施甜的后背冒出一层冷汗，她听到纪亦珩因不适而清了清嗓子的声音。

"那个……我先走了。"她丢下句话，撒腿就跑，这会儿也不怕看不清前路了，要是跌倒她就爬起来，总比留在这儿好。

仓皇间跑回宿舍，施甜砰地将门关上。蒋思南第一个从床上跳起来："冰激凌买来了吗？"

"嗯。"施甜答应声，走过去将手里的袋子递给她，"都在里面呢。"

"太棒了！"蒋思南接过去，拿了个冰激凌出来，"哎呀，怎么都化了？"

"不会吧，小店过来才一点点路啊。"

"小狮子，你是不是偷偷跑去跟哪个男生约会了？"

施甜心虚地不住摇头："没有没有没有，店里的冰柜坏了，说是刚修好的，我想着化掉了也能吃，总比让你们馋好吧。"

"真的假的？"朱小玉拿起冰激凌盒子看一眼，"跟汤似的，你看看。"

"那你就当喝汤吧，甜汤。"施甜说完这话，径自上了床。

她拿起手机原本想看会儿小说，但手指忍不住点开了微信，消息记录里面第一个就是纪亦珩，头像是一只"二哈"。

施甜看着这个名字，实在忍不住就笑了起来。蒋思南眉头一挑望过去："不对啊，你有情况啊，春心荡漾嘛。"

"荡漾你个头。"施甜转身不理睬她。

军训生活真是无聊，而且这边信号不稳定，发发微信上个微博还可以，要追剧的话，那网速简直能卡到你怀疑人生。

宿舍关灯后，施甜放下手机睡觉，军训要花费大量的体力，想到明天的晨跑她就发怵。

刚闭上眼，施甜就出声问道："你们说，今晚会不会突击检查啊？"

"你个乌鸦嘴，赶快闭嘴吧！"

施甜乖乖闭上嘴，没过一会儿便进入了梦乡。

她梦到她正要吃薯片，可刚塞到嘴边，就被人抢走了。她不甘心啊，一片片拿起来，却又一片片被人抢走，快气哭了。她一把将那人揪到跟前，却发现纪亦珩。

半夜时分，哨声四起，施甜睡得迷迷糊糊，听到蒋思南不住在叫："紧急集合，紧急集合！快，别睡了，赶紧穿衣服！"

施甜忙睁开眼，倏地坐起身，一把抓过放在床尾处的迷彩服往身上套。宿舍内漆黑一片，连灯都不开的，施甜脑子里的迷糊劲儿还没过去。蒋思南嘴里一个劲说道："只有三分钟啊，超过了规定时间就惨了，快，快！"

"哎呀，我的鞋子呢？"

"我的帽子去哪儿了啊？"

宿舍里鸡飞狗跳，施甜听到教官的嗓音透过喇叭穿透门板："女生集合，女生集合，倒数最后一分钟！"

施甜套上裤子，将外套也急急忙忙穿在身上。蒋思南冲到门口将宿舍门打开，施甜就着走廊上的灯光拿了帽子，穿了鞋子，一个箭步冲出去。

跑去集合的路上，她将帽子戴好，又急急忙忙扣好扣子。宿舍楼中间的空地上站满了人，密密麻麻的。

施甜站到自己班级所在的队伍，赶紧排好。

这次紧急集合不包括男生，但动静那么大，绝大多数人都被吵醒了。

有男生在阳台上张望，忍不住还要口头评论："看，第一排中间的女生，鞋子都没穿。"

"外套也没来得及套上。"

教官站在队伍的最前方，吹了阵响亮的哨子。他抬头看向身后那栋楼，伸手指过去："纪亦珩、金哲、徐洋……"教官报了好几个名字，"你们下来。"

他们下来时，穿着休闲。纪亦珩走在最前面，下来前回宿舍套了双阿迪的小白鞋，他穿着无袖的上衣，宽宽松松的，两条手臂露出肌肉的线条。

教官一只手里拿着几块文件夹大小的板子，每块板子上都夹着一张纸，他将它们分别给了几个男生。

"你们去打分，着重观察衣帽、裤子和鞋子。不戴帽子扣两分，衣服或鞋子穿错扣两分，皮带没有系的扣两分，如果是扣子扣错了……也要扣两分！"

施甜一听，赶紧低头看了眼，疯了，她扣子扣得歪歪扭扭，全扣错了；还有皮带，她在床上摸了一圈都没摸到。

她再一看，更完蛋！

她居然穿了一只军训的鞋子，另一只脚穿的是凉鞋。

施甜恨不得往后缩，找个地方钻进去。

纪亦珩径自朝她走过去。

施甜个头矮，排在队伍第一个。他站定在她跟前，施甜心想他不会公报私仇吧？再一想，好像这四个字形容得并不贴切，她如今这副模样，不用他公报私仇，她的分就能被扣完。

她抬起眼帘，男生的目光落在她脸上，他骨节分明的手指握着一支黑色的签字笔。纪亦珩的视线从她脑袋最上方一点点移到了她的脚上。

施甜往后缩了半步，教官站在男生宿舍的走廊上扬声道："六分以下的，明天早上罚跑五圈，背着你们的被子给我跑！"

施甜一听，那不得疯了？她跟纪亦珩可是有交情的啊，毕竟她还帮他买了牛肉干和可乐呢！

这个恩情他不会忘记的吧？

纪亦珩的两眼同她对上，施甜朝他挤了挤眼，但少年的面色毫无波澜，怎么？不为所动吗？

她使劲眨眼，他不会认不出她了吧？

施甜压低了嗓音："嘿，我是你的小心心啊。"

旁边的女生都听到了，这样都行？这算言语贿赂吗？不不不，这是明撩吧？

纪亦珩垂下眼帘，走到旁边女生的跟前，她偷瞄了一眼，看到了纪亦珩记下的分数。

咦？

难道纪亦珩是吃这套的吗？

女生身上的鸡皮疙瘩还没下去呢，纪亦珩目光在她身上快速地扫了遍。她已经看到他的笔落在纸上，一下给她两个项目连扣了四分。看这架势，这是还要往下扣啊！

女生急了，赶紧说道："别扣了，我是你的小心心啊。"

施甜面色怪异地瞅了眼边上的同学，啥？

这是她的微信名啊，难道她还跟她撞名了吗？

女生说完，还学着施甜的样子冲纪亦珩眨眨眼。

他走向旁边，那支笔好像是没再落下去了，难道纪亦珩就喜欢听这样的话？

施甜经过方才那么一番惊吓，这会儿睡意全无，脑子里全是背起被子跑步的样子，她可是个连一圈都跑不动的人哪。

男生们打完分后，将手里的东西递还给教官，教官让他们先上楼休息。

施甜站得笔直，紧张得腿打哆嗦，没想到教官第一个就喊了她的名字。

她心想完了，她这次真是逃不掉了。

"施甜、徐玉娟、蒋思南……"教官报了六七个名字出来，"你们先回宿舍。"

没事了？施甜将信将疑，但看到蒋思南她们冲她招手，赶紧跟着她们从一边溜走了。

"剩下的这个班的女生全部听好，明天吃早饭之前罚跑！"

原本站在施甜旁边的女生不由哀号出声："为什么啊？"她明明看到纪亦珩给施甜打了个十分！十分啊，可她连鞋子都穿错了，扣子从上到下全部错，这十分给得都不心虚吗？

施甜回到宿舍，打开手机上的手电筒："吓死了。"

"是啊，我以为我明天要罚跑了。"蒋思南将外套脱掉，"我扣子还差两颗没扣呢，皮带也没找到……"

"罚跑名单里面居然没我们。"

朱小玉把手机对准了施甜："你们来看看，最不合理的在这儿呢。"

"怎么了？"宿舍里的另外三个女生凑上前。

"你们看这位同志，看看她的鞋，这么明显的错误居然不用罚跑？"

蒋思南听了，拉出一个长长的"噢——"字："我知道了，因为打分的是纪亦珩啊！我又明白了，我们这几个全是沾了小狮子的光啊。你看看纪大神对别人多严苛，除了我们宿舍的全部被保全之外，别人都咔嚓了。"

"胡说八道。"施甜心里是清楚的，他估计怕她跑残了、跑废了，明天没人给他买薯片吃吧？

"哇，那我以后跟纪亦珩就是亲戚了？妹夫？"

"那我是不是该喊姐夫啊？"

施甜伸手将她们赶走，这大半夜的，女人八卦起来真是不要命啊。

第二天，施甜她们起床的时候，罚跑的女生已经都回来了。教官说到做到，居然真叫每个人都背着自己的被子跑。

一天的军训下来，皮都要被晒脱掉一层。

施甜躺在床上，脸上敷满厚厚的芦荟膏，拿着手机正在看小说，手机的最上端突然跳出来条信息："十分钟后，老地方等你。"

施甜惊得坐起身，是真不想去给人做跑腿的呀，可纪亦珩的钱还在她这儿呢。再说她要是得罪了他，若再遇上昨晚的那种事，那还不得被他报

18

复死?

　　施甜不情愿地赶紧起身，擦干净脸后拿了手机出门。

　　"小狮子，你去哪儿啊？"

　　"打个电话！"施甜快步走到宿舍门外，将门重重带上。

　　她按照纪亦珩昨晚的交代，去小店买了一包乐事大波浪薯片，又拿了瓶雪碧，手里提着个塑料袋晃晃悠悠去往小树林跟人碰头。

　　施甜这会儿学乖了，开了手电筒的光往前走。她看到一双修长的腿出现在视线中，这腿被灯光一照，都快赶上她的全部身高了。

　　施甜快步上前，将手里的袋子递给纪亦珩："喏。"

　　少年摘下耳机，伸手接过袋子，拿出薯片看了眼。

　　"那个，我把剩下的钱发红包还你了，你快接收下。"

　　纪亦珩刚洗过澡就出来了，头发还是半干的，身上有清爽的柠檬沐浴露香气。他将耳机缠绕好后放进了塑料袋里面："我发出去的红包肯定是不会收回的，你帮我买东西，我也不会让你白跑，有一半是给你的辛苦费。"

　　施甜嗤之以鼻："我才不需要辛苦费呢。"

　　"既然不辛苦，明天继续。"

　　"我不要。"施甜生怕被人发现，她抬起脚就要离开。

　　一束手电的光忽然遥遥透过来，照在她脸上，紧接着就是一阵洪亮的男音："谁？谁在那里？"

　　施甜看到那人来到他们跟前，居然是其中一个班的教官。

　　"你们两个在这儿做什么？"

　　施甜就怕教官误会，忙要解释："我给他送……"

　　"我给她送吃的。"纪亦珩抢了她的话，面不改色心不跳地说道。

　　施甜嘴里的最后几个字卡在了喉咙间，好吧，反正都是一个意思。

　　"大晚上送吃的？为什么要躲到这儿来？"教官将视线落到了纪亦珩脸上，"你不好好休息，跑林子里来干吗？"

　　纪亦珩将袋子塞到了施甜手里。

　　教官面露疑惑："你们到底是什么关系？"

　　当然没关系啊，施甜慌忙摇头："我们是同学，同学。"

"实在不想说的话，我只有打电话给你们班主任了。"

"不要啊！"施甜可不想这么不清不楚地被班主任训话，她就给人送个东西而已，明明是纪亦珩选的地方有问题。

纪亦珩太阳穴处紧绷了一下。他知道这事要是惊动了班主任，肯定有一通烦的，最起码要拉着他的耳朵念叨好几天，说他在自毁嗓子，自毁前程。

"她是我女朋友。"

男生比她高出了二十多厘米，这话说出来后，是一个字一个字从高处砸在施甜脑袋上的。

她难以置信地仰头看他，话可不能乱说啊。教官倒没有多大的反应，大学里谈个恋爱不是再正常不过的事吗？

"谈恋爱就谈恋爱，也要注意安全。不是每天都能见面的，都回去吧！"

施甜定在原地，教官用手电在她脸上晃了两下："怎么？还依依不舍呢？回去啊。"

纪亦珩一把抓住她的胳膊，拉着她往前走了两步后，这才松开。

教官打着手电就跟在他们身后，施甜手里拎着那个袋子，这感觉就像是她和纪亦珩之间真有什么事被教官给当场抓住了似的。

少年在她身边走着。脚步踩在跑道上，施甜的鼻子总能若有若无地嗅到他身上的那股香味。

两人被教官"送"到了宿舍楼前，施甜刚要走向女生所在的宿舍区，手腕处却被纪亦珩给握住了。

教官还没走呢，他眼睛直勾勾盯着两人。施甜知道纪亦珩是放不下她手里的东西。

要不，她现在再给他？

两人的脑回路压根没在一条线上，纪亦珩想的是既然开口说了她是他女朋友，分别前不得表示下不舍吗？

但他总不能对她搂搂抱抱吧？所以，还是抓下手腕意意思思得了。

在教官的目送下，两人一左一右回到了各自的宿舍楼。

施甜回到宿舍，还有些惊魂未定，她从小到大都没遇到过这种事，还没开始美好的约会呢，就被人给堵住了。

她拎着袋子坐到床上，蒋思南两手在脸上啪啪地打着，说是这样能让脸部更好地吸收："亲爱的，你匆匆忙忙跑出去买吃的了？"

施甜摇了摇头，但很快又点了点头。

"买什么了啊？"蒋思南上前，拉开袋子看眼，"哇，薯片。"

她一把拿出来："赶紧过来吃啊。"

施甜没说什么，随便她了，她也不可能这个时候再跑出去一趟。

朱小玉也凑了过来："还有什么？"

她将袋子拿过去，发现里面放了一副耳机。朱小玉拿起来看眼："这是你的吗？"

施甜压根没注意到，这会儿细想过后，才想起肯定是纪亦珩放进去的。她伸手就要抢："对对，我的。"

"不对啊，"蒋思南从朱小玉手里接过了耳机，端详起来，"小狮子，这真是你的？"

"对啊。"施甜装出一副理所当然的样子，"我晚上追剧就用它啊。"

"多少钱买的？"

施甜大约估算了下："五十几吧。"

蒋思南忙掏出手机，搜出了带有照片的同款，她将手机放到施甜面前："你看看。"

施甜下巴都快惊掉了，这是什么耳机啊，需要七千多？难道她多看了两个零吗？她轻揉下眼睛，再定睛细看，这还是开学季活动价呢。

"哇，小狮子你这是发大财了？"

施甜抓了下头发："那个……就长得一样嘛，我这是盗版。"

"我之前听一个学姐说过，说纪亦珩是个耳机控，家里条件又好，所以每年花在耳机上面的开销不小呢。"蒋思南一语直接破了案，"你们看，这是不是他这几天挂耳朵上的那副？"

"还真像啊，你看这耳机线，应该是自己配上去的。"

施甜心虚地将耳机接过去。妈呀，七千块钱的祖宗啊，她可不敢让它磕磕碰碰的，万一待会儿弄坏掉，她用什么去赔给纪亦珩？

"还不老实交代？"

"我去小店买东西，肯定是有人放错了。"

蒋思南可不是这么好糊弄的："那你刚才说是你的？瞧你心虚的。"

"看错了嘛，而且你们总说我有情况，我不是怕你们误会吗？你们就爱瞎猜。"

"我们又没说你和别人，就说纪亦珩啊。"

施甜恨不得堵住她们的嘴："没有没有没有！"

"好了。"朱小玉笑着拉过蒋思南的手臂，"别逗她了，她要真有什么情况，会瞒着我们吗？"

"就是啊，"另一个女生从蒋思南手里抢过薯片，"开吃喽。"

几人哄散开，施甜脱掉鞋子上了床。她不知道要把这副耳机放在哪儿，忙拿起手机给纪亦珩发了条微信："你的耳机在袋子里。"

过了好几分钟，男生才给她回了句："放你那儿，明天给我。"

哎哟，这不是在她枕头边放个定时炸弹吗？今晚肯定是睡不好了。

第二天还要军训，那么贵重的东西她不敢揣在身上，临出门时换了好几个地方藏，最后还是塞在了枕头底下，只有那里最安全。

经过上次的事后，教官已经不要求施甜非把同手同脚的毛病改过来了，军训有课间休息，这也是一整天当中最放松的时候。

严厉的教官跟一帮学生坐在一起，被人起哄着起来唱了首歌，还有男生八卦地问他有没有女朋友。

教官晒得黝黑的脸上居然难得露出了几抹红："行了行了，就这么点休息时间，你们自己玩吧。"

"这地方也没什么玩的，信号都不稳定。"

教官站起身，从兜里摸出一团皮筋："我们训练的时候还玩这个。你们小时候应该玩过跳皮筋吧？来来，你们可以组队参加比赛。我来出个规则，哪两个队要是赢了，明早可以不用跑步。"

"真的吗？太好了！"有女生雀跃着跳起来，"我最会玩这个，我参加。"

教官看她们每次休息都东倒西歪地靠在一起，就是想让她们放下手机："这玩意儿男生估计不行吧？"

不少男生摆了摆手："我们还是跑步吧。"

"那好，女生上，每个都要参加，分两队PK下，赢的一队明天不用出早操，就这么定了。"

施甜啊的一声，硬是被蒋思南给拽了起来："PK就PK，怕什么！小狮子，你跟我们一队。"

蒋思南恐怕还没意识到施甜这声啊的深意呢，直到上了战场后，她才目瞪口呆。

施甜身高不够，身高不够就意味着腿不长，腿短就意味着……够不到皮筋啊！

一点不夸张，套着皮筋的两个女生个子都高，皮筋都套到她们肩膀上了。施甜弹跳能力又差，跳起来都够不到一侧的皮筋。

蒋思南急得哇哇叫："加油啊，跳啊！"

原本是稳赢的了，可没想到队伍里还有个拖后腿的呢，连皮筋都够不到。

尝试了几下，施甜气喘吁吁地弯下腰，两手按住膝盖，好累啊。

她感觉自己眼冒金星，都要热中暑了，眼睛里在冒小星星的同时，看到一双腿走向她。

施甜直起身，还未看清楚对方的脸，就见一条修长的腿笔直抬高，动作干净利索，一脚就将皮筋踩在了地上。

纪亦珩见她不动，冲她轻扬下眉角："跳啊。"

这样都行？

施甜听他的话，上前踩住皮筋，纪亦珩将脚移开，站到了旁边去。

施甜钩着那条皮筋，上蹦下跳的，很快完成一系列动作。对方队伍的两个女生面面相觑："这不能算吧？"

"怎么不算啊？"蒋思南虽然觉得理亏，但还是说道，"她本来就腿短，这游戏欺负人嘛，那也要考虑到特殊条件。"

施甜冲她白了眼，谁说她腿短的？她腿很长好不好？套上大长靴的话，很能诱惑人的！

她站到一边去，换另一个女生上。不少人看到纪亦珩出现在这儿，肯定要议论纷纷的。

再说他方才的举动，摆明了是在帮施甜，这可是在众目睽睽之下。

施甜不自在地往边上再站站，少年径自朝她走去，她眼见他朝她走来，又往更远的地方退去。

可是纪亦珩腿长，两三步就到了她跟前："我的耳机呢？"

"在宿舍呢，"施甜抬头看他，她肤色白皙，五官也是精致耐看的，除了不高之外，算是个漂亮的小姑娘，"我没带在身上。"

"那你吃饭的时候给我。"

施甜哦了声。不远处有脚步声传过来，很快，她听到两个教官说起了话。

施甜抬头一看，正好其中一个教官的视线落了过来。

她晶亮的眸子微眯，居然是昨晚逮住她和纪亦珩的那个教官，他显然也认出他们来了："你看看现在这帮孩子，一日不见如隔三秋啊。"

施甜的教官跟着望过来："他们两个？"

那教官没明说，他举起两个大拇指，做了个对对碰的动作。

都被他在小树林逮住了，还能有假吗？他要晚去一步，那肯定都抱在一起了。

施甜紧锁眉头，这手势的意思也太明显了。她朝着那边指了指："怎么这样啊？"

"怎样？"纪亦珩问道。

"是你胡说的，你去解释清楚。"

纪亦珩仿佛听到了什么笑话似的冲她看了两眼："我从来不跟人瞎解释，要不你去？"

他丢下这话，转身就离开了。

最后的评定结果是，施甜这成绩肯定是不算的，要别人都能帮忙的话，也就不存在比赛了。

那也就意味着，明天早上的跑步继续。

所以啊，早知道不算，纪亦珩还不如别来插一脚呢。现在施甜走到哪儿都觉得怪怪的，纪亦珩行为反常，她肯定是最受关注的那一个。

第二章　谣言满天飞

中午吃饭的时候，施甜将他的耳机带上。食堂里人满为患，她排队打饭的时候找了一圈也没看到纪亦珩的影子，想想算了，众目睽睽下给他也不好，万一又被别人传来传去怎么办？

今天特别热，下午军训结束得也比较早，施甜让同宿舍的几个女生吃晚饭的时候不用叫她，她想睡会儿。

等她一觉醒来时，晚饭时间点即将过去，施甜走之前将耳机又揣上了，万一能碰到他呢？

食堂里没几个人了，施甜打好饭挑了个靠墙的位子坐下来。她快饿疯了，也顾不得什么形象，赶紧拿起筷子开吃，直到有餐盘放到她对面，她这才下意识地抬头。纪亦珩坐定下来，耳朵上挂着另一副耳机。施甜见状，赶紧将兜里的耳机拿出来递给他。

少年看了眼，伸手接过去，没说什么话。

施甜心想这么大的食堂，他就非要坐她对面吗？

她埋下头准备继续吃，眼睛不由得扫了眼纪亦珩的餐盘，真能点啊：辣子鸡、藤椒鸡翅。那个鸡翅施甜点过一次，辣到能喷火，不是一般人可以忍受的。

都说纪亦珩有一把最好的嗓子，他怎么就偏爱这种东西呢？

纪亦珩夹起一块鸡翅,刚要送到嘴边,就听到身后传来了同宿舍人的声音:"看,在那边呢,走。"

施甜听到她的餐盘内发出阵啪嗒声,低头一看,见纪亦珩正快速地将他的鸡翅转移到她这里。他还把辣子鸡里面的辣椒全部挑出,丢到她的餐盘里。

"你干吗啊?"

纪亦珩朝她使个眼色,示意她别说话。

金哲和徐洋走到他们的餐桌前,表情怪异地盯着施甜,两人一左一右在纪亦珩的身边坐下来。

"你是六班的吧?"

施甜轻垂下眼帘:"嗯。"

金哲觉得越发奇怪:"你跟纪大神是怎么走到一起的啊?"

"没有!"施甜赶紧解释,"我跟他真的没关系。"

"那你们怎么坐在一起吃饭?"

施甜感觉刚咽下去的一口菜甜得她发腻:"我把耳机还给他。"

"耳机?他最宝贵的东西为什么会在你这儿?"谁都知道游戏和耳机是纪亦珩的命。

施甜想说昨晚的事,但纪亦珩在桌子底下轻踢她一脚,她收住嘴:"干吗都要和你们说啊?反正我们俩之间没事。"

金哲看了眼纪亦珩的餐盘:"就这两个菜?"

"够吃就行了。"纪亦珩说着,夹了块西蓝花放到嘴里。

金哲再看了看施甜的菜:"你的不错,很丰盛,就是辣椒多了点。"

施甜自顾自地吃,纪亦珩朝身侧的两人看眼:"你们去别的地方坐。"

"干吗啊?"

"你们坐在这儿,她会不自在。"

施甜确实觉得很不自在,但不是因为他们两个,是因为他们三个人。

徐洋听懂了,笑着拍了拍纪亦珩的肩膀:"明白,明白,我们这就成全你。"

两人拿了餐盘起身,旁边的座位被人占了,他们坐到了不远处去。

纪亦珩吃了两块辣子鸡，觉得并不能解馋，把手里的筷子伸向了施甜的餐盘，夹起一块藤椒鸡翅送到嘴里。

施甜心里有种形容不出的感觉，朝他看一眼，纪亦珩是真喜欢吃这些东西啊，那么辣居然连眉头都未皱一下。

他吃完了鸡翅，将骨头放到她边上。

施甜难以置信地看他："你吃就吃吧，你还把骨头给我干吗？"

少年不说话，又夹了第二块。

他吃东西的时候可认真了，好像再大的事都不能让他分心一样，施甜觉得，以前的传闻怕是有误吧？都说纪亦珩在东大是神一样的存在，难道这是男神该有的举动吗？

她坐在他对面，完完全全就成了一块遮挡板，正好把别人的视线都遮住了。

纪亦珩好久没吃重辣的菜了，还是裹着面包糠油炸的，施甜这会儿看他，竟有几分神采飞扬的感觉。

施甜也饿得厉害，于是将餐盘里的辣椒拨到桌上。纪亦珩放在她这儿的鸡翅她可没动，她知道这是他寄存的。

半晌后，少年放下筷子。施甜吃得也差不多了，抬起视线，却见他正一瞬不瞬地盯着她看。

她要真能学会自作多情的话，肯定觉得纪亦珩这是看上她了。

施甜皱皱眉头，伸手在嘴边摸了摸，应该没吃到嘴上吧？

纪亦珩眼底深处藏了抹意味深长的笑。身边有个人还真方便，管不着他的同时，还能替他打掩护。再加上施甜也算机灵，几次下来跟他配合得不错，他得想个办法将她这面挡箭牌拴着才行。

施甜准备要走，纪亦珩却在此时出声了："你是大二的吧？"

"嗯。"

少年双手交握，右手食指轻轻敲打在自己左手的手背上："播音主持专业的？"

"对啊。"施甜完全不知道怎么跟他套近乎，纪亦珩身后的资源不少，俗话说背靠大树好乘凉，但她显然还没有开窍。

纪亦珩哦了声，施甜见他似乎无话可说了，赶紧起身离开。

耳机都还给他了，以后总能跟他撇个干干净净了吧？

回到宿舍，施甜马不停蹄地去洗澡，洗完澡后又洗了衣服，一通折腾下来，快要累劈了。

她躺在床上，打开手机想玩会儿，却见她发给纪亦珩的红包被退了回来。

退回就退回吧，反正她就当没看见，她也不会再去给他跑腿了。

蒋思南双手捧着手机，一下从床上坐起来："你们看校论坛了吗？"

"怎么了？"施甜轻问了声。

"校广播室招人啊。"

施甜侧过身，将枕头垫在背后："招什么人啊？"

"校广播室是纪亦珩的天下，说是要招个自愿的学生帮忙打理。哇，这不就是小助理吗？"

"小助理有什么好的？"施甜双腿交叠，手指在屏幕上轻滑。

"你傻啊，那就意味着飞黄腾达了好不好？人家都明说了，将会有更多更好的实习机会！换句话说，纪亦珩去哪儿说不定都把小助理带着，他现在接触的可都是工作室和各大网站啊，那是我们挤破门槛都进不去的。你看看他配音的那篇有声小说，都爆了，他要是肯推荐，那我们不就有出头之日了吗？"

施甜心想也对，哎呀怎么办，她都有点心动了。

宿舍内另外几个女生听到后，也来了兴致："怎么报名？"

"投简历呗，留了邮箱的。"

"招几个人啊？"

"当然就一个。"

施甜心头刚冒起来的那点小火苗被扑灭干净："那还是别瞎折腾了，轮不到我们头上啊。"

蒋思南将网页往下拉，看到有人直接推荐了东大的几个才女，她们在大考小考中的成绩都是拔尖的："可这上面也没规定学习情况啊。"

"那也要有才，在广播室实习，最起码要会写写稿子吧？"徐子易盘膝坐在床上，压着的小心思开始萌动。

"也对啊，"蒋思南有点泄气了，"这么说来，就你和小狮子有

28

希望。"

徐子易和施甜平时都喜欢看课外书，也会自己写点东西，不像蒋思南和朱小玉，除了高帅猛男就是韩国偶像。

徐子易看了眼施甜，小心地问道："小狮子，你要试试吗？"

施甜其实是犹豫的，一方面觉得没希望，另一方面呢，毕竟要共事的人是纪亦珩……

徐子易见她不说话，拿起手边的书，翻看两页："哎呀，我看我还是算了吧，投了也是白投，你们没看出来纪大神对小狮子好像挺有好感的吗？我们这种说不定就是陪跑呢。"

"我又不参加。"施甜听到这话，躺了回去。算了，就算投了简历也是被刷下来的份。

"你真的不参加？"

施甜摇了摇头。她这两天已经被盯上了，还是安安分分在宿舍躺着吧。

徐子易靠着身后的墙，冲蒋思南轻问道："你们呢？一起投试试看吧，说不定有机会呢。"

"再看看吧。"蒋思南也懒得折腾什么简介，还要写自我介绍呢。她觉得她所有的好运都在高考的时候用完了，现在就是混吃混喝等毕业，一无是处啊。

军训要进行的最后一个项目，是打靶，而且是用真枪。

去年还没有这一项，所以教官带着这帮学生来到教练场的时候，他们都惊呆了。

施甜见过电视里的那种场面，但都是在室内的，可这儿就是一片荒草地啊，就在远处设了几个靶子。

教官反复强调了枪支的危险性，所以让他们一定认真听进耳朵里，每个细节都不能遗漏掉。

考虑到女生胆子小，教官挑了几个男生先上。他们趴在地上，枪托紧抵着肩膀的位置，教官大声说着注意事项："肩膀不要离开枪托，不然开枪时候的后冲力你们是受不了的，眼睛望向前方，三点一线……"

"预备，开始！"

砰砰砰——

施甜忙伸手捂住耳朵。旁边的女生被吓得尖叫出声。教官让几人放下枪，慢慢起身。

一个男生手捂着肩膀，教官上前询问："怎么了？"

"撞到了，还真挺痛的。"

"没事吧？"

"没事。"

教官轻拍下他的肩膀："下一组。"

施甜很是紧张，毕竟从小到大也就摸过玩具枪而已。有几个女生已经举起了手："教官，能不能不参加？我真的害怕。"

"我也是……"

蒋思南也将手举了起来："教官，我天生胆小，禁不起吓。"

这有什么好玩的啊？被吓得半死不说，说不定还要受伤。

教官这回倒是很好沟通："这样吧，不愿意参加的女生站边上去。有谁愿意试一试的？"

谁都没讲话，有几个女生跑得贼快，溜得远远的。蒋思南回头想让施甜跟上，却见她站在人群中，将小手举了起来。

教官也挺意外的，他朝施甜轻招下手："你要参加？"

"嗯，我想试试。"

"好，你跟着下一组。"

蒋思南以为施甜疯了，要不然怎么这么想不开呢？轮到施甜上去的时候，教官蹲在她身边交代了好几句，还替她将枪托的位置调整好。

可即便这样，她还是紧张，身后有齐整的脚步声传来，另一个班级的人都过来了，就站在她身后观看。

施甜手指僵硬，指尖抵在扳机上不敢乱动，她觉得一点安全感都没有。她趴在那里，两只脚没有一个能落定的地方，所以更加发慌。

教官起身，将注意事项重新说了一遍。

"预备——"

施甜不敢咬紧牙关，视线盯着前方，有些害怕，怕一会儿连扳机都扣不动。

脚尖处陡然传来一点力，好像是有人用脚给抵着了，就这么一下下，她心里的不安和恐慌被拂尽，听着教官的口令，扣动扳机。

砰！

耳朵里嗡嗡作响，施甜来不及感受这些不适，第一时间回头望去。

头顶的阳光刺眼，她看到少年背光而立，他肩上跳跃着细碎的光芒。太阳好烈啊，刺得施甜只能眯着眼，所以看不清他脸上的表情。但她看到纪亦珩将腿收回去的动作了，不由得冲他漾出笑，巴掌大的白皙小脸上带着好看的红晕。

少年感觉心跳有些异动，脸上却是冷冷的，他忙将视线移开。

另一名教官在远处查看了靶子："没中，全部零环。"

"你们一个个脱靶脱得倒是很一致啊，靶子没打到，是不是把我养的小强都给打死了？"

施甜放下枪，站起身来。纪亦珩看着她从他身前经过，回到了队伍中去。

她方才连一眼都没有多看他吧？

这不符合常理啊。好吧，暂时别计较这些，等回到学校后他有的是法子治她。

等候的时间内，纪亦珩掏出手机，看了眼邮箱。

昨晚才发布的消息，今天邮箱就已经快被塞满了，他一条条往下看，并没找到施甜的名字。

报名是需要备注自己名字的，纪亦珩搜了两页没耐心了，干脆直接搜索。

他打进去施甜的名字，却显示搜索无结果。

什么？她没参加？

这天上掉馅饼的事情，她居然不参加？

傻子都能知道这是千载难逢的好机会，他虽然没有明说是什么好处，但他确定所有人都懂。

难道她这是欲擒故纵吗？

为期半个月的军训很快结束，虽然施甜同手同脚的毛病还是改不过来，但最后的评比大赛，教官并没有给她用那个可以请假的名额，而是让她一起参加了。

教官说参与就好，六班的同学一个都不能少。

直到回了学校后，施甜还记着教官的那句话。参与比结果更重要，这就是团队精神。

几个女生都是住宿的，新一学期的课程表也排出来了，施甜将它抄写好后贴在床头。

徐子易抱着手机在查消息，这都好几天了，但是校广播室那边一点动静都没有。

她做了一份最好看的简历，将自己的优势放大了一圈，连中学时候在报纸上发表过作文的事都写上了。

施甜从她身前经过，伸手挥了挥："看什么呢，这么出神？"

徐子易忙将手机放到边上："没什么……瞎看看新闻而已。"

熟悉的手机铃声响起，施甜快步回到自己的床前，看了眼来电显示，是个陌生号码。

"喂？"

"是施甜吗？"

"对，你是？"

"你现在有空到校广播室来一趟吗？我是学校的严老师，有些话我要交代你下，今天中午你就要开始帮忙了。"

施甜有点没听明白："什么？我去校广播室做什么？"

徐子易听到这话，心里咯噔一下，宿舍内的另外两个女生也抬起了头。

"不是你投的简历吗？已经选中你了，现在就过来吧。"

施甜心想她投过简历吗？什么时候的事？她想要再问问清楚，但那边催促了她两句后，就将通话挂断了。

徐子易嘴里的话脱口而出："你不是没投吗？"

"对啊。"施甜也纳闷。

"那谁给你打电话？为什么会提到校广播室几个字？"

施甜将手机塞进了口袋，想着还是过去了解下吧，毕竟是老师亲自打来的电话："我也不清楚啊，说我被选中了，让我现在就过去。"

"哇，"蒋思南一拍手站了起来："大好事啊。"

"难道是你给我投的？"

蒋思南摇了摇头："我连自己的简历都懒得写。别管这么多了，你赶紧过去啊。"

施甜心想也是，过去了才能问个清楚。

她快步从徐子易的床前经过。徐子易嘴唇嗫动了一下想要问些话，但话到了嘴边，还是被她咽回去了。

施甜来到校广播室的门口，看到有个老师站在外面。门没关，她余光还能瞥见纪亦珩坐在里面的身影。

"你是施甜吗？"

她点了点头。

严老师往旁边站站，走到了阳台的栏杆跟前，施甜见状，赶忙跟过去。

"从今天开始，你就在这儿帮忙了，但有几件事，你要特别特别注意。"

"什么事？"施甜不由得问道。

"具体要做的事，纪亦珩会告诉你，但我要吩咐你的是另一件事。"严老师说到这儿，回头朝门口瞅了眼，"他中午都会在广播室，你给我看好了，别让他乱吃东西，咖啡、饮料，包括那些冷饮，一律不准碰，还有辛辣的零食……算了，我一会儿给你份清单，你监督着点。"

施甜听得目瞪口呆，一下明白过来了为什么纪亦珩在军训基地的小店里会有那样的举动。

原来他的身边到处都是探子啊。

"老师，我其实没发过简历。"施甜也不知道他是怎么找上她的。

"这个我不管，我只负责通知你。"

人是纪亦珩挑的，他要什么样的助手是他决定的："我一会儿加你微信，把注意事项发你，你先进广播室吧。"

严老师丢下这几句话后就离开了。

33

施甜来到门口，看到纪亦珩背对她坐在一张椅子上，手里拿着待会儿要用的稿子，头上的帽子反戴着，帽檐压得低低的。施甜抬手轻敲下门板，纪亦珩头也没抬："进来，把门关上。"

施甜走了进去，将门关上，来到少年身侧，看到他的注意力都在那几张稿子上面。

"那个……"

"你先找段背景音乐吧，一会儿念完稿子，背景音乐你直接按播放就行。"

施甜弯下腰朝他看看："我真的没投简历，你们是不是搞错了呀？"

少年的视线从稿子上抬起，随后漫不经心地落到她脸上："你叫施甜？"

"是啊。"

"手机号码是你的？"

"对啊。"

少年耸了耸肩膀："那错在哪里了？"

"……"施甜眨巴眨巴黑亮的眼珠子，"但我没有写过。"

"这我就不知道了，反正邮箱里有你的信息。怎么，你是不愿意过来吗？"

"啊？"施甜使劲摇头，"不不不，愿意啊。"

她又不是傻子憨子，这就等于走马路上人家塞给她一张中奖的彩票啊，奖都开好了，她还能不要吗？

纪亦珩朝旁边一指："背景音乐在电脑上找。桌面有播放器，待会儿等我结束后，你直接点播放就行。"

"要什么样的风格啊？"

"随你。"

施甜拉过椅子坐在电脑跟前："放心吧，我最知道紧跟潮流了，平时小视频看得不少，里面的网红歌曲我都知道。"

"嗯，"纪亦珩并不打算夸她，"一会儿让我看看你的实力。"

"好嘞。"

他看眼时间，差不多了，于是拿过桌上的水杯喝了口水润润嗓子，然后打开话筒。

今天是正式开学的第一天，他所播放的内容也比较官方，大多是在介绍学校的历史以及每栋教学楼所涉及的班级等。

施甜在旁边的电脑上找好歌曲，她第一次来校广播室，就怕出什么差池，那个紧张啊，真是难以形容。

半小时的播放时间不知不觉过去，纪亦珩说完结束语后，朝施甜看一眼。

她立马领会过来，手指在鼠标上轻点，耳朵里钻进了她选好的那首歌曲。

纪亦珩在旁边喝水，放下了杯子后，又将手里的稿子整理了下。

桌上有他方才用到的笔，他随手拿起放进了笔筒，又打开抽屉，将稿子放进去。

这天，东大的学生有的躺在宿舍里吹牛，有的正喝着冰可乐打牌，还有的不怕热，在操场上打球。

但不管人在哪里，只要有广播的地方，都被这首神曲给洗脑了："你说性格太装，只喜欢内心纯洁的人！猿！泰！山！我是隔壁的泰山，抓住爱情的藤蔓，听我说，嗷——"

这充满魔性的猿叫声真是太刺激人了，纪亦珩有种浑身被电击过的感觉，他的耳朵都快被刺穿了。他看了眼旁边的施甜，见她正一脸享受地点着小脑袋，嘴里恨不得跟着嗷嗷直叫。

纪亦珩这个时候不好说什么，等到歌曲全部播放完后，他结束了广播。

他将椅子转向施甜身侧，倾过身朝她看看。施甜一脸美滋滋的表情："这可是抖音神曲啊，是不是很能让人兴奋起来？"

纪亦珩抿紧了唇瓣，眉头紧锁。她这刚过来就给他添麻烦，长此以往下去，非把这间广播室掀掉不可。

"你就等着教导主任找你谈话吧。"

"啊？什么意思？"怎么一首歌还能跟教导主任扯上关系呢？

"播放什么歌都是有限制的。"

施甜急了："你刚才还说随便呢。"

"那我怎么能想到你这么随便呢？"

这馅饼刚到手，还没来得及放嘴里呢，就要被抢回去了吗？"教导主任凶吗？会不会把我撤掉啊？"

瞧她怂的，纪亦珩嘴角微勾起："我会替你说情的，只不过这样你就欠我一个人情。"

"真的吗？"

少年转过身，拉开抽屉，将里面一摞厚厚的纸拿出来。他没有回答她的话，但施甜知道纪亦珩出面的话，肯定是没问题的。

他将手里的稿子给她："这是明天需要用到的东西，我已经重新排版过了，荧光笔圈出来的地方你回去练练。"

"这是什么？"施甜接过手，仔细看一眼。

"一篇小说。明天开始你配合我广播，旁白和男声都由我完成，女声你来。"

"我？"施甜瞬间觉得肩上的担子好重啊，"我不行，我没有这方面的经验。而且配音需要技巧吧？我不会啊。"

纪亦珩伸出手，指尖捏着那沓纸："那我换别人好了。"

施甜听到这儿，赶紧将手里的纸抽过去背在身后："行行行，我回去肯定多加练习。"

"今天晚上有空吗？"

施甜心里咯噔一下："干吗？"

"你要有空的话我过来自习。你跟老师请个假，晚自习的时间到广播室来，我给你指导下。"

施甜当然是愿意的，她想也不想地点了头："好啊！"

她对配音真是一窍不通，如何拿捏感情更不懂，难得纪亦珩开了这样的口，她要拒绝了那就是大傻子。

"好了，你去上课吧。"

施甜看看时间差不多了，便起身离开。

下午只有两节课，回到宿舍后施甜将稿子拿出来，准备大概看看。

徐子易走过去坐在了她的床边："你真的去广播室了吗？"

"是啊，"施甜脱下鞋子，盘膝坐在宿舍的小床上，"简历的事我也觉得奇怪，但想想算了，这说明我运气好呀。"

"今天中午那首歌不会是你放的吧？"蒋思南一边说着，一边将冰可乐往嘴里灌。

"是我啊，好听吧？"

徐子易盯着她手里的纸看："这是什么？"

"一篇小说，说是明天开始要广播，纪亦珩让我念女声的部分。"

"小狮子，我们真是太羡慕你了，你这才上大二就傍上金主了啊。"

施甜气得赤着脚站起来，拿了稿子去打蒋思南："谁傍金主呢？我打死你！"

"好好好，我错了——"

徐子易却一声都笑不出来，觉得命运就是这样会捉弄人，自己努力想要得到并为之战战兢兢去争取的东西，却轻而易举落了别人的怀里。她不相信施甜说的话，那么好的机会，她会不争取吗？

也只有蒋思南她们会信。这就好比以往考试的时候，眼睛都问徐子易复习得怎么样了，她每次都说没看书随便考考吧，而事实上呢？她都是等到同宿舍的人睡着后，用手电打着灯在被窝里复习。她就是想比别人都好！

徐子易回到自己的床上，听着宿舍内吵吵闹闹的，她认定施甜偷偷投了简历，但她也只能将这份不舒服存在心里。

吃晚饭之前，施甜将手里这部小说大概翻阅了一下，并尝试着读了两句，却没有丝毫的感觉。

主要还是不好意思，还没张嘴呢，话就堵在喉咙口了。

她在食堂吃晚饭的时候，纪亦珩给她发了微信，说他到了。

施甜急匆匆扒了几口饭，又回宿舍拿了稿子，这才快步冲往广播室。

她来到广播室门口，门是关着的。施甜开门进去时，纪亦珩回头看了眼，见到是她，眉眼明显地一松。

屋内萦绕着油腻腻的香味，施甜走过去几步，看到桌上摆着一份肯德基的小食拼盘。

施甜眉头轻皱："老师说你不能吃这种东西。"

"你管起我来了？"少年嗓音如清冽的清水，但其中并无丝毫怒意和不快，反而有种道不明的亲昵感。

施甜看到他还在吃："你没吃晚饭吗？"

"嗯。"

"为什么啊？"

"吃腻了，不爱吃。"

纪亦珩说这话的时候，视线还盯着手里的稿子。

施甜拉过旁边的椅子坐下来："老师……老师让我看着你。"

这话对于纪亦珩来说，一点威胁力都没有。他拿起桌上的拼盘，冲着施甜扬了扬："你也来两块？"

"不用了，我都吃饱了。"

纪亦珩将东西放到桌上，他修长的手臂伸向旁边的抽屉，然后一把拉开。施甜看得目瞪口呆，里面塞满了杂七杂八的零食，真是应有尽有啊，还有喝的。

"喜欢吃什么？自己拿吧。"

施甜忙摆了摆手："我不吃，你也不能吃。老师说这些东西对你嗓子不好，你要这样的话，我只能告诉老师了。"

纪亦珩将抽屉啪地推回去："你还欠我一个人情，你是不是忘了？"

施甜嘴角动了动："你少吃点不行吗？或者回家的时候吃啊。"

"我看稿子喜欢吃东西，不然看不进去。"

"……"

纪亦珩搭起长腿，将手臂撑在椅背上："我们先来对对词，省去旁白，直接从女声开始。"

施甜有点紧张，况且这会儿又是面对纪亦珩，关键这第一句词就已经很要命了。

这是一部人气挺高的现代小说，人物都立起来了，文笔也是一绝，就是这词写得有点露骨。

施甜张张嘴，感觉自己都不会说话了。

稿子最上方有这部小说的名字，简简单单两个字：一念。

施甜磕磕绊绊地说出了第一章里面的第一句女声台词："你真的要订婚吗？你说过只要我一个……难道……"

她停顿了片刻，捋顺了舌头后才继续说道："男人在床上说过的话……都不能算数吗？"

施甜鼻腔在发热，感觉鼻血要喷出来："不能这样念吧？教导主任要是听到了，真会扒了我的皮的！"

"这叫尊重原创。"纪亦珩眼帘轻抬，看到施甜脑袋压得低低的，都不敢抬头正眼看他，"小说里面各种各样的词都有，你既然拿了稿子，就得站在人物的立场上去说那些词。"

施甜的心还在怦怦乱跳呢："那我重新来一遍？"

"嗯。"

施甜深吸口气，尽量调整呼吸："你真的要订婚吗？你说过只要我一个——"

"停。"

施甜乖乖闭上了嘴巴。

"这不是让你毫无感情地念词，重新来。"

施甜深呼吸，再深呼吸，反复练习。纪亦珩拉开抽屉，拿了包话梅出来，打开袋子后拿了一颗塞到嘴里。

要命。

买错了！太酸了！纪亦珩眉头打成结，但没有吐出来，他单手撑着侧脸，嘴角紧紧绷起来，牙齿都快酸掉了。

施甜就是过不去心里的坎呀，一说到"床上"两字就卡壳。

纪亦珩抬手，将稿子轻敲在施甜头顶："就这么让你念不出口吗？"

拜托，他是男生，她是女生好不好？俗话说孤男寡女共处一室，如今说的词还那么露骨，她难免会有非分之想好吧？

等等。施甜真觉得自己的脑子被纪亦珩敲坏了。什么叫非分之想？她可没有啊，苍天做证。

"我不信你就能面不改色地说出口。"

纪亦珩轻笑声，质疑他的专业性？"我要能说出来怎么办？"

"随便啊。"

纪亦珩目光顺着稿子往下看，找到了施甜要说的那句词，他沉了沉嗓音，那句话脱口而出时带着满满的感染力，有无奈、有愤怒，也有不敢再大声质疑的压抑："难道，男人在床上说过的话都不能算数吗？"

他一气呵成，每个字都幻化成了跳动的音符，轻轻敲打在施甜的心头。她朝他看了眼，在此刻才明白过来，原来老师们的担忧和防范并不是小题大做，纪亦珩确实是天生就适合吃这口饭的人。

施甜面色微红，照着纪亦珩方才的语气一遍遍练习起来。

少年坐在边上，已经在开始看后面的稿子。施甜睨过去，余光看到他骨节分明的手指间捏了支荧光笔，正在做着相关的标记。

她是学这个专业的，加上脑子灵活，所以上手也很快，只不过就是没有纪亦珩那样的天赋罢了。

半晌后，纪亦珩看眼时间，再过十分钟晚自习便要结束了。

他动了动腿，将稿子收好："今天就到这儿吧。"

施甜将第一章的内容练得差不多了，看到纪亦珩站起身，还看到了桌上的狼藉。

施甜走过去，将垃圾收好。她都是他小助理了，这点眼力见儿还是要有的。广播室就他们两个人，她不做，还能让大神亲自动手吗？

施甜跟着纪亦珩走出去，他转身将广播室的门锁上。校园内这会儿很是清静，东大的宿舍楼在学校的外面，施甜经过操场时，听到有人在夜间打球的声音。

两人刚走出学校，下课铃声就响了。一会儿肯定会有不少学生出来，施甜撒腿就要走："我先回去了。"

"你刚才不是说我要能把那句词念好的话，你就随我怎样吗？"

"啊？"施甜脑子里有短暂的空白，她真说过这话吗？

随他怎样？

她下意识地用双手揪住了自己的领口。

纪亦珩目光淡淡地移开："你请我吃个冰激凌就好了。"

What（什么）？

她这么一个国色天香的人，还比不过一个冰激凌的诱惑力大吗？

施甜悻悻地放下双手："老师说了，你不能吃那个东西。"

"你要去告状吗？"

"你要不听劝，那我就去告状。"

40

纪亦珩也有话可以对付她："你要是告状，我就说广播室抽屉里的那些东西全是你买的。"

　　什么？

　　"老师不会相信的。"

　　"我就说，是你为了贿赂我准备的。"纪亦珩丢下这句话后，头也不回地往前走去。

　　施甜定定地站了两三秒，赶紧追过去："喂，你怎么这样啊？好嘛好嘛，不就是冰激凌吗？你要什么口味的？香草巧克力双拼行不行……"

　　一只手伸过来，捂住了施甜的嘴。她陡然噤声，鼻息炽热地打在少年的手指上。

　　施甜嘴巴动了动，纪亦珩手掌心感觉到了她唇瓣的柔软。她再也不敢动了，连呼吸都变得小心翼翼起来。

　　少年将手收回去，手心轻握紧，掌心里好像滑腻腻的。

　　"你想让全世界都知道吗？"

　　施甜舔了下嘴角，脸还是红的。纪亦珩在前面走着，她一语不发地跟在他后面。

　　学校附近有小超市，但如果要去档次比较高的冰激凌店的话，还得走一大段路。

　　大大的冰柜就摆在超市门口，纪亦珩走过去，将柜门推开，找了一圈，最后拿了个八喜。

　　"你吃什么？"他头也不回地问道。

　　"我不吃。"施甜从兜里掏出手机，要进去付钱。

　　少年并未将柜门关上，他侧脸微抬："去哪儿？"

　　"给钱啊。"

　　"先过来。"

　　施甜回头看眼，乖乖上前几步。纪亦珩拿了个草莓味的递给她，她却并未伸手接。

　　说实话，这个冰激凌的钱，她可以吃一顿饭。

　　说实话，施甜的生活费并没有那么宽裕，除了每个月的开销以外，就够她偶尔吃点零食，如果还想买件漂亮衣服的话，她最起码要忌嘴一

41

个月。

"我不吃，我不喜欢吃这种东西。"

纪亦珩将它塞到施甜的手里："我不信还有人能抵挡得住这种诱惑。"

"……"

这话不对吧？施甜想说，她又不是他，忍一忍当然能忍过去。

少年抬起脚步走进店里，施甜见状，赶忙跟上："老板，两个冰激凌多少钱？"

纪亦珩将手机递给柜台前的人，施甜抢着说道："我来！"

纪亦珩见扣款成功，一边将冰激凌打开，一边走出去。施甜紧随其后："不是说好我请客吗？而且我上次还给你的红包，你也没有点……"

纪亦珩陡然顿住脚步，这次施甜有经验了，及时收住步子，这才没有撞上去。

少年转身，用手里的冰激凌跟施甜的碰了碰："我请你，就当是庆祝我身边多了一个人。"

施甜很是牵强地勾了勾嘴角，这话可以这样说吗？

她怎么觉得有点奇怪呢？

回到宿舍，施甜把手里的冰激凌吃完了，蒋思南她们也都回来了。一见到她进来，徐子易第一个上前："小狮子，你在广播室待到了现在吗？"

"是啊。"施甜手里抱着稿子，她走到自己的床前，蹲下身，将一盆还未来得及洗的衣服拿出来。

"纪亦珩人怎么样啊？好相处吗？"

施甜仔细地考虑了这个问题："好像还行，但严格的时候挺严格的，又肯教别人东西……可怼人的时候也是不留情啊。"

所以，综上所述，纪亦珩是个典型的矛盾体。

徐子易靠在旁边的墙壁上："他会教你怎么念词吗？"

"会，我明天第一次在广播室配音，今天就是练习下。纪亦珩教了我不少。"

徐子易眼里藏满羡慕："还是我们小狮子有魅力，连简历都没投就被选上了。"

　　"我觉得吧，可能还是蒋思南或者小玉给我投了，要不然邮箱里怎么会有我的呢？"施甜说完这话，端起手里的盆走进了洗手间。

　　晚上，蒋思南难得早睡，朱小玉跑到宿舍外面跟人打电话去了。

　　还没到关灯时间，施甜正对着稿子默念，她怕明天会紧张，到时候念得磕磕绊绊就不好了。

　　"小狮子，小狮子？"

　　施甜回过神："怎么了？"

　　"把灯关了吧，我今天好困，开着灯睡不着。"

　　施甜看眼时间，其实还早，但徐子易开了口，她也不好多说什么："好，关了吧。"

　　徐子易走过去，将灯关了。

　　施甜掏了手机出来，怕影响到别人，就钻进了被窝里看。

　　第二天，施甜吃过中饭匆匆回了趟宿舍，拿了放在枕头边的稿子快步出去。

　　蒋思南刚打开电脑，朝门口看了眼："以后我们宿舍可就冷清了。"

　　"小狮子又不是不回来了，"朱小玉抱着手机躺到床上，"一会儿广播里就能听到她的声音。也不知道要念些什么，我好期待啊。"

　　"十二点多就要开始了，待会儿我们一起听。"

　　施甜来到广播室的门口，门是敞开着的，她走进去看到纪亦珩已经在椅子上坐着了。

　　施甜关上门，纪亦珩戴着耳机，并未听到脚步声。她坐下来后，少年这才转身朝她看一眼。

　　他将耳机摘下来："准备开始了。"

　　施甜的视线定在稿子上，却发现第一页不见了，她于是赶紧往下翻看。她脸色变了，眼里装满紧张，纪亦珩轻声问道："怎么了？"

　　"我第一张纸怎么没了？"

　　"漏拿了？"

　　"不会啊。"施甜早上还确认过，明明都摆在一起的，"要丢也不会

43

丢这一张。"

纪亦珩见她将稿子翻来覆去地找，这会儿也没时间给她折腾了。纪亦珩伸手拉住她椅子的边缘处，一用力将她拖向自己。

两个椅子撞在一起，施甜的身子因惯性而往前冲，她赶紧伸手抵在了纪亦珩的肩膀上。

她满脸窘迫，脸红得像个熟透的苹果。纪亦珩将椅子拉着靠近桌子，又试了试音后，冲施甜说道："我有稿子，你跟我一块看吧。"

施甜也想不出别的法子了，只能跟着凑上前。

纪亦珩快速地拿起一支笔，将施甜的词都标注出来。

正式开始广播后，少年朗朗而清冽的嗓音在施甜耳边响起，她要看他的稿子，所以不得不挨着他坐。

轮到施甜说话时，她尽量平复自己的心情，将已经背得滚瓜烂熟的词，带着十分的感情说了出来。

纪亦珩还要念旁白，施甜趁着这个间隙，赶紧熟悉自己的词。

两人靠在一处，脑袋跟脑袋几乎碰在一起。少年语调轻扬，话语中带着书中男主角明三少该有的浪荡和轻浮。

广播间内开着空调，可施甜觉得好热啊，那股子热浪是从心里蔓延出来的，她觉得自己的呼吸好像也急促了。

纪亦珩念到了下面的词："傅染，染字，是与人有染的那个染吗？"

施甜把放在桌上的手收了回去，她又不知道该将手摆在哪里，心里装满了局促不安和尴尬。

纪亦珩一句句念着他的词，施甜不用看手里的小说，通过他的声音她就感觉到书中明成佑那个角色已经站在了她的面前。这种感觉真是太奇妙了，施甜在以前从未体会过。

她眼帘微微抬起，看到了纪亦珩轮廓分明的脸，高高的鼻梁下，好看的薄唇一开一合。

他念词的时候，手指在桌面上轻轻敲打，只是没有敲出一丁点的声音。

施甜深吸口气，恨不得此时来一瓶冰水，好让自己消消火。

女生宿舍内，蒋思南第一个蹦起来："这也太劲爆了，我打赌，小狮子这会儿肯定喷鼻血了！"

"这撩得太明显了吧！哎呀，我受不了了！老夫的少女心啊！"朱小玉也激动得不行，"纪亦珩是不是故意的啊？"

徐子易这会儿正在看那篇小说："原著就是这么写的，词都没改，应该只是照着念而已吧。"

看来，她们都把事情想得太简单了。

"那也要命啊！要是有个男人对我说出这样的话，管他是不是台词，我肯定受不了。"

别说她们了，施甜昨晚跟纪亦珩对词的时候都没有这么强烈的异样感，怎么现在他说的每句话，到了耳朵里，都带满了诱惑呢？

她的自制力就这么差吗？

纪亦珩自始至终没看她一眼，施甜接上了他的词后，少年继续念着旁白。

施甜不敢大声地吐气，看到纪亦珩陡然朝她靠过来，他的呼吸声落在了她的耳边。

少年嘴里发出了啵的声响，回到话筒跟前继续："明成佑贴向傅染的耳际处亲吻，冲着她轻轻说道：'我看到你的整条腿了，皮肤细腻，挺销魂的。'"

施甜一口呼吸好像卡在了喉咙口，这词都是谁写的啊？！

她真是不行了，阅历不够，光是听几句词就能把自己整趴下。

纪亦珩侧首朝她看去，眼神深邃，眸子深处似有星星亮光在炸裂开。他示意她开口，下一句就是她的词。

施甜嘴里都是热热的，哪里都是烫烫的。广播室内的空调压根不制冷，硬生生让室内的温度快要突破她的承受极限。

她照着词往下念，露在外面的脖颈都涨红了，纪亦珩嘴角勾起抹若隐若现的笑。

读完了第一章的最后一句内容，施甜如释重负，椅子也被她从纪亦珩身边推离开。

少年还在继续，施甜觉得口干舌燥，但她过来的时候忘记带水杯了，也不敢乱走动，只能忍。

读完了剩下的旁白，纪亦珩也做了结束语。今天没有时间播放推荐的曲目，他收了音，今日的广播到此为止。

施甜看眼时间，今天下午她只有一节课，这会儿回去的话还能睡个午觉。

"你脸红什么？"纪亦珩的话冷不丁钻进施甜的耳朵里。

施甜下意识地用手摸向脸颊："哪有啊？"

"我抽屉里有镜子，你自己照照看。"

他没事都在广播室里干吗呢？连女生最爱的小镜子都有？

施甜拿起桌上的稿子："结束了吧？我走了。"

门口传来敲门声，纪亦珩回头看眼，严老师已经推门进来了。

施甜赶忙起身打过招呼，严老师走到两人跟前："都结束了吧？"

"是。"纪亦珩收拾下桌上的东西，站起身。

"纪亦珩，刚才我们几个老师都听到了你的广播内容，这个……"

施甜猛点头，就是啊，这个内容很有问题，她的心脏到了这会儿还在扑通扑通乱跳呢！

"内容怎么了？"纪亦珩倒是坦坦荡荡，说话的口气也没有半分不自然。

"这毕竟是校广播，每个学生和老师都会听见的，你选的文里面有些词吧……比较……比较怎么说呢……露骨。其实可以换换四大名著嘛，博大精深哪，是不是？哈哈哈——"

施甜觉得她应该给老师面子配合一下，只能跟着干笑两声。

"严老师，我记得您指导我的时候说过，一旦拿了稿子，就应该心无旁骛，声音是作品的灵魂，如果连声音的主人都觉得羞于启齿，那么一部作品就等于没有了灵魂。我们都是成年人了，学习的又是这个专业，我反而觉得越早接触到这种才越好。"

纪亦珩说完这话，转身面向了施甜："如果现在有个机会摆在你面前，你还有一个竞争对手，但对方给你的面试内容仅仅是一段令人遐想的喘息声，你会怎么做？"

施甜光是想想都觉得够了，不自觉地红了脸："怎么会有这样的要求呢？这也太不合理了……"

“我就遇上过。”

确实，当时去面试的时候，还是严老师陪着一起去的。他还惊叹于纪亦珩毫无痕迹的处理方式，说他天生就是吃这口饭的。当时不少人围在一个屋子里，每个人的眼睛都盯着录音室，另一个人就是频频笑场，才被淘汰掉的。

严老师将视线落到施甜的脸上，也把话题扯开了：“那个……你第一天播音，还习惯吗？”

“习惯，习惯。”施甜忙不迭点头。

“好了，我也要去上课了，我先走了。”

施甜眼见严老师出去了，抬起脚步也要离开。

纪亦珩喊了声：“等等。你今天下午什么课？”

“有一节大课，两点多的。”

“那陪我出去一趟。”

施甜抱紧手里的稿子：“去哪儿？”

“新上了一款耳机，我要去试听一下。”

“我也要去吗？我不是很懂，而且我下午还有课呢。”

纪亦珩已经拿起了放在边上的背包：“你进了广播室帮忙，我的事就是你的事，难道老师没有交代过你吗？”

“我真成了你的助理吗？”

纪亦珩居然还能点得下头：“差不多，可以这样说。”

他径自往外走去，施甜追上前两步：“你又不是没有耳机，喂……”

为了保住从天而降的这块馅饼，施甜不得不屈服啊。她跟着纪亦珩来到附近的商场，少年走进一家店，施甜也跟着他站到柜台跟前。

他选了一副头戴式监听耳机，施甜看着他将耳机戴到头上。

施甜不由得看了眼这副耳机的标价，纪亦珩家里难道是产矿的吗？这也不比他上次那副便宜啊，耳机嘛，有一副就够啦。

少年专注地盯着一处，他对耳机的要求极高，一点点瑕疵都忍受不了。

施甜有些无聊地坐在边上，纪亦珩忽然摘下耳机，戴到她耳朵上。

她吓了一大跳，欲要起身，纪亦珩两手落在她的耳朵上。施甜垂下眼帘，听到的声音好真实，就好像说话的人就站在她边上一样。

原来，七千块的耳机和她七十块钱买了两个的耳机，竟相差那么多。

纪亦珩的呼吸落在她头顶上方，将她额前的几根碎发拂开了。

少年将耳机拿开："是不是很不错？"

"嗯，"施甜点着头，压低了嗓音说道，"就是贵啊，太贵了。"

纪亦珩将耳机再度戴回头上，调节下音量。施甜不由得张望四周，冷不丁看到外面经过一个熟悉的身影。

她眼神定了定，看见那人被一个身形肥胖的中年女人挽着手臂，正朝着店内走来。

施甜有些不知所措，紧张地攥紧了两手，恨不得现在就能找到一个让她躲避的地方。

两人进来后有服务员上前招呼，店里没什么人，那人一眼望过来，视线正好同施甜对上。

施甜仓皇地移开眼。那人是想过来的，但意识到身边还有人，硬生生顿住了脚步。

"快来看看……"女人穿着打扮均是一身的贵气，她拽了拽男人的手臂。

施甜眼里装满复杂，目光就这么直勾勾地盯着他们。

纪亦珩一抬头，察觉到了异样，想要扭头望过去。

施甜想也不想地伸手捧住他的脸，这一幕落在别人眼中自是觉得亲昵无比。少年没想到她会做出这个举动，他吃惊地抬头看着她。

施甜双手用力，都快要将他的脸挤变形了。纪亦珩抓住她两只手腕，想要将她的手拉下去，但施甜怎么都不肯松开，反而越来越用力。

少年摘下耳机，施甜一把拿起他放在柜台上的背包，另一手伸出去拉住了纪亦珩："我们快走吧，改天再来。"

"怎么了？"纪亦珩被她拉起身，跟着她走出去几步。施甜越走越快，像是在逃难一样。

纪亦珩走到门口处，不由得回头看了眼，店里也没别的客人，除了一个中年妇人外，就只有一个看上去顶多四十岁出头的男人。

他衣着光鲜，头发用发胶固定了梳在脑后，纪亦珩收回视线，他不知道施甜在害怕谁。

施甜快步地走着，要不是因为拉着纪亦珩，她肯定直接就跑了。

她没办法在遇见了他后，还能装作什么都没看见一样。

走动的过程中，纪亦珩的手臂差点从她手里滑落，施甜想也不想地一把抓紧。

到了电梯口，施甜这才停下来，回头看向自己的手，看到纪亦珩的手指被她牢牢地抓着。

施甜赶忙松手，纪亦珩从她手里接过背包："你怎么了？看见谁了？"

"没有啊，"施甜不肯承认，"我就是怕上课迟到，我一会儿还有课的。"

纪亦珩定定地看了她两眼："现在还早。"

"还是改天再来看吧，我……我还有功课没有完成。"

纪亦珩看到那一男一女从不远处的店里出来了，男人四下张望，应该是在找施甜的身影。

纪亦珩一把拉住施甜的手进了电梯，直到电梯门合上，他的手都未松开。

施甜只觉手心里都是汗，她稍稍用力想将手抽回去，但纪亦珩居然一把握得更紧了。

电梯内就他们两个人，谁也不懂少年此时的心思究竟是怎样，施甜心跳得越来越快。电梯下到一楼，门打开了，纪亦珩拉住施甜的手走出去。

直到走出了商场，施甜再度将手往回抽时，纪亦珩这才像没事人般松开了手。

第三章　明撩不易躲

一路上，施甜也没说话，心事重重的样子。

纪亦珩将她送回宿舍门口，见施甜话也不说就要往里面走。

"今天回去，把第二章的内容熟悉下。"

"好，"施甜点着头，"那我先进去了。"

纪亦珩嗯了声，看着施甜进了女生宿舍。

宿舍内，蒋思南和朱小玉玩游戏玩得正起劲，一见施甜进来，蒋思南手里的鼠标都被她丢开了："小狮子，你怎么才回来啊？"

"噢，有点事。"

"你和纪亦珩的那些对话内容我们都听到了！妈呀，我听得都心神荡漾想谈恋爱了。当时纪亦珩是不是就坐你边上？说话的时候，你们离得很近吧？他有没有什么异样的举动啊？"

"没有。"施甜从蒋思南身边快步经过，回到自己的床边，弯腰像在找什么东西。

施甜找了一圈未果，拿开枕头，就看到她丢失的那张纸在下面。

难道是她记错了不成？

徐子易摘下耳机朝她看眼："你怎么了？神色好像有些不对啊。"

施甜轻摇下头："没什么，困了，我先睡会儿，上课的时候叫我啊。"

她翻身躺到了床上，蒋思南她们本来还想八卦的，但这会儿见施甜要睡午觉，她们也只能先去打游戏了。

施甜将被单拉过头顶，并没有睡觉，而是拿出了手机。

屏幕上显示了很多通未接来电，都是同一个号码打来的。

施甜点开微信，看到了对方一连串的发话："你这个时间为什么不在学校？你跟谁在一起？你要干什么？为什么不接电话？"

施甜满脑子都是刚才看到的那幅画面。她接受不了，却又不得不接受。

开学几天后，班主任在群里发了一个二维码，有一个六百五十块钱的费用，需要他们自助缴费。

施甜握着手机等了半天，中午连食堂都没去，一下课就急匆匆回了宿舍。

迫不得已之下，她只能主动给他打电话。

电话接通时，施甜也没开口打招呼，攥紧了小手："学校要交钱，六百五十块。"

"你这时候知道要打我电话了？"男人态度很不好，"你既然这么能耐，就自己解决。"

施甜这时候没法赌气，也赌不了这口气："老师让我们缴款过后，将截图发到班级群，很多人都交过了……"

"那天你跟谁在一起？"

施甜唇瓣紧抿了下："就是一个同学。"

"上课时间，你不好好在教室待着，你跟人跑商场去？如果只是同学，你们能牵着手吗？"

施甜脚在地上用力踢了两下："那你呢？你又跟谁在一起？"

男人显然被激怒了："我供你吃供你穿，不是让你来管我的！你既然找到了靠山，就不要再指望我给你钱养活你，你找那个男生，让他给你钱。你们不是男女朋友关系吗？那他就该给。"

施甜气得脸色发白，可她不敢挂断通话，因为知道这钱如果交不出来的话，老师肯定会找她。

但电话那头的人没再开口，手机里传来了嘟嘟的声响。

施甜鼻子一酸，差点哭出来，茫然地看了眼手机屏幕，他真的挂了电话。

那她的钱该怎么办呢？

施甜怔怔地在床沿处坐下来，过了一会儿，门口传来了脚步声。

蒋思南踏进宿舍，还不忘揶揄她一句："小狮子，你这匆匆忙忙地回来，是和纪大神去吃大餐了吗？"

施甜视线还定在自己的手机上："别瞎说。"

"你们钱交了吗？"朱小玉看眼班级群，"我刚把截图发过去。"

"我早上就交了。"蒋思南打开电脑，"我要跟人决斗去，小玉，一起来啊。"

"好，你在哪个区？"

徐子易回到床前，将手机重重丢到床上。施甜听到动静，抬了下眼帘："你怎么了？"

"我妈说我成天就知道要钱，这六百五十块钱虽然给我了，可下个月生活费要减两百。"

她们都知道徐子易家里条件不好，还申请了学校的贫困生补助，但她这人又极要面子，所以除非是她主动提起，要不然她们都不会问起她家里的事。

"没事，减就减吧，到时候实在不行，我们一起吃泡面。"施甜想要安慰她。

徐子易心情不好，想起家里的情况就闹心："你没有生长在那样的家庭，你是不会明白我的。"

徐子易心里有多苦，也只有她自己才知道。她们一个个都是泡在蜜罐子里长大的，压根不会知道一个穷字有多可怕。

徐子易的身上一直背着"自卑"两字，所以她才要做得比别人都好，她不想让人瞧不起。

施甜垂下头，识别了保存好的二维码，将六百五十块钱交了进去。

这是她剩下的生活费了，交完之后，连饭卡都充不了。

校广播的时间马上就要到了，施甜一口东西没吃，就这么去了广播室。

走进广播室，施甜刚将门关上就闻到了一股香味。她走过去几步，看到桌上摆着一份比萨，她眼睛都直了。

纪亦珩一抬头，正好看到她在咽口水。

这不是刚过吃饭的点吗？难道她这是馋了？

也对，他都禁不住这种诱惑，别说她一个女生了。

纪亦珩搭着长腿，手臂压在椅背上："吃吧。"

"不吃。"施甜坐向旁边的椅子，"快开始了吧？"

"还有十分钟。"

施甜垂下眼帘盯着手里的稿子看。已经用订书机将稿子钉起来了。比萨是刚送来的，大门紧闭的广播室内香味弥漫，她今早吃了粥，肚子到这会儿早就撑不住了，不过就当减肥好了，饿一饿没关系的。

纪亦珩拿了块比萨，施甜闻着香味不由得抬头，脑子里和心里都在说着不吃不吃，但两眼诚实地落在了少年手上。

这是什么口味的？看样子应该是培根比萨吧？好像还有虾肉是不是？也不知道好不好吃。

怎么办，真想吃一块。

施甜很有骨气地移开视线，第一顿她就扛不住的话，以后不得哭天抢地地求饶吗？

纪亦珩将比萨递到她面前："吃一块。"

天知道，这比萨简直比施甜面前的这张脸还要有诱惑力啊，她使劲地吞咽了下，勉强开口："我……我吃过中饭了啊，吃得撑死了，吃不下。"

纪亦珩见她视线盯着那块比萨望来望去的，像是在数上面有几块培根。她在他面前装什么啊，想吃就明说，纪亦珩将比萨塞进了施甜的嘴里。

她下意识地一口咬住，睁大了双眼看他，少年将手收回去："我可不吃被别人咬过的东西。"

施甜伸手拿着那块比萨，鼻间满是肉香味，实在忍不住地咬了下去，口齿不清地说道："你干吗非要塞给我？不吃又浪费，我只有勉为其难了。"

纪亦珩就没见过这么口是心非的人："是，难为你了。"

施甜觉得这块比萨特别大，吃了一口后仔细看一眼，才发现纪亦珩将两块叠在了一起。怪不得她的嘴巴都被塞满了。

她饿得再厉害，这两块比萨也足够将她撑饱了。

施甜担心一会儿耽误了广播的时间，大口吞咽起来。

纪亦珩原本是逗逗她的，可如今看她这副模样，她分明就是被饿着了，要不然谁能在吃饱了中饭的情况下，还能这般狼吞虎咽呢？

他没有拆穿她，拉开抽屉，拿了瓶水出来，拧开瓶盖后递给施甜。

她朝他看了眼，并未第一时间伸手接。

"你要不喝水的话，一会儿嗓子就要干了。"

施甜接过了他手里的水，纪亦珩没再看她，而是转过身去继续看稿子。

没人盯着她后，施甜觉得自在了不少。纪亦珩在余光里看到施甜几乎没停嘴，很快就把两块比萨都吃完了。

少年心里有种说不出的感觉，她这是怎么了？

按理说她这么瘦，也不需要减肥，难道是为了省钱？

应该不至于。

纪亦珩没法将不吃午饭和省钱两个字结合在一起。

他抽了张纸巾递给施甜。她小脸微红地接过去，擦了擦嘴："都怪你，我撑死了。"

纪亦珩轻笑出声："那要不要下去跑两圈？"

施甜的肚子完完全全被填饱了，时间也差不多了，纪亦珩准备之后开始播音。

今天比昨天顺利了不少，昨天纪亦珩算是给她上了生动的一课，这一关是迟早要克服的，她其实多幸运啊！别人还在学着理论知识的时候，她就已经受人指导，而且每天都有这么难得的实习机会。

结束播音后，施甜想了想，还是要跟纪亦珩说句谢谢。

"我一定认真对待广播的事，谢谢你。"

"你的谢谢，就是嘴上说说的吗？"

"啊？"施甜蒙了，那还要怎样？

纪亦珩侧过身，目光直落在她的小脸上："你请我吃晚饭。"

他看到施甜的脸色瞬间变了，有尴尬，也有不安。她微信里面还有不到两百块钱，那还是纪亦珩之前发的红包。施甜情愿饿肚子都没有碰，就因为别人的钱不能动，她手掌轻握下，干笑声："下个月呗。"

"为什么？"

施甜勉强扯动着嘴角："最近……忙啊。"

"你今天下午几节课？"

施甜轻摇了下头："我没看，应该是三节课吧。"

她就怕她答应了，到时候即便是揣着微信里的钱过去，也付不够纪亦珩的一顿饭钱："下个月我肯定请你吃顿好的。"

等到下个月，那边应该气消了吧？到时候生活费还是要给她的，她省一省，一顿饭总能请吧？

施甜想到这儿，神色微黯，差点忘了这个月才开始呢，她又是个一饿就要发慌的人，恐怕连一天都扛不过去。

纪亦珩心里有了疑惑，也没再继续这个话题："好。"

施甜轻呼出口气，赶紧离开了广播室。

下午放了学回到宿舍，施甜洗完澡后把衣服洗了。蒋思南看看时间差不多了，拿起桌上的手机："我们去吃饭吧。"

"你们先去吧，我一会儿再去，不饿。"施甜站在阳台上正晾着衣服。

"待会儿食堂都关门了，走啦。"

"还早呢。"

朱小玉拉着徐子易也正走出去："要不要我们给你带回来？"

"不用啦。"

她们也没察觉到异样，毕竟这也是正常的事："那好吧。"

晚自习之前，金哲给纪亦珩打了个电话："你让我留心的事，我可给你办好了啊。从食堂开始放饭到结束，我都没看到你家那位的身影，她同宿舍的人我倒是看到了。把我守得好苦啊，你说怎么办吧？"

"知道了，"纪亦珩心里猜到了些许，"明天带你上分。"

"真的？"金哲兴奋地喊叫起来，"不见不散啊。"

晚自习也没什么功课要做，施甜趴在桌子上，点开手机微信的对话框。跟她有最亲的血缘关系的那个人看来是真不打算管她了。

她枕着自己的手臂，心里酸酸涩涩地难受。

下课后，几个女生一道往宿舍走，施甜的手机铃声响起。

她看到是个陌生号码，但还是接通了："喂？"

"你在哪儿？"

她觉得声音有些熟悉，毕竟他的嗓音太有辨识度了，但她又觉得不可能，他这个时候给她打电话干吗？"你是？"

纪亦珩的语气有些变了："你连我的声音都听不出来了？"

施甜这下是百分百确定了："你……你找我有事吗？"

"下课了吗？"

"嗯，刚下课。"

"我在校门口这里等你，你过来一趟。"

啊？现在学校门口都是人啊。蒋思南在她身边拉了拉她的袖子："谁啊？"

"有事吗？"施甜站到了边上问道。

"有几句词要改改，我必须跟你当面确认下。"

施甜以为有多大的事呢："你微信跟我说也行啊。"

"你不想改是吗？那到时候你就按着稿子念吧，别又说喊不出口……"

喊？不是说？

她脑子里第一反应就是：不会是那种词吧？嗯嗯啊啊？

"改改改，我这就过来！"

施甜挂了电话，跟蒋思南她们说道："我去下就回来，你们先回宿舍吧。"

"谁啊？"徐子易轻问。

"纪亦珩，说要找我改稿子。"

56

蒋思南一把挽住徐子易的手臂："走吧，咱们就别耽误人家两口子约会了。"

"你别乱说。"施甜也没时间跟她争辩，快步朝着校门口走去。

纪亦珩站在那里，像个闪光点一样，施甜不用刻意去找，就看到了他的身影。

她快步走上前："要改哪里？"

纪亦珩摘掉耳机，朝她看看，一语不发地往前走去。施甜纳闷得很，跟在他身后："去哪啊？"

"找个地方先坐下来。"

"不用了吧？待会儿宿舍要关门。"

纪亦珩头也没回："不会太晚的。"

学校附近开满了小吃店，各种特色都有。施甜放慢脚步："你干吗来这儿？"

"我今天去打球了，晚饭还没吃。"

"你……你可以先跟我说完了要改的地方，你再去吃。"

纪亦珩不听她的，抬起脚步进了家苏式小吃店。进去后，他发现施甜并未跟上，又回到了门口："你是要我拉你进来吗？"

施甜知道这儿的消费不算高，犹豫下后还是进去了。

纪亦珩站在前台处准备点单："你吃什么？"

收银员身后就贴着价目表，施甜没看，摇了摇头："我不饿。"

"一份爆鱼面，一份生煎，再要碗小馄饨吧。"纪亦珩说着，看了眼施甜，"你先去找位子坐。"

她乖乖往里走，刚坐定，纪亦珩也过来了。

"我带着稿子呢，要改哪里？"

少年也是做足了准备来的，他接过施甜手里的稿子，翻到后面，然后指着满满一页的词给她看："这些你都看过吗？"

施甜之前粗略地翻过一遍，只是还没来得及细看，毕竟时间有限，她这会儿盯着纪亦珩的手指处，看到了一些很是要命的词。她红着脸，伸手按住，纪亦珩抬起眼帘朝她睨去："做什么？"

她脸红极了，连耳根处都是红的。

57

纪亦珩在她手背上戳了戳："里面的词我都能背了。再说又不是你写的，你这么大反应干吗？"

她手还是按在那里没动："那要怎么改啊？可以删掉吗？"

"你想怎么改？"

"直接删掉应该不行吧，会影响情节。"

纪亦珩轻点下头："你可以尝试着做改动，反正还有时间，你改好之后给我看一遍。"

"好，那我回去就想一想。"

服务员端了满满的一碗面过来，欲要放到纪亦珩手边。

"我不吃面的。"

服务员闻言，将面放到了施甜面前。她低头看眼，那只碗比她的脸还要大，红汤上面盖着一块爆鱼，撒着葱花，诱人极了。

"吃吧。"纪亦珩拔了双筷子递给她。

"我不吃。"施甜违心地拒绝。

小馄饨和生煎也都上齐了，纪亦珩取过碟子，夹了个生煎放在里面，再推到施甜的手边："陪我吃。"

"我都吃过晚饭了，这么一大碗面我吃不掉。"

"吃不掉再说吧。"

纪亦珩舀了满满两匙子辣椒油放到小馄饨里，他没再看她，也不管她了，施甜犹豫了一下，还是拿起筷子吃了起来。

大神就是钱多啊，谈这么一点点事都要把她拉过来，难不成他是太寂寞了，要找个人陪吃陪喝吗？

她说她不饿，可事实上已经饿得前胸贴着后背了，纪亦珩看她大口吃起来，才松了口气。他才应该是郁闷的那一个，照这样下去，他不得胖出好几斤吗？

他总不能当着施甜的面一口不吃，原本想带她去吃湘菜，但想想算了，她饿到现在，辛辣的食物太刺激胃，一会儿肯定要不舒服。

施甜从他这里蹭了两顿饭，边吃边想，难不成他知道点什么？可再一想，也不对，连蒋思南她们都没察觉到异样，纪亦珩又怎么会知道呢？

她胃口是真好，不光面都吃完了，就连纪亦珩非让她吃的两个生煎，她也都吃掉了。

这会儿是真撑着了，施甜感觉自己肚子圆滚滚的。

她再一看，纪亦珩连最小份的馄饨都没吃完，这说明了什么？说明她的饭量，一个顶他俩？

施甜不好意思地抽了纸巾擦擦嘴："我今晚回去就把稿子改好。"

"不急，给你时间慢慢改。"

不急？不急他大晚上的找她干吗？明天中午广播室里也能说啊！

他把她叫出来，就为了让她陪他吃东西吗？

施甜拿了稿子准备起身，坐在旁边桌上的一个男生走了过来："你好，同学。"

施甜朝他看看，并不认识："你好。"

"我是东大的学生，最近在做兼职，你能扫码关注下我吗？我今天的任务还没完成，还差十个好友……"

原来是校友啊，这个忙当然要帮了，施甜将手伸向了手机。

"不可以。"纪亦珩却是满口拒绝。

施甜准备点开微信，纪亦珩见状，伸手拿掉了她的手机。

施甜眨巴着眼睛朝他看看："帮个忙呀，你也扫一下。"

"不要随便加人微信。"

"纪亦珩？你是纪亦珩吧？学长你好，我是大一的新生，你好你好。"男生手里还举着那个二维码。

纪亦珩很自然地拿着施甜的手机，仿佛这是他的东西："走吧，宿舍要关门了。"

"美女，加我吧。"男生继续在施甜边上磨着。

纪亦珩起身，睨了眼施甜，她只好乖乖站起来。

他上前两步，拉过她的手臂。见那男生还要跟过来，纪亦珩面无表情地冲他说道："叫学姐。"

"是，学姐。"男生叫了这么一声，他们也没给他扫微信。

施甜觉得不好意思，还想说什么话，但她的肩膀被纪亦珩一把握住了。

两人走到外面，男生识相地没再跟出来。

施甜朝身侧的纪亦珩看了眼："我的手机……"

他面色严肃地盯紧了她，手指捏着她的手机，却并未第一时间给她："以后再有这样的事，你就说没带手机。"

"都是一个学校的嘛。"

"一个班的都不行。"

施甜将手机拿了回去："你也加我微信了。"

"我不一样。"纪亦珩脱口而出。

施甜心跳陡然漏了一拍，他哪里不一样？

哦，他加她，是因为她垫了钱，他要还钱。

施甜偷偷地看了眼纪亦珩，心到了这会儿还在怦怦乱跳。男人的面皮就是最好的诱惑啊，施甜从小到大就是一只不折不扣的颜狗，她天天对着这张脸，迟早是要招架不住的。

纪亦珩将她送回宿舍门口，施甜跟他说了句再见后进去了。

第二天其实是周六，施甜睡到了将近中午才起来，不知道今天要不要去广播室。

她摸出手机，给纪亦珩发了条信息，没想到对方第一时间回了一条语音过来。

施甜拿出耳塞，少年充满磁性的嗓音透过耳机线钻到她耳朵里："你赶紧准备下，我马上到了。"

听这意思，今天是还要播吗？

施甜回了个"OK"的表情，然后快速地起床换衣服，梳洗。

刚走进学校，她就看到两排郁郁葱葱的树木间站了一个修长笔直的身影，快步跑过去："不好意思啊，我洗了个头。"

纪亦珩背了个包，一件简单的白色T恤外面套了件红蓝相间的防晒衣，少年感十足。他什么都没说，转身就往食堂里走。

"时间不是要到了吗？"

"我还没吃饭。"

他今天确实是空着肚子过来的。纪亦珩走到食堂窗口处，施甜不想跟过去，显得她可怜巴巴的，但她又不能转身就走。

纪亦珩打了两份饭菜，似乎很赶时间，将菜放到桌上后，让施甜赶紧过来。

施甜顶着一张尴尬的脸想要说些什么，纪亦珩看眼时间："快吃，时间很赶。"

她坐了下来，纪亦珩朝她看一眼："今天不去广播室了，我要去面试，你跟我一道过去。"

"啊？"施甜下意识地拒绝，"我去干吗啊？"

"之前都是严老师负责的，我也不想总是麻烦他，以后所有的面试或者活动你都要跟着。"纪亦珩抿了口汤，皱皱眉头，将汤碗放回去，"我知道这样会占用掉你很多时间，等下午回来，我们谈一下报酬的事情。"

"我不是那个意思……"施甜从没想过跟他谈钱的事。

"先吃饭，或者你有什么要求，你好好想。"纪亦珩看眼时间，"要迟到了。"

施甜闻言，赶紧先把面前的饭吃了再说。

学校附近有地铁口，两人坐上地铁后，纪亦珩将包打开："我这里面放了简历和照片，还有身份证复印件等，一会儿有人问你要的话，你就给他们。"

"好。"施甜答应着。

她第一次接触那样的地方，自然是充满好奇。纪亦珩将包递给她，施甜乖乖地抱在手里。

纪亦珩把包打开，从里面拿了个自带的杯子出来喝水。施甜见四周站满了人，好像都是来面试的。

有些人身边簇拥着一堆人，看来是来头不小，背后应该都有公司撑腰。

"你紧张吗？"

纪亦珩喝了口水润润嗓子："紧张什么？"

"好多人看着后台很硬的样子。"

纪亦珩将水杯递给施甜，她将杯子放进了背包，看到里面还有一盒薄荷糖。

施甜将糖拿出来："要吃一颗吗？"

他轻点下头，她将糖倒在了掌心内，纪亦珩拿起来后放到自己嘴里："在这里只用声音说话，不要担心。"

虽然来面试的不是施甜，但她觉得她比纪亦珩还要紧张。两人在场外坐下来，没过多久，有人喊了纪亦珩的名字。

施甜第一个站起来："在这儿呢。"

"跟我过来登记下，简历和照片都带了吗？"

"带了。"施甜抱起纪亦珩的包就往前走，走出去两步后，回头冲他说道，"你在这儿好好坐着吧，养精蓄锐。"

纪亦珩嘴角轻咧开，施甜跟着那人去登记。怪不得纪亦珩要带个人，这忙来忙去的是很折腾，施甜跑得出了身汗，弄完回去时已经是气喘吁吁。

这如果都是他自己解决的话，肯定要影响状态。

施甜刚在纪亦珩身边坐下，水还没顾得上喝一口，纪亦珩就被叫进去了。

施甜赶忙起身跟在他后面，录音棚内安静极了，门口的人看到她是跟纪亦珩一起的，便也放她进去了。

她站在一面巨大的落地窗跟前，看着纪亦珩进入里间，他拉开了椅子坐上去。

屋内开着冷气，少年身上的防晒服松松垮垮地搭在肩膀处，拉链半拉着。稿子都是现场给的，施甜越发紧张了，目不转睛地盯着他的身影。

纪亦珩拿到稿子后，将耳机戴上，他眉眼如画，一个侧影打过来，五官精致。

椅子在纪亦珩身下转过半圈，少年一条腿撑在地上，从施甜的角度望过去，纪亦珩的腿是真长，挽起的牛仔裤下露出了他的脚踝。

他好像并没有刻意打扮，但仗着身形好的优势，即便是随便一搭都是最出彩的。

纪亦珩比了个OK的手势，施甜来不及擦掉脸上的汗，忍不住将手贴在了玻璃上。

纪亦珩开口之前，习惯性地抖了抖手里的稿子，他嗓音的好听程度很难用言语来形容，施甜就觉得整个录音棚内都充满着他的气息，每一个字就像是最好听的音符跳跃出来，有沉重的、有欢快的，也有霸道不羁和寂寥温柔的……

一名工作人员站到了施甜的身边，轻声问道："这是你男朋友吗？"

施甜这会儿脑子里和眼里只有纪亦珩，没听清楚对方的话，依稀听到对方问她这是你男同学吗？

她点了点头，满脸骄傲："是啊。"

纪亦珩全神贯注地配着音，施甜也在全神贯注地盯着里面看。

到了这会儿，方才的那些紧张全部没有了，施甜微微侧着脑袋看他。这人哪，从哪个角度看过去都是没有死角的，偏偏还有让人开口跪的本事，她好像还是第一次这样明目张胆地盯着他看呢。

真好看呀，简直就是给颜狗的高福利嘛。

纪亦珩念完了手里的一页稿子，收住音，抬起眼帘望过去。

施甜的目光还在痴痴地盯着他看，两人视线陡然间对上，少年眉间的褶皱被抚平，情绪也从稿子中抽离出来，眼中晕染了几许暖意。施甜忙将视线收回。

她看到有人进了录音棚，给了纪亦珩另一张纸。

施甜不知道怎么回事，纪亦珩快速地扫看一眼，满满一页全部都是台词。

那人拍了拍纪亦珩的肩膀，弯腰同他说了句话，施甜看到纪亦珩点了头。

他调整下耳机，然后示意开始。

这满满一页的词，应该算是高潮部分，纪亦珩的嗓音淬了沙哑和悲怆，每一声中都带着最无奈的深情，爱而不得、心魔顿生的感觉全部出来了。

施甜整个人都陷进去了，居然觉得鼻子酸酸的，想哭。

直到有掌声传到她的耳朵里，她这才回神，看到纪亦珩摘下耳机，正从里面走出来。

施甜忙将背包里的水拿出来，走到门口去等他。

"喝口水吧。"

纪亦珩接过杯子，站在施甜边上的工作人员还没走："有女朋友陪着，发挥起来更加稳了吧？"

纪亦珩嘴里的水还未咽下去，一口含在嘴里，黑亮的眸子定在对方身上。

施甜赶紧摆了摆手。误会了误会了。工作人员又笑着说道："大学生谈恋爱太正常了，你女朋友都承认了。"

纪亦珩的目光随后转到施甜脸上，她杏眸圆睁着："我没说啊。"

工作人员有事先去处理，施甜觉得这个误会相当不妙："她刚才问我，你是不是我……男同学。"

真是这样问的吗？施甜都觉得这三个字没有说服力啊，人家要问肯定是问他是不是她男朋友。

纪亦珩喉间轻滚下，嗯了声，将杯子塞到她紧抱着的包里面。

一时半会儿不会有结果，肯定是要回去等的。

纪亦珩从施甜手里接过包，两人一前一后去往地铁站。

"对了，有什么要求，你都想好了吗？"纪亦珩顿住脚步等她。

施甜走到了他的身边："我没什么要求啊。"

"既然你不提，还是我来说吧，你看看能不能接受。"纪亦珩站在路边，头顶的阳光被茂盛的枝叶阻挡开，"今天的工作量，你也体会到了，你是帮我的忙，所以出门的各种费用肯定不需要你来付。周一到周五我们都在校广播室，周末的话，你的时间也会被占用掉，你能接受吗？"

施甜当然是愿意的，反正周末在学校也没事做，这样跟着他出来见见世面也是好的。

她刚要开口，却被纪亦珩抢了话："好，这些都没问题的话，就说说你的薪酬吧。"

"不需要的，不用薪酬。"

纪亦珩拿下肩上的包，从里面拿了个钱夹出来，施甜看到他钱夹里放了几张钱币外，还有一张饭卡。

纪亦珩将饭卡递给她，她往后退了步没有拿。

"这是上次出去比赛拿了奖，学校奖励给我的。但我平时不在学校吃，我也不知道要给你什么，就给这个吧。"

施甜小脸酡红，她盯着他手里的东西："我不要，去校广播室是我自愿的，而且那是个很好的机会，根本不用给报酬。"

"但我出去比赛或者面试，你都要跟着，你就算是出去找个兼职，人家也要给你工资。"纪亦珩一把拉起她的手，将饭卡塞到她掌心里，"这里面没有多少钱，不过我有时候也会在学校吃中饭，到时候你要给我买饭。"

这理由太合适不过了。确实，他以后去到哪儿她都要跟着，而且忙前忙后就是干了助理的活，纪亦珩觉得给她薪酬也是正常的，毕竟他现在也是在外面赚钱。

"周一的时候记得帮我备两罐可乐。"

"不行啊，老师说你不能喝的。"

纪亦珩没有理睬她，径自往前走去："最好是你吃过午饭就去买，记得，我要喝冰镇的。"

他这是完完全全把她当助理使了啊，也对，给了钱的嘛，用起来就更加得心应手了。

周日，施甜在宿舍躺了半天，中午时分才起床。

蒋思南洗了衣服，刚坐定下来，就拿着手机跳起来了："现在这些人的嘴巴怎么这么碎啊，分明是羡慕嫉妒恨！"

"怎么了？"徐子易懒洋洋地坐起身。

"你看，有人匿名发帖，说小狮子进校广播室是因为纪亦珩，说什么背靠大树好乘凉。"

施甜正在看《一念》后面的稿子，抬头看了下："在哪儿发的帖？"

"学校校园网站。回帖数不少呢，都被顶到热门了。"

朱小玉听了，赶紧打开手机去看："谁这么无聊啊？散布谣言！"

施甜没说话，但回帖的人越来越多，还有人说施甜在军训的时候就追纪亦珩追得很紧，都追到男生浴室去了。

同宿舍的人愤慨不已，发帖的人最后还说，希望学校公布施甜当时投的简历，这样才能彰显公平。

施甜没有插话，反正她已经被选上了，连工资都拿到了，还去在乎这

65

些干什么？

到了周一，施甜中午拿了纪亦珩给的饭卡去食堂吃饭，刷卡的时候会显示金额，她看到卡上余额还有整整一千。

她在学校的超市买了一罐冰镇可乐送去广播室。

刚走到门口，门被人从里头拉开。施甜看到了严老师的脸，下意识地将可乐藏在身后："严老师。"

"你来了。"

"是。"

严老师端详着她，上上下下、左左右右看了遍："你感冒了？"

"是啊。"施甜轻咳了声，可能是周六那天跟着纪亦珩来回跑，一冷一热就病了。

严老师将门轻带上，示意施甜跟上。两人走出去了两三步后，严老师才转过身，冲着施甜严肃说道："纪亦珩下周有个很重要的比赛。"

"噢。"

"你……"

施甜眨了眨眼睛："严老师放心，我到时候会跟他一起去，帮他端茶倒水。"

"不是，我的意思是你们别……"

别什么？

看她的样子，这是还不理解吗？算了，这话还是要说透的，万一到时候把感冒传染给了纪亦珩怎么办？

"就是不要有亲亲这种举动，知道吗？"

严老师说完这话，空气就跟冻住了一样。施甜两眼瞪得圆圆的，严老师轻咳声，想要缓解下尴尬的气氛。

他能怎么办？他也很无奈啊。

说到底还不是怕纪亦珩被传染吗？大学生谈恋爱，有些事是心照不宣的，可怜他还要讲出来，他真是要操碎心了。

"严老师，那怎么可能呢？我跟纪亦珩没关系啊，我们……"

"好好好！"严老师听到这个答案就放心了，"总之你要当心再当心，你也知道的，他嗓子要是哑了，那比赛肯定也泡汤了。"

施甜怎么觉得，他压根没将她的解释听进去呢？

严老师交代了几句后离开了，施甜推开广播室的门进去，看到纪亦珩戴着耳机，他面前好像摆了台电脑。

施甜走上前："你的可乐。"

纪亦珩右手快速地按动鼠标，左手在键盘上操作，手速快到惊人，他这会儿肯定是听不到说话声的。施甜将可乐放到他手边，用一根手指戳了戳他的肩膀。

"不要跟我说话。"

"……"

纪亦珩正打到飞起的状态，大招一波接着一波秒出去。施甜坐到旁边的椅子上，纪亦珩腾出只手，将可乐朝她推去。

"帮我开。"

他眼睛盯着屏幕都没有动一下，施甜将易拉罐拉开，他只喝了一口，就重新投入到游戏中。

他这是玩到忘了时间吗？

施甜眼看广播时间就要到了，但她在边上说什么话他又听不进去，只能干着急。

"漂亮！"纪亦珩激动到说话声都变了。他摘下耳机，施甜忙推了下他的手臂："赶紧啊，还有两分钟就要开始了！"

纪亦珩看眼时间，这点掐得真是太好了："你喜欢玩游戏吗？"

"还行。"

"是玩《英雄联盟》吗？改天跟你'开黑'。"

施甜摇摇头："我玩《消消乐》。"

纪亦珩的眼神定了定，施甜忙起身将他桌上的东西收拾开："哎呀，你这电脑怎么死沉死沉的？你可以买个超薄超小便于携带的嘛。"

"这是专门的游戏本。"

施甜就觉得这电脑带来带去真够麻烦的，纪亦珩喝着冰镇的可乐，施甜坐回到原位："老师说你下星期有比赛，你还是别喝这些东西了。"

对于这个吃喝，纪亦珩是真不能妥协。

半个小时左右的广播时间过去，说完最后一句话，施甜心头总算一松，她总怕自己说词不熟练，会舌头打结。

"你有微博吗？"

"有啊。"

纪亦珩让施甜将手机拿出来："我把我的微博号给你，以后发博的事也要交给你。"

施甜明白，微博和微信公众号都是需要打理的，那是积累人气最好的平台。

纪亦珩将账号和密码告诉她："严老师说每天都要发。"

"你要让我管理？"

"我自己很忙。"

施甜嗤了声，他是忙着打游戏吧？

少年没有回班级，拿过电脑，一看就是要再来一局。

施甜站到纪亦珩身后，看着他戴上耳机，背部挺得笔直，干净修长的手指抓着鼠标。

她拍了他的背影照，走出广播室后就用他的微博号发博了。

配图是纪亦珩的背影，文字是这样的：猜猜我在玩什么游戏？

纪亦珩的微博粉丝数不少，施甜翻了翻他之前的发博量，真是少之又少，一个月发张图就不得了了。

她回到宿舍，蒋思南和朱小玉在打游戏，徐子易还在睡午觉。

纪亦珩打了会儿游戏，下午还有课，他也该去上课了。

阶梯教室内不少同学已经占了座，纪亦珩也算是到得比较早，刚坐定就看到金哲和徐洋笑得抱成一团。

纪亦珩觉得两人莫名其妙："笑什么笑？"

"你什么时候成罗云熙的人了？"

纪亦珩完全没听懂，转动着手里的笔，不予理睬。

金哲打开微博给纪亦珩看，于是他看到他的微博号不久之前发了条微博，最显眼的是微博小尾巴，上面显示来自：罗云熙的人。

"罗云熙是谁？"纪亦珩反问。

"是个明星，还是个男的。"

纪亦珩立马就知道是谁干的好事了。徐洋笑得都快岔气了："原来你

68

喜欢男人啊，怪不得那么多才女、美女都近不了你的身。"

纪亦珩目光扫过去，徐洋还想笑，但接触到他的眼神后，硬生生憋住了。

施甜她们是最后几个到的，也没好位子选了，只能坐在最前面。

纪亦珩看到不少人盯着他的眼光都是怪怪的，看来是都看到了？

老师走了进来，上课铃声响起，四周也就安静下来了。

大课人比较多，就算是上课，每人偷偷摸摸说一句话，加起来也是很吵的。

这个老师的讲课风格很幽默，以至于很多人都愿意选他的课上。

施甜耳朵里依稀钻进几句断断续续的话："现在的年轻人都特别有主见……有个性……"

"明星产业的高速发展，也有利于你们这个专业，现场有多少人是乐于追星的？"

施甜恨不得将手举起来，老师笑着将投影仪打开，手机上的一张截图被投放出来。

施甜看到了被圆圈圈出来的几个字。

"哈哈哈——"阶梯教室内有人哄笑开。

纪亦珩正拿着手机在偷玩游戏，冷不丁被点了名。

"我就想采访下我们的纪亦珩，为什么会迷上罗云熙？"

施甜闻言，心虚得不要不要的。她右手捂着脸，听到蒋思南也跟着哈哈在笑："什么，纪亦珩喜欢罗云熙？小狮子，那不是你最近迷上的人吗？心有灵犀啊！"

纪亦珩站了起来，四周的目光齐刷刷落到他脸上，老师两手撑在讲台上，将方才的问话重复了一遍。

纪亦珩勉勉强强回答了五个字："因为他好看。"

"确实啊，罗云熙的五官长相没的说。那你跟我说说，他最吸引你的点在哪里？或者说，他身上有什么特质，是你喜欢的？"

纪亦珩说不出来，完全不知道不清楚，他脑子里只有他的IG，他的《英雄联盟》。

他视线落到前面，看到施甜脑袋埋在胸前，再也不敢抬起来了。

"老师，"纪亦珩的嗓音一出，那是要命地吸引人，"我的微博请了别人来打理，这不是我弄的。"

"是吗？"老师笑眯眯地说道，"那就很好理解了。对方是个女生？"

施甜心想千万别提她的名字，她不想被点名，这要是被人知道纪亦珩的微博是她在管理，指不定要怎么说她呢。

"是六班的施甜。"

施甜倒吸口冷气，纪亦珩也太不讲义气了吧，就这么把她给卖了？

"那施甜同学，今天来了吗？"

施甜恨不得将脑袋埋到桌洞里面去，蒋思南捅了捅她的手臂，她磨磨蹭蹭极不情愿地起身。

"这位同学，你说说，你追星通常是因为对方具备了什么特质呢？"

纪亦珩坐了下去，看到施甜很不自在地站在那儿："我……我看脸。"

"也就是说，必须要长得好看才行。"

施甜不住点头。

纪亦珩冷哼："肤浅。"

老师觉得这个话题很值得研究，走下去两步，来到教室中央："那别的呢？"

施甜肯定不能给自家偶像招黑啊："还要听声音，看人品……"

纪亦珩低头盯着手机，他方才出了会儿神，这下想要接着打游戏，但已经被人给杀了。

他现在听施甜的说话声觉得很吵，恨不得把她的嘴巴捂住不让她说话。

大部分人在此时关心的话题却是，为什么纪亦珩的微博是施甜在打理呢？

她进了广播室，就能把大神的私人账号都要走吗？

老师问了施甜几句，觉得很有意思。他往后走了几步，又把纪亦珩叫起来了："如果你女朋友追星，或者说对一个异性偶像很痴迷，你会介意吗？"

施甜后背发凉，完了，纪亦珩肯定不会放过她了。这是她捅的娄子，却害得纪亦珩被老师给盯上了。

"会介意。"纪亦珩嗓音淡淡地说道。

施甜心想，他又没有女朋友，他大可以拒绝回答这个问题啊。

"那她自己追星的同时，还要拉着你一道，就跟那位施甜同学一样，用你的手机跟她的偶像表白，你会怎么做？"

纪亦珩当然觉得这种事情是无法忍受的："我会让她改回来。"

"但女朋友是需要哄的，这个时候是不是就要讨论讨论谁的家庭地位比较高了？"

施甜听到阶梯教室内的人都笑开了，笑什么啊一个个，没听到老师说的是如果、假如吗？

老师走到前面，就站在施甜的跟前："那你呢？要是男朋友非让你改，你会改回来吗？"

"不改。"她天天蹲在罗云熙的坑里，吃也吃不好睡也睡不好的，她表白一下还不行吗？

这两人是要正面杠上了？

老师让他们坐回去，蒋思南凑近施甜耳边说道："你还真敢说啊。"

"这有什么不敢的啊？这叫自由讨论。"

"你是不是忘记了谁是大佬，你的饭卡是谁给你的了？"

哎呀呀，那可真是一入颜坑深似海，从此说话都带跩。施甜压低了嗓音问道："我刚才没说什么过分的话吧？"

"大神让你把微博小尾巴改回来，你特跩、巨跩地说不！我真是佩服你的勇气，大佬，请受我一拜！"

她真这样说了吗？

施甜有短暂的失忆感，觉得她应该赶紧跟大神求和。

施甜掏出手机给纪亦珩发微信，先是发了几个特狗腿的表情，例如"老板你好帅啊""你是整个街区最靓的仔"！

只可惜纪亦珩不搭理她，施甜心想，他不会要把她踢出广播室了吧？

下课后，阶梯教室内的人哄散开，在最前排的施甜动也不动地坐在原位。

71

蒋思南起身后，拉了她一把："走吧，回宿舍啦。"

"你们先回去吧。"

"你还有事啊？"

可不是，她得去努力保住自己的饭碗啊。

徐子易拉着蒋思南的手臂："走吧。"

几人走到外面，徐子易回头看眼，只见纪亦珩跟几个要好的朋友也正走出来："你们说，纪大神家里条件是不是很好？"

"具体的不清楚，但听说他玩游戏的那个电脑不便宜，还有他戴的耳机，一般的学生还真消费不起。"

徐子易轻笑了声："小狮子有福气了啊，怪不得这会儿要想方设法哄大神开心呢。"

蒋思南听着徐子易这话，心里生出了几分不舒服感："话不能这样说吧。"

"好了好了，别人的事我们管不了，"徐子易伸手挽住蒋思南的手臂，"我们还是回宿舍做作业去。"

施甜自觉理亏，眼见纪亦珩走出阶梯教室，她跟了过去。

他们几人去了操场打篮球，施甜在旁边的观众席上坐下来。纪亦珩拿了球在热身，金哲趁机跑到施甜跟前："哟，这是来负荆请罪吗？"

"我也没做错多大的事吧？"她说这话时，明显底气不足。

"我跟你说，你完蛋了，当众不给纪大神面子，你是第一人啊。"

施甜小声说："那要怎么办？还能弥补吗？"

金哲凑到施甜的身边："看在你这么诚心的分上，我教你一招。待会儿等他打球打累了过来休息的时候，你就出其不意地在他身后给他按摩按摩啊，捶捶肩啊，捏捏手臂啊，他最吃这套了。"

"我不信。"

"哎呀，你怎么不相信我说的话呢？我跟你说，昨天还有女生来问我，说你到底是怎么进广播室的。好多人都想把你拽下来，你还没有半点危机感？"

金哲说完，推了推施甜的手臂："先躲起来，一会儿等他过来了再出现。"

72

"噢。"施甜虽然觉得这可能是个馊主意，但金哲跟纪亦珩走得最近，那是不是说明了纪亦珩的喜好他是最了解的呢？

施甜躲到了一边去，等了好久，都快被太阳晒死了，好不容易看到纪亦珩下场，他坐定在休息区内，拿了水正在喝。

不远处的金哲拉着徐洋在看好戏，他们看到施甜蹑手蹑脚地朝着纪亦珩走去。

"你还记得上次有个女生，也是在这里，一时忍不住花痴说要给纪亦珩捏肩来着，最后的下场是什么吗？"金哲想想那个画面就觉得搞笑。

"怎么不记得？那女生嗷嗷哭了半天，最后还是我出面哄好的，也是我送去医务室检查的。"

金哲干笑了两声："这施甜又矮又瘦，估计更好扔，不会直接被扔到篮球场上？"

纪亦珩不喜欢跟人有过多的肢体接触，上次的女生手刚摸到他的肩膀，他就全身起了鸡皮疙瘩。倒也没有过肩摔那么夸张，毕竟过肩摔还是要有接触的，他是直接拽住对方的手臂将她丢下去了。

施甜偷偷摸摸来到纪亦珩身后，伸手按在了少年的肩膀上。

手指正好搭在纪亦珩的肩胛骨上，她看到他满头都是汗，头发丝上挂着水珠，也有汗顺着他细长的脖子流到了白T恤的领子里头。

纪亦珩拿住矿泉水瓶的手一紧，侧首看了眼肩膀上的那只手，一把捏住施甜的手腕。她顿时感觉到了他在用力。

他不会是要将她丢出去吧？

"大神大神，别生气，打篮球累了吧？我给你捶捶肩膀啊。"

这分明是施甜的声音，纪亦珩手一松，像个大爷似的坐在那里。

金哲拱了拱徐洋的肩膀："好像真有情况啊。"

"对啊！"

施甜殷勤得不得了，纪亦珩左右扭动下脑袋："手臂也酸。"

施甜干脆坐到他身边，给他捏了捏："舒服吧？"

纪亦珩不说话。他表情严肃的时候看着特别难接近，施甜盯着他的侧脸，看到少年的嘴角紧绷着："哇，你嘴上有东西。"

纪亦珩扭头盯着她看，施甜干笑两声，就想缓和下气氛罢了。

"你盯着我的嘴看做什么？"纪亦珩问她。

施甜被问蒙了："我想说你嘴上有……"

"有什么？"

她就开个玩笑嘛，至于有什么东西，还没想好呢："有肉。"

纪亦珩轻舔了下，施甜将红通通的小脸别开。金哲和徐洋快步过来了："难得难得啊，活久见啊。"

"难得什么？"施甜不解地问道。

"你不懂。"纪亦珩瞪了跟前的两人一眼，"你们先去打吧，我再休息会儿。"

"好嘞。"金哲和徐洋转身去了篮球场。

"对了，星期六去面试的事通过了，从明天开始，放学后我就要过去录音。"

施甜差点把这件事给忘了："真的？你也太厉害了吧？"

她当时是看到了那样激烈的场面，自然知道拔得头筹是多么不容易，感觉这比她自己通过了还要兴奋："你真牛，佩服佩服。"

纪亦珩笑了笑，这种话他都听得麻木了，再加上施甜现在这狗腿子模样，指不定就只是在讨好他而已。

旁边坐了几个女生过来，其中一个穿着白裙子，长发飘飘，还挺漂亮的。

"纪亦珩。"她娇羞地开了个口，但又实在不知道还能说什么。纪亦珩朝她看了眼，女生的脸红得像是一个熟透的苹果。

施甜身子微微往前倾，听到女生又开口问道："你过来打篮球吗？"

纪亦珩露在外面的手臂的线条很好看，阳光静静地洒在上头。他拧开手里的矿泉水瓶子。

"你饿吗？要不要吃点东西？"女生不知道从哪儿摸出来一包牛肉条，将包装撕开，将袋子送到纪亦珩的手边。

施甜看到纪亦珩水没喝，目光很明显被吸引过去了。他盯着女生手里的袋子，透过敞开的袋口看到牛肉条上撒着鲜红的作料，一看就很辣。

施甜心想这女生也挺拼的呀，居然知道用吃的来接近纪亦珩。不过纪亦珩又不是三岁小孩子，难不成还能被这点吃的拐跑吗？

肤浅、幼稚。

但她在余光里看到纪亦珩的手指动了动，将视线落到他脸上，见纪亦珩眼睛一瞬不瞬地盯着女生手里的袋子。

她赶紧出声提醒："你别忘了严老师说的话，这种东西你是不能碰的。"

纪亦珩喉间轻滚了下，施甜忙拉住他的手臂："走走走。"

坐在纪亦珩右手边的女生见状，很明显不高兴了："你至于这样吗?就是吃点东西罢了。"

"这位同学，老师规定的事我也没办法啊。"

"纪亦珩，这是我家自制的，味道绝对正宗，比外面的口感都要好。"

施甜心里有种说不出的不舒服，非要将纪亦珩拽起身不可，可她那点力道不够用啊。少年抬头朝她看看，施甜的表情有些委屈："我给你买，行不行?"

纪亦珩站起来就跟她走了。

身后的女生喊了好几声，他也没有回头。

第四章　他喜欢我呀

来到学校的超市，施甜很后悔方才说了那些话，当时就像跟人争宠的孩子一样。纪亦珩拿起东西来一点不手软："这个好吃，还有这个，还有那个……"

施甜走过去，将他抱在手里的东西都放回了货架上："只能拿一样。"

"为什么？"

"那个女生不也就给你吃个牛肉条吗？"她觉得纪亦珩真是太好笑了，"我只见过男生追女生会买零食。"

"男女平等。"纪亦珩挑中了一包吃的。

回到宿舍后，施甜越想越奇怪，当时看到纪亦珩坐着没动，心里竟然有点慌。

她好怕那个女生对纪亦珩说：纪亦珩，我承包你全部的零食，你跟我走吧。然后他就屁颠屁颠跟着她跑了。

不行，绝对不行。

施甜摸了摸自己的脸，疯了，她知道她是掉进了纪亦珩的颜值里，但她不会就这么陷进去吧？

她抬手啪啪打了两下脸，蒋思南一脸疑惑地抬头看她："你抽自己干吗？"

"我……我听到有蚊子嗡嗡地在我耳边叫。"

手机嘀嘟一声，施甜拿起来一看，是支付宝有了七百块钱转进来。

毕竟是自己的女儿，再狠心也不会真的不管。施甜这几天没再找过他，他也怕她把钱交了之后会吃不上饭。

这日，施甜吃过饭后就匆匆去了校园广播室。

她到了门口，想也不想地推门进去，纪亦珩刚打过一场球，大汗淋漓，上身都湿透了。

施甜一脚踏进去，抬头时正好看到少年一把拎起自己的衣摆，潇潇洒洒地将蔽体的上衣给脱干净了。

动作真是利索无比啊，帅呆了。

等等，施甜觉得眼里辣辣的，好像看到了不该看的什么场景。

"啊！"

尖叫声在身后响起，纪亦珩回头看了眼，像个没事人似的抓过放在桌上的T恤往身上套。

施甜鼻腔热热的，好像要喷血，她这是看到了什么啊？

她不应该扭头就跑，然后闩上门吗？这才应该是正常反应啊。可她这会儿却移不开脚了，纪亦珩的身体没有一点单薄感，宽肩窄臀，裤腰处延伸出了一段精瘦的腹肌，两条手臂没有了遮挡物，也能看到满满的力量感。

暴击，暴击啊！

"你难道不准备关门？"

也是，万一有人经过，看到他们俩这个样子想歪了怎么办？

施甜砰地将门关上，却还是没有出去。

她把视线移开，装作在看风景，可余光还是能瞄到纪亦珩的动作。他套了件宽宽大大的上衣，修长的手指随意地拎起一截，将它塞进了裤腰内。

施甜两腿打哆嗦，纪亦珩将换下的T恤甩了甩，放在一旁："好看吗？"

"不好看！"她什么都没看见好吗？

"不好看？"纪亦珩万万没想到会听到这个答案，他走过去几步，站定在了施甜的面前，"哪里不好看？"

施甜黑白分明的眸子在乱转："我其实是要说……我没看见。"

"没看见还是没看够？"

"……"施甜全身的血液在往脑门冲，"你这样做是不对的，校广播室是多么神圣的地方，你、你、你……"

"我做什么了？"他衣服湿透，换一下都不行了？

"你公然脱衣服换衣服。"

纪亦珩笑了笑："这么说，你还是看见了。"

施甜赶紧从他身边溜过去："广播时间要到了，你还不准备吗？"

他转过身盯着她的背影。施甜坐定在椅子上后，两手开始搓揉自己的脸，怎么还是这么烫？不争气啊不争气，美色当前她就应该视而不见！

纪亦珩走回来坐到桌前："十一有校庆活动，你要回家吗？"

施甜摇了摇头，就算是回了家，也是一个人待着。

"那好，到时候我有个配音秀，加了几段女声，就你吧。"

施甜知道能上校庆的节目，那都是精挑细选过的，每个节目还有各自的老师带队，可想而知是多么重要："你都不选拔一下吗？"

"我这么忙，有那个时间去浪费吗？"

也是啊。

时间仓促得很，但给施甜准备的词并不多，也就几段，所以肯定是来得及的。

下午又是选修的大课，为了抢个好位子，几个女生早早就到了教室。

徐子易见施甜拿了手机正在看东西，轻推下她的手臂问道："今年校庆活动就快要到了，我们播音系的节目还是由纪亦珩上吗？"

"是吧，"施甜轻抬下脑袋，"他说有个配音秀。"

"去年据说是在校园网站招人的……"

施甜好像记得是有那么回事："今年可能时间上比较赶，纪亦珩最近挺忙的，他说让我到时候跟他配合下。"

徐子易心里被击起了丝丝的水花，还未听见丝毫的声响，她整个人就被打蒙了。

所以，这是一点机会都不给别人了吗？

"你好，你是施甜吗？"耳边有道软糯温柔的嗓音传来，施甜抬头看到一张漂亮的脸孔："对，我是。"

"我叫季沅清。"

"学生会文艺部的部长季沅清吗？"蒋思南看着对方很是眼熟。

"是。"季沅清在她们前面的空位上坐了下来，"施甜，你没有进学生会吧？"

施甜轻摇下头，就她这样资质平平、也没什么推荐人的人，就连学生会的大门都没靠近过。

季沅清打开手里的书，将一张申请表拿出来递给施甜："你填写下吧，今天晚自习的时候给我，可以吗？"

施甜看了眼内容，很是吃惊："这是要让我进学生会吗？"

"是啊。你最近不是跟着纪亦珩在做校广播的内容吗？反响很好，完全可以进文艺部了。"

徐子易盯着那张申请表出神，她也申请过，可每次都是石沉大海，别人就连一个拒绝的理由都没有告诉过她。

施甜自然是高兴得不得了："我一会儿填好了就给你。"

"好的，欢迎你。"季沅清眼见学生们都来上课了，她起身回到了先前的座位上。

蒋思南羡慕得不行，一把将申请表拿过去仔细地看着："小狮子，你真是不得了了，自从攀上了纪亦珩这高枝，前途似锦啊。以后求职简历上添一笔，就说任职于学生会，牛×坏了啊！"

学生会以主席团为领导核心，这其中必然会有拉帮结派的事情存在，可那么多人争破了头都要挤进去，为什么呢？

还不是因为"学生会"三个字的含金量太重了吗？

施甜趁着上课的时间将申请表填好了，简介一栏没有突出的事迹，就只能洋洋洒洒写了她有多热爱文艺部，会多么努力云云的一大堆话。

毕竟对施甜来说，有机会就要把握住，就算是捡漏，也要捡得开开心心的。

一节课上，徐子易也没听进去什么，扭头朝窗外看了看，阳光跳跃在玻璃窗上，有些闪花人的眼睛。进了大学后，别人都放松了，只有她还在拼命，她不过就是想得到她应得的东西罢了，这样都不行吗？

下课后，施甜拿了申请表在门口等季沅清。

季沅清跟几个同学有说有笑地走了出来，施甜微笑着上前："我填好了。"

她没有伸手接，嘴角的笑意若隐若现："申请表都要主席签字，你找纪亦珩签了字再给我好了。"

施甜手一僵，还要找纪亦珩签字？

她心想纪亦珩这会儿可能还在广播室，签个字反正也挺快的。施甜转身要走，挽着季沅清手臂的女生开口提醒她："纪亦珩这会儿应该在礼堂，你还是去那里找他吧。"

"好，谢谢。"

看着施甜快步离开，那名女生也走出去了两步："沅清，你干吗多此一举？纪亦珩从来不举荐别人的，也不会给人签字。"

"你怎么知道？"季沅清眉目间依然藏着笑意，"她能进广播室，就说明是有本事的，纪亦珩不屑举荐别人，可她或许是不一样的。"

"有什么不一样啊？成绩和才能都是一般般。要说脸长得好看吧，难道你还比不过她吗？"

季沅清眉头紧锁下："你真是无聊，我只是惜才，你比来比去的做什么？"

"好好好，"那个女生也不敢得罪她，"不过纪亦珩跟杨老师在礼堂呢，配音秀的排练是不能被任何人打断的。你说她要是冒冒失失闯过去，会不会被骂？"

杨老师是出了名的严格，凶起来更是要命，施甜没有跟她打过交道，也不懂学生会里的门道，她自然是不知道的。

来到礼堂门外，这边清静得很，一个人都看不到。

施甜走到门口，抬起手欲要敲门，但怕万一打扰了纪亦珩不好，在外面站了会儿，可始终不见他出来。

施甜小心翼翼地拧开门把手，将脑袋探进去望了眼。

礼堂内空无一人，但有音乐声传到耳朵里，施甜抬起脚步走了进去。

礼堂的主屏幕上播放着一段热播剧的画面，只是声音被处理掉了，不过十几秒后，又切换成了另一个画面，这应该就是纪亦珩要准备的配音秀。

"你是谁？你怎么进来的？谁让你进来的？"一阵严厉的声音陡然穿过偌大的礼堂传到施甜耳朵里，她看到主屏幕上的画面定格住，有脚步声传了出来。

"说话啊！"

施甜没敢再往前走，杨老师不耐烦起来："哪个班的？知不知道这儿不能进？"

纪亦珩这会儿坐在礼堂的角落内，四周的窗帘拉着，他隐在一处，一条长腿搭在了另一条腿上。少年抬头看眼，见施甜被凶蒙了，正怔怔地站在原地不动。

"杨老师，是我叫她来的。"纪亦珩放下手里的稿子起身，高大的身影走到施甜跟前，嗓音含满暖意，"你怎么才来？"

她稍稍回过神，脸还是红着的。杨老师闻言，脸色微缓："这就是你找来的女声吗？"

"对。"

杨老师这几天脸色都不好，剪辑完成的作品总觉得差了那么点意思，这会儿中途被人打断，要不是纪亦珩站出来，她心里的那把火肯定压不住了。

"以后别迟到，要么就跟纪亦珩一道过来，要么干脆别来！"

施甜只好轻声答应："好。"

"过来。"纪亦珩看了她一眼，径自回到先前的座位上。

施甜乖乖跟过去，在他身边坐了下来。杨老师继续播放画面，纪亦珩的视线定在主屏幕上不动："你怎么找到这边来的？"

"有个申请表要让你签字。"施甜说着，将手里那页单薄的纸递了过去。

纪亦珩轻垂眼帘，目光很快抬高，一语不发。

"帮我签个字吧，我不打扰你们了，这就走。"

"不签。"

施甜心想他们怎么也算是有交情的人吧:"为什么啊?"

杨老师从不远处走过来,施甜忙将手收回去,纪亦珩的目光落回了主屏幕上。

"是不是感觉差了点意思?"杨老师好似并没看到施甜,直接开口问了纪亦珩。

"有几处画面转换有点突兀了。"

"就是这个问题。"杨老师头疼不已,"我研究了好几天,这眼看校庆的日子越来越近,这节目要是做不到完美,我连觉都睡不好。"

"老师,你可以适当加一点游戏的元素在里面啊……"施甜脱口而出,但她看杨老师的神色越来越难看了。现在的学生就是不学好,三句话不离游戏两个字!

只是施甜这话都说出去一半了,也不好收回去:"我前两天看一个电音节目,有人将《王者荣耀》的配音加进了编曲中,特别有感觉,我这儿有视频,你要不要看一看?"

纪亦珩侧首盯看着施甜的侧脸,杨老师没有这个闲工夫,但人是纪亦珩叫来的,她总不能一点面子都不给她。

施甜将存在手机内的视频翻出来,点击播放,如炸裂般的舞曲声后掺杂了一段娇媚无比的声音:"请尽情吩咐妲己……"

杨老师拧在一处的眉头舒展开些。后面是男声,同方才的娇柔对比强烈,霸气中不失张狂:"神挡杀神,杀戮的冲动再也无法驾驭,放马过来吧!"

杨老师猛地一拍手:"对,对了,就是这感觉!"

影视剧的画面片段生硬地凑在一起再配音,肯定是没什么新鲜感的,但要是融入了年轻人最喜欢的这些元素,舞台效果肯定会惊艳无比。

杨老师这会儿开心地拍着手:"这个想法好,特别好!我得再去磨一磨这个作品,今天就先到这儿吧。"

她转身就走,刚踏上高台,又转过身问了施甜一句:"你叫什么名字啊?"

"施甜。"

"不错不错，很有想法。"

杨老师带了电脑离开，礼堂内就剩下了两个人。纪亦珩似笑非笑地盯着她，施甜冲他轻扬下眉头："还不夸夸我吗？"

"夸你什么？"

"我好歹也是你广播室出去的人，多给力多争气啊。"

纪亦珩侧过身，手臂搭在了椅背上，这样也使得两人之间几乎没有丁点的距离感。施甜正襟危坐，背往后退了点："主席大佬，给我签个字呗。"

"你怎么突然要进学生会了？"

"人家邀请我的啊。再说进了学生会好处多多嘛。"

纪亦珩倾过上半身，逼近至施甜面前："能进学生会的人都不简单，你有什么过人之处？"

"我专业成绩过硬，我热爱工作，积极向上……"

"再编，继续编。"

施甜伸手按住了纪亦珩的肩膀："你……你别再靠过来了。"

"求人办事就你这个态度吗？"

施甜心跳加速，一条手臂撑在旁边的椅子上，她都快摔下去了："那你给我签个字，我买零食给你吃啊。"

"我有比赛，这几天得管住嘴。"

"那怎样才行啊？"

纪亦珩翻看着手里的稿子："自己想。"

施甜可是从初中开始就在言情小说的世界里浸泡着长大的呀，这套路怎么这么熟悉呢？"你不会要让我用什么东西来交换吧？"

"那你有没有什么值钱的东西呢？"

她穷得就连饭都要吃不起了，最值钱的东西……不就剩下她这个人了吗？

一抹红晕倏地爬上施甜的脸颊："你别胡思乱想啊，不可能的，不可能！"

纪亦珩奇怪地睇了她一眼："你觉得我在想什么？"

礼堂外，季沉清站在微敞开的门口，身边的朋友非要拉她过来，说什么让她看看施甜是怎样被拒绝的。

杨老师刚才就离开了，季沉清推开女生挽住她的手臂："我一会儿还要排练呢，不就是一张申请表的事吗？我看你挺针对她的。"

宋玲玲心想这事跟她有什么关系啊，她做这些还不是因为她吗？

文艺部谁不知道季沉清倾心于纪亦珩，可她端着架子不肯主动，难道纪亦珩就是肯主动出击的人吗？

"说不定这个施甜很有手段呢，你也要学习学习啊。"

季沉清不屑："学习什么？"

她刚说完这话，就看到施甜扑到了纪亦珩的怀里去，这一幕猝不及防地打疼了季沉清的脸。

宋玲玲吃惊地睁大了双眼："这、这、这……"

纪亦珩怎么好像没有推开？

季沉清扭头就走，宋玲玲追在她身后："你就这样走了？"

"我说了，我还有排练。"

"这样的人，你还让她进学生会？为了个签名都能投怀送抱，以后不会还想坐你的位子吧？"

季沉清站定脚步，面色有些不好看："她要有这个能力，我可以拱手相让。"

"可她对纪亦珩那样主动，你不争不抢是不行的啊。"

季沉清唇瓣抿得很紧："你觉得纪亦珩这人冰冰冷冷的，会吃这套吗？"

"可能男生就喜欢这种女的呢？"

"那是别人，纪亦珩不会。"季沉清说完这话，快步离开了。

施甜真不是自己扑进纪亦珩怀里的。脑子死机了，刚才是怎么回事来着？

她想起来了，记得看小说的时候看见过那么一句话："撒娇女人最好命。"所以她　把扯住纪亦珩的手臂摇晃了两下："签名吧，签一个吧。"

纪亦珩朝她看看："松手。"

"你就高抬贵手，签个字吧。"

少年的俊脸爬上几抹无奈："施甜，你不会是想让别人替你办事的时候都用这招吧？"

当然不会，这也是她第一次使用，就看效果好不好了。

"主席大佬，你就可怜可怜我这个弱小的女子，签字呗。"

不知道是因为礼堂内的冷气开得太足，还是因为被施甜的话给惊到了，纪亦珩感觉鸡皮疙瘩正从他的手背处开始往上钻。他看了眼施甜的手，手臂陡然用力往后一收。施甜猝不及防也来不及松手，整个人就这么扑了上去。

她的脑袋撞空了，这一下是结结实实撞到纪亦珩怀里去的。好巧不巧，这个画面刚好被站在外面的季沉清和宋玲玲看到了。

施甜两手腾空，吓得心肝都在颤抖，手往下撑，想要找个支撑点，这一把就撑在了纪亦珩的大腿上。

手掌下的肌肉硬邦邦的，还很有线条感。大腿也分膝盖上方、中部和末端的好不好？她究竟摸到纪亦珩哪里去了？

他低下头，施甜的头发扎在脑后，有些松散开。她恨不得找条缝钻进去，将脑袋往他胸口处埋了埋，可这动作也不对啊，难道她还意犹未尽，想要逗留片刻不成？

施甜好不容易坐起身，摸摸脸，摸摸头发，眼睛不知道该往哪里放，她绝对没有要强扑的意思啊！

纪亦珩朝她伸出手去："申请表呢？"

施甜回过神，一看两手空空，这才发现申请表被她丢在了地上，弯腰捡起后将它放到纪亦珩的手里。

少年站起身，却并未签字，施甜跟着站起来。

纪亦珩走出了礼堂，施甜紧跟在他身后，纪亦珩回到广播室后，从抽屉内拿出一支签字笔。

"校庆活动之后，你也不回家吗？"

"嗯。"

国庆长假，除了家特别偏远的学生，一般都是要回家的。

"为什么？"纪亦珩轻声问道。

"来回路上耽搁时间。"施甜心里是最清楚的，她回去了干吗呢？那个家里常年就她一个人，回家就是独处，连个说话的人都没有。

纪亦珩将笔尖在申请表上点了几下："十一我有工作，你跟我一起去。"

"你给我签名，我就跟你一起去啊？"

纪亦珩用手里的笔敲向施甜的额头："知道讨价还价了。"

施甜摸了摸被敲打过的地方，看到纪亦珩将纸平铺在桌上，洋洋洒洒写下了他的名字。

她拿了申请表就要走，纪亦珩开口喊住她："你要进文艺部，是季沅清让你加入的吗？"

"是，她说我条件已经满足了。"

纪亦珩将签字笔随手一丢，那支笔直挺挺地插进了笔筒。

施甜扬了扬手里的申请表，眼角含笑："我走啦。"

"走吧。"

她扭头就离开了，纪亦珩身子往后轻靠，两手抱在了身前。施甜在走廊上走着，少年望向窗外，看到阳光明媚了她的笑颜。这样的女孩，应该从小就生活在一个很幸福的家庭里吧？她的笑就像是让人吃到了一颗最甜的糖，舌尖都带着甜甜软软的味道。

施甜朝纪亦珩挥了挥手，高兴啊，所以更要笑了。从小她就明白，她家里情况特殊，没有妈妈，但是跟着爸爸，她也饿不死。

只是对施甜而言，最孤单的时候是在家里。她喜欢住校，喜欢跟别人相处，努力让自己每天都笑，不想做个性格缺失的人，想对那些荆棘和坎坷都视而不见。

只要是对她以后有帮助的事，她都愿意去尝试，因为一旦踏上社会，她就可以完完全全靠自己了。

施甜拿了申请表要去给季沅清，这才意识到下课了，也不知道她这会儿在哪儿。

宋玲玲从学校小超市出来，正好看到了施甜，快步走过去："你的表弄好了吗？"

"嗯，好了。"

宋玲玲一眼看到了纪亦珩的签名，惊得下巴都快掉了："纪亦珩签字了？"

"是啊。"

进了学生会的人应该都知道，"纪亦珩"三个字的含金量简直是无法用言语形容的，宋玲玲当初还是由季沅清出面，找了副主席签字后，才给入的。

纪亦珩从来不管这种事，更加不让下面的人为了这种事去找他。宋玲玲伸手将那张申请表拿了过去。

她想到方才在礼堂门口看到的一幕，季沅清还不信她说的话，这会儿被狠狠打脸了吧？

"厉害啊，真厉害。"

"你知道季部长在哪儿吗？"

"她去排练了，我帮你给她吧。"

施甜嘴角轻扬："好啊，谢谢。"

她跟宋玲玲说了句再见后，准备回宿舍去，手机传来信息提示音，施甜看到是纪亦珩发来的微信："明天放学后跟我去礼堂，杨老师让你一道去排练。"

施甜赶紧回了个"好"字。

宋玲玲盯着她的背影，心里越想越不是滋味，一把将施甜的申请表撕掉，揉捏成团后塞进了旁边的垃圾桶内。

这样的人凭什么让她进学生会？这要放在古代，那就是妖媚惑主啊！

晚自习结束后，施甜和蒋思南她们走出教室。

她冷不丁看到门外站了个人，季沅清见她出来，忙冲施甜招了招手。

几个女生一道上前，施甜跟季沅清打过招呼："是不是我的申请表哪里出错了？"

"我就是为这事找你的，申请表你怎么到现在都没给我？"

"啊？"施甜吃了一大惊，"我下午就给你同学了，她说会帮我转交给你。"

"哪个同学？"

"上大课时，跟你在一起的那个女生。"

季沅清面露疑惑："我说来找你要申请表的时候，她没说你已经给她了啊？"

什么？那表上的签名可是她好不容易要来的呀！

"会不会是她忘了？要不再问问？"徐子易在旁边插话说道。

季沅清拿出手机跟宋玲玲语音，刚下课，所以门口很吵，耳朵边都是叽叽喳喳的说话声。季沅清点了扬声器，语音电话接通后，施甜听到她开口问道："玲玲，施甜的申请表是不是给你了？"

"什么啊，怎么会给我呢？"

施甜心里咯噔了下，接过话语："今天在学校小超市的门口，我给你了。"

"瞎说什么啊？我可没拿过。"

这样争论也没个结果，季沅清挂断通话："今天是最后一天期限了，你还是好好找找吧，找到了再联系我，可以吗？"

"明天补上不行吗？"徐子易轻声问。

"要上交给老师的，总不能为了一个人破坏规则吧。"季沅清还有事，她将自己的手机号留给了施甜，"一会儿回去一定要好好找找。"

这还用找吗？施甜心里是再清楚不过的。

她找人问到了宋玲玲的寝室号，可找过去的时候扑了个空，说是今晚出去了，不回来住。

施甜哪怕是急得团团转都没用，蒋思南用筷子在泡面碗里使劲捅："就是故意的，我跟你说，学生会里面水深着呢！"

"实在不行就等下次吧。"徐子易一边整理床上的衣服一边劝施甜，"那个宋玲玲肯定是不承认的，这事要是闹僵了，说不定以后更没机会。"

施甜咽不下这口气："我才不要，我明天就找她们去！"

"不是吧，你别冲动啊，"朱小玉也开始劝她，"宋玲玲跟季沅清关系好着呢，你得罪了她，下一次还怎么申请？"

"那就不申请，反正她拿了我的东西，这事就没法这么算了！"

施甜刚起来也是要命的，虽说吃亏是福，可也要看这个亏是不是她心甘情愿吃的！

第二天吃过中饭施甜就找到宋玲玲寝室去了，她的室友说她不在，学生会开会，刚过去。

施甜扭头就走，找到学生会的会议室去。

一帮人果然在里面开会，施甜敲了下门进去，季沅清说到一半的话卡在喉间。宋玲玲抬头看了眼，施甜目光扫了圈后落定在她脸上。

"这位同学，你有事吗？"副主席王曾站起来，想要拦着施甜。

她快步冲上前，站定到了宋玲玲身后："我的申请表呢？"

宋玲玲心虚，但她料定施甜不能拿她怎么样："莫名其妙，你自己的东西来问我干吗？"

施甜一把揪住宋玲玲的肩膀："我分明给你了，你把它弄哪儿去了？"

"喂，你别动手啊！"宋玲玲尖叫一声，"这可是在学生会，你别乱来。"

季沅清在旁边看得愣掉了，这怎么还动上手了呢？边上的两个女生想要将施甜拉开："有话好好说，你别这样啊。"

刚开始的会议就这么被人冲进来打乱了，王曾作为副主席定然要出面："也不看看这是什么地方，你先出去！"

"你快说，把我申请表放哪里去了？"

宋玲玲伸手将施甜推开，满脸无辜委屈的样子："你这人怎么这样啊？谁看到你把申请表给我了？你自己的错误别人来背，凭什么？"

边上的人都帮着宋玲玲，毕竟都是一起共事的："你就别无理取闹了，你这样谁敢让你进学生会？"

"就是啊，宋玲玲拿你的申请表做什么？"

施甜目光凶狠，她真的跟头发怒的小狮子一样："你就是拿了，你今天要不交出来，我跟你没完！"

"你能拿我怎样？"宋玲玲也不怕，反正这儿的人都站在她这边，"我看是你自己拿不到纪亦珩的签名，眼看没人给你推荐，你就赖到我身上！"

"纪亦珩给我签名了！"

"哈哈哈——你们相信吗？"宋玲玲双手摊开，望向四周的同学，"纪亦珩给她签字了，好笑！"

"好笑在哪里？"这时，门口传进来一道声音，清冽而冷漠，像是冬日里刮过的寒风，还夹带了冰霜一般的凉。施甜听到说话声，目光越过宋玲玲的颊侧，看到纪亦珩走了进来。

她好想哭啊，哦，真是把她气死掉了。这个时候哭什么啊，气势不能输！

大家看到纪亦珩进来，纷纷站起身。王曾忙将一张椅子拉开，看到他也很是吃惊："你怎么过来了？"

这种会议，他以往都是不参加的。

纪亦珩将手里的一沓稿子啪地丢到桌上，并未理睬王曾，视线自始至终都定在宋玲玲的后背上："我问你话呢，好笑在哪里？"

他嗓音变得慵懒起来，可每一个字的尾音都暗藏了不好惹。

施甜见宋玲玲的脸都白了，一把推向她的肩膀："问你话呢，装哑巴干吗？说啊！"

哟，这狐假虎威的小样儿！纪亦珩差点勾出抹笑来，估计施甜这会儿多毛得厉害。他手指在桌面上轻点两下："我纪亦珩三个字，就这么好笑吗？"

季沅清脸上挂了笑，想替宋玲玲说话："当然不是，玲玲她……"

"你插嘴做什么？"纪亦珩毫不留情地说了下一句，"还是这件事，跟你也有关系？"

季沅清不敢再开口，宋玲玲握了握手掌，后背在冒冷汗。施甜看她这厌样，心里爽快极了："说不出话了吧？你再喊啊，你给我喊啊。"

纪亦珩单手插在兜内，她这会儿底气真是足了，要再给她一点动力，她估计能蹦跶到月球上去。那么多双眼睛都跟要瞪出来似的在盯着她。

少年再次出声时，嗓音温柔了不少："你给我过来。"

施甜一副我不怕你们任何人的表情，就差张牙舞爪了，只不过纪大神的话不能不听，她还要靠着他撑腰呢。

施甜走到纪亦珩身边，纪亦珩在他的主席位子上坐下来，旁边的王曾

90

看到施甜站着，他拉过张椅子塞到了纪亦珩的身边。施甜也没客气，说了声"谢谢"后坐下去。

这个时候别人不敢讲话，可事情总不能还这样僵着，王曾只好站出来打圆场："不过就是申请表丢了的事情，再写一份吧。"

"季部长说时间已经过了，到了今天就不作数。"要不然施甜能这样着急吗？

"是有这么个规定，但这次情况特殊。这样吧，你重新填一份，我给你亲自送到老师那里去。"

副主席都给台阶了，施甜哪有不顺着往下爬的道理？她刚要答应，纪亦珩却踢了下她的脚。

施甜乖乖将"好的"两字咽回了肚中。

"申请表都给到你手里了，为什么会不见？"纪亦珩显然不打算就这样息事宁人。

宋玲玲面对诸人，脸涨得通红，手掌心渗出细汗："她可能记错了，我真的没有拿到。"

"你总不至于要让我去调监控吧？到时候可就不好收场了。"

季沉清朝宋玲玲看眼，纪亦珩既然有了这个想法，一旦实施的话，宋玲玲怕是连里子都要被扒干净了。宋玲玲怎么都想不到纪亦珩为了施甜，居然说要去查监控。

这个时候，嘴硬对她没有任何好处。

"对……对不起，可能真是我不小心弄掉了。"

分明是故意的，却还说不小心，这样的人真可怕。

边上的人都不说话，王曾干笑两声："那就再补一份吧，以后大家都要一起共事的，这件事就这样过了吧？行吗？"

王曾询问着施甜的意见。

她就是个小新人，以后还要在学生会混的，孰轻孰重总能分得清吧？

宋玲玲坐了下去，这件事好像要以她的一句对不起而结束了。施甜想到自己昨晚都没睡好，越想越生气："没这么简单吧，申请表上有主席的签字，这才是重点。"

纪亦珩睨了施甜一眼，她朝他看看："我特尊敬主席大佬，那张纸我当宝贝一样捧着，我现在想想它可能躺在垃圾桶里，我心好痛啊。"

少年闭了闭眼帘，这戏也太过了吧？可戏台都搭上了，难道要半途跳下去？

"这样吧，既然你觉得别人的签名可以随意践踏，就罚你抄我的名字，抄一千遍。"

施甜缩了缩脖子，够狠啊。

纪亦珩想想不对，改了口："写你自己的名字吧，写一千遍，明天上午给我看。"

宋玲玲欲哭无泪，这是体罚好不好？

"申请表呢，昨天我已经签过字了，一会儿让施甜补好之后送给老师就行。我们还有事，就先走了。"纪亦珩说完这句话，站起身，见施甜坐着没动，拿起稿子敲打了下她的肩膀，"怎么，你还要留在这儿开个会？"

施甜赶忙起身，跟着纪亦珩走出去。

会议室内瞬间炸开了，宋玲玲委屈地拍了拍桌子："凭什么啊，凭什么啊？"

"哎，真的好奇怪啊，纪亦珩怎么管起这种事来了？"

"之前都说这个女生是靠着关系进的广播室，现在看来……"

季沉清拉过椅子，语气有些不悦地打断了她们的对话，冲着宋玲玲说道："还不是你自找的，你好好的把人家的东西丢了做什么？"

宋玲玲真是哑巴吃黄连，她还不是替她出气吗？

施甜一路跟着纪亦珩回到广播室，少年陡然顿住脚步后转身，施甜差点撞到他胸口去。

她急刹住步子，因为走得急，额角处有汗。

"你挺厉害啊，差点要跟人动手了。"

施甜将两手放到背后去，脑袋摇得跟拨浪鼓一样："哪有啊，和平社会和平地解决事情嘛，绝不动手。"

"难道是我眼神有误？"

施甜眨巴着一双大大的眼睛看他："你误会了，你看我这样子，你再看看宋玲玲那大高个，我要真跟她打起来，那还不是被她按在地上摩擦再摩擦啊？"

她话虽这样说，可她信奉的一句话却是：遇事别尿，能动手就绝不瞎吵吵。

老虎不发威，以为她是傻白甜啊！

纪亦珩视线在她脸上扫了圈："以后离那帮人远点。"

"好。"

他方才过去，正好看到她被一帮人围攻，那么多人你一句我一句的，她就算再有理都说不过他们。

纪亦珩当时火气就上来了，敢欺负到他的人身上去了？

不对，是欺负到他广播室的头上了？

他越想越觉得怪怪的，这两层意思，不还是一样吗？

施甜嘴角轻抿，心里越来越欢喜。蒋思南她们都说她有了靠山，以后在学校走路都能横着走，她一开始是不信的，但经过这么几次的事件后，她不得不重新面对这件事了。

蒋思南说她进广播室，肯定跟纪亦珩有关，还说学校校园网站上的传言，绝不是空穴来风。施甜用她灵活的小脑子一想，有些事就想通了。

纪亦珩他——

真的喜欢上她了吧？

哎呀呀，她真是好激动啊！怎么办，她现在心花怒放，心扑通扑通都要跳出来了。施甜自己想想就脸红了。纪亦珩盯着她脸颊处的两朵红晕看看，她脑子里在想些什么呢？

施甜看向别处，不敢跟纪亦珩对视，心里甜到发腻，想想纪亦珩方才在会议室的样子，真是好宠溺哦！

纪亦珩走到桌前，施甜赶紧跟上，嘴角抿出两个小梨窝，越想越开心。

"我稿子还在宿舍呢。"

"来不及回去拿了，你看我的吧。"

施甜捏着嗓子，甜甜柔柔地回了他一声："好。"

纪亦珩眼神怪异地朝她睨了眼，施甜轻垂眼帘，面颊带红，这娇羞的模样还真是好看。

少年觉得喉间痒痒的，心里也是痒痒的。

纪亦珩最近活动多，要准备校庆的配音秀，周一到周五还要抽时间广播，每天放学之后紧赶着去录音棚，嗓子难免受不了。

施甜刚到广播室，就被严老师叫到旁边："纪亦珩在咳嗽，你多注意点，千万要叮嘱他多喝水，还有……那些乱七八糟的东西不能吃了。"

"好的。"施甜忙不迭点头。

天知道她有多冤枉，前两天纪亦珩从超市拿了一包东西上来，正好被严老师堵在楼梯间。他倒好，直接说都是她要吃的，严老师尽管相信，但还是全部没收了，说广播室不能出现零食饮料。

纪亦珩靠坐在椅子上，白色的衬衣袖口轻挽，露出一截细长的手臂，手里拿着一会儿要用的稿子，眼神清清冷冷，阳光跳跃在他紧抿严肃的嘴角上。

干净的长条桌上放着一个水杯、一支笔、一部手机。

施甜在旁边做着准备工作，伸手拉开抽屉，里面东西塞得太满，膨化食品的包装袋弹了出来。

薯片、碳酸饮料、咖啡、爆辣牛肉干！

施甜将抽屉里的东西拿出来："老师天天喊着让你保护嗓子，你居然碰这种东西？你是不是不想去比赛了？"

"嗯，知道了。"纪亦珩继续盯着手里的稿子。

他性冷，话语一向不多，意思也表达得够明确了——听是听进去了，反正不会改。

"你都在咳嗽了！"

纪亦珩的视线依旧埋在稿子里面，施甜也拿他没办法，将零食全部堆到一边："没收。"

少年的眉头不由得轻皱，他看她最近是越发厉害了，都敢管到他头上了。

施甜从兜里掏出一小盒糖，背过身拿出两粒："我最近发现有个糖很好吃。"

她攥紧了手掌回到纪亦珩身边："张嘴。"

纪亦珩听到是吃的，毫无防备，乖乖张嘴，施甜将两颗糖全部塞到了他嘴里。

他当时就想吐，这什么味道啊？他从来没吃过这么难吃的东西！纪亦珩几乎要呕出来，他精致的五官皱成一团，眉头打了结，他侧过身就想将糖吐掉。

施甜急了，一把捂住他的嘴："不准吐，吃掉。"

纪亦珩将她的手推开："我不吃！"

"对你的嗓子好，这是糖啊。"

鬼才相信这么难吃的是糖！纪亦珩就想把它吐了，可施甜胆子肥得不得了，再度捂住他的嘴。

不都说喜欢一个人，就会格外纵容吗？所以施甜就敢爬到他的头上，因为她知道他不会拿她怎样的。

这要换了别人，早被纪亦珩抽了。难闻的气味充斥着纪亦珩的鼻腔，他想吐吐不了，只能强忍着恶心将糖咽下去。

他拉掉施甜的手，拿了桌上的水喝，施甜还在旁边说道："你慢慢让它融化了吃啊，别一下往里咽。"

"你受得了，你怎么不吃？"

"我嗓子又没问题。"

纪亦珩觉得那股子气味还在他的口齿间，一手撑着侧脸，牙关咬得紧紧的。施甜朝他看眼，有这么夸张吗？"这是甘草糖啊，润喉的。"

"你吃一颗给我看看。"纪亦珩抬起眼帘看着她。

施甜干笑声："我都说了，我嗓子没有不舒服。"

"你自己从来没吃过吧？"

确实，这还是听了别人介绍后去药店买的，现在看纪亦珩这副样子，她更加不会去尝试："嗓子有没有舒服点？是不是大有益处？"

"你知道这像什么味道吗？"

"像什么啊？"

算了，纪亦珩抽出纸巾擦了擦嘴巴，想起来都反胃："以后别再给我吃这样的东西。"

施甜坐了下来，瞅瞅纪亦珩的表情就想笑，心里喜滋滋得无法言喻，纪亦珩要不是喜欢她，肯定早就把她赶出去了。

她怎么就这么聪明呢？自从开窍领悟之后，施甜看纪亦珩看她的每个眼神中，都充满了小心心。

杨老师新编的节目很顺利，也让施甜和纪亦珩去试过音，杨老师说她嗓子也不错，还特地给她当场加了几句词。

离校庆的日子越来越近，施甜早就将自己的几句词背得滚瓜烂熟。

加入学生会后，季沅清将她拉进了两个微信群。

一个是学生会的大群，另一个是文艺部的小群。

施甜几乎不在里面说话，宋玲玲就属于比较会蹦跶的，天天追在季沅清的身后拍马屁。一会儿说我们部长美如天仙了，一会儿又说翩若惊鸿婉若游龙了，要不是怕错过什么重要信息，施甜真想把群给屏蔽掉。

快下课的时候，施甜收到群里通知，说是下午三点半开会，谁都不能缺席。

课程结束后，施甜就去了学生会的会议部，人还没到齐，零零散散就几个人。

宋玲玲也在，仇人见面按理说是分外眼红的，没想到宋玲玲竟笑着来到了施甜面前。

"你总算来了，上次的事还没有跟你好好道歉呢。你的申请表是被我不小心弄丢了，我当时真忘了你给过我了。"

施甜心里在呵呵笑，这个理由骗骗三岁的孩子还差不多。

"现在我们一起共事，以后就是朋友啦。"

季沅清也面含微笑地走来："施甜，你千万别跟她一般见识，她真是记性不好的。"

"好啊，事情都过去了。"比虚伪谁不会啊，施甜笑得比谁都没心没肺，"以后还要你们多多关照我呢。"

"这就对了嘛。"宋玲玲亲昵地挽住施甜的手臂，"来，我们坐一起。"

施甜只觉鸡皮疙瘩掉了一地。

会议上，季沅清给每个人都分配了工作，剩下两项：一项是给舞蹈排练的人安排定制演出服，毕竟人员才真正确定下来，现在才能上报尺寸；另一项是文案工作，要将文艺部准备的几个节目，以文字的形式呈现出来。

宋玲玲知道里面的门道，安排定制演出服是个大麻烦，万一尺寸有偏差，到时候都会怪到她们头上。而文案工作就是走个形式罢了，随便写写就行，谁会认真仔细地去看？

施甜虽然不懂，但她心思灵巧，很快想到写文案肯定比安排定制演出服要轻松。

她和宋玲玲同时出声："我来写文案。"

季沅清目光看向两人："这……"

宋玲玲心想她比施甜先进的学生会，季沅清肯定是不会让施甜写的，这关系到尊严问题好不好？

施甜先发制人："我在这方面有优势，广播室的稿子我有一起跟进，我组织语言的能力还是可以的。"

要脸不？宋玲玲就差气得头发飞起了，难不成是拿纪亦珩来压她？

"写文案我也很拿手！"

会议室外，纪亦珩正好经过，他跟学生会的另一名干事正在说话，并未注意到一墙之隔内的动静。

施甜不着痕迹地轻撞了下宋玲玲的手臂，宋玲玲抬头一看，立马想到了她被罚抄一千遍名字时的惨状。

是啊，纪亦珩就是护着施甜的，明眼人都能看得出来。

宋玲玲极不情愿地举起了手："我来安排定制演出服吧。"

季沅清依旧是笑容满满，嗓音甜美："好，那就辛苦你们了。"

宋玲玲将一肚子的苦咽下去，哭都哭不出来。

施甜以为写文案会是件很简单的事，但到手之后，才知道乱七八糟的要求也很多。

她写了第一版交给季沅清，可一下就被打回来了。

季沅清发了微信跟她交流，还手把手地教她："施甜，这样写不对哦，场地和时间点都要写清楚，你再琢磨下。"

施甜问她要了校庆的活动表格，可改完发过去，总是问题不断。

那边催得又急，施甜只能趁着周五的时间加班，没有电脑，就对着手机屏幕通宵，几乎要把眼睛熬瞎了。

第五章　最大的情敌

　　星期六上午，施甜到地铁换乘站去等纪亦珩，两人差不多时间到的。纪亦珩见到施甜时，她背了个包，摇头晃脑地靠在墙上。

　　"你昨晚去偷熊猫了？"

　　施甜看跟前的人影都是模糊的："没睡好。"

　　"一会儿到了录音棚，你补会儿觉。"

　　地铁来了，施甜揉了揉眼睛跟着纪亦珩上去。

　　他录音的时候，她就坐在外面等他。录音棚内环境很好，还有舒适的沙发，施甜刚坐下去，还没听纪亦珩念几句词，就歪倒在旁边睡着了。

　　少年轻抬头，看到外面的女生睡得正香，中途休息时，他摘下耳机走了出去。

　　他来到沙发跟前，小心翼翼地坐下。施甜手里抱着他的包，纪亦珩伸出手将拉链一点点拉开，里面放了他的杯子，拿出来后喝了口水。

　　肩膀陡然一重，纪亦珩身子微僵，别过脑袋，看到施甜的头歪靠在他的肩膀上。

　　少年喉间轻滚动下，他没有伸手将她推开，她看上去困得不行，眼睛有点肿，睡相既不老实又不好看，嘴巴微微张着。

　　他肩膀上其实不重，施甜睡梦中还想着要找个舒适的姿势，脑袋点来点去，猛地朝他身前扎去。

这一下正好撞在纪亦珩的手臂上，杯子里的水洒出来，都洒在了他腿上。

施甜惊醒过来，第一反应是擦擦嘴。发现纪亦珩脸色严肃，她再低头一看，看到了他裤子上的水渍。

施甜赶紧伸手给他擦："我是睡着了吗？对不起啊。"

"擦哪儿呢？"纪亦珩冷不丁问她。

施甜脑袋还糊糊着，那个文案成了梦魇，就连睡觉的时候都不放过她，她赶紧缩回手。纪亦珩喝完了杯子里的水，视线轻落在她憔悴的脸上："昨晚没睡？"

"睡了。"

"睡了怎么还这样？"

施甜忍不住打个哈欠："写东西写得晚了点。"

"进学生会好玩吗？"

施甜轻摇下头。

"后悔吗？"

她还是摇摇头："我进学生会不是为了玩，能学习到一点东西也是好的，要是现在都应付不了，以后怎么办？"

可不是？如果连这点适应能力都没有，到时候踏上了社会肯定是第一批就被淘汰掉的。

纪亦珩嗓子还有些不舒服，但吃了感冒药，已经好多了。

"你再睡会儿，待会儿好了叫你。"

"噢。"施甜也没什么别的事要做，眼见纪亦珩起身回到了录音棚内。

等他坐定戴上耳机望出去时，施甜闭着眼又睡着了。

少年侧着身，也不知道她昨晚是不是压根就没合眼，怎么会困成这样呢？

早知如此就不让她来了，她除了端茶倒水的，其实也帮不上什么忙。但纪亦珩就想让她跟着，录音的时候偶尔抬头能看到她，他就觉得时间过得很快，一眨眼就过去了。

施甜睡了将近一下午，最后是被手机的信息提示声吵醒的。

她打开微信，看到了季沅清发回来的文档，下面还有两个可怜兮兮的表情。

"施甜，你还要再改下哈，第一次做这种文案肯定会摸不着头脑，加油加油，我看好你。"

施甜头疼不已，点开文档往下拉，季沅清也没说问题出在哪里，就让她像个没头苍蝇似的乱撞。

施甜问她一句，季沅清倒是很快回了："细节方面差了点意思，你再琢磨下，我要排练了，回头再说。"

纪亦珩从录音棚出来，施甜忙拿了水杯走上前，少年接过手喝了几口："睡饱了？"

她不好意思地轻笑："我是不是睡了很久？"

"你说呢？进了录音棚后，你睁眼的时间超过一分钟了吗？"

这也太夸张了吧，她好歹是他兢兢业业的小助理啊。瞧，水喝完了，她接过杯子就准备去倒上。

纪亦珩一把拉住她上衣的帽子，将她拉回跟前："走吧。"

这会儿正是傍晚时分，地铁站人也很多，纪亦珩站在等候区内，拿了手机在玩游戏。

他手指飞快地在屏幕上点着，这游戏既要考验脑力又要考验手速。施甜踮起脚看了看，少年目不转睛地盯着游戏画面。

地铁还有好几分钟才到站呢，施甜想走到旁边去坐会儿，刚抬起脚步，背后的帽子就被纪亦珩扯住了。

她哎哟了声退回来两步，撞在了纪亦珩的手臂上。

施甜刚要问他干吗，少年的声音便轻落在她的头顶："乖乖待在我身边，别走开。"

施甜天天听着这样的嗓音，不沉溺其中肯定是假的，现在这句话撩拨得她像是喝了一坛陈年老酒，她快醉了。她两根食指轻触在一起，轻轻问道："为什么啊？"

"你这么一个小不点跑来跑去做什么？一会儿就该跑没了。"

"……"

施甜嘴角轻撇，这是在说她矮小，隐在人群中就看不见了吗？

地铁很快进站，施甜跟在纪亦珩的身边，地铁门一打开，纪亦珩让她先走进去。

车厢内有两三个空位，有人快速地往里冲，争抢着，施甜和纪亦珩站在靠近里侧车门的地方，少年身子斜靠在一边，将耳机戴上。

施甜偷偷地瞄着纪亦珩的脸：他目若朗星，五官像是经过了最完美的雕刻。她算是看出来了，他就不是个会主动的人。

可是这层窗户纸迟早要有人捅破啊，施甜的心里犹如有小鹿乱撞，她朝着纪亦珩挨近一步，再挨近一步。

两人的手臂碰到了一起，她和纪亦珩都穿短袖，肌肤接触时好像触电，施甜红着脸将手缩了回去。

纪亦珩眼底很明显涌起了暗潮，但他并没有说话，也没有看施甜一眼，继续玩着游戏，但是心不在焉的，总是被人秒杀。

一个老人走到旁边，坐着的一个中年男人起身给他让位子。

"谢谢，谢谢。"

看到这一幕，施甜觉得舒心，但她看到中年男人站起来后，却冲着原本坐在他边上的一个男生质问："你为什么不让座？你这么小的年纪凭什么坐在这儿？"

男生抬起脸，被说得有点蒙，应该是没被人这样骂过，所以不知道该怎么回答。

"说你呢，尊老爱幼懂不懂？现在的学校都是怎么教的？！"

原本坐下的老人也没想到会这样，赶紧劝道："算了。"

中年男人的手差点要指到男生脸上，坐着的应该是个初中生，戴着眼镜，虽然手长脚长的，但脸上分明写着稚嫩。

同车厢的人都看了过去，中年男人占着上风，越说越起劲："我的岁数都能当你爸了，你旁边坐着的都能当你爷爷了，凭什么你不给让座？"

男生嘴唇动了动："我刚才没看见……"

"没看见！从你面前经过你没看见？"中年男人说完这话，抬起脚居然踹向了男生的胸口处。

车厢内的其他人都在议论纷纷，只不过谁也没有上前。施甜一个箭步冲到男人身旁："你怎么回事？怎么能打人呢？你有什么权力指责别人不让座？"

男人睨了眼这个小姑娘，理直气壮地用手指着坐在那儿的男生："老人家都走到面前了，他凭什么还能坐着？"

纪亦珩打完一局游戏，耳膜快被耳机内的游戏声给炸裂了，下意识地朝旁边看眼，却并未发现施甜的身影。

少年急忙摘掉耳机抬头，却看到施甜站在一个一米八左右的大高个跟前。男人身材强壮，足有两百来斤，男人气势汹汹；再一看施甜，又瘦又小，却还伸出双手挡在那个初中生的面前。

纪亦珩并不知道方才发生了什么事，就看到施甜面带怒意地问："就算不让座又怎么了？他也买了票的，就不能坐吗？他要是身体不舒服呢？要是学习辛苦了呢？你这是道德绑架。不就因为你站起来了吗？就能打人？"

座位上的男生自始至终没说话，许是被吓坏了，眼圈红红的。

不少人也帮着施甜在说话："就是啊，让不让座是人家自愿的事情，再说谁都有特殊情况……"

"怎么能对个孩子下得了手……"

中年男人的脸色变了又变，原本站在道德的制高点上，说什么话都有理，也没有人出来反驳，如今施甜出了头，就变成什么错都在他身上了。

"你多管闲事干什么？"男人眉目微狞，施甜不由得往后退了一步，他不会也一脚将她踢飞了吧？

纪亦珩上前几步，看到施甜分明害怕了，可却仍旧仰着小脑袋在据理力争："这不是闲事，我看到你动手了，就是你不对！"

"你——"男人逼上前几步，纪亦珩站到了施甜身旁，将一只手掌放在她肩膀上。他比中年男人还要高出一点，虽然是学生打扮，但眉宇间写满了肃冷、不好惹。

中年男人的手已经伸出去，这一下差点碰到纪亦珩，他悻悻地将手落回去。

纪亦珩扭头看了眼，见施甜这会儿已经乖乖地躲在他身后，缩成一团，只不过小脑袋时不时往外探。少年眼帘再度轻抬，看向座位上的男

102

生："你有没有哪里不舒服？要不要去医院？或者，报警吧。"

他依稀从边上人的嘴里得知，中年男人对他动了手。

男生手还按在胸前，地铁正好到站，中年男人知道这时候他理亏，他朝旁边看了看，并快速往门口走去。

施甜追上两步："你别跑啊！万一你把人踢伤了怎么办？"

地铁门刚打开，男人就迫不及待离开了，坐在座位上的男生总算对施甜开了口："姐姐，算了，我没事。"

周边的议论声更大了，地铁门重新关上，纪亦珩伸手拉着头顶上方的拉手。车子启动时，施甜往旁边冲了下，纪亦珩自然地环住她的肩膀，以免她摔跤。

施甜视线落回到那个男生身上："你真的没事吗？"

"没事，谢谢你。"

施甜气愤难消："你就不该放过他的，应该让他送你去医院。"

"我真的没事。"

纪亦珩方才一抬头，真是吓了一跳，以为她真跑没了呢。当时车厢内除了施甜之外，没人出面。他看她跟那个男人你一言我一语的，尽管身高体形差了一大截，气势上却丝毫不输。

纪亦珩想到她那副又要往前冲又认怂的模样，真是好笑。

施甜好不容易缓过神，这么一出头后，气也消了。

她觉得肩膀处怪怪的，偷偷瞄了眼，看到了纪亦珩放在那里的手。

施甜心跳加速，她可禁不起这样的撩啊，这算什么？抱着她？搂着她？她两腿僵硬，走开也不是，继续干站着也不是。

等纪亦珩自己反应过来后，他将手收了回去。

施甜忙走到边上去，靠在车门旁边："还是站在这儿好，宽敞。"

纪亦珩看了眼，还有几站就要到了。

地铁门打开，进来几个女生，也是东大的。

施甜和纪亦珩都不认得她们，但她们一眼认出了纪亦珩。

也难怪，少年高高的个子往那儿一站，就算不顶着学校风云人物的名号，也是够瞩目的。

其中一个女生将嗓音压得很低："快看，纪亦珩，旁边那个是不是就叫施甜？"

"对，六班的。"

"你们说校园网站上说的那些事是不是真的呀？纪亦珩看上她哪里啊？"

她们压着嗓音，所以施甜站在不远处，一句都没听到。

"我猜，像纪亦珩这样清高傲娇的人，肯定喜欢主动点的女生。"

"我不信。"

到了这会儿，施甜掌心内还是湿腻腻的，她摊开手掌看眼："刚才真是吓死我了，到这会儿还在出汗呢。"

纪亦珩视线定格在自己的手机上："有这么夸张吗？"

"有啊，"施甜说着，将手伸过去，"不信你看，满手心都是汗呢。"

纪亦珩眼帘轻抬，一把握住施甜的手掌，果然，就连手指摸着都滑滑的。

施甜方才的话，那几个女生都听到了，其中一人跺了跺脚："我就说吧！"

这还不叫主动吗？这简直就是高段位的撩啊，撩人于无形啊！

快看，纪亦珩是多么吃这一套啊！

"这就牵手了啊？"

"人家肯定会说，我只是给你看看我的手，你拉着我干吗啊？"这就是那个叫施甜的高明之处了！好气啊，纪亦珩怎么会吃这种套路呢？

施甜是真没想到纪亦珩会动手啊，只是把手给他看眼，谁知道他会握住呢？她忙将手缩回去。

"我……我只是给你看看。"

听听听！不远处的一个女生气得踢了下同伴的腿："我就猜她会这样说的吧。这叫什么？这叫欲擒故纵！"

"段位太高了，佩服佩服。"

施甜将两手背到身后，纪亦珩看了她眼，看她的表情，就好像他占了她多大便宜似的。

纪亦珩又开了一局游戏，施甜握紧了小手，目光时不时落到少年的侧

104

脸上。

手都牵了，干吗突然又打起游戏来了？施甜恨不得将他的手机抢了。

"不早了，我带你去吃饭。"纪亦珩冷不丁开口，只是视线仍旧定在手机屏幕上。

"好啊。"施甜软了嗓音，模样不知不觉变得娇羞起来。

吃过晚饭，回宿舍的路上，施甜看到有流动摊贩卖橘子，她称了几斤拎回去。

校园网站上的八卦最多，今天在地铁上碰到施甜的那几个女生也不可能憋着不说的，她们酝酿了一下，就开了帖。

帖子名倒是挺抓人眼球的：施甜，一朵扮猪吃老虎的白莲花！

这标题怎么读都是不通顺的，可是吸引人啊，点击量和评论数上去后，这帖子被顶到了最上方。

施甜推开宿舍门，里头安静极了，蒋思南和朱小玉戴着耳机在打游戏，完全没注意到施甜已经回来了。

施甜看见徐子易趴在桌子跟前正在玩手机，蹑手蹑脚走过去想要吓她一跳。

徐子易正在回帖，内容已经编辑好，正准备发送。施甜悄悄来到她身后，伸手想要重重拍下她的肩膀，但一眼看到了徐子易发送出去的内容：

"对，施甜就是靠抓纪亦珩的关系才进了校园广播室，进了学生会。我上次就说过，她连简历都没写，这里面全是黑幕。"

施甜一口呼吸卡在了喉咙间，要不是亲眼看见，怎么都不会相信的。她提起手里的袋子，将它重重丢在了徐子易的桌上，里面的橘子散落出来，有好几个掉到地上。徐子易吓得转过身，就见施甜面色铁青地盯着她，施甜伸手按向桌沿："上次发帖的人是不是你？"

徐子易垂着头，还是不说话。

"我现在都看到了，你还有什么好说的吗？"

蒋思南摘下耳机回头看眼："你们干吗呢？"

徐子易手指用力地掐着桌沿，都到了这个份上了，也没什么好否认的："难道我说错了吗？小狮子，你要是真的凭借实力打败了我，我也无话可说，但你是怎么进广播室的，你心里最清楚。"

"我应该清楚什么？我该说的都说了！"

徐子易并不相信施甜的话："你觉得可能吗？既然早有内幕，就不要浪费我们的时间。当然还有一种可能，是你悄悄投了简历，却没跟我们说。如果真是这样的话，你拿我们当朋友了吗？"

"我没想到我平日里跟你无话不说，你却是这么看我的。"

这也是徐子易心里的一个结："你跟我无话不说，那为什么要瞒着我？"

蒋思南一听不对，赶紧拉着朱小玉上前："别吵了。"

"我瞒你什么了？！"施甜激动地出声，嗓子都快喊哑了，"这就是你对待朋友的方式吗？背后插我一刀！"

朱小玉和蒋思南一人一个将她们拉开，两人还在吵，施甜满肚子的火，越想越委屈。

连着两天，施甜和徐子易一句话没说。

虽然抬头不见低头见的，可两人遇上了对方，都当没看见似的。

蒋思南让朱小玉和施甜一起上学、吃饭，她则拖着徐子易，想要分别劝劝她们，总不能一直这样僵着吧？

施甜早早地到了广播室，趴在桌上，心不在焉地盯着手里的稿子看。

纪亦珩上前，用卷起的纸敲打她的脑袋，施甜哎哟了声，扭头朝他看看。

少年拉开椅子坐下来，施甜小脸枕在手臂上："纪亦珩，你为什么把我招进广播室？我真的没有填写过简历。"

"你觉得你胜任不了这份工作？"

"不是。"

"那还纠结什么？"纪亦珩拉开抽屉，从里面摸出一罐可乐。

施甜直起身，眼里一片黯淡："可是别人会对我指指点点，说我不是靠真本事进来的。"

"那就拿出你的真本事，狠狠抽她们的脸。"纪亦珩身子向前倾，目光攫住施甜，"每个人都会被质疑，能证明你的，也只有你自己。"

施甜将目光从他眼里抽离开，听到微信提示声，忙拿起手机看眼。

106

学生会的大群内，昨天就已经有人带头了，说是校庆的时候会特别忙，所以提前祝主席团成员和各位部长、干事国庆快乐。

施甜看得头疼，宋玲玲将大群内每位带有头衔的人都艾特了。

艾特纪亦珩：主席大神，国庆节快乐，祝您生活愉快！

艾特王曾：副主席大佬，国庆节快乐，愿您前途似锦！

艾特季沉清：我们最美丽的季美人，国庆节快乐哦，祝您天天美美的，开开心心哟。

艾特……

别人见状，纷纷效仿，微信群内早就已经沦陷了，在施甜看来就是一片乌烟瘴气。

文艺部的小群内，宋玲玲忽然艾特了她一下。

施甜点开，看到宋玲玲上来就质问她："你怎么不发祝福信息？你可别给我们文艺部拖后腿啊。"

施甜拧紧眉头，回了句："不是由你做代表了吗？这种信息能有几个人看？"

"谁说他们不看的？到时候怪罪起来，一准会说我们文艺部不懂规矩。你赶紧去发。"

施甜有些恼了，这还是在学校呢，某些作风就这么严重了吗？

她将对话截图，退出小群后，进入大群，将截图丢了进去。

施甜手动艾特纪亦珩，在他的名字后面打出几个字：纪主席，你怎么看？

旁边的纪亦珩正准备玩一局游戏，肯定将群消息屏蔽掉了，不然不可能没有动静的。

施甜用手指捅了捅纪亦珩的手臂："你快看学生会的大群，有事。"

小群内，宋玲玲直接炸了："施甜，你干吗把我们的聊天截图公布出去？"

"你们不是都在指责我做得不对吗？你为主席做了这么多事，也应该让他记着你的好才是。"

纪亦珩拿起桌上的手机，看到是施甜在群里艾特了他。

他点开那张微信截图看眼，方才群里还满屏都是祝福呢，这会儿却是鸦雀无声，没人讲话了。

纪亦珩就是不喜欢这样才把群给屏蔽了，他眼帘轻抬，看到施甜放下了手机趴在桌面上。

她心情实在不好，要换成平时，可能也就应付应付着发发祝福了，可今天就是不行，她不开心，就想怼人。

施甜手指拨弄着稿子，也没再关注群里的事。门口传来敲门声，施甜起身坐直，回头看眼，外头的人还在继续敲门。

"请进。"

听到了这两个字后，严老师才推门进来，他就怕这扇小门背后藏着什么亲密的举动，要冒冒失失的，多尴尬啊。

施甜从椅子上站了起来："严老师。"

"那个……忙着呢？"

"不忙啊，广播还没开始呢。"施甜显然没听懂严老师的言外之意。

"有件事跟你们商量下，元旦过后打算给纪亦珩开个直播，施甜，你准备下。"

纪亦珩眉头都快打成死结了："为什么要直播？"

"因为直播能迅速圈粉，好多人都不玩微博了，"施甜也觉得这是个好主意，"你看明星都在弄直播，粉丝也喜欢。"

纪亦珩睨了她一眼："罗云熙也直播过？"

"对啊对啊，"施甜两眼放亮光，"我家哥哥直播的时候最可爱了，你一定要试一试。再说你声音这么好听，这是最大的优势。"

"那就这么定了？"严老师原本以为纪亦珩不会答应，但现在看来，做主的是施甜。施甜忙不迭点头："定了定了，我来安排，我来活跃气氛，我来充当主持人。"

严老师激动地拍了下手："好！那你们先准备吧，广播时间要到了。"

他转身走出去，将门带上。纪亦珩跷着一条长腿，脚尖在施甜的小腿上踢了踢："谁让你同意的？我有说我要直播吗？"

"哎哟，我不是你助理吗？助理的首要职责就是替你安排好所有的工作。"

"我不。"

啥？她没听错吧？

施甜朝他凑近些："可是都答应严老师啦。"

"那是你答应的，不是我。"

施甜就差跳起来："你刚才没反对啊。"

"我也没说我同意。"

听到这话，施甜真跳了起来："不行不行——"

纪亦珩笑着扣住了她的手腕，将她拉回座位去。少年被她的样子逗乐了，甚至都笑出声来了，嗓音里像是含了一块糖。随着他的一字一语，那块糖也在慢慢化开："逗你的，好像你开过口的事，我都答应了吧？"

施甜抬起手就想打，但还是将手缩了回去，这一下把人打跑了可怎么办？

"那我让你戒零食，你能不能做到？"

纪亦珩收敛起嘴角的笑："没门。"

下午上完课后，施甜回了宿舍先洗澡，洗衣服的时候，徐子易也过来了。

两人互不理睬，施甜用力搓揉着袖子，徐子易拿了刷子在死命地刷裤子，洗完衣服后，施甜回到床上。

她打开微信，这才想到要去学生会的大群里面看一眼。

施甜将截图扔进去并艾特了纪亦珩后，纪亦珩居然真出来说话了。

他的话语一看就是冷冰冰的："我不想在群里面再看到这样没有营养的祝福语，我不喜欢。请每位部长管好自己手底下的人，及时遏制不良风气的增长。"

纪亦珩说了这句话后，底下再没有人敢接话，群里面那是一片清静啊。

施甜抱着手机在傻笑，从小到大好像也没有人会这样护着她，这种感觉真好，她越来越想靠近纪亦珩多一点，再多一点。

校庆当天，施甜其实早就把那页词背熟了，可一站到后台，她发现她脑子发蒙，居然一个词都记不住。

今天原本要回趟宿舍拿东西，但她下午陪纪亦珩出去谈事了，她以为这些词早就刻在心上了，哪承想这会儿居然紧张到脑子一片空白呢？

施甜拿了手机站到旁边，也不知道宿舍里还有谁，拨通了宿舍座机号，那边很快就传来接通声。

"喂？"

施甜听出来了徐子易的声音："蒋思南呢？小玉呢？"

"她们没在宿舍。"

施甜这会儿跑回去肯定也来不及了，急得在原地团团转。徐子易等着她挂断通话，可那头始终没动静。

"你有事吗？"

施甜咬了咬牙，不远处，纪亦珩还在跟老师沟通最后的细节，她急得额头上冒出细汗："我原本……想让她们给我送个稿子过来，我今天没来得及回宿舍。"

"噢。"徐子易没再说什么，"还有事吗？"

"没……没了。"

电话被挂断，施甜怔怔地盯着手机，快步走到纪亦珩身边。杨老师看眼时间："还有十五分钟，一会儿别太紧张。"

施甜怎么可能不紧张呢？急得心都快跳出来了。

可越是这样，她脑子里就越想不起来一会儿要说的那些词。

徐子易来到后台，准备进去时被人拦了下来。

宋玲玲看了眼她手里拿的东西："你找谁？"

"施甜。"

宋玲玲听到这个名字就火大，施甜就爱小题大做，为了发祝福短信的事她还被季沅清给骂了一通，宋玲玲没有给徐子易让路："你给她送东西？"

"是。"

"给我吧，我替你拿进去。"

施甜在里面绞尽脑汁地想着她的词，能想到的都打在手机上了，她觉

110

得今天是要完蛋了，这个状态非出糗不可。

一阵钢琴声陡然穿过红色的幕布传到施甜耳朵里，对她来说，这首曲子再熟悉不过了。那时候，她经常听一个人弹，但那人是绝不可能会出现在这儿的。

经典的《梦中的婚礼》，曲音缭绕，好像把施甜拉回到了初中和高中时候。

她忍不住伸手拨开幕布，看到一个少年坐在钢琴跟前，白色的衬衣服帖地包裹住他精瘦的身材，他手指在琴键上飞扬，舞台上的灯光悉数聚集在他头顶上方。

少年一抬头，施甜看清楚了他的眉眼，居然真的是他。

她忙将手收了回去，他怎么会在这儿？

施甜紧张地握着双手，目光定定地看向一处。纪亦珩走过来，声音轻落在她头顶上方："看什么呢？"

施甜吓了一大跳，转过身，望向他的两眼充满了惊恐，她拍着胸口："你走路不带声音的？"

纪亦珩将手伸向幕布，施甜想也不想地按住了他的手臂，他的视线再度落回她脸上："怎么了？"

"没……没怎么。"施甜也不知道她为什么会心虚，只是下意识地做了这个动作而已。

纪亦珩的眉头微拧，拨开施甜的手，一把掀开幕布，也看到了正在弹钢琴的少年。

"你认识？"

施甜没想到纪亦珩的眼睛这么毒，她什么都没做，他就有所察觉了？

"啊？嗯。"

"这人是谁？"

施甜有些紧张地用手绞着自己的衣角，不远处有人在喊她的名字，一回头，看到徐子易大步过来了。

"喏，给你。"徐子易将稿子递给她。施甜僵硬地伸出手，悬着的心总算落定："谢……谢谢啊。"

幸好赶上了，徐子易没说什么，转身走了出去。她没那么傻，这稿子要是交到了宋玲玲手里，那不就跟申请表的下场一样了吗？

即将轮到施甜和纪亦珩上场，她照着稿子念了一遍，总算顺畅了。

钢琴声戛然而止，台下掌声如雷鸣。施甜轻抬下眼帘，纪亦珩看她一副出神的样子，他嗓音冷冽不少："准备好了？"

"好了，好了。"

那名少年从台上离开，下了台后，坐在礼堂的角落内。

主持人上前报幕，施甜跟在纪亦珩的身边，进入了内场的房间。

杨老师正在调试画面，施甜和纪亦珩坐定下来，属于他们的配音秀开始了。

激荡起伏的音乐声中，纪亦珩的嗓音缓缓起落，有肃杀的霸气和婉转的温柔，坐在底下的人都感觉浑身起了鸡皮疙瘩。施甜的嗓音恰当地穿插其中，属于女子的娇俏和柔媚全部体现了出来，尾音拖着几许撒娇。台下的少年下巴轻抬，他方才在主持人的嘴里听到了施甜的名字。

如今，这女声被那道动人悦耳的男声压着，听得人耳朵里都觉得痒痒的。

施甜还是紧张的，她一紧张，手掌心就会出汗，毕竟台下有那么多人在现场看。

纪亦珩等着她念完词，施甜紧张地用右手压着稿子，手指指着上面的词在念。

他伸出手，钩住了施甜左手的小拇指。

她忍不住朝他看眼，纪亦珩完全是脱稿演出，他钩着她的手指，越钩越紧。

短短的几分钟，好像有一天的时间那么久，随着最后的尾音落定，施甜总算呼出口气。

纪亦珩松开手指，站起身，杨老师从外面走了进来。施甜右手握住了自己左手的小指，拿了稿子快速出去。

纪亦珩跟杨老师还有话要说，施甜到了外面，看眼礼堂，没有走进去。

她抬起脚步想要回宿舍，身后却传来了一声熟悉的声音："小狮子。"

施甜后背微僵，她转过身看到少年从路边的树影底下走来，一排葱郁的藤本植物将路灯灯光隔开，丝丝缕缕的微亮从间隙内迫不及待地往外钻。为了配合演出，他今天穿了最简单的白色衬衣和黑色的休闲裤。施甜朝他摆摆手："嘿，羚羊。"

　　"我以为你把我忘了呢。"

　　施甜干笑两声："哪能啊。"

　　韩凌阳走到她跟前，施甜目光轻落在他脸上："你为什么会在我们学校？"

　　"这也是我的学校。"

　　"别开玩笑了，你不是去上海念书了吗？"

　　韩凌阳抬起右腿，在地上踢了两下："我转学了。"

　　"真的假的？"施甜觉得不可能啊，都上大学了，还能说转学就转学吗？"你那个学校很好啊，专业也好，你干吗转学？"

　　"为了你啊。"

　　施甜喊了声："拉倒吧。不过你家里关系硬，是可以任性的。"

　　"我那时候就跟你一起报考了东大，只不过被家里人偷偷改了志愿。但是现在好了，我们又能在一个学校了。"

　　施甜抡起拳头砸在了他的肩膀上："那你干吗不早告诉我啊？要不是今天看到你弹琴，我还不知道你来东大了呢。"

　　"我也是今天才过来的，想给你个惊喜。"

　　"这不是惊喜，这是惊吓好不好？"

　　韩凌阳笑着伸手拍她的脑袋，施甜知道他会有这个动作，所以提前跳开了："别一见面就动手动脚的好不好？"

　　"怎么了？好久不见，你跟我生分了？"

　　那倒也不至于。只是韩凌阳太清楚她家里的事了，施甜在这儿没有一个之前的校友，所以她过得自在开心，这会儿看到韩凌阳，她心里其实是复杂得很。

　　"没有。"

　　"还说没有，方才你应该已经看到我了，是吧？"

　　施甜伸手又要捶他的肩膀，手臂刚举起来，还没落下去呢，就听到另一道声音插了进来："施甜。"

她惊得将拳头握得更紧了，扭头看到纪亦珩站在礼堂的门口，修身玉立，这样昏暗的灯光也没能将他的五官柔和掉。

"过来。"

施甜收回拳头。韩凌阳循声望去，冲着施甜问道："谁啊？"

"噢，我来介绍下，这是我们学生会的主席，纪亦珩。"

纪亦珩听着这介绍词，面上明显摆出了不悦。

"过来！"他口气加重几分。施甜朝韩凌阳摆摆手："我还有事呢，先去忙了。"

她快步走到纪亦珩跟前，少年的视线从韩凌阳身上收回："这么一会儿工夫，你出来做什么？"

"不是结束了吗？"

纪亦珩口气很硬："我让你走了吗？"

怎么了？这是吃炮火了？演出不是挺顺利的嘛！

施甜跟着纪亦珩走进礼堂，前面的位置都坐满了人，纪亦珩在最后一排坐定下来。

施甜见状，坐到了他的旁边。

她看眼纪大佬的脸色，这么难看。台上，季沉清的一曲独舞翩若惊鸿，施甜能想到的形容词也就只有这个了，估计是最近宫斗剧追多了。

"那个……"施甜开口想问他还有什么事。

"外面那个人是谁？"他倒还执着于这个问题。

"我高中的同学。"

纪亦珩面上神色并未有丝毫缓和，高大的身子倚在座椅上："同学？之前怎么好像没见过？"

"他刚转学过来，我也是今天才见到的。"

纪亦珩觉得这里头有点不对劲："你们很熟吗？"

这要怎么回答呢？

施甜仔细回想了下她和韩凌阳的关系："嗯，很熟，我们初中和高中都在 个学校。"

少年眼里浸润着几许复杂，季沉清表演结束，台下的人鼓起掌来。纪亦珩坐在那里没动，施甜小心翼翼看他眼，这是不高兴了？

"我跟他又没别的关系，不过他算得上是我的男闺密。"

纪亦珩嗯了声，算是听进去了。

"男闺密"三个字实在是刺耳，但没别的关系也是施甜亲口说的，纪亦珩绷紧的嘴角微松。

施甜回到宿舍时，蒋思南和朱小玉还没回来，徐子易正在整理桌子。施甜在床沿处坐了会儿，还是打算先开口："我不管你信不信我说的话，简历，我没投，我也不知道我怎么会被招进广播室的。"

徐子易手里动作顿住："噢。"

"噢什么噢啊？你要还有什么不痛快的，你尽管说。"

徐子易转过身，抵着身后的桌子："上次那个帖子是我开的，我确实不服气，我想简历肯定是你偷偷瞒着我们投的。"

"我没有。"

"我说我一开始是这样认定的。"

"那你现在到底怎么想的？"

徐子易轻摇下头："我想你应该也不是这样的人，只不过这种不甘心一直压在我心里。其实也挺好笑的，就算选的不是你，这种好事也不至于会落到我头上……"

"我们将来还不知道要遇上多少这样的事。"

"是啊。"徐子易轻叹声。她就是个小透明，毫无背景可言，所以争强好胜，就是想比别人得到多一点的机会罢了。

她倒希望凡事公平竞争，可现实是骨感的，有些人偏偏就生在终点线上。

到了第二天，施甜才反应过来，蒋思南和朱小玉没在宿舍，原来是回家了。看来她最近真是忙得晕头转向，脑子不够用。

施甜洗漱好后，徐子易还没起床，宿舍门外传来嘭嘭的敲门声。

施甜快步过去，将门打开，看到一个女生站在外面。

"你们宿舍的施甜在吗？"

"我就是。"

"女生宿舍门口有人找，赶紧过去吧。"

施甜将信将疑地走出去，到了宿舍门口，看到韩凌阳冲她招招手。

"你怎么还在这儿？"

韩凌阳见她走近了，这才开口："什么叫我还在这儿？不都跟你说了嘛，我在这儿上学。"

"国庆节啊，你干吗不回去？"

"你不也没回去吗？"

施甜面色微黯，韩凌阳察觉到他说错了话，赶紧将话题扯开："早饭吃了吗？"

"没呢，刚起来。"

"走啊，一起去。"

留校的学生有不少，韩凌阳又是新面孔，再加上身高腿长、模样好看，那简直就是一盏明灯似的戳在这儿。上高中的时候，韩凌阳在学校就很出名，每次音乐课上，他都会被老师叫上去弹钢琴，他走到哪儿都有迷妹跟着。在施甜眼里，他就是别人家的孩子。他读书好，且有一技之长，家庭条件是更加不用说了，所以施甜到现在都搞不明白，他怎么就跟她成了朋友呢。

见她站着不动，韩凌阳伸手钩住她的脖子。施甜个头矮，他的手臂正好圈住她脖颈。她吓得赶紧伸手将他推开："喂喂喂！男女授受不亲。"

"小狮子，你还真跟我生分了。"

"我跟你说，这个学校的人都八卦得很，到时候乱传不好，影响你交女朋友。"

韩凌阳嘴角轻扯动下："那你对我负责就是了。"

"我可负责不起。"施甜摸了摸自己的脖子。

纪亦珩接到徐洋的微信时，他正在家门口遛狗。

他一点开对话框，徐洋的声音就火急火燎地从里面冒出来："不好了，你家那位被人拐跑了！"

与此同时，还有徐洋发过来的一张照片。

照片中，韩凌阳钩着施甜的脖子，施甜趔趄地倒靠在他身上，纪亦珩的视线定格在这幅画面上，握着手机的手指收紧："什么时候的事？"

徐洋很快回了过来："就在刚才！"

纪亦珩面色肃然，原本想着今天是国庆，特地给施甜留了一天休息的时间，他的目的可不是让她在宿舍门口跟人嘻嘻哈哈、吵吵闹闹的。

施甜接到纪亦珩的电话时，正跟着韩凌阳去觅食，食堂这会儿肯定是关门了。

一看到纪大佬的名字，施甜不敢怠慢，赶紧接通："喂。"

"到石湖东路站来，我在地铁出口处等你。"

"啊？"今天不是休息吗？施甜停住了脚步："你还要去配音？"

"对，现在。"

韩凌阳疑惑地将视线落在施甜脸上："谁啊？挂了他。"

"你跟谁在一起？"纪亦珩也在电话那头问她。

"跟……跟朋友。"施甜搞不懂了，心虚啥呢心虚，可讲话就是不利索。

"现在马上过来，我已经过去了。"

施甜忙不迭点头："好。"

韩凌阳见她挂断通话，将手机塞进兜内后就要走。

"你去哪儿？"

"我有事啊。"

"早饭还没吃呢。"

施甜朝他挥挥手："路上买点就行了。"

韩凌阳一个箭步上前，挡在了施甜的面前："我跟你一起去。"

"你还是自己玩去吧，我那是工作，要去录音棚的。"施甜可不能让大佬等她，反正也没什么东西要拿，撒腿朝地铁站跑去。

来到石湖东路站，施甜刚下车，就看到纪亦珩在楼梯口等她。

她快步冲上前："我没迟到吧？"

少年视线在她脸上转了圈："走吧。"

施甜跟在纪亦珩身后，却并未下楼，而是走到了对面。

"不是要换乘吗？"

纪亦珩没说话，地铁到站后，率先走进去，施甜只好紧随其后。

她心想纪亦珩不会是脑子一蒙，坐错车都不知道吧？她赶紧出声提醒："要换乘呀！"

少年戴上耳机，施甜朝他手里一看，又玩上游戏了。

到了中央公园站，纪亦珩推了下施甜的胳膊，大步往外走。她收回神，小跑着跟出去："我们到底去哪儿啊？"

出了地铁站，纪亦珩两手插进薄外套的口袋中："你会做菜吗？"

"当然会了。"从小到大施甜都是自己照顾自己，她若不学些生存技能，怕是早就被饿死了。

纪亦珩朝旁边的超市拐去，进入了生鲜区，他让施甜推着小推车跟在他后面。

"买点牛肉吧，会做吗？"

"会。"

"虾呢？"

"会。"

纪亦珩转身问她："你喜欢吃什么？"

"都喜欢。"

纪亦珩扔了不少菜进去，施甜满眼疑惑："你不会让我做菜吧？我们不是还要去录音吗？"

少年一手拽着推车来到零食区，看他摩拳擦掌的样子，施甜就知道他心里在打什么主意："赶紧走吧，快走快走。"

施甜推了车子就要跑，纪亦珩拿了两包薯片丢进购物车内。结完账后，两人都一手提着一个袋子往外走去。过了马路，纪亦珩进了小区，施甜亦步亦趋地跟着，少年刷了卡往里走。电梯直上二十二楼。

"这是你家吗？"施甜明知故问。

纪亦珩按了指纹锁进门："鞋柜里有新的拖鞋。"

"噢。"施甜关上门，拉开鞋柜找到拖鞋。

她刚换好鞋子，就看到一个雪球滚了过来，她穿了条长裙，那小家伙一口咬住她的裙子嗷呜直叫。施甜吓得小脸都白了，跟着它一起乱叫："啊啊啊啊！纪小珩，救命啊——"

纪亦珩从厨房出来，嘴里喊了声什么，小狗摇着尾巴，乖乖松嘴。

118

少年嘴角微勾，用脚朝小狗的肚子上轻踢了下："快，叫人啊。"

施甜眼角微搐，叫她啥？

姐姐？阿姨？真能想出来啊。

施甜干戳在那里没敢动："它叫什么名字啊？"

"施甜。"纪亦珩丢下两字后，转身又进了厨房。

施甜捏了捏拳头，可是这条狗挡在她面前，也不敢冲过去把纪亦珩怎样啊。她满脸嫌弃地瞅着它，纪亦珩这是跟她有多大的怨多大的恨，居然把她这么可爱的名字送给一条狗？

"施甜？"施甜尝试着冲那条狗喊出这两字，但狗狗坐在那里，不为所动。施甜暗暗呸了声，她真是自取其辱啊。

纪亦珩再度走出来，将狗拎到阳台上去。施甜打量眼四周，这应该是买了精装修的房子，设计简洁而时尚，她视线最终落定在餐桌上。

上面有两个打包盒，还有一次性筷子，其中一个打包盒内还有半盒冷饭。

纪亦珩脸色微变，大步上前，用身子挡住了施甜的目光。

他方才匆匆出门，忘记将桌上清理干净了，他将筷子和饭盒都塞到袋子里去："还愣着干什么？厨房有米，有锅。"

"你真让我给你做饭？"

"我爸妈去旅游了，这几天都没人管我。"纪亦珩将收拾好的垃圾带进厨房，丢进垃圾桶内。

他站在里头，无从下手，拿了一块牛肉出来，打开水龙头就要冲洗。

却不想水龙头一把被他按到底，水花冲在了牛肉上，溅得纪亦珩满身都是水。施甜忙上前将他拉开："你是要把这儿淹了吗？"

少年丢开手里的肉，张开两手也不知道要干吗了。

施甜拿了纸巾给他擦衣服："你平时不做家务吗？"

"做，不过这是刚换的，我不知道它冲击力这么猛。"

"算了，我来吧。"

施甜将他推出去，纪亦珩买菜是乱买的，真的就是想吃什么就往购物车里面拿，也不管荤素能不能搭配起来。

她挽起袖子，将全部的菜拿出来。他就一个人在家，压根吃不掉这么多，施甜分出一半来准备放冰箱。

她一把将冰箱门打开，看到冷藏室里面塞满了各种各样的饮品，施甜仿佛看到了超市里面的冰箱，琳琅满目，应有尽有。

手机传来嘀嘟声，施甜擦干净双手拿出来一看，是季沅清的微信。

校庆活动都过了，季沅清却还在追着她要文案，说是上次的还不行，让她再改改。

施甜当然知道季沅清是在故意刁难她，要不然也不会这样穷追不舍，可她即便清楚又能怎样？就算当初选了定制礼服的活，她也不会好过，到时候还会有一堆烂事在等着她。

"我今晚给你好吗？现在在外面，有点事。"

一个是主席，一个是部长，得罪了谁都不行啊。

"你赶紧的吧，老师那边催得急。"

施甜呵呵两声，国庆放假，老师这个时候会去催季沅清吗？

纪亦珩从她身后经过，看到了她手机屏幕上的内容，他伸手将她的手机拿了过去。

少年嗓音微沉，他给季沅清发了条语音："施甜脑子笨，这种事交给她不妥当，这个文案还是你写吧，你写完之后给我看一遍。"

他手指松开。施甜看到绿色的对话框呈现在两人的对话中间，第一反应是完了，这不等于告诉季沅清她和纪亦珩大过节的在一起吗？

季沅清点开对话框，听到的却是纪亦珩的声音。她当时以为听错了，但能对她说这种话的人，除了他还有谁呢？

再者，纪亦珩的嗓音极具有辨识度，她是不可能听错的。

季沅清颤抖着手指，回了信息过去："这不符合规定，学生会分工明确，我也有我的工作要做。"

施甜站在纪亦珩身边，消息过来时，她一眼就看到了。

她赶紧扯了扯纪亦珩腰际的衣料："我下午再改一改就行。"

"你总共改过多少次了？"

她也说不上来，反正发过去就被打回来，具体的原因季沅清又不说。

纪亦珩懒得打字，还是用了语音："没什么规矩不规矩的，既然她做不好，你就给她做个示范。"

消息发过去，几秒之后，季沅清的电话打到了纪亦珩的手机上。

少年朝站在边上的施甜睐眼："还不去做饭？"

"噢。"

纪亦珩抬起脚步走到阳台上，施甜看到他接通了电话。

她进厨房后淘米，买来的肉都是分切好的，施甜将番茄和土豆拿出来，准备跟牛腩一起炖。

纪亦珩在阳台的摇椅上坐下来，季沅清迫不及待地问他："我只是让她做了分内的事，纪主席连这个都要管吗？"

"她没什么空，你以后也别给她安排这些乱七八糟的事。"

"呵……"季沅清听懂了少年话里的意思，"她进了学生会，难不成只是来玩的？"

"她也是校园广播室的人，我这边的事才是重中之重，明白吗？"

季沅清不甘心，坐在自己的书房内，手里的笔在纸上不住乱画："难道我让她做这点事，已经影响到你了吗？"

"是。"

"纪亦珩，她有什么好的？"

纪亦珩弯腰逗弄着地上的小狗，食指钩着狗狗的下巴，满眼慵懒："她好不好，不用你来说。"

"你不是不知道，我一直想进校园广播室，老师也替我推荐过不少次，你为什么不答应？"

"你不适合。"

"我哪里不适合？"季沅清委屈地将笔重重摔在桌上。

纪亦珩狭长的俊目微抬，直起身，身子靠进摇椅内："你这是在质问我吗？"

季沅清刚起来的气焰陡然被掐熄，她抿紧了嘴角。她只是搞不懂罢了，要说纪亦珩是太阳，那她才是离他最近的那朵白云。

"我只是这么交代你一声罢了，那个文案你做好了给我，就这样。"纪亦珩没给她继续说话的机会，挂断了通话。

他走进客厅，门铃声正好响起。

纪亦珩走到门口，一把将门拉开，金哲和徐洋一人手里提了啤酒，另一人提了打包来的卤菜正准备进门。

"嘿，大神，我有酒你有故事吗？"

纪亦珩只是将门开了道缝隙，并没有要让两人进来的意思："没有。"

"啥情况？"

"改天再来吧。"

金哲踮起脚朝里面望了望，纪亦珩适时挡住他的视线。施甜也听到了门铃声，在厨房里探出个脑袋问道："谁啊？"

金哲两眼圆睁，眼珠子都快瞪出来了："你——"

嘭！

大门在他面前毫不留情地被关上。两人面面相觑，徐洋拱了拱金哲的手臂："看清楚是谁了吗？"

"没，藏得可好了。"

"不会藏在被窝里吧？"

"哈哈哈——"金哲笑得下巴都快掉了，"有可能，有可能啊。"

纪亦珩回到厨房，施甜又问了声："谁啊？"

"没谁，找错人了。"

少年倚在门框上，看着施甜忙碌来忙碌去的身影，走进去想帮忙。施甜正好转身，一脚踩在他的脚背上。纪亦珩闷哼出声，施甜忙回头看他："没事吧？"

他轻摇了摇头。

"你出去吧，你又帮不上忙。"施甜刚腌过肉，两手都是作料，用手肘抵着纪亦珩的胸膛将他往外推。少年脚步定定地站着，施甜使了那么大的劲儿也没将他推动。

纪亦珩低头一看，她的样子就好像在往他怀里扎一样。

"好了好了，"纪亦珩伸手扶住她的肩膀，"地上滑，当心摔跤。"

他走出厨房，将餐桌重新收拾一遍。

第六章　校园小霸王

开饭的时候，纪亦珩将盛好的两碗饭放到桌上，施甜心想她也别矫情了，总不至于她这个时候还要走吧？

菜式很简单，一个番茄牛腩，一个炒青菜，还有一个排骨萝卜汤，纪亦珩夹了一块牛腩放到嘴里："好吃。"

"那当然，我厨艺一绝。"

吃饭的时候，季沅清发了个文档过来。纪亦珩瞄了眼，将手机推到施甜手边："这个有没有比你做得更好？"

施甜从上到下扫看着："就是我的文案，不过改了几个字。"

少年拿回手机，让季沅清再想想，再写写。

季沅清直接发了语音过来："纪亦珩，你什么意思？"

纪亦珩的解释也很直白了："文案改来改去不是正常得很吗？"

施甜咬着筷子在看他，纪亦珩拿起筷子重新夹菜："看我干什么？"

"我怕得罪了她，以后更难混了。"

"怕什么，她得罪了我，以后也不好混。"

施甜嘴角微展开，行吧，纪大佬一手遮天，说什么就是什么。

她扒了一口米饭在嘴里，纪亦珩盯着她埋下去的小脑袋："你就看不出来，我是在替你出气吗？"

施甜嘴里的东西来不及下咽，红通通的小脸抬起来："啊？嗯……嗯。"

她心里是这么认为的，就是没有说透而已。

"那你就没什么话要对我说？"

施甜窘了下，这个时候她应该说些啥啊？擦了擦嘴巴："谢谢。"

"算了，下次遇到这种事，你还是自己解决吧。"

"不要啊，"施甜殷勤地往他碗里不住地夹菜，"多吃点。"

"这样吧，这几天也没人给我做饭，你都要过来。"

施甜单手撑着小脸："为什么？"

"那你怎么不去问季沅清她为什么针对你？"

"因为你啊！"

纪亦珩朝她看了看，竟无言以对。

施甜越想越觉得不对："季沅清刁难我，肯定是因为你啊。我听传言说季沅清从大一开始就追你了，那你帮我，也算是天经地义的嘛。我是被你连累的。是不是连谢谢都不用跟你说啊？"

纪亦珩用筷子轻敲了下她的碗："是不是谁谁谁追我，你都清清楚楚的？"

"对啊。"校园网站八卦区转一转，什么都藏不住。

纪亦珩饶有兴致地盯着她："那你说说，都有谁？"

"季沅清肯定排在第一吧？还有文学社的谢雪，那个很会唱歌的蓝莺，四班的胡琴……"

纪亦珩听她报了一串的名字，看来是下了不少功夫的："那里面怎么没你呢？你是不是把自己给漏了？"

施甜筷子夹着的肉啪嗒掉回盘子里，小脸瞬间通红，像是刚泡完澡出来似的，话都说不清楚了："我我我……"

啊啊啊！她什么时候说过她在追他呀？

不该是他在暗暗地喜欢她才对吗？

施甜总不能说没有这回事吧？纪大神这么高傲，万一被她打击得一蹶不振怎么办？他要是从此以后紧闭心门，不再主动，那她不是搬起石头砸自己的脚吗？

纪亦珩好笑地看着她，施甜眼睛忽闪忽闪，视线不知道往哪里安放，只能埋下头不住将饭菜往嘴里塞。

旁边的玻璃杯里装满了水，她好像能听到水沸腾后发出的声音。施甜热得鼻尖都是汗，揣测着纪亦珩的心思，他难道是不好意思开口，要让她先捅破这窗户纸吗？

她越是这么想，小脸就越红。

季沅清的文案很快发过来，这次纪亦珩都没看，直接让她重新写。

真是一物降一物啊。

吃过中饭，施甜起身要收拾，纪亦珩忙拿起桌上的碗："我来。"

"不用了。"

"你做菜我刷碗，你去看会儿电视吧。"

施甜看着他将碗和筷子拿进厨房，无事可做，等了会儿，纪亦珩从厨房出来了。

"下午要去录音吗？"

纪亦珩抽出纸巾，将双手擦净："今天不去了。"

"那我回学校了。"

少年眼帘轻抬看她："回去做什么？"

"做做功课睡睡觉什么的。"

纪亦珩擦拭的动作做得很细致，确保手上没有一点水渍后，他拿起了桌上的护手霜："有人在等你？"

"没有啊。"大过节的，还能有谁等她？

"那就在这儿玩会儿。"

喂喂喂，这好歹是他家里好不好？除了一个电视机，有什么好玩的？再说就他们两个人，多尴尬？纪亦珩从她身侧经过，走到沙发前坐定拿了遥控器调台："你喜欢看什么电视？"

"看看综艺吧。"

他调好了台，见她还戳着不动："过来。"

施甜坐到他身边，两手端端正正地放在腿上。纪亦珩睨了眼，见她跟个小学生似的："冰箱里有水果、冷饮，一会儿要觉得无聊，抽屉里还有零食，自己拿来吃。"

"噢。"施甜仍旧正襟危坐，"你是不是要玩游戏啊？你去玩好了。"

两人挨得这么近，她根本就看不进电视，脑子里一直在胡思乱想。

纪亦珩将遥控器放在茶几上，施甜视线定在电视机上不敢乱动。过了会儿，纪亦珩拉开茶几的抽屉，从里面拿了包薯片出来："要吃吗？"

施甜轻摇头，这不是刚吃过中饭吗？

他将包装袋撕开，然后将袋子递向施甜，轻碰下她的手背，施甜忙拿了薯片放到嘴里。

综艺节目里的嘉宾笑得前仰后合，施甜耳朵尖，从这阵声音里还听到了自己的手机铃声在响。

她赶紧找到她放在边上的包，掏出手机看眼来电显示，是韩凌阳打来的。

施甜接通了电话："羚羊，有事吗？"

"你在哪儿呢？"

"在外面呢。"

韩凌阳这会儿坐在宿舍的床上，衣服从皮箱里拿出来还没收拾："我刚来东大，就认识你一个人，你也不给我安排下，接风洗尘吗？"

"你是要我请你吃饭吗？"

"你够可以的啊，这种事还用我自己提出来吗？"

纪亦珩咔嚓咬碎了嘴里的薯片，从施甜一开口说出来"羚羊"二字时，他就知道电话那头是谁了。

"好啦，是我想得不够周到，可以了吧……"施甜的话语中，明显充满了熟络，这同她方才拘束的样子简直是判若两人。纪亦珩将手里的薯片放了回去，听到施甜再度开口："那今天我请你吃晚……"

她嘴里那个"饭"字还没有说出来，腰间陡然被人掐了把，施甜最怕痒了，一下蹦起来："啊哈哈哈——"

纪亦珩没想到她动作这么大，生怕她摔倒，起身扶住她的肩膀，顺势凑到她耳边问道："谁啊？"

这阵男声恰到好处地传到韩凌阳耳朵里，他扬起的嘴角压回去。

施甜生怕纪亦珩还要挠她痒痒，赶忙缩紧脖子。

"那晚上我们一起吃饭。"韩凌阳也没再说别的。

施甜伸手推在纪亦珩的肩膀上，可是少年站着纹丝不动，少年还看到她点了头："好，到时候联系。"

她就这么答应了？

施甜挂了通话，一手在腰际摸了摸："我怕痒。"

他什么话都没说，转身进了书房，施甜追过去说道："时间也不早了，我要……"

她要回去看看稿子、做做作业，准备下还能请韩凌阳吃个饭呢。

纪亦珩走进书房后，将门关上，施甜咽回嘴里的话。她拿了包想要离开，可万一到时候纪大佬说她不告而别怎么办？她得罪不起啊。施甜在沙发上坐定下来，算了，反正时间还早，她就不信他一整个下午都窝在书房不出来。

她靠着沙发看会儿电视，觉得这个姿势不舒服，干脆倒在了上面，觉得还不舒服，又干脆拿了抱枕垫在脑袋下面。

纪亦珩在书房内打了两局游戏，也不知道施甜是跑了，还是乖乖地待在客厅里呢。他推开椅子起身，走到门口后，将门轻轻地打开一条缝。

他看到施甜歪倒在沙发上，好像已经睡着了。纪亦珩走进客厅。施甜的脸紧贴着抱枕，双目闭着，也不知道在做什么美梦。

少年转身去了房间，拿了条薄被出来，小心翼翼地将它盖在施甜身上。

她没有醒来的意思，这样睡着肯定也舒服不到哪里去，纪亦珩见状，弯下腰去。

他一手穿过施甜的腿弯，另一手抱在她后背处，轻轻一使劲，就将她抱了起来。

瞬间的腾空感令施甜摇晃了下脑袋，她正做着梦呢。她在海上漂啊漂，蓝天白云就在头顶，她张开双臂就差飞上天和太阳一同唱歌跳舞了，这是谁把她给拎起来了？

施甜迷迷糊糊地睁开眼，正好看到少年坚硬而性感的下颌，她视线再往上抬，扫过了纪亦珩的侧脸，以及被精雕细琢过的眉眼。

纪亦珩好像也察觉到了异样，垂首，目光定在她脸上。施甜感觉天花

127

板都在转，怎么回事？等她一个激灵清醒后，这才意识到这是纪亦珩抱着她在走路。

空气瞬间冻结住，施甜僵硬着四肢，这、这、这……他这是要把她抱去哪儿啊？她要不要跳下去啊？

纪亦珩端详着她的小脸，施甜原本就只是轻轻地睁开了眼，她这会儿赶紧合上眼，脑袋拱了两下，装作又睡了过去的样子。

她还能怎么办啊？她也很绝望啊！这时候要开口说话，或者是直接把他推开，那不是尴尬得要死了吗？那还不如装睡呢。

这条路怎么这么漫长呢？施甜又怕自己会掉下去，可又不好伸手去攀住他的肩膀，她心都快跳出来了，他不会是要趁着她熟睡的时候来个生米煮成熟饭吧？

纪亦珩抱着她走进卧室，将她轻放在床上，再替她将被子盖好。

少年并未直起身，施甜闭着眼睛，只觉每个呼吸都是折磨啊。他的气息扑打在她的脸上，那应该是离得很近吧？

施甜心里暗暗祈祷，纪大神可别想不开啊，她设想着自己这会儿躺在床上的姿势，不会是太诱人了吧？

她听到脚步声离开了，还听到了门被轻轻带上的声音。

施甜小心地睁开眼，眼珠子转动了下，环顾四周，这一看就是纪亦珩的房间啊，四周贴着冷硬灰色调的墙纸，墙上还留了一块地方，绘着《英雄联盟》里的人物。她这下是睡意全无，摸了摸身下的床单，又赶紧将手缩回去。

施甜这会儿盖着纪亦珩的被子，睡着他的床，鼻子仿佛还能闻到他的味道。她在床上翻来覆去地扭动着，这么羞涩的事情怎么这么快就落到她身上了呢？

她得意忘形了，一个翻身翻得太厉害，身子滚过整张大床，扑通一下狠狠地栽在了地上。

这动静声也太大了，吓得施甜忙站起来要爬回床上，门却在此时被人推开了。纪亦珩面露惊诧地盯着她，施甜身上还裹着被子，头发乱得像个冲天的鸟窝，她忙将被子拉掉："我……我怎么会在这儿啊？"

"我看你睡着了，睡得又不舒服。"

"噢，呵呵……哈哈，那个……"施甜将被子丢到旁边的大床上，"我睡相不好，摔下来了。"

"那你再睡会儿？"

"不不不，不用了。"

施甜忙弯腰将床上的被子叠好，走到门口，纪亦珩堵在那里，一手撑着门框，一手按在门上，并没有给她留能够走出去的空间。

"几点了呀？我真的要回学校了。"

"下午临时接到了通知，要去录音棚录音，你准备下，走吧。"

施甜啊了声，这都几点了？就算录音也录不了多久了吧？

纪亦珩转身出去，施甜跟在他身后："国庆节他们都不放假吗？"

"节后要赶着上线，现在要安排推荐，怎么可能放假？"

施甜走进客厅，看到纪亦珩已经走到玄关处在换鞋子，她赶紧拎着包跟出去。

录音棚内果然有人，施甜在外面等着。纪亦珩今天原本就是休息的，要不是听到了她和韩凌阳的通话，他也不用特地跑过来。

一直到了晚上七点左右，纪亦珩才摘下耳机走出去。

工作室这边还给备好了晚饭，施甜想着不吃白不吃，总比回去自己买来吃好吧？

她坐在桌前，吃到了一半，这才想到晚上还约了韩凌阳吃饭的呢。

施甜捏紧了手里的筷子："哎呀，我怎么吃起来了？"

"怎么了？"纪亦珩心里在发笑。

"我跟人约好了要吃晚饭的。"

"很重要的约会？"

施甜筷子在饭盒内戳了两下："要不我不吃了？"

"你就这么浪费？既然不是多大的事，改天就是。"

施甜想想也是，都这个时间点了，韩凌阳说不定已经吃了，再说她都要七分饱了，现在丢了筷子跑过去也吃不下什么东西。

工作室这边供应的伙食相当不错，有鱼有肉还有汤，营养均衡。

施甜拿起手机，给韩凌阳发了条信息过去，告诉他吃晚饭的事还是改天吧，她今天有事要晚点回学校。

韩凌阳不知是没看到还是怎么的，并没有回她的信息。

吃过了晚饭回去，这个时间点地铁上有很多人，上车时车厢内还有个空位，纪亦珩让施甜去坐着。

她乖乖地坐了下来，纪亦珩靠在不远处的扶手栏杆上，掏出手机玩起了游戏。

下一站，有一对情侣和他们的朋友上了车，就站在纪亦珩的身边。

施甜抬头望去，看到那个男生眉清目秀，戴了副眼镜，相当斯文。

纪亦珩手指飞快地在屏幕上点着，施甜摸出手机，将手机对准了那个方向。

那对情侣正在说着话，一脸甜蜜的样子，站在男生旁边的一个朋友拱了拱他的手臂。

小女生朝同伴看眼，那个同伴朝施甜的方向不住眨着眼，用唇型反复在说着："偷拍，偷拍。"

女生视线倏地望向施甜，施甜已经将手机收起来了。

她欲要上前几步，身侧的男朋友拽住她的手臂："算了。"

"算什么啊！"女生甩开男友的手，几步走到施甜面前，将手伸了出去，"手机拿出来。"

施甜抬头看她："什么手机？"

"你偷拍我男朋友。"

"我没有。"

女生仍旧摊开着手掌："有没有偷拍，你把手机拿出来看一看就知道了。"

施甜攥紧了掌心内的手机："我为什么要给你看？"

"我男朋友是我一个人的，你要觉得他好看，自己找一个去！你把照片删了，我不跟你计较。"

纪亦珩听到这边的争吵声，摘掉耳机，上前两步："怎么了？"

女生扭头朝他看去，纪亦珩个头高，她必须仰着脑袋才行。她尽管经常沉浸在自家男友的颜值里面拔不出来，但如今遇上这么优质的小哥哥，连说话声都温柔了不少："她偷拍我男朋友。"

纪亦珩觉得这简直就是个笑话，嘴角不着痕迹地浅勾，视线轻落在施

130

甜脸上："不可能。"

"真的，我都看到了！"

纪亦珩见施甜小脸都红透了："你真偷拍了？"

"没……没有啊，当然没有！"

"你把手机拿出来看看啊。"女生不依不饶。

纪亦珩眼见周边的目光都聚了过来，轻声开口道："你误会了，她拍的是我，不会是你男朋友。"

女生将信将疑地看着他，施甜这会儿恨不得挖条地道钻进去。

纪亦珩笃定地站在原地，多大的事啊？

他也清楚施甜的心思，平日里找不到机会，这回好不容易两人没坐在一起，只不过偷拍了他都能被人误会，这运气也真够差的。

"我不信。"女生闹都闹了，总不能就这么离开吧？

纪亦珩将手伸到施甜面前："把手机给我。"

施甜吓得将双手背在身后，不住摇头，女生见状，更加来劲了："你看吧，她肯定有鬼。"

有什么鬼？不就是女孩子害羞，不想被人当面拆穿吗？

纪亦珩勾了勾手指："给我。"

他可不想被人这样纠缠，施甜眨着一双大眼睛看他，纪亦珩弯腰拉住她的手臂，她越发紧张了："不要。"

"我没有别的要求，只要她道歉就行。"女生追加一句。

纪亦珩拿到了施甜的手机，但是屏幕被锁了："密码。"

她抿紧唇瓣不说话，她是绝对不会说的。

纪亦珩扣住了施甜的手腕，然后将她的手指按向手机背面，指纹的精准度也是厉害了，一下就将手机锁给打开了。

一会儿将照片翻出来，他倒也想听听她怎么解释。

她每天都能见到他，想要他的照片，她好好说就是了，他还能那么小气不让她照？就算是要个签名，他都会给她。

这种打她脸的时候，纪亦珩莫名有点期待。

他点开相册，打开了第一张照片。

少年轻扬起的嘴角僵住，他似是不信，又往后翻了两张。

131

施甜一共偷拍了三张，只不过三张照片中都没有他的脸，旁边的女生凑过去看眼，声音尖锐起来："看吧看吧，她真的偷拍了。"

纪亦珩眼角轻搐，脸色铁青，照片中，那个陌生少年的身影倒是清晰得很，角度找得也非常不错！

"你说，你是不是看上我男朋友了？"

施甜红着脸摆手："没有，我……我就是瞎拍拍。"

"这一车厢的人，你怎么不拍别人呢？"

纪亦珩将那几张照片全删了，地铁正好到站，他一把抓住施甜的手，拉着她走到了门口。

地铁门刚敞开，他就拽着她出去了。

施甜伸手要拿回自己的手机，纪亦珩两根手指捏着它："你居然——"

他一口气堵在喉间，气得说不出来了。

"哎呀，正常嘛。"对于颜控来说，看到好看的男生当然要拍下来存在手机里了。

"正常？"纪亦珩的眉头都快拧在一处了，"你偷拍陌生人的照片，还叫正常？"

"爱美之心，人皆有之。"

"你语文谁教的？"

施甜将手机抢了回去，打开相册，她方才拍的照片一张都没有给她留啊："你都删了？"

"怎么，你还不想删？"

施甜就是觉得可惜，纪亦珩的脸色已经差到极点："你觉得那人好看？"

"嗯，挺好看的呀。"

"哪里好看？"

施甜其实都快忘记对方的长相了，纪亦珩见她不说话，径自说道："我看他眉太短，眼太高，鼻子不够挺，嘴巴不够有型。你这眼睛是瞎了吗？"

"对对对，"施甜忙接住了纪亦珩的话，"综上所述，他肯定没有主席您长得好看。您看看您这长相，娱乐圈都能任您翱翔啊……"

纪亦珩嫌弃地睐着她，他头一次丢这样的脸，当时恨不得将施甜扔在原地不去管她。

少年转身上了扶手电梯，施甜忙跟在他身后："我自己回去好了，你不用送我。"

纪亦珩肯定是不放心让她一个人走，他将她送到了宿舍的门口："进去吧。"

"嗯。"

施甜回了宿舍，刚洗完澡就接到了韩凌阳的电话。

那头的声音慵懒极了："小狮子，我刚睡醒，你怎么没喊我吃饭？"

"我给你发信息啦，我说今晚有事，改天再约你。"

"你现在在哪儿？"总不至于这个时间点了，还在外面吧？

施甜坐了下来："在宿舍呢。"

"正好，陪我去吃晚饭。"

"啊？我都吃过了。"

韩凌阳已经坐起来，一边穿着鞋一边说道："那就吃消夜，走吧，我到宿舍门口来接你。"

施甜不好再拒绝，只好换了衣服出门。韩凌阳在门口等她，她快步上前："你一觉睡到现在？"

"是啊，宿舍里没人，回家的回家，出门约会的今晚也不回来了。"

"你也真是够奇怪的，你干吗跑来学校过节？"

看来她是真不懂。韩凌阳知道施甜肯定不会回去："在家待够了。"

学校附近有不少小吃店，施甜问他想吃什么，韩凌阳随便选了家烧烤店。

施甜拿了菜单点菜，她一点都不饿，就给韩凌阳点了他喜欢吃的鸡肉和龙虾："你要不要喝酒？"

"你陪我喝？"

"我最多只能喝一瓶啤酒。"

"好。"

店内的顾客大多数是附近的居民，其次就是东大的学生。服务员将啤酒拿上来，韩凌阳将瓶盖打开，给施甜满上一杯："你在做兼职？"

"嗯，是啊。"

"钱不够花？"

施甜赶忙摇头："当然不是，就找点事情做嘛。"

"叔叔有没有到学校来过？"

施甜又摇了摇头："你之前那个学校多好啊，我真搞不懂，干吗要来东大？"

韩凌阳端起杯子，跟施甜手边的杯子碰了碰："我就是不喜欢那里。"

"但那边的专业应该跟你更对口吧？"

"我算是听出来了，你不欢迎我呢？"

"哪有！"

韩凌阳端起酒杯，将杯子里头一指高的液体悉数饮尽。在施甜小时候还不知道钢琴是什么东西时，韩凌阳就已经顺利地上电视表演了，这就是人跟人的差距，不服都不行。

他修长好看的手指在杯沿处弹了弹："在这儿有没有人欺负你？"

"没有。"

"要有谁对你不好，你告诉我。"

施甜笑着踢了下他的腿："告诉了你，你能怎样啊？"

"我扒了他的皮！"

"哟哟，瞧把你厉害的。"

旁边桌上有两男一女，看着应该是在这儿喝了好久了，服务员将一箱子空酒瓶搬下去，又搬了一整箱上来。

施甜点的东西都上桌了，她拿起一串烤花菜："赶紧吃吧。"

隔壁桌上的男人朝她这边看了眼："妹妹，我请你喝酒啊。"

身边的同伴笑他："你是不是光棍太久了，看到个小妹妹就想撩？"

施甜红着脸不搭理，那男人笑着晃了晃手里的酒瓶："哥哥请你喝酒，你的菜，我也都包了！"

"闭嘴！"韩凌阳剑眉紧拧，满脸怒气。

"我不闭嘴又怎样？有种你打我啊。"

施甜刚要拉住韩凌阳，就看到他噌地站起来了，与此同时，他手里的啤酒瓶也飞了过去。

酒瓶里还有酒呢，飞出去的时候溅出来一些，洒在了施甜的脸上。

施甜耳朵里传来乒乒乓乓的声响。啤酒瓶甩到对方桌上，将他们的酒瓶和碗全部撞倒了。

那男人一掌拍向桌面，站起身指着韩凌阳："找死啊。"

施甜抬起袖子擦擦脸。她差点忘了韩凌阳在初、高中就是校园小霸王啊，没事就单肩包里塞大刀，天天想着怎么跟人争地盘争小弟。要不是了解了他的真面目，施甜肯定不会将他和那个钢琴少年联系在一起的。

"别冲动啊……"

她这反应力远远比不上韩凌阳，施甜就感觉余光里有道身影闪了下，她一伸手却没能拽住他。韩凌阳冲过去就开打，战斗力十足。

施甜转过身，就看到韩凌阳已经将那个男人推翻在地，他抡起拳头就揍下去。男人的同伴见状，肯定不干啊，二打一胜算总是大的。

烧烤店的老板从后厨冲出来："别打了，别打了！"

施甜站在边上，拉也不好拉。她看到韩凌阳一把将拽着他手臂的男人甩开，同桌的女人见状，就想去缠住他，让自己的同伴好还手。

施甜见状，这不是欺负人吗？她这时候也来不及细想了，上前扣住女人的手臂。

没想到对方很勇猛啊，伸手就抓住了施甜的领口开始撕扯，这也太阴险了，施甜两手张开用力撕扯女人的头发。

女人痛得嗷嗷直叫："别抓我头发！"

"谁让你揪我衣服的！"

不知道是谁撞倒了桌子，桌上的酒瓶应声落地。施甜按着对方的脑袋，将她一直往下按，女人被抓狠了，两手胡乱还击。

金哲和徐洋进来的时候，里面一片混战，打得那叫热火朝天啊。

徐洋戳在门口看了眼："来得真不巧啊，这是在上演全武行吗？"

"走，换个地方吃吧。"

"好嘞。"

徐洋转身要走，金哲踢了下他的腿："哎，那人是不是六班的施甜啊？"

"啥？"徐洋定睛细看，嘴里骂了句脏话，"还真是，天哪，这是干吗呢？"

"别管了，上前帮忙啊！"

两人冲上前，看到施甜占了上风，金哲一把将那个女人丢开。仨男的打得也差不多了，韩凌阳没什么明显的外伤，他站起身，指着地上的男人厉声喝道："以后见你一次打你一次，嘴里再不干不净试试！"

男人看到他们有帮手了，更加不敢吱声，赶紧带着同伴灰溜溜地跑了。

烧烤店老板追出去两步："喂，买单啊！东西赔给我啊！"

"算了，东西我来赔。"韩凌阳摸出手机，朝地上点了点，"你说个大概吧，多少钱？"

"好，好。"

韩凌阳目光落到施甜的脸上："没事吧？"

"没事啊。"

韩凌阳伸手摸向她的脑袋："完了，破相了。"

"真的吗？"

金哲和徐洋面面相觑，什么情况？这人纠缠起来还没完没了了是吧？还是徐洋聪明，立马开口说了句："嫂子，你脑袋没被揍出什么问题来吧？"

施甜杏眸圆睁，谁是他们嫂子？他们喊谁呢？

韩凌阳一把将她拉到自己身后："你们跟谁说话呢？"

"施甜啊，你问她，她是不是我们嫂子？"

施甜赶紧摆摆手："这话不能乱说啊。"纪大神都没承认她，万一传到他耳朵里，她有十张嘴都解释不清楚。

老板走过来，还手写了账单，韩凌阳看了眼，用手机扫码后直接将钱赔给他。

"小狮子，我们走。"他扣住施甜的手腕将她拉出去。

徐洋盯着两人的背影，满面不解："这是半路杀出来的情敌吧？"

"赶紧给纪亦珩打电话。"

施甜到了外面，顿住脚步："你没事吧？"

"我能有什么事？"

"你怎么那么冲动啊？人家好几个人呢，万一把你打出个好歹来怎么办？"

韩凌阳往身上摸了摸："你看我不是好好的吗？谁让他们先挑事的。"

"好不容易请你吃顿饭都没吃成。"

"那我们再找个地方？"

"都这个点了，一会儿宿舍就关门了。"

韩凌阳看到前面有个全家便利店，拉着施甜进去买了些吃的。施甜应该也被吓坏了，他将她送到宿舍门口，从袋子里拿了牛奶和零食给她。

"我不吃。"

"压压惊，不要害怕。"

施甜确实是有点尿的："他们不会找到学校来吧？"

"敢！"韩凌阳将东西塞到她手里，施甜也没再推托，拿了牛奶回到宿舍。

纪亦珩接到消息后第一时间在楼下打了车，直奔学校而去，施甜刚要上床，就接到了他的电话。

她后背凉凉的，刚才在烧烤店看到了纪亦珩的两个同学，他们不会都告诉他了吧？

施甜想要装作已经睡着了，没有接电话，但纪亦珩就跟摸透了她的心思一样，发了条微信给她。

"我知道你没睡，接电话。"

施甜想了想，还是接吧："喂？"

"回去了？"

"啊，嗯嗯。"

"出来吧。"

"啊，干吗啊？宿舍马上就要关门了。"

"你出来下。"

施甜坐在床沿处，将鞋子往上套，徐子易将目光从书本中抬起："都这个时候了，还出去呢？"

"嗯，马上回来的。"

她走到外面，隐约看到了纪亦珩的身影，施甜走到他面前："怎么了？有事吗？"

他这一看不得了，这脸上怎么多了好几道红印和小口子？

纪亦珩怒意在胸腔内翻滚："刚才干什么去了？"

"吃……消夜。"

"胃口挺大的。"

施甜干笑两声："消化好，消化好。"

"碰到徐洋他们了？"

施甜把嘴角的笑收了回去，好吧，他肯定已经知道她刚才做过什么事了："碰到了。"

"脸上这是被人抓的？"

他不说还好，这么一说之后，施甜就觉得脸上怎么那么痛呢。她伸手摸了摸："是那人先抓我的。"

"你也抓她了？"

"我只抓她头发，没抓脸。"

纪亦珩轻哼："没出息。"

施甜刚跟人干了一仗，心里不痛快，这会儿还要被纪亦珩教训。

少年转身走出去两步，施甜也动了动脚，准备回宿舍。

"过来。"

她脸上隐隐作痛，见纪亦珩转身正盯着她看。

"怎么了？"她该不会真的破相了吧？

"去那家烧烤店一趟。"

"啊？为什么啊？"

纪亦珩催促她一声："赶紧。"

"但是宿舍马上要关门了。"

"你就不怕那几个人找到学校来？打架斗殴不是小事，到时候给你个处分，你哭都来不及。"

施甜原本就害怕着呢，动手的时候不会顾及那么多，现在越想越怕。那些人应该不是学生了，到时候把事情闹一闹，她和韩凌阳多吃亏啊？

她乖乖地跟在纪亦珩身后，将他带到烧烤店门口。施甜朝里面张望了下："老板还在里面，走吧。"

纪亦珩上前，将她拉到边上："你在外面等我。"

"我跟你一起进去。"

"不用了。"

施甜眼见他走进去后将门关上。她在外面等了两三分钟，正在犹豫着要不要进去呢，却听到不远处传来了一阵说话声。

"就在那里面，也不知道有没有跑了！"

"跑了也能找到他们的人，一看就是这附近学校的学生……"

施甜赶忙抬起头，就看到今天吃了亏的几人又过来了，身后还跟着好几个同伴。她吓得脚底跟抹了油似的，推开烧烤店的门直往里奔："不好了不好了，他们来了！"

纪亦珩跟老板正在说话，施甜用力抵着门："快啊，快来锁门。"

"谁来了啊？"老板问道。

"刚才打架的那几人，还带了一帮人过来。"

"我——"老板也来不及骂人了，"你们这是要把我的店拆了啊。"

纪亦珩快步上前，将施甜拉开，生怕她一会儿被人误伤。施甜抱住他的手臂想将他拉进后厨躲躲，那帮人明显是来者不善，今天怕是要闹出大事来了。

烧烤店的门被人一把推开，跟施甜打过架的女人一眼就看到她了："还在这儿呢！"

"你们要干吗？"施甜扯着嗓门喊。

"那个小子呢？"韩凌阳打起架来太凶悍，为首的男人是不会认错他的脸的。

施甜躲在纪亦珩身后，小手拽着他腰间的布料，可这儿就一个出口，还能往哪里跑呢？

老板也想息事宁人，上前劝道："损坏的东西他们都已经赔钱了。算了吧，把事情闹大了对谁都不好。"

"你们都是东大的学生吧？"男人伸手朝施甜和纪亦珩点了点，"就不知道这打架，你们学校管不管？"

该来的还是要来，施甜探出半个脑袋："我们不是学生，是路过这里来吃饭的。"

"你少来吧，等假期过后，我就到学校找你们老师去！"那个女人这会儿也是一肚子的火消不下去。

施甜张张嘴，没敢再还嘴，实在不行就认个错服个软？俗话说干大事者能屈能伸嘛……

"是你对她动的手？"这时候，她头顶上方却传来道声音。

对面的女人将视线定在纪亦珩脸上，咽回口中的粗话，嗓音也轻柔不少："是她先动的手，她上来就扯我头发。"

"才不是呢，"施甜小声嘟囔，"明明是你。"

"吵什么？"为首的男人打断她们的对话，"还有个人去哪儿了？今天要是不把他交出来，我要你们好看！"

"你吵什么？"纪亦珩上前一步，目光凛凛地盯着他，"嘴上吹得跟花一样动听，一到动手，是不是就变成了软绵绵的棉花？"

"你想试试我的拳头吗？"

"要不是刚才吃了亏，你会带着一群人找回来？我听说了，刚才你们两个人对一个，这样都能被打得满脸瘀青，看来是真不怎么样。"

男人气得握紧了拳头："你信不信我现在就把你打趴下？"

"那就试试吧，一对一怎么样？我想，你也不至于要让你朋友都上吧？就这么点地方，彼此也施展不开拳脚。"

男人看纪亦珩虽然比他高出一个头，但一看就是养尊处优的样子，怎么可能打得过他？

男人往后退了步，操起桌上的空酒瓶。施甜吓得就要蹿出去："你怎么拿东西？"

"规矩还不是我说了算？"

老板吓得拿出手机要报警，但对方没给他这个机会，他的同伴上前看住了他，纪亦珩一把将施甜扯回身后。

140

"行，我空手你随意。只有一个条件，我要是打赢了你，你就此消失，不要再过来找麻烦，还有……"嗓音顿了顿，纪亦珩抬手指着站在男人边上的女人，"让她道歉。"

"我道歉？"女人好笑地冷哼，"你看看我脖子上的伤！"

"我不管，这是我提的条件。"

男人不耐烦地挥了下手："行了，就这么办。"

"你还真要我跟她道歉：是她打的我！"

"啰啰唆唆什么？你觉得我会输？"男人掂了掂手里的啤酒瓶，"看我不打死他！"

施甜看到这一幕，腿都快被吓软了，她抱着纪亦珩的手臂："不要去，他们那么多人呢，你看那人的肌肉……"

"你要再这么抱着我，我就真要被他打死了。"纪亦珩想要将手臂抽出来，施甜见状，抱得死紧，恨不得将整个人挂在他身上。

"你这么不相信我？"

"这时候就别说大话了，"施甜凑到他的耳边低声说道，"要不道个歉吧？你要拉不下面子，我来说。"

男人等得不耐烦了，举起酒瓶冲上来。纪亦珩手臂还被施甜拉着，他快速地做出本能反应，一个侧踢正好踢在男人手腕上，男人手里的酒瓶飞出去砸向旁边的墙壁。

施甜看得目瞪口呆，直接将手松开，并乖乖退到旁边去。

男人握住自己的手腕，手臂都在抖，腕部已经麻木到举不起来。

"你行不行啊？"身后的朋友催促着，男人咬了咬牙，挺起身后再度往前冲。

没了施甜这个小麻烦，纪亦珩施展起来是更加得心应手，一个后旋踢，直接踢中对方肩膀处。施甜看到那人还没动手呢，就被干倒了，而且那人倒地的姿势非常狼狈，尝试了几下都没能爬起来。

施甜想要鼓掌，但想想算了，万一把那群人惹毛了，一拥而上怎么办？

纪大神这架势，看来是练过的呀！

男人手掌按着脖子的地方，表情痛苦而扭曲，眼前冒着金星。其余诸人见状，也不敢冒冒失失地上前。

照他这一脚干倒一个的速度来看，他们扑上去也没多少胜算。

施甜小步挪到纪亦珩身侧。男人冒着冷汗被搀扶起来，身后的几人跃跃欲试，只不过谁也不抢先上去，纪亦珩偏偏还要提醒他们一句："你输了。"

男人的脸涨成了猪肝色。

"让她道歉吧。"

女人过去拉住男人的手臂："走吧，我们赶紧走。"

"走什么？"他吃了亏，想想还是不甘心。但女人知道这样纠缠下去讨不到好，她朝施甜看了眼，小声说道："对不起。"

说完这话，她拽住身边人的手臂将他往外拉，那人嘴上还在说道："我那是轻敌了，再来一次，我肯定……"

他都走到门口了，身后的几人一边说着让施甜他们小心点的话，一边也快步离开了。

施甜悬起的心不敢放下，直到门外再没了动静，她这才推了推纪亦珩的手臂："你没事吧？"

"没事。"

"你还会拳脚功夫呢？"

纪亦珩长腿轻迈往前走，施甜忙跟在他身后。出了烧烤店，施甜这才想起要看时间，掏出手机看眼，一边喊着"完了完了"一边往前跑。

回到宿舍楼，大门已经被关了，就算她喊破喉咙也没人会给她开门。

施甜急得在门口处团团转，纪亦珩语气轻飘飘地冲她吩咐："走吧。"

"去哪儿啊？"

"你连个睡觉的地方都没有，我可以借个地方给你住。"

他该不会是让她住到他家里去吧？

施甜头摇得跟拨浪鼓似的："不行啊。"

"我今晚通宵打游戏，你那些担心的问题都不会存在。"

"……"

夜深人静，周边一个人都没有，施甜更没别的住处，只好跟在纪亦珩

142

身后。

走了一段路，施甜看到路边有连锁酒店："我可以去住酒店。"

"你带身份证了吗？"

"没有……"

跟着纪亦珩回到他家，少年径自走进一间屋子："今晚你住这儿。"

施甜跟过去一看，原来客房里是有床的呀，那他中午把她抱他房间去干什么？"这是你爸妈住的吗？"

"不，他们不跟我住在一起。"

施甜这下安心多了，这屋子里要只有一张床的话，今晚不要被吓死吗？

"衣橱里有新的睡衣。"

"好。"

施甜就等着他出去，好锁门。

"你今晚跟谁出去打架的？"

施甜不信他不清楚："韩凌阳。"

纪亦珩压着口气，但看施甜这样，也不忍心再说她："早点休息。"

"好。"

纪亦珩走到外面，还没走出去几步呢，就听到身后的门被关上，紧接着就是门被反锁的声音传到耳朵里，那真是一气呵成，手脚贼快。

他回到书房，金哲和徐洋在线上等他。

纪亦珩戴上耳机，一手娴熟地控制鼠标，另一手飞快地在键盘上敲打。

男生宿舍内，金哲嘴里一个劲在叫唤："大神，悠着点悠着点——"

"出大招了，你往旁边躲——"

徐洋手速都快跟不上脑子，差一点就要跟纪亦珩搭配不上："他今晚这是怎么了？跟吃了枪药似的。"

金哲的鼠标都快飞起来了："快快快，对方还击了！"

另一个宿舍内，韩凌阳气得将耳机摘下扔在桌上，他直接被人五杀了，而且是九连跪，他恨不得把游戏都给删了。

对方战队有个人追着他一直在打，他仔细看了下名字：帅能当饭吃。

143

这么骚包这么没格调的名都起得出来,那脸皮得有多厚?

他觉得他今晚就是遇上了疯子,偏偏总在最后关头被对方砍杀,韩凌阳推开椅子起身,不玩了。

纪亦珩真的玩了通宵的游戏,早上才起身去浴室洗澡。

施甜前半夜没怎么睡好,后半夜睡得就跟头猪一样,早上想上厕所,迷迷糊糊拉开门走出去。

浴室的门紧紧关着,里面传来明显的水声,施甜没反应过来,一手用力拧向门把手。

门没锁,她想要推门进去,但听到水声戛然而止。

她瞬间清醒过来,赶紧将手收回去,她可什么都没做啊!也什么都没看见啊!

叮咚叮咚——

门铃声响了,施甜快步走过去,脑子里并未多想什么,伸手将门打开了。

金哲和徐洋站在外面,每人顶着一双熊猫眼,手里还拎着昨天拿过来又拎回去的东西。徐洋靠在门口,摇摇欲坠,但一见到施甜,立马来了精神,整个人抖擞得像只等待叫早的大公鸡。

金哲也惊呆了:"你……你也在啊?!"

施甜还穿着睡衣,不知所措,两人就大摇大摆往里面挤了:"才起床吧?"

"你们可别误会啊。"施甜一开口,自己都觉得有种此地无银三百两的感觉。

他们将东西放到桌上:"纪亦珩呢?"

施甜小脸不自觉红了:"不……不知道啊。"

金哲耳朵尖,听到了浴室里的声音,忽然暧昧地扬起笑:"纪大神就是不一样,跟我们打完游戏还能找你打游戏,不错不错。"

"我不会打游戏。"施甜着急解释。

这两人一看就笑得不怀好意,徐洋快步走到浴室门口,敲了敲门:"还没洗完呢?"

里面的人没有理睬他,金哲和徐洋都当这儿是自己家一样,他们将买过来的东西都拿出来，施甜尴尬地戳在原地。

过了二十分钟左右，纪亦珩还是没有出来。

徐洋催了一遍又一遍。

施甜听到她的手机铃声响了，快步走进屋内，拿起了床头柜上的手机，居然是纪亦珩打来的。

"喂？"她赶紧接通。

"我发你微信，你怎么不回？"

施甜觉得奇怪："我手机在房间，有事吗？"

"你看微信。"

"干吗啊，你直接说不就得了吗？"

"快看！"少年说完，挂断了通话。

施甜轻嘀咕两句，打开微信，点开了纪亦珩的对话框。

她看到对话栏内有这么一句话："去我房间，拿条内裤。"

施甜的脑袋像被人敲了一闷棍似的。她才不去呢。纪亦珩的两个朋友就在外面，她要给他拿了那玩意儿，那还得了？

再说了，他洗澡都不带那玩意儿的吗？

施甜都不好意思说出来"内裤"两字！

她赶紧给他回了信息："我不拿，你朋友都在，让他们拿。"

纪亦珩在里面也等得着急："你确定被他们知道了，是件好事？"

那肯定就是爆炸性新闻啊，到时候再去学校传一传，真是疯了。

施甜蹑手蹑脚来到门口，刚开门出去就看到金哲从餐厅内探出脑袋，正好将她逮个现形，施甜怔怔地站在走道上。

"纪亦珩怎么还不出来？不会出意外了吧？你快进去看一眼。"

"……"施甜挺了下胸膛，"吃东西都堵不住你们的嘴。"

哟，火药味也挺大的呀。

施甜推门进入纪亦珩的房间，打开衣橱拉开抽屉，从里面捏出一条花花的内裤。

她鼻腔热热的，这纪亦珩背地里原来这么奔放热情啊，这花纹这颜色，没有那么大的脸，还真不敢往外穿。

施甜将内裤攥紧在掌心内，又将露出来的几个角拼命往里塞，确定不会被人看出后，这才战战兢兢走出去。

她挪步来到浴室门口，纪亦珩生怕外面的饿狼闯进来，已经将门反锁上了。

施甜轻敲了下门板，听到背后传来咔嚓声，紧张地盯着不远处，就怕餐厅里又冒出个人。

她的手穿过缝隙往里塞，纪亦珩伸手接过，手指轻触到施甜的指尖，她着急收回去。

她满手心都是汗，湿湿腻腻的，她在裤腿上擦了擦手。

纪亦珩手里的内裤在发烫，施甜方才给他的时候他看见了，她手攥得那么紧，就好像攥到了什么一样……

纪亦珩喉结轻滚了下，咽口水的动作都变得艰难起来，内裤还是热的，他弯腰将它套了上去。

施甜刚走出去两步，就看到金哲捧着个碗从餐厅出来看热闹。锅里有他下好的面条，他一边吃一边冲施甜说道："洗什么啊？洗这么久。"

纪亦珩披了件浴袍走出来，头上的水珠子顺着发丝往下滴。他手里拿了块毛巾正在擦："你们怎么又来了？"

"不欢迎啊？"徐洋捞好了面条从厨房出来。

"我们也没想到会这么不方便啊。"金哲朝着施甜挤眉弄眼，"真的，早知道这样，我们打死也不会过来。"

"那她给你们开门的时候，你怎么不扭头就走？"纪亦珩来到餐桌前，一把将椅子拉开，"跑过来干什么？不睡觉了？"

"睡啊，这不是想过来吃顿好的嘛。你好歹是九连胜……"

施甜转身躲进了浴室去，纪亦珩将新的毛巾和牙刷都给她准备好了，她洗漱完后换上了昨天的衣服。

她出去的时候，那两人还没走。施甜经过餐厅，匆匆给纪亦珩丢下句话："我回去了。"

"别走啊！"徐洋朝施甜招手，吓得施甜拔腿就跑。

纪亦珩没有拦着她，施甜推开门离开了。金哲凑到纪亦珩面前，阴阳怪气地笑："纪大神好有精力啊。"

"走出这个门后，不要去乱说。"

"事都做了，还不能说吗？"

纪亦珩朝两人睨了眼："她脸皮薄，你们要管不住嘴的话，试试。"

"好好好。"徐洋率先做了个将嘴拉上的动作，"一定封紧了。"

施甜回到宿舍，就觉得喉咙口烫烫的，纪亦珩的那条花内裤总是在她眼前飘来飘去。

国庆过后，施甜给纪亦珩安排了直播，观看人数不少，再加上纪亦珩颜值很高，很快就吸引来了大批粉丝。

严老师一看效果不错，又让施甜趁热打铁，让她多想些点子，直播的时间也定了，一周一次，就在校广播室内准备。

施甜忙得就跟陀螺似的，纪亦珩看在眼里。他偶尔也会自己登录微博，发布一些消息。

纪亦珩很喜欢家里的狗，就在微博上上传了一张他抱着狗的照片。

照片中，那条小狗趴在他肩上，模样憨萌，少年的短发利利索索地顺在脑后，阳光倾洒一片，半张侧脸展示出了最好的棱角和弧度。

第七章　大神表白了

　　天凉透了，施甜穿得单薄，吃过饭后匆匆忙忙从宿舍走出去。

　　来到校园广播室，纪亦珩早就坐在那儿了。施甜看到他穿了件浅色的牛仔外套，内搭的亮黄色带帽卫衣很是抢眼，快步上前："我没迟到吧？"

　　"怎么来晚了？"

　　"今天吃饭的人好多，排队排了好久。"施甜调整了下夹住桌面的杆子。这可是她在网上淘来的。她将直播时要用的手机夹在上面，又调节好了高度。

　　直播开始后，施甜坐在旁边，画面中就只剩下纪亦珩一人。

　　进了直播间的小迷妹们太疯狂了，留言已经迅速滚动起来，纪亦珩在跟她们互动。他是不喜欢直播的，因为不知道要说什么。

　　有人留言问道："哥哥平时玩游戏吗？"

　　纪亦珩一眼看到了，来了兴致："玩啊，要不我们聊聊《英雄联盟》怎么样？"

　　这话匣子打开后就收不住了："你们有没有人会玩《英雄联盟》的？打个'1'让我看看。"

　　施甜在旁边捧着自己的手机，看到一排"1"已经刷了出来，纪亦珩将椅子拉近些："你们平时都玩什么角色？有没有段位特别高的？"

施甜看向少年：真是厉害啊！她眼底都在冒小星星了。

施甜踢了下纪亦珩的小腿，直播的大纲她昨天都给过他了，就是要他以展示自己的声音为主，她还特地挑了两部作品让他读呢。

少年得到警告后，收敛些，直播到一半，施甜不得不参与其中。

要是这样放飞下去，严老师的心脏肯定受不了。

"接下来，大家有没有什么感兴趣的问题要问？"

施甜看到有人敲出了问题："哥哥，你声音这么好听，是从小就这样吗？"

她将问题念了出来，示意纪亦珩回答。

这直播就变得官方起来，纪亦珩脸上的那么多微表情也收拾好了："对，天生的。"

留言滚动速度太快，有些问话施甜是来不及审核跟细想的，而且大多数人都在刷表情，什么鲜花啊，"么么哒"啊，抱抱啊，有用的信息太少。

施甜好不容易看到一个人提的问题，她赶紧念出来，只不过念到一半才觉得不对。

"小哥哥，能不能给我们看下……你啪……啪的正面？"

这都什么问题啊！

施甜心想现在的人胆子也太大了吧！纪亦珩明显抬了下头，目光倏地落在她脸上，语气充满难以置信："什么？"

施甜想要掩饰过去，可问题都提出来了，这么多人还盯着呢。她皮笑肉不笑地牵动下嘴角："你……你看，这位叫浪花一排排的ID说，能不能让她们看下……啪……"

啪啪的正面！那个画面大家自行想象，施甜伸手抚着额头，她是主持不下去了。

施甜不用出现在画面中，所以这个脸，她是丢不了的。

关键是纪亦珩，手机屏幕上，他那张脸上的表情被悉数投放出来。施甜垂着脑袋不去看他，她当时应该装作没看到这个问题的，也怪她脱口而出时没有细想深意。

好了，这么大的坑挖出来，怕是要把纪亦珩活埋在里面了。

少年润了润嗓子，轻咳声，施甜盯着滚动的留言区。

"这问题是谁提的？好样的！"

"哪个姐妹这么敢说啊？不怕被封号啊？"

"我也想看……"

施甜的手慢慢往下移，干脆一把捂住脸。

纪亦珩盯着手机仔细看眼："你看看清楚，人家问的是什么问题？"

施甜心想她眼睛没问题："要不直接下一个问题？"

"人家说的是能不能看看啪哈的正面，啪哈是我家养的那条狗。"

施甜惊愕地抬头，不相信，将留言往回翻，找到之后又将小脸凑上去。天啊！还真是啪哈，哪里来的啪啪啊？

"你们想看的话可以去微博看，往前翻，我之前发过啪哈的正面照。"

这个时候，大家的关注点都不在那条狗身上了。

留言区再度被轰炸："小哥哥，你的助理厉害了啊。"

"这是心里有所思啊！"

施甜不敢再说话了，用脚碰了碰纪亦珩，示意他自己解决去吧。

纪亦珩见状，将话题聊回到了游戏上，施甜这个时候不好再去说他，只能随他了。

三楼的教室内，季沅清正盯着手机看直播，旁边的宋玲玲气得脸都绿了："太有心机了，真是玩不过她，她肯定是故意的！"

"直播的时候说这种话，是不是不太合适？"季沅清嗓音轻糯地说道。

"当然了，这不是丢我们东大的脸吗？"

季沅清视线仍旧落在留言区内："也许她真不是故意的，直播时紧张也是在所难免，说不定就是看错了。"

"沅清，你怎么就这么简单呢？施甜的手段你还不清楚吗？之前是欲擒故纵，现在是想近水楼台先得月。我看再这样下去的话，纪亦珩肯定招架不住，一个女生都当着他的面说出这样的话了，这……这不是明摆着玩

150

邀约吗？"

季沅清做了个嘘的动作："别说了。"

"她能做，别人还不能说吗？"

"严老师也不会一直盯着直播看，你小声点，万一传到他耳朵里，不好。"

宋玲玲心里一个激灵。季沅清没再跟她说话，纪亦珩平时几乎不跟她讲话，她也只有在他直播的时候，才能看到纪亦珩的另一面。

下午，严老师走出办公室准备去上课。

宋玲玲站在门口："严老师。"

"你找我有事？"

"严老师，纪亦珩今天的直播您看了吗？"

"还没呢，那是他们校园广播室的事，我也不打算管了。"

宋玲玲一听，忙上前一步说道："这怎么能行啊？你快去看看今天的内容吧，太出格了。"

严老师脸色微变，这纪亦珩真是让他操碎了心，不会又念了什么不得了的词吧？

施甜今天下午有两节课，课程刚结束，她就接到了严老师的电话。

她走进办公室时，胆战心惊。严老师见她进来，先在桌面上叩了叩，示意她赶紧过来。

"严老师，您找我？"

严老师铁青着脸色："知道我为什么找你吗？"

施甜猜到了大概："是因为今天直播的事吗？"

"我让你跟在纪亦珩身边，是让你给他把关的，不是让你胡闹的。"

施甜双手轻握在一处："严老师，对不起，我真的是看错了字才会闹出这样的笑话，我下次一定严谨。"

"你们年轻人，思想超前我能理解，但你这样，影响太坏了！"

"对不起。"

严老师还在气头上，直播的事是他定下来的，一旦出错，他也是要挨批的："下次直播，你就别管了，还有，写个书面检讨给我。"

151

"是。"幸好，幸好，没把她校广播的名额给撤了。

施甜转身走出办公室，鼻子酸酸的，想哭，但还是忍住了。

有错就得有罚，这是再正常不过的事。

她没有告诉纪亦珩，省得老师都会以为她动不得，动不动就找人告状。

下一次直播开始前，季沅清早早就到了校广播室，纪亦珩吃饭还没回来，门是锁着的。

她站在门口等，过了会儿才看到纪亦珩来了。

季沅清嘴角上扬，她今天特意穿了双长筒靴，一件黑色的小皮衣紧贴腰身："你总算来了。"

"找我有事？"

"还不是因为直播的事嘛，我怕来不及。"

纪亦珩将门打开，却站在门口并未进去："什么意思？"

"你还不知道吗？施甜因为上次的事被撤下来了，以后你直播的事由我负责。对了，稿子我都写好了，你要不要先看看？"

"谁决定的？"

"严老师啊。"

纪亦珩脸色微变，却并未说什么，他走了进去，季沅清将门关上。她打量下四周，这个地方她一直想进来，现在总算是如愿以偿了。

"你先看眼稿子吧。"

纪亦珩伸手接过去，扫了眼："没问题。"

季沅清难掩雀跃。她主持过不少活动，不像施甜那样会紧张，直播开始时，开场也是由她来介绍的。

施甜坐在宿舍内，耳朵里塞着耳塞，听到季沅清的声音，心里不舒服极了。

她怎么就这么没用呢？施甜拉过被子盖住了腿，眼里水汪汪的。

屏幕内，少年的脸往下压，并没有要跟人交流的意思。他干脆拿起桌上的手机，自顾自玩起了游戏。

季沅清有些忐忑，赶紧出来救场，又邀请了纪亦珩一次，可他还是一语不发，只顾着玩游戏。

评论区内瞬间炸开了："怎么回事啊？"

"难道今天是直播玩游戏？"

"小助理呢，快出来说清楚，什么意思啊？"

季沅清急了，喊了纪亦珩两声，可他根本就不搭理她。

季沅清不知所措，这是纪亦珩的主场，总不能都由她来说吧？她说了，那她不是要被骂死吗？

施甜擦了擦眼睛，这是怎么了？之前直播的时候，纪亦珩都挺能配合她的呀。

这下恐怕真要成直播事故了。

施甜也替他紧张，季沅清急得语气都变了："开始了，你说两句吧……"

少年专注地打着游戏。

施甜的手机屏幕上跳跃出一个号码，是严老师的来电，她想也不想地接通了："喂，严老师。"

"施甜，你在宿舍吗？"

"在。"

"你赶紧！"严老师急得嗓子都劈了，"快去校广播室把季沅清换下来，快！"

"噢，好。"施甜爬起身，穿上鞋子后快步往外面跑。

施甜来到校园广播室内，季沅清和纪亦珩还僵持着。严老师也在，看见她过来，忙招手示意她上前。

除了纪亦珩之外，他们都在画面外。严老师推了下季沅清的肩膀。她不甘心极了，但又不得不站起身，心口处被堵得严严实实。

施甜被严老师推到了椅子跟前，只好坐下来。她什么准备都没有，直播时间已经浪费一半。纪亦珩的目光终于抬起，他伸手拿过季沅清的稿子，将它塞到施甜手里。

严老师脸色仍铁青着，他示意季沅清跟他出去。

少年放下手机，季沅清走到门口时，听到纪亦珩开口说话了。

两人走到外面，严老师将门掩上。季沅清眼眶通红，严老师也有些不好意思："回头我就好好说纪亦珩一顿。"

"没事的，严老师。"

"委屈你了，还做了不少准备。"

季沅清眼帘轻垂，鼻尖酸涩难受："我先回去了。"

"好。"

直播结束后，纪亦珩关掉屏幕，将手机取下来："换人的事，你之前知道吗？"

施甜将手里的稿子放到桌上："嗯。"

"为什么不告诉我？"

"我以为你知道了，季沅清总要跟你提前对下稿的。"

纪亦珩嘴角勾出些许的冷笑："这么把你撤掉，你就闷声不响地接受了？"

"本来也是我的错，是我那天说错了。"

纪亦珩站起身："走，跟我来。"

施甜跟在他身后，来到了严老师办公室。严老师气得脑袋都快炸了，一见两人进来，便放下了手里的茶杯："你还好意思过来？"

"这件事您都不跟我提前打声招呼，我肯定不答应。"

"那我要跟你打了招呼，你答应吗？"

"不答应。"

"那不就得了！"

纪亦珩双手撑着桌面，上半身微微往下压："严老师，直播的事原本我也不喜欢，我最近忙得很，我看这个环节直接砍掉吧，以后就别搞了。"

"我是为你好，有些事就得经营，知道吗？"

纪亦珩轻点了下头："看直播的人，各式各样都有，也不一定就是学生，您的要求太严格了，我们真不好做。既然这件事已经交给了施甜，以后直播的事您就别管了，也别看，她会做好的。"

他还真不想看，休息时间自个看看新闻多好呢，这不是有人来告状吗？

"我一直跟你强调，内容不能出格。"

"就是口误罢了，再说看直播的人本身不觉得反感，您太多虑了。"

严老师没说话，隔了三五秒后才继续道："季沅清是我叫来的，她还是个小姑娘，你今天这样实在太不给她面子了。"

"施甜也是个小姑娘，季沅清顶了她的位子，不也没给她面子吗？"

严老师嘴唇嚅动了下，行了行了，知道他肯定护着自己人的，纪亦珩这后门开得也太大了。严老师挥下手："我不管了，但我还是那句话，不能出格。"

"好。"纪亦珩答应着，带了施甜离开。

季沅清没上下午的课，找到宋玲玲后就哭了。她丢脸丢死了，东大看直播的学生也有不少，她生性骄傲，纪亦珩今天的举动，简直让季沅清在学校里抬不起头了。

宋玲玲不住地安慰着季沅清："我都看见了，别哭别哭，放心吧，以后有施甜哭的时候呢。"

"那是老师安排的，也不是我非要上的，难道错都在我身上吗？"

"当然不是，肯定是施甜啊，她心里不平衡着呢！"

季沅清趴在桌上不肯起来，为了今天的直播她准备了整整一周的时间，可最后呢，她的稿子都到了施甜手里，真是讽刺。

一个学期即将结束，马上又是元旦了。

施甜至今都没有回过家。

纪亦珩要出去比赛，最近都在紧张的准备中。施甜将广播室内收拾了一遍，少年的脚抵着抽屉，她弯腰拉了拉，拉不开。

"你又藏东西了？"

"没有。"

"那你让开。"

纪亦珩不让："这次比赛，你就不用跟着去了，比较远，而且即将期末考试，你也需要时间复习。"

"那你什么时候回来？"

"看情况而定，如果首轮就被淘汰的话，当天就能回来；如果顺利，需要三五天。"

那还用说吗？肯定是三五天之后了。

元旦放假的前一天纪亦珩就离开了学校，一路上由严老师陪同。

蒋思南和徐子易她们都没回家，毕竟马上就要期末考试，到时候也要放寒假了，这点时间还是留着临时抱佛脚吧。

元旦这天，几个女生说好中午出去吃一顿，毕竟也算是过节嘛。

施甜起来后随便吃了点东西，外面有太阳，洗完衣服后，又洗了个头。

女生宿舍外，停了辆车，从车上下来个女人。

她穿了件带有狐狸毛领的大衣，衣摆落在小腿处。女人身材偏胖，个头也不高，嘴巴涂成大红色，整个人看上去气势汹汹的。

宋玲玲和两个朋友从宿舍出来，正好碰到女人来问："你好，你们学校有个叫施甜的女生在不在？"

宋玲玲立马来了兴致，看眼女人身后的豪车，再看看对方的脸："你……你是她妈妈？"

女人冷笑声，眼角眉梢挂满了鄙夷："你能帮我喊她出来吗？"

"我是认识她，但我又不知道你是谁。"

女人上前一步，宋玲玲拦在她跟前："宿舍有宿管阿姨，不会让你进去的。"

"那你把她叫出来。"

这老阿姨说话真是不客气，一双眼睛长在头顶，宋玲玲要不是嗅到了一丝不正常，她早就扭头离开了。

"万一她不肯出来呢？"

"你就说，我是她爸爸的朋友。"

宋玲玲再度端详女人的脸，她虽然有钱，保养得好，但年龄还是能看得出来，怎么都要五六十岁了吧？

朋友？

宋玲玲试探着开口："要不就说，你是她亲戚吧？"

女人想了想，点头："可以。"一说她爸爸的朋友，她说不定就不出来了，"就说亲戚。"

宋玲玲拉着身边的朋友往回走，施甜跟她有过节，肯定不会相信她说的话，她让朋友过去传话了。

施甜接到消息时将信将疑，会有什么亲戚到学校来找她呢？

难道是爸爸？可他并没有跟她提前打过招呼啊。施甜放下手里的毛巾，拿了手机后走出去。

施甜见到那个女人时，眼里装满了陌生和不解："是你找我吗？"

"对。"

"你是？"

"你爸在哪儿？"

施甜心里咯噔了下："我不知道，我好久没跟他联系了，你要找他的话，打他电话吧。"

她有些心慌，不想面对这样的人。她觉得前方就像有洪水猛兽一样，转身想要躲回宿舍去。女人见状，踩着高跟鞋咚咚地拦在施甜面前："你是他女儿，你怎么会不知道他在哪儿呢？你让他出来，这样躲着解决不了问题！"

"我真的不知道他在哪儿。"施甜压低嗓音，不想和她吵，元旦放假，回去的学生不多，大多数又是住宿的。女生宿舍门口已经有不少人停住脚步，冲她指指点点。

施甜心头涌起害怕，好像她不光鲜的过往即将被人掀开，那道好不容易长好的伤口又要变得鲜血淋漓。

"你们父女俩就是一对骗子，他花女人的钱，是个吃软饭的灰包；而你呢，你就是靠着你爸一口口软饭喂大的！你现在所花的钱，都是他从不同的女人身上骗来的！"

一口血涌到喉间，施甜觉得嘴里都是血腥味。周边围了一群人，都在看热闹。

女人的手指就差指到她脸上了，施甜推开她想要跑回宿舍，但又被宋玲玲拦住了："施甜，你跑什么啊？难道她说的都是真的吗？天哪，真看不出来你有那样的爸爸。喂，你爸肯定是小白脸吧？怪不得你也挺有本事啊。"

施甜用力朝她肩膀上一推，宋玲玲的几个朋友围上前，并不给她往前走的机会。

女人用尖锐的嗓音在她身后喊："对，她爸现在躲着我，肯定是又傍上了别人。你用他的钱不觉得恶心吗？"

施甜眼圈通红，她却无力反驳，不敢跟这个女人吵，那么多双眼睛看着，那么多人都等着看她的笑话呢。她不敢啊，怕这个女人把知道的东西全部说出来。她一直战战兢兢不愿意面对的事情，都被她用遮羞布遮起来了，不想连最后的这张脸皮都被撕掉。

"施甜，你们父女俩这样，你妈就不管你吗？"宋玲玲嘲讽出声。

施甜心里犹如被人用最尖锐的锥子在狠狠锥磨，撕心裂肺的疼痛刺得她连每一口呼吸都是痛苦的。

身后，女人的声音冷漠而幸灾乐祸："她哪里还有妈？她妈在她年幼不懂事的时候就出了车祸。"

施甜转过身，眼睛红透了，愤怒地冲过去，用力推向女人，对方穿的是高跟鞋，站不稳，肥硕的身子狼狈地摔到地上。

徐子易她们听到动静后，徐子易是第一个冲出来的。她脚上还穿着拖鞋，蒋思南和朱小玉紧随其后。

"小狮子，小狮子！"

施甜两手紧握，她没有大声嘶吼，站在原地，身子颤抖，眼泪一颗颗滚出来。徐子易忙抱住她的肩膀："怎么了？"

宋玲玲拿了手机在拍："打人啦，打人啦，学生会的人打人了。"

徐子易看到一个个手机正对着她们，赶紧拉扯着施甜，让蒋思南和朱小玉开路。

"你们让让，让开。"

周围那些看热闹的人，恨不得将她们围堵在中间，朱小玉急得团团转。

徐子易将施甜推到她们两人身边，冲上去。别人不给她让路，她就动粗，用肩膀将人给撞开了。

回到宿舍，徐子易一把将门关上，施甜坐在床沿处一语不发。蒋思南语无伦次地安慰她："小狮子，没事的啊，你说说话啊，不要憋着。"

施甜擦了下眼泪："我没事。"

"那女人满嘴废话，你别放在心上。"

施甜躺到床上，拉过了被子，徐子易过来将两人拉开："让她自己哭会儿吧。"

这件事闹成这样，对于这个年纪的施甜来说，简直是场最大的灾难。

蒋思南不放心，时不时去看看她，施甜好像是睡着了，躲在被窝下很安静。

大家也没什么胃口去外面吃饭，到了饭点，蒋思南来到施甜的床边："小狮子，我们去吃饭吧。"

"你们先去吧，我不饿。"

"你别这样，我们会担心的。"

施甜哑着嗓音开口："你们帮我带份饭回来吧。"

"好。"蒋思南听她这样说后，稍稍放下心。

宋玲玲好不容易有这个机会给季沅清出气，说什么都要把握住。她先将拍好的视频发送给季沅清，紧接着又将视频上传到校园网站上。

徐子易她们回到宿舍后，看到施甜的床是空的，她方才穿的鞋也不在了。

蒋思南大惊失色，冲进洗手间没看见她的人，打她电话也没人接。

纪亦珩从录音棚出来，严老师在外面等他："怎么样？"

"不知道呢，一会儿等结果吧。"

少年从他手里接过包，手机被设置成了静音，他看到屏幕上有好几通来电显示，都是徐洋打来的。

纪亦珩点开微信，他出来这么久，她连个问候都没有，好歹也该问一声是否顺利吧？

纪亦珩若有所思地盯着屏幕，靠着旁边的墙，给施甜发了条信息：

"在做什么？"

施甜没回，纪亦珩心里隐隐有种不安的感觉，他给徐洋回了电话。

徐洋在电话里舌头都撸不直了："你怎么才回电话啊？出事了。"

"怎么了？"

"你看到校园网站疯传的那个视频了吗？还有……"徐洋话语顿了

顿，"施甜同寝室的室友说她不见了。"

"什么？"

"我和金哲在学校找了一圈都没看到她的身影。"

纪亦珩坐下来："先不说了。"

"好。"

少年挂断通话，第一时间登录了校园网，被顶在最上面的帖子还标着红，他点进去，看到了徐洋所说的那个视频。

纪亦珩面无表情地点开，看到施甜苍白的小脸好像一张白纸，站在她面前的女人吐字清晰，一个字一个字都像是要把施甜捶进地狱里去。

周围不同的脸上，都写满了幸灾乐祸和看好戏。

他继续给施甜打电话，但她都不接。

微信信息不回，视频通话也没人接。

纪亦珩听到不远处有人在喊下一组准备，恍然想起刚开学之际施甜有几天就是饿着肚子的，她至今没有回过家，原来是这个原因。

韩凌阳得到消息去找施甜时，也已经晚了。

他昨天应该再强硬些，该将她一起拉回家的，这样她就用不着碰上这么个疯女人。

整个学校，就连图书馆他都找过了，但还是没有施甜的身影。

韩凌阳没再浪费时间，他知道施甜家的住处，那也是她这会儿最有可能待的地方。

蒋思南她们也在到处找施甜，去了她们平时去玩过的公园、商场、咖啡厅，但这样就等同于大海捞针，一点用都没有。

寒风凛冽，地上的落叶打着卷地在飘来飘去，三三两两的学生经过，有的裹着大围巾，有的将羽绒服的拉链拉至最高。

"听说了吗？那个叫施甜的好像不见了。"

"不会出事吧？"

"丢了这么大的脸，这会儿肯定是躲起来了……"

徐子易在外面找了一圈回来，脸冻得通红，韩凌阳站在马路对面喊她。

徐子易收回神望过去，韩凌阳快步过来，语气急迫地问道："怎么样？找到了吗？"

她轻摇下头。

有车子拐了个弯开过来，韩凌阳看了下车牌号，招了下手，黑色的别克新君威靠边停下来："我回去找找。"

"我想请问，施甜家在哪儿？"

韩凌阳走到车旁，回身朝徐子易看眼："我这就去她家里面找。"

"我跟你一起去。"

"不用了。"

"与其在这儿担心，还不如去碰碰运气。你放心，找到小狮子后我什么都不说，只要能看到她就好。"

韩凌阳没说什么，拉开车门坐了进去。徐子易不等他拒绝，走到另一侧，打开车门后往里坐。

徐子易看眼窗外，心头隐约泛出疼痛。施甜从来没和她们说过家里的情况，她一直以为施甜家境不错，她性格那么好，至少也是家庭幸福的吧？至少是比她好的吧？

可她想错了，就连施甜没有妈妈，她们都不知道。

来到施甜家所在的小区，徐子易推开车门下去。门口有保安，但因为是老小区，再加上里面有不少群租的租户，保安也懒得让人登记了。

徐子易跟着韩凌阳快步往里走，这么阴冷的天，却偏偏还下起了小雨，雨淅淅沥沥落在身上，将徐子易的外套沾染上了明显的湿意。

韩凌阳走到施甜家门口，按响了门铃。

徐子易走近些，见没人应答，韩凌阳又用力拍了两下门："施甜！"

"谁啊？"屋里有男人的声音传来，紧接着，门就被打开了。

韩凌阳看到了一张完全陌生的脸，朝屋里张望了下："请问施甜在吗？"

"什么施甜，你找错人了吧？"

"先前住在这儿的人呢？"

男人面露不耐烦："我们就是租了这边的房子而已，至于这之前

161

住的是什么人，跟我们没关系。我也奇了怪了，这儿总有人莫名其妙找过来……"

徐子易看到对方神情愤怒地将门关上了。

她还看到门口乱七八糟摆放着的鞋子，韩凌阳往回退时，一脚踩在了上面。

他没想到施甜搬家了，也就是说，现在就连他都找不到她了。

两人走到外面，徐子易顿住脚步，回头朝楼上看去。

那户人家灯光昏暗，阳台上爬满了已经枯死的花树。这边都是小户型的房子，楼间距又小，给人一种狭仄而窒闷的感觉。

她难以想象施甜之前是住在这儿的，原来面带阳光的人，他的心里和背后不一定就是被阳光滋润着的。

施甜家搬走了，应该是要躲开那些找她爸爸的人吧？

所以这么久以来，在徐子易抱怨家里重男轻女的时候，施甜总是在笑，她情愿她也有机会尝一尝这种滋味。

施甜是回了家，虽然那个家只不过是个租来的空荡荡的房子，但好歹是她的落脚地，是她的家啊。

桌上积了层灰，用手一抹，都能抹出道长长的手指印。

施甜烧了热水，然后打了盆水过来，将看得见的地方都擦了一遍，又用干布将相框也擦拭干净。将手机开了静音放在桌上，她现在不想见任何人，也不想听别人说话。

拖完地，施甜累得手脚酸软，将铺在沙发上的床单扯开。

施年晟长期不回来住，却执意要租个房子，说这样施甜回来也能有个落脚的地方。而且有些东西丢不得，只好搬来搬去的。

她到现在都没吃东西，家里冰箱是空的，连包饼干和方便面都没有。

施甜坐在沙发上，今天的事，纪亦珩应该也有所耳闻了吧？

校园网上讨论得沸沸扬扬，他不可能不知道。

施甜眼眶微湿，她没法细想纪亦珩会怎么看她，也许，他会跟别人一样避着她吧？

她好不容易进了校园广播室，好不容易进了学生会，好不容易……离纪亦珩越来越近，但这些东西眼看着都要成了妄想。

施甜忘不了别人对她指指点点的样子。

纪亦珩再打施甜的手机，还是没人接。

徐洋那边发来了消息，说还是没找到施甜。

纪亦珩就算现在赶回去，也不可能将她找出来。少年心急如焚，他回到酒店，将电脑打开。

校园网的留言区内，还在频繁刷屏。

施甜终究忍不住，也打开手机去看了。

说各种各样话的人都有，一字一语像针扎似的落在她心上。

施甜没有勇气看下去，丢开手机，躺在了沙发上。

晚上在沙发上睡觉很冷，但卧室的床上还没有收拾，更冷。

施甜抱了床被子放到沙发上，那些被子好久没晒了，有股霉臭味，她一动不动地缩在里面，将脑袋都蒙了起来。

屋内安静得连挂在墙上的钟的钟走声都能听见，施甜合上沉重的眼皮，睡着之前就有一个念头冒出来：如果爸爸这时候回家的话，她肯定会抱着他大哭一场。

她不要一个人忍，一个人承受，她是个有爸爸的孩子，为什么就不能抱着他哭呢?

可是直到第二天被冻醒，施甜都没看到施年晟的影子。

他现在有他的住处，是不会回到这个破旧地方来的。

施甜吸了吸鼻子，好像被冻到了，赶紧起来给自己泡了杯姜糖水。

她打小就会照顾自己，在很小的时候，就学会在抽屉里找药吃了。

施甜简单洗漱了一下，拿了钥匙去楼下的小卖部买了几袋泡面上来。

手机都快被人打爆了，施甜一个电话都不想回。

吃过早饭，她不知道要干什么，便坐在沙发上发呆。

过了会儿，她终究忍不住，拿过手机再度登录了校园网。

那个带有视频的帖子还挂在那里，施甜鼓足勇气，将页面往下拉，看到了别人的留言。

"我看施甜也挺可怜的，摊上这么一个爸……"

163

"可怜吗？这样来钱快呢，说不定她还觉得挺享受。"

施甜深吸口气，继续往下翻。

"之前谁说她和纪亦珩是一对的？这玩笑以后还敢开吗？"

"不敢了，不敢了，她也配不上纪亦珩。"

施甜心如刀割，原本还能忍着，这会儿看到这条留言，她泪眼蒙眬，委屈得就想哭。

"纪亦珩和季沅清才是最合适的，郎才女貌嘛！"

有人觉得不行，又推荐了另外一个人。

施甜越看越难受。更多的人参与到辩论中，反正闲着也是闲着，再加上期末复习本就是枯燥乏味的："我们搞个投票吧，看看哪一个跟纪大神的速配指数最高。"

又有人留言："纪亦珩这么爱玩游戏，将来的女朋友说不定是个游戏主播。"

一圈人拍手赞同。

施甜眼泪忍不住淌出来，她都这么惨了，这帮人还要落井下石，折腾出一个人来跟她抢纪亦珩。

还有的人更过分，在评论区贴出了季沅清的美图，这精修过的照片上，她的下巴都能戳死人了。

施甜愤怒至极，匿名回道："呸，大神已经名草有主，那就是我！你们不必惦记。"

她这句话显然引起了公愤，毕竟宋玲玲她们都盯着评论区呢。

施甜被人群起而攻之："有本事亮出你的大名。你是几班的？叫什么？"

"笑死人了，纪大神名草有主，我们怎么不知道？你真会往自己脸上贴金啊。"

施甜哭得一把鼻涕一把眼泪的，就没见过她这样倒霉催的人。让她跟纪亦珩日久生情不行吗？非要都跑来横插一杠！

纪亦珩抱着电脑坐在酒店的沙发上，看着一个匿名的账号被人围攻，看起来真惨。

"你们不知道是你们的事，大神低调，我也低调，你们，闪一

164

边去！"

纪亦珩唇瓣不由得浅勾，食指在嘴角处轻抚了下，看她还能说出什么来。

"低调？我看是你异想天开吧，你有本事，就说你叫什么，让我们都听听。"

施甜才没那么傻，一边抽噎，一边撸起袖子准备投入到战斗中，却看到纪亦珩的账号亲自下场回复了："她是六班的施甜，她说的都对。"

施甜的手指僵硬地落在手机屏幕的上空，她拿了餐巾纸擦擦眼睛，确定视线不再模糊后，这才定睛细看。

那几个字，她没有看错啊，纪亦珩的账号也不会错！

不会……是被盗号了吧？

施甜抽了抽鼻子，这话让她怎么接啊？真是纪亦珩吗？他什么意思啊？

留言区安静了十秒钟左右，然后像烧开的滚水一般炸了！

"纪亦珩！"

"'她说的都对'是针对哪句话？啊啊啊，大神，说清楚啊！"

这时，一个还算冷静的旁观者在评论区里插了句话："作为一个当了三年语文课代表的人，我给你们画下重点：纪亦珩有女朋友了，她是六班的施甜。"

这简直是神总结，可更像一把巨大凶猛的大锤子，砸碎了许多人的心。

季沅清难以置信地盯着电脑，她手边放了杯奶茶，手指不小心触碰到杯壁，烫得她将手缩了回去。

宋玲玲这会儿就在她边上，原本说好了今天要一道去逛街的。

宋玲玲忙用手机回复："不可能！"

更多攻击性的话语，她不敢再往下说。她虽然觉得难以置信，可这个账号是纪亦珩的，点进去还能看到他的相关资料，所有学生会的人应该都知道，这就是纪亦珩。

大多数人已经闭上了嘴，纪亦珩就说了这么一句话，就再也没有出现了。

季沅清不想被宋玲玲看到她这个样子，不住地伸手擦着眼角。

宋玲玲也不知该怎样安慰她："沅清，你别哭啊，事情还没弄清楚呢。"

"他究竟喜欢施甜什么？"

宋玲玲也答不上来："施甜都有一个那样的爸爸了，难道纪亦珩还不知道吗？"

"我是真没想到，他们居然会在一起。"

"事情肯定没有这么简单，"宋玲玲不住地安慰她，"对了，纪大神之前的微博账号，不是给施甜管理了吗？那说不定他这个账号也在她手里呢。肯定是这样的，我就说她会玩吧。"

季沅清将信将疑地看着宋玲玲，这样的可能性也不是没有，再说纪亦珩这个时候应该在参加比赛，怎么会有时间来校园网站呢？

施甜现在才不管别人怎么说她，她着急地想要给纪亦珩打电话，但即便按出了他的号码，她也没有拨出去。

她的心怦怦地跳着，纪亦珩这算是……跟她表白吗？还是当着全校人的面？

施甜抬手打自己的脸，但没控制好力道，啪的一下打狠了，痛得她从沙发上站了起来。

她用袖子擦干净眼泪，两手在脸上搓揉后，就笑开了。

不行不行，纪亦珩现在还在比赛吧？她不能去问他。

施甜在屋里走来走去的。万一她问出口了，纪亦珩跟她说没有这回事，他没说过那些话可怎么办？

哎呀呀，不对啊，她是匿名回复的，纪亦珩怎么就能知道是她呢？

施甜脑子里乱得不行，手机传来阵振动声，她赶紧拿起来一看，是纪亦珩发来的微信："我到家了。"

施甜真觉得自己的心快要跳出来了，是不是应该问问他，方才那些话是什么意思？

在客厅反复走了两圈后，施甜拿着手机快步离开。

施甜刚按响纪亦珩家的门铃，门就被打开了。

她酝酿了一路，嘴里的话却在看到纪亦珩的脸后，不争气地咽了回去。

纪亦珩见她还戳着，伸手扣住她的手腕将她拉进屋。

施甜顺手将门带上，屋内开了暖气，纪亦珩就穿了件宽松的白色T恤："你去哪儿了？"

"我……我回家了。"

"回家做什么？"

施甜穿多了，这会儿觉得好热，又不好意思脱。

少年走到餐桌前，倒了杯水，施甜欲言又止，急得鼻尖都冒出细汗。

"过来。"

施甜乖乖上前一步，纪亦珩将一杯热水递给她，她捧在手里。

纪亦珩倚靠着餐桌看她："你是不是有话要说？"

施甜对上他的视线，他怎么这么沉得住气呢？

"那个……"施甜将杯子凑到嘴边。

纪亦珩提醒："当心烫。"

她舌尖在唇角处轻舔了下："我今天去校园网站转了一圈，居然看到了你。你说你怎么不好好看着自己的号呢？是不是被人盗了？"

"谁敢盗我的号呢？"

施甜的心跳又不争气地加速了，语气充满急迫："那也就是说，那句话是你说的？"

"是我说的。"

纪亦珩盯着她，看到施甜的脸唰的一下红透，连耳朵都泛着红。他长腿微屈，双手抱在胸前："你说我名草有主，那人是你，是不是？"

这问题丢回到她身上，施甜还真不知道要怎么回答。

她别扭得将视线挪开："我……什么时候说的啊？"

"那人不是你吗？"

这不等于是在告诉纪亦珩，她冒认他女朋友吗？

施甜在纪亦珩的注视下，艰难地摇头。

少年轻耸下肩膀："既然这样，我说的话也不能作数。"

他起身就要走，施甜忙激动地按住他的手臂："等等，什么不作

167

数啊？"

"既然不是你，那是我认错人了。"

"没有！"施甜手里还握着那杯水，"是我是我！"

纪亦珩嘴角展开："这又不是丢人的事，你躲什么？"

她唇瓣微动，天知道她说出来这些话是鼓起了多大的勇气："那我们现在……是什么关系啊？"

施甜说完这话，再不敢去看纪亦珩了。

她心里暗暗想着，纪亦珩要说了她不想听的话，她一准拔腿就跑，反正现在是豁出去了。

少年抬手，手掌按在施甜颈后，手臂微收。施甜不由得往前走了一步。纪亦珩俯下身，前额同她相抵，施甜倒吸口冷气，她眼帘轻垂，看到纪亦珩的唇瓣动了动。

"你说，我们现在是什么关系？"

施甜握着水杯的手在抖，杯子里的水都要泼出来了。干吗要让她说？她说得出口吗？

她喉结不争气地轻滚动了下，纪亦珩低低地笑着："在网上敢说，当着我的面，就不敢了？"

谁说她不敢的？都到这地步了，施甜干脆脱口而出，只不过声音比蚊子叫还要轻：

"男女朋友关系啊。"

纪亦珩听见了，笑出声来，施甜想要将他的手拉开："你笑什么啊？"

"我说了，你说的都对。"纪亦珩手指在她颈后摩挲，吓得施甜再也不敢乱动，她后颈处痒痒的，连带着心里都是痒痒的。

如果她没有理解错的话，纪亦珩就是承认了。

两人靠得这样近，彼此的呼吸声缠绕在一处，施甜都能听到自己咽口水的声音。

他下一步想干吗？不会是要……

这进展也太快了吧？施甜抿紧唇瓣，又将眼睛闭了起来，她手里的水杯被接过去，纪亦珩手指在她颈后轻敲，她一动不敢动。少年端详着她的面色，这表情，是怕他将她生吞活剥了吗？

他手臂微松，身子往后靠，施甜两手攥着羽绒服的下摆。

"校园网站的那个视频我看到了。"

施甜不觉得意外："我猜也是。"

"以后不用躲，就算真想躲起来，你到我这边来。"

施甜鼻子一酸："真的吗？"

"真的。"

纪亦珩看她两眼红肿，脸色也不好看："饿不饿？吃点东西吧。"

"你今天不是应该在比赛吗？"

"跟人调了时间，下午再过去。"

施甜忙掏出手机看眼时间："你赶紧准备下吧，别误了比赛的时间。"

"冰箱里有饺子，吃一点，我送你回学校。"

"好。"

纪亦珩时间比较赶，严老师还在那边守着，要不是拉不住他，也不可能放他回来。

他喊了辆车送施甜回去，施甜站在寒风里，拉了拉纪亦珩的衣摆："不用送我，我自己回去就好。"

"没事，送完你，我就直接去车站了。"

"噢。"

蒋思南她们都快将整个东大翻过来找了，施甜到现在也没联系她们。

车子开到东大校门口，纪亦珩让司机稍微等会儿。

施甜刚下车就看到有人在看她，且当着她的面指指点点。

纪亦珩快步走到她身边："我最迟后天就回来。"

"好。"

她抬起脚步往前走，纪亦珩走过去拉住她的手："我送你回宿舍。"

施甜紧张得想将手抽回去，少年见状，更用力地握住了。

两人这一路上碰到了不少同学。施甜垂着头在走路，纪亦珩牵住她的手不放，一直将她送到宿舍门口。

"好了，进去吧。"

"嗯。"施甜将手掌往回收。

少年手指微松，看着施甜小跑着进去了。

这下脸皮又薄了，今天是谁在校园网站上大出风头的？她就那么笃定，披上马甲后别人都不认识她？再说，她还有那个胆子跑到他家里去当面问清楚，怎么这层窗户纸被捅开后，她反而害羞了？

施甜走进宿舍，徐子易正在打电话，徐子易看到她时话也没说完，就将通话挂断了。

蒋思南啊的一声，扑上去用力摇晃施甜的肩膀："你去哪儿了？我们都快急死了，你怎么连个电话都不回啊？"

施甜被她摇得眼冒金星："快松手，我都要吐了。"

朱小玉过来把蒋思南拉开："你去哪儿了啊？"

"我回家了。"

"回家？"徐子易没再往下说，昨晚，她是和韩凌阳一起回来的，到学校时都快半夜了。

"是啊。"施甜在床沿处坐下来。蒋思南小心地看眼她的神色："小狮子，你心里要实在难受，你就和我们说说。"

施甜这会儿看着心情不错的样子："放心吧，我没事。"

"有些人就是欠抽，你不要理他们就是了。"

蒋思南和朱小玉一左一右在施甜身边坐定，蒋思南冲站着的徐子易看眼："对了，你昨天那么晚才回来，去哪儿了啊？"

"去石路国际里里外外找了几圈。"徐子易并未提起找到施甜家的事。每个人心里都会有不想被触及的痛，对施甜来说，她居无定所，还有什么比这个更能刺痛人心的呢？

"回家也不跟我们说一声，害得我们担心成这样，你的良心呢？"蒋思南用手指戳了戳施甜的心口。

她笑着握住蒋思南的手指："好啦，下次不敢了。"

从施甜失踪到现在，她们只顾着找她，就连校园网站发生了什么事都不知道。

朱小玉偷偷登录了下，原本是想看这件事平息了没，没想到却看到了

170

一件更惊人的事。

她噌地站起来，又弯下腰，将脸凑到施甜面前。施甜真是被吓得不轻："你干吗呢？"

"你跟大神在一起了？什么时候的事？我们怎么不知道啊？"

这话一说出口，蒋思南和徐子易也凑过来了。

朱小玉拿了手机给她们看："纪亦珩亲自下场回复的事，肯定错不了！"

"你够可以啊，瞒得这么好！"蒋思南用手指朝施甜轻点，"我就说你们不对劲吧，你还不承认，这下逃不了了。什么时候的事啊？"

"不就是今天嘛。"施甜努力装出一副冷静且淡定的模样。

"今天刚确认关系？"

施甜指了下纪亦珩的那句回复："没看出来纪亦珩跟我表白啊？什么眼神啊？"

"哟，瞧把你给能耐的呀，我怎么这么不相信呢？纪亦珩那朵高岭之花，能被你摘了？"

这是看不起她呢？

施甜推开面前的手机，又理了理自己的头发："我觉得他对我是一见钟情，反正女生的第六感挺灵的，我就说我没有写简历给校园广播室吧，那时候他肯定就已经看上我了……"

蒋思南抱紧自己的手臂："好冷，好肉麻啊，你也太自恋了吧！"

"怪不得，我今天看到那个宋玲玲的脸色可难看了，她还冲我翻了个白眼。小狮子，我跟你说啊，从今儿起你就是主席夫人了，以后就给那个宋玲玲穿小鞋，天天穿，挤死她！"

施甜听着这声称呼，怎么这么好听呢？

她只觉小脸发烫，用手摸了摸，不由得想到纪亦珩将手掌按在她颈后的那副模样了，她当时应该胆子再大点的，好歹也要看清楚纪亦珩是什么表情嘛。

171

第八章　我有靠山啦

施甜知道韩凌阳肯定也在担心她，得空后赶紧给他发了个微信，告诉他没事。

韩凌阳的电话第一时间打过来，施甜立马就接通了："喂。"

"你在哪儿？"

"我回宿舍了。"

韩凌阳语带疲惫，他这两天也没休息好："出事之后为什么不来找我？"

"我……我挺好的呀，反正也不是第一次遇上这种事。"

"初二那年还记得吗？你当时就想到了来找我。"

施甜干笑两声："羚羊，我们都长大啦，看待问题的角度也会不一样。我不再是初中生施甜了，现在可以自己解决。"

韩凌阳沉默了半响后方开口道："是因为有人能保护你了，是吗？"

"也不完全是吧。初中那会儿还小，同样一件事发生在自己身上，那时候会觉得天都塌下来了，感觉自己没人疼没人爱，还要受尽嘲讽，好可怜。但现在好多了，虽然总是害怕这样的事会重复发生，但真正降临到了头上后，好像也不算是迈不过去的坎，我可以坦然接受了。"

施甜说完这席话，恍惚地望向窗外，如果不是因为纪亦珩在校园网站上说的那句话，她真的敢挺起胸膛走出来吗？

她如今这么有底气，完全是因为纪亦珩不在乎，他不在乎，她便不用自卑。

韩凌阳没再说什么，挂了电话，他视线落在自己的右手上。

他就是从初二那会儿才开始打架的。他还记得他被班主任拎进办公室时的情景，那个快要退休的老教师一副痛心疾首的样子，让他千万不要走岔路，要好好珍惜他所拥有的天赋。

对于韩凌阳来说，他的天赋还没有施甜的笑来得重要。他也是从那时候才明白的，这世上，笑得最灿烂的那个人，他的背后不一定是阳光灿烂。

纪亦珩回来的那天，学校还在放假，金哲和徐洋特地去车站接他。

有严老师在，一路上，几人都可正经地聊着比赛的细节，等到跟严老师分别后，徐洋率先原形毕露。

"我跟你说，这几天学校里可是传疯了。"

"传什么？"

"你是真不知道还是装糊涂呢？你都那样说了，你跟施甜的事能逃得过去？"

纪亦珩在前面走着。金哲和徐洋平时跟他走得最近，再加上又在他家里撞见过施甜过夜的事，所以对他们的公开丝毫不觉得意外。但两人好奇啊，这里面的细节太耐人寻味了。

"你跟我们说说，是她追的你，还是你追的她？"

纪亦珩停住了脚步："她主动。"

"哇，我就说吧，"徐洋一拍手，"女追男，隔层纱！"

这个问题还需要问吗？纪亦珩觉得就是送分题啊，施甜很早就对他动了心思了，怕是在军训的时候就已经跃跃欲试了吧？

毕竟他太受欢迎，光芒万丈、魅力四射，施甜所有的小举动在纪亦珩看来，都是喜欢他、爱慕他。

他才不需要去问她内心怎么想呢，她对他八成是一见钟情，对，肯定是这样的。

假期结束后的第一天，施甜早早就起床了，将衣柜里的衣服全部都扒拉出来，就是不知道要穿哪套。

蒋思南打个哈欠："小狮子，你干吗呢，这么冷的天不在被窝里缩着？"

"快要上课了。"

徐子易从枕头底下摸出手机，看眼时间："胡说，才六点半。"

"我穿这条裙子好看吗？"施甜拿了条毛衣裙在身前比了比。

"好看好看。"蒋思南敷衍地将被子拉高，"七点再叫我起床啊。"

施甜今年没买什么新衣服。毛衣裙有点起球，但好在是在两只袖子上，一会儿穿上外套就没事了。

她昨晚都失眠了，整晚没睡好，今天要去广播室，她都不知道见到纪亦珩要说些什么。心里尽管雀跃得很，也想着赶紧看到他，但她又怕会尴尬。

吃过中饭，施甜直接去了广播室。

她推开门进去，看到纪亦珩正坐在桌前打游戏，施甜微微放松下来，走过去在他身边的椅子上坐下。

少年全神贯注地盯着电脑，完成一波操作后，摘掉耳机看向施甜。

他的眼仿佛在刺刺地放电，施甜忍不住扬起嘴角："看我干吗？"

纪亦珩将耳机放到桌上："今天下午选了什么课？"

"多媒体设计。"

"我也是，一会儿一起过去。"

施甜赶紧点了点头。

广播结束后，距离上课时间也不久了，施甜干脆没回宿舍。

她跟在纪亦珩身边去上课，校园里来来往往的都是人，施甜总能听到一两声议论。

走进阶梯教室，可以自主选位子，施甜看到蒋思南她们已经到了。

她抱紧手里的书就要过去，纪亦珩伸手拉住她羽绒服的帽子："去哪儿？"

"我朋友她们在那儿呢。"

"坐这儿。"

施甜将腿缩回来，挨着纪亦珩坐定。蒋思南冲身边的两人说道："瞧见没？重色轻友。"

"性质恶劣，回去收拾她。"

季沅清和宋玲玲进去时，季沅清一眼就看到了施甜。

纪亦珩翻开书，金哲从前排扭头看她眼："嫂子。"

施甜拿了书要去敲他的头："你瞎叫什么呢？"

"怎么就是瞎叫了？你问纪大神，我这称呼有问题吗？"

施甜抬起腿就要去踢他，纪亦珩伸手按在她腿上："这么多人都看着呢。"

施甜低头看着纪亦珩的手，再看了看他手掌按住的位置，自然不敢再动了。

季沅清和宋玲玲从旁边经过，少年的手还未收回去，宋玲玲拉住季沅清的手臂，选了个后面的位置坐定："你刚才看到了吗？"

季沅清不说话，宋玲玲真挺同情她的，要说东大追她的男生不少，她偏偏看上纪亦珩。是，她这眼光，也只有纪亦珩能跟她配一配了，可那纪亦珩怎么就选了施甜呢？

"别说了。"

"你就是不肯主动，看吧，现在机会都没了。"

季沅清握紧手里的笔："主动有什么好的？"

"当然是有好处的，至少她想得到的都得到了。"

季沅清不耐烦地翻着手里的书："玲玲，以后这种话别说了，他们怎么样是他们的事。你也管管你的嘴巴吧，施甜背后有人撑腰，得罪她对你没好处的。"

"我又不怕她。"

"你既然不听劝就罢了。"

宋玲玲也有些恼，自己这样做还不是因为她吗？"我就搞不明白了，施甜丢脸都丢到这份上了……"

"那你当着纪亦珩的面去说吧。"

宋玲玲不甘心地咬了咬唇角，也只能将嘴里的话憋回去。

金哲和徐洋坐在一起，趁着上课时间还没到，金哲转身趴在施甜的桌面上："嫂子，晚上跟我们一起去吃饭吧。"

"我不去。"

"为什么不去？我们当初可跟纪大神说好的，谁先找到女朋友就要请客吃饭的。我们两个现在还打着光棍呢，难不成连这顿饭你都要抵赖？"

施甜觉得这称呼真够怪的，用手摸了摸耳垂："那你们去啊。"

"你是主角，你也得去。"

纪亦珩将翻开的书本合上："地方选好了？"

"就近原则，学校外面的'小菜园'怎么样？"

纪亦珩点下头："行。"

"那嫂子——"

纪亦珩很自然地接过话："一起去。"

施甜还真没什么经验来应对这样的场面，赶紧将脑袋压下去，前额紧紧地压着桌面，她可不能让别人看到她傻笑的样子。

"看看看，嫂子害羞了。"

施甜气得伸手要打，但脑袋不抬起来，就没有方向感，金哲往旁边一躲就躲开了。

纪亦珩见状，拿起桌上的书打在金哲肩膀上。

金哲哀号一声："嫂子，救命！"

那嗓门高得整个阶梯教室的人都听到了，施甜赶紧一手捂住耳朵，另一手拉了拉纪亦珩的裤子："让他闭嘴。"

纪亦珩冲金哲递了个眼色，金哲忙抿紧嘴巴，转过身去。

上完下午的课，时间还早，纪亦珩跟金哲他们去篮球场打球。

施甜无所事事，纪亦珩让她跟着，她也就去了。

她坐在篮球场的休息区内，四周三三两两地坐了些学生，她拿了手机在刷微博。

"我要是遇到这种事，我肯定不会再来学校，我要找个地方躲一辈子……"

眼睛盯着手机屏幕，施甜一个字都看不进去了。

季沅清刚上完课就回去了。宋玲玲挽着朋友的手走到施甜身侧。一道

176

黑影压盖在施甜的身上，她小脸微侧，眼角轻抬，看到宋玲玲居高临下的视线中装满鄙夷。

施甜眼睛轻眯了下："我就搞不明白了，我究竟哪里惹到你了，要让你这样紧咬着我不放？"

"因为你没有自知之明，我看不惯你。"

"那个视频是你放到校园网站上去的吧？"

宋玲玲也不怕被她知道："那可不是我诬陷你，人也不是我找来的。施甜，你用你爸骗来的钱，怎么就用得这样心安理得呢？"

施甜呼吸微紧，是，她要上学，她要生存，就只能接受。

哪怕她去兼职，哪怕她将来可以养活自己，她吃过那口饭，那些耻辱好像就会跟着她一辈子。

宋玲玲看得出来，她这是被踩中痛处了："软饭男的女儿，应该叫什么？"

"软饭家族，哈哈哈——"宋玲玲身边的朋友接了句话。

刺耳的笑声传到施甜耳朵里，这世上就是会有这种人，以踩压暴露别人的痛处为乐。她将手机塞进了羽绒服的口袋："我正愁没机会跟你道谢呢，谢谢你啊，让我从此以后找到了另一个更好的靠山。"

宋玲玲嘴角的笑收敛了些："你这是什么意思？"

"帖子是你开的，纪亦珩给我的回复，你没看到？"施甜站起身，在身后拍了下，"我们本来还没确定关系呢，别人在留言区怼我，说我胡说。是啊，我就是胡说，我哪敢对大神有非分之想呢？但让我意想不到的是纪亦珩居然跟我表白了。你说，我要不要感谢你？"

宋玲玲脸色变了又变，施甜又凑上前一步："我看我很有必要告诉季部长一声，就说我和纪亦珩是你撮合成的。"

"你别胡说八道！"

"看看，给你功劳你不要，这么谦虚。"

宋玲玲气得胸口处犯疼，伸手指到施甜的脸上。施甜看了眼，一把握住她的手指："你家长没有教过你，指人不礼貌吗？"

她将宋玲玲的手指往下按。宋玲玲的食指都快被施甜按到手背上了，她尖叫连连："啊啊啊！放开我，手断了手断了——"

177

"宋玲玲，你以后见了我最好躲远点，上次罚抄自己的名字还没写够是吗？"

"你别仗着有纪亦珩撑腰……"

施甜再用力，宋玲玲五官扭曲地挤到一起，不敢再往下说。

"我就仗着他给我撑腰怎么了？有本事你也去找一个。"

"你先把手松开！"

"宋玲玲，你刚才说我的那些话我都录下来了，一会儿我就拿给纪亦珩听，我让他欺负死你！"

宋玲玲不住地吸着冷气，不敢乱动，生怕自己的手指真会咔嚓一声断掉。

施甜听到不远处传来阵口哨声，这场球应该结束了，手里力道微松，宋玲玲抱住自己的手臂，往后退了好几步。

她的朋友推了推她的胳膊，示意她赶紧走。

施甜坐回原位，抬手朝纪亦珩的方向招了招。

宋玲玲见状，扭头就走。

别看施甜在别人面前这样张狂，可一到面对纪亦珩的时候，她就是只小绵羊。

坐在"小菜园"内，纪亦珩拿了菜单让她点菜。施甜看到了猪脑、干锅肥肠、酱肘子、猪尾巴，咽了咽口水，不行不行，她可是个淑女，真要点这种菜，不把纪亦珩吓跑才怪呢。

她要了一个金花菜，一个小青菜，然后将菜单合上："我够了。"

纪亦珩看她一眼："你确定？"

"我饭量很小的。"

是吗？纪亦珩怎么记得她能吃下整碗的面外加几个生煎呢？在他的记忆中，像脸盆那么大的一盆饭她也是能吃掉的。

施甜娇羞地坐在边上，完全不会想到自己在纪亦珩的印象中，竟是这般神奇的存在。

金哲和徐洋点起菜来可就不客气了，施甜偷偷地扫着菜单，哇，酸菜鱼！沙拉牛排！烤羊排！每一个看着都好好吃啊。

金哲指了指烤羊排："来一份吧。"

178

施甜依旧保持着微笑，心里其实早就乐开花了。

"酸菜鱼。"金哲又加一道。

Yes！施甜简直要在心里欢呼。

她特别喜欢吃脑花，眼睛盯着菜单不放。纪亦珩手伸过去，在角落处点了点："来一份烤脑花。"

"你确定？"金哲瞪大双眼看着他，"你可从来不吃这种东西的。"

"你们不说这个好吃吗？我试一试吧。"

"好嘞！"

施甜嘴角不着痕迹地往上勾翘，一会儿就算不吃，看看也是好的。

开始上菜后，纪亦珩拿了筷子递给施甜，徐洋说要喝酒，直接让服务员送了一箱啤酒过来。

"嫂子，你喝吗？"

施甜忙摇头，看到徐洋准备给纪亦珩倒酒，忙按在了少年的酒杯上："他也不能喝，喝酒很伤嗓子的。"

"好，听你的。"纪亦珩将徐洋手里的酒瓶推开，"我要开水就行。"

"有人管了，到底不一样。"

"你也少喝点，你酒品不行。"

徐洋听了这话，不由得反驳出声："谁说我酒品不行？我是千杯不醉。"

施甜拿了筷子夹菜，金花菜咬在嘴里像是吃草一样，肯定没有肉好吃。她夹了块羊排，小口小口地吃着。可尽管这样，还是几口就吃完了。

每个菜都夹过一遍，她的肚子还空着呢，好想吃肉，可她不好意思再下筷了。

金哲将烤脑花推到纪亦珩的手边："来啊。"

少年看了眼，虽然脑花上撒着葱花和辣椒，但那一丝丝一缕缕的纹路感还是清晰地冲击着纪亦珩的视觉。他喉间溢出不适，这要放在平时，就算金哲他们想吃，他也绝不会允许这样的东西出现在他的桌上。

所以，施甜方才眼睛眨都不眨地盯着那张图册，真是因为喜欢吃吗？

纪亦珩艰难地将筷子伸出去，一筷子夹住这个软软的东西后，抑制不住地手抖。

他将脑花放到碗里，徐洋怂恿着："吃啊，特别好吃！"

施甜看到纪亦珩又将脑花夹起来，放到她的碗里："我还是不尝试了，你吃。"

啊哈哈哈——

施甜就差笑出来了。不行，不行，得装一装："哎呀，这东西好吃吗？我有点害怕。"

"不用看它的样子，味道老好了。"金哲夹了块羊肉放到嘴里。

施甜咬了口，这家的口味真是正宗到不行啊，她的味蕾瞬间被激活，但又不好表现得太过明显："是不错呀，没有想象中那么可怕。"

"既然这样，你把它都吃了。"纪亦珩将小碟子拿过来，放到施甜的手边。

"不用了，我吃一个就够了，这……这看着还是挺吓人的呢。"

纪亦珩将剩下的猪脑花都夹到她碗里，徐洋和金哲在拼酒，谁也没管她淑不淑女的，施甜干脆放开胆子吃了。

桌上已经摆了好几个啤酒瓶，金哲搂着徐洋的脖子："你什么时候脱单啊，啊？你争气点啊。"

"说得你有女朋友一样。"

"我有小刀妹啊。"

"拉倒吧，游戏里认识的，谁知道对面是大叔还是奶奶呢？"

金哲不高兴了，松开手站起身："我家小刀妹，前凸后翘！"说完，他还摆了个挺胸翘臀的动作。

施甜看他就是喝多了，徐洋赶紧将他拉坐到椅子上："丢脸不？"

施甜放下筷子，冲纪亦珩轻声道："我去下洗手间。"

"好。"

施甜回来的时候，他们也喝得差不多了，金哲和徐洋两人互相搀扶，跌跌撞撞的，纪亦珩走到前台去准备买单。

他报了桌数，施甜跟在他身后，小声地说道："买过了。"

少年没听见，将手机拿了出来，收银员输入桌数查询。

"已经买过单了。"

纪亦珩倒完全没料到施甜方才说的去洗手间，居然是过来买单。

他的视线轻落在她脸上，施甜方才也犹豫过，但总不能理所应当地等着纪亦珩去付钱吧？"我还没请你吃过饭呢。"

"我也没让女生请我吃过饭。"

施甜端详着他的神色，不会是不高兴吧？

这谁请客都一样嘛，再说，那可是她半个月的生活费啊，她到现在还肉疼着呢。

"那下次你请我吃。"

徐洋在外面大声地唱歌，没人盯着恐怕不行。纪亦珩将手机塞回兜内，两人走到外面，看到徐洋走路摇摇晃晃地走到路边，抱住了一根路灯杆。

金哲还比较清醒点，蹲在地上不住地笑："徐洋，你干吗呢？"

施甜看到徐洋勾起一条腿，身子动了动，正要研究他做着什么动作呢，眼睛就被身后的手给捂住了。

少年袖口的清香味钻入她的鼻间，施甜眼前黑蒙蒙的，她伸手想要将纪亦珩的手拉开。

头顶陡然一重，他站在她身后，是紧紧贴着她站的。施甜后背僵硬，纪亦珩将下巴搁在施甜的头顶上，她能感觉到他的呼吸一阵重过一阵。

"干……干什么呢？"

"徐洋疯了，我怕污了你的眼睛。"

施甜背部抵在他身前，她紧张地压着喘息声，两人谁都没再说话，金哲举着手机将徐洋的丑态全都拍下来了。

施甜听到他们的说话声渐渐远去，耳朵里再度恢复安静："他们回去了吗？"

"是。"

那他还捂着她的眼睛？

施甜伸手覆住纪亦珩的手背，将他的手拉下去。

两人的关系虽然挑明了，但纪亦珩也没跟她说过有多喜欢她，又是什么时候喜欢上她的，所以施甜总觉得没底。

施甜回到宿舍后，蒋思南第一个凑上来："约会去啦？"

"哪有。"

"还说没有。"

"就一起去吃个饭。"施甜换了拖鞋。朱小玉趴在上铺床的床沿处，一脸春心荡漾的样子："喂喂喂，你们说我要不要跟我喜欢的男生表白啊？"

"就三班那个狒狒？"

"我打你啊！"

蒋思南见朱小玉拿起了枕头，忙用手挡住脸："你们看看，一涉及男人就是塑料姐妹花。我就记得他姓费，不喊他狒狒还能喊什么？"

"我有些话在心里憋太久了，不说难受啊。"

蒋思南喊了声："就你这个胆子，要表白还用等到今天吗？"

"你们听说微信的隐藏功能了吗？就是在发送的信息当中加入一串符号，发过去的消息别人是看不见的。"

"还有这样的事？"施甜怎么没听过？

"对啊！"朱小玉拿起手机，过了会儿后抬头看向施甜，"我给你发信息了。"

施甜打开对话框："看到了，你就给我发了个表情。"

"看来真有用啊。"朱小玉朝施甜招下手，"你过来。"

两个床中间是有台阶的，施甜顺着往上爬了几阶，朱小玉将自己的手机给她看，施甜看到她发了好多条信息呢。

"施甜是大傻子。

"小狮子是傻蛋蛋，大傻妞。

"动物园的小狗子跑出来啦！"

施甜抡起拳头："我真要揍你了！"

"饶命啊！"朱小玉往后退了步，手指在屏幕上轻点下："看到了吗？只要加了这个符号，发出去的话对方是看不到的。"

施甜看到朱小玉那几句话的后面，都带了个图案："还真有这样的事。"

"神奇吧？"

蒋思南起身回到自己的床上："但那又有什么意思呢？你就算跟狒狒

表白了，他还是看不到，说了不是等于白说吗？"

"你懂什么，好歹我说出来了，我以后每天打开对话框，我自己看着高兴！"

徐子易正在看书，冷不丁插了句话："自欺欺人。"

蒋思南笑得不住地拍手："我赞成！"

施甜其实是明白朱小玉的想法的，暗恋的滋味真不好受，藏着掖着的时候最煎熬，可总怕鼓起勇气表白之后，对方要等的那个人却不是自己。

朱小玉盘膝坐在床上，想得也挺简单的："我只要说出来我喜欢他就够了，我也不想他看见，说不定……他已经有喜欢的人了呢？"

"你大胆问他一声嘛。"

朱小玉就是没这个胆子："算了。"

徐子易听这一声"算了"，有种酸酸甜甜的感觉，暗恋是什么味道，恐怕无人不知吧？

她的心思向来藏得最深，她暗恋过的人，从来不会告诉别人，她的家庭环境不会允许她谈那些单纯的爱情。现在网络上有个词是特别适合她的，徐子易第一次看到"扶弟魔"这三个字时，她是想哭的。

爸妈总是在她耳边重复念叨一句话："你是我们家背了债培养出来的大学生，你必须好好学习，将来我们和弟弟都要靠你养的。"

所以，对她这样的"扶弟魔"来说，好的男生都会退避三舍吧？

施甜洗漱好后躺到床上，朱小玉钻进被窝里，不知道暗地里发了些什么，施甜拿起手机看了眼，其实她也有好多好多话要和纪亦珩说。

她手指犹豫地点在手机上，打了几个字后，删除了。

施甜一晚上没睡好，第二天清晨，同宿舍的几人还在睡着，她翻个身，拿起边上的手机。

她先给纪亦珩发了个信息，是在后面加上符号后发过去的。

"在吗？"

过了几分钟后，纪亦珩没有回她。

施甜知道他是看不到的。宿舍内没有开灯，窗帘也拉上了，施甜将脑袋钻进被窝，手机上的光荧荧地照在她脸上，她还是有点小紧张，她将想说的话一个字一个字敲出来。

"虽然有你的微信，但我之前都不敢主动找你说话，也不知道要说什么。

"之前在学生会开会那次，你让宋玲玲罚抄名字，又让我跟你走了，我当时真觉得你男友力爆棚，啊啊啊——"

施甜是想到什么就说什么，反正这些话打出去只算是给自己看的，她也没有特别去组织语言。

"我觉得，你那时候肯定对我有意思吧？我一直不好意思问你，你从什么时候开始喜欢我的呀？

"其实，其实，我最开始没敢往那方面想，我觉得你事事优秀，我好像配不上你。然后，我就想着每天只要能看到你就好了。你广播的时候，我会偷看你，发现你认真的模样是最好看的，我也喜欢听你的声音。我想着要是哪天能听到你说你喜欢我，我会不会晕过去啊？"

施甜不由自主地勾起嘴角，她发过去的每条信息都加了那个符号。

"我偷看的本事可是很厉害的，我也只有趁你不注意的时候，才能仔仔细细地看着你的眉、你的眼、你高高的鼻梁……"施甜一个人躲在被窝里偷着乐，这种感觉，可比写日记还要好呢，毕竟这些对话都是能发出去的。施甜单手撑着小脸，另一手继续在屏幕上打字："我知道你看不见这些信息，就是要你看不见。"

施甜心想着她还要发些什么呢？

手机忽然振动了下，她看到纪亦珩发了条信息过来："我看得见。"

不会吧？！

施甜震惊无比地盯着屏幕，看到自己发了十几条微信，整个屏幕都被自己的自言自语给占满了，她不甘心也不相信啊，发了个问号过去。

纪亦珩很快又回了："我眼睛没问题。"

施甜噌地坐起身，手指颤颤巍巍在屏幕上打着字："你都能看见？"

纪亦珩发了张截图过来，她的信息无一遗漏地被截取了。施甜掀开被子，跑到了朱小玉的床上："起来，快起来。"

"怎么了？"朱小玉睡得迷迷糊糊的，"你怎么在我床上？"

"你不说加了那个符号，接收人是看不到信息的吗？"

"是看不到啊。"

184

施甜将手机放到朱小玉的面前："这是怎么回事？"

朱小玉眯起眼睛，被手机光刺得睁不开眼："我昨天不是给你发了吗？你确实没收到啊。"

"你给那个狒狒发信息了吗？"

"发了啊，我×！"朱小玉一个激灵坐起身，手忙脚乱地找到自己的手机后，将微信打开，对方至今没有回音，吓得她拍了拍胸口，"幸好他没看到，吓死我了。"

"难道是我发错了？"

"别着急，我来查一下。"

朱小玉裹着被子，揉了揉眼睛后用手机查起资料来。半晌后，她才看向身边的施甜："小狮子，你是给纪大神发微信了？"

"嗯。"

"没发什么出格的话吧？"

"什么意思啊？"

朱小玉很是同情地抬起手掌，拍了拍施甜的肩膀："郑重地通知你一件事，昨晚是微信漏洞，所以这一招是行得通的，但是就在今天凌晨之后……这个漏洞更新了，恢复正常了，所以……"

所以，她加了那个符号就是白加，所有的话纪亦珩都看见了！

施甜惊呆了，这样都可以？！

手机再度振动了下，纪亦珩又发了条微信过来："起这么早？"

行吧，她是没脸回复他了。

施甜爬回自己床上，将手机丢在一旁，蒙上被子想要再睡会儿，却是怎么都睡不着。

过了会儿，徐子易调的闹铃响了，宿舍内的人陆陆续续地都起来了。

施甜穿好了上半身衣服，正在发呆。朱小玉坐在她的床沿处，伸手朝床上拍了拍："小狮子，你今天给大神发了什么信息啊？"

施甜拿起旁边的裤子往身上套，并不搭理她。朱小玉一看她这别扭的样子，笑得不行："我真是冤枉的，我真不知道微信漏洞的事，我以为这就是隐藏功能呢。"

徐子易正在梳头，走到施甜的床边，用梳子在上面敲了下："发就发

185

了嘛，你跟纪亦珩都在一起了，还有什么话是不能让他知道的？"

"我知道了，肯定是些不正经的话。"蒋思南拎了热水瓶出来，倒上杯水，"比如说，我们什么时候抱抱啊？什么时候亲亲啊，什么时候有肌肤之亲啊？大神，我对你的肉体毫无抵御能力，来扑倒我吧！"

施甜恨不得跳下床去堵住她的嘴："蒋思南，你再不正经试试，当心我把你嘴撕了。"

"恼羞成怒啦？看来是真的。"

朱小玉站在了木台阶上："你怎么知道这些事他们就没做过呢？"

施甜拿起枕头丢向朱小玉，吓得她赶紧往下溜，最后一阶不小心踩空了，屁股砸在地上，痛得她嗷嗷直叫。

施甜起身看眼，见她没有大碍后，嘴上这才说道："让你胡言乱语。"

她现在都不敢翻回去看她今天给纪亦珩发了什么话。吃过中饭，施甜回了趟宿舍，一直拖延时间拖到广播快要开始了，这才匆匆赶过去。

这样等她坐下来后，就没时间闲聊了，她也不用跟纪亦珩讨论今早的事了。

广播的稿子已经进行到高潮部分，施甜沉淀下心，每次念到那些词，都会跟着一起难受。

纪亦珩的台词极具有感染力，施甜坐在边上，听得心里酸酸的。他念完之后，轮到施甜，她这里的情绪是需要迸发出来的，施甜从未尝试过，但一开口，嗓音就带出了颤抖和哽咽。

纪亦珩单手撑着侧脸，余光不着痕迹地落在施甜脸上。

她每个词都说得很清楚，歇斯底里的哭喊中，又需要让别人听到她说了什么，这需要一个自我的掌握能力。

纪亦珩看她泪水涌出了眼眶，从旁边抽了张纸巾，将纸巾轻按在施甜脸上。

她抽泣出声，眼帘轻抬后，忙将纸巾接在手里。

纪亦珩念了最后的结束语，施甜擦干眼泪，看也没敢看他一眼，起身就要走。

"等等，"纪亦珩喊住了她，"走这么急干什么？"

186

"一会儿就上课啦。"

"还早。"

施甜慢吞吞地坐回原位，纪亦珩肯定要问她微信的事，得想个理由抵赖才是。

"考完试就要放假了，你要回家的吧？"

施甜想了想，轻点下头。

总是要回家过年的，施甜总不能一个人待在宿舍。

"家里有人吗？"

"有啊，我爸会跟我一起过年。"

纪亦珩对她家里的情况并不了解，见她眼神闪躲，猜测她应该是不想多提及："明天体育八百米考试，你怎么办？"

施甜真是倒吸口冷气："我跑不动。"

"那就只能不及格。"

"八百米真的太长了。"

纪亦珩视线从她脸上往下扫："只能怪你腿太短了。"

"你腿才短呢。"

纪亦珩将腿伸出去，都不用明说了，这就是赤裸裸地羞辱人。施甜将外套捞起来遮住自己的大腿。

金哲推开广播室的门冲进来时，在门口处绊了下，是一路摔进来的。

施甜吓了一跳，就看到徐洋紧随在金哲身后："把手机给我！"

"兄弟，有话好好说，你别追我了，我跑不动了。"金哲躲到了施甜身后。徐洋累得气喘吁吁，一手还指着她身后的金哲："快，手机交出来。"

"好好好，给你，给你。"

纪亦珩将桌上的稿子收拾好："出去，这可不是你们闹着玩的地方。"

"你今天要不把那个视频删了，我跟你没完！"

金哲越想越觉得好笑："你看你昨晚喝得烂醉如泥，抱着个路灯就当成是美女了，来来来，嫂子，你也看眼……"

他打开视频就要给施甜看，施甜还挺好奇的呢，不过就是几瓶啤酒，能醉成这样?

路灯和美女差别还是很大的好不好?徐洋到底做了什么骚气动作,让金哲笑成了这样?

"我看看。"

金哲将手机递给施甜,徐洋大喊一声:"你敢!"

施甜就看见:视频里的光线不好,隐隐约约能看见一个人影抱着路灯杆,一条腿勾着,好像在做什么动作吧。她还没仔细看清楚呢,手机就被纪亦珩抢过去了。

少年脸色严肃,眼神冷冷地扫向金哲,吓得他浑身打了个冷战,不敢说话了。

施甜小脑袋还凑过去:"我没看到啊。"

纪亦珩伸手推在她脑门上,施甜摸了摸额头,看见他把嘴抿成一条冷漠的线,眼里也藏匿着些许的不悦。金哲不敢再去惹他,徐洋幸灾乐祸地冲他挤眼。

施甜看到纪亦珩将视频删掉,然后将手机还给金哲。

他冲她轻声说道:"快去上课吧。"

施甜噢了声,起身离开。

她走出去时将门带上了。经过走廊时,施甜透过窗户朝里面看眼,看到金哲垂着个脑袋,像是准备挨训的学生。

施甜从小到大体育都不好,特别是跑步一类,真是要她的命。

知道今天要考试,她还特地穿上了最舒服的运动鞋,可这也不能提高她的速度和体能。

体育老师在点名,点到施甜时,特地朝她看眼:"你今天要加油,别跟上次一样,跑一半就蹲地上起不来了。"

施甜将脑袋靠在蒋思南背上:"苍天啊,救救我吧。"

"实在不行,我拽着你跑。"

"别、别到时候你被我拉得不及格。"

施甜被安排在第二组,哨声响起时,她跟着身边的几个女生跑出去。

前半圈还好,一圈快结束时,施甜的体力就有些跟不上去了。

蒋思南教她用鼻子呼吸，也没办法用了，她累得气喘吁吁，只能用嘴。胸膛里面塞满了空气，好像随时要炸开，两条腿也没法利落地抬起和落下，她越来越落后，最后就剩下她一个人在后面。

"小狮子，加油！"

徐子易就剩最后一圈了，八百米谁跑谁累，说话也是带着喘，累得不行。

施甜一手按在腰间，耳朵里嗡嗡作响，跑得越来越慢，最终受不了了，只能停下来往前走。

她知道，跑完八百米是有规定时间的，但她实在跑不动了。

跑道上眼瞅着就剩下她一个人了，体育老师拿着秒表不住地在看，也懒得催她了。

身后有脚步声传来，徐洋来到施甜的左侧跑道，拍了拍她的肩："跑起来。"

施甜累得摆摆手，心想他们怎么来了？

"加油，加油，热烈加油！"

耳朵里猝不及防地钻进一阵刺耳的声音，施甜像是看怪物似的盯着徐洋看。他手里拿着两个红色的手花，就是啦啦队经常用的那种，他在她旁边就差载歌载舞了："加油！"

右侧的金哲也拿了同样的手花在为她呐喊。施甜朝金哲推了下："干吗呢你们？快走开。"

"给你加油啊，东大二花都来了，你看你多大的面子。"

施甜猜都能猜得到会引起怎样的轰动，这简直丢脸丢死了："你们别开玩笑了，赶紧回去。"

"加油，加油，我给你跳个健身操吧？"

施甜无计可施，只好往前跑，累死累活也要跑啊。那两人还穷追不舍，操场上那么多双眼睛看着呢，她可不想被人以为是从动物园跑出来的。

好不容易跑过终点，蒋思南过来迎接她，一把将她抱住。

"苦了我们小狮子了，总算跑过终点了。"

施甜累得话都说不出来，手朝身后指着。蒋思南笑着拍了拍她的后

189

背："这一招挺管用的，我之前怎么没想到呢？"

"你……少来。"施甜小脸发白，缓了好一会儿后，才缓过来。

老师又安排了下一组上，施甜拿了水在旁边喝："我应该及格了吧？"

"及格了，我看到老师记了分数。"

一个女生的声音从不远处传来："快去看，有个班级在跳高。"

"跳高有什么好看的？"

"纪亦珩啊，多少人等在旁边，就想看着他起跳的动作呢，肯定好看……"

施甜竖起耳朵，那个女生看了眼施甜，忙将嗓音压低，拉了同伴的手快步离开。

她这个正牌女友还在这儿呢，怎么那些觊觎他的人还敢这么明目张胆？

施甜必须跟过去看一看。

操场的另一圈围满了人，施甜踮起脚看看，还是看不到里面的情况。

她们往旁边挤，好不容易占了一席之地，施甜看到纪亦珩背对她站着。阳光穿过远处的风落在少年挺拔的身影上，他穿了条黑色的卫裤，脚口处微微收着，两手插在上衣的口袋内，一双长腿毫无遮拦地落入众人眼中。

徐洋跟他在说着话，纪亦珩扭头就看到了施甜。

他抬起脚步朝她走来。施甜两脚定在原地，她有些不好意思，可这个时候总不能扭头就走吧。

纪亦珩走到她跟前，她目光闪躲，看不清他的表情，依稀听到他的话中隐隐带着笑意和揶揄："跑完了？"

"对啊。"

徐洋也凑近过来："还是我们有办法吧？"

"你用了什么法子？"纪亦珩方才就在这边，未能抽身过去。

施甜皱了皱眉头："赶猪　样的法子。"

"赶你这头猪吗？"纪亦珩浅笑出声。

施甜意识到自己真是傻，送上门去给人笑话。体育老师远远地喊了声纪亦珩的名字，少年回头应声，他走出去一步，伸手将外套脱了下来。徐洋习惯性地伸手去接，纪亦珩的手越过他，递到了施甜面前。

她怔怔地接过手。天气寒冷，他里面穿了件宽松的白毛衣，施甜抱着那件外套，余温暖暖。

体育老师重新调整过了高度，纪亦珩伸展腿脚在做准备动作，待到老师的口令声下，施甜看到纪亦珩一个加速冲过去。

她心里觉得有些悬，这高度都要赶上她的身高了吧？

纪亦珩快步冲刺，到了跳高横杆前，颀长的身子一跃而起，施甜就看到个白色的身影在她眼底深处闪了下。飞跃横杆时，以腰部力量作为辅助。施甜眼见他整个人过去了，刚要雀跃出声，却看到少年的衣角因这动作而掀起，腰部的大片肌肤显露出来，裤腰处的肌肉更是露得明显。

施甜嘴角的笑意僵住，笑不出来了。

这要换在以前，她肯定是眼睛发直流口水的那一种，这等美色春光，不看白不看啊。可现在不行了，这风光不都是属于她的吗？瞧这边上围着的一大圈人，一个个表情不善，让她心里很不舒服。

身后有女生在窃窃私语："纪亦珩的腰肯定很好。"

"你又知道了。"

"跳高很看重腰力的。"

施甜紧蹙眉头。纪亦珩从垫子上起来，弯腰将往上跑动的裤管整理好。施甜心里酸酸的，她都还没看过呢，怎么这下就被别人全看光了？

体育老师走过去跟纪亦珩说了两句话，施甜看到老师回到跳高的地方，又将横杆往上抬了抬。

这是还要继续挑战新高度吗？

那岂不是又要被人看一次？

不行，坚决不行！

施甜想也不想地往前走，来到纪亦珩身边。少年将毛衣袖口往上挽，施甜看着他欲言又止。

纪亦珩走到边上："怎么了？"

施甜将手臂绕过少年的腰，将他的上衣缠在他腰后，两个袖子在纪亦珩的身前打了结。他低头看眼，颇有些不解："这是干什么？"

"你……你的腰不冷吗？"

"不冷。"

"围着吧。"

纪亦珩失笑："我一会儿跳高，围了件衣服不是累赘吗？"

施甜心想也是，她别扭地朝地上踢了踢。突然耳朵里传来阵声响，睨见个身影穿了过去，一抬头，施甜看到有人从抬高后的横杆上跃过去。

"好厉害。"人群中有人鼓掌，施甜看到韩凌阳从垫子上站起来，他同样衣着单薄，起身后径自朝她走来。

"小狮子。"

施甜朝他挥了下手："羚羊，你们也是体育课吗？"

韩凌阳站到纪亦珩的身边，却没看他："期末考试结束后，我们一起回家。"

"噢。"

老师喊了纪亦珩的名字，他将缠在腰际的外套拿下来，再度交到施甜手里。

他要真这样去跳高，一准就被挂在那根横杆上。

施甜盯着他的背影，看到纪亦珩走到了体育老师的身边，两人说了会儿话后，老师有些犹豫地看向了横杆。

韩凌阳用手肘轻撞下施甜的手臂："你跟他在一起了？"

她嘴角处藏着笑："你从哪儿听来的？"

韩凌阳心口跟压了块大石头似的："你真够朋友的啊，别人都知道了，就我一个人被蒙在鼓里。"

"哎呀，这不是才有的事吗？"纪亦珩的表白突如其来，施甜自己都没心理准备。

韩凌阳目光轻落在前方，看到体育老师又将横杆往上调，直接卡在了一百七十厘米的地方。

施甜有些担心，这么高，要不是经过专业训练的人，应该跳不过去吧？

她看了眼旁边的韩凌阳："你跑来凑什么热闹啊？"

"我怎么了？"韩凌阳明显挑了事，但仍旧当没事人似的，"我就看看我能不能跳过去，没想到一试，成了。"

纪亦珩往前走，顿住脚步后，看了眼高度。

他上次尝试过一百七十厘米，失败了。毕竟不是专业的运动员，而且跳高需要技巧，并不是个子高或者身手矫健就能跳过去的。

"那个男生就是新来的吗？"

"对啊，校庆活动你没看吗？弹钢琴的就是他。"

施甜也听见了议论声，凑到韩凌阳身边，压着嗓音说道："挺出名的啊，风云人物嘛。"

韩凌阳抬起手臂，背对着人群挥了挥手。施甜睨了眼，赶紧离他远点，现在的男生怎么都这么闷骚自恋呢？

他见她躲开两步，便赶紧又挪了过去。

施甜正盯着纪亦珩在看，生怕他一会儿摔了或者碰杆了。少年回头看了眼她的方向，施甜下意识地抱紧手里的外套，怎么觉得纪亦珩的那一眼中，有点不高兴，还有点凶呢？

韩凌阳双手抱着，准备看热闹："你说，他能跳过去吗？"

"让我吃惊的倒是你，你还会玩跳高呢？"

"你什么口气，看不起我？"

施甜一瞬不瞬地盯着不远处："我知道了，是不是打架的时候练出来的？说不定打输了的时候，需要翻墙逃跑……"

韩凌阳恨恨地咬了咬牙："你这是人身攻击。"

纪亦珩一个箭步助跑，他本就是属于那种什么事都敢尝试下的人，也不会太在乎成败。施甜看着他跑到横杆前，以背越式的姿势翻了过去，看着轻巧。但她整颗心都悬了起来，比纪亦珩自己还要紧张。

施甜看到他的背好像要蹭到横杆，吓得闭上双眼，少年身子落地时，四周传来阵阵惊呼声。

韩凌阳的视线落在了施甜的小脸上，他仿佛能听到她怦怦的心跳声，如果换成了他，她顶多就是在旁边替他加油罢了吧？

施甜偷偷地睁开眼，看到横杆好好地挂在上面，这才原地蹦跳起来："太好了。"

韩凌阳看得心里很不是滋味："这高度不错，我也去试试。"

她赶紧拽住他的手臂，将他拉回来："你们体育课又没有跳高，你凑什么热闹啊？"

"我就试试嘛。"

施甜看到纪亦珩起身，生怕他误会点什么，先将手松开："你就不怕跳不过去，丢脸啊？这么多人都看着呢。"

"跳不过就跳不过呗。"

施甜踮起脚在他耳边说道："你要摔了，以后找女朋友可就惨了。大型装×现场，当心翻车。"

"小狮子，你是怕我跳过去后，他又要加高高度吧？你是担心我呢，还是担心他呢？"

施甜是有这点担心，但想着总觉得有哪里不对劲："你不会也是在较真吧？可是不对啊，你跟纪亦珩无缘无故地较什么真？"

韩凌阳算是发现了，施甜这人呢，有时候精明得要死，有时候又木讷得跟什么一样，就这木头脑袋，怎么还能跟人去谈恋爱呢？

"你和他，谁追的谁？"

"什么啊？"这话题转换得太快。

韩凌阳的神色有些不自然："你追的他？"

瞎说什么呢，她怎么可能做得出这种事？"他追我啊。"

韩凌阳的眸色微沉，面上覆了一层晦暗。施甜戳了戳他的胳膊："想什么呢？"

他回过神，将手插进兜内："你说得对，一会儿我要跳不过去，那我的脸往哪里摆？我走了。"

施甜看着他抬起脚步离开。徐子易站在他们身后不远处，眼见韩凌阳过来，嘴唇嚅动了下想着要不要打声招呼，但对方脸上没有丝毫的表情，也没有看她一眼，她终究收回话语，将路让开了。

施甜走到纪亦珩身边，将外套给他，纪亦珩视线穿过她脸侧望去，已经看不到韩凌阳的身影了。

"考完试，我送你回去。"

"噢。"施甜猛一抬头，"啊？不用了不用了，我家不在东城，很远的。"

"我知道。"纪亦珩把修长的手臂伸出去,将外套穿在身上,拉上拉链的动作一气呵成,"放假了,反正我也没事。"

"真的不用了……"

纪亦珩伸手落在她脑袋上,重重地搓揉下后轻轻推开:"回你自己班级去,老师一会儿要点名。"

"那我走了。"好不容易跑了个及格,万一分数没记上不是惨了吗?

最后的考试阶段,宿舍内每个人都紧张兮兮的,徐子易要争奖学金,所以不光平时努力,现在最应该是查漏补缺的时候。剩下的三人要求不高,只要不挂科就好,朱小玉和蒋思南连游戏都不打了,就为了临时抱佛脚。

最后一科考完,施甜交卷走出教室,却看到纪亦珩站在外面。

"你这么快?"

教室内还有不少人在答题,纪亦珩见她小手冻得通红:"东西收拾好了吗?"

"嗯,都收拾好了。"

"走吧。"

施甜眼见纪亦珩下了楼,赶紧跟在他身后:"你真不用送我。"

"我是不是不能进女生宿舍?"纪亦珩回头看她。

"对啊。"

"那我在外面等你,你拿了行李就出来。"

施甜再要跟他说话,可他完全是一副听不进去的样子,她只好跟着他,她乖乖回了宿舍。

她的行李并不多,就一个拉杆箱和一个背包。

施甜走到外面,纪亦珩从她手里接过拉杆箱,又将她的背包放在上面:"我叫了车子,直接去高铁站。"

"嗯。"

施甜家虽然不在东城,但坐高铁过去也不远,高铁车次多,票也好买,纪亦珩拿出手机:"你的身份证呢?"

"我车票都买好啦。"

"退了,我重新买。"

施甜站在原地没动："不用这么麻烦，一会儿你把我送到车站就好，我自己回去……"

纪亦珩将手伸到她面前，半个字不跟她多说，眼神严肃地落在她脸上。对视了三五秒后，施甜败下阵，从背包里摸出钱夹，拿了身份证后递给他。

纪亦珩很快在网上买好了车票，施甜在旁边有些忐忑地开口："那你送我下火车就好，我家离火车站很近的。"

"再说。"

车来了，纪亦珩将施甜的行李箱放进后备厢，两人刚上车，韩凌阳的电话打了过来。

"喂。"

"小狮子，你人呢？"

"我回家啦。"

电话那头顿了顿："不会这么早吧？不是说好了一起回去吗？"

施甜早就将这茬忘了："你跟我又不算顺路。"

"你现在在哪儿？我来找你？"

"真的不用了，羚羊，我都到高铁站了，我马上上车啦……"

韩凌阳听着电话那头很安静，并没有一点嘈杂声："是不是有人送你？"

施甜下意识地看眼坐在边上的纪亦珩："嗯。"

"好，"韩凌阳看了眼身边的行李箱，"路上当心。"

"好的。"

韩凌阳挂断通话，心里很不是滋味，他修长的手指握着行李箱的拉杆，将那个箱子转了一圈又一圈。

第九章　最好的他们

到了高铁站，进站，检票，上车，施甜没有费一点心思，跟在纪亦珩身后找到了座位。两人座的早就卖完了，纪亦珩让施甜坐在最外面，这样也能让她方便些。他将行李放妥当后，在她身边坐下来。

即将开车之际，坐靠窗位置的女生才匆匆过来："不好意思，不好意思，让一下。"

她挤到里面，坐了下来，将手里提的东西放到地上。

纪亦珩屈起一双无处安放的大长腿，车子发动不久，乘务员推着小车过来："饮料、零食、酸奶有需要的吗？"

施甜嘴巴有点干，但想到高铁上的东西太贵了，还是算了。

纪亦珩直起身，朝乘务员招了下手："有什么水果吗？"

"有，果切。"

"来一盒，薯片也拿两袋……"

施甜一扭头瞪着他，纪亦珩接触到她的目光，手还是没缩回去："给你吃的。"

"请问还需要点什么吗？"

"水吧。你喝什么？"纪亦珩问了声旁边的施甜。

施甜拿了两瓶矿泉水："好了。"

乘务员将东西都放到施甜的小桌板上，她赶紧从包里掏手机，纪亦珩把身子倾过去，用手机扫了推车上的二维码："多少钱？"

"我来……"

服务员说了个数字，纪亦珩已经付完款了。施甜小脸微微透着红："谢谢。"

"你是不是还不习惯我付钱？"

施甜不知道怎么回答："我不想被养成这样的习惯。"

纪亦珩拿起桌上的水给她："那就慢慢适应。"

他将封住果切的保鲜纸撕开："吃吧。"

施甜拿了一次性的水果叉，叉起一块哈密瓜，鼓足了勇气才递到纪亦珩嘴边。少年睐了眼，没说什么，张嘴咬了口。

施甜将纪亦珩身前的小桌板放下来，她将水果放了上去。

时间还早，她肚子也不觉得饿，纪亦珩拿出手机看眼。

身边的女生看着跟他们年纪差不多，应该也是学生。她方才过来的时候就注意到纪亦珩了，好看的小哥哥谁不喜欢多看两眼啊。

纪亦珩扭头看一眼窗外，少年硬朗有型的五官显出了十分的立体感，旁边的姑娘心突然怦怦直跳。

施甜跟纪亦珩在没话找话："你考试考得怎么样？"

"不知道呢，"纪亦珩轻描淡写地说着，"自我感觉还行。"

边上的姑娘没话找话："小哥哥，你们这是去哪儿啊？"

纪亦珩可能没料到这人会开口，朝她看了眼，很快又将视线移开："回家。"

"你家在哪儿啊？"

施甜将脑袋凑过去，几乎凑到了纪亦珩的胸前。她最清楚这种套路了，搭话只是第一步，聊着聊着肯定要加个微信什么的："你家在哪儿啊？"

姑娘看了眼这个忽然冒出来的脑袋："上海。"

"噢，我们就去个小地方而已，不值一提。"施甜就这么将话题终结掉了。

可这姑娘也不是个省油的灯，被人拒绝算什么，常在江湖走，就要把

198

脸皮磨没了才行："小哥哥，你这水果看着好好吃，我能吃一块吗？"

这话，纪亦珩还真不会接。

姑娘眨巴着双眼，跟放电一样。纪亦珩眉头紧蹙，现在的女孩胆子这么大了？他家属还在这儿呢。

施甜笑眯眯地拿起水果盘给她递过去："吃吧，相逢就是缘。"

这姑娘还真不客气地叉了块哈密瓜起来："谢谢，我也觉得跟你们好有缘啊。既然这样，我们加个微信吧。"

施甜嘴角轻搐，手里的果切盘被她捏得吱吱作响，女孩拿出手机，一边吃着施甜的水果，一边还要加她的人为好友。

"我扫你们吧。"

施甜当然知道她的目标是纪亦珩，可话都说到这份上了，她应该怎么拒绝呢？

她该说这女生太热情，还是太不知好歹呢？

施甜将水果放回自己的小桌板上，纪亦珩眼见女孩的手都伸到他跟前了："我不喜欢加陌生人的微信。"

女孩怔了怔，可能也没这么直白地被人拒绝过吧："小姐姐都说啦，相逢就是缘分。"

"并不是所有的缘分都是好的，万一是孽缘呢？"

施甜没忍住，噗地笑了出来。纪亦珩将小桌板收起："我去下洗手间。"

施甜忙将自己身前的东西都拿起来，纪亦珩替她将桌板收好："跟我一起去。"

"好。"

她将手里的东西放到座椅上，然后抱着那盒果切跟在了纪亦珩身后，他也就是去洗了个手，回去的时候让施甜走在前面。

回到座位旁边，女孩朝他们挥挥手。施甜想要给纪亦珩让路，让他坐进去，但他推着她的肩膀，将她推到了中间的座位跟前。

等到自己坐下来后，她才发现自己愚笨啊，怎么没想到这一招呢？

纪亦珩坐在靠着走廊的位子上，施甜打开手机刷微博，最里侧的女孩眼见他们这种态度，也不好再纠缠下去。

高铁到站后，纪亦珩起身将施甜的行李箱拿下来。施甜心思复杂地跟在他身后，直到出了站。

纪亦珩看了眼指示牌，准备去打车，施甜忙追上前两步："我自己回去好了。"

"是怕我到你家不方便吗？"

施甜垂着个小脑袋，盯着自己的脚尖看："我家离这儿真的不远。"

"你家有人在吗？"

施甜回来的时候给施年晟发过微信，他说他今天不回来。

纪亦珩一把抓住她的手，另一手推着行李箱往前走。

在高铁站排了好长的队后才坐上了出租车。上车后，司机询问地址，施甜吞吞吐吐说了哪条路哪个小区。

她没有撒谎，她住的地方离高铁站是不远，这也就意味着比较偏。

纪亦珩提着施甜的行李来到她家门口，施甜心里是有担心的，万一施年晟这会儿在家怎么办？纪亦珩看过那个视频，就肯定清楚她家是什么情况。施甜小心翼翼地推门进去，站在门口，低低地喊了声："爸？"

屋内光线不好，还没到天黑，里头就黑漆漆的。

施甜微弓着腰，往里走去："爸？"

纪亦珩只觉心口难受，看着她小小的身影一点点往里走。屋内寂静无声，看来是没人。

若换成了别人，家里肯定亮起了灯做好了最可口的饭菜等着孩子回家，一路上，说不定是电话不断，还要到车站来接人。纪亦珩握着拉杆的手掌轻收拢，他看到施甜转身冲他招招手："快进来啊。"

她走进客厅，将灯打开，一室冰冷，冷得令人觉得刺骨。

纪亦珩将行李箱放在旁边，施甜怕他不习惯，忙找来空调遥控器，将客厅内的立式空调打开。

那个空调应该有些年头了，颜色沉重，笨笨地立在角落内，都快占掉小半个客厅的空间了。

"你快坐会儿吧。"施甜转身进了厨房，去烧热水。

房子很小，就两个小房间，一个公用卫生间。纪亦珩在沙发上坐定，等到施甜将水烧好，那个空调的热风还是没出来。

200

她走到空调跟前，用手探了探出风口："看来又坏了。"

"经常坏吗？"

"是啊。刚搬来的时候房东还给修过一次，后来再给他打电话他就不管了。"施甜拿了遥控器，将空调关掉。

"你要不去我房间坐会儿吧，我房间的空调应该是好的。"

"好。"纪亦珩站起身，跟着施甜走进了她的房间。

这个房间，十平方米都不到，还被塞了一张书桌。床上是空的，施甜让纪亦珩在书桌前的椅子上坐下来。

她赶紧找来遥控器打开空调，被褥和床单都在衣柜内，施甜将它们拖出来，这个时候也没法洗，更没法晒，纪亦珩闻到了明显的霉味。

她平时都不回来住，家里也没人提前给她准备好，施甜也闻到了气味，赶紧将它们塞回柜子内。

她局促地站在原地，听到空调发出的动静，抬了下头："热风出来了。"

"你跟我回东城吧，过年跟我一起过。"

施甜怔了下，没有立刻反应过来，纪亦珩目光定在她身上后不再挪开。

卧室内的空调声很大，热风出来时伴随着轰隆隆的声响，施甜在床沿处坐了下来："纪亦珩，过年……我要跟我爸爸一起过的。"

纪亦珩喉结艰涩地滚动了下："那你爸呢，真的会回来吗？"

"会的，过年他会陪我的。"施甜绞着自己的衣角，"你今天还要赶回去呢，太累了，先去楼下吃点东西吧。"

"不用了，"纪亦珩坐着并未起身，"这一路上你也累了，我不饿。"

她这个家，一看平时就不住人，待会儿肯定还要收拾。

没过多久，外面传来敲门声，施甜吓了一跳。她知道施年晟有钥匙，所以不可能是他，难道又有人找过来了吗？施甜看眼纪亦珩，小心翼翼地站起身。

"我叫了外卖，应该是送到了。"

施甜闻言，松了口气，快步往外走。

她打开门，果然看到是外卖员，赶紧将吃的东西都拎进屋内。纪亦珩点了不少菜，她将一次性筷子拿出来递给他："吃完东西，我送你吧。"

"不用。"纪亦珩心里清楚，她家里这个情况，他越是久留她越是不自在。

施甜拉开椅子坐定。纪亦珩知道她不挑食，将菜不住地夹到她饭盒内。

"我爸说晚上就回来，还要给我买菜做饭的，我现在不用吃太饱。"

"这个年打算怎么过？"

施甜盯着手边的饭盒出神地看着："走亲戚啊，四处逛逛、玩玩。再说寒假时间短，很快就过去的。"

"我回去整理下，把校广播下个学期要用到的稿子提前给你，你在家熟悉熟悉。"

"好啊。"那样她寒假就不愁没事做了。

吃过晚饭，天已经黑透，施甜将纪亦珩送到楼下。他在手机上叫的车已经在小区外面等着了。施甜跟着他一路往前走，眼看着就要到小区门口，心头的不舍和酸胀感越来越明显。她恨不得叫他留下来，恨不得让他陪着她，可这样的想法，也就是在心里想想罢了。

思念不敢她满心要遮掩的难堪。

纪亦珩走到车旁，施甜快步上前，轻轻拉住少年的手。

外面天寒地冻，又是大晚上，每一阵风的风尾好像都夹带着尖利的刀尖，刮在人脸上痛得厉害。施甜定定地看着纪亦珩的侧脸，少年手掌收拢，将她的小手包裹其中。

纪亦珩垂下眼帘，嗓音也轻柔不少："跟我走吧。"

"才不要呢。"施甜尽量让自己的声音轻快起来，"快走吧，不早啦。"

司机也在出声催促："走不走？"

施甜伸手将纪亦珩推进车内："到家后联系我，快走吧。一会儿我爸回来了，要被他看见你，肯定要问东问西的。"

"那你就跟他好好介绍下我。"

施甜笑着将手从他掌心内抽出，朝纪亦珩挥下手，然后将车门关上。

司机踩了油门，都没有再给他们告别的时间。施甜站在寒风里，看着车子汇入主干道的车流中，她冷得瑟瑟发抖，却不忍扭头往里走。

农历腊月二十九的那天，施甜给施年晟打过电话，他说除夕会回家过。

施甜已经将家里都收拾过了，趁着天好，被褥和床单全部洗了一遍，阳台上都挂满了，阳光更加没法钻进屋内。

快到傍晚的时候，韩凌阳的电话打来了。

施甜正准备出去买点菜，蹲在门口一边换鞋一边接了电话："喂，羚羊。"

"小狮子，你在家吗？"

"刚准备出门呢。"

"那我在你家小区门口等你。"

施甜换好了鞋，起身将门推上："你少来，你又不知道我住在哪儿。"

"你出来啊。"

施甜完全不相信，她穿着长羽绒服出门，还觉得冷，风呼呼地吹在她身上，就差将她掀跑了。她小跑着出了小区，韩凌阳冷得躲在门口的保安室，正跟里面的大爷扯皮，一看到施甜裹得密不透风的身影出来，他赶紧推开门。

"小狮子！"他手伸过去拍向施甜的肩膀。

施甜吓得惊叫起来："妈呀，谁啊？"

这么冷的天，韩凌阳就穿了件短外套。好看是好看了，可把他冻坏了，他不住在原地蹦跳："怎么才出来？"

"你怎么找到这儿的啊？"

"我给你爸打电话了。"

施甜知道这个可能性还挺大的："你过来干吗？"

"找你啊。走，吃东西去。"

"我才不去……"

施甜羽绒服后面的帽子被他一把拎住，她个子娇小，压根就没的反抗，她跟着韩凌阳来到了附近的商场。

这个小区比较偏，附近好点的商场也就只有这个了。韩凌阳推门进去，热浪扑面而来，他冻僵的手指头慢慢恢复了知觉："活过来了。"

"今天天气预报零下六摄氏度呢，你干吗就穿这么点？"

"难道跟你一样，裹得跟粽子似的？"

"暖和啊。"这样才是对冬天最好的尊重，懂不懂？

"美的方式有那么多种，你偏偏选择了丑。"

施甜气得抡起拳头要揍他，韩凌阳拉着她上了电梯："我请你吃晚饭。"

"为什么？"

"过年了，明天你爸回来，你也不用我陪。"

施甜才走了几步，就觉得热了，将大围巾取下来拿在手里："羚羊，我知道你是怕我一个人在家，但是没事啊，我自己看小说看电视，不要太开心呢。"

韩凌阳又不是不清楚施甜的性子，表面上看着坚强，实际上脆弱得很，还敏感。特别是这种时候，别人家里都是热热闹闹的，她能开心得起来才怪。

他将她带到一家西餐厅门口。韩凌阳抬起脚步往里走，施甜忙拖住他的手臂："我不进去。"

"怎么了？"

"你要请我吃，我就不进去。"

韩凌阳一听就知道了，又是那该死的自尊心在作祟："那你请我行不行啊？"

施甜手里力道微松："好吧。"

"这么不情愿？"

"情愿情愿，走吧。"施甜推着韩凌阳进去了。

她生活费并不宽裕，但她做了纪亦珩的助理后，学校给他的奖励，他都会给她。再加上施年晟每个月都给她钱，所以施甜省着点用的话，是能剩下些的。

服务员带着两人走到了一个空位跟前，施甜脱下羽绒服，将它搭在身后的椅背上。

韩凌阳拿起菜单："你吃什么？"

"都好，只要能填饱肚子。"

"来两份套餐吧。要不要喝点红酒？"

施甜轻摇下头："你想喝吗？"

她除了啤酒之外，别的酒都没有尝试过。韩凌阳扫了眼菜单，点了一瓶红酒，施甜没看价目表，她有些担心一会儿钱不够。

西餐厅内热闹的气氛浓郁，施甜有些不自在，这才发现自己脚上还穿了双雪地靴，她将两腿并拢，尽可能地藏起来，不要让别人看见才好。

韩凌阳也脱了外套，里面就贴身穿了件黑色的低领毛衣，锁骨若隐若现，怪不得方才那么怕冷。

服务员送上两杯柠檬水，韩凌阳拿起一杯放到施甜的面前。她一眼看到少年手上戴着的尾戒，他手指细长，戴了这样的装饰品更是好看。

"怎么搬家了也不告诉我？"

"我家都不知道搬过多少次了。"

韩凌阳知道她习惯了，看到不远处有架钢琴，他将视线收了回来："我给你弹首曲子，祝你新年快乐。"

"好啊。"

少年站起身，走了过去，他询问下服务员后，坐在了钢琴跟前。

手掌轻撑着侧脸，施甜看到韩凌阳双手轻落在黑白相间的琴键上。她从小就羡慕那种有一技之长的人，在校庆上，哪怕是班里的班会课上，他们都能成为最瞩目的焦点。

韩凌阳修长的手指在琴键上熟练地跳跃，前奏随之倾泻而出，是一首钢琴版的《不染》。

施甜迷了这首歌有将近半年的时间了，每次都喜欢循环播放。她眼帘轻闭，感受着钢琴声牵扯她的四肢百骸。

再睁开眼时，她看到韩凌阳头顶的灯不知道什么时候打开了，环形圆柱的水晶灯，每个角都钩挂着水滴形的珠子。灯光从里面散射出来，从不同角度包裹住了少年的身影。

一曲毕，韩凌阳手指飞快地从琴键上扫了遍，他随后站起身。

施甜听到餐厅内的所有人都鼓起了掌，也跟着拍手。

韩凌阳回到座位跟前，服务员将酒先送过来，他满眼含笑地盯着施甜："好听吗？"

"太好听了。"

韩凌阳给施甜的酒杯内倒上红酒："小狮子，祝你新年快乐，离你翅膀长硬又近了一步。"

施甜神色微怔，她举起酒杯跟韩凌阳对碰一下："谢谢羚羊，也祝你新年快乐。"

韩凌阳刚将酒杯放下，就看到一名西装革履的男子走到了他们桌前："你好，刚才是你弹的钢琴吗？"

"是啊。"

"是这样的，我有个不情之请，能不能再帮我们弹两首曲子？你们今晚的这餐，可以免单。"

韩凌阳看了看施甜，施甜反应比谁都大："不行，我们是来吃饭的，不是来表演的。"

再说，都说好了她请他吃饭，哪能这样啊？

韩凌阳却是来了兴致："当真？再弹两首，你就给我们免单？"

"对对，还可以给你们办张卡，下次过来直接打折。"

"好！"

施甜想要拉住韩凌阳，却没能拉住，她很不好意思，他又不是来卖艺的。

少年坐回钢琴跟前，那名经理拿了曲谱给他，两首曲子并不长，只是施甜心里有些不舒服。

餐厅的客人显然也很喜欢，结束时掌声热烈。韩凌阳回来时，他点的东西正好上齐了。

施甜双手撑在身侧没动："怎么他让你上去，你就上去了？"

"就当是练琴了，不弹反而生疏，有这么好的事干吗要错过？"韩凌阳将一份菌菇汤放到她面前，"下次我们再来吧。"

"你脸皮什么时候这么厚了？"

"这叫凭本事吃饭，哪是厚脸皮？"

施甜无言以对，想开了好像也是这么回事啊。

韩凌阳切着餐盘内的牛肉："小狮子，我记得你以前说过，工作之前不谈恋爱。"

她高中时，是这么说过："人都会变的嘛。"

"那你为什么会喜欢他？"

施甜还真没仔细想过这个问题，是因为吃纪亦珩的颜吗？这一点是毋庸置疑的，他那张脸，对她这只小颜狗来说，就是暴击啊："日久生情。"

韩凌阳抬头看她："要说日久生情，我跟你认识多少年了？"

施甜没听出韩凌阳话里的意思："我知道了，你是不是看我有男朋友，羡慕了？我给你介绍个吧，你看我同宿舍的姐妹们怎么样？"

韩凌阳眉眼未动，手里的刀叉使劲割着餐盘内的那块肉。施甜也不跟他开玩笑了："我知道你眼光高，寻常人人不了你的眼。"

少年没有接话，但施甜心里跟明镜一样，韩凌阳这样的，就该配一个艺术气息浓重的，最好有共同的兴趣爱好，还要家世相当，这才是绝配。

其实，纪亦珩也是一样的，所以施甜至今都是稀里糊涂的状态，甚至不敢相信她居然能跟纪亦珩走到一起。

吃过晚饭，韩凌阳将施甜送回去，走到小区门口时，下雪了。

施甜赶紧朝韩凌阳摆摆手："快回去吧，一会儿别冻感冒了。"

"我送你进去。"

"真不用啦，就这么点路，我跑进去就是了。"

正好一辆出租车载了客人过来，就停在距离两人不远处。一男一女下了车，施甜忙推着韩凌阳让他去坐车。

回到家，施甜打开了灯，屋里冷冷清清。

纪亦珩方才就问她在做什么，她只说在吃晚饭。明天就是除夕了，施甜忘了还应该买副对联贴上的，过年嘛，好歹要有这样一个气氛。

第二天早上，施甜是被冻醒的，她没开空调，翻个身望向窗外，远处的马路上都铺了层白色，雪下了整整一夜没停，这会儿依稀还能听到簌簌声。

施甜冷得不敢起来，她给施年晟发了个消息过去。

她设想的其实挺美好的：今天爸爸回来，她要跟他去超市买东西，再去趟菜市场买菜，回到家后她要做最起码八个菜出来。好久好久没跟他在一块吃饭了。

施甜等了片刻施年晟才给她回消息："我下午回来。"

她心里有些凉，下午，说不定就是傍晚，说不定就是晚上，如果再拖一拖的话，会不会今晚就不回来了呢？

施甜越发觉得这股冰凉浸润到了她的骨子里。

她不想起床了，反正也没人叫她吃饭，她就干脆躺到施年晟回来好了。

外面依稀传来敲门声，施甜竖起耳朵，隔着卧室那扇紧紧关起来的门板，她好像真的听到有人在敲门。

施甜顾不得冷了，赶紧套上厚重的睡衣睡裤出去："谁啊？"

外面的人不出声。施甜拉开卧室门，冷空气无处不在，她小跑着到了门口，不会是韩凌阳吧？

她伸手将门推开，却看到纪亦珩站在外面。

他没带伞，就穿了件加毛的浅色牛仔外套，肩膀上湿了一片，头上戴着连帽卫衣的帽子。施甜怎么都没想到是他，她神色震惊："你——"

"有人在家？"

施甜眼眼发酸，眼圈红了下，屋内空荡荡的那种感觉，都快将她逼疯了，她真的不喜欢过年，一点都不好。

她冲过去几步，踮起脚后，也只能勉强搂住纪亦珩的脖子。

施甜的额头碰触到了纪亦珩的下巴，好冰。她赶紧拉着他进屋："你怎么来了啊？"

"来看看你怎么过年的。"

施甜昨天还在跟他说，她买了好多吃的，好多新衣服，爸爸也回来了，家里布置得可热闹可热闹，这下倒好，全部穿帮。

她没有洗漱，头发也没有洗，这会儿穿着粉红色的棉衣棉裤，像是刚从哪个土坑里爬出来的。

"你冻坏了吧？"

"还好，"纪亦珩没想到这边这么冷，"东城没有下雪。"

而且家里二十四小时开着暖气，他差点以为全国各地都是这么温暖的。

施甜先跑回房间，在纪亦珩进来之前，快速将床上的被子铺好。她找到空调遥控器，将空调打开。

"你坐会儿吧，我换衣服。"

"好。"

施甜抱了一堆衣服进洗手间，换过之后又洗漱，折腾了许久才回到卧室。

施甜算是发现了，怎么现在的男生都比女生爱美呢？这么零下好几摄氏度的天气，纪亦珩穿得单薄就不用说了，一大截脖子还露在外面，这是生怕别人不知道他长了根长脖子吗？

"你晚上在哪儿吃饭？"

施甜将头发扎起来："在家。"

"走，我陪你出去逛逛。"

施甜出去找伞，就找到了一把，纪亦珩伸手接过："够了。"

到了下面，施甜赶紧将羽绒服的帽子戴上，今天明显比昨天还要冷，纪亦珩撑开伞，让她躲到他身边。

地上已经有积雪，走路要十分小心才是。施甜脚底打滑，差点摔倒，纪亦珩一把拉住她的手臂："没事吧？"

"没事。"

他手臂伸出去，用力地揽住施甜的肩膀。她看到他握着伞柄的手都冻得发白了："我来打伞吧。"

"你打伞，难道要我蹲着走路？"

施甜用小脑袋朝他身前撞了下："干吗老说我矮？"

"我没说。"

"你就有说。"施甜站到纪亦珩跟前，不让他继续往前走，摸了摸他的手，将自己的手套摘下来，"快戴上。"

"这要命的粉色，我可驾驭不了。"

"没想到你偶像包袱还挺重啊，"施甜手掌覆住纪亦珩的手背，"一人一个。"

"不用了，你戴上吧。"

施甜不听，非将他的手拉过来，她将绣着小兔子的手套戴到了纪亦珩手上。

他余光扫了眼，不忍直视。

施甜将两手插进纪亦珩的上衣口袋内，路上几乎没有行人，空气冷冽而清新，他口袋里也没什么温度。施甜仰起小脸看他："你大过年的跑出来，你爸妈不说你吗？"

"我成年了。"

这话蕴含的意思可不少了，施甜抿起嘴角轻笑："你们今晚怎么过？"

"订好了饭店，我妈不怎么会做菜，我爸也懒得做。"

施甜心想着真好啊，那肯定是热热闹闹的一家人。

"你要不要跟我过去？"

施甜把身子往前靠，将脑袋轻抵着纪亦珩的胸口处："我爸肯定也想我了，再说我过去，肯定把你家里人吓一跳。"

"我可以介绍你们认识。"

施甜笑着将脑袋在他胸前瞎转："我可不敢。"

她觉得冷，但双手还是只敢放在纪亦珩的兜里，她不敢当着他的面紧紧地抱住他，哪怕她这会儿是疯了一样地想要抱他。

纪亦珩将另一只手伸过去摸着施甜的脸，他手上凉得跟握了块冰似的，施甜瑟缩了下，少年将手指探进她的衣领。

施甜脑子一蒙，吓得不敢动了，他他他……干吗呢？这光天化日的，摸哪呢？

施甜被冻得紧缩着脖子，纪亦珩的手指冰冰凉凉的，倒是没再往里伸。

"好暖和。"

要换了别人，施甜肯定要说：废话，那是她的体温焐出来的，能不暖和吗？

"中午想吃什么？"

"好久没吃比萨了，还有烤鸡翅。"

"走。"纪亦珩将抽回来的手搂住她另一侧的肩膀，将她拉向自己后紧抱着往前走去。

到了商场，纪亦珩找地方准备吃饭，还没到开饭时间，施甜让他先在店门口排队。

她跑到负一楼的精品小店内，挑挑选选了好久，这才买中一条围巾和一副手套。

回到楼上，纪亦珩正准备给她打电话。施甜快步走到他跟前，将手里的格子围巾缠在了他的脖子上："好看吗？"

他低头看了眼："好看，不过这里面热。"

"回去的时候戴。"

"好。"

到了下午，商场里就没什么人了，吃过中饭，纪亦珩带着施甜去楼下的超市。

他推了辆购物车，去往生鲜区。施甜一手拉着车子边缘处："你要买什么？"

"你家里有食材吗？"

"我回去的时候从市场带就行了。"

纪亦珩走到卖虾的地方，停住脚步："外面在下雪，市场路滑不好走，这里买完了拎回去省事。"

"那我快点买，等买好了你赶紧回去吧。"

不能耽误了纪亦珩回家的时间，今天是团圆的日子。

"好。"

施甜要了一斤虾，又挑了条鱼，纪亦珩给她拿了盒牛肉，还放了不少菜进购物车里。施甜不用看都知道东西多了："足够了，我跟我爸吃不完。"

"那就放冰箱，省得你出门还要买。"

去收银台付款时，施甜刻意走在前面，看着收银员拿了袋子出来，将东西装进去。

她握紧手机，屏幕上有付款码，她就等着收银员扣款。

但对方替他们将东西收好后，就示意他们可以离开了。

施甜戳在原地没动："还没给钱呢。"

"我在手机上给过了。"纪亦珩将全部的东西放回购物车内，手机上

211

可以扫码标签自助结账，也能省了排队的时间。

施甜闻言，没有多说什么，回身拖着购物车往前走。

走出商场，施甜将围巾给纪亦珩围上，又将他的卫衣帽子给他戴上，似乎还嫌不够，她将围巾拉高了些，遮住了纪亦珩的半张脸。

回到家，家里空空无一人。

纪亦珩将东西放到桌上，回去的高铁票他买好了，时间确实也差不多了。

他这一天来回奔波，可想而知有多辛苦。外面的路旁堆积了厚厚的雪，路况这样差，路上肯定还要耽误不少时间。

施甜缩在纪亦珩的身边，跟他往外走，她手里还拿了把伞，只是没有撑开。

"到家后给我发个信息。"

"嗯。"

有雪花落在施甜的耳朵上，冻得她耳朵都快掉了。纪亦珩叫的车还没到，两人站在小区外面等着。

几分钟后，施甜看到有辆车远远地开了过来，纪亦珩招下手："来了。"

"纪亦珩，新年快乐。"

少年回头朝她看眼："你也是，新年一定要快乐。"

司机将车停靠在马路边，纪亦珩将伞递给她："回去吧。"

"我带伞了。"施甜说着，将手里的伞撑开。

"我走了。"

她嘴里的"好"字被卡在喉咙间，纪亦珩转身往前走，她感觉她的心一下子就空了。

从今天见到纪亦珩时的惊喜、震惊，到极度的依恋不舍，都在瞬间被打成幻影。如果纪亦珩今天不过来，这一天可能也就这么冷冷清清地过了，可她尝到了被人陪伴的滋味，这人又是她记挂在心上，舍不得放开的人。施甜就觉得要面对分开，好像更难了。

她看到纪亦珩修长的身影渐行渐远，伞顶上落了一层白色，地上也覆满了雪，少年笔直的双腿径自往前走，像是将一张白纸从中间硬生生撕开。施甜的眼睛被刺得很痛，几乎睁不开。

车子没有停过来，所以纪亦珩要走到马路对面。

施甜望出去的视线模糊了，她想也不想地往前走，走了两步后，怕追不上纪亦珩，干脆跑了过去。

地上有点滑，她感觉自己越冲越快，鞋子底下发出沙沙的响声。纪亦珩听到身后有动静，他刚停下脚步，施甜就一头撞在了他的后背上。

她一只手往旁边撑着伞，另一只手紧紧抱住纪亦珩的腰。

心尖涌起股股酸涩，施甜头顶着纪亦珩的背，眼睛看见了自己的双脚。眼泪不争气地滑落出来，她在纪亦珩的背上蹭了蹭。

少年摸着她的手，转过身，施甜跟着往后退了几步，她将伞撑回头顶。

"你快走吧。"

纪亦珩没说话。

施甜怕司机又要等得着急："我就是……看你这么走，有点不舍得你。"

她的鼻子被冻得红红的，嘴巴也是，说话都快不利索了。

施甜看到纪亦珩弯下腰，钻到了她的伞下，他自己手里的伞被他丢在了地上。施甜刚想催促他离开，却见纪亦珩摘下了右手的手套，再将蒙住口鼻的围巾往下压了压。

他的手朝她伸过来，两根修长的手指捏住她的下巴。施甜眼前一道暗影压来，她看过那么多电视剧和言情小说，熟识那么多套路，可一到自己身上，还是蒙了。

直到纪亦珩的唇吻到她，她的呼吸被封住，撑着伞的手在抖个不停，施甜的脑子才重新清醒过来。

少年的嘴唇很软，但是很冰，只是他的唇在她嘴上有所动作的时候，那股冰凉就整个都化开了。

施甜不敢呼吸，纪亦珩迁就着她的身高。她在想着要不要踮起点脚呢？她不懂怎么去回应他，少年的手摸着她的脸，他能感觉到她的脸和他的手都暖了。

她嘴唇颤抖，酥酥麻麻的。施甜偷偷睁开眼，看到纪亦珩眼眸紧闭，浓密的眼睫毛乖顺且服帖地落在她眼前。

也不知过了多久纪亦珩才松开，但也没有立即起身。

他抵着施甜的前额，她能清楚听到他的喘息声，施甜的心里像是被扔了一串鞭炮，噼里啪啦地在乱跳乱炸。

纪亦珩抬起手指，还给她擦了下嘴唇。

施甜脸更加红了。纪亦珩的手骨节分明，细细长长的，施甜眼睛都不知道要放哪儿了。他将围巾重新往上拉了拉："我走了。"

"好。"

施甜总算正眼看他，他弯腰捡起地上的伞，将落在上面的雪抖落掉。

施甜看着他抬起脚步离开，司机估计也看到了这一幕，她不敢再追过去了。

纪亦珩到了车前，可能是喊了专车的缘故，司机下来给他将车门打开。

他回头看一眼施甜，施甜赶紧跟他摆摆手，纪亦珩收起伞，坐到了车内。

司机回到车上，施甜握紧伞柄，看着车子缓慢发动，车子再一次从她眼里开出去。

她没有再逗留，转身走进了小区，有些时候，有些场景就是会越看越难受。

回到屋内，施甜将伞放到阳台上，客厅的空调她也没有报修。她和爸爸常年不在家，修了也就舒服这几天，她要真觉得冷，就躲去房间好了。

施甜将菜都拿进厨房，收拾过后开始准备晚饭。

她淘着米，嘴上到这会儿还热热的。纪亦珩吻她之前都没给她一点提示，施甜又是第一次遇上这种事，早知道，早知道……她就应该紧紧抱住他，化被动为主动啊。

施甜傻笑着，少年弯腰凑近她的那一幕总是在她眼跟前晃，这会儿就她自己，她还觉得羞涩呢。

施甜手脚很快，但又不确定施年晟什么时候回来，她将菜全部配齐了放在旁边。

到了五点多，门口传来动静，施甜快步走出去，看到施年晟开门

214

进来。

"爸。"

"怎么没开空调？"

"客厅的空调坏了。"

施年晟夹带着寒风一起走进来，他将门带上。施甜见他穿了件棕色立领的皮衣，里面就一件衬衣。他将皮手套摘下来，施甜忙从旁边找出拖鞋递给他："怎么就穿这么点？多冷。"

"还好，不冷。"

"我还没炒菜呢。"

施年晟往里走了几步："我跟你一起炒。"

"不用了，都切配好了，一会儿就好。"

施甜小心翼翼的，像是在对待客人似的。她给施年晟倒了杯水："快暖暖手。"

"不用忙。"施年晟看着施甜钻进了厨房。她从小到大都很乖，小小年纪就开始找活干，除非是自己做不了的事，才会让他动手。

施甜在里面忙得热火朝天，两个锅一起炒，油锅爆炒的声音赶走了屋内的冷清，这个家好像又活过来了。

施甜将菜装进盘里，刷好锅后，打开煤气准备炒下一个菜。

外面没有声响，她走出去看眼，想要看看施年晟在干什么。

她看到爸爸站在客厅的茶几跟前，他手里拿了个相框，那是妈妈的照片。他眼神晦暗，不知道在想什么。施甜看到他弯腰抽出张纸巾，在相框上反复地擦拭。

其实她回家后，第一件事就是收拾家里。施甜看得有些难受，转身回到厨房内。

如果妈妈还在，爸爸就不会经常出去，她就能有个很完整的家。

妈妈走了那么些年，爸爸没有再娶过，但他做的那些事那么荒唐，以至于大部分亲戚跟他们断绝了往来。

施甜炒了好几个菜。施年晟走到厨房门口："不用做这么多，就我们两人，吃不掉。"

"吃不掉可以留着明天吃嘛。"施甜在厨房里继续忙碌。

215

爸爸房间她也都收拾过了，被单和床套都洗得干干净净。施甜将做好的菜全部端上桌，又将饮料拿了出来。

施年晟看到桌上还有瓶酒："这是你买的？"

施甜看了眼，模模糊糊地应声，这些都是纪亦珩拿的。施年晟拿起酒瓶看眼："你哪儿来的钱？"

"我做兼职啦，你平时给我的钱我也省着呢。"

施年晟在施甜对面坐下来："不用那么省，要实在不够用你就跟我说，小姑娘在外面不能太省。"

"我知道。"

施甜拿了杯子过来，窗外已经有人家在放烟火，她跟施年晟轻碰了下杯："爸爸，新年快乐。"

"新年快乐。"

吃到一半，有人打电话过来，好像是让施年晟出去，但他拒绝了："今天是除夕，我家里还有个女儿呢。"

施甜听着这话，莫名地想哭。她抬头看眼对面的人，在她印象中，爸爸好像一直都是长这个样子的，从来没有大变化过。他也钟爱大背头的造型，穿得又年轻时髦，所以很多人都猜不出他的年纪。

施甜将菜不住地往他碗里夹，听到施年晟压低了嗓音："明天也不行，我要在家。"

她心里暗喜，赶紧给他添了几块牛肉。

父女俩话不多，施年晟也没问起她在学校的情况，更没问上次在商场碰面的事。

吃过晚饭，施甜收拾好碗筷，就回了房间。

纪亦珩到家后给她发过微信。施甜躺在床上开了电视机，她捧着手机，看眼时间，那边应该也吃好了吧？

施甜发了条信息过去："吃了吗？"

才不过三五秒，纪亦珩就打了视频电话过来，施甜赶忙接通："哈啰。"

纪亦珩回去后应该换了衣服，这会儿就穿了件黑色的宽松T恤。施甜都不好意思给他看见她的睡衣了："吃过了吗？"

216

"还没结束呢。"纪亦珩站起身，将手机对准了身前的大圆桌。施甜看到不少人头，还看到有人正在好奇地冲纪亦珩的手机屏幕张望，她吓得赶紧挂断。

她手指快速敲出几个字："吓死我了。"

"又不是见不得人的事。"

施甜将手机塞到枕头底下，不打算理他了。

忙碌了一天，屋内温暖如春，施甜看了会儿电视，眼皮打架，不知不觉就睡着了。

第二天早上，她是被窗外的鞭炮声吵醒的。施甜手在旁边摸了圈，没发现手机，她坐起身后，才想起昨晚将手机塞在枕头底下了。

她将枕头拉开，看到了下面的手机，还有一个红包。

施甜将红包拿起来，这应该是施年晟趁着她睡着的时候，偷偷放下的。

难不成，他又走了吗?

施甜掀开被子起身，套上了衣服后快步出去，她走到施年晟的卧室门口准备敲门。

"起来了。"施年晟从客厅走过来，"吃早饭吧。"

施甜嘴角往上轻扬："好。"

"一会儿我们出去逛逛。"

施甜自然高兴："嗯。"

这大过年的，施年晟也没多少亲戚要走，他带着施甜去商场，给她买了两套新衣服。

尽管平日里他对她关心不够，也很少会说贴心的话，但自己的女儿谁不疼呢? 施甜觉得心满意足。

她等了那么久，其实就等到爸爸跟她吃了一顿年夜饭，还有年初一一整天的陪伴。

初二那天，施年晟就离开了家，施甜知道他短时间内是不会回来的，心里没了期盼，也就不那么难受了。

家里反正就她一人，早中晚她都能对付着过。纪亦珩给她的稿子她都

217

念熟了，也算是提前做足了功课。

返校时间越来越近，韩凌阳跟她打过招呼，说要跟她一起去学校，施甜生怕他真的找过来，干脆提前一天回了学校。

她也没告诉纪亦珩，就怕他到时候要去火车站接她。

施甜从纪亦珩嘴里套出了话，知道他爸妈没跟他一起，他又回他自己的住处了。

她到了学校安顿好后，就坐地铁去纪亦珩家里。

来到他所住的小区，施甜在门口登记后保安才放她进去。

她想给他个惊喜，就像他突然出现在她面前一样。

施甜来到纪亦珩所住的楼层，伸手按向门铃时，心里的雀跃和莫名的忐忑交错在一起，她听到门铃声隔着门板在四处撞击。

有脚步声走过来，施甜双手捂住脸，等到门啪嗒一下被打开，她蹦跳着上前一步："惊喜吧？"

对方没有出声，施甜放下手，却看到了一个女人。不，应该是个女生吧，和她差不多的年龄。

完了，难不成纪亦珩家里有亲戚在？不会满屋子都是人吧？

施甜往后轻退，女生朝她打量了下："找谁？"

"我找纪亦珩。"

女生眼睛轻眯了下，一手握着门把手没有松开，这样也就堵住了施甜进门的路。施甜没听到里面有说话的动静，小着声问道："他家里是有客人吗？"

"是。"

那施甜肯定是不方便来的："我先走了。"

女生将门往回带，即将掩上之际，纪亦珩的声音传到了施甜耳朵里："谁？"

"不认识，可能按错门铃了。"

施甜想也不想地伸手抠住门板，使劲将门拉开。女生没想到她力气这么大，手一松，吃惊地看着施甜走进来。

"你……"纪亦珩嗓音轻扬，他快步走来，"你不是还没回来吗？"

"刚到的。"要不是听到身边这人说她可能是按错了门铃，她真打

218

算走了。她都跟她明说了她找纪亦珩，她不信对方年纪轻轻就耳朵不好使了。

不用细想都知道只有一种可能性，她想让她尽快离开这儿，好让自己跟纪亦珩单独相处。

施甜眼里涌出敌意，但眼睛对上纪亦珩时，立马笑弯了："你家有客人在啊？"

"没有。"纪亦珩让她进来，"为什么不提前告诉我一声？"

"本来想给你个惊喜的，不过现在看来……没吓到你吧？"

纪亦珩准备回书房，听到施甜这话，不由得回头看了她眼。他目光随后落在旁边女生的身上："我给你介绍下，付语轩，跟我爸妈住在一个小区。"

付语轩皱了下眉头，这介绍语也太敷衍了："你没上东大之前，我们就是同一层的邻居，你不也才搬到这边来住吗？"

施甜算是听明白了，这女生就不想跟纪亦珩撇清楚关系，但她跟纪亦珩爸妈是同楼层的邻居，这个信息很重要。施甜哪怕再看不惯她，都不能和她撕破脸皮，万一她在纪亦珩爸妈面前添油加醋地说她几句怎么办？

她这双眼睛啊，可以达到鉴"婊"专家级别了，不管是白莲花还是小绿茶，一看一个准。

纪亦珩不打算跟付语轩争辩什么，他朝施甜轻招下手："肚子饿吗？"

"不饿。"

"等我会儿，一会儿带你去吃晚饭。"

"嗯。"施甜穿得多，就她一个人裹着厚厚的羽绒服。她将拉链往下拉时，纪亦珩示意她跟他进书房。

"稿子看得怎么样了？"

"都看完了。"施甜进去后，看到纪亦珩的书桌上放着两台电脑，其中有一台粉色的笔记本，一看就是女生用的。

付语轩跟进来，拉开椅子坐在那台笔记本跟前："我们再来玩两局。"

施甜看到了纪亦珩放在桌上的稿子，拿起来看眼，他比她专业多了，

219

很多词都被标注出来，五颜六色的笔迹跳跃在白色的A4纸上。施甜看到窗台旁边有个坐垫，拿起稿子走了过去："你们玩吧。"

纪亦珩从抽屉内拿了瓶饮料给施甜，回到桌前，语气懒懒地冲付语轩开口："就你这水平，带你玩只会死得很惨。"

"谁说的？我换个人物。"

施甜盘膝坐在地垫上，还是觉得热，将外套脱掉放在旁边。

付语轩小动作很多，话也很多，戴着耳机说话更加大声："走走走，哎，别杀我——"

"等我回个血，等等！"

施甜的耳朵被刺得难受，她盯着纪亦珩的背影，少年飞快地按动鼠标。

"漂亮！"

"我配合你，当心有伏击！"

施甜不会玩游戏，所以融入不了这种氛围，就听着付语轩在激动地喊："nice，厉害，上上上，漂亮！"

她摘下耳机，激动得差点要从椅子上蹦起来："你也太神了，最后的机会反杀啊，赢了！"

纪亦珩相对来说要安静很多："你也不差，这水准可以了。"

"那是，也不看看谁带着我打，再来。"付语轩看了眼独自坐在那里的施甜，嘴上依旧在说道，"我不管啊，你今天必须带着我。"

施甜恨恨地朝她看眼。付语轩收回视线，盯着屏幕："我要买点装备才行。"

"不打了，改天再来。"

"这才到哪里啊，说好带我升级的。"

纪亦珩这会儿哪有心思陪她玩什么游戏："那你跟我PK，打赢了我再说。"

"你让让我。"

纪亦珩将耳机朝两边拉开："不敢了？"

"谁怕谁啊？！"

付语轩语气藏了些许的不痛快，施甜装作一门心思在看稿子，只是两只耳朵竖了起来，就听到付语轩的声音此起彼伏。

"你别这样，哎呀……

"纪亦珩，我真的生气了！"

她的嗓音里分明带有撒娇："你就不能让着我点吗？等会儿……"

看来是被灭了，付语轩面色不悦地丢开鼠标："你还真拿我当仇人了？"

"不就是玩个游戏吗？这么当真。"

"再来，我就不信了。"

施甜一个字都看不进去，干脆将稿子放在边上。她起身来到纪亦珩身边，看到两人正打得火热，付语轩作为一个女玩家来说，应该算是挺厉害的了。

施甜看到一团火苗在屏幕上炸开，也不知道谁输谁赢，但付语轩的求饶声很快传到耳朵里："纪亦珩，我都说了让你让让我。"

施甜看到少年修长的手指在键盘上飞速按着，一波波大招杀过去，付语轩已经被打得节节败退，最后纪亦珩控制的人物飞跃而起，直接将她砍杀在原地。

付语轩的脸色铁青，她摘下耳机丢在桌上。

纪亦珩眼角飞扬，施甜替他将耳机拿下来，付语轩眉头紧拧："你就非要把我杀成这样？"

"游戏就是游戏，我要对你手下留情的话，那还有什么好玩的？"

付语轩站起身，拿了装笔记本的手提包过来。施甜见状，将她插在多用插座上的插头替她拔了。付语轩气着呢，将东西一股脑塞进电脑包后，提着它头也不回地出去了。

果然在纪亦珩的眼里，玩游戏没有男女之分，就算遇到了女玩家也绝不会手下留情的。

这一点真好，施甜喜欢。

外面传来砰的关门声，纪亦珩转过身，靠在桌沿上："你这样跑过来，是想给我惊喜吗？"

"惊不惊喜？"

纪亦珩嘴唇抿起笑意："惊喜。"

她原本心里还很不舒服，可这会儿觉得喜滋滋的，纪亦珩都把人给打跑了，多解气啊。

第十章　恋爱的甜味

当天晚上，徐子易也过来了，第二天是正式报到的时间，蒋思南和朱小玉两人是结伴回宿舍的。

施甜还是喜欢这种热闹充实的感觉，每天上完课就去校园广播室，一天的时间被安排得满满当当。

这天下午，纪亦珩并没有在学校，施甜上完课后准备回宿舍。

刚走出教室，她就接到了韩凌阳的电话，韩凌阳让她去学校的琴房找他，说是有事。

徐子易挽着施甜的手下楼："怎么了？"

"我要去趟琴房。"

"那你赶紧去吧。"

施甜眼见徐子易的手要收回去，赶紧一把按住："你跟我一起去吧，羚羊找我应该不会有多大的事。"

"韩凌阳？"

"是啊。"

徐子易没说话，跟着施甜朝琴房走去，到了门口，还未进去，就听到了钢琴声从里头飘扬而出。

施甜小心地推开门，徐子易看到琴房内就只有韩凌阳在。他弹着琴，开了嗓，歌声软中带柔，曲调呢喃间，有种令人捉摸不透的苍凉感。少年背部挺得很直，有些气质是天生的，再加上后天的培养，即便是往那里一坐，都能有种明显的优越感。

徐子易不敢上前打扰，但施甜走了过去。

韩凌阳听到脚步声，回头看向施甜："来了。"

他也看到了徐子易，眼神有了波动，徐子易更加不好意思过去。

"你让我过来干吗？"

韩凌阳右手落在琴键上，漫无目的地敲着："你着急回宿舍又干吗？"

"睡觉看电视啊。"

"走，我带你去看电影。"

施甜想也不想地摇头："我才不去呢，晚上还要自习。"

"来得及，《我不是药神》看不看？"

施甜看到微博上有人推送，说是难得一遇的好片子，催泪弹，她有些犹豫："我改天再去看。"

"走吧，我票都订好了。"

"我又没答应你。"

"你怎么这么矫情呢？"韩凌阳站起身，"是不是还要请示下纪亦珩，问他同不同意？"

施甜一本正经道："对啊，毕竟你是男的，不能跟你走得太近。"

韩凌阳目光微沉，施甜见他似是不高兴了，赶紧安抚他两声："好了，看就看呗，可以让徐子易一起去。"

徐子易闻言，下意识地拒绝："我不去。"

这点自知之明她还是有的，再说她跟去算什么？多尴尬。

施甜快步跑到她身边："去吧，那电影很好看，过几天就下线了。"

"我回宿舍还有事呢，你们去吧。"

"你能有什么事啊？今天没有要做的功课。"

韩凌阳明白施甜的想法，她非要拖一个人跟着，应该是怕被人误会些什么。他上前几步。高大的身影出现在她面前，徐子易不由得心慌起来，那身影有种无形的压迫感。

"一起去吧。"

"对啊，走，去吧。"施甜说着，拉了她往外走。

徐子易被施甜拖着，挣也挣不开，真后悔刚才没有直接回宿舍。

韩凌阳又在网上选了张票，到了电影院后，离开场还有些时间，韩凌阳先取了票。

徐子易跑到柜台，点了几杯奶茶，韩凌阳不喜欢甜腻的东西，徐子易将奶茶递给他时，他并未伸手接。

徐子易脸涨得通红，主要也是不想占别人的便宜。韩凌阳见她举着手臂，她收回去也不是，让他拿着也不是。他说了声谢谢，接过了她手里的奶茶。

施甜坐在休息区内等，手机刚掏出来，就接到了纪亦珩的微信。

"在哪儿？"

她心里咯噔了下："怎么啦？"

"看电影去。"

施甜差点被嘴里的珍珠奶茶呛个半死，她跟韩凌阳就出来这么一次，怎么好巧不巧就出这样的事呢？难不成纪亦珩长了通天的眼睛？

她没有经验啊，都不知道这个时候应该蒙混过关还是老实交代。

就施甜这胆量，她也不敢骗纪亦珩，她琢磨着应该怎么跟他说，想来想去，觉得还不如老老实实说清楚。

"我跟你说件事，你别生气啊。我在外面呢，电影快开场了。我跟韩凌阳和徐子易一起看电影，徐子易啊，我室友，你认识的。"

信息发过去，没过一会儿，纪亦珩就回了消息。

"韩凌阳？"

施甜硬着头皮回信息："是，刚巧碰上的。"

"是学校附近那个电影院吗？"

"嗯。"

"我马上也到了。"

这下可真尴尬了，施甜捧着手机不知道该怎么开口。韩凌阳坐到她身边："还有十几分钟开场。"

"那个……"

"干什么？"

施甜狠狠地吸了口奶茶："纪亦珩也过来了。"

徐子易赶紧看了眼韩凌阳，少年怔了下，很快语气轻松地说道："过来就过来，这电影院又不是他的，难不成还不让我们看了？"

"我不是这个意思。"

韩凌阳嘴角浅勾起来："你看你的神情，别人还没质问到你头上，你就一副心虚的样子。我跟你看个电影而已，很见不得人吗？"

"当然不是。"

纪亦珩过来时，正好开始进场，他早就买好了票，施甜在取票机前等他。

徐子易坐在休息区，韩凌阳看眼入场处："走吧。"

这边上也没别人，这两字显然是跟她说的，徐子易站起身，看了眼不远处的施甜。

她看到纪亦珩取了两张票，将其中一张电影票递给了施甜。

徐子易跟在韩凌阳身后，两人进了场，找到座位，她挨着韩凌阳坐下来。

施甜和纪亦珩的位子在他们后面，徐子易紧张得不知道要将双手放在哪儿。原本属于施甜的那个座位空出来了，可就算她换了，也只是换到韩凌阳的另一边罢了。

电影院内漆黑一片，施甜看不清旁边人的表情："你怎么想到过来看电影了？"

"正好今天有空，这个电影院你之前来过吗？"

"没有，这还是我上了大学后，第一次进电影院呢。"

"第一次啊，"纪亦珩似在斟酌这几个字的含义，"我以为你会把这样的第一次留给我呢。"

"……"施甜缩了缩脑袋，不敢再接话。

电影开场，施甜却有些心不在焉，没注意到徐子易和韩凌阳坐在哪儿。

旁边的人一语不发，施甜忽然想到了个主意，立马觉得自己真是聪明啊。

她凑到纪亦珩身边道："知道我为什么会跟韩凌阳和徐子易出来看电影吗？"

"为什么？"少年语气不起波澜，这也让施甜完全摸不着他的底。

她干笑两声："因为我想把徐子易介绍给韩凌阳啊。"

施甜看到纪亦珩做了个扭头的动作，大屏幕上亮光倾洒而来，纪亦珩的视线落在了施甜脸上。

她笑着继续说道："是不是挺配的呀？男才女貌，我家徐子易也是美人呢。"

纪亦珩绷紧的嘴角松了松，脸上也有了些表情："确实很配。"

这一招果然管用。

在男朋友面前，姐妹和兄弟都是用来出卖的！

施甜忍不住要为自己的聪明才智而喝彩了。

这样，她以后就再也不用跟纪亦珩解释她和韩凌阳的关系了，他总不至于还会歪想吧？

施甜得意得不行，纪亦珩身子往后轻靠："看电影吧。"

她美滋滋地倚着椅背，至于电影里的情节，还是看不进去。

施甜偷偷看了眼边上，她将手一点点伸过去，最后摸到了纪亦珩的右手，然后一把抓住。

她手指被撑开，少年的指尖穿过她的指缝，同她紧紧地十指交握。

这姿势实在是撩拨得要命，施甜深吸口气，让自己冷静冷静。

徐子易双手不知道怎么放，干脆握紧那杯喝了一半的奶茶。

她跟韩凌阳之间没有交流，所以还不如身边坐个陌生人来得自在。徐子易不知道自己今天怎么会这么没出息，她能明显感觉到心跳加快，怦怦怦，心都快从她胸口跳出来了。

她余光看了眼身边的男生，她虽然不懂他身上穿的衣服是什么牌子的，裤子又是哪个明星代言的，但这样的衣装装点出了韩凌阳的气质，它就肯定是好的。少年坐在她身边，搭起腿，一条手臂落在椅子的扶手上。

徐子易颇有些狼狈地将目光收回去，将双腿往回缩了缩。

虽然电影院里灯光昏暗，可她还是怕韩凌阳看到她裤子上起的毛球。

电影前半部分笑点不断，特别是徐峥的造型，他属于那种哪怕是不说话，往那儿一坐都能让人笑半天的演员。

后半部分，气氛明显沉重压抑，这世上最可怕的是什么？还不是一个病字吗？可压垮病人的最后一根稻草，往往是一个穷字。

徐子易眼泪忍不住往外涌，她小小年纪心思深重，并不是她想变成这样，而是有些事她不得不考虑。

对于她这样的家庭来说，如果有人忽然患了重病，整个家要被拖垮不说，病人恐怕也只能抬回家等死。

虽然父母重男轻女，但毕竟是最亲近的人，徐子易总盼着时间快点过去，她若能早点毕业的话，就能担起家里全部的责任。但在这个过渡阶段里最卑微的条件就是，全家人身体都要健康。

徐子易轻吸了下鼻子，有些尴尬地朝身上摸了摸，她没有带纸巾。

电影院内安静得很，镜头内，黄毛开出去的车被撞了。徐子易明明知道会有这样的可能性，但真正看到这一幕时，巨大的冲击力还是令她有些受不了。

她哭得泪流满面，手掌不住在脸上擦。

旁边伸过来一只手，手里拿了包纸巾，徐子易愣怔了下，忙坐直身："谢谢。"

鼻子好像闻到了淡淡的香气，她将纸巾拿在手里，韩凌阳朝她看看，什么都没说。

徐子易抽了张纸巾出来，纸巾是无香型的，方才那股香气，应该是韩凌阳袖口上的。

电影结束后，四周聚起灯光，徐子易胡乱地将脸上的痕迹都擦掉。

韩凌阳率先起身："走吧。"

徐子易往后面看了看，看到了施甜和纪亦珩。她原本想等施甜，但她见韩凌阳没有停下脚步的意思，便跟着他赶紧出去了。

走到电梯口，韩凌阳回头朝她看眼："还没哭够呢？"

"不是，现在好了。"

"回学校吧。"

"好。"

施甜应该不会跟他们一起走，她总不能留下来当电灯泡。

228

回到宿舍，蒋思南和朱小玉正吹牛，一见她推门进来，蒋思南下意识地开口问道："去哪儿了啊？"

"没去哪儿啊。"

"那你怎么才回来？"

徐子易回到自己的桌前，看电影的事恐怕是瞒不住的："小狮子拉着我去看电影了。"

"那她人呢？"

"和纪亦珩在一起。"

她们听到这儿，也就没继续问。徐子易坐了会儿，将手伸进兜内，摸到了电影票和那包没用完的纸巾。

蒋思南又开始玩游戏了。徐子易将口袋里的东西拿出来，抽了张纸巾，平铺开放在桌面上。她找到支签字笔，在上面工工整整写下了今天的日期，将电影票夹在里面，将纸巾折叠起来。

这是她人生当中第一次走进电影院，更是第一次有人请她看电影。

徐子易手指在纸巾上轻抚，只是，韩凌阳那样的人，于她来说是只可远观的。

纪亦珩的微博粉丝数涨势迅猛，严老师看在眼里也高兴，很多粉丝都是从直播间过去的，他不止一次跟施甜说了，让她好好管理纪亦珩的直播，让她多想一些点子，多写点好玩的东西。

施甜也是绞尽脑汁，最后被她领悟出一个道理，哪需要那么多段子啊，直播中只要纪亦珩出现，不管他在做什么，她们其实都喜欢看。

周末，施甜陪纪亦珩去了录音棚，今天是听了那边的安排，刻意早早过去的，说是还有别的活动要准备。

纪亦珩手里的那部小说配音马上就要结束了，网站这边的意思是要趁热打铁，编辑说看过纪亦珩的直播，也知道热度和反响都不错，所以希望他能现场来个互动，到时候在有声上线时作为开播福利放在网站的首页上。

施甜一听，就替纪亦珩答应下来了，只要是有利于宣传的事，何乐而不为呢？

配音结束后，施甜跟着纪亦珩来到另外一间屋内，网站的主编亲自过来接待，还让人送了零食和茶水进来。

"我知道你喜欢玩游戏，一会儿你就放松心情好好地玩就是。"

纪亦珩看到桌上放了台电脑："跟谁玩？"

"你先准备下吧，热热身。"

施甜在角落的沙发上坐下来，看到主编将手机固定在夹子上，这就跟她玩直播的时候是一样的。

"施甜，你会玩游戏吗？"主编问了她一声。

她轻摇下头："一窍不通。"

"那就好玩了。"

纪亦珩正玩得激烈，主编回到他身边看了眼状况："你现在玩得倒是挺好，一会儿要输了怎么办？这视频以后可是要放出去的。"

"不可能。"

"这么自信？"

纪亦珩这爆棚的自信心也不知道是从哪儿来的，是不是他认为自己就是这么优秀呢？

"当然。"

施甜冲主编笑了笑，还能说什么，难不成冲上去捂住他的嘴吗？

"话可别说得太满，我还没说游戏规则。"主编朝施甜眨了下眼睛，"待会儿你不能碰电脑和鼠标，让你小助理上，你只能在旁边开口指导。"

"什么？"纪亦珩手里的动作顿住，"她不行。"

"她行不行，就要看你了。"

主编朝施甜招下手，示意她过来，施甜走到纪亦珩身边："我怕我搞砸了。"

"这又不是重要的比赛，来来来，换人。"

手机已经在开始录像，纪亦珩不情愿地起身，将位子让出来："我刚赢了一局的。"

施甜坐在电脑前面："这都什么跟什么啊？我是哪个人？"

纪亦珩也真是服了："你看上面的名字，这是我。"他朝着屏幕上的人物指了指。

"那我怎么往前走啊？还有，我要干吗？"

"我先教你。"纪亦珩让她握着鼠标，"我一会儿让你点，你就点，左手控制键盘，听我的话操作就行，问题不大。"

施甜没玩过游戏，但也知道"问题不大"这四个字说出来，吹牛成分太大了。

"我们跟谁对决？"施甜抬头问边上的编辑。

"技术部的同事，水平一般般，放心吧。"

纪亦珩让施甜先熟悉了几个键，并告诉她每个键是干什么用的，施甜哪记得住啊，也只能懵懵懂懂地点头。

游戏开始后，纪亦珩指挥施甜往前走，她眼睛紧紧地盯着屏幕，就怕草丛里会忽然蹿出个什么人来一刀把她砍死掉。

纪亦珩嗓子扬声，不住重复着一个字母："RRRR，快按R，使劲按。"

施甜听他的话，手指不住地在键盘上敲着，啪啪的声音又响又亮，纪亦珩怎么瞅着都觉得不对劲，他倾过身看了眼施甜的手指："不是2，我让你按R，RST的R。"

"噢，"施甜忙将手指移到R键上，"你说清楚嘛，普通话不标准。"

"……"

施甜还来不及发挥真正的实力呢，就被人砍死了。

纪亦珩呆呆地看着屏幕，徐洋和金哲也在战队里面，底下是一片群嘲啊。

施甜干笑两声："还没开始呢，就结束了。"

"下一局我来控制键盘行不行？"纪亦珩可不允许自己被人这么侮辱。主编站在镜头之外，还是答应了纪亦珩的要求："行。"

施甜跟纪亦珩换了下位置，主编为了增加趣味性，就想出来一个馊主意。

"三局两胜，这盘要是再输了，会有惩罚。"

"不可能输。"纪亦珩十分相信自己的能力，看了眼旁边的施甜，

231

"你好好跟我配合。"

"好，我一定听你的。"

主编还不肯放过他："惩罚的事怎么说？"

"随你。"

下一局开始，纪亦珩目光炯炯地看着面前的屏幕，手指移过去："点这里，点这里……"

施甜忙将鼠标跟上，纪亦珩的右手忍不住伸过去，被施甜啪地打掉了："不要作弊。"

纪亦珩手指又落回屏幕跟前："回来，你跑哪里去？回来。"

"加个血，站这里……"

"别又跑了，哎，你跑哪里去？"

施甜自己都笑出声来了："你到底让我去哪儿啊？我方向感不好。"

"我的手指落在哪里你就点哪里。"

"我就是这样做的呀……"

纪亦珩心累到不行："还跑？赶紧过来……"

施甜被逗得发笑，从来没见过纪亦珩话这么多，而且焦急成这副模样，她不只分不清方向，还敌我不分："我现在要点哪里啊？"

少年一手撑在额前，另一手落在桌上，满脸都是已经放弃的表情。

"你爱点哪儿就点哪儿吧。"

"真的吗？"施甜只能在原地转圈，"那我真的瞎点了。"

"瞎点吧。"

反正现在点哪里都是一样的。

纪亦珩视线仍旧落定在屏幕上："你看，你看，我的辅助都来抢我的小兵了。"

施甜滑动几下鼠标，见没啥反应："我是不是被人杀了啊？"

"看来你们要接受惩罚了。"主编说。

施甜赶紧丢开手里的鼠标："跟我没关系吧？我就是听他指挥罢了，是他指挥不当。"

这关系撇清得倒是快，施甜起身回到角落内的沙发上，镜头里就剩下了纪亦珩自己。

主编说："隔壁在做美食节目，我知道你最讨厌吃香菜，你就直播吃香菜好了。"

纪亦珩难以置信地看向镜头外的主编，他实在难以想象，这样惨绝人寰的要求是她提出来的："不要。"

"这是你比赛输了的惩罚。"

"不要。"纪亦珩排斥到不行，他不能碰香菜，会吐出来的。

"你这样不配合可不行啊。"

纪亦珩是坚决不会去碰那玩意儿的："反正我不吃香菜。"

主编朝施甜走去，纪亦珩将注意力重新落回到游戏上，他必须扳回两局才行。她就算找施甜帮忙也没用，他这辈子最恨香菜了。

主编跟施甜压低声音在说话。还不是为了节目效果都豁出去了吗？

话都往外放了，不可能输了就只是输了而已。

施甜凑到主编耳边说了句话，主编冲施甜示意了下："你去。"

"好。"

施甜将放在边上的背包拉过来，从里面拿出一盒糖，倒了一小把在手心里。

纪亦珩听到脚步声来到身边，施甜轻推了下他的肩膀："张嘴。"

他毫无防范，直到施甜将一把甘草糖塞到他嘴里。

纪亦珩尝到那股味道，五官都拧到了一起，这已经不是他第一次上当了。他警告过施甜，以后别让他看到和听到"甘草糖"三个字，没想到她压根听不进去，还联合外人来害他。

主编笑得滚在沙发上起不来了："不能吐啊，要吃掉的。"

"你——"纪亦珩偏偏还要控制鼠标，最后关头不能输。施甜转身要跑，他腾出一只手将她拉回身边。

他拉过施甜的手，将她的手掌摊开，施甜还没明白过来呢，就看到纪亦珩的脑袋凑过来，将嘴里的糖吐在她手心里。

她蹦跳着赶紧跑开。纪亦珩的嘴里还有味道，那味道熏得他难受死了。

甘草糖和香菜，从此都是他的仇人，如果可以的话，他真想把施甜也加上。

233

视频录制结束后，纪亦珩拿了瓶水在那儿喝。施甜看他的样子越发想笑："真没那么难吃，对你的嗓子好。"

主编收起手机，纪亦珩拧着眉头起身了，施甜拿起包跟在他身边往外走。

马路上很是冷清，人行道上更没几个人。

微风习习，树上的叶子沙沙作响。施甜甩着肩上的背包，好不容易跟上纪亦珩的脚步："不会这么小气吧？"

"当然不会。"

"这就对了嘛。"

纪亦珩停下了步子："第一次觉得特别难吃，这次觉得好多了，你再给我一个尝尝。"

"我就说嘛，它没那么难吃的，就是味道有点怪而已。"施甜嘴上是这么说的，但她自己闻到那个味道就不敢尝试了，她将背包取下来，拿了一颗甘草糖递到纪亦珩手里。

少年喉结轻滚了下，整张脸上都写满了排斥，但他还是下定了决心。他有种大不了豁出去的凛然感，将糖塞到了嘴里。

施甜忍着笑，还想夸纪亦珩一句，真是勇气可嘉啊。

她看到纪亦珩五官皱了起来。一只手忽然朝她伸过来，施甜下巴处微紧，她瞬间就想到了纪亦珩第一次吻她时的场景。

他不会是要……

施甜吓得要往后躲，但下巴被纪亦珩的手给固定住了。他的唇轻触到施甜的唇瓣，她瞪大双眼，这可是公共场合啊，大马路上啊，她羞都快羞死了。

她隐约能尝到那颗甘草糖的味道，真的好难吃啊。

施甜感觉牙关处有什么东西在顶着她，逼得她不得不微微张开嘴，纪亦珩的舌尖推着甘草糖进来了，她连一点防守的准备都没有。

那颗糖好像快到了施甜的喉咙间，她伸手想将纪亦珩推开，少年一手握住她的手腕，将她的手按到她背后。

她不是总喜欢给他吃些奇奇怪怪的东西吗？

好啊，以后他就来者不拒好了，只不过这么好的事怎么能落下她呢？

他一定也要让她好好尝尝。

施甜第一次感受到了甘草糖的威力，真的好难吃！

但纪亦珩都把糖塞到她嘴里了，却还是没有退开的意思。他咬着施甜的唇瓣，辗转反复，直到两人的唇齿间满满都是咸甜味。

纪亦珩退开身时，眉头还是皱着的，这味道都要让他呼吸困难了。

施甜嘴唇动了下，恨不得吐出来。纪亦珩伸手捂住她的嘴："吃下去，对你嗓子好。"

她就是用这话来搪塞他的。施甜眉头上下挑动，她将纪亦珩的手拉开。少年似笑非笑地盯着她："这是要吐了吗？"

施甜紧闭起眼帘，喉咙口一咽，才把这颗已经化掉了大半的糖咽下去。

纪亦珩拿了自带的水杯出来，喝了足足半杯子水后，那味道还是在的。

"看你以后还敢不敢给我乱吃。"

施甜垂着脑袋，视线盯着自己的脚尖看。身旁偶尔有人经过，她两只鞋的鞋尖对在一起。她不相信纪亦珩没有意识到，刚才他把糖推给她的时候，他碰到了她的舌头。

施甜鼻血都要喷出来了，那接触感太强烈，她都不知道怎么去面对他了。

纪亦珩转身朝前走了几步，见她戳在原地没有跟上："还愣着做什么？"

施甜偷偷瞄他一眼，怎么觉得他没有一点害羞呢？难道这样的事情经历得太多？老练了？

对啊，纪亦珩这么吃香，以前肯定谈过不少女朋友，说不定从初中开始就谈了，不，小学……

施甜想到这儿，整张小脸都垮了下去。纪亦珩看着她的面色变来变去的。她走到他跟前，欲言又止后，还是开了口："你前女友是谁啊？"

纪亦珩眼角轻眯了下："什么？"

"你初吻在几岁啊？吻过几个女生？"

纪亦珩舌尖在嘴角处轻抵了下："你猜。"

"我哪猜得到？"

纪亦珩将她手里的背包一把接过去，施甜忙跟在他身边："说说嘛。"

少年的目光轻落在施甜脸上，看到她眼神复杂——既充满探究又躲躲闪闪，生怕他的答案会让她一时之间受不了。纪亦珩做出副深思的样子："我不记得了。"

"啊？"这种事都能忘记？

究竟是不记得时间了，还是不记得吻过几个女生？

如果是后者，那问题可就大了。

施甜忙吊住了纪亦珩的手臂，但是她又不好意思死皮赖脸地缠着他非问清楚不可。她摇晃几下，纪亦珩朝她看看："做什么？"

她抿紧唇瓣不说话，继续摇着他的手臂。少年嘴角不着痕迹地勾起，就是要逗逗她，他怎么都不肯开口了。

施甜那天缠了一路，都没能问出个所以然来。

回到宿舍，晚上没课，徐子易去图书馆了，蒋思南和朱小玉外出吃饭还没回来。

施甜想要上床躺会儿，鞋子刚脱掉，手机就响了。

她见是个陌生号码，便犹豫着没接。但对方又打了第二遍，施甜弯腰坐了下来："喂？"

"是施甜吧？你出来一趟，我在你宿舍门口。"

"请问，你是？"

女人在电话那头很不客气地说道："你还想我进来找你一次是吗？"

施甜惊愕不已，更没想到经过上次的事情后，她还会阴魂不散："我真的不知道我爸在哪儿。"

"我给你五分钟时间，你要是不出来，我就进去找你，到时候你别怪我没给你留面子。"

施甜不敢，上次的事情把她弄怕了。她赶紧答应着，将鞋子穿上后快步出去。

走到女生宿舍门口，坐在停在路边的车上的人按响了喇叭，施甜不

236

情不愿地上前。司机下来替她将车门打开，施甜看到那个女人坐在后车座上，她僵硬着双腿没有坐进去。

"你放心，我不会拿你怎么样的，我只是跟你谈谈你爸的事。"

这儿来来往往都是人，施甜也不想再成为别人的谈资，她弯腰坐了进去，司机将门嘭地在她身边关上。

声音震得她耳膜发痛，施甜双手绞在一处："我一年见不了我爸几面，他也从不来我学校，我更不知道他在外面做什么、跟什么人在一起。"

"果然啊，对自己的亲生女儿都能这样，更别说是对我了。"

施甜紧挨着左侧，司机发动车子，她下意识地要去开车门。

"这毕竟是你学校，有些事在这儿谈，对你也不好。不远处有家咖啡馆，你跟我过去吧。"

施甜不由得后怕，不知道跟她上车是不是个错误的决定，万一这人找不到爸爸，把全部的怒火撒在她身上怎么办？

女人脸色严肃，她一路上没再跟施甜说过话。到了咖啡馆，她要了两杯咖啡后，这才切入正题。

"你爸避着我，所有的联系方式都将我拉黑了，我找不到他。"

施甜握紧双手，声如蚊蚋，她就怕这样丢脸的事会被别人给听去："我真的不知道他在哪儿。"

"他拿了我不少钱，他要再不露面，我只能报警。"

施甜心里咯噔了下："不要。"

女人拿出手机，将一张张截图放给施甜看："这些都是我给他的转账记录，还不包括平时给的红包以及买过的东西，你算算我在他身上花了多少钱。"

施甜脸上火辣辣的，就好像她被人剥光了衣服丢在人群中一样，她指甲掐着自己的手背，狠狠用力，她完全不懂怎么面对和处理这种事。

施年晟肯定是铁了心地在躲这个女人，就算跟他说了实话，他也不可能出现的。

施甜一语不发，女人冷哼一声："花了我这么多钱，就想把我一脚蹬开，你觉得世上有这么容易的事吗？"

施甜垂着脑袋，这种事，自己连个发言权都不配有，她如今坐在这儿，就只能被人指着鼻子骂。

"父债女偿，这笔账是不是应该归到你头上？"

施甜闻言，小脸不由得轻抬了下："可以。但我现在还在上学，没有那么多钱，还有……你能不能不要报警？"

"你要是答应还钱，我就放他一马，只要你把钱还上就行。"

"我可以慢慢还你，等我有了工作，会还得更快……"

服务员送上了咖啡，将其中一杯放到施甜面前。施甜将放在桌上的两手收回去了。

"等你工作，还要等你稳定，我可没那么多时间。我都不记得我在他身上花过多少钱了，有些是你情我愿的，有些只能算是借他的。这样吧，你还十万就好了。"

施甜倒吸口冷气，别说是十万，她就连一万都拿不出来。

"我会尽快还上的。"

"那你准备怎么还？"

"每个月还你一千，行吗？等我工作以后，我有多少工资就给你多少……"

女人厉声打断了施甜的话："你当打发乞丐是不是？一个月一千，真是好笑。"

"但我真的拿不出那么多……"

"这好办，把你爸喊过来。"

施甜紧紧地闭上唇瓣，女人轻啜口咖啡，不紧不慢地说道："一个月还我一万，我不管你用什么方式去弄到钱，哪怕去借、去抢。下个月我还来找你，你要拿不出一万块钱，我就找你学校领导，让他们通知你爸爸过来。"

"不要！"

女人将咖啡杯重重地放到桌上："那就下个月见了。"

她起身离开，留下施甜还怔怔地坐在原地。一万块钱对她来说已经是天文数字了，她又该去哪里弄到这笔钱？

施甜摸出手机时，手指在颤抖，她能想到的只有施年晟。她没法单独处理这件事，但就算她说了实话，他会露面吗？

施甜思忖片刻，开始打字："爸，有人到学校找我了，说起还钱的事，我不知道应该怎么处理，你……"编辑到这里时，停顿了很久，"你把钱给人家还上吧，这种钱不能要。"

信息发送成功后，施甜焦急地捧着手机等回音。没过一会儿，施年晟就回了消息，可不过就短短一句话："大人的事你不懂，不必管，随她。"

"这怎么能随她呢？她找到我学校了，她会闹的。"

那头没有回音了，等了半晌，施甜又迫不及待发信息过去："爸，她真会闹的，我……我害怕。"

手边的咖啡都凉了，施甜一口没喝，十来分钟后，她才等到了回音。

"你怎么这么不懂事？她愿意花在你爸身上多少钱，是她的事，好聚好散她不懂，你就应该好好劝她。还有，你是他女儿，吃他的用他的，理应跟他站在一条战线上，而不是帮着别人来对付他。她要闹，你尽管让她闹，不用理她。他现在开始了新的生活，你要没有重要的事情，不要来打扰我们。"

施甜目光直直地盯着手机上的几行字，她反反复复看了不下三遍，双手无力地压在桌沿处，头一低，将脸埋在自己臂弯间。

眼眶里溢出滚烫的泪水，她趴在那儿一动不动。施年晟的胆子向来大，那是因为碰上的女人都好聚好散了。再说当初给他花钱，是那个女人自愿的，她如今不甘心是她的事，她要闹便闹，他笃定她顶多也就是吓唬下施甜而已。

可对于施甜来说，这样的吓唬就等同于将她推入了地狱，施年晟不怕，她怕啊。

她不想被人瞧不起，不想时时刻刻心里都装满了忐忑，更不想女人一怒之下真的去报警。

她身上是有些钱的，施年晟给她的生活费，她能省就省，再加上过年还拿了个红包，可零零散散加起来，离一万块还差得远。

施甜能想到的赚钱办法，就是去做兼职，但她白天有功课，只能趁着放学后去找。

施甜投了几个兼职的简历，工资待遇都差不多，有家店当天就让她去面试了。

她到时候还要学习怎么制作奶茶，店里也卖甜点和小吃，由于人手不够，所以需要招小时工。

工资都是规定好的，十八块钱一个小时，时间也相对自由些。施甜跟老板说好了，她可以放了学过来做兼职，可一旦她有事，她也能请假。

第二天，施甜推开校园广播室的门进去，纪亦珩正在看稿子，她坐到他身边，少年抬头看她眼。

"你这周末还要出去吗？"

纪亦珩想了想道："嗯，要去城东面试。"

"那我陪你去。"

周末外出，她一向都是陪同的，这话又是什么意思？纪亦珩端详着施甜的小脸："有事？"

兼职的事肯定是瞒不住纪亦珩的，施甜干脆实话实说："我找了个工作，做奶茶的……"

她话还没说完，纪亦珩的眉头就拧起来了："你也没多少空闲时间，为什么还要去做兼职？"

"充实自己嘛，我们班好多人都去做兼职了。"

纪亦珩直起身，不放过她脸上的每一个表情："是不是钱不够？"

"当然不是，你看我吃得好喝得好，最近还长胖了呢。"施甜说着，拉起纪亦珩的手，让他捏了捏自己的脸蛋，"就是想赚点钱存着，就像你出去面试找工作一样，我也想要经济独立嘛。"

施甜的眼里跳跃着小星星一般的晶亮，她就是这样的，哪怕再难，都不会在脸上显露出来，所以她连身边最亲近的人都能骗过。所有人看她，都觉得她心里不会藏事，活得简单，都会以为她就只是想找个兼职的工作忙一忙罢了，殊不知，她身上其实压着重重的负累。她不想让人看到她喘不过气的一面。

"你想做兼职也可以，但接触到的工作最好能跟我们的专业有关。"

施甜嘴角轻扬："你以为人人都和你一样，天赋异禀啊？没关系的

240

啦，就是兼职而已，我跟着你在校园广播室就是最好的实习了，早点接触社会也好嘛。再说奶茶店很轻松，也不是什么你不能放心的工作。"

纪亦珩想说依他的收入，要想养活十个施甜都不在话下，但这种话他不能说。他知道她心思敏感，如果一段恋爱关系从一开始就是不平等的，恐怕很难维系下去。

"晚上也要去吗？离学校远吗？"

"不远，就在商业街的入口处那里。晚上有排班，我把我的课程表给老板了，她会按着我的时间排的。"

纪亦珩还想说什么，但施甜松开了他的手，她看上去很是兴奋："我要自己养活自己啦，就跟你一样。你等着啊，等我赚了大钱，我带你吃香的喝辣的，从此以后喝酸奶都不用舔盖了。"

纪亦珩忍俊不禁："我从来不舔盖。"

"大佬就是大佬啊。"

纪亦珩看她满心向往的样子，大学生找兼职也是很寻常的事，与其说是吃苦，还不如说是锻炼。再说手头宽裕之后，自己的一些要求也能得到满足，是件好事。

施甜嘴角微微扬着，她无忧无虑的时候觉得一个月的时间不长不短，可现在对她来说，每一天她都像是在盯着沙漏看一样，眼睁睁看着它飞逝，却无能为力。

一个月，一万块钱，就算把她卖了也凑不齐。

周末，季沅清练完舞从舞蹈教室出去，她热情地跟老师道别。这儿的老师都喜欢她，这样才多才多艺还文静的小姑娘，就是她们眼里认定的优秀孩子该有的模样。

在更衣室换好了衣服，季沅清并未马上离开，她坐在沙发上休息会儿，从包里摸出了手机。

宋玲玲替她打抱不平，不只将那个视频放到了校园网上，还趁着混乱，把女人的电话号码要到了。

视频公布后，就在所有人都以为施甜玩完了的时候，却没想到纪亦珩站出来了。想到纪亦珩在校园网站上的回帖，季沅清至今都觉得很不痛快，心口隐隐约约好像被人撕开了，不算撕心裂肺，但也能让她几天几夜睡不着觉。

宋玲玲应该也是意识到了这件事是搬起石头砸自己的脚，为了讨好季沅清，她说要把那个女人的电话号码给她，总不能让施甜就这么舒服地过日子。

季沅清当时看了眼宋玲玲电话簿里的手机号码，但她伸手推开了，她跟宋玲玲说这件事到此为止。

纪亦珩明知施甜是这样的家庭背景，都能毅然决然地站出来承认他们的关系，那么，这个女人就算再跑去学校闹十次都没用。

宋玲玲说她就是软弱才会被人欺负，那是她不懂，会咬人的高等动物向来不会乱咬乱吠的。

那个电话号码她当时就背下来了，宋玲玲走后，她就将它存在了手机上。

现在施甜被逼债，这种说不出口的煎熬她都知道，这笔钱施甜没法开口问纪亦珩要，但是数目太大，总有一天会瞒不住的。季沅清不着急，太痛快的结局远远比不上慢性折磨来得令人舒坦。纪亦珩想的就是太简单了，施甜身后有个无底洞，也许这十万块钱他纪亦珩能用自己的钱填进去，那么以后呢？如果是一百万，或者更多呢？

施甜到奶茶店经过了几天的培训后，正式开始兼职。

纪亦珩不放心，下课后还过去了趟，徐洋和金哲非要跟着，刚走进店里，他们就看到施甜在做奶茶。

纪亦珩几步走到柜台跟前："要三杯西米露。"

施甜听到这声熟悉的声音，扭头一看："你们怎么来了呀？"

"还不是大神怕你在这儿累着，过来巡视巡视？"

"累什么呀，老板娘去隔壁街送奶茶了，你们赶紧坐，西米露我马上就送过来。"

纪亦珩等着她打单，施甜忙推着他的胳膊让他去坐："我请你们喝。"

她回头开始调配，动作还不熟练，但一步一步也算没有出错。施甜将三杯西米露送到桌上，金哲环顾下四周："这儿环境不错啊。"

"那当然了，"店里这会儿没有客人，施甜站在这儿跟他们说了几句话，"我不忙的时候就刷会儿手机，老板娘也不说我。"

看来她在这干得挺好，纪亦珩拽住她的手臂，让她挤坐在自己的椅子上。那把椅子不大，她半个屁股都要坐到他腿上了，施甜忙撑着站起来："一会儿把椅子坐塌了。"

"嫂子不必害羞，我们都是过来人，明白的。"

明白个鬼啊，施甜红着脸戳在边上，纪亦珩还想拉她的手，被她避开了。

公共场所注意点影响好不好？施甜一溜烟地回到了收银台跟前，打了三杯西米露的单子，再用自己的手机付了款。

金哲和徐洋坐了会儿就回去了，纪亦珩就在原来的位子上等施甜。

一直到晚上九点，施甜才结束。她跟老板娘道了别，摘下工作帽和围裙后，快步走到纪亦珩身边："走吧。"

纪亦珩推开椅子起身，走到外面，看眼时间："你每天都要到这个时间吃晚饭？"

"当然不是，今天是你在的，我们店里有吃的，老板娘也会自己炒菜，她管饭。"

这还差不多，要不然饿都要饿坏了。

施甜不想大费周章地去找地方吃晚饭，她好累，累到只想赶紧回宿舍睡觉。

回学校的路上有不少小吃店，施甜拉着纪亦珩进去，点了两样吃的。

她饿得不行了，拿到米线就吃起来。纪亦珩将碗里的牛肉夹给她，施甜忙推住他的手腕："够，我吃不掉。"

"新工作做得开心吗？"

"开心啊，你也看到了，又不会很累，没人的时候还能坐会儿，我真的开心。"

纪亦珩轻点下头："好。"

她眉宇间都是笑，没有一丁点的烦恼显露出来，累是累了点，但是她能赚到钱了。

一个月的期限很快就要到了，施甜实在凑不齐女人要的数目，女人打电话来催过，施甜只能说尽量凑钱。

为了这件事，她失眠睡不好，最后不得已，只得找个理由问施年晟要钱。

"爸爸，我知道我不该胡乱要东西，但我学习需要用到电脑，我真的想买一个。"

那头没有回，她就接着发。

"我看中了一个电脑，要七千，是很贵，但是它里面的系统好，而且电脑买好点能用好多年的。

"爸爸，没有电脑我很不方便，我是真的学习上需要……"

施甜发了好多信息过去，那边都没有回应，她艰难地将身体在被子里面蜷缩起来。她已经想到了最坏的结果，她不由得闭起眼帘，整个人都在发抖。

第二天中午，施甜在食堂吃饭，手机传来振动声，她拿起来一看，是施年晟给她微信转账转了七千块钱。

施甜高兴得就差跳起来了，蒋思南尝了口她碗里的土豆丝："什么事啊？这么高兴。"

"没什么。"施甜将手机放回兜内，眼前的第一关总算是能过去了。下个月的一万块钱，会更艰难，但好歹还有一个月的时间，她可以想尽办法的。

回到宿舍后，她将自己存下来的三千块钱和施年晟打给她的七千，一起汇给了那个女人。

只是施甜的身上已经没钱了，卡上余额只剩下一百多块钱，饭卡上的钱勉勉强强也就够吃个十来天。

她管不了这么多，挨一天是一天吧。

季沅清没想到施甜居然能凑齐这一万块钱，不过她能凑齐的，应该也就只有这么一次了。

施甜在课上昏昏欲睡，兼职并没有她嘴上说的那么轻松，她大部分时间都在站着，回到宿舍又得补做功课，她的时间完全不够用。

她拿出手机，偷偷看了眼微信，看到学生会的群里正在讨论一件事。

最先开口的是宋玲玲："我们主席的生日马上就要到了，先预祝主席生日快乐。"

施甜趴在桌上的身子挺了起来，纪亦珩的生日要到了吗？

少年并未在群里露面，施甜知道他是开了屏蔽的，但群里的讨论越来越激烈。

"我们商量下怎么给主席过生日吧？"

"我提议聚餐，每个部门自行准备礼物。"

宋玲玲又跳出来说话了："纪亦珩有女朋友陪着过生日，我们是不是只能靠边站啊？"

"有了女朋友也不能忘了我们啊，那我们提前一天准备，生日礼物是一定要的……"

宋玲玲回到小群内，公然艾特了施甜："不知道主席的女朋友准备送什么礼物啊？也好让我们参考参考，大神是耳机控，你不会要送耳机吧？"

下面还有别的人搭腔："我们可买不起这么贵的，这种表现机会是要留给主席女朋友的。"

施甜心里是说不出的滋味，她真是忙晕头了，完完全全把纪亦珩的生日忘了。

她看过他的身份证，这才想起他的生日就在下周。

偏偏是这个月，偏偏又是这个时候。施甜第一次觉得自己原来是这么寒酸，宋玲玲在群里继续艾特她。

"跟我们透露下吧，纪亦珩生日，你准备了什么礼物？"

施甜不敢回，也不知道怎么回，她连买个蛋糕的钱都没了。

老师在讲台上讲了什么内容，施甜一个字没有听进去，纪亦珩生日，她不可能当不知道的，可她全身上下加起来也没几个钱。

宋玲玲见施甜躲着不出来，嘴上也没客气："我看买个耳机都不止吧，施甜最有钱了。"

"大神的耳机可不便宜啊。"

"不需要用自己的钱，当然不会心疼啦。"宋玲玲的言外之意再清楚不过。施甜的爸爸是吃软饭的，从女人那里拿钱还不容易吗？施甜又是他的女儿，只要她张张嘴，还愁没钱花？

施甜从小到大就不是个好欺负的人，别人打她一下，她都会打回去，可她这个时候敢冒头吗？

所有人都在等着看她的笑话，只要她一出现，就会被人团团围住。虽然她们忌惮着纪亦珩，明着不敢对她怎样，可她们一定会借着生日礼物的事让她难堪。

施甜将手机背朝上放着，不敢再去问爸爸要钱，也不会向朋友借钱。至于兼职的工资，还没拿到，就算是拿了，填下个月一万块钱的窟窿都不够。

下课后，几个女生径自去了食堂，施甜中饭不敢不吃，不然她的体力肯定支撑不到晚上。

蒋思南看着食堂上的公示牌："今天在这边吃吧，这家的菜我喜欢。"

"哇，很丰盛啊，我要吃个孜然鸡排。"

"小狮子，有你最喜欢的辣子鸡丁，还有酸菜鱼呢。"

施甜头也没抬下："我在减肥。"

"你说这话你自己相信吗？"

"就是，矫情的女人。"

轮到施甜，她走到窗口，弯下腰冲着里面的人说道："我要三两饭，还要一个青椒土豆丝。"

"别的呢？"

"不用了。"

蒋思南拿了餐盘站到旁边："你干吗呢？真的减肥啊？"

"当然啦，去奶茶店打工后长了几斤，老板总是让我帮她试新口味，我要克制了。"施甜拿了餐盘跟蒋思南她们找地方坐，碰巧遇到宋玲玲和季沅清刚过来。

季沅清看了眼施甜手里的餐盘，没说什么，倒是宋玲玲满脸的吃惊："就吃这个？"

"你管得着吗？"施甜毫不客气地回道。

"装可怜。"

谁不知道她有钱？不劳而获。

246

季沅清看了眼宋玲玲："就你话多，别人吃什么菜你都要管？"

"不是……"宋玲玲快步跟在季沅清身后，"沅清，你怎么这么说话啊？"

"她这有可能是哑巴吃黄连——有苦说不出，你操那个心做什么？"

"啊？"宋玲玲显然没听懂，"什么意思啊？"

季沅清站到队伍后面排队，她当然不会跟宋玲玲解释。

纪亦珩今天也在学校吃的饭，他看到施甜跟她的几个朋友坐在一起，拿了餐盘从她的桌子旁边经过时，特地停住脚步看了眼。

蒋思南在桌子底下猛地踢了施甜一脚，施甜痛得收回神，身子弹跳起来："干吗啊？"

"你男人啊。"

"啥？"施甜一扭头，就看到纪亦珩从她身边走过去了。

她痛得摸了摸脚踝的地方："都被你踢肿了。什么我男人啊？！你……你以后注意点措辞。"

"怎么，不是你的啊？那我可要抢了啊？"

"你敢！"

纪亦珩很挑食，平时吃菜就喜欢吃荤菜，所以他的餐盘里摆满了各种各样的肉，几乎每个都来了一点，而米饭上则孤零零地躺着几根青菜。

他知道施甜很能吃，今天食堂里大部分荤菜都是她喜欢吃的，按理说她不可能经受得住这个诱惑。

难道，是手上没钱了吗？

下午，学生会组织开会，全体都要到场，组织开会的人三令五申过不能迟到、不能缺席。

施甜刚走进会议室就被宋玲玲给拦住了："赶紧赶紧，轮到你了，你捐多少？"

施甜一头雾水："什么捐多少？"

"学生会里有个同学的家里出事了，大家都在捐款呢，你是我们文艺部的一份子，你当然也不能例外。"

施甜着到宋玲玲手里拿了份名单，有人捐了两百，有人捐了三百，最

247

多的捐了五百。

她攥紧手机，她拿不出那么多钱，这么多双眼睛盯着她。季沅清冲宋玲玲扬了扬手机："我把钱转给你了，你登记下。"

宋玲玲点开微信，看到季沅清转了六百块钱过来。

"部长就是部长啊，人美心善，捐了六百呢。"

施甜戳在原地，看到宋玲玲在本子上记录下来，她也想捐，也想帮帮别人，可她手里拿不出那么多钱。

纪亦珩站在门外，门并没有关上。他看到施甜背部僵直。她欲言又止，她只能捐一百，那是她仅剩下的钱了。

"施甜，你倒是说话呀。"

施甜嘴唇嚅动了一下："有规定捐多少吗？"

"这话问得好玩了，多少看你的心意了，你是纪亦珩的女朋头，代表了他的门面，你肯定跟我们是不一样的对吧？"

宋玲玲一句话就把施甜架在了最高处，让她上去了下不来。

纪亦珩伸手将门推开，走了进去。宋玲玲见到他，下意识是想躲的，但她又没做什么亏心事，不至于怕成这样。

"都聚在这儿干什么呢？"

"开会啊。"

纪亦珩走到施甜的身边，见她小脸微白。宋玲玲拿着本子的手垂在身侧，纪亦珩弯腰将她手里的本子拿过去，随手翻开看了看："记录得倒是很清楚。"

"是，这是我们学生会出的一份力，每一分钱我都记得清清楚楚。"

纪亦珩合起本子，将本子在手心上轻轻敲打："你叫宋玲玲？"

她心里咯噔了下："是，是啊。"

"既不是学生会的干部，也不是多重要的人员，是谁给你分配这项工作的？"

宋玲玲被问得哑口无言，过了会儿后才找到一句话去回他："没人给我分配，是我自愿组织的。大家也都想尽一份力，我只是负责记录下而已。"

"不用这么麻烦，王老师下午通知我，网络众筹的链接已经出来了，

248

我和施甜都捐过款了，我把链接发到群里，你们看下，直接捐款就行。"

宋玲玲有些不甘地握紧手里的本子："我们想把捐款送到他家里去，正好也去探望下。"

"人都进了重症监护室，探望什么？"纪亦珩的口气充满不悦，"是不是捐了钱，就非要让人家知道你是谁？不露一露这张脸，生怕别人记不住你的恩情，是吗？"

宋玲玲脸涨得通红，她完全下不来台。她看了看施甜，当着纪亦珩的面，也不敢再说什么。

"我看好好的一个学生会，就是被你这样的人搞得乌烟瘴气。"纪亦珩说着，抬起脚步往前走，施甜跟在了他的身边。

等到诸人全部坐定后，纪亦珩宣布开会。宋玲玲回到季沅清身边，季沅清看她眼圈发红，伸手拍了拍她的腿，以示安慰。

纪亦珩将众筹的链接发到群里："真要捐款，就通过平台吧，省得麻烦。"

他这会儿进了学生会的群，才看到里面有好几百条信息没看，他手指往上滑动，脸色变得越发难看起来。

"有件事我必须重申下，每一个进了学生会的成员，都必须明确自己进来是做什么的。微信群是为了工作方便，我发现有些人工作能力一般般，溜须拍马的本事倒是强。这样的人，不注重自身能力的提高，满脑子就想着走捷径，我个人对他是很反感的。"

宋玲玲面上青一阵白一阵，她知道纪亦珩是在说她。

他这会儿肯定看到了她之前说要庆祝他生日的事，宋玲玲求助地看了眼边上的季沅清，可这个时候，又有谁敢跳出去帮她讲话呢？

季沅清打开众筹的链接，上面能看到捐款人的信息，她一眼看到了纪亦珩的头像。

他捐了两千，还留了一句话：祝早日康复——施甜。

施甜也看到了，她吃惊地盯着屏幕。很多人不会知道这个捐款的人是纪亦珩，因为那只是个微信名而已，但他在最后留了她的名字。

季沅清牙关轻颤，面上的笑有些挂不住了。

宋玲玲回到微信群内，手机传来一声嘀嘟声，等反应过来时，她已经不在学生会的大群里面了。

施甜看到宋玲玲被踢了出去，纪亦珩做完这件事后，将手机放回桌上："开会吧。"

宋玲玲难以置信地盯着自己的手机，扭头看向季沅清。季沅清的脸色也不好看，宋玲玲毕竟是她推荐进入学生会的，她朝宋玲玲轻摇下头，示意她冷静下来。

她就算能找老师闹，都不能找纪亦珩闹，继续惹毛他谁都不能有好果子吃。

施甜心里百感交集，纪亦珩接下来说了什么话，她也没有听进去。

他开场之后，接下来由各个部长说话。纪亦珩的手指在桌上一道道地画着，施甜要不是实在拿不出钱，今天也不会被宋玲玲逼到这个份上。她向来热心，再加上自尊心强，她是那种情愿饿半个月的肚子，都不会为了两三百块钱藏着掖着的人。可她究竟遇上了什么事，让她连这点钱都拿不出来，而且还不肯跟他说呢？

纪亦珩不能当面问她，因为他知道她会守口如瓶，而且说不准心里会更加煎熬、难受。

宋玲玲看着自己被踢出来的那条消息，她觉得每个人都在笑她，纪亦珩在学生会是不怎么管事的，能被他移出群的人，她是第一个。

纪亦珩看眼身侧的施甜，施甜一分钱没有捐，纪亦珩却写了她的名字，她视线抬起正好跟他撞上。

她赶紧移开，眼里明显有种心虚，居然不敢看他。

纪亦珩一下就想清楚了，整件事怕是跟施甜家里的情况有关。施年晟说到底不会不管他这个女儿，所以她的麻烦尽管是跟施年晟有关，却不可能是他断了她的经济来源这么简单。

开完会后，纪亦珩径自起身，他手在施甜面前的桌子上拍了拍："走了。"

施甜将手机放起来后，赶紧跟着他离开。

宋玲玲趴到桌上，也不知道是哭了还是什么，有人想要安慰她，季沅清挥下手示意她们先走。

会议室内瞬间就只剩下她们二人。季沅清见宋玲玲把脑袋蒙在臂弯间，不肯抬头："好了，只是不在大群里而已，等他消了这口气，我改天再偷偷把你拉回来就是了。"

宋玲玲两条腿在桌子底下使劲踢："什么叫消了这口气啊？我怎么惹到他了？"

季沅清有些不耐烦地皱起眉头，还没完没了了，但她嘴上仍旧耐心地劝她："你是真不懂还是假不懂呢？你让施甜捐款时说的话，纪亦珩肯定听到了。"

"那我说得也没错啊，再说那两千块钱是她捐的吗？谁不知道那是纪亦珩给她面子！"宋玲玲直起身，看来真是被气得不轻，眼圈到现在还红着。

"不管这钱是谁捐的，那也是他们两人之间的事，你连看不过去的权力都没有。别的不说吧，当着纪亦珩的面，你至少要给施甜面子，你该庆幸你还留在学生会里，以后学聪明点。"

宋玲玲抬手在眼角处擦了下："你的意思是，有些事要背地里进行是吗？"

"我可没这么说。"

但宋玲玲算是将这话听进去了。

施甜跟在纪亦珩身后，眼见他快步往前走，只能小跑着到了他的跟前："你捐了两千是吗？"

"是。"

"你干吗还要留我的名字啊？"

"不是非要不留名才是做好事。"

"但那钱……是你捐的。"

纪亦珩沉默了会儿后，这才开口："我的就是你的，你要跟我算得这么清楚吗？"

"当然不是了。"

纪亦珩伸手将她带入怀里，低下头，将下巴压在施甜的头顶："要是有人欺负了你，你一定要告诉我。"

施甜两手推在他身前："这是学校啊。"

"学校怎么了？"纪亦珩手臂圈紧施甜的肩膀，"到底有没有人欺负你？"

"谁敢呀！你看宋玲玲的脸都成了咸菜色，而且别人对我都很友善。"

纪亦珩的手掌在她头顶抚了两下，施甜往前走了一步，将脑袋轻靠在他身前。她双手紧紧圈住他的腰身，心里欢喜欣慰之余，却又像是被兜头浇了盆冷水。

她当初被纪亦珩在校园网站上表白，随后脑子一热追到了他家里去问个清楚，自私地忽略掉谈恋爱并不只是两个人之间的事。今天，她要还这个女人十万，说不定明天就要还另一个女人二十万，长此以往，她会被拖废掉，那么纪亦珩呢？他如果知道了她如今的境地，又会怎么想她？

你那么甜

圣妖 著

[下册]

青岛出版社

第十一章　虐渣就是爽

下午上课时，女人的微信发了过来，问她钱准备得怎么样了。

施甜度日如年，每天都希望时间过得慢一点，她赶紧给对方回了消息："这个月的期限还没到呢。"

"你这样还我钱太慢了，我实在没有耐心。"

施甜生怕对方反悔："我到时候一定把钱凑给你，我保证。"

对于那个女人来说，她找不到施年晟，就只能拿施甜出气。就算找到他，其实也挽回不了什么，她还能指望施年晟对她忠心不成？她心里再清楚不过了，当初他们走到一起就是各取所需，她有十足的优越感，这段关系却结束得不明不白。现在看着施年晟的女儿，她已经不在乎钱不钱的事了，就想让这个小姑娘难受，让这个小姑娘备受煎熬。

"我保证，我会将钱如期打给你的。"

坐在施甜身边的徐子易见她神色慌张，捧着手机的手指还不住地在屏幕上按着，于是朝她凑近了些："小狮子？"

施甜吓得赶紧将手机翻过去，放到桌上："怎么了？"

"你干吗呢？"

"没什么啊，发消息呢。"

徐子易将信将疑地看着她："你最近挺不正常的，话也少了。"

"哪有啊，就是兼职太累了。"

徐子易拱了拱施甜的臂膀："我还想劝你呢，别去兼职了，你别看现在是赚到钱了，可多多少少会影响学习。现在正是积累的时候，只有将专业知识学好了，以后才会有更好的回报。"

施甜轻点下头，心里再明白不过了，只是没办法而已。

周六，纪亦珩没让施甜陪他出去，她就趁着这个时间去店里帮忙。

周末生意比平时要好，老板娘人缘好，微信群里还有不少顾客下单。

施甜将做好的二十杯奶茶放进打包袋内，老板娘拿起桌上的电瓶车钥匙："店里交给你了，我去去就回。"

"好的。"施甜帮忙将放满小吃的袋子拎出去。

她刚回到收银台前，就听到门口传来"欢迎光临"的声响。

"你好。"施甜话语刚落定，就看到宋玲玲挽着季沅清的手臂进来了，身后还跟了她们的两个朋友。

宋玲玲吃惊地上前两步："施甜？你怎么会在这儿？"

"请问你们要吃点什么？"

"啊，你在这儿打工啊？"宋玲玲目光在她身上打量了一圈，"我真怀疑自己看错了，你居然还需要过来做兼职？"

施甜不再理睬她了，季沅清看眼菜单："我要一杯草莓多多。"

施甜打了单子，季沅清询问身边的人："你们呢？"

"我要杜果果茶。"

"我喝奶茶好了。"

宋玲玲拿过菜单："还有小吃呢，我想吃个鸡排。"

几人点了不少东西，施甜打好单子，季沅清掏出手机付了款。宋玲玲将一手压在收银台上："施甜，你真该好好谢谢我们啊，你看我们沅清花了不少钱呢。"

施甜转身去做奶茶，宋玲玲无趣地跟着季沅清找了位置坐下。

四杯奶茶做完后，施甜给她们送过去，宋玲玲摸了摸自己点的奶茶："好烫啊，我不是说我要常温的吗？"

"这就是常温的。"

"骗谁呢？这么烫，你想烫死我？"

施甜拿起吸管，将它插入杯中："你可以尝一口。"

"烫到嘴怎么办？你赔我医药费吗？"

施甜转身就想走。宋玲玲拿起奶茶再用力地放回桌上："你这是什么态度啊？信不信我投诉你？"

施甜回到桌前，弯腰拿了奶茶，用力吸了两口后，将奶茶放回去："这就是常温，看到了吗？你要还想喝，我就给你重新做一杯一模一样的，你要成心来找碴儿，就趁早出去！"

"你干吗喝我的奶茶？！"

施甜回到操作台前，深吸口气后，从冰箱里拿出鸡排和花枝丸。

宋玲玲将奶茶打到地上，站起身，跟着施甜走到了操作台旁："你什么意思？"

施甜将鸡排放进滚烫的热油中，看着油沸腾起来，一语不发，也不想跟宋玲玲吵，毕竟这儿是她工作的地方。

"你倒是说话啊！"

宋玲玲气得将手边的一盆花枝丸用力丢进了热油中，溅起来的滚油落在施甜手臂上。施甜痛得往后缩了一步，不住地甩着手臂，她今天就穿了件短袖。宋玲玲看到两个水疱已经起来了。

宋玲玲没想到会这样，跑也似的往外走。

季沉清见她神色慌张地回到桌前："怎么了？"

"我们走吧。"

"为什么啊？吃的东西还没上呢。"

宋玲玲拿起旁边的包："我有急事，我先回去了。"

"玲玲，你怎么了？"

季沉清拉也拉不住她，只能由着她离开。另外两个朋友也在奇怪，季沉清看了眼施甜站着的方向，方才她依稀看到了一眼，隐约也能猜到出了什么事。

傍晚，施甜手上的水疱鼓鼓的，她不敢戳破，老板娘让她去医院处理下，提前让她回去了。

施甜跟纪亦珩说好晚上要去他那儿吃饭的，心想着时间差不多了，先过去再说吧。

按响门铃后，施甜下意识地将左手往身后藏。

纪亦珩走到门口，将门打开："我叫了不少好吃的，就等你呢。"

施甜抬起脚步走进去。纪亦珩将门带上，上前一步一把抓住施甜的手臂。

这一下正好抓在施甜的伤口上，她痛得尖叫一声："啊！"

纪亦珩赶紧松开手："怎么了？"

施甜没法摆出一脸轻松的样子，都快哭出来了，小脸皱在一起："你……你抓痛我了。"

"你的手怎么回事？"

施甜知道这下藏不住了："没有大碍。"

"我看看。"

"真没事。"

纪亦珩伸手握住了施甜的肩膀，她只得将手臂慢慢伸出去，纪亦珩想要将她的袖子撸上去，施甜按住他的手背："不行。"

少年放慢了动作，袖子挽到一半，施甜就要哭了。

纪亦珩耐着性子将袖口往上推，看到两个被烫出来的水疱已经破掉了，方才跟她的外套黏在一处，不痛才怪。

"怎么会这样？"

"被烫出来的。"

"我当然知道，我问你为什么会被烫成这样。"

施甜抿紧唇瓣，不想说，不能一有事就告诉纪亦珩，搞得她永远在打小报告似的。宋玲玲的账她要自己算回去才行，今天要不是因为在店里出的事，她肯定扑上去跟她打了。

但要让她说是自己弄成这样的，也不甘心啊。

施甜视线轻落在纪亦珩的脸上："宋玲玲和季沅清到我们店里了，我做小吃的时候，宋玲玲把一盘花枝丸倒进烫油里面，我当时没注意，就被油溅到了。"

少年看眼她的伤口，不敢碰触，真不知道她是怎么忍住的。

"走，去医院。"

"应该没事的，等它结痂就好了。"

"弄不好会发炎。"纪亦珩转身走到鞋柜跟前,拿了鞋出来后换上,"走。"

施甜站着没动,纪亦珩回来拉她,施甜手下意识地护着伤口。她跟纪亦珩走到电梯口。

"那个叫宋玲玲的,现在在哪儿?"

"应该在宿舍吧,"施甜看到电梯门打开了,"你放心,我也不会轻易放过她的。"

纪亦珩走了进去,将施甜护在身旁,以防待会儿有人进来碰到她:"事情是因我而起,你不用管了。"

"跟你没关系,她就是看不惯我。"

"她因为什么看不惯你?"

施甜抬首看了眼纪亦珩的脸:"难道她针对我,还有什么特殊原因吗?"

纪亦珩对上施甜的视线,觉得她脑子真是缺根筋,这么明显的事情还用说吗?"女人,无非就是争风吃醋,不然她为什么总是咬着你不放?"

施甜杏目圆睁,满眼的吃惊。啊?宋玲玲喜欢纪亦珩?她一直以为宋玲玲顶多就是帮季沅清出出气的那种小喽啰罢了,为了讨好季沅清,所以甘当跳梁小丑。难道不是吗?是她理解错了?

真正的原因居然是宋玲玲喜欢纪亦珩!

施甜忙紧靠着纪亦珩的肩膀:"她是不是跟你表白过?"

"没有。"

"还说没有?肯定有!什么时候的事啊?"

电梯门打开了,纪亦珩小心翼翼地拉着她出去:"真的没有。"

"那你怎么知道?"

少年漫不经心地回道:"这是事实,明眼人都能看得出来。"

施甜第一次意识到原来她是这么迟钝的啊,现在看来,季沅清和宋玲玲还是情敌了?

宋玲玲把施甜烫出两个疱后就逃回宿舍了,恐怕她自己都不知道,在纪亦珩眼里,原来她一直在暗恋着他。

她就只是想讨好季沅清,所以替她出面、出头,为的就是以后沾沾季沅清的光。毕竟季沅清是本地的,家里条件又好,以后找份好的工作不是难事。

纪亦珩带着施甜去了附近的医院，这个时间点，只能挂急诊。

医生看了眼伤口，说要好好处理下。纪亦珩坐在施甜的身边，见她盯着她的手看，他伸手将她的脸扳向自己："看我。"

"没事的，只是有一点点痛而已。"

纪亦珩心想着她嘴巴也就这会儿厉害了，等下有她哭喊的时候。

医生拿了酒精过来准备消毒："这水疱怎么破了？以后遇到这种事，最好不要去挤破它。"

纪亦珩有点心虚，这应该是被他一把抓破的。

医生用棉签蘸了酒精，开始在施甜的伤口上消毒，她握紧另一只手掌，牙关紧紧地咬着。医生的每个动作都好像被刻意放慢了，纪亦珩恨不得催着医生赶紧结束。

"既然已经破了，就要将里面的东西都挤出来。"医生说着，又拿了根消过毒的针过来。

施甜额头上都是汗，她深吸口气，抓了下桌沿处。

纪亦珩握住了她的另一只手。从挤压水疱到包扎处理，施甜都没喊一声，看着自己被处理过的伤口，跟医生说了声"谢谢"。

回到纪亦珩家里，饭菜都凉了，施甜看到垃圾桶内塞满了打包盒："这都是你叫的外卖啊？"

"我去热一下。"

施甜这会儿觉得好多了，她帮忙将菜端进厨房。

吃过晚饭，纪亦珩让她去沙发上坐着，他将餐碗都洗好后，这才坐到她身边。

"要不要看电影？"

"不用了，"施甜折腾到现在也累了，"我差不多要回去了。"

纪亦珩打开电视，选了部前不久大火的科幻片。施甜不住地看着时间："那我再待半小时，不能再多了。"

"好。"纪亦珩身子往后轻靠，施甜直挺挺地坐着，他伸手将她往后拉，施甜顺势想要窝在沙发里，却不想竟躺在了纪亦珩的臂弯间。她赶忙要起身，少年拉住了她："就这样。"

258

她没法放轻松，纪亦珩见状，手掌贴着施甜的肩膀，将她往自己怀里带了带。

屋内没有开灯，仅靠着荧屏上的光点缀了视野里的黑，施甜着急回去，没过一会儿便催促出声："好了，我真的要回宿舍了。"

纪亦珩没说话，施甜扭头朝他看去，他双目紧闭，好像是睡着了。

施甜忙喊了他两声："纪亦珩？纪亦珩？"

少年没有作声，施甜想要拉开他的手，但又怕拉他吵醒了。

他今天应该也是出去了一整天吧？所有人都羡慕纪亦珩的生活，却很少有人看到他是在怎样的高压环境下生活的。光是每年数不清的面试和比赛，就足够让一个正常人绷成一张最紧张的弓了。

施甜觉得电视机的光刺得她双眼难受，想将它关了，可她怕起身后就会吵醒纪亦珩。心想算了，闭上眼睛后舒服不少。

纪亦珩睁开眼时，施甜已经睡着了，脑袋靠在他肩头处，整个人软软的、小小的。

少年在她肩膀上轻拍两下，施甜毫无反应。

纪亦珩看了眼她挎在身上的包，伸出手去，将拉链小心地打开，里面就只有一些零碎的东西，并没看到施甜的手机。

纪亦珩手指探进了施甜的口袋，摸到了她的手机，他两根手指稍稍用劲，就将它拿了出来。

他知道施甜的手机密码，纪亦珩输入六位数后，锁着的手机屏幕就打开了。

他率先点开通话记录，看了几眼后，又点进了微信。

施甜没想到手机会被别人看见，也没有删除聊天记录的习惯。纪亦珩将页面往下翻，一下就看到了一条聊天信息。他手指轻点，进入页面，施甜和对方说的那些话就清清楚楚地映入了纪亦珩的眼中。

少年面色肃冷，目光紧紧地盯着那些密密麻麻的字，施甜的惊惶无措和无可奈何，都通过这些文字，被淋漓尽致地体现出来了。对方逼得很紧，明确说了这个月没有多少时间了，让她赶紧凑好钱。

纪亦珩望了眼怀里的人，视线又落到她的手臂上。

十万块钱对于施甜来说，不只是个天文数字，还能在无形中将她给压垮。

纪亦珩从对方说的话中能看得出来，她在意的并不是能不能把钱要回来，而是怎么才能让施甜觉得痛苦，怎么才能让她整天都处在惶恐不安当中。

　　少年五官冷峻，每一道视线也都是冷冷的。

　　他将聊天记录翻到最前面，原来施甜已经给过她一万块钱了。纪亦珩不由得轻叹口气，他手指在施甜的肩头处摩挲几下。

　　施甜是被电视机内的动静声给惊醒的，她一个激灵睁开眼，纪亦珩侧首朝她看看："醒了？"

　　"几点了？"

　　"早呢。"

　　施甜忙将手摸向口袋，掏出手机后看眼时间，都九点多了。

　　"不行，我得马上回去，一会儿宿舍就该关门了。"

　　纪亦珩站起身开灯："我送你。"

　　"不用了，这儿去学校很方便。"

　　纪亦珩拿了外套穿上，在门口的时候还不忘叮嘱她一声："回去后记得别碰水。"

　　"我知道。"

　　施甜打了个哈欠，刚才只不过眯了会儿就觉得好舒服，最近真是太累了。

　　回去的路上，施年晟难得发信息过来，问她电脑有没有买好。

　　施甜心虚，回了两字，说是买了。

　　施年晟没有再问，就让她注意身体，让她在吃东西方面不要太省钱。

　　纪亦珩坐在她边上，睇了眼，终究没有多说什么。

　　周一下午有大课，施甜发信息给纪亦珩，问他下午上什么课。

　　纪亦珩刚从广播室出去，带上门，给她回了消息："我下午有事，要出去一趟。"

　　"好。"

　　施甜看眼窗外，阳光灿烂，花圃紧紧挨着窗户，一人多高的月季已经爬上了窗台。新冒出的绿叶生机勃勃。施甜的眼里看不到这片绿色，如今整片阳光在她眼里都是晦暗的。

　　伤口处还在隐隐作痛，伴随着令人抓狂的痒意，她抓又不敢抓，真是难受极了。

纪亦珩来到跟人约好的咖啡厅内，他推门进去，那个女人的长相他依稀记得，当初看视频的时候他特地多看了两眼。

女人坐在靠窗的位置，看眼时间，拿起手机不耐烦地发了条信息："你到底什么时候到？"

施甜听到手机振动声，拿起来看一眼，心里不由得一惊，什么意思？她并没有说过要见她，就算是给她钱，也是转账，她是一眼都不想见到她的。

纪亦珩走到桌前，径自在女人对面坐下来："你不用找施甜，找你出来的人是我。"

女人放下手机，端详着对面的少年："你是谁？"

"施甜的男朋友。"

坐在纪亦珩对面的人两眼一挤，原本就不大的眼睛眯成了两条缝，她心想，这就是条小狼狗啊，瞧瞧这眼神和气势。

"她怎么没来？"

"她不需要过来。"

"那你找我是为了什么事？"

纪亦珩双手交握，身子微微往前倾，手肘轻抵在了桌沿处："你让施甜还你钱的事，我知道了，我希望这件事能到此结束。"

说话的口气倒不小，女人不住地观察着对面的人。有一种人的气质是从骨子里面散发出来的，他虽然年纪轻轻，但看人的眼神带着一般少年不该有的凛冽，像是恨不得将她全身上下剐一遍。

"欠债还钱天经地义，要不，你替她还？"

"谁欠你的，你找谁去。"

女人冷哼："施年晟避着我，要不然我也不会找到他女儿。"

"你说他欠了你的钱，可有借据？"

"什么意思，你不相信我？"

"我跟你非亲非故，为什么要相信你？"

女人没想到纪亦珩嘴巴这么厉害："你别搞错，现在是你们欠了我的钱，你这口气倒横得很。"

261

"我不是施甜，我不怕你闹，其实她也不用怕，但她还想在这儿上学，这才让你顺着杆一直在往上爬。你跟她爸的事，我们不了解，但我猜也能猜得出来。你在他身上花了钱，如今这样，就是因为不甘心罢了。可一桩买卖，自从开始之日算起，你就应该知道总会有一人赔了，有一人赚了，你赔的就是几个钱，但你该享受的都享受到了。如今再为了这十万块钱抓着别人不放，你就不怕你下一个对象知道了，说你玩不起吗？"

女人的脸色铁青。这哪像是个二十来岁的学生该说的话？她真是被气得胸口要炸开了。

再一看纪亦珩的表情，满满的都是鄙视感，她有的是钱，却不想竟然被个小男生给讽刺成这样。

"我只认一点，他欠了我的钱。"

"腻腻歪歪的时候，是赠予，翻脸不认人的时候，就成了借款？"纪亦珩看了眼女人放在旁边的包，"你不差这十万块钱，你究竟是想要这笔钱，还是想折磨他女儿，借此让他露面呢，就只有你心里最清楚了。"

女人垮着一张脸，原来纪亦珩的眼睛这样毒。她喝了口咖啡，这才镇定自若道："我两个都想要，既想要钱，又想让你的小女朋友难受。"

"那我劝你适可而止。"

女人眉头紧拧："好啊，你想替她出头，那你帮她还钱就是了，我可以给你优惠点。你要实在拿不出来呢，我们也可以商量商量……"

纪亦珩冷冷地泼了她一盆水："施甜的爸爸错就错在饥不择食，我跟他不一样。"

"你！"

"那一万块钱，就当是补偿给你的，至于这后面的钱，你也不要再去问施甜要了。"

女人手指在咖啡杯的杯口处不断轻滑，纪亦珩看在眼里，这样不讲究卫生，真是令人恶心。

"我要是不答应呢？"

"你也有自己的生活圈子，你就不怕闹大了，你家里人有话说吗？还有你的亲戚朋友，你就一点不介意他们的眼光？"

女人闻言，夸张地笑出声来，他还是太嫩啊："我实话跟你说吧，我跟我老公各玩各的,我的事他都知道,他只要每个月定期给我钱,他的事,我也不管。怎么样,你还要用谁来威胁我?"

这话实在是震碎了纪亦珩的三观,婚姻最终走到了这一步,实在是悲哀。

女人见他一语不发,便得意扬扬起来:"所以,我没什么好怕的,你就算找到我老公,跟他说了,我也不怕。"

"那你的一双儿女呢?"

女人嘴角处微僵:"你连我家庭成员都调查清楚了?"

"名存实亡的婚姻,为的就是保护两个孩子吧?你女儿在上高中,即将高考,我可以去她学校找她的。"

女人面上的神色唰地变了,纪亦珩继续说道:"你儿子已经大学毕业,可能影响不大,但是这种事要被他知道……反正换了我,我是接受不了的。"

纪亦珩一脚踩在了女人的痛处,施甜战战兢兢地不敢反抗,是因为她害怕,可是纪亦珩什么都不怕,哪怕闹翻天了,他也是不在乎的。

女人脸皮在发抖,气得真真是不轻:"那个小丫头,身后一堆烂摊子,你跟她好,你图什么?"

"当然是图她这个人。"

"她爸烂人一个,她能好到哪里去?"

"这话轮不到你来说。"纪亦珩拿起旁边的背包,从里面拿出支笔,又从一个本子上撕了张纸,他寥寥写了几笔过后,将纸递给女人。

对方看了眼,目光猛地抬起,眼里装满戒备。

"这是你女儿的手机号吧?"

"你从哪儿得到的?"

"要想查清楚,不难。"

女人将手里的纸揉成一团:"几万块钱而已,我不放在眼里。"

"是,看得出来。"

她将纸放到自己的包里:"你把你的手机号码留给我。"

纪亦珩冷冷地盯着对面的那张老脸:"有个问题,我不明白。"

"你说。"

"你上次到学校已经来闹过了，你要觉得不甘心，那会儿就不应该放过施甜，为什么隔了这么久，你会想出这一招？"

女人嘴角的笑意轻敛，总觉得这个少年像是长了一双透视眼。

"是你们学校的一个女生教我的。"

纪亦珩眼角处轻跳了下："哪个女生？"

"我也不认识。"

"你把她的联系方式给我。"

女人手指在桌上轻敲两下："那好啊，用你的来交换。"

纪亦珩视线对上了女人眼底的笑意，她这样的人，早就没皮没脸了，所以看人的眼光都不用遮拦。她肆无忌惮地盯着纪亦珩，纪亦珩这样的皮相，这样的年龄，每一寸张扬的青春都在激发着女人心底的蠢蠢欲动。

纪亦珩被盯得全身都难受起来，好像有一千只一万只蚂蚁在爬。

他朝女人伸出手，对方也明白他的意思，将解了锁的手机交到纪亦珩手里。

少年在屏幕上按出一串数字，然后点了下通话键，直到自己的手机铃声响起，他这才挂断。

"给我，我给你找。"女人朝纪亦珩伸手。

他将手机放到桌上，推了过去，女人找出纪亦珩要的那个号码，然后通过短信发给他。

少年双手交握着，却没有看边上的手机一眼。

"那个女生是自愿帮我的，你说我这样出卖她，是不是不太好？"

她要真有这样的善念，会做得出这种事吗？

纪亦珩把手指在手背上点了好几下，随着动作的落定，总算开了口："手机借我下。"

"你做什么？"

"你跟她通过电话吗？"

女人轻点下头，似乎对这个美少年毫无抵御力，将手机递了过去。

纪亦珩直接拨通了那个号码，他心里其实已经有了怀疑的人，脑子里第一个就想到了宋玲玲。

季沅清也是聪明的，她不会用自己的手机号码联系这个女人。家里的

264

阿姨无意中说起电信赠送了一张卡给她，但又没什么用，季沉清听到后，直接问她要了过来。

这个号码，她就连宋玲玲都没告诉，所以只要稍稍小心一点，谁都查不到她身上。

女人的电话打过来时，正好是下课时间，她没有多想，起身走到教室外面。

她来到走廊的尽头处，接了电话："喂。"

纪亦珩眉头轻挑，没说话。

季沉清又喂了声："你打电话给我做什么？是有急事吗？"

少年放下手机，将通话挂断了。他对声音向来是敏感的，只要是他听过的，一般就不会认错。

这不是宋玲玲，是季沉清，纪亦珩将手机还给了女人。

"我该说的都说清楚了，希望你已经牢牢记在了心里。"纪亦珩拿起旁边的背包起身。

女人抬起视线看他："好，我记在心里了，你别去找我女儿，要找的话……你来找我。"

少年头也不回地离开，刚推开咖啡馆的门，手机就响了。

他拿起来一看，是个陌生号码。

纪亦珩往前走了几步，看到有个手机营业厅。他推门走了进去，让里面的工作人员将其中一张卡拿出来，丢在了旁边的垃圾桶内。

他大可以将女人的号码屏蔽掉，但是他不要，这串数字被她知道了，他觉得恶心，情愿麻烦点再去办张卡。

季沉清盯着手机屏幕，心里稍有不安，她没有回电话，而是发了条信息过去。

"你找我有事？"

女人还坐在咖啡馆内，看到信息时，刚点了一支烟。

服务员走过来，抱歉地朝她看眼："不好意思，这儿禁止吸烟。"

女人点下头："我这就走了。"

她拿了包起身，手里还夹了那根烟，走到咖啡馆外面，这才给季沉清回了消息："没事，不小心按到了而已。"

现在这些小姑娘都不简单，要不是有别的目的，为什么帮她出主意呢？学生之间别的利益冲突不大，八成就是抢男友，她还想进去插一脚呢。再说事已至此，季沉清对她来说已经没什么用了，她没理由还要给她通风报信的。

施甜忐忑了许久，不过那女人没再联系过她，她也便没有去回那女人。

晚上，还要去奶茶店兼职，施甜回了趟宿舍把书放下后，就过去了。

女生宿舍内，宋玲玲坐在桌前，双手插在兜里，任凭季沉清怎么说，她都不肯去。

"纪亦珩请客，都说了学生会每个人都要去，你确定你不去？"

宋玲玲满脸的为难之色："沉清，你说他让我们过去，会有好事吗？请客的地方还是在施甜打工的店里，我那天把她手臂都烫出水疱了，他肯定是来兴师问罪的。"

这一点，季沉清也猜到了："你以为你躲着就行了吗？这事是必须要道了歉才能过去的。"

"纪亦珩不会放过我的。"

"你傻啊，今天这么多人呢，学生会的人都在，你当面跟施甜道个歉这事就完了，纪亦珩不会太为难你。"

宋玲玲闻言，有些犹豫："真的吗？"

"你还不相信我吗？"

宋玲玲思虑再三，这才点头。

金哲和徐洋过来的时候，施甜还挺吃惊的。纪亦珩请了学生会的人，却不是在群里通知的，所以她压根不知情。

她走出操作台："你们怎么来了？"

"不光我们，后面还有一群人呢。"金哲话语落定，施甜看到纪亦珩推开了门也进来了，后面跟了不少人。

老板娘热情地上前打招呼："请问需要点些什么吗？"

金哲走过去，看了眼悬挂在收银台上方的菜单："这儿吃的还不少呢。"

"对，我们店里有各种小吃，炭烤鸡翅和酸辣粉是招牌。"

266

徐洋帮忙将店内的几个桌子并拢到一起："老板娘，我们今天包场了，不过你生意照做，就是不能让人堂食了。"

"好嘞，没问题。"

施甜走到纪亦珩身边，轻拉下他的衣袖，轻声嘟囔："今天是你生日。"

纪亦珩冲她轻扬起嘴角："我知道。"

她原本想着今天早点下班，陪他过个生日的。施甜拉着他的衣袖没有松开："我跟老板娘都请好假了。"

"我一会儿等你下班。"

施甜见人都坐下来了，只得赶紧回到收银台跟前去帮老板娘的忙。

季沅清和宋玲玲是最后到的，推门进来时，老板娘走过去接待："是一起的吗？"

"是。"

施甜正忙着打单，金哲跟徐洋负责点吃的。徐洋侧靠着收银台，看到两人经过，还不忘招招手："季大美女，怎么才来啊？快来看看吃什么。"

季沅清看到了施甜，宋玲玲着急走过去，季沅清拉也拉不住她。

"你们点吧，我反正也不饿。"

"今天大神请客，你们这么客气干吗？"金哲说完，又加了几杯果茶。

宋玲玲来到人群中，还有两个空位是留给她和季沅清的，可她干站着没敢坐。

季沅清走到纪亦珩跟前，面上的笑意犹如在春风中浸润过一般："祝你生日快乐。"

纪亦珩轻点下头："谢谢。"

她将背在身上的包拿下来，又从里面拿出一个长方形的礼盒，递给纪亦珩："送你的。"

少年睬了眼，没有接，旁边有人起哄道："完了，我们都没准备礼物啊，一会儿是不是连东西都没的吃了？"

季沅清嘴角轻扬了下："不贵重的，收着吧，就是支钢笔而已。"

施甜盯着那个方向，金哲的目光顺着望过去："季沅清还真是死心不改啊，又开始撩拨了。"

徐洋冲施甜眨了眨眼睛："这个时候你应该冲过去。"

267

冲过去干什么？宣告主权吗？还是拿出一个更加贵重的礼物？施甜轻压下眼帘："炭烤鸡翅可以多来几对，真是我们店的招牌。"

纪亦珩拉开椅子，没有拿季沅清的东西："我不收礼物，就纯粹请大家吃点东西罢了。"

他不拿，季沅清的脸上肯定挂不住。

以往这个时候，宋玲玲是蹦跶得最起劲的，但她今天就跟没了气的皮球似的。边上另一个学生会的成员从季沅清手里拿过了礼盒，打开一看："哇，季部长果然舍得啊，这钢笔可价格不菲啊。"

季沅清忙将东西拿了回去："哪有，一点小心意。"

纪亦珩压根没有接受的意思。季沅清站在他边上，小声道："你都请我们吃东西了，我送个礼物给你也是应该的。"

"请你们到这儿来，是因为我女朋友在这儿兼职，带你们认认地方，好让你们以后多关照生意的。"纪亦珩说完，起身朝着施甜的方向走去。

季沅清的手还伸在半空中，纪亦珩连个台阶都不给她下。

王曾站出来打圆场："他这是替我们省钱呢，知道我们平时饭都快吃不起了，他要收了你的东西，我们肯定也得准备着。这个风气确实不好，对吧？"

季沅清还能怎么说？脸都被打疼了，难道还要追过去，将另外半边脸送给施甜再打一打吗？

纪亦珩走到收银台前："都点好了吗？"

"差不多了。"施甜将单子打出来，递给他。

少年看也没看："我帮你。"

"帮我什么？你又不会做。"

"那我在这儿等，你做好了叫我。"

老板娘从冰箱里拿出食材，自从施甜的手受伤后，她除非自己实在忙不过来，要不然就不会让施甜靠近操作台。

施甜转身开始做果茶，纪亦珩拿起单子看了眼："这都谁点的？"

"怎么了？"金哲凑近，以为哪里点错了。

"都点不一样的干什么？做起来多麻烦。"

施甜忙转身冲他说道："不麻烦，这个很快的。"

在纪亦珩看来，点一样的最好，直接用个大桶分一分就好了。金哲点单，肯定是询问了每个人的意见的，所以说自己的女朋友只有自己心疼，这话一点不假。

施甜动作熟练了不少，她将先做好的几杯奶茶放到桌上，准备送过去。

纪亦珩拿了旁边的托盘，又拿了好几根吸管："你忙吧，这边交给我就行了。"

"你去坐着吧。"

他端了托盘过去，将奶茶都放到桌上："这些都是谁的？"

"我的红眼豆豆，我的芋香奶茶……"

不大的店内挤满了人，施甜继续忙着做茶饮，老板娘将做好的小吃也送了过来。

季沉清心里不是滋味，宋玲玲忐忑得连东西都不敢吃，她知道施甜手受伤的事恐怕不会这么轻易过去的。纪亦珩忙前忙后，就好像是在自家店里一样，等东西都上齐后，纪亦珩冲老板娘说道："能不能让施甜跟我过去坐会儿？"

"当然可以，赶紧去吧。"

"我还要上班呢。"

纪亦珩搂住她的肩膀。她个头本来就不高，被他这么一抱，她连挣扎的力气都没了，只能踩着碎步跟着他往前走。

除了纪亦珩之前坐的那张沙发椅外，已经没有空位了，少年将她按坐在椅子上，他身子轻弯，就靠着施甜身侧坐在了沙发的扶手上。

"来来来，让我们干杯，祝纪大神生日快乐。"

王曾端起奶茶杯，纪亦珩拿了杯枙果汁递给施甜，她跟着抬起手臂。

大家的杯子都碰到了一起，季沉清心情复杂，她对纪亦珩的心思怕是没几个人不知道，她想尽一切办法要跟纪亦珩走近，可最终却也没能够站到他身边。

施甜喝了口枙果汁，将杯子放到桌上。纪亦珩拉过她的手臂，语气温柔缱绻："手上的伤没事了吧？"

"没有大碍了。"

"手怎么会受伤？"徐洋问了句。

269

纪亦珩没有答话，施甜总不能说是她自己弄的吧？少年将她的袖子往上推，好在已经结痂了，不过看在眼里却有好几个深褐色的印子。纪亦珩抬起她的手臂，在她的伤口上吹了下。

施甜脸红了，忙要将手抽回去，这是干吗呢？

纪亦珩握紧了她的手腕不松开，宋玲玲急得背上渗出了冷汗，季沅清偷偷踢了她一脚。

宋玲玲没法子，只好站起来："施甜，那天的事对不起，我不是故意的，害你受了伤……真、真是不好意思啊。"

少年拉着施甜的手，将她的手放到他腿上。施甜手指头僵硬得都不敢动一下，掌心里都能感觉到纪亦珩腿部的肌肉。

纪亦珩视线定格在宋玲玲脸上："哦，你弄的啊？"

"我真不是故意的。"

"在这里弄的？"

"是……"

纪亦珩语气重了不少："这是被滚烫的油给烫的，你不进操作间，会出这样的事？"

宋玲玲哑口无言，手攥着衣角说不出话。金哲眉头紧拧了下："有没有搞错，宋玲玲？你算老几啊，欺负人也不睁眼看看清楚你欺负到谁头上了！"

众人面面相觑，都不知道发生了什么事。

季沅清沉着口气，宋玲玲还是识相的："真对不起。"

纪亦珩扭头看向施甜："你原谅她吗？"

原谅个鬼啊，她痛了几天几夜的。

"要不你也让我在你手上烫几个疱出来吧？"

宋玲玲赶紧摇头："我那天也没想到会害得你这样，我真是无心的。"

纪亦珩手指在施甜的伤疤上摩挲，她这会儿不觉得痛了，就是痒，他这动作反反复复的，弄得她舒服极了。

这么多人都看着呢，施甜是不想就此罢休的。但她看到了王曾他们的眼神，这里面的含义太明显了，就是说她狐假虎威，自己没什么本事，光靠着纪亦珩出头了。

施甜小眼神一瞄，就知道他们想什么了。

宋玲玲吸了吸鼻子，好像要哭出来的样子："我真不是故意的，让你烫了手臂后，我几天几夜没睡好觉呢。"

季沅清闻言，拿了张餐巾纸递给宋玲玲，宋玲玲接过手后就擦上了。

"好了，"施甜这时候也得适可而止，秋后算账的机会多的是呢，"你说你不是故意的，我也不能拿你怎样，以后记得注意点。"

"好。"宋玲玲生怕纪亦珩还要说她，赶紧坐了回去。

季沅清皱着眉头并未松开，她可不认为纪亦珩是这么好糊弄的人。

施甜的手还放在少年的腿上，他一下下摸着她的手背，也不知道在想什么。

徐洋都看不过去了，这是在刺激他们这些单身狗呢？

门口传来"欢迎光临"的声音，送外卖的小伙子风风火火进来了："施甜在不在？你订的蛋糕到了。"

施甜心里咯噔下，怎么早不送晚不送，偏偏这个时候来了？她就订了个六寸的小蛋糕，这是她能为纪亦珩买得起的唯一的礼物了。

施甜站起身，小着声道："是我的。"

宋玲玲看到外卖员手里提了个小小的蛋糕，一看就不是什么气派的连锁店做的。她嘴唇嚅动下，不过碍于纪亦珩在场，还是将话憋了回去。

外卖员要将蛋糕送过来，施甜几步过去："给我吧。"

"签收下。"

"好。"

有人朝施甜的方向看了眼："哟，还有蛋糕吃，拿过来给我们分分吧。"

施甜看了眼手里的蛋糕盒子，这小小的六寸，也就够在场的人每人吃一口。

纪亦珩视线扫过去，停留在说话人的脸上。对方还没意识到说错什么话呢，就看到纪亦珩起身走到了施甜的身边，他推了下她的肩膀："把蛋糕藏好，一会儿我们拎回家吃。"

施甜求之不得，赶紧将蛋糕放到了店里的冰箱内。

季沅清听到了纪亦珩那句话里的重点，他说了他们回家，是回纪亦珩的家吗？

王曾笑着拿起手边的奶茶："那我们赶紧吃吧，一会儿别耽误了人家的二人世界。"

边上的这些人，脑袋瓜子都是聪明的，之前也就宋玲玲会起劲地追问施甜送什么，这下宋玲玲都蔫了，谁还敢冒头？

纪亦珩带了施甜回到先前的座位上，一帮人吹着牛，吃着东西，纪亦珩还让金哲去添了不少吃的。

眼看时间挺晚了，纪亦珩让徐洋他们先回去。

季沅清一刻也不想多待，拿起包站了起来。

"等等，"纪亦珩开口唤住她，他视线随后落到宋玲玲的脸上，"你们两个稍微留会儿。"

宋玲玲两条腿都僵住了，这一看就是还要找她算账。

其余诸人见状，赶紧离开了，徐洋走到外面后，将门带上。

季沅清面色如常，嘴角微微上扬，不像宋玲玲那样紧张："让我们留下来是有什么事吗？"

"之前有人到女生宿舍门口闹，被拍下来的视频，是不是你传到校园网站上去的？"

宋玲玲接触到纪亦珩的目光，不敢否认。季沅清偷偷看了眼少年的脸色，空气忽然凝滞住，宋玲玲闭紧了唇瓣没开口。

"后来，你又跟那个女人联系上了，是吗？"

宋玲玲闻言，连忙摆手："没有，我没有联系她。"

"有人给她出了主意，让她来找施甜要钱。你问她要过手机号码吧？"

施甜听到这儿，猛地抬下头，很明显纪亦珩已经知道了那件事。听他话里的意思，这事还是宋玲玲一手策划的？

宋玲玲完全不知情，她是要过号码，但没派上什么用场啊："我真的不知道，你说的事情跟我没关系。"

"我见过她，她说是我们学校的一个女生给她出的主意。"

季沅清后背爬上了层鸡皮疙瘩，纪亦珩居然见过那个女人？

她想到了今天接到的那个电话，难不成也是跟纪亦珩有关吗？

季沅清强自镇定，就算是，那又怎样？谁都不会知道这号码是她的，一定查不到她身上的。

宋玲玲觉得真是冤枉啊："视频是我发的，但后面的事统统跟我没关系，我也没有见过她。"

"是吗？"纪亦珩话锋一转，连口气也稍稍变了，"季沅清，这事，你怎么看？"

季沅清的心怦怦地跳着，一颗心好像已经卡到了她的嗓子眼。她必须想好下一步怎么走才行，要不然很容易会被纪亦珩看出端倪。宋玲玲拉了拉她的手臂，想让她替自己说两句话，毕竟她们整天腻在一起，自己要真做了什么，季沅清肯定知道。

但季沅清这个时候就怕是自身难保，她抿紧了唇瓣不敢开口。

宋玲玲不住推着季沅清的手臂，季沅清有些恼了，这不是引着那把火要往她身上烧吗？

"这种事，我不知道的。"

"沅清，你怎么这样说话啊？"宋玲玲原本以为她会帮帮自己的。

施甜想到这一个多月以来的煎熬，就在刚才，还在出神地想着怎么去凑钱的事。

"宋玲玲，你是有多恨我，才会这样一次次地来害我？"

"我说了，不是我。"宋玲玲真是有口难辩，"我真没有。"

"你是不是问她要了号码？"纪亦珩思路清晰，最擅长攻心术。

宋玲玲急得咽了下口水："我是要过，但我没有给她打过。"

季沅清手指轻掐着自己的手背，听到纪亦珩冷笑一声："你这话说出来，你觉得我会相信吗？"

"我真没有，"宋玲玲唯一能求助的人，也就只有季沅清了，"沅清，你帮我证明下啊，我是不是没有打过那个电话？"

季沅清的脸色越来越难看，这宋玲玲真是蠢钝如猪。她将手臂挣脱开："我想玲玲不至于会做这样的事。"

"那你这个号码，有没有给过别人？"

宋玲玲下意识地摇头。她拿号码只是为了讨好季沅清，季沅清说她不要，她就不管它了啊。

宋玲玲的视线忽然落到季沅清脸上，这么一想，那号码也就她们两个看过。

"给她了？"纪亦珩的目光随之落向季沅清。

季沅清一惊，肯定要反驳："什么时候给了我的？"

宋玲玲也说不准了，毕竟这事真要落到她头上的话，纪亦珩以后还能放过她吗？"我是给沅清看过，但她没有记下来。"

"季部长的记性应该是不错的吧？想要记个号码下来，不难，是吧？"季沅清听出来了，纪亦珩这就是在给她设圈，要让她跳呢。

她轻咬下牙关，眼帘轻垂，盯着自己的手："我记它做什么？纪亦珩，你为了施甜可真是大动干戈。"

"是啊，为了她，当然不惜大动干戈。"

施甜坐在边上，少年的一字一语铿锵有力："我就是搞不懂，你为了她费尽心思，又是为什么呢？"

季沅清看到纪亦珩的脸色彻底冷下去，连一点点伪装都懒得摆出来了。

"我不懂你这话什么意思。"

"给那个女人打电话的人是你，在背后给她出主意的人也是你。"

宋玲玲吃惊不已："沅清？"

季沅清这个时候要不反抗的话，就没机会了，她语气焦急地开口道："怎么会跟我有关呢？你真的搞错了。"

她看了眼边上的宋玲玲，一把握紧宋玲玲的手腕："玲玲，是不是你做了糊涂事啊？我知道你一直护着我、为我好，但这种事不能做啊……"

宋玲玲也蒙了："我没有啊。"

"总之，就是你们中间的一人。"纪亦珩不紧不慢地道。

宋玲玲虽然也怀疑季沅清，但觉得应该不至于。她只能为自己辩解："我每天都在学校，跟我同进同出的朋友都能证明。"

"玲玲，我之前就劝过你的，有些事不要做、不要碰……"

季沅清这话，分明是要将这事按死在她头上。宋玲玲百口莫辩："我没有！"

纪亦珩轻勾了下嘴角："季沅清，我今天给你打过电话的，你应该知道吧？"

她心里虽然有了这个准备，但神色还是没法自然地表现出来："是吗？什、什么时候？"

"当时，我就跟那人在一起，我是用她的手机给你打的电话。你虽然换了另一个号码联系她，但是你的声音我听得出来。你不必不承认，我对声音的敏感度我自己清楚，绝不会冤枉你的。"

季沅清唇瓣颤抖。身边的宋玲玲难以置信地盯着她，心想，枉自己平日里什么事都为她考虑周全，却不想到了这种时候，她一点不顾及朋友之情，居然将自己拉出来当挡箭牌。

"沅清，你怎么能这样？"

季沅清的脸色难看到极点，施甜插不上话，心里却是万般滋味。

纪亦珩背着她找到了那人，还见了面，甚至还把季沅清给揪出来了。那也就是说，她这些日子以来经历了什么，他全都知道。

宋玲玲觉得自己现在就像个傻子一样，季沅清背着她偷偷联系那个女人，还把脏水往她身上泼，她以前怎么没发现她这么可怕呢？她使劲推了把季沅清，季沅清狼狈得差点连同椅子一起摔倒，宋玲玲站起身后快步离开了。

季沅清理了理头发："欠债还钱，天经地义吧？"

施甜想要开口，纪亦珩伸手握住了她的左手，随后在她手背上轻拍两下。

"这钱要真是施甜欠的，还有我呢，怎么都轮不到你操心。"

季沅清手抑制不住地抖，今天原来是鸿门宴吗？就为了让她难堪而来的："是，你有钱，她身后的无底洞你能填……"

"就算真是无底洞，我也要试一试。施甜不像你，你从小家境优裕，受了最好的教育，衣食无忧，不管是谁要能跟你在一起，那就是鹏程万里。可是季沅清，我不喜欢你，你哪怕再好，在我眼里都是再普通不过的一个人。"

施甜作为旁观者来说，听得那叫一个心花怒放；但对于季沅清来说，纪亦珩的每个字都像是把刀子似的，一道道狠狠地剜割在她心上。

她没有跟纪亦珩当面表白过，却被他看穿了心思。他字字带刺，将她按进了尘埃中，怕是这辈子都别想抬头了。

季沅清喉结轻滚了下，但她被纪亦珩逼到了绝境，已经说不出话了。

"所以，季沅清……以后别再找施甜的麻烦，不要将感情浪费在一个不喜欢你，甚至是厌恶你的人身上。"

季沅清倒吸口冷气，眼眶一下红了，鼻子酸涩得厉害。

"我虽然看不上你，但依你的条件，你大可以找到一个不错的人，只不过我奉劝你一句，做人简单点好。"

"简单？"季沅清看了眼纪亦珩身旁的施甜，"像她这样吗？"

"是。"

"她仗着有你撑腰，在学生会里还不够猖狂吗？"

纪亦珩身子往后轻靠下，脸色冷冷的，眼神也是冷冷的："你还没有我给你撑腰，你怎么就能猖狂成那样呢？"

不把她的脸碾在地上，她看来是不知道"狂"字怎么写了。

季沅清毕竟是个女孩子，又一心爱慕纪亦珩，哪禁得住这样的话？施甜见她匆匆拿了包起身，泪水从眼眶里涌出来，哭着就跑开了。

季沅清一把将门推开，逃也似的走了。

施甜嘴唇动了动："她……"

"她什么她，你自己的问题一大堆，还不老实交代？"

施甜闭紧嘴巴不说话，纪亦珩抬手敲了下她的脑袋："再有这样的事，你还要瞒着我吗？"

"不瞒着了。"

"记着你自己说过的话。"

施甜摸了摸前额处，纪亦珩将她的手拉下来："以后不用再给她钱了，直接把她拉黑了吧。"

"你……你不会拿钱出来了吧？"

"你以为我跟你一样傻，我自有办法。"

施甜出神地盯着跟前的少年，明明她和他岁数一般大，怎么在她这儿如此棘手的事，到了他手里却能轻易化解呢？

真是神一般的存在。

"你都知道季沅清的事了，一开始怎么不说明白啊，还去诓宋玲玲？"

"这两人凑在一起就没有好事，我现在也算是一竿子将她们打散了。

你说吧，你服不服？"

施甜嘴角不由得笑开，真是太服气了。

季沅清为求自保，想要将这件事推到宋玲玲身上，宋玲玲只要不傻，就应该不会再跟她玩到一起。

"纪亦珩，我感觉我就是你的小麻烦。"

"小麻烦挺好的呀，我还挺喜欢带着个小麻烦四处走的。"

施甜明明在说一个很严肃的问题，她轻拉了下纪亦珩的袖子："季沅清说得没错，我爸有可能就是个无底洞。"

"但你不是。"

纪亦珩抬手，食指轻轻在她脸庞上打着圈："从明天开始，吃饭都要跟着我。"

"你怕我没钱用吗？"施甜感觉脸颊处痒痒的，又舍不得将他的手拉下去，"老板娘给我发工资了，我原本是留着准备还钱的，既然现在不用了，就有钱了。"

"那好，你今天什么时候下班？"

"我跟老板娘去说一声，你等我下。"施甜起身走到了收银台前，老板娘痛快地发了话，让她赶紧回去。她取了蛋糕后拉着纪亦珩离开了。

方才施甜和纪亦珩都没吃多少东西，她挽住纪亦珩的手臂："我请你吃晚饭。"

"还吃得下呢？"

"我都没吃两口，今天是你生日，我请你吃大餐。"

纪亦珩从她手里接过蛋糕："我不想在外面吃。"

"那回家做？"

"叫外卖吧。"

"不行，"施甜看他吃外卖都要吃傻了，"我们去超市，我可以尝试着煎牛排给你吃，我还会煮面呢。"

纪亦珩看她兴致勃勃的，自然就妥协听她的了。

第十二章　差点被逮住

　　两人去了趟生鲜超市，买了些牛排和意面，再买了些水果。到纪亦珩家里时还不算晚，牛排都是现成的，只要煎一下就好。

　　施甜在厨房忙碌，纪亦珩倚在门口处看她。她趁着小火煎牛排的间隙，转身看向纪亦珩："我都没有给你准备礼物。"

　　"不是有蛋糕了吗？"

　　"那不能算……"施甜自己都不好意思，"你喜欢什么？我一会儿准备还来得及。"

　　"我喜欢你。"

　　这猝不及防的声线中带着些许小小的撩动，施甜脸发烫，居然都找不出话去回应他。纪亦珩朝她招下手，施甜犹犹豫豫地上前，少年看了眼，一把将她拽到怀里。

　　"牛排都要焦掉了。"

　　纪亦珩充耳不闻，他俯身将脸埋在施甜颈间。她感觉耳朵边上有热风吹过，甚至来不及做出基本的反应，纪亦珩的唇就落在了她耳垂上。

　　施甜缩起脖子，心跳漏跳了一拍，身体涌起种难以言说的异样感觉。她全身轻飘飘的好像飘在半空中，两条腿没有站在地面上的踏实感。纪亦珩的呼吸一轻一重，喘息声是近距离隔着她的耳膜往里面钻的。施甜听到了自己的心在怦怦跳，觉得身体就像是绷紧的弦，随时都有可能要断开。

她伸手用力地推在纪亦珩身前，将他推开。施甜转身去看火，将牛排翻面："都要焦掉了。"

"没事，你做的就算是焦了我也爱吃。"

施甜两只耳朵还是烫烫的，转身去推纪亦珩，直到将他推进了餐厅。

他手一抬想要拉住她的手臂，施甜忙退回了厨房："你别过来了，油烟味重。"

纪亦珩将桌上的蛋糕拆开，店家送了包蜡烛，他也没管里面有多少根，全部插在了上面。

施甜端了盘子出来。纪亦珩将蛋糕上的蜡烛点上，关了灯，两人面对面坐下来。

"我给你唱生日歌吧。"

"好。"

施甜双手合十，两眼微闭，满脸都是认真的模样。纪亦珩透过烛光看着她。

"祝你生日快乐，祝你生日快乐……"

一遍唱完后，纪亦珩准备吹蜡烛，施甜忙出声制止："英文版还要来一遍呢，你急什么啊？"

纪亦珩手掌轻按在前额处，施甜直到唱完了英文版的生日歌，她这才让他许愿吹蜡烛。

少年做了个许愿的样子，然后将蜡烛吹熄。

他起身把灯打开，看到施甜正一脸好奇地盯着他问："许了什么愿啊？"

"不是不能说吗？说出来就不灵了。"

他还相信这样的话呢，施甜不死心："那跟我有关吗？"

"保密。"

哼，小气。

纪亦珩切了块大大的蛋糕给她，施甜看了眼桌上的牛排和意面："今天真应该在外面吃的，我感觉我的牛排也没做好。"

纪亦珩切了一小块放到嘴里："很好吃。"

279

"你就哄我吧。"

"能把你哄高兴了，我也高兴。"

施甜羞得不行，忙低下头吃起来。

半晌后，施甜憋了一路的话还是问出来了："纪亦珩，你到底用什么办法让那人善罢甘休的？"

"人都有羞耻心，你以为她不在乎，只是没有找到她在乎的人而已。施甜，以后再有这样的事，不要单枪匹马地上。"

施甜轻挑着盘里的意面："我没脸跟你说。"

她柔软而脆弱的一面终究会藏不住，纪亦珩不想跟她长篇阔论地讲道理，那样只会让她更敏感："你的脸不是在这儿吗？"

纪亦珩伸手捏住了她的脸颊，将她那块肉往上提了提，痛得施甜忙要抓他的手。

"我跟你在一起的时候，不是不知道你家的情况，所以你心里的担忧以及那些还没有说出来的想法，都是不存在的。"

施甜定定地看着他，纪亦珩再用力一捏，痛得她哇哇叫。

"听清楚了吗？"

"清楚了，清楚了。"

少年手一松："兼职的活还是辞了吧。"

"让我干完这个学期吧，老板娘说下学期她的店要搬到商业街去，我要是这会儿辞职了，她还要重新招人，重新培训。"

"不辛苦吗？"

"还好了，我以后让她少排些班。"

纪亦珩轻点下头，没再说什么。

吃过晚饭，施甜想收拾下，纪亦珩没让她动："一会儿我来洗。"

"你过生日，你爸妈没让你回去吗？"

"我妈一早就打过电话了，我说明天回家过。"

施甜在沙发上坐定下来，纪亦珩拿了电视遥控器在调台："看什么？"

"选个电影看看吧。"

纪亦珩点开电影频道，选好了片子后将遥控器放到桌上："我去冲个澡，等我会儿。"

"啊？"施甜这脑思维跟不上啊，"洗澡干吗？"

"天气热了，刚吃东西也出了汗，浑身难受。"纪亦珩说着站起身。施甜跟着站了起来："等我回去你再洗吧。"

怪尴尬的，气氛也挺奇怪的。

"一会儿就好。"纪亦珩受不了身上黏黏的，快步去了浴室。

施甜差点脱口而出让他别忘了拿内裤，省得一会儿又要叫她。

她在沙发上坐了会儿，却是坐立难安，手也不知道要摆在哪儿。听着水声钻到耳朵里，要不她现在溜走吧？

可纪亦珩又没说要干吗，他在自己家洗个澡罢了，难道她要这么没出息地被吓跑吗？

他果然就是简单粗暴地冲洗下，出来的时候头发上还在滴水。纪亦珩穿了身居家服，站在走廊上，弯着腰在擦头发。

施甜清了清嗓子："我先回去了。"

"不是还早吗？"

"不早了吧？我回去还要看看书什么的。"

纪亦珩甩了下手里的毛巾，走过去在施甜身边坐下来。他身上夹杂着沐浴露和洗发水的香气，施甜的呼吸变得潮潮的。少年两条修长的腿分开，它们被包裹在宽大的裤腿内，可腿部的肌肉线条依旧若隐若现。

施甜喉结轻咽了下，不知道怎么了，忽然觉得好渴，喝很多水都解决不了的渴。

"再坐会儿。"

施甜听着纪亦珩的嗓音，感觉不对，好像有些沙哑，这让她想起了他方才亲吻她耳垂时的模样。她站起身从他身前经过，纪亦珩伸手拽住了她的手腕："去哪儿？"

"我看过时间了，九点多啦。"

她脚步往前迈，身子却并未跟着向前。施甜被一股力道往后拉拽，她没有站稳，人先是坐在了纪亦珩腿上，等意识到这点后，她身子往后倒，想要摆脱这尴尬，却没想到纪亦珩竟起身压了上来。

这简直要吓死她了，施甜身上重得不行："你……你干吗？"

纪亦珩吻住她的唇瓣，他身上的香气扑鼻而来，少年的手带着凉意落在她腰际，他的手和她的肌肤之间就隔了层薄薄的布料。施甜浑身战栗，这次跟之前的几次都不一样，她把身子缩成一团，紧张到每个细胞都要爆炸。

纪亦珩的吻比以往都要深入，施甜羞得不知道怎么回应。他的手好像是动了下，等到施甜再有反应时，他的掌心已经紧贴在了她的腰上。

手在他肩上敲了好几下，施甜心想完了，纪亦珩这不是冲动了吧？

她好不容易将脸别开些："纪……"

纪亦珩找到她的唇瓣，再度封住。

门口陡然传来一阵异动，纪亦珩熟悉这声音，知道是什么意思。

外面还有人在自言自语："难道我指纹又失灵了？这锁一点不好。"

纪亦珩看了眼怀里的施甜，坐起身，就听到门铃声传了进来："珩珩，开门，我是妈妈。"

施甜噌地坐起来，急急忙忙去找拖鞋，好不容易穿好后，却又不知道该躲在哪里。

纪亦珩拉住她的手："躲什么？"

她做了个嘘的动作，完了完了，今天要被堵在屋里了。施甜急得满头大汗，门铃还在卖力地叫唤。

"珩珩！"

施甜忙压低嗓音问他："怎么办啊？"

"正好，我介绍你们认识。"纪亦珩说完这话，就要去开门。

施甜吓得忙拉住他的手臂："这可不行啊。"

她可不想她和纪亦珩的家人是这样碰上面的，这大晚上的她还留在他家，这印象分总归是要大打折扣的。

"我妈人很好……"

纪亦珩抓都抓不住她，就看到施甜快步朝屋里跑去。手指抓了下浓密的头发，他起身走到门口。

纪亦珩将门打开，外面的人等得有些不耐烦了："我以为你不在家呢。"

"我在看电视，没听到。"

俞临慧走进屋内，纪亦珩伸手将门带上。她走进餐厅，一眼看到了餐桌上的蛋糕和餐盘。

"你有客人？"

纪亦珩这下反而不好说了，施甜非要躲，倒搞得他们好像真见不得人一样。

他应该揪着她，就大大方方地跟俞临慧介绍，说这是女朋友就行了。

纪亦珩口气有些支支吾吾："嗯。"

"人呢？"

"走……走了。"

"女的吧？"

纪亦珩这会儿就算去拉施甜，她估计都不肯出来的。

"徐洋啊，你见过的。"

"你别吓我，你们两个男的一起吃蛋糕，还烛光晚餐，妈妈禁不起你这么吓的。"

纪亦珩嘴角轻搐，这是想到哪里去了。

"朋、朋友之间吃个晚饭而已。"

俞临慧真接受不了这样的事："珩珩，你说明天才回家吃饭，今天有约了，就是跟徐洋约好了？就你们两个人，单独……"

纪亦珩看了眼餐桌，桌上可不就只有两套餐具吗？

纪亦珩好像真的说错话了，他自己想想都觉得很怪。

生日这么特殊的日子，他单独跟徐洋两个人，还搞了这么个氛围。

俞临慧的脸色好看不起来，她把儿子养得这样好，走出去人见人爱花见花开的。她崇尚自由和放养式教育，可不会是她太过放纵了，居然连最重要的一关都没有把好吧？

俞临慧进了厨房看眼，锅碗瓢盆还没来得及收拾呢："这……这都是徐洋做的？"

纪亦珩不知道她为什么要问得这么细，他干脆不说话了。

俞临慧观察仔细，看到蛋糕旁边的小碟子内还放满了点过的蜡烛，两个大男生，需要这么浪漫吗？

少年看了看她的脸色，心想不会是把她吓到了吧？他赶紧上前将手放到她肩膀上："妈，我们就是单纯地吃顿饭而已。"

"不对，不对，就是不对。"

283

"那要是女生呢？"

俞临慧抬头看向他："交女朋友了？"

"看把你吓的，我这是交男朋友也不行，交女朋友也不行啊？"

"女朋友当然行了。不过一直要记得妈跟你说过的话，别走火。女孩子都是矜贵的小公主，是要给你们好好守护的，只有真正确定了你能对她负责一辈子，关系才能更近一步。"

纪亦珩话都到嘴边了，还是被咽了回去。

这话题都讨论到这儿了，施甜这个时候要出来，依着俞临慧的性子，肯定会以为他们已经干吗干吗了。

纪亦珩目光闪躲，想到方才她敲门前正在发生的事，他体内的火压制不住，浑身乱窜。

俞临慧伸手打在他肚子上："听清楚没有？"

"听清楚了。"

"千万记得一点，男人跟男人之间……最好的关系只能是兄弟，不能再突破了。"

纪亦珩忍不住干笑出声："我清楚。对了，你怎么突然过来了？"

"上次落了条项链在这儿。"

"你打个电话给我，我明天给你带回去就是了。"

俞临慧径自朝着客卧的方向走去："那可不行，我明天跟朋友有约，要穿的衣服只能搭配那根项链。"

纪亦珩也不知道施甜躲在哪儿。俞临慧进了客卧后，找到了她的项链。这个房间相对来说简单些，很难有藏身的地方。

"妈，不早了，我送你回去。"

"不用，我自己打车好了。"

出了卧室，俞临慧却看了眼另一个房间，快速走过去将门推开："我给你整理下再走。"

"妈，不用了，我房间整洁得很。"

施甜听到脚步声传进来，房间的灯被打开，有隐隐约约的光投进衣橱内，她赶紧缩成一团，两手紧紧捂住嘴巴。

"你看你，被子都不叠。"俞临慧走到床边，将床上的被子抖开。

"刚才还挺整齐的，这下反而被你弄乱了。"纪亦珩接过她手里的被子，将它铺叠整齐。

"这都换季了，柜子里的衣服要洗过再穿。"俞临慧放眼四周，也就放衣服的地方能藏人了。

施甜心想这下完了，她要是这样露面，那跟被人捉什么在场有啥两样啊？

俞临慧来到衣柜跟前，纪亦珩先一步挡在她身前："妈，你不会要给我洗衣服吧？"

"对啊，把霉气洗一洗，不然不舒服。"

"妈，大晚上的，你看看几点了。"

俞临慧差点忘记时间了："对哦，这么晚了，我真是糊涂了。"

施甜透过柜门的门缝往外看，就看到了纪亦珩的两条大长腿，她觉得喉咙口痒痒的，生怕自己一会儿忍不住要咳嗽。

"我上次的衣服还在这儿吧？挂你衣橱里了。"俞临慧说着，又要伸手。

"妈，你的衣服都在那个房间，不会在这儿的。"

"不对，我记得我当时塞你这儿了。"

施甜心里那叫一个煎熬，万一俞临慧真把柜门打开了，就她现在这个样子——头发凌乱，满面惊恐——这第一印象不是要把人吓死吗？她都恨不得挖条地道钻进去了。

纪亦珩握住了俞临慧的手腕，顺势揽着她的肩膀推着她往外走："妈，今天我生日，我还没吃生日面呢，你给我煮一碗。"

"你不是有牛排吃了吗？"

走到卧室门外，他将门带上："牛排是牛排，你每年都给我煮生日面，我记着呢。"

施甜竖起耳朵听外面的动静。纪亦珩进厨房收拾，将锅和碗都洗了，俞临慧就站在门口看他："好了没？"

"别催我，马上。"

俞临慧没有进去帮忙的意思，她的手保养得可好了，在家都不干这种活的。

285

纪亦珩收拾妥当后，这才让她进去。俞临慧往锅里放了水，纪亦珩在边上看："汤底呢？"

"你这又没有大骨和鸡汤，将就将就吧，我待会儿用鲜酱油和醋给你拌一拌。"

纪亦珩怀疑这是不是他亲妈："那你好歹煎个蛋什么的……"

"煎蛋我害怕，容易爆油。明天你就回家了，你爸说要给你做满满一桌子菜的，现在瞎矫情什么啊？"

纪亦珩站到厨房门口，看着俞临慧往那儿悠闲地一站，等到水烧开后，撒了把面条下去，过会儿后捞起来，再往里面加点酱油加点醋，洒点芝麻油，然后告诉他说，可以吃了。

纪亦珩盯着碗里热腾腾的面条："妈，你赶紧回去吧。"

"你吃面啊。"

他捞了一筷子放到嘴里，俞临慧已经走到了门口："我下去打车，你不用送我。"

"注意安全。"

俞临慧走到门口处，伸手推开门，却看到了玄关旁有双鞋子。

纪亦珩方才给她开门时，将鞋子往里面踢了踢，可她还是能清楚地看到一双女生的鞋子。

小小的，也就三十六或三十七码的样子。

俞临慧没说什么，开了门往外走。

纪亦珩听到关门声，放下筷子，起身后小心翼翼走到门口看眼。

他松了口气，生怕施甜在衣柜里憋坏了，快步回到房间，伸手将柜门拉开。

施甜缩在里面，两手捂着脸，眼睛透过指缝看清楚了站在外面的人后，这才从里面爬了出来："走了吗？"

"走了。"纪亦珩弯腰将她搀扶起来。

"吓死我了。"

"我妈不吓人。"

施甜走到卧室的门口，小心地探出脑袋，确定外面没人后，这才大步往前冲。

"你干吗去？"

"赶紧回宿舍。"

"等等，"纪亦珩将她拉回来，"我妈还没走远，说不定还在楼下，你现在下去正好跟她碰上。"

说得也是，施甜忙停了下来："那怎么办啊？"

"坐会儿吧。"

他走向了旁边的沙发，施甜眉头轻动了下，刚才那一幕像是烙铁似的烙在她心上了，施甜腰里这会儿还烫烫的呢。

"坐啊。"

她噢了声，走过去在沙发的最边缘处坐定，施甜目不斜视地盯着电视屏幕，纪亦珩手往边上伸去，都没碰到她。

他起身朝她挨近些。施甜已经没有能退的地方了，两手交握："你妈妈应该差不多走了吧？"

"我妈聪明得很，她既然已经发现了不寻常，就一定会弄个明白的。我敢保证，她现在就躲在楼底下。"

不是吧？

施甜怎么觉得她跟做间谍一样呢。

"还不如跟她说清楚，让你们见了面，你以后就能光明正大地过来。"

施甜拘束得不行："不好吧，再说大晚上的，她要以为我是住在你这儿的可怎么办啊？"

"你又不是没住过。"

施甜抓着自己的手背，她虽然从小没有妈妈，没人教过她一些道理，但有些事她还是懂的。谈恋爱归谈恋爱，要真让纪亦珩妈妈以为他们住在一起了，那他妈妈肯定是要看轻她的。

原本他们两个以后的路就不会好走，施甜不想再给这段关系添上一丝一毫的负担。

施甜看不进去电视，眼看着时间越来越晚："纪亦珩，你妈妈不会在楼下守到很晚吧？"

"说不定。"纪亦珩没在吓她，确实很难说。

此时的小区单元门口，俞临慧坐在出租车内，司机透过内后视镜不住

287

地朝她看着："等的人什么时候来？"

"师傅，你算上钱好了，我可能还要等一会儿。"

鞋子还在门口呢，就说明人还没走。只不过俞临慧也不能真把这小姑娘揪出来，这要搞得尴尬了，以后还怎么相处？

她原本是不想管的，可终究也想看看对方长什么模样，又担心真有什么彻夜不归的事可怎么办。

施甜在楼上等了好久，电影已经在开始播放片尾曲了，她赶紧站了起来："我真要走了。"

"我叫辆车。"

"不用了，我去坐地铁好了。"

"你要是坐车，一会儿还能有躲的地方，你信我的。"

俞临慧在车里等得都快睡着了，家里的电话来了一个又一个，直催问她上车没，又说现在叫车不方便，非让她拍什么车牌号发过去。

她透过车窗看到一辆车开到了单元楼的正门口，也没人从上面下来。过了会儿，俞临慧见两个身影出现了。

她一眼就认出了纪亦珩，透过夜色，隐约能看到他揽着一个女孩的肩膀，那女孩不高，瘦瘦弱弱的，俞临慧激动地去推车门。

纪亦珩将车门打开了，然后将施甜往里塞："师傅，走吧。"

司机是最喜欢赶时间的，送完这一单也差不多要回去休息了。他一脚油门踩下去，车子快速地往前开去。

俞临慧推了她旁边的车门两下，车门纹丝不动。

司机见状，将车门锁打开。俞临慧看到纪亦珩来到她的车旁，并弯腰透过车窗往里看看。她小心地推开门，纪亦珩满脸吃惊："妈，你还没走呢？"

俞临慧下了车，将车门关上："我刚叫到车，你这儿叫车太难了。"

"你早说啊，我给你叫网约车。"

"刚才跟你一起的女孩是谁啊？"

纪亦珩抬眼，见载着施甜的车已经开出小区了："你猜。"

"女朋友？"

"总之不是徐洋。"

288

"你要真敢跟徐洋这样那样的，我让你爸把你腿打瘸了。"

纪亦珩看眼时间，真不早了："你快回去吧，我明天放了学就回家。"

"你改天把她带过来，让我看看啊。"

"好。"

"这可是你答应的。"

纪亦珩将车门拉开："快回家吧。"

"你先跟我说说。她叫什么名字？跟你一个学校的吗？家里几个孩子啊？什么专业的？爸妈是做什么的？"

纪亦珩听到最后几个字后，闭紧了唇瓣。施甜心里的担忧是对的，如果今天毫无准备地让她们见了面，依着俞临慧想起一出是一出的性子，俞临慧肯定会问起她家里的事。

"改天再说，你先回去吧。"

俞临慧想想也对，一时半刻说不清，再说她若还不回家，家里那位就要急疯了。

施甜回到宿舍楼，真是掐着关门的时间点进去的。她洗漱好后上了床，打开手机，听纪亦珩的话将那个女人的联系方式和微信都拉黑了。

下一次学生会开会的时候，施甜没看到宋玲玲。

一桌人围坐着，议论纷纷，也有不少人跟她相处得熟了，便过来主动跟施甜说话。

"宋玲玲从学生会退出去了。"

施甜之前没听到过这回事，所以觉得奇怪："为什么？"

"具体原因不清楚，听说是办事能力不行。"

还有这样的理由呢？就算真是能力不行，也不是第一天知道的。

季沅清进来后，这边的说话也没避讳着她："我依稀听到了一些话，说是给她安排了什么事，她没做好，反正老师那边也挺生气的。宋玲玲不得已，就自己申请退出去了。"

季沅清拉开椅子坐定，这些人原本都喜欢围着她转，现在倒好，全去了施甜那边。也对，她是纪亦珩的女朋友，跟她搞好关系才是正经事。

季沅清跟宋玲玲彻底闹掰了，她也不介意少这么一个朋友，再说她原本就不是很看得上宋玲玲。

这次的事是越过她直接办了的，给宋玲玲安排事的人又是纪亦珩，所以季沅清哪怕是想假心假意挽救下都没用。

施甜觉得这个结果挺好的。宋玲玲办事能力本来就一般般，这也就算了，她心眼还不好，要真把她留在这个小团队内，不知道她背地里要给多少人使绊子。

"开会了。"王曾从门外进来。

围在施甜身边的人都散开了，她抬头看向门口，见纪亦珩走了进来，他的身后还跟了个女生。

季沅清看清楚来人，面色藏着疑惑和不悦。施甜不认得这个女生，只知道她不是学生会的人。

纪亦珩走到桌前，回头看了眼："跟大家介绍下，这是徐景，以后也是我们学生会的成员。"

"欢迎欢迎。"有人带头鼓掌。

季沅清强扯出抹笑："这学生会一般都招新人的，而且也没到招的时候呢，这是什么意思啊？"

"徐景是严老师推荐的，也是我推荐的，其实大家对她应该不陌生吧？"

施甜平时不大关注学校的事，所以不懂，但她看那女生气质好，身形也好，应该也属于多才多艺型的。

"上次区舞蹈大赛的第一名，厉害厉害。"

徐景轻展颜："谢谢。"

"季沅清，以后她就是文艺部的成员。"纪亦珩示意徐景找位子坐下来。

季沅清眉头紧锁，心里越发不快。施甜旁边的人轻碰下她的手肘："神仙打架啊。"

"怎么说？"

"这徐景和季沅清能力相当，两人才艺表演总是'杠'上，有时候学校名额有限，就看她们争得你死我活。据说这徐景舞蹈和古筝样样精通，家里的证书几个抽屉都快塞不下了，也不知道为什么，之前就是没能进学生会。不过我听说季沅清关系要硬一点，两人抢资源的时候，徐景总是稍逊一筹，季沅清肯定不想看到她。"

徐景大大方方地拉开了季沅清身边的椅子后坐下："季部长，以后要请你多多关照了。"

季沅清皮笑肉不笑道："大家都是同事，不必这么客气。"

"季沅清一直想往上升，现在来了个徐景，说不定对她影响还挺大的。"

施甜不由得偷偷看眼纪亦珩，徐景是他亲自带来的，而且又跟季沅清是同一个部门，这里面很是蹊跷啊。

季沅清心里却跟明镜似的，纪亦珩先是将宋玲玲踢出了学生会，下一个要对付的人必然是她。

可人家就是有最好的理由，说是给学生会吸纳人才，实际上呢，是给她安排了个最强劲的竞争对手在身边。

好多活动和比赛都要紧着学生会给名额的，徐景以前是有才没有资格，这下好了，季沅清以后要再想出什么风头，怕是先要跟徐景争个头破血流了。

这会也没开多少时间，散会后，施甜急匆匆地还要去校园广播室。

纪亦珩先出去，在会议室门口等她，一帮同学都起身离开了，就剩下季沅清还坐在里头。

施甜走到纪亦珩身边："走吧。"

来到校园广播室，她先去倒了杯水。

纪亦珩听到她在咳嗽："怎么了？生病了？"

"昨天晚上洗澡洗头，估计有点冻到了。"

"吃点药吧。"

"多喝点开水好了。"施甜坐到位子上。开始广播后，她的嗓子就有些吃不消，好在纪亦珩的词比较多，她趁着空隙不住地灌水。

施甜尽可能离他远远的，不能传染给他。广播结束后，纪亦珩拉开抽屉，拿了一颗清凉糖给她。

施甜剥开糖纸放到嘴里："那个徐景，到底是你推荐的，还是严老师推荐的？"

"你管这么多做什么？她之前进不了学生会，季沅清也是出了不少力的。"

施甜抿着嘴里的糖："好黑暗啊。"

"跟你没关系。"

施甜下午只有一节课，所以不着急回宿舍。纪亦珩见她小嘴抿了糖一直在动："好吃吗？"

"挺好，凉凉的。"

"我尝尝。"

施甜下意识地将手捂住："别瞎说。"

"我也喜欢吃糖。"

"你自己抽屉里多着呢。"

"最后一颗了。"

施甜不相信，拉开抽屉在里面找，还真没找到第二颗："我在咳嗽，你离我远点。"

"我体质好，没这么容易传染给我。"

施甜才不听他的话："我要是把你传染了，严老师会砍了我的。"

"那我不说你就是了，我就说，是我自己冻到了。"

"你少来……"

施甜看到纪亦珩的手朝她伸过来，他手掌扣在她颈后，稍一使劲就将施甜拉到他面前，他亲她额头或者是脸也就算了，偏偏要嘴对嘴。

施甜快速将他推开："纪亦珩，这儿是校园广播室。"

他真是越来越会乱来了。

纪亦珩轻舔了下嘴角："没尝到糖的甜味，也没被传染上感冒。"

"哪有这么快？到时候难受，你别跟我说。"

纪亦珩才不相信呢，他体质向来是好的，平时的篮球也不是白打的。

第二天，施甜和纪亦珩一起去食堂吃饭，出来时，少年跟在她身侧。经过超市门口，他停下脚步："给我买盒糖。"

施甜扭头，皱眉看着他："你都多大了，还吃糖。"

"我嗓子疼。"

施甜有些紧张地上前："怎么会嗓子疼呢？"

"被你传染的吧。"

她这才意识到纪亦珩说话的嗓音是有些不对劲，哑哑的。施甜大惊失色，抬手打了下纪亦珩的手臂。

"你打我做什么？"

"我昨天跟你说的，让你别……"

施甜知道纪亦珩的嗓子金贵，所以说什么都不给他靠近，可纪亦珩就是不听，这下好了，妥妥地中招了。

纪亦珩嗓子跟火烧似的，咽口水更是痛得不行，施甜也着急啊："你明天还要去录音棚呢，这可怎么行？"

"实在不行，就跟严老师请假。"

施甜小脸上溢满紧张："严老师昨天碰到我了，他听我嗓子不对，还问我是不是感冒了。"

"那我就说被你传染的。"

"不行！"

纪亦珩别的感觉都还好，就是嗓子疼："一会儿买点药吃吃。"

放学后，施甜在学校门口等纪亦珩，等了会儿不见出来，赶紧给他打电话。

"喂，你在哪儿呢？"

"正要去打球呢。"

"你忘了买药的事了？"

纪亦珩的脚步声从电话那头传来："我一会儿回去买。"

"不行，现在去药店买了就吃，睡觉前还能吃一顿，你别拿自己的身体不当回事。"

徐洋他们在叫他，纪亦珩挥了挥手："我就打一个小时。"

"不行，"施甜态度强硬，"你一会儿出了汗，风再一吹，就病得更严重了，我在学校门口等你呢，快点。"

纪亦珩将球扔在地上，拍了几下后，也只好妥协："好吧，你等我。"

施甜就在原地等着，没过一会儿，纪亦珩就出来了："我真没什么大事。"

她跟在他后面走，她是他的助理，有些事自然不能由着他的性子来。

纪亦珩高大的身影走在前面，一路上都有骑着车的同学经过，有人按响了车铃，施甜乖乖地贴着马路边走。

她小脸轻抬，眼前的这个身影是需要仰望的。她痴痴地盯着看，却是不知有朝一日他成名后，就连仰望都要变得小心翼翼。

那时他被人簇拥着，一言一行尽在旁人的眼中，她也再不能像现在这般，背着一个大大的包，就能装得下他所有的东西。

来到药店，买好药后，施甜从包里拿出水，让纪亦珩吃了一次。

"这下放心了吧？"

"这两天你就别打球了，养养精神。"

"好，听你的。"

很快到了放暑假的时候，施甜选择了留校，徐子易回家一趟后也过来了。

宿舍并未关闭，还是有不少学生选择了留宿的，施甜过年的时候才难得见到施年晟一面，她知道他暑期是不会回家的。

与其在家消磨时间，还不如待在学校。

纪亦珩暑期很忙，他新接了一部有声配音，网站那边希望赶紧上线，一看他暑假时间到了，就恨不得一天八小时地给他安排。

施甜说什么都不答应，照他这样下去，嗓子废了怎么办？

自从上次被俞临慧堵在家里后，施甜就再不肯去他那儿了，太危险了，谁知道还有没有下次呢？

施甜坐在休息区，纪亦珩从录音棚出来时，脸色带着疲倦。施甜忙走过去，将手里的水杯递给他。

少年喝了几口水，眉头轻皱："你里面加了什么？"

"对你嗓子好的东西。"

纪亦珩又喝了两口，网站的编辑走过来，在他肩膀上轻拍下："有件事能不能跟你商量下？"

"我们无线渠道有本书卖得特别好，上头的意思，说要录制成有声再好好推广，我找来找去对别人都不大满意，你能否帮忙……"

施甜听到这儿，急了："我们手里已经有一部作品了，他最近用嗓子特别厉害，不能这样。"

"价格方面我们还可以谈的。"

纪亦珩没说话，他专注地喝着水，编辑一看他这个态度，就知道有戏。

施甜不肯答应，两个作品同时进行，就意味着工作量要加大一倍，这又不是寻常的工作，每天说那么多话，肯定会受不了。

"我要不是实在找不到人，我也不想这样啊。"

"不行。"施甜从纪亦珩手里接过水杯，"你嗓子要出了问题怎么办？"

"我没事。"纪亦珩看了眼站在旁边的编辑，"女声找到了吗？"

"还没呢，最重要的是你的声音，你要答应了，女声随时能找。"

"用施甜吧。"

编辑看了眼施甜，施甜没想到纪亦珩会这样说，赶紧摆手。

"你要把施甜签了，我就跟你签。"

"不行！"施甜顾着他的嗓子，纪亦珩心里却是有数："我会权衡好的，你放心。"

"我没有录制过这种有声作品，我不行的，况且你的嗓子也不能这样糟蹋。"

纪亦珩可听不得这样的话："你在我身边练了这么久，怎么就不行了？刀锋都磨亮了，是时候出去闯一闯了。"

编辑犹豫地将视线落在施甜脸上。

施甜想要将纪亦珩拉到旁边，少年站着没动，他不让着她的时候，她是怎么都拽不动他的。

"你要不放心我，就多给我补补嗓子好了。"

这时编辑说："我没听过她的作品，一下子也没法决定。"

纪亦珩觉得是时候让施甜开始接触这方面的东西了："我们校园广播室每天都要广播，就是她配合我的。"

"既然这样，那就试试吧。"

施甜站在原地没动，编辑让她进录音棚，她盯着纪亦珩，也不说话。

少年抬手，将她的衣领整理了下："施甜，你要是担心我，大可不必，每个人要走到成功都是不容易的，现在正是积累的时候，我是不会放过每一个机会的。倒是你，如今有个机会摆在你面前，你要是不接手，就不知道下次还要等到什么时候了。"

他说完这话，推着她进了录音棚。

施甜起初试音时有些紧张。纪亦珩站在外面，他第一次有这种奇异的感觉，就好像是自己带出来的人终于到了要独当一面的时候，这比他自己面试和比赛还要紧张。

他平时教过她不少，包括情绪的铺垫和爆发等。施甜戴着耳机坐在里面，念的是一段高潮部分的台词。

最后编辑敲定下来，他和纪亦珩都站在外面，他看了眼身边的少年："是你说的，我把她签下来，你就跟我签。"

"对。"

"那好。"

纪亦珩轻皱下眉头，毕竟是个超级护短的人："她的声音不错。"

"是可以。"编辑轻笑下，"所以选来给你当女声。只不过没有你这样的特色而已，放在人群当中一摸一大把。"

纪亦珩看到施甜摘下耳机，正在走出来："这话不要当着她的面讲。"

编辑自然是懂的，等到施甜走近，他随口就夸赞道："不错不错，深藏不露啊。"

施甜不知道怎么回答，编辑收回视线后继续开口："那今天我们就先签合同吧，只不过她是新人，价格方面肯定不能跟你一样。"

"可以。"

网站都有现成的合同，只要将金额方面改一改就行。施甜拿到合同，也不会细看，纪亦珩接过手看了遍，然后指着其中一页给她看："价格可以接受吗？"

施甜看了眼，这样一算的话，她一个月都能有三四千的收入。

"签吧。"纪亦珩拿了笔递给她。

施甜朝他看眼，少年将她的手按在了合同上。

既然能早早地自食其力，就应该不计一切地把握机会，这是纪亦珩的原则，也是能让施甜走上独立的第一步。

　　韩凌阳是回去过暑假的，他给施甜打电话时，她正准备进录音棚。
　　施甜赶紧接通了电话："喂，羚羊。"
　　"小狮子，你在哪儿？"
　　"我在外面呢。"
　　"我刚从西安回来，给你带了不少特产，赶紧过来拿。"
　　施甜现在哪里能走得开："你留着自己吃吧，我过不去。"
　　"我马上到学校门口，你就不看在我是特地赶过来的分上，出来见见我？"
　　施甜知道他的好意，要是拒绝到底，他非不高兴不可。
　　"我真走不开。这样吧，徐子易在宿舍，先让她来拿一下，等我忙完回来，请你吃消夜总行吧？"
　　"那好，你让她来吧。"
　　施甜赶紧给徐子易打了个电话，她正在宿舍看书，怕让韩凌阳等着，她便起身快步往外走去。
　　学校不远处有块空地，其实是附近的老居民楼留下来的活动场所，里面有几张石椅和石桌，韩凌阳将东西放在桌子上，徐子易找到他后，快步朝他走近。
　　"等了好一会儿了吧？"
　　韩凌阳转身，看到徐子易跑得气喘吁吁："没有，我也刚到。"拿起石桌上的东西，"麻烦你跑一趟了。"
　　"没，没事。"徐子易伸出手将东西抱在怀里，"你暑假也没有回去吗？"
　　"我刚从西安回来。"
　　徐子易轻垂眼帘，不知道还能找什么话来说。韩凌阳看眼时间："我回去了。"
　　"你……回家吗？"
　　"嗯。"

297

韩凌阳往前走了一步，看到迎面有好几个人走来。他隐约觉得走在前面的那人有些面熟，只是一下记不起来了。

"韩凌阳，好久不见啊。"

少年盯着面前这帮年纪相当的人，在他们走到他跟前后，他总算认出来了。

"是你。"

"是啊，是我。"

徐子易不认识这些人，只觉得对方来势汹汹，怕是来找麻烦的。

对方的目光越过韩凌阳，定在了徐子易脸上："看来你是如愿了，抱得美人归了？"

"嘴巴里放干净点。"

"我找你找得真辛苦，怎么都没想到你会在东大，要见你一面真难啊。"

韩凌阳目光扫过跟前的人群："你想做什么？"

"高三那年，我们两个打架，学校却唯独把我开除了。韩凌阳，你真是厉害。我知道你家里有背景，能摆得平，可那会儿都快高考了，我却直接被学校开了。你看看我现在这副模样，都是你害的。"

韩凌阳居高临下地盯着对方，满脸鄙夷："你要不是自己生事，你也不至于这样。"

"我生事？对，我就是说了你们班的那个女生几句，你就英雄救美，是吧？"那人说到这儿，凑上前想要看清楚徐子易的脸，"是她吧？叫什么名字来着？施甜？"

徐子易吓得往韩凌阳身后躲，韩凌阳一把推在对方的胸前："滚开。"

"我千辛万苦才找到你的，你让我滚，我为什么要滚？"

韩凌阳往后退了步，徐子易抱紧手里的东西，现在天都暗了，四周也没什么人，她隐约能感觉到一会儿有事要发生。

"你被学校开除，是因为你寻衅滋事。"

"我呸！我跟你打架，你怎么一点事都没有？据我所知，你好像连个处分都没有吧？"那人说着，眼里露出愤恨，"我被家人领回去的时候，就一直在等这一天。你是优秀，背景又强，但你也是血肉做成的，我就不信拳头打在你身上，你不会痛！"

徐子易探出个脑袋："你们别乱来，当心我报警！"

韩凌阳趁着对方分神时，抬起一脚踹在了他的胸口上，转身抓住徐子易的手腕："跑！"

她脑子里一片空白，只知道跟着韩凌阳往前跑，手里的东西掉了，这个时候也想不到要去捡。徐子易跑了一段路后，体力渐渐不支。她一慢下来，韩凌阳就只能慢下来，后面的人伸手拉住她，韩凌阳转身给了对方一脚。

但他们已经追上来了，徐子易摔倒在地，看到几人扭打在一起。

对方足有七八个人，围住了韩凌阳，不给他脱困的机会。

徐子易忙摸出手机想报警，但有人防着她，那人快步上前踢中她的手腕，徐子易的手机掉在了她的身边。

她被人按着，开口想喊救命，又被人捂住了嘴。

韩凌阳起初还占着上风，可对手人太多了，很快他就被人抱住了腰，又有人上前拽住他的手臂，他根本没法施展，硬生生挨了对方的拳头。

徐子易吓坏了，从小到大也没经历过这种事。韩凌阳被按在了地上，两只手分别撑在身前，先前挑事的那人从旁边捡了块巴掌大的石头过来。

"我知道你弹钢琴弹得好，被誉为天才手，你说我要是把你的手毁了，你以后还能弹琴吗？"

韩凌阳看了眼对方手里的东西，他的手臂下意识地想要收回去，但几人使劲压着他的手腕，还有人压在他背上，他根本动弹不了。

"你想要什么，你直说好了。"

"我就想让你也读不了书。不对，你家关系硬，就算不读书，以后也是前程似锦。我还是把你的手毁了吧，听说你从小就学琴，这双手对你来说应该很重要吧？"

韩凌阳目光凛冽地看向身旁的人："我劝你别乱来。"

那人掂了掂手里的石块："我也不要多的，一只手就行。你选吧，左手还是右手？"

韩凌阳额角渗出冷汗。徐子易不住地摇头，她看到少年的手指沾了灰，却还是能清晰地看到每一根手指都是细细长长的，骨节分明。

"你不肯选，那我替你选。"

对方说完这话，抢起了手臂。徐子易也不知道哪里来的力气，身子用力往后撞去，就将后头的人给撞倒了。她又快速起身，冲到了那群人的跟前，眼见着那块冒着尖角的石块往下砸了，当时什么都没想，就把手按在了韩凌阳的手背上。

"啊——"

韩凌阳听到声音，抬头才看到徐子易。她痛得眼冒金星，整个人瘫软在他肩膀上，手背上的鲜血在涌出来，牙关颤抖，这会儿就连喊都喊不出来。

那人的同伴见状，手上力道微松开，他们以为就是吓吓韩凌阳而已，没想到会动真格的。

石块被丢在了路上，徐子易浑身瘫软，几乎痛到昏厥。韩凌阳摇晃着她的肩膀喊她，她都听不见了。

对方一看不好，赶紧站起身："这……这是你自找的。"

不远处依稀有汽车喇叭声传来，他们吓得转身都跑了。

施甜从录音棚出来，拿了包看眼手机。

这一看不得了，居然有十几个韩凌阳打来的未接来电。

她赶紧回了电话过去。纪亦珩走到她身边，将拧开的水杯送到她嘴边，施甜就着喝了两口，就听到那头传来了韩凌阳的声音："喂，小狮子。"

"羚羊，你怎么一直打我电话啊？"

"徐子易出事了，你赶紧过来趟。"

施甜一手将水杯推开，小脸凝重起来："你们在哪儿？她怎么了？"

"龙华医院，你来了再说吧。"

施甜着急忙慌地挂断通话，纪亦珩伸手将包拿起来："有没有说出了什么事？"

施甜轻摇下头，纪亦珩带着她快步出去，就在外面拦了车后朝着龙华医院而去。

徐子易刚拍完片子，医生办公室内，韩凌阳不住地催促："怎么样了？手没事吧？"

"这么砸一下怎么可能没事？骨折。"医生朝着片子上的某个地方指了指，"而且正好是弯曲的骨节这儿，挺麻烦。"

施甜找到他们时，医生已经看完诊："先保守治疗吧，打石膏，如果恢复得不好，还是要手术。"

徐子易吓了一大跳："手术？"

"那当然，你一个小姑娘，难道想留下后遗症吗？"

"听医生的，"韩凌阳面色严肃，"手的事不能马虎，医药费的事你不用担心，我会准备的。"

施甜快步走进去，看到徐子易的手被简单处理了下，却还是能看到半个手背都肿了："怎么会这样？"

徐子易转过身，见纪亦珩也走了进来。

"她为我挡了一下。"韩凌阳艰难地开口。

"你又打架了？"

韩凌阳眼角轻动下："不是，是以前学校的人找过来了。"

"为什么啊？"

徐子易嘴唇嚅动下，她当时在场，所以知道得清清楚楚。

可韩凌阳压根不打算跟施甜细说："就是以前的人找麻烦。"

他自始至终也没说他当时跟人打架是为了施甜，如今被人寻仇找上来，差点废了一只手，也是为了施甜。

韩凌阳不想说，徐子易更加不好掺和。

徐子易看了眼自己的手，心里不担心是假的。也不知道她当时哪里来的勇气，怎么就扑上去了呢？

现在她只有一个痛的感觉，而且是痛得厉害。医生也不忘叮嘱她几句："打石膏就是恢复得很慢，而且要定期来医院检查，你这只手就不能动，一旦没长好会非常麻烦。"

"要不直接手术吧？"韩凌阳觉得还是干脆点好，不然每天都在疼痛和战战兢兢中度过，多难受？

"不要，"徐子易赶忙出声，"医生说先保守治疗，就打石膏吧，做

301

手术……我有点害怕。"

不光是害怕，到时候势必惊动爸妈，她每个月问家里拿生活费，妈妈给是给了，可免不了要念叨几句，这要被她知道了手上要动手术，肯定会闹的。

施甜陪着徐子易去打石膏，韩凌阳全程盯着，跑上跑下地挂号刷卡，一阵忙碌过后，已经很晚了。

纪亦珩喊了车在医院门口等着，将她们送回到宿舍时，幸好门还没关。

韩凌阳没有回去，只不过宿舍东西都收拾起来了，他先去学校附近开了个房间住。

施甜拉着徐子易坐下来："你这样子麻烦了，好多事不能做，以后打水洗衣服我给你包了，你要是不好洗头、洗澡什么的，你一定要叫我。"

"哪有那么夸张啊？"

"当然有啊，伤了手可比伤了脚麻烦多了。"

徐子易知道，就说她一会儿睡觉总要脱衣服吧，她的手成了这样，真是做什么都不利索了。

"你怎么有这个胆子，去替他挡啊？跟他打架的那些人肯定是疯子，这一下砸下去，要是把你的手废了怎么办？"

"我当时没想那么多。以前看到过他弹琴的样子，就怕他的手出事，要是以后没法弹琴了，那该多可惜。"

施甜轻叹口气："这一下要砸在他手上，还真不好说。"

"所以嘛，我这是做了一件好事。"

"可你的手也是手啊。"

那不一样，她受伤了，只需要养养就行，就算真有什么后遗症，问题应该也不大。可韩凌阳不一样，对他这样的天之骄子来说，他的那只手太重要了。

302

第十三章　好好哄哄她

第二天，施甜出门之前替徐子易将水打好了。

中午，徐子易还想着出去吃什么，就接到了外卖员的电话，说是让她到女生宿舍门口去取外卖。

她心想施甜想得可真周到，她拿了外卖回到宿舍，费力地打开，这才看到外卖单上是有金额的。

一顿中饭吃了将近一百，里面有几个小菜，还有一份鸽子汤。

徐子易这下知道，肯定不会是施甜了，她接下来能想到的就只有韩凌阳。

施甜是一大早就出去的，连早饭都没来得及吃。

今天纪亦珩要去参加好声音网络比赛，赛点就在东大的一所中学内，通知单上安排了九点之前必须到。

施甜来到纪亦珩家楼下，不敢上去，就一遍遍打纪亦珩的电话。

可那头始终无人接听，施甜看眼时间，都七点半了，不会是睡过头了吧？

她焦急地在楼下走来走去，昨天严老师千叮咛万嘱咐让她盯紧了纪亦珩，可她没想到昨晚徐子易会出事，也有可能是纪亦珩昨天回家太晚，这会儿还没起床。

施甜顾不了那么多了，抬起脚步走了进去。

来到纪亦珩家门口，她再次拨通他的电话，可还是没人接。

施甜将小脑袋凑到门板上，只不过听不到里面的动静，她按了按门铃，没敢吱声。

　　过了会儿，好像有脚步在往门口走来，施甜赶紧往回跑了几步，缩到了走廊那里。

　　她趴在墙壁上，探出半个脑袋，直到看见门被推开，少年顾长的身影露了出来，她这才朝他挥下手："我在这儿！"

　　"你站那里做什么？"

　　施甜不敢高声说话："打你电话怎么不接啊？"

　　"在充电。"纪亦珩朝她招手，"过来。"

　　"你家没有别人吧？"

　　"没有。"

　　施甜大着胆子往前走，纪亦珩转身进去："我还没吃早饭。"

　　"九点钟必须到的，会不会来不及啊？"

　　"不会，"纪亦珩是掐好了时间的，"一会儿直接坐地铁过去，不会堵车，半个小时就到了。"

　　"我都快急死了。"

　　纪亦珩走进厨房，将速冻饺子拿出来："这么早，你也没吃早饭吧？"

　　施甜轻点下头。

　　"你来下饺子，我换身衣服。"

　　她走到厨房门口，从纪亦珩手里接过了饺子，真是皇帝不急太监急。

　　赶去的路上，施甜不住问纪亦珩一些事："照片带了吗？身份证带了吗？这个比赛，稿子是事先给的，还是让你们临场发挥？"

　　"还不知道呢。"每场比赛规矩都不一样，确实很难说。

　　来到那所中学，报名之后，纪亦珩拿了参赛证，被安排在一间候场室内。

　　这样的比赛他经历得多了，所以不像施甜这般着急心慌。

　　屋内又进来了好多人，旁边放满了塑料凳子，上面还贴了号码。施甜看到其中一人被簇拥着进来，边上有背着包的助理，有身强力壮的壮男护着，还有一人不住跟他说话，像是请了什么专业的老师过来。

　　这样的氛围压迫着施甜的神经，可想而知，这场比赛是很重要的。

　　"纪亦珩，你总是有比赛参加，是不是赢了之后，就能拿到很好的机会？"

"对，"纪亦珩轻描淡写道，"有些，可能只是拿个证书就完事了，有些能给人带来很好的工作机会。现在趁着还在上学，有时间，就需要往身上镀镀金，这样将来的履历表上写着才好看。"

施甜似懂非懂地轻点头："那这次的比赛呢？也重要吧？"

纪亦珩凑到施甜的耳边："有没有听过明星经纪人？"

"当然听过啦。"

"经纪人手里都有大把的资源，靠自己的话，以后注定了是要单枪匹马的。这次比赛的优胜者，就能签约公司，有专门的经纪人带着，明白了吗？"

施甜小嘴微张，心扑通扑通撞起来："居然这么重要？"

"还好吧。"

"什么还好啊！"施甜心急如焚起来，亏他一大早还淡定地在家吃饺子，还掐着时间来比赛，这简直就是重要到不能再重要的事情了！

过了会儿，有人敲门进来，给了每人一份稿子。

"给大家半个小时的时间，可以熟悉下稿子，时间到了之后，根据参赛证上的A、B、C、D、E分别进入第一、二、三、四和五考场。现在，你们准备下吧。"

这样安排算是很公正了，准备时间都是一样的。

纪亦珩翻开稿子，仔仔细细地看了遍，施甜凑过去跟着看眼："谍战剧啊。"

"是，台词都是一大段一大段的。"

"很难吧？"

纪亦珩没说话，施甜乖乖地不去打扰他。

剩下最后十分钟左右，纪亦珩放下手里的稿子，施甜满目担忧："有把握吗？"

"看了遍，没有不认识的字。"

"那一定要加油。"

纪亦珩站起身来："我去上个洗手间，你在这儿等我。"

"好。"施甜看着少年走出去，靠近门口的地方，那个人手里拿着稿子，身边的老师还在压低了声音让他注意哪些方面的细节。

施甜垂下眼帘，她什么忙都帮不上，只能替纪亦珩祈祷了。

她再次抬头时，看到有两个人走了过来，其中一人坐到了纪亦珩的椅子上，却不想将他放在上面的稿子给弄到了地上。

施甜忙弯腰要去捡，她一把拉住施甜的手臂："我来。"

施甜这才认出来，这不是方才那个男人的助理吗？那名老师模样的人弯下腰，将稿子捡起来。

"你们……"

"跟你在一起的，是纪亦珩吧？"

施甜轻点下头："是啊。"

"刚才没敢认，也不认识，问了别人才知道原来他就是纪亦珩。之前听过他的作品，非常棒，现在总算见到了。"

施甜听到有人夸纪亦珩，那肯定是高兴得不得了。那人将稿子递给她："希望下次有机会可以交流下……"

"时间要到了，我们先回去准备准备。"

"好。"施甜接过了稿子。

纪亦珩回来的时候，比赛正好要开始了，施甜起身将稿子给他。少年见她脸色凝重，不由得伸手捏了捏施甜的脸颊："放轻松点。"

"我相信你可以的，我不紧张。"

纪亦珩笑着拍了下她的脸。

门再度被人推开，到点了，工作人员进来通知他们过去。

施甜跟在纪亦珩身后，他被安排在二号场地。

每个人只能带一人进去，施甜跟着纪亦珩走到里面，角落处有专门等候的场地，施甜乖乖地坐了过去。

纪亦珩将手里的资料给了打分的老师，他走到屋子中间的一张桌子跟前，坐了下来。

"开始吧。"

施甜屏息凝神，看到纪亦珩调整下坐姿，负责打分的老师翻阅着纪亦珩的简历，时不时抬起眼帘看看他。

纪亦珩将稿子翻开，施甜听到他嗓音醇厚，将一大段背景介绍念出来。

她深知他的实力，但凡事只要沾上了他，她就不得不紧张。

谍战剧的台词深奥，要没有提前准备，很难一条顺下去。

方才给的那半个小时，不过就是来得及将稿子看过一遍罢了，如果有不确定的读音字词还能查一查，但没法将里面的台词背得清清楚楚。

施甜在角落里安安静静地听着，看到纪亦珩念完了一页，翻开第二页。

但是他的声音明显顿了下，施甜捏紧手掌，看到负责打分的老师也抬头看了看。

施甜从来没有见过纪亦珩这样，只不过他的脸上没有多少惊慌，三五秒后，他继续往下念。

这个插曲令施甜胆战心惊了许久。等到纪亦珩念完稿子，她见那名老师转动下手里的笔："你刚才落了一大段，怎么回事？"

"是吗？"纪亦珩站起身，"对不起，我没有意识到。"

老师用手在自己的稿子上指了指："从王甫军进入秘密营地开始，那么一长段的心理描写，你都没有念。"

"那可能是我太紧张了。"

施甜站起身，完全没想到纪亦珩会犯这样的错，他向来谨慎，别说落了整段词，就连错别字都不曾有过，怎么偏偏这个时候，竟然会有这样的事？

那个老师轻叹口气，好像还挺惋惜的样子："那你先出去吧。"

"好，谢谢老师。"

施甜快步迎上前："怎么回事啊？"

纪亦珩冲她摇下头，施甜觉得这个机会不能就这样错过了，她伸手拉住他的手臂："落了一段，能不能补上？让老师给个机会，重新来一次。"

少年伸手将门打开，带着施甜走到外面。她面色焦急："我们再去找老师说说。"

"没用的。"

"为什么啊？"

"这不是之前的稿子。"

施甜心里陡然一惊："什么？"

"第二页的内容不一样。"

施甜脑子快速地运转着："可稿子一直在我们手里啊，它就放在你坐的地方……不对……"想起了那个插曲，"有两个人到我身边来过，也经手了稿子，肯定是被他们换走的。"

307

纪亦珩轻点下头："嗯，应该错不了。"

"怎么可以这样？"比赛讲究的难道不是公平竞争吗？施甜气得浑身哆嗦起来，"我找他们算账去！"

纪亦珩见她气鼓鼓的样子，伸手将她拉回来："口说无凭，你怎么找？"

"屋子里肯定有监控。"

施甜看到不远处的一扇门被打开了，一个男人从里面出来，身后还跟着那个老师。他的助理等在门口处，一见他露面，急忙问他怎么样了。

男人胸有成竹，满脸笃定："挺顺利的。"

"就知道你最棒了！"

施甜气得不行："我们找主办方去闹。"

"就算有监控，说不定也拍不到完整的视频，"纪亦珩考虑得比较周全，"这稿子究竟是谁的，到时候说不清楚。"

"那你当时怎么不和老师说啊？你就说稿子不一样，哪怕让他再给你一份，你重新念也行啊。"

纪亦珩见她气得都要跳起来了，他自己倒没有那么气愤，笑着轻揉下施甜的脑袋。

"你还笑得出来？"施甜将他的手拉了下去。

"我当时要跟老师说了，我那才叫自找麻烦。"

"什么意思啊？"施甜完全听不懂，既然稿子被换了，第一时间肯定是要曝光的。

纪亦珩将手里的稿子翻到了第二页后，递给施甜："你看看，哪里不对劲？"

施甜之前没有看过，她想她肯定是发现不了哪里不对的。她找到了那个老师说的段落，一行行往下看，看到中间时，就看见了一个括号，里面写着这样一句话："想要知道更多的信息，请加微信号ZZPPNG38。"

"这是什么啊？"

"我当时看到这段，意识到内容不一样后，我快速扫了眼，这句话应该是那些人没有删除掉的。"

施甜还是云里雾里的："这话能说明什么呢？"

"应该能说明这稿子是提前泄露出来的，前后的内容跟今天要念的稿

308

子是一样的，只有第二页不一样。说得明白些吧，这儿的内部人员在网上兜售稿件，而且肯定是标了高价的，那些人把我的稿子换了，如果我今天照着念了，我就成了投机取巧的人，这是作弊。那恐怕以后所有的机会都要没了。"

施甜闻言，真是狠狠地倒吸了口凉气："稿子是他们卖的，就算听到你念了，他们心里也该有数。"

"兜售稿件的只可能是其中一人，绝大多数人还是对此深恶痛绝的。他们也会上网去搜，说不定也会出钱买一份，真要发现谁用了一样的，那就倒霉了。"

施甜气得捏紧拳头："这帮人真毒啊。"

原来他们不光是要将纪亦珩淘汰掉，还要将他的名声搞臭，这是想要永绝后患吗？

"所以我把那一段直接跳过去了，而且稿子也不能让老师看见，这已经是最好的解决办法了。"

施甜气不过，握紧了纪亦珩的手臂："难道只能这样吗？"

少年抬手，指腹在她皱拢的眉头上轻轻拂过："这才多大点事啊，就把你气成这样？"

"我是真的要被气死了。"

纪亦珩笑着在她肩膀上轻拍两下："不值当。"

这结果也不用再等了，在老师眼里，纪亦珩犯了最低级的错误，就算他表现得再好，也会被扣分的。

施甜神色恹恹地跟在纪亦珩后面，到了中学的正门口，抬头看到有辆车开过来停在马路边。

正在那里候车的助理快步上前，将车门打开，施甜想也不想地冲了过去："等等！"

那名助理扭头看眼，神色明显变了："有、有事吗？"

施甜目光盯着那个男人："首先恭喜你们，最大的障碍物被踢走了，你肯定能走得一帆风顺；其次，恐怕要让你们失望了，纪亦珩没有完全照着你们的稿子念，所以我们还是清清白白的；最后，我奉劝各位一句，身正比什么都重要，抬脚将别人踩下去，跟你是否能站到最高处，没有直接的关系。自身的专业素养和实力是个好东西，希望你也能有！"

男人脸上原本是轻快的，听了施甜的话，他的神色变得严肃起来："你这话是什么意思？"

"你别在这儿胡说八道！"男人的老师站在边上，高声想要喝住施甜的话。

施甜想着人心还真是可怕，这样的人，变脸变得也快。

"往后肯定还是会碰面的，后会有期吧。"她的目光再度落回到男人脸上，"我先恭喜你了，今日你肯定能脱颖而出，拔得头筹，毕竟你是提前熟悉了稿子的人。"

施甜说完这话，转身离开，心里再气又能怎样呢，怪就怪她太轻信别人了。

助理拉着男人上车，车门关上后，男人口气冷下去几分："她怎么会知道我提前拿到稿子的事？"

"一个小姑娘不懂事，谁会拿她的话当真？"边上的老师不以为意，这场比赛只要赢了就好，这才是最终结果。

只是她想不通，这么好的一招，怎么没把纪亦珩给诓进去呢？

车子到达目的地后，这个老师找了个机会，将助理叫到旁边："你打印的时候，有没有将我让你删除的那句话删掉？"

"删掉了呀。"

"确定？"

助理支支吾吾："确……定。"

她记得她删掉了，只不过中间关了下文档，难道是她没有点保存吗？可这个时候，她也只能咬死了说她删了。

施甜走到地铁站，眼见纪亦珩要下电梯，忙上前拖住他的手臂，将他拉到边上。

"怎么了？"

"都是我不好，我没能看好稿子，我是真没想到这世上还会有那样的人……"

纪亦珩见她心事重重的，目光轻抬看着她："施甜，得失心不要这么重。"

"可要不是我的话，你现在都能赢了。"

"这也算是给我们上了一堂课。我一点都不觉得这件事有多糟糕，发生得晚不如发生得早，越晚，要承担的损失可能就会越大。"

施甜知道他是安慰她，却也觉得纪亦珩这话是有道理的。

如果哪一天他成名了，同样的事情再来一遍，而他防不胜防偏偏又中招了的话，那被毁掉的就是大好前程。

施甜将双手插进他的衣兜内："你说我怎么那么傻啊，就没看出来他们心存坏心。"

"因为干净的人看别人，也是干净的。"

施甜将前额抵在纪亦珩的胸口上："对不起，我做了错事，却还要让你这样夸我，我过意不去啊。"

"这不是挺好的吗？让你以后提防心重一些。"

他们站在地铁的出入口处，左右两边就是上上下下的电梯，这会儿陆陆续续有人经过，总会瞧上一眼。

施甜心里委屈，也替纪亦珩觉得委屈，眼泪不住地往下淌。纪亦珩忙伸手替她擦拭："怎么还哭上了？"

"我们兴高采烈地跑过来，我没想到最后会这样，有点受不了。"

纪亦珩手掌不住地在她脸上擦着。有人顺着电梯上来，笑着在那里说道："这是惹女朋友生气了啊，小伙子，哄着点。"

施甜轻吸下鼻子，纪亦珩两手搓揉着她的脸蛋。施甜的脸都变形了，她赶紧将他的手拉开，破涕而笑："丑死了。"

"好看着呢，真好看。"

这会儿正好也是吃饭的时间，纪亦珩带着施甜去了日料店，点完餐后，他将门轻拉上。

施甜两手托着小脸，还是闷闷不乐的。纪亦珩坐在她对面："一会儿多吃点，吃完心情就好了。"

没过一会儿，服务员敲了门进来上菜，纪亦珩拿过施甜手边的碟子："芥末给你多放点？"

"我自己来吧。"

"不用，你今天心情不好，让你轻松轻松。"

施甜嘴角不由得轻扬起："纪亦珩，这话应该由我说，你心里才是最不舒服的，是不是？"

纪亦珩夹了几片三文鱼放到小碟子内："我没有不舒服，重在参与。倒是你，这点小事都想不开，以后怎么承担得起大事？"

他丢了最好的机会，被人设计陷害，还差点被人害得从此以后前途晦暗，可如今，他却在开导她、安慰她。施甜拿起手边的筷子，心情一下就好了："纪亦珩，你知道你在我眼里像什么吗？"

"像太阳？"

"你怎么知道啊？"

纪亦珩给她倒了杯清酒："还真是太阳，你就不能有点新奇的想法？"

"因为我觉得你总是积极向上啊，我知道你压力和负担其实都很大，可所有人看你，都觉得你做事情特别顺畅，你还能给别人正能量，不像太阳像什么？"

这"彩虹屁"拍了一大串，听得纪亦珩都想笑出来："你可以换个词形容形容我。"

"那就像……向日葵？"

少年眉头动了动，算了，也不指望她能说出朵好看的花来了："还是像太阳吧。"

傍晚时分，徐子易坐在宿舍内，手还是痛得厉害，就算吃了医生配的药，也不是很顶用。

她一页页翻着书，可压根看不进去，桌上的手机振动下，是个陌生号码。

徐子易拿起来接通："喂？"

"我是韩凌阳，我在女生宿舍门口等你。"

她惊得后背都挺直起来："你来做什么？"

"你出来趟。"韩凌阳说完这话，就挂断了。

徐子易忙起身，可她头也没洗，整个人看上去不是很精神，她想躲着不出去，但中午好歹吃了他的外卖，也不好连句谢谢都不说吧？

她随意收拾下就出门了，出了女生宿舍，看到韩凌阳站在不远处的大树底下。

夕阳西下，天空被一抹晚霞给染了个遍，映在头顶的红色像是被肆意撕扯过的棉絮，一缕一缕，很是好看。

　　徐子易快步上前："你怎么来了？"

　　"今天怎么样？手还痛吗？"

　　"还好。"

　　"走吧，去吃晚饭。"

　　徐子易站着没动："中午的外卖是不是你让人送的？我没有你的电话，原本想等小狮子回来问她要……"

　　"我也是问她要的，外卖是我让人送的。"

　　他一下就将问题回答完了，徐子易跟着韩凌阳走出去两步："中午的外卖点了好多，饭和菜都没吃完，我晚上还可以吃一顿的。"

　　韩凌阳停下脚步看她眼："为什么要省成这样？一顿饭而已，没几个钱。"

　　没几个钱吗？一百块钱一个外卖，都够她几天的伙食费了。

　　韩凌阳带着徐子易来到学校附近的餐厅，她很拘束，他让她点菜，她也只说随他就行。

　　他翻开菜单，点完菜后招呼服务员过来。

　　徐子易把受伤的手就放在身前，韩凌阳一抬头就能看到："你的手机呢？我加你微信。"

　　她的心跟着餐厅内的音乐声剧烈跃动。徐子易摸出手机，让韩凌阳扫了下，验证信息发过来，她刚要点通过，他就将她的手机拿了过去。

　　"其实你不用这样的，我手没有大碍，况且医药费都是你出的……"

　　徐子易听到手机传来阵嘀嘟声，韩凌阳点了下后，将手机放回她手边："我先给你转了两万块钱，就当是营养费。你好好养伤，等到复查的时候我会跟你一起去。"

　　"这可不行，你真不用给我钱的……"

　　她睇过手机屏幕，看到微信页面上有醒目的转账记录，而且已经被点了接收。徐子易赶紧拿起来："真不用这样，我……"

　　"这是应该的，要不是你，我的损失远远不止这些，我也不想欠任何人。"

　　他已经将话说得明明白白，他的手是比她的手金贵，所以她替他挡了这么一下，这钱就当是补偿。给了钱，事情才能完满地解决，而不是拖拖

313

拉拉，还要记着她的情。

这笔钱对徐子易来说，算是巨款了。她将手机放回桌上："我当时没想那么多，你也不必太放在心上，还有，这钱实在太多了。"

韩凌阳将自己的手伸了过去："我三岁开始学弹钢琴，对童年最深的记忆，就是学琴。上钢琴课很贵，买的琴也贵，这两万块钱和对我这双手的投资相比较，只不过就是少上几节课罢了。"

徐子易闻言，脸色微红。韩凌阳见她神色不对劲，又补充说道："你别胡思乱想，我的意思是这个钱给你是最合适不过的。"

"既然自己的手这么宝贵，为什么要糟蹋它呢？"

韩凌阳轻抬下目光看她，徐子易对上了他的视线："你跟人打架，一旦出手，就有可能会受伤，你有没有想过，你的手要是废了，难道不可惜吗？"

"那你的手呢？你一个女生，手要出了问题，以后怎么办？"

徐子易嘴唇嚅动了下，没能说出什么话来。

他请她吃饭，就是想还了这个人情的，哪怕不能一下子还清，那也要一点点地还。

回宿舍的路上，有一段路黑漆漆的，徐子易紧跟着韩凌阳的脚步走，她一手放在身前不敢乱动，另一手紧紧捏着手机。

徐子易心里比谁都明白，像她这样的人，一旦喜欢上了谁，就势必要走一条比别人艰辛很多的路。

她看着身前的背影，很想大着胆子一条道走到黑，可是她真的敢吗？明知没有结果还要交付真心，到头来，恐怕只剩下一场哭了吧？

徐子易心里酸涩得厉害，韩凌阳于她而言只能算是一道明亮的光，能远远看着，却在高处，不能被触摸到。

施甜抱着最后一丝侥幸，去官网查了查比赛的结果，果然没有看到纪亦珩的名字。

纪亦珩比较看得开，可施甜心里却像是被一把刀给剐伤了，这也等于是在提醒她，今后要事事小心。

暑假过后，就是军训，徐子易因为手受伤，申请了留校休养。

去拆除石膏的当天，她没告诉施甜和韩凌阳。她深知韩凌阳是不想欠她，那这件事，就从她拿了他的钱后算结束吧。

手伤看着是恢复得不错，但手指弯曲的骨节处，却留下了一块小小的凸起，也不知道是怎么回事。

医生给她做了检查，从片子上看，骨头和关节都没有问题，就给她配了药回去让她吃着，必要的时候做做热敷，观察一段时间再说。

十一校庆过后，蒋思南她们拉着施甜去学校的公示栏看热闹。

橱窗内贴满了优秀学生最近所获得的成绩和奖项，中间一块地方是专门给纪亦珩留着的，施甜凑近些看。

朱小玉指着一块角落："快看，今年有徐景啊。"

施甜视线轻落，看到了徐景在舞蹈大赛上收获而来的奖状，蒋思南很是幸灾乐祸地道："没有季沇清，太阳从西边出来了。"

"选拔的时候，季沇清被徐景弄下去了。"后面也有同学凑上来，将已知的八卦做个资源共享。

施甜视线仍旧定在橱窗上，纪亦珩好像什么都没做，却又好像什么都做了。他往学生会里塞了个徐景，光一个她，就让季沇清疲于应付，她现在果然没再找过施甜什么麻烦。

看完热闹，施甜赶紧去了校园广播室，纪亦珩在里面打游戏，她没有打扰他，快步上前后坐定下来。

门口有敲门声传进耳朵里，严老师推门进来。施甜忙踢了下纪亦珩的脚："快，严老师来了。"

幸亏纪亦珩正好结束了一局，他忙关掉页面，神色自若，就好像他刚才是在查阅什么学习资料。

施甜站起身，看见严老师身后还跟了一个人，她率先打过招呼："严老师。"

"都在呢。"

严老师身后的人冲着施甜微笑点头。施甜从未见过她，也不知道该怎样称呼，严老师赶紧介绍道："这是你们的师姐，陆一乐。"

"师姐好。"

"你好。"

严老师看眼施甜："你先去上课吧。"

315

看来他们是有什么要紧的事要跟纪亦珩说，施甜忙收拾起桌上的稿子："好。"

"严老师，"纪亦珩起身，将椅子推到严老师的身边，"我的事施甜都能听，不必这样麻烦。"

"你啊，"严老师也是拿他没办法，开起了玩笑道，"你学姐那时候我就管得严，哪允许有这样的事啊，我现在是越来越管不住这帮小猴崽子了。"

施甜看了眼跟前的陆一乐，很年轻，也就二十七八岁的样子吧，穿着不张扬，可一件简单的小开衫都能透露出不一样的气质。

"言归正传吧，一乐是我的学生，也是当年那一届混得最好的，她跟不少电视台都有合作，手里又有资源。我也是请了她好几次，才把她请过来的。"

"哪里啊，严老师您要再这样说话，我可不敢待在这儿了，还是您教得好。"

严老师示意纪亦珩上前一步："他的资料和作品，我之前都给你发过，我真是对他寄予厚望，就盼着他能越走越好，给我们脸上增光啊。"

施甜听得都有些动容了。严老师虽然平日里爱唠叨，但是惜才啊，特别是对纪亦珩，那就跟自家孩子一样。

"我听了，也看了，要不然今天也不会过来。说句实话，我听过那么多声音，他的嗓子绝对是最好的。这也是托了您的福，要不然凭我自己，遍地去找也找不到。我现在就怕别人来跟我争抢，所以我得趁着他还在您手里的时候，把他签了。您放心吧，我一定给他筹划个最好的将来，保准前程似锦。"

施甜难掩激动，果然金子在哪儿都是能发光的。

严老师听了这话，也是高兴得不得了："好好好，这就好。"

"合同我都带来了。严老师，您要是信得过我，以后就把他交给我吧。"

"当然，这可是好事啊。"

施甜见纪亦珩没说话，还觉得奇怪呢，严老师推了下少年的手臂："你怎么看？"

"签约的话，要签几年？"

"五年。"

这是最基本的，前期毕竟也是要投资和培养的，后期才能看见收益，如果签的时间短，就等于是前人栽树后人乘凉了。

"我想，如果等我毕业了，自己出去闯的话，应该也不会差到哪里去吧？"

严老师知道纪亦珩心气高，也有实力，但毕竟还没有真正踏上社会。

施甜轻拉了下他的手臂，这于纪亦珩来说是天大的机会，说不定就能年少成名，她是真希望能看着他站到高处的。

"明年开春，某个卫视有档寻找好声音的节目，我跟那个台长熟悉，我也有直接推荐权，你如果能参加，按照你的条件，肯定能一战封神。纪亦珩，有些机会不是谁都能拥有的，你就不想到更辽阔的舞台上去看看吗？你会发现那里更适合你，你的声音可以带着你越飞越远，但你前面必须有个带路人，我可以让你少走些跌跌撞撞的路。我们都是严老师的学生，我不会诓你的。"

纪亦珩心里也有自己的打算，他志向高远，可一旦踏上了被人安排好的路，他能展翅高飞的代价，恐怕就是会失去更多的自由。

"两年，我可以签给你两年。"

"不行，两年太短了。"

施甜站在边上插不上话，纪亦珩抬手轻落在椅背上："两年以后，我必须是自由的。我想做的事也很多，我不想被束缚。"

"但你要实现自己的梦想，就势必要舍弃一些别的东西。"

"舍弃两年时间还不够吗？如果不够，那这样的梦想也不是我想要的。"

陆一乐大概是看出了少年的坚持："那这样吧，我们彼此都考虑下，一个星期后我再来。"

"我不用考虑，师姐，您回去想想吧。"

施甜心里有些怅然，他们才大三，原本应该是在地上努力奔跑的，可纪亦珩却即将要插上翅膀飞了。

严老师将陆一乐送出去，再回到广播室时，盯着纪亦珩半天也不知道要说什么。

"这是多好的机会啊。"他点到即止，也不好替纪亦珩做什么抉择。

"我知道，她允诺的好处是不少，可若做不到呢？她签的人肯定不可能就我一个，她更不可能将全部的资源砸在我身上。两年时间，我尚且耗得起，但

317

是签订了五年的话，如果我在她手里成不了，那我也别提什么将来了。"

施甜方才光看到了好处，确实没想到这五年之中，如果陆一乐不尽心尽力，那纪亦珩就算是被拖惨了。

"这就是在赌，我也甘愿试一试。"

严老师神色微松："好，你心里有主意就好。"

"还要谢谢严老师的推荐。"

一周的时间，纪亦珩果然没有丝毫让步的意思。严老师又明里暗里跟陆一乐透露些小道消息，说是又有公司来接洽了，发现了这个宝藏，这也就逼得陆一乐破了一次例，按着纪亦珩的要求签了两年。

合同是在严老师的办公室内签订的。施甜那会儿正在上体育课，刚下课就接到了纪亦珩的电话。

"你在哪儿？"

"我在操场呢。"

"你到学校门口等我，一起吃个饭。"

施甜赶紧回宿舍收拾了下，等她赶到校门口，才发现严老师和陆一乐都在。

吃饭的地方是纪亦珩挑的，坐的是严老师的车。严老师开到商业街后，又往里走了一段路，这才找到酒店。

纪亦珩带着施甜进了包厢，他事先就点好了一桌子的菜，这会儿还早，纪亦珩让服务员先上了一壶茶水。

几人围坐在圆桌前，施甜这才意识到，合同应该是顺顺利利地签好了。

陆一乐起身给严老师倒了一杯茶："我真要谢谢您这位好老师，把这么个人才留给了我。"

"那你以后可要使劲栽培才是。"

"您放心，我要做不到的话，您打我。"

"你啊，越来越会说笑了。"

陆一乐敬了严老师一杯茶："我回去就安排，好声音的选拔赛我这边只有一个名额，就留着给他了。这仗要是打赢了，以后他就能走得顺顺当当。"

"我知道你平日里忙，不过你既然签了，以后的路我相信你会安排好的。"

"这是自然。"

纪亦珩起身也敬了严老师一杯茶，施甜见状，忙跟着站起来。

严老师拿起茶杯，施甜赶紧给他杯子里添满。

"现在敬茶都要带上家属了。不过这小姑娘是不错，勤快、能干，跟着你跑前跑后的从无怨言，实在不容易。"

施甜被夸得脸微微红，敬完茶就坐回去了。

"原来师弟师妹还是一对呢。"陆一乐嘴角噙了抹笑地打趣。

"还说你火眼金睛呢，这点都看不出来？"严老师吃了块点心，"我是一早就发现的。"

"那确实是我眼拙了。"

几人在包厢内说了会儿话，纪亦珩见时间差不多了，走到外面吩咐服务员准备上菜。

严老师也起身了："我去抽根烟。"

"好。"

包厢门被轻带上，施甜看眼身边的陆一乐："师姐，我给你再倒杯茶吧。"

"不用了。"眼见施甜要起身，陆一乐将手扣在了茶杯上，"你叫什么名字？"

"施甜。"

"你跟纪亦珩在一起，是不是很多人都知道？"

施甜自然是老实回答："嗯。"

"你也知道，我签了纪亦珩，就势必要在他身上投资很大，我不想得不偿失。"

施甜隐约也听出了她话里的意思："师姐，有话不妨直说吧。"

"纪亦珩以后前途不可限量，如果我是你，我会放他飞得更高。"

施甜心里咯噔了下："你是想让我跟他分手？"

"不出一年，他的曝光度会大大增加，校园爱情到最后有几对是能成的呢？与其最终被形势所逼，还不如现在互相成全。你应该明白，你跟他在一起是会拖他后腿的。"

陆一乐拿起茶壶，给自己斟满了茶。施甜没想到才第一天，她就给了她这么一下迎头痛击。

"究竟谈恋爱跟他以后的前程，有多大关系？"

"为什么明星就算是谈恋爱了，甚至是结了婚、生了孩子的，都要隐瞒呢？不是一个道理吗？"

施甜并不觉得这就是对的："那又有多少模范夫妻是你没看见的，只要夫妻恩爱，生活甜蜜，并不能影响什么。"

"这么说，你是做好准备了？有朝一日纪亦珩站在了山巅上，所有人都会对他的生活圈子感兴趣，他们可能会将你从小到大做过的事扒个一干二净，也有可能会让你的家庭背景随时现形。你要是觉得你能承受得了，就试试吧。"

施甜仿佛被陆一乐的话打在了痛处，痛得她无法呼吸，像是被掐住了命门。

她收回视线，说话却仍旧是硬气的："那你就说动纪亦珩吧，让他跟我提分手。"

"你何必呢？"

"他要说分手，我绝不纠缠；但他若没那个意思，我也不会提。毕竟当初是他跟我表白的，做事情要有始有终，他开了头，那也要由他决定结什么果。我这人最好说话了，好果子和坏果子我都能咽得下。"

陆一乐不由得盯着施甜的侧脸多看了两眼，这姑娘年纪虽小，心里却跟明镜似的，知道跟着纪亦珩的好处，所以赶都赶不走。

门口传来说话声，纪亦珩推开了门，跟严老师一前一后进来。

"等你们半天了，"陆一乐换了副脸色，"严老师，你是不是把你学生拉着一道抽烟去了？"

"就你会胡说。"

两人刚坐下，服务员便进来上菜了。

"一乐，你记得以后给纪亦珩安排工作，尽量安排在周末，实在不行你也别勉强，学校这边我去打招呼。"

"好的。"

严老师看了眼乖乖坐在纪亦珩身边的施甜："你还是当他助理吧，周末的时候跟着他一起出去，对你以后的发展也好。平日里要是请不出假，就让他自己去，要以后真忙不过来了，再让一乐安排别人，行不行？"

陆一乐笑着接过了话："当然行，我也不能让小情侣家家的总是分开啊。"

施甜嘴角始终微勾着,她方才可不是那样说话的。

徐子易手上的那块地方,一直没能下去,尽管后来去复诊了,可医生也说不出个所以然来。

但既然已经不痛不痒,也只能这样放着了。

她躺在床上,手指不受控制地点开了韩凌阳的朋友圈,他很少更新,而且还设置了三天权限,她能看到的东西真是少之又少。

徐子易发现了新的内容,激动得将手机放到面前,那是一场演唱会的现场视频。她点开细看,这才发现钢琴伴奏的人居然是他。

他穿了正式的西装,身姿修长,指尖的弹奏犹如行云流水,一眼就能令人着迷。

手机上突然进来了一通电话,正是韩凌阳的号码。她也不知道是心虚还是什么,差点就把手机给丢出去了。

"喂?"她赶紧接通。

"施甜在吗?"

徐子易看了眼对面的空床:"还没回来,你找她有事吗?"

"我打她电话关机,应该是没电了。"

"嗯。"徐子易也只能这样接话。

"你有空出来趟吗?我有东西给她。"

徐子易赶紧掀开了被子:"好,我在宿舍。"

"那你出来吧。"

徐子易匆匆忙忙套上裤子,又找了件外套披在身上后,这才快步出去。

韩凌阳在女生宿舍的门口等着,徐子易小跑着上前,少年听到脚步声回过头。

"小狮子还没有回来呢。"

韩凌阳将手里的一张票给她:"那就由你转交吧。"

徐子易接过手看眼,见是张演唱会的门票,位置很靠前。她想到了韩凌阳朋友圈的那个视频:"是不是你也要参加?"

"对,我有钢琴演奏。"

"太厉害了。"她真是由衷钦佩。

"你告诉她，让她抽空一定过来。"

徐子易轻点下头，看来他今天是在彩排了。只不过票就一张，估摸着就算她自己买，也买不到那么好的位置。

"回去休息吧。"

"好。"

徐子易手指抚过票面，韩凌阳对施甜怎样，恐怕也就施甜那个榆木脑袋想不到了。

感情有时候就是这样，施甜和纪亦珩是肩并肩站着的，施甜的背后站着韩凌阳，韩凌阳的背后站着她。可偏偏所有人的眼睛都是朝前看的，永远看不到身后的人。

徐子易看着少年的身影渐行渐远，直到再也看不见后，这才转身回到宿舍。

严老师晚上喝了酒，酒量又不好，走出酒店的时候腿在飘。

陆一乐拿了车钥匙："我送你们回去。"

"不用了，"纪亦珩将严老师送到车旁，"我和施甜自己回去就成。"

"那也行，路上当心点。"

施甜帮忙将车门拉开，纪亦珩搀扶着严老师让他坐进去。陆一乐开了车离开，纪亦珩掏出手机也想叫车，施甜站到他身后，将两手圈过他的腰际："我们走一段路吧，步行街出口处有地铁，坐地铁回去。"

"今天你倒是不怕晚了。"

"我看着时间呢，离宿舍关门还早。"

纪亦珩握住了她的两手，指腹在她手指尖上摩挲："那好，走吧。"

"纪亦珩，以后我要是跟你分手了，你会不会想我啊？"

"你今晚又没喝酒，怎么醉了？"

施甜将脸贴在他的背上："我清醒得很呢，就是瞎问问嘛。"

"瞎问都不行。"

"为什么啊？"

"我们在一起好好的，为什么要想分开以后的事？"

也对啊，她跟他在一起，每一天都是开心得不得了，只觉得一天

322

二十四小时都不够，怎么还有这个闲心去想不好的事？

　　看来她真是被陆一乐那几句话给吓到了。

　　"纪亦珩，我怕我以后配不上你啊。"

　　少年将她的手拉下去，转身面对着她，抬手用手指狠狠地弹了下施甜的脑门，她哎哟一声，痛得都弯下腰了。

　　"配不上我的人那么多，不差你一个。"

　　施甜捂着额头直起身："你还真敢说啊。"

　　"你觉得跟我在一起，开心吗？"

　　"开心啊。"

　　"是不是就怕我将来一脚把你踢走了？"

　　施甜踮起脚，眼睛望进少年的眼底深处："你会吗？"

　　她一点都不怕他会那样做，纪亦珩将她捂在额前的手拉下去，看到被他手指弹过的地方都红了。

　　"不会。"

　　施甜嘴角轻扬。

　　纪亦珩俯身亲吻在她红了一片的额角处，他的吻随后落向她的耳畔："要不……我们生米煮成熟饭吧，这样你就不用前怕狼后怕虎了。"

　　施甜缩了下脖子，觉得纪亦珩说话越来越大胆了，这话都已经不是暗示了，就是赤裸裸的……

　　她伸手推在他身前："你别胡来啊。"

　　"我哪里有对你胡来？是你瞻前顾后的，我这是替你想法子。"

　　施甜从他怀里退出去："生米煮成熟饭，那也是夹生饭。"

　　"夹生饭我也喜欢吃。"

　　"我不理你了。"她转身要走。

　　纪亦珩一把将她拉回来："回学校不是那个方向。"

　　"纪亦珩，你说是不是我自己想太多了？"

　　"怎么不是？"少年拉着她的手慢慢往前走，"跟你在一起，要面临或者即将面临什么事，我都想过，我从来不怕。"

　　施甜心里头的阴霾因为纪亦珩的这句话而一扫而空，方才还是负能量爆棚的呢，这会儿就能从牛角尖里钻出来了。纪亦珩都这样说了，她还怕什么啊，再说她担忧的事情不是都还没来吗？

纪亦珩将施甜送到宿舍门口。徐子易见施甜进来，忙冲她招下手："小狮子。"

"今晚不看书了？这是准备睡觉吗？"

徐子易将那张演唱会的门票递过去："韩凌阳打你电话关机了，他让我转交给你的。"

施甜接过手："什么啊？"

"你自己看看就知道了。"

施甜看了看正面，再看眼反面："这羚羊，给我门票干吗？我不喜欢看演唱会。再说那天我也没空啊，我有事。"

"不重要的话，你就挤个时间过去吧。"

施甜将门票在徐子易的床沿处敲了两下："陪纪亦珩出去呢，你说重不重要？"

她嗑了抹笑，蒋思南从她身边经过，故意撞了下施甜的肩膀："少女怀春啊，你说重不重要？"

"你再胡说，我打死你！"施甜扬起手里的门票要打蒋思南。

徐子易急得坐起身："别……"

施甜的手僵在半空中："怎么了？"

"你也不怕把门票给扯烂了。"

"我们小狮子只要跟大神在一起，哪怕轧轧马路赏赏月都是开心的。别人的事啊，她一概瞧不见。"

施甜将门票塞到徐子易手里："你去。"

"啊？"她像是扔烫手山芋似的，将门票丢开，"我不去。"

"我是真没时间啊，总不能浪费了吧？你跟羚羊也算认识了，上次不是还一起看过电影吗？"

施甜话音刚落定，就看到徐子易急得要用手捂住她的嘴，幸亏蒋思南和朱小玉都没听见。徐子易小脸通红，施甜笑着拿起门票再度塞回她手里："我知道你是最不爱浪费的了，你看看这票面价，我不去你也不去，这就作废了。"

施甜转身回到自己的床前，时间不早了，还要抓紧洗澡洗衣服才行。

徐子易捏紧那张门票，心里既觉得期待又有忐忑，韩凌阳想要看见的人不是她，可她想见他，想看他。

演唱会当天，徐子易被人推挤着往前，好不容易才找到座位。

后面的不少人都拿了灯牌，徐子易翘首以盼，总算看到了韩凌阳上台。

那架钢琴离徐子易坐的地方很近，少年坐定下来，在她眼里好似有一身荣光。韩凌阳下意识地看向她的位置，第一眼时，他的眼里是有些吃惊的。

徐子易觉得无地自容，可又不好冲上去跟他解释。她生怕他心有误会，整个人都忐忑而小心起来。

整场演唱会，最瞩目的其实是台上的组合，她们唱唱跳跳，收获了大片的掌声。

很少有人会注意弹钢琴的是谁，伴唱的又是谁。徐子易的目光自始至终落在韩凌阳身上，不曾挪开。

他是她眼里那道无法企及的光，她越是深入了解，就觉得这道光越是灼目耀眼。

韩凌阳背对着她演奏，每一个音符都好像是长了脚的精灵，一个个跳在了徐子易的肩膀上。

她的嘴角不由得轻勾起来，她的那些心思都被藏得很深，这样远远地看着他其实也很好啊，不说破才不会有伤心的时候。

演唱会即将结束前，徐子易先离了场。

这会儿已经很晚了，她快速往外走，体育中心附近的很多店都关了，小跑了一段，找到外面才发现有家二十四小时便利店。

韩凌阳到现在恐怕都没能吃上一口东西，她要了个饭团和三明治，让店员帮忙加热，再要了一杯热咖啡。

徐子易到门口去等韩凌阳，可这会儿正好散场，人群乌泱泱一片往外拥，她到哪里去找他？

她拿出手机想给他打个电话，可再一想，她方才好像是犯了糊涂，韩凌阳既然是表演嘉宾，就肯定会有人安排好他的，也会有专门的通道让他离开。

徐子易拿着那些吃的，总觉得沉甸甸的。

也不知道他有没有看见她提前离开了，可即便看见了，韩凌阳也不会问一句的。他应该只会觉得这张票没能让施甜过来，真是可惜了。

第十四章　吃了一口醋

　　陆一乐要给纪亦珩造势，也不急于一时，她最擅长这样的事，当然要挑准时机才行。

　　她看中了直播带来的人气，就让施甜近期安排个直播活动，还由她工作室准备好了礼品，到时候会抽一拨人送出去。

　　晚上，施甜还在想着直播内容，她绞尽脑汁，笔在纸上写了一行字后又画掉。

　　手机传来嘀嘟声，施甜拿起来一看，是陆一乐发来的文档。

　　她有自己的工作室，这种事对她来说驾轻就熟，也知道外面的那些小姑娘喜欢什么样的人，人设往往不都是靠公关立起来的吗？

　　直播时的流程和需要提的问题，陆一乐都给她安排好了。

　　施甜草草地扫了眼，却觉得不妥，赶紧跟她沟通："学姐，这里面有些问题未免太出格了，我怕纪亦珩不肯配合。"

　　"这些若回答不了的话，以后怎么面对外面的采访？再说怎么回答我都写出来了，你发给他，只需他提前背一下就行。"

　　施甜知道陆一乐强势，不会将别人的话听进去，但她转念一想，陆一乐的心思更成熟，也更知道怎么抓人眼球，目光肯定也比她长远的。

　　施甜将文档发给了纪亦珩："那些问题需要怎么回答，你好好看一下，背一下，明天千万别出岔子。"

纪亦珩也不知道在做什么，隔了半晌后才发了个"嗯"。

第二天，施甜吃过中饭就去校园广播室了。

她还特地买了两盆茂盛的绿萝摆在不远处的书架上，这样直播时候的背景也不至于太单调。施甜调了许久，才重新调到了一个满意的角度。

纪亦珩在边上看着她忙来忙去的样子："我自己手捧着就行了。"

"画面太渣可不行。对了，昨晚的问题都看过了？"

"嗯。"

"该怎么回答，你背下来了吧？"

"嗯。"

施甜心里放定了些。

直播向来是由施甜主持的，前半部分纪亦珩自由发挥，念词、唱歌都用上了，到了后面，就有快问快答的环节。

稿子是陆一乐让人准备的，提问的问题都是在微博留言区内收录而来的。

施甜坐在镜头外面，准备开始。

"第一个问题是这样的，由新浪网友KO288提问：'脑（老）公脑（老）公，我们永远支持你……'"

纪亦珩靠坐在椅子上，白色的衬衣袖口轻挽，他手里拿着一会儿要用的稿子，眼神清清冷冷："谁是她们老公？我不是！"

施甜看着下面的标准答案，这不对啊，他不是应该说"谢谢你们的支持，正是因为大家的抬爱，我才能越走越远"吗？

怎么这语气这么刚的呢？

施甜拿出自己的手机，偷偷看眼直播间的留言。

"天哪，这人居然翻脸不认人的……"

"大型离婚现场，大家快跑啊……"

施甜看得出来，这也就是嘴上说说罢了。

她抖了抖手里的纸："好好回答，掉粉跟涨粉就全看你这张嘴了。"

下一题。

"大神，大神，我们要给你生猴子！"

施甜心想，现在的小姑娘都这么厉害了？光听了他的声音，就敢提这

327

样的事?

少年眉头挂满了不耐烦。

施甜知道他双商爆表,回答这种问题肯定绰绰有余,再说了,不是有标准答案在吗?

施甜的视线往下挪了些,纸上给的答案是这样的:什么猴子啊?别胡说,再说你们也不了解我,我生活简单,只想认真读好书……

这所谓的标准答案,连施甜都有些看不下去,这也太官方太假了。

要纪亦珩自己回答的话,他估计会说:生猴子有什么好玩的,一起来"开黑"啊!

施甜视线落到纪亦珩脸上,见他身体坐正了些,将手里的稿子往桌上一丢。他拉了下椅子,身子朝施甜靠近过去,脚轻轻地碰到了她的腿。

他单手撑着侧脸,眼角高高往上挑,不知是什么缘故,他居然将他颈口的扣子都给解开了。

"好啊,来啊,看你能生几个。"

这是什么操作?!

施甜想也不想地用手里的稿子去打纪亦珩的脑袋,他将椅子退回去,人也回到了画面中。

这个快问快答真是进行不下去了,这纪亦珩完全没有按照稿子的要求来念,这随心所欲的,真是想说什么就说什么啊。

留言区这不就炸了吗?

"啊啊啊,我石化了!"

"嗷嗷嗷,我被撩了,妈呀!"

"好的,你等着,这话可是你说的,我要生一窝!"

施甜轻咽下口水,这怎么收场啊?

有人掐中了重点:"他这话是对谁说的,不会是对他助理说的吧?"

"No,嫉妒使我质壁分离!"

"这是什么剧情啊?!"

施甜伸手捂脸,纪亦珩靠坐在椅子上,一脸压根不知自己闯了什么祸的潇洒表情:"继续啊。"

施甜胆战心惊,照这样问下去,天都要塌下来了。

她狠狠地瞪了眼纪亦珩，纪亦珩比了个OK的手势，好好好，他一定配合。

好歹她算是威胁住他了，接下来的几个问题，纪亦珩都回答得中规中矩。

好不容易结束了直播，施甜赶紧关掉页面，将手机拿了下来。

"你刚才怎么说话的呢？"

"回答得不是挺好的吗？"

"哪能这样说啊？你你你……你这样，人家要说你不正经了。"

纪亦珩不以为意："我本来也不是冲着她们说的。"

"不跟你说了，我走了。"施甜眼见要上课了，赶紧收拾下东西离开。

下午刚放学，陆一乐像是掐好了时间似的打电话过来了。

施甜走到教室外面，接通电话："喂，师姐。"

"我正好到学校来一趟，我想跟你见个面。"

"是因为今天直播的事吗？我跟纪亦珩说过了，标准答案也给过他了，我不知道他会那样说。"

陆一乐语气充满了不耐烦："见了面再说吧。"

施甜听着电话那头传来嘟嘟的声音，手臂轻落，不由得靠着栏杆望向楼下。

要是放在以往，她压根不用害怕任何人，这就是直播中的一个小插曲罢了。再说话都是纪亦珩说的，跟她有什么干系？

可现在陆一乐却要找到她身上，免不了又是一顿说。

"小狮子，回宿舍吧。"蒋思南过来叫她。

施甜勉强勾起抹笑："我有点事，你们先回去吧。"

"好。"

施甜下了楼，她和陆一乐并未说好约在哪里见面，有汽车喇叭声传到她耳朵里。

校园里一般只有教职工的车子才敢进，施甜头也没回，让到边上。

陆一乐落下车窗喊她："施甜。"

她回头看眼，陆一乐将车子停在她身边："上车吧。"

"去哪儿？"

"我找严老师有点事，我也没多余的时间单独再约你，就在路上说吧。"

329

施甜闻言，只好上了她的车。

陆一乐果然是个不喜欢拐弯抹角的人："你们直播的过程，我都看到了。"

施甜知道她是来兴师问罪的："效果不是挺好的吗？纪亦珩虽然没有按照你的要求说，但现在的人，有什么话是接受不了的呢？"

陆一乐目视前方："你很满意这个结果，是吗？"

"我觉得想说什么就说什么，这才叫直播。"

"你诱着纪亦珩想让他承认你们的关系，你小小年纪，心机怎么就这么深呢？"

施甜只觉如鲠在喉："纪亦珩早就承认我了，我为什么要诱着他？再说要提问的问题是你给我的，我还跟你提过意见的，这种问答若处理不好，是要惹出麻烦的。"

陆一乐没想到她嘴巴这么厉害，她跟纪亦珩是合作关系，而施甜充其量就算是个小助理而已。

她双手握着方向盘，没再说什么，找了车位将车子停好。

正好，施甜看到严老师和纪亦珩正从楼上下来。

两人下了车，纪亦珩看到她们在一起，下意识地拧紧了眉头，上前："直播的事跟施甜无关，你不要找她。"

陆一乐神色有些不自然："瞧你护崽子一样地护着施甜，我不过是顺路将她带过来。再说直播反响挺好的，我还能连这种小事都管着你吗？"

纪亦珩笑着摸了下施甜的眉角处，她赶紧将他的手拉下去。

陆一乐看在眼里，只是将视线移开了。

纪亦珩越来越忙，有时候甚至直接跟学校请了假。施甜觉得就连宿舍里的气氛都变了，学校的老师有推荐权，徐子易听之前的学姐说过，如果成绩优异，各项表现都出色的话，有可能会直接被推荐去电视台。

徐子易年年都是奖学金获得者，对她来说这是最好的机会，所以她拼了命一样地在学习。

今年过年，施甜还是和去年一样，回家几天后就过来了。

刚开春，纪亦珩就紧锣密鼓地准备着选拔的事了。

那个节目前前后后要搭上将近一个月的时间，录制地点在上海，陆一

330

乐为了能保证他有最好的状态，直接跟严老师请了长假，就让纪亦珩待在酒店里。

第一轮海选的时候，纪亦珩顺利拿了高分。

施甜在学校，课也听不进去。比赛期间纪亦珩不用手机，她压根就联系不到他。

好不容易挨到周末，施甜总算接到了纪亦珩的电话。

"学校功课多吗？"

她躲到外面去讲电话："不多。"

"我想你了。"

她原本心里还塞满了难受和胡思乱想的，这会儿听到纪亦珩的话，嘴角不由得漾出朵花来："我也想你。"

"你到上海来吧，就现在。"

"不行吧，严老师说你在接受封闭式训练……"

纪亦珩不以为意地道："我也不是每时每刻都在训练，车票我都给你买好了，我发给你。"

"我还没说去呢，你什么时候买的呀？"

"你肯定会来的。"

"你就胡说吧。"

纪亦珩在电话那头顿了下，随后又软了嗓音道："我想你过来。"

施甜心想她怎么这么不争气呢，一听他这话，心里就乐开了。

"来不来？"纪亦珩的嗓音带了莫名的蛊惑，非让她乖乖听话不可。

"来。"施甜无奈又好笑地道。

纪亦珩将车票信息发给她，施甜一看时间还挺紧的，赶紧收拾下后就出发了。

陆一乐走进房间时，见纪亦珩正在练习，就将手里的水果放到桌上。

"嗓子还吃得消吧？"

"没问题。"

陆一乐烧了壶水，等水开后，拿了纪亦珩的杯子要过去。

"不用了，我自己来就行。"纪亦珩先一步拿起水杯，"师姐，你自己也有事，不用总往我这儿跑。"

331

"对我来说，现在让你一路杀进决赛就是最重要的事。"

纪亦珩倒好了水，倚着桌子看她："我知道比赛重要，我心里有数。"

"最近你就不要出门了，初赛你崭露头角，难免会被人认出来，但现在还不是露脸的时候。"

纪亦珩没说话，转身看向窗外，心里想着施甜这会儿有没有上火车。

"这段时间我都住在这儿。"

"好，我想休息会儿。"

陆一乐闻言，转身出了纪亦珩的房间，只不过她前脚刚关照他不要随意出去，纪亦珩后脚就离开了酒店。

火车停靠在站台上，施甜跟着人群往外走，她对这儿不熟悉，有些忐忑，怕找不到路，所幸头顶都有指示牌，她只要跟着走就是。

施甜将包挎在身前，这儿人来人往的，万一遇到小偷怎么办？

她顺着人群要往前面的电梯走去，脚步才抬起来，就被人一把从身后抱住。

施甜下意识地尖叫出声："啊！"

纪亦珩忙捂住了她的嘴："是我。"

她扭头看到了他的脸，忙将他的手拉开："你、你怎么在这儿啊？"

"怕你迷糊找不到路，来接你。"

"但谁放你进来的呀？"

纪亦珩手指有些冷，他双手捧住她的脸蛋，像是搓热水袋似的搓了几下："我买了票的。"

"我自己能找到出口的，你这多浪费钱啊。"

少年将她拉到了怀里，用力抱住："就想赶紧见到你，一刻都不想多等。"

施甜笑着用手敲打纪亦珩的后背："肉麻死了，肉麻死了。纪亦珩，我以前怎么没发现你这样会说话呢？"

身边还有人在匆匆要赶火车，纪亦珩忙牵了施甜的手快步出去。

"你知道吗？严老师可好玩了，让每个班级的班主任号召同学们给你投票，学校还特地印了宣传单，那个投票码放那么大……"

纪亦珩拉着她来到楼梯跟前："校广播室那边怎么样了？"

"我每天都去，也当是给我实习了。"

只是纪亦珩不在那里，她一个人孤零零地在里面念稿子，心有时候也跟着空落落的。

"对，这也是积累的机会，能挺得住的话，就要坚持下去。"

纪亦珩从来就不跟施甜说让她安逸让她以后在家只管享乐，他会养她的这种话，他反而会在身后逼着她上进，推着她往前冲。

踏上扶手电梯，施甜忙挽住了纪亦珩的手臂："你平时都吃些什么啊？不会都喊外卖吧？"

"差不多。"

"肯定都吃腻了吧？"

"对，就想吃家里炒的菜。"

"酒店里面是不是不能做饭啊？"

纪亦珩还真没留意："倒是有个小厨房，但可能不怎么好开伙。"

"吃火锅总行吧？我可以炖一锅鸡汤，用鸡汤做底料。"

纪亦珩下了电梯，拉着施甜的手，让她注意脚底下的路："出去吃就行了，你难得过来趟。"

"你想不想吃嘛！"

"那你在这儿多留两天，你做什么我就吃什么。"

施甜跟着人群往出站口走："我只能请周一一天的假。"

"好，成交。"

两人去酒店的路上，找了家超市，施甜买了不少菜，还买了个锅和新鲜的草鸡。

回酒店时，纪亦珩拎着大包小包的东西，施甜时不时想从他手里抢东西："你拿这么多，拿不动，我帮你。"

电梯门打开，施甜抓着其中一个购物袋："我手里一样东西都没有呢……"

她拉扯几下也没能将袋子抢过去，施甜注意到电梯内站了好几人，其中有个人有些眼熟，施甜不由得朝她多看了两眼。

纪亦珩抬头看着往上移动的数字键，待到电梯停稳后，这才冲着施甜道："到了。"

她还不忘回头看眼，那个女人接触到施甜的目光，同她微笑着点了点头。

施甜走到外面，走出去几步后，这才猛地反应过来："这不是上次那个人吗？比赛的时候就是他们换了你的稿子，她怎么也在这儿？"

"是，初试的时候遇上了。"

"这种人人品有问题啊，这样的比赛就该禁止他们参加！"

走廊上有扇门突然被人拉开，有个身影匆匆忙忙走出来，陆一乐左右张望下，这才看到了纪亦珩和施甜。

她快步上前，神色焦急："你去哪儿了？怎么招呼都不打一声？"

"我去接施甜了。"纪亦珩朝身边的人看看，"打招呼。"

施甜忙动了动唇瓣："师姐好。"

"那怎么电话都没接？"

"可能开静音了。"纪亦珩带着施甜进了那个房间，施甜看着敞开的门，虽然陆一乐和纪亦珩是合作关系，但这样出入他的房间也太随意了吧？

纪亦珩将手里的东西都放到茶几上，陆一乐关了门后进屋："怎么买这么多东西？"

"一会儿吃火锅。"

陆一乐眉头紧锁起来："你要实在吃不惯这里的东西，我让阿姨做了送过来就是。"

施甜原本想解释，说是她提议吃火锅的，可纪亦珩拎了那只鸡就往小厨房走："这是切开了炖，还是整只一起炖？"

"整只吧。"施甜弯腰收拾另外的东西。

陆一乐在沙发上坐定下来："上来的时候有没有碰到人？"

施甜弯着腰在整理，听到这话，手里微顿："有，上次纪亦珩去比赛，被人设计换了稿子，我刚才看到那人了。"

"对方也看到你们在一起了？"

"嗯。"

"这可就麻烦了，对方既然能用那样龌龊的手段换稿子，就难免不会想到要用你们的关系去大做文章。"

施甜心里咯噔下，僵硬地直起身，难道现在，她就连来看一眼纪亦珩都不行了吗？

"做什么文章？"纪亦珩从小厨房走回来，"我们又不是什么见不得

334

人的关系，大大方方承认就是了。"

"纪亦珩，你是真不知道人心险恶，你现在是关键阶段。"

少年拿起一包调味料看眼："师姐，你太把名声当回事了，且不说我现在还没怎样，就算以后真的有了好的前程，难不成我有女朋友这件事，还能妨碍了别人吗？"

陆一乐说到底也算是个举足轻重的人，平日里她手底下签的那些人，为了个资源争得头破血流。这般年纪，谁身边没个小女生呢？可她说了不准公开后，谁不是一句话不敢多说，还要藏得严严实实的？

陆一乐自然不和他争什么，纪亦珩推着施甜让她进了小厨房，他将买的菜都拿出来清洗，施甜小心翼翼地朝他看眼。

纪亦珩冲她挑动下眉头，施甜凑到他身边："会不会对你有影响啊？"

"不会。"

"真的吗？"

纪亦珩将施甜拉到身边："把菜洗干净。"

"噢。"

纪亦珩走出去几步，回来的时候，拿了副耳塞。他将耳塞轻轻地塞进施甜的耳朵里，里面在放着流行歌曲。施甜吓了一跳，扭头看向纪亦珩。

少年竖起一根食指放到唇边，将她的小脸推回去，让她背对着他。他修长的手指捏了捏施甜的肩膀后，这才转身回到房间。

陆一乐还坐在沙发上，施甜就连纪亦珩离开的脚步声都听不见，她看到他的手机就放在边上，想将音量调低，可想想还是算了。

纪亦珩不想她听，她不听就是了，只管听他的话好了。

纪亦珩在陆一乐对面的沙发上坐定下来："我不会隐瞒我和施甜的关系，如果哪一天真有人问起，我也会大大方方地承认。至于这样做可能会导致的后果，我自己承担。"

"但我们现在是一条船上的。"

"一条船上的人，大难临头时有可能会各自逃命。可施甜却是我心上的人，我就算跳水溺毙了，我也不可能将她放下的。"

陆一乐看了眼正在厨房忙碌的施甜："你也要明白，我是为你好。"

"我知道，但我不是小孩子，我知道怎么做出选择。"

他知道什么啊？陆一乐早就研究过所有经过了初试的选手，实力悬殊自然是有的，而纪亦珩又是属于实力加颜值当中最拔尖的，用她的眼光来看，就是前途不可限量。

可有多少人是能心甘情愿为了别人家男朋友去花钱投票的呢？

"施甜要是真喜欢你，她不会在乎的。"

"她不在乎我在乎。"

陆一乐心里堵了口气："好，你的意思我也明白了。"

"师姐，以后这样的话别再说了，施甜生性敏感，她会多想，我也不想因为看她难受而分心。"

陆一乐就算还想说什么，也只能把话往回咽了。纪亦珩起身回到施甜身边，她倒真是没心没肺，还在跟着耳机里的音乐哼小曲。

纪亦珩将耳塞摘下来，施甜抬头看他眼："你去忙吧，这儿我一人就能搞定。"

"还早呢，不着急。"

等鸡汤煲好后，施甜将汤舀出来，她将火锅端到了茶几上："师姐呢？"

"她有事，忙去了。"

"要不要叫她过来一起吃？"

纪亦珩拿了一次性的碗筷坐下来："我刚才下去给你开了个房间，就在边上，一会儿给你房卡。"

"我来的时候看到对面也有酒店，我们分开住是不是更好些？"

"赚钱不易，我觉得住一起更好。"

施甜耳朵根红了起来："胡说什么呢？"

"我可以通宵打游戏，困了沙发上躺躺也行，你就睡床上。"

施甜可不听他的，她拿了要烫的菜过来。房间里的锅子冒着滚滚的热气，两人吃着，热得一身汗。

将小厨房收拾妥当后，纪亦珩带着施甜去了她的房间，他用房卡将门打开："先洗个澡吧，一会儿过来找我，我们说说话。"

"你还是早点睡觉吧。"施甜说着，耍将房门关上。

纪亦珩伸出手按在了门板上："我睡不着。"

"好啦，我洗完澡过来。"

336

少年闻言，这才松手。

施甜做好了要过夜的打算，所以带了换洗的衣物。吃过火锅就连头发都是油腻腻的感觉。她进了洗手间才悲催地发现，例假不早不晚，竟然这会儿来了。

这提前了整整一周啊，她连个准备都没有。

施甜只能拿了房卡出去，酒店边上就有二十四小时便利店，她随便挑了两包卫生巾，付完钱后做贼似的溜了回去。

刚跨进电梯，身后就进来了另外一人，施甜用房卡刷了下，然后才按楼层数。

她看眼身边的男人："你到几楼？"

"跟你一样。"

施甜视线盯着不住上升的数字键，她靠在边上想事情，直到电梯门叮的一声打开。

那个男人出声提醒道："到了。"

"谢谢。"施甜赶紧跨出去，觉得有些奇怪，这男人明明离门口更近些，怎么非等她出去后，他这才跟着离开呢？

施甜刻意放慢脚步，见那男人走得也很慢。酒店很大，房间都是分区的，她听着脚步声却偏偏是跟着她的。

施甜就怕对方是来找麻烦的，走出去几步后，弯腰蹲在地上，做出一副要系鞋带的样子。

那人只好往前，经过施甜身边时，她抬头看到了他手里握着的手机。

男人走得很慢，走到了前面的走廊那里，往右边拐了个弯。

施甜忙起身，她这个时候肯定不敢去找纪亦珩，那人八成就是来拍她的，这会儿就等着她和纪亦珩碰在一起呢。

施甜快步往前。可事有凑巧，真是防不胜防啊，纪亦珩的房门在她经过时正好被拉开，吓得施甜往旁边靠了靠。

纪亦珩就见她的身影一闪而过，追出去几步："施甜！"

施甜赶紧将右手放到身后，冲他使劲地摆了摆，想让他别再跟过来。

可纪亦珩见她脚步匆匆，自然不放心，三两步追上她，一把扣住她的手臂："喊你那么大声，怎么听不见？"

施甜赶紧推开他的手掌，压低了嗓音说道："有人跟踪，有人拍照！快，装作不认识我。"

施甜说完这话，还故意扬了扬声："你这人真好玩，在酒店还能迷路呢？电梯在那里！"

纪亦珩见她还要走，干脆伸手搂住她的腰："偷拍的人呢？在哪儿？"

"就在拍着呢，你快松手！"

"在哪儿？你指给我看。"

"刚从我身边过去的。"

纪亦珩把目光抬起看向不远处，前面就是条走廊，可以分别去左右两边的房间。纪亦珩快步过去，到了走廊上，那个刚拍完照的人无处遁形，正快步离开。

"等等！"纪亦珩提高嗓音，那人走得更快了。

"站住！"纪亦珩话中带了些许肃然，"不然我报警了。"

施甜看到男人硬生生地刹住脚步，她也跟着不动了："你去吧，让他把照片删了。"

那人转过身，面上很是镇定的样子："有事吗？"

纪亦珩拉不动施甜，干脆抬起手臂，他的臂膀环过施甜的脖子，她伸手敲打下，这是要勒死她吗？

施甜不得不跟着他往前走，这个样子，她真是一点都反抗不了。

到了男人跟前，纪亦珩的手臂还是没松开。

那人有点心虚："你们……要干吗？"

纪亦珩冲他轻抬下下巴："帮我们拍个照。"

"什么？"男人下意识地握紧掌心内的手机。

施甜赶紧踩了下纪亦珩的脚，大晚上的又没喝酒，怎么说醉话呢？

纪亦珩的手臂微松，赶紧搂住施甜的肩膀："给我们拍个照，要好看的。"

"开……开什么玩笑，我就是这儿的客人，你可别误会。"

"我不管你是客人，还是有什么别的意图，我们没有什么不可告人的事。你要想拿到照片好编新闻，我现在就给你提供素材，不必偷偷摸摸的。"

男人听他这样说话，心里反而更加没底。

施甜忐忑啊，慌啊，可纪亦珩的手一把抓着她，她就算脚底抹了油都

338

别想溜。

"你要说我有女朋友，我现在就让你拍。不过我女朋友不怎么上镜，你得给她拍好看点。"

男人将信将疑，试探着将手机举起来。

纪亦珩手指按住施甜的嘴角处："笑一个。"

她真是服了。

恰好陆一乐此时出了房间，走出去几步才发现不远处站着施甜和纪亦珩，还有人将手机举起来，她赶紧厉喝一声："干什么呢？！"

男人手指还未来得及按下拍照键，他扭头看见陆一乐踩着高跟鞋正快步而来，忙收起手机，急匆匆地同施甜擦肩而过。

陆一乐那双尖细的高跟鞋稳稳地踩在地毯上，可男人跑得更快，一下就钻进了电梯。

她气喘吁吁地跑到两人跟前："你们怎么……不拉着他啊？"

"拉他做什么？"

陆一乐把右手按在腰际，调整了几口呼吸后，这才直起身："他拍照啊，你们就这么傻傻地站在这儿让他拍？"

施甜手指捅了下纪亦珩，不让他乱说话："学姐，他就是个问路的呀。"

"问路？"陆一乐听这理由都觉得好笑，"在酒店里有什么好问的？"

"他说他分不清方向，也不知道他的房间在左边还是右边，东边还是西边。"

"那他举着手机做什么？"

"他说他怕是绕不出去了，要把这走廊拍下来，省得一会儿又走回来。"

施甜这可真是胡诌，纪亦珩忍着笑，就这么看她闹。

陆一乐难以置信地盯着施甜："就这话，你也信？"

"信啊，我觉得可能也是正常吧，有些人天生方向感不好。"

要不是看纪亦珩站在这儿，陆一乐肯定要忍不住说施甜几句的，可现在有些话到了嘴边，她不好讲出来。

"赶紧回房间吧，万一那人真有别的意图，我们可别站在这儿说话。"纪亦珩说着，朝施甜腰际推了把。

她赶忙接了话道："我回去了，师姐晚安。"

339

施甜快步回到自己的房间，洗洗弄弄折腾了好久。她拖着时间不去纪亦珩那边，直到纪亦珩找了过来一直按门铃，她才将门打开。

"怎么，还没洗好吗？"

纪亦珩抱了个电脑，电脑上放着几张纸，就这么挤进了房间。

施甜探出小脑袋，确定没人跟踪后，这才将门关上。

"你怎么过来了呀？"

"我等了你半天。"

施甜做出一副疲惫的样子："我好困，都要睡着了。"

"那你睡。"

施甜坐向床沿，看着纪亦珩将电脑放在茶几上。

"你要玩游戏吗？"

"不玩，我找点资料。"纪亦珩手指在键盘上敲打，施甜盯着他的侧脸看："在你房间里也能找嘛。"

"要说你没良心，你还真是，我们多少天没见面了？你算算。"

施甜晃荡着两条小腿："我都记着呢。"

"那你还不趁着现在，跟我多讲讲话？"

她干脆盘膝坐在床沿处："好好好，一日不见如隔三秋，我觉得这都几年过去了。"

"我算是看清楚了，等我们结婚后，感情说不定没这样浓烈了，我估摸着你真是好几年不见我都不会想我的。"

怎么就说到结婚了呀？这还是八字没一撇的事情呢。

施甜躺到床上，将被子盖好，她身上来了例假，整个人都懒懒的，但她强撑着眼皮，目光盯着纪亦珩。

"你在这儿还习惯吗？"

"不习惯。"

少年轻抬头，目光犹如羽毛一样，轻轻地落在施甜的眼底，然后进了她的心里。

"哪里不习惯？"

"没有你，在哪儿都不习惯。"

施甜忙捂住脸，双眼透过指缝偷偷地看着纪亦珩："哎呀，你真是越来越肉麻了，我都有点受不了你。"

少年笑着起身，到了床边，他屈起腿，膝盖轻压在床沿处。施甜忙将身上的被子卷得紧紧的："你干吗？"

"跟你说话啊。"

"说话不用离这么近。"

纪亦珩躺到施甜身边，伸手抱着她，她心慌极了，两条腿不住地乱蹬。

"我看到你刚才买的东西了，所以，我心里有数，就是抱抱你而已。"

施甜身子微僵，刚才买的东西？啥啊？卫……卫生巾啊？

她眼睛睁也不是，闭也不是。纪亦珩的手掌轻落在施甜肩膀上："明天现场录制，我给你弄了张票，你也去看看。"

"好啊。"施甜巴不得呢，"你紧张吗？"

"不紧张。"他身子往前压，胸膛紧抵着施甜的后背，压得她都快喘不过气，"我见到你才紧张。"

"胡说，紧张什么呀？"

"你都说了，一日不见如隔三秋，我怕你在这无数个三秋当中又看中了别人。"

施甜用手肘往后轻撞："我看电视了，那些女声当中有好几个长得都好看，这话应该我来说才是。"

纪亦珩手指伸过去，轻捏着施甜的耳垂："第一次听你这样说，还真是别有一番滋味。"

"什么滋味啊？苦兮兮啊？"

"不是，甜蜜蜜呢。"

施甜嘴角不由自主地轻勾起来。纪亦珩手掌在她肩头处摩挲："这是个很难闯的关卡，可一旦闯过去就好了。"

"我相信你。"

少年没有说破，他向来深思熟虑，以前是为自己考虑，现在是为他和施甜考虑。

只有变得足够强大，等将来有一天风雨来袭时，才能有最坚硬的盾牌推出去。

他深知，上次那个女人找到学校的事，恐怕不会是最后一次，长此以往，施年晟肯定会出事。纪亦珩不想看着施甜到时候深陷其中却连一点挣扎的能力都没有。

他又不舍得她提前出去拼搏斡旋，对她来说，现在将专业知识学好才是最重要的。

既然如此，能拼的就只有他了。

"快睡。"

施甜双眼轻闭上："你什么时候回房间呀？"

"等你睡着了。"

"你明天还要比赛呢。"

"所以，你要早点睡。"

施甜没再开口了，她眼帘动也不动，她觉得她装睡肯定装得特别成功，听听这呼吸声，一点不显紊乱。她在心里默默地数着小羊，可都数了好几千头了，纪亦珩怎么还不走呢？

施甜不敢睁眼，就继续装睡。

许久后，她感觉纪亦珩的身子一沉，抱着她的手臂也没那么用力了，再一听耳边的呼吸声，他这是睡着了呀？

施甜这下可真的蒙了，难不成是她装睡装得太成功，所以纪亦珩干脆也跟着一起睡了？

这可不是她的初衷啊，她想着纪亦珩见她睡了，那就应该回他自己的房间才是嘛。

施甜不敢有大幅度的动作，只能肩膀轻耸。纪亦珩呼吸沉沉，面对她这么明显的试探都没有什么反应，看来真是累到不行了。这样高密度的压力之下，他都是一人承受，也从不让别人看到他有多难。

施甜没再乱动，这下若是将他吵醒了，他一会儿还不知道要什么时候再睡。

她轻闭起眼帘，耳畔处的呼吸声起起落落，起初她怎么都睡不着，熬到了后半夜实在困得不行了，也就睡了。

翌日，纪亦珩醒得很早，起来时小心翼翼地没有惊动施甜。

等她醒来时，睁眼就看到了纪亦珩给她留下来的入场券。

施甜看眼时间，是下午开始的。

她起来洗漱后，纪亦珩给她发了信息，让她自己去楼下吃自助早餐，他一会儿就要彩排，手机也不能带了。

施甜回了个信息，让他放心。

下午时分，施甜提前出了门，来到录制地点，她第一次进那样的地方，觉得很新奇，她排队往里走，竟还需要安检。

票上有区域号和座位，施甜找到位子后坐定下来。

台下陆陆续续坐满了人，准备工作弄了将近一个小时后，节目才开始录制。

她看到了纪亦珩出场，他在哪儿都是星光夺目的，一眼望去，永远是聚焦点。

上一轮，选手按照自己的意愿选择导师，已经被分了组。而此轮则是团体赛，主持人细说了规则，施甜一听就意识到了里面的残酷。

不过她一点都不紧张，纪亦珩这样厉害，定是所向披靡的。

施甜才不觉得什么山外有山，人外有人呢，要真有，纪亦珩就是别人眼里的人外人。

节目组选取的都是影视剧的优秀片段，其中动画片和英文配音属于加分项。

在导师手里，纪亦珩就是一张王牌，势必是要起到关键性作用的。

投票权全都交给了现场的观众，只不过施甜所在的区域不算在其中。她紧张地盯着台上，纪亦珩的队伍整体实力是比较强的，前四个出场，居然全部赢了。

施甜好不容易等到纪亦珩上场，录制节目前，导演明确规定不能使用手机，如果被检测到的话，就会被没收。

听到主持人报了纪亦珩的名字，施甜开心地鼓起掌来，可身后不远处却有一两声掺杂在掌声中的议论声进了她的耳中。

"不公平，怎么会这样呢？"

"内幕，绝对的内幕！"

"这个节目太黑暗了……"

心里咯噔一下，施甜回头看了眼，看到有好几个观众已经站了起来，维持秩序的保安过去冲着她们做了个往下坐的手势。施甜听见了纪亦珩的声音，眉头微蹙，将视线落回到台上。

纪亦珩走到台前，手臂轻抬按在了一个玻璃球上，大屏幕疯狂滚动起来，最后定格在一幅画面上。

施甜心里跟着着急起来，居然是《熊出没》。

这简直是要命啊，而且要配熊大、熊二和光头强三个角色。

纪亦珩回到台中央，现在的舞台已经完全交给他了，四周的灯光聚拢到纪亦珩的头顶，他从主持人手里接过稿子，快速地看了几眼。

施甜眼帘轻闭，听到纪亦珩开始发声。她若不是知道这是在录节目，一准以为那声音就是电视里的原音，每个人物的特色和语调都被纪亦珩抓住了，切换流利非常。这是一场酣畅淋漓的听觉盛宴。

短短的五分钟配音结束后，台下掌声如雷鸣。

灯光重新被点亮，纪亦珩身后的大屏幕上有红、蓝两块标志，他和另一组的选手分别站在两侧，投票开始。

施甜心急如焚。纪亦珩手里拿着话筒，两手放在身前，神色淡然，镜头扫过他的脸，眼角眉梢连一点点紧张都没有。

投票通道被打开，施甜看到红蓝两条线快速往上攀升，蓝色到达顶峰之后，红色还在一路飙升，最终纪亦珩以大比分压倒了对方。

施甜激动得就差蹦跳起来了，导师也站起身给他鼓掌。

主持人让导师评价两句，他率先说了另一组队员的优点，他不想到这个时候还去得罪人，所以除了夸奖，就没别的话了。

纪亦珩跟身边的人主动握了手，导师将话题落回到他身上："至于纪亦珩，我从来不担心的，他的实力我相信大家看得见，我只想说恭喜。还有，赢得漂亮！"

另一队的导师脸色可没那么好看了，纪亦珩获胜后，他的队伍已经连续输了五局。他拿了话筒起身，情绪一看就很低落，酝酿了半天也没说出来话。

施甜听着他的嗓音有些颤动，他站在原地久久不语。

下面的粉丝直接坐不住了："不要哭，我们永远支持你！"

这些导师都是声咖界的神，要不然也坐镇不了这样的节目。

"今天的投票结果，说实话，我很意外。我不相信我的队员们就这么差，难道连一局都赢不了吗？我知道，这都是我的责任，因为外界对我的一些看法，导致了你们对我的队员有偏见，我……"

施甜听到有哽咽声落到耳中，后面的那些人都坐不住了。

"不要哭！我们支持你，节目组有黑幕，我们不认这样的结果！"

"对，肯定是投票器有问题！"

"黑幕！黑幕！"

纪亦珩站在台上没说话，这个时候，自然是谁说谁错。

那名导师指了指他的队伍："我们这些都是身怀梦想的人，我真的不想因为我，而让他们止步于此，我只想要一个公平的结果！"

"黑幕！重新投票！比赛重新开始！"

施甜不知道是不是从第一场比赛开始就这样了，这个结果难道存在黑幕吗？

难道纪亦珩不该赢吗？

她抬起视线，看到有什么东西被丢了上去，定睛细看后才发现是空的矿泉水瓶，那瓶子在地上弹跳了下，滚到了纪亦珩的脚边。

幸好这只是录播，而不是直播。

施甜怒火中烧。她相信纪亦珩也从来没遇上过这种事，因为他有天赋，所以在学校的时候就被捧着，哪怕比赛受挫他也从来不放在心上，可这次不一样。

台下的声音越来越激烈："黑幕！黑幕！"

导演组的人赶紧过去压住局面："不要吵，都冷静些。"

"怎么冷静啊？五比零，说出去不怕被人笑话你们太水了吗？投票器大多数都在那个老师的粉丝手里……"

这边队伍一听，自然也炸了："到底是谁家的投票器多？笑死人了，谁不知道你家爱豆（偶像）最爱煽情，还哭哭哭，苦情戏果然有用啊！"

施甜不关心这些，这个时候，她恨不得冲上台去站在纪亦珩的身边。

心里酸涩难耐，她却又无能为力，什么忙都帮不上。他明明是靠实力取胜，凭什么就成了别人嘴里的黑幕呢？

陆一乐坐在台下，也是紧锁着眉头，导演组正在调和。

对方队伍的老师这时候还是要站出来："大家冷静，既然是比赛，就要尊重比赛规则……"

施甜知道这里不让用手机就是怕有些画面会被泄露出去，但她还是偷偷摸进兜内，将手机拿了出来。

她将音量调至最高，再打开录音键。

主持人也开始圆场："比赛是残酷的，同样也说明了每个人背后都有艰辛。纪亦珩在台上的表现我们有目共睹，现在就让他跟我们分享下平时都是怎么训练的……"

"我们不要听！"

"让他下去！"

"对，下去！回家去吧！"

施甜真的肺都要气炸了。

陆一乐忍无可忍，从前排站起身，冲着身后吵闹的人群喊了句："玩不起就别玩！既然不敢输，就回家洗洗睡吧！"

纪亦珩的导师这边也不是吃素的，经纪人直接带他离场了，导演组见状，只好暂停录制。

纪亦珩被主持人安排到后台去休息，他下台前看见不远处的施甜起身了。

少年手臂轻扬，挥了下，告诉她没事，一切都好。

施甜眼眶微红，也没有逗留，转身看到两边的粉丝都要掐起来了。

现场的工作人员让他们都出去，前面区域还有专家评审团和媒体在呢，到时候闹出去不是给人笑话吗？

率先闹事的人还在喋喋不休，一名导演上前，带着他们出去。

施甜快步混到人群中，看到有个座位上还放着沈亮的灯牌，赶紧拿起来抱在怀里。

施甜跟着人群往外挤，有人不满地出声道："王导，我们可都是认识的呀，这比赛这么不公正，你们也不管管。"

走在最前面的男人做了个嘘的动作，直到将这帮人都带进了一个房间后，这才说道："话也不是这样说的，你家来的粉丝是最多的，拿到手的投票器也是最多的。"

"要照你这样说的话，我们沈亮这一队就该全赢了，怎么会五连败？"

"你们也别忘了，还有专家评审团呢，每个人手里有十票。"

"那也不对，不公平，就是有黑幕。"

施甜混在人群中怕被认出来，自然不敢说话。王导劝了半天，最后接到通知，说是节目要继续录制。

"好了好了，这也没什么好闹的，节目组有节目组的规定，既然是团体赛，也不可能让沈亮手里的人全部淘汰，你们也适可而止。"

这团火焰算是暂时被掐住了，王导带着他们出去。施甜边上的人看了眼她手里的灯牌："我刚才怎么好像没看到你？"

"我坐在后面。"

那名女生将信将疑："你是从哪儿过来的呀？"

"重庆。"

"够远的啊。"

"为了沈亮，这点路算啥？"

"就是嘛，我们家爱豆就是有这个魔力啊。"

是是是，你说什么都对。

施甜跟着人群回到录播厅，没有到那个区域去，而是借口去了下洗手间。回来后，全场的灯光都暗了下来，她猫着身子又坐到了原先的座位上。

导演组显然已经协调好了，两名导师也跟没事人一样，该点评的点评，该鼓励的鼓励。

只不过下一场开始后，沈亮这边明显逆袭，连着两场都胜了。

录制这场节目花了很久的时间，最终纪亦珩所在的队伍有惊无险地进入下一轮，而对方则要忍痛淘汰掉三人。

施甜坐得腰酸背痛，节目结束后，身边的人纷纷站起来离开。

她跟着众人往外走，这儿人挤人，好不容易走出去后，却听到不远处有人在喊："看，那不是骂我们的人吗？"

"是她！"

施甜抬眼望过去，纪亦珩他们是从另一个通道出来的，但车子停在主门口，这儿是必经之路。

陆一乐也看见了黑压压的一片人，她一手拉着纪亦珩的手臂，另一手自然地环在他的腰侧："快走！"

"我看那个纪亦珩是有后台吧？"

"那肯定是了，后台还很硬啊！"

施甜越听越气，更觉得陆一乐的那条手臂刺眼极了。陆一乐带着纪亦珩快步出去后上了车，那些乱七八糟的话统统落在了施甜耳朵里。

前面的人还在说得起劲，施甜忍不下去，快步上前踩住了对方的脚后跟。

那人哎哟一声，扑在了前面人的身上，这儿来来往往这么多人，谁知道是谁踩的呢？

纪亦珩上了车，陆一乐让司机赶紧开车，他望了眼窗外："等等。"

"做什么？"

"施甜也在，等她一起回去。"

陆一乐因为今天的事，心情本来就不好："门口都是车，她自己可以回去的。"

"我不放心。"

施甜下了台阶，准备看一下怎么回酒店，却有汽车喇叭声传到耳朵里。

她小心翼翼地上前，直到车窗落下一半，看清楚纪亦珩和陆一乐的脸后，这才拉开车门上去。

"怎么这么晚？"纪亦珩轻问。

施甜不想回答，移过视线望向窗外。她哪能跟他一样啊，出来还有人护着呢，还是抱着护在怀里的呢。

司机发动车子离开，陆一乐的脸色还是铁青的。

纪亦珩冲她淡淡地说道："我周二跟施甜一起回趟学校。下次录制要几天之后，我不想耗在这儿。"

"沈亮这人挺会来事的，我怕这件事还没完。"

"随他们吧。"

施甜竖起耳朵听着，不由得担忧地看了眼纪亦珩的侧脸："你配音配得那么好，难道他们都没带耳朵吗？"

"他们才不看这些。沈亮选的那几个人，原本就是歪瓜裂枣，那是他的眼光问题。就是输不起，正好憋着一口气呢。纪亦珩如果是第一个上的，这件事就栽不到他身上，这下好了，我们只能自认倒霉。"

施甜闻言，担忧地问道："等到正式播出时，今天的事应该会被瞒下吧？"

"那自然，这档节目的收视率可不低呢。"

纪亦珩并不关心这些，他关心的是回了酒店施甜也没怎么搭理他。

她满脑子都是陆一乐搂着纪亦珩离开的那一幕，她这个正牌女友都没在大庭广众之下做过这种事呢，心里能没想法吗？

第十五章　一战封神啊

纪亦珩回酒店冲了个澡，饥肠辘辘，打算喊了施甜下去吃东西。

他按了她的门铃，半晌都不见她开门，只好开口："施甜。"

声音穿过门板透了进去，其实施甜就站在门背后，她一把将门拉开，纪亦珩戳在门口没动："走，去吃点东西。"

"不去。"

"不饿？"

"饿啊，饿死了。"

这就奇了怪了。

施甜转身进屋，纪亦珩见状跟了进去："怎么了？"

"师姐呢？"

"不知道，应该在房间。"

"你让她跟你一起去嘛。"

纪亦珩听着这话，感觉酸溜溜的："她有自己的团队，跟我一起干什么？"

"哎呀，外面那么危险，她可以保护你啊，像鸡妈妈护着鸡崽子那样，抱一抱。"

纪亦珩立马明白过来，当时走得急，也觉得陆一乐那个动作有所不妥，可终究也没来得及说什么。况且这举动在陆一乐看来是再正常不过的，也就是护着自己手底下的人罢了。

少年上前两步，将她抱在怀里："我闻闻，怎么满屋子的醋味？"

"胡说八道。"

"真的，你闻。"纪亦珩说着，将鼻子凑到施甜的耳畔处使劲嗅了嗅。

施甜怕痒，缩着脖子就笑出声来了："快放开我，我痒啊。"

"我没碰你。"

这就跟小时候有人要挠她痒痒一样，都不用动手，只要把手放到嘴边哈一下，施甜自己就能全身发痒笑个不停了。

纪亦珩没有要放开她的意思，手臂越发圈紧，薄唇轻贴在施甜的耳垂上，吓得她立马不敢动了。

他伸手揉了揉她的头发："别人叫你小狮子，是因为你张牙舞爪，还是你那自然卷的头发？"

施甜微仰起头，顺带着想离纪亦珩稍稍远一些："都不是，我叫施甜，那就是小狮子啊，多可爱。"

纪亦珩完全不肯认同："我给你重新起一个吧。"

她知道他有点毒舌，反应力异于常人，嘴里八成说不出好话来："给人起外号可耻，老师没教过你吗？"

"那我这不是外号，是昵称。"

施甜说不过他："你想喊我什么？"

"小甜甜。"

"……"

施甜只觉一阵恶寒："千万别这样喊我。"

"那你想叫什么？"纪亦珩将薄唇落回施甜耳边呢喃，"醋缸？醋瓶子？东城小醋王？"

"纪亦珩！"

他全身压力随着施甜的一声怒吼而消散干净，纪亦珩只觉得好笑，将她抱得更紧了。

周二一大早纪亦珩跟施甜便一道回了东城，纪亦珩家也没回，直接去

350

了东大。

他参加节目的事，东大的学生无人不知，只不过对于纪亦珩的优秀，大家也都习惯了。

昨天原本是学校举行运动会的日子，所以施甜请假了，没想到周一正好下雨，运动会就挪到了今天。

施甜体育项目差得很，跑步不行、跳高不会，跳远腿不够长，历来也就是站在边上替人加油的命。

纪亦珩要去找严老师说些事，施甜先去了操场，那边热闹极了，远远就能听到加油呐喊声。

施甜好不容易在人群中找到了朱小玉和蒋思南："打你们电话怎么不接啊？找你们半天了。"

"这儿这么吵，哪听得见呀？你什么时候回来的？"

"刚回来，徐子易呢？"

"四乘一百米接力赛马上开始，她跑最后一棒，"蒋思南指了指不远处，"就在那儿呢。"

徐子易正在做准备，施甜冲她挥了挥手，蒋思南拉着施甜往前挤："她看不见我们的。"

发令枪响，施甜不由得捂住耳朵，看到每个人都在铆足劲儿往前冲。徐子易的爆发力很强，最终超了两个人，抢了个小组第二名回来。

施甜和蒋思南挤到终点线的地方找她，却没看到徐子易的身影。

操场的另一边，在进行跳高比赛。

观看的同学们何止站了里三层外三层。徐子易拿了瓶未开封的矿泉水站在人群中，她挤不到前面去，只好踮起了脚看。

韩凌阳助跑之后一跃起身，过了横杆。胜负已经一目了然，相同的高度，上一名同学压了杆，未能过去。

徐子易不由得跟着别人鼓掌，韩凌阳起身整理了下衣服，修长的腿在垫子上蹦了两下，这才下去。

站在徐子易跟前的女生快步上前："太棒了，这样我们班又拿了个第一名。"

韩凌阳从一名男生手里拿过外套，穿在身上，又将拉链拉到了最上方。

351

女生将手里的饮料递给他，韩凌阳看了眼，却并未伸手。

"喝点水吧，补充体力。"

"不用了，谢谢。"韩凌阳的语气不冷不淡。

徐子易下意识地攥紧了手里的矿泉水，再看看女生拿着的十几块钱一瓶的饮料，她瞬间觉得自己就是个笑话。

"喝吧，你不渴吗？"这么多人看着，女生有点下不来台，不过是一瓶水罢了，他就算不想喝，拿着总行吧？

"真不用，我不喜欢喝饮料。"

韩凌阳径自往前走着，人群已经自动散开，他一下就看到了站在原地的徐子易。

她拿了瓶矿泉水站在那儿，眼见韩凌阳走到她跟前，什么话都没说，乖乖将路让开了。

徐子易刚跑完接力赛，面上还有汗，两个脸颊红扑扑的。韩凌阳下意识地朝自己身后看眼，这场决赛应该没有她班里的同学，她怎么在这儿？

徐子易以为他会一声不吭地离开，没想到韩凌阳竟这样不住地端详着她，他的视线落到她手上，看到了她手背上的那块凸起。

少年只觉自己的手也跟着泛出疼痛："你手里的水，喝吗？"

徐子易轻抬头，看到韩凌阳的注意力在那瓶矿泉水上，赶紧摇了摇头。

"我渴了。"

"给你。"徐子易将水递过去。

韩凌阳拧开瓶盖，就着瓶口喝起来。徐子易看到他的喉结随着他吞咽的动作而滚动，她心里觉得热热的。周围剩下没几个人了，方才的女生不住地看向这边，她应该是不认识徐子易，所以在问身边的人。

韩凌阳喝了几口后，直接用袖口擦了下嘴边。

那个女生走过来，目光在徐子易身上来回地扫："你是六班的吧？"

徐子易轻点头，韩凌阳抬起脚步欲离开。

"原来是六班的女学霸啊，据说每年奖学金获得者都有你，是不是啊？"

徐子易没有答话，她还能看不出对方是来者不善吗？

她只不过在韩凌阳身边站了不到一分钟就已经危险重重了。徐子易不想成为众矢之的。还是赶紧离开这儿吧。

可有时候麻烦就喜欢缠着你，哪怕你想躲也别想轻易躲开。

"其实你有了奖学金就够了吧？但我听说你还是特困生，我特别好奇，特困生一年能拿到多少补助啊？能不能抵了你的学费呢？"

这是扎在徐子易心里最深的一根刺。

深到她自己都不敢去面对，她小心翼翼、遮遮掩掩，甚至想过放弃申请特困生，可是不行啊，家里爸妈不会放过那些补助的。

如果这是在平时，不，但凡是没有韩凌阳的场合，她咬咬牙也就挺过去了，可现在不一样。

徐子易不敢抬头看韩凌阳的眼睛，怕他眼底会有她最不想看到的怜悯，或者是难以置信和厌弃。

见她不说话，那个女生越发得意了："你这样挺好的，自力更生嘛，奖金加补助，你家都不用在你身上掏钱了吧？"

嘴里还含了口水，韩凌阳吞咽下去，目光却落在那个女生脸上。

他的眼神带了些许凛冽，这一眼不是看过去的，而是剜过去的。

女生嘴角边的笑意收敛些，什么意思？难不成韩凌阳还能护着徐子易不成？也没听说过他们之前有什么交集啊。

徐子易垂在身侧的手掌轻攥了下："你都说了自力更生挺好，还来问我做什么？"

女生听到这儿，睨了眼站在边上的少年："韩凌阳，你上一节钢琴课私教需要多少钱？一定很贵吧？"

徐子易这样的人，只需要跟她摆明了悬殊二字怎么写，她总能知难而退的。

一个贫困家庭出来的穷学生，是什么东西支撑着她那颗脆弱的心脏，以至于她能妄想韩凌阳这样的人？

徐子易的脸色青一阵白一阵，双腿像是被钉住了，她使了好大的劲儿才勉强拔起来一条腿。

这是她的软肋，被人捏住之后她就没了反抗的能力，她转身想要逃开。

"徐子易。"偏偏这个时候韩凌阳喊住了她。

徐子易视线匆匆落在别处，不敢看他。

"你的手怎么样了？"

徐子易下意识地动了动她的手，他怎么突然又问起这事？

"好了。"

"完全好了吗？"

"嗯。"

"我不放心，改天我再带你去医院检查下。"韩凌阳说完这话，示意徐子易跟他一起走。

他这话里的意思真是太深了，女生免不了好奇，看向徐子易。

施甜和蒋思南她们找了过来，施甜第一眼就看到了站在一起的两人。

"徐子易，羚羊！"

韩凌阳抬了下头，眼眶里瞬间被点亮。施甜快步跑到了他们跟前，她的视线一下落在徐子易脸上："你怎么在这儿呢？找你半天了。"

"你什么时候回来的呀？"

"刚回来就看你比赛了，你倒好，跑完了就没人影了。"施甜目光在两人间打探，"你们两个在一起……可疑啊，可疑得很。"

还不等韩凌阳开口，徐子易赶紧解释："可疑什么啊？正好碰到。"

她知道韩凌阳对施甜的心思，哪怕他从未明说过，她也知道。徐子易往旁边挪了步，施甜深知她敏感，玩笑不敢开下去了。

徐子易就想一声不吭地站在边上，哪怕是身边最好的朋友，她都不敢对她们吐露心思。怕她们明明是真心为她好的，却还要为了顾及她的自尊而不敢明说她和韩凌阳是不可能的。

徐子易不想所有人都跟着她一起为难。

下午时分，运动会还在如火如荼地进行中，可天公不作美，居然又下起了雨。

雨下得不大，运动会总不能还要延期，再加上同学们也都兴致勃勃的，学校便给每个班级分了一块地方摆摆东西避避雨。

施甜戴着帽子混在人群中，下午全是重要的决赛，能不能拿到积分就看他们了。

纪亦珩远远地看到施甜像只从动物园逃出来的猴子似的，在原地又蹦又跳，嗓门都要喊劈了："加油，啊啊啊——冲啊，快啊，要超过了！"

她恐怕是比赛场上的选手还要紧张。施甜两脚在地上用力地踩着，跟使劲踩单车似的。肩膀上湿了一大片她都没有察觉到，一蹦就能蹦老高："冲呀，碾压她们，啊啊啊——"

她再次跳起来的时候，脑袋撞在了伸过来的伞柄上。施甜微微仰起脑袋，看到头顶遮着一把伞。她的视线挪到边上，看清楚了纪亦珩那张清俊的脸。

施甜瞬间跟放了气的皮球似的，淑女得不得了，也不再高声叫了。

"怎么不打伞？"

她变得细声细气的："雨下得不大，我穿着外套呢。"

纪亦珩换了只手打伞，右手伸出去摸了下施甜的肩膀："都湿了。"

他的手落在上头后就没再挪开，施甜肩膀僵硬，身边的蒋思南冲她看眼，自然也看到了纪亦珩。

"嘿。"她跟纪亦珩招招手。

"你好。"

"我说小狮子怎么突然安静了呢，原来是家属过来了啊。"

纪亦珩摸着她肩膀的手掌收拢些："她平时喜欢安静些，还是吵闹些的？"

施甜冲着蒋思南眨眨眼，蒋思南就跟没看见一样："今天宿管阿姨还找到我们寝室了，说我们的屋顶都被掀翻了，要我们赔，反正我、朱小玉和徐子易都是可文静可文静的了……"

她说完这话，赶紧溜到边上去了。纪亦珩手指在施甜肩头处打着转："看不出来，你还有两副面孔呢。"

"哪有啊？"施甜想要往前走一步，这儿都是人，他们的举止未免亲密了些。

纪亦珩一把将她抓回来，上半身甚至还得寸进尺地靠向她，那些重量都压在了施甜的肩膀上，她这小身板都快被他压散了。

施甜一直以为雨下得不大，这会儿那些雨珠子落在伞上，声音却是密密麻麻地传到她耳朵里。

伞下的空间很小，却足能容纳下两人，她不由得看了眼纪亦珩的侧脸。

他不给她偷偷看的机会，一下就把她戳穿了："好看吗？"

"你对自己的脸还不自信吗？"

"我是怕你看久了，看腻了。"

施甜盯着他完美的下颌，想象着他要是俯身凑过来的话，下巴的弧度该有多迷人啊："你幸好是跟我在一起了，不然我会嫉妒死的。谁站你身边我就嫉妒谁，恨不得上手抢人的那种。"

纪亦珩听着觉得好笑，搂着她肩膀的手伸过去捏了捏她的下巴："那你就好好珍惜我，不要让别人把我抢走了。"

"你的意思是，你还有可能被人抢走了？"

"说不定……"

施甜张开嘴，一口咬在纪亦珩手上。他也没想到她会有这样的举动，轻轻咝了声，压低了嗓音道："松开。"

施甜就不松，她占有欲可强了！

"你不松，我也咬你了。"

施甜想说你咬啊，但转念一想，赶紧松开了嘴，用手背擦了擦嘴角。

纪亦珩确实咬过她，在接吻的时候……

施甜羞红了脸，纪亦珩将伞檐往下压，遮住了她的视线，她看到少年的手背上留下了一圈浅浅的牙印。

那就好像是专属于她的印记，一辈子都退不掉才好呢。

第二天，施甜还在睡梦中，就被蒋思南给推醒了。

"小狮子，小狮子，快醒醒啊。"

施甜还在做着美梦，这会儿糊里糊涂的："干吗呢？"

"你家纪亦珩上微博热搜了。"

"啊？"施甜觉得奇怪，那节目虽然挺火的，可新一期的还未播放，怎么无缘无故就能上热搜呢，"真的假的？"

"你赶紧看吧。"蒋思南桌上的电脑还开着，她向来喜欢看八卦，所以玩游戏之前都要上微博逛一圈。

施甜赶紧找出手机，点开了微博，她看到纪亦珩的名字果然高高地挂在热搜上，只不过旁边还跟着陆一乐，这可不会是什么好事。

施甜点了进去，第一条微博的评论数已经达到了几千人，她仔细看了眼对方编辑好的文字，大致意思就是纪亦珩有后台，而且陆一乐很宝贝他，为了让他赢，不惜怒骂沈亮的粉丝。文字下方还跟了几张图片，是那天陆一乐护着纪亦珩离开时拍下的，一看就是举止亲密，半拥半抱着。

"这些人还真会看图编故事。"蒋思南怕施甜胡思乱想，忙安慰她两句，"很多助理就是这样护着人的，你看那些机场图，不都是这样的嘛。"

"我知道，我当时也在现场。"

"对哦，你请假过去的，我差点忘了。"

施甜点开那些评论，大多是在跟风说话，说纪亦珩后台强硬，为了要保他进决赛，势必会牺牲别人。

真是颠倒黑白，施甜气得手抖，难道纪亦珩的实力他们都看不到吗？

评论区也有沈亮的粉丝过来添油加醋："我当时就在录制现场，这个纪亦珩可横了，他经纪人还上台骂我们，说沈亮队的人都别想赢，就算我们投票都没用，这里面太黑了。"

"有病！"施甜忍不住骂道。陆一乐当时可没说过这话。

纪亦珩所在队伍的导师粉丝也过来了，斥责沈亮卖惨，可对方好歹放了纪亦珩和陆一乐的照片，这边却是一点证据都没有。

施甜退出微博，小心翼翼地点开微信。这件事肯定瞒不住纪亦珩，只是他向来高傲，如今被人将白说成了黑，还不知道心里要难受成什么样呢。

施甜犹豫了下，还是发了微信过去："在吗？"

过了几分钟后那头才回道："在。"

"醒这么早？"

"被你吵醒了。"

施甜真不知道该怎么往下接，纪亦珩既然是刚醒，可能还不知道热搜的事吧？可与其藏着掖着，还不如趁早捅破，一起想办法。

"师姐有没有找你？"

"找我做什么？"

"那天在录制现场的事被人爆出来了。"

施甜发过去后，就等着纪亦珩的回音，可她等啊等啊，纪亦珩居然没声了。

施甜忍不住，就发了个表情过去。

三四分钟过后又是纪亦珩才给她回了话："你最清楚，我跟她之间没什么。"

"现在不是说这个的时候，那些人非说你有后台，可你明明是仗着实力赢的。"

"你担心的是这个？"

施甜自然替他打抱不平："不然呢？"

纪亦珩并未将那些流言蜚语放在心上："只要你信我就好。"

可施甜哪里能看得他受委屈呢？就算纪亦珩最终真的赢了比赛，到最后身上却还是要背个污点。

施甜想到了那晚她录的录音，她当时距离台上不远，身后又是观众席，那些声音也只有她能录得清楚了。她当时就想以防万一，没想到现在真能有用。

她想将录音交给纪亦珩，但他说不定会怕牵累她而选择不公布。

施甜思忖片刻，想到了一个人选。

沈亮那边确实是卖惨成功了，但施甜看得出来，纪亦珩这边的导师也不是吃素的。

施甜注册了个微博小号，直接私信了那名导师的经纪人，并把录音发给了对方。

到了中午时分，对方都没回施甜的信息。

可等施甜再次登录微博时，风向已经完全变了，陆一乐就说了那么一句话，因为是大声说的，所以被录得清清楚楚。之前沈亮的粉丝半句不提沈亮在台上说过什么，但是从被公布的录音来看，他有大段的单人表演，还夹杂了哭声，甚至沈亮粉丝那些骂人的话都被录到了。一时间，微博上吵得不可开交，如今这边占了上风，肯定不能轻易松口，什么心疼纪亦珩啊，沈亮哭啊，统统都挂上了热搜前几名去。

施甜没想到自己还能有这能耐，忍不住沾沾自喜，真是开心极了。

晚自习刚开始徐子易就接到了家里的电话，她赶紧起身往外走。

徐子易匆匆下了楼，朝着操场走去，爸妈是知道她晚上有课的，这个时间给她打电话，难道是家里出事了？

掌心内的手机一直在振动，徐子易也着急起来，操场上有个看台，是一点灯光都照不到的，平时大晚上的根本没人会过去。

徐子易摸黑上了几个台阶后坐下来，手指迫不及待地点在屏幕上。

"喂，妈。"

"你怎么才接电话啊？"

"我上晚自习呢。"

徐妈妈的嗓音已经带了哭声："家里出事了……"

徐子易心里咯噔了下，急得变了声："怎么了？"

"你爸开三轮车摔下来了，被车子轧了腿，现在躺在医院里等着手术呢。"

徐子易只觉天都快压下来，生活就是这样残酷，丝毫不给她喘息的机会："怎么摔的？为什么会摔？"

"村口的路太滑了，他喝了酒……"

徐子易将攥着的拳头抵着前额。徐妈妈听不到回音，又喊了两声："这可怎么办啊？家里连手术费都拿不出，总不能直接把你爸拉回家吧？"

"要多少钱？"

"医生说要上钢板，好几万呢，不过农村医保可以报销，但自己也要掏一两万块钱……"

徐子易不知道该怎么说，家里一有事就给她打电话，可是她又能做什么呢？她还是个学生，为了拿到奖学金，拼了命地学习，这也就意味着她没法出去兼职，赚不了钱。

"妈，你先别哭了。"

"你弟弟还等着我给他生活费呢，这一家老小可怎么活啊！"徐妈妈这半辈子几乎是在绝望中度过的，这世上有太多的不公平了，越是贫穷的时候，家里就越是接二连三地出事。

"我这就给你打钱，你别哭了。"

"啊？子易，你哪里来的钱啊？"

徐子易不由得摸了下自己的手，韩凌阳给她的两万块钱她至今没动，她一直都不想动那个钱，甚至希望有朝一日能还给他。

这下好了，她怕是再也还不上了。

徐子易神色间写满悲伤，还好是晚上，又是这么僻静的地方，不会有人看到她的样子。她轻吸了下鼻子："妈，你就不用管了，都是我自己攒下来的，先给爸爸治腿吧。"

"好好好，真是太好了。"

挂了电话徐子易才意识到风有点大，风将她的头发都吹散了。她真想时间能快点过去，如果她能早点赚钱的话，是不是就不用向生活妥协了？

她将脸埋入膝盖中，眼泪刚涌出来，就听到一阵陌生的手机铃声传到耳朵里。

徐子易整个人僵住，挺直了后背，慢慢别过头看向身后。

台阶上居然还坐着别人，而且是比她先到的。

徐子易艰难地吞咽了下口水："谁啊？"

手机铃声戛然而止，对方也没接电话，徐子易站起身，重复问道："谁啊？"

"我。"

她心跳陡然漏了一拍，打开了手机上自带的手电筒。不大的空间被完全点亮，徐子易看到了坐在那里的韩凌阳。

她几乎要尖叫出声，转过身就跑。

徐子易忘记了这是有台阶的，由于跑得太快，一脚踩了空往下摔。韩凌阳赶紧起身，下了台阶后蹲到她身边："没事吧？"

"没事，没事。"徐子易摩挲下手掌站了起来。

她没有再给韩凌阳开口的机会，匆匆说了声再见后就走了。

韩凌阳看着她的身影渐渐跑进了光亮中，她刚才的通话内容他都听见了，四周静谧无声，所以就连电话那头说了什么，他都听得清清楚楚。

徐子易狼狈地跑回教学楼，这一跤摔得不轻，她膝盖上都是草屑和泥巴。她去洗手间洗了个手，再把裤子上的脏污清洗干净后，这才回到教室内。

眼前的高数题一道都做不进去了，徐子易懊恼不已，应该躲到更僻静些的地方去才是。

她这会儿真的是心如刀绞，有些东西越要护着就越是容易失去，比如自尊。

纪亦珩决赛的那天，是电视直播，包括各大视频网站也是同时播

360

放的。

学校的阶梯教室和礼堂都空了出来，没有被安排课，施甜坐在人群中，看见电视屏幕上出现了纪亦珩的身影。

这是一场最激动人心的总决赛，也是最后一场了。

五进一，尽管施甜对他信心满满，可越是这样，她就越是担心。

耳边充斥着各种各样的说话声，老师让大家都安静下来，比赛时间拉得很长，最后的角逐也不可能是一场PK就能说了算的。

几轮比赛下来，纪亦珩的排名是最高的，接下来还要接受车轮战，只有守住了擂主的位子才能顺利登顶。

施甜看得满手心都是汗，将近两个小时的直播，她紧张得水都没有喝一口。

最后一轮的成绩并不是实时公布的，等到揭开谜底的那一刻，施甜赶紧闭上眼，甚至还将耳朵捂住了。

可周边炸开的声音就这么撞进了施甜的耳朵里，蒋思南激动地跳起来，伸手拽着施甜的领子："快看啊，真的是第一名，王者啊！"

施甜差点被她拎起来，赶紧睁开眼，画面还定格在纪亦珩的最终成绩上面。

阶梯教室内就跟甩满了鞭炮似的，金哲和徐洋他们都在，这会儿正互相击掌庆祝。

季沅清坐在后面，心里是说不出的滋味。宋玲玲没再跟她坐一起，宋玲玲这会儿看到她的脸色，只觉快慰极了。

不少人正跟施甜道贺。施甜还沉浸在喜悦中难以自拔，她知道这场比赛对纪亦珩来说有多重要。

他是一战封神，从此以后前途似锦。

要不是这么多人在，施甜真会喜极而泣吧。

蒋思南不住地摇晃着她的手臂："今天这么好的日子，你要请客！"

"好好好。"她满口答应下来。朱小玉更夸张，双手在施甜肩膀上捶了好几下："小狮子，你以后真的是背靠大山了啊，好大好大的一座山。"

施甜心里塞满了自豪，这可是她男朋友啊。

蒋思南冲她眨眨眼："这是你男人啊！"

这……这就成她男人啦？早了点吧？

一行四人手挽着手回到宿舍，蒋思南打开美团，搜索附近有什么好吃的。

徐子易将挂在外面的衣服收回来："你们去吧，我就……"

"你干吗不去？"朱小玉靠在她的床边，"千载难逢的机会，必须宰一顿。"

"我没什么胃口。"

"这可不行啊，必须去。"

徐子易心里有事，又怕一会儿会遇到韩凌阳："就我们几个吗？"

"对啊。"施甜喝了口凉开水，"就我们四人帮，没有别人。吃完了饭再去唱个歌，今天好好高兴下。"

"给力！"蒋思南忍不住地给施甜翘大拇指。

施甜走到阳台上，给纪亦珩发了条微信，问他今天会不会回来。

她知道，他今晚八成是不会回来的。

过了会儿纪亦珩才给她打了个电话，施甜赶忙接通："喂。"

那边一片嘈杂，看来他还没从录制现场离开。

陆一乐的声音也传了过来："马上收拾下，有庆功宴，我先送你回酒店……"

施甜差点忘了，他那边还有一帮人等着应酬呢。

"你在哪儿？"纪亦珩问她。

"我刚回宿舍了。"

"知道结果了？"

"当然啦，全校的人都一起看了呢。"

纪亦珩浅笑出声，应该是在走路，周边全是说话声。他压低了嗓音，独属于他的那抹清冽好听极了："同宿舍的人有没有拉着你，让你请客？"

"你怎么知道啊？"这是神算子吗？

纪亦珩跟在陆一乐的身边，身上搭了件外套，陆一乐见他只管跟那头的人聊得火热，便让他注意脚下。

"地方我已经帮你订好了，要了个包厢，订了一桌菜，关起门来里头还可以唱歌，你们就好好玩吧。"

"啊？"施甜真觉得他跟神一样，"不用啦，我自己会找地方的。"

"钱都付掉了，不去就是浪费。"

"你什么时候订的啊？"

纪亦珩抬起脚步上了台阶："昨天。"

他还真自信，昨天就想好怎么让她带着朋友们去庆祝了。

陆一乐手搭在纪亦珩的一条手臂上，以防两人走散，少年的说话声尽数落入她耳中，她看了眼身侧的人。

发型师将他浓密的头发定了型，这也让纪亦珩的五官看起来更加立体，每一处都像是被精心雕琢过，一双微垂的眸子敛了无数光芒。她看到他嘴角噙着笑，说话的嗓音也是温柔极了。

"那你明天回来吗？"

"回。"

施甜笑开："我去接你！"

"你给我好好读书，回了学校我就找你。"

陆一乐扬了扬声："当心，别摔跤。"

施甜赶紧收住话语："我先挂了，明天再联系。"

"好。"

过了会儿，纪亦珩将地址发到施甜手机上。

到了那边几人才觉得有些不对劲，纪亦珩订好的地方明显要比她们想象中的高端不少。服务员将她们带进包厢，后来就一进一出地上了整整一桌子菜。

施甜胃口不大好，总想着纪亦珩这时候在做什么呢。

吃饭吗？是不是还要敬酒？会给陆一乐敬酒吗？

也不知道他会不会喝醉，万一醉得不省人事……

施甜伸手敲了敲自己的脑袋，真会胡思乱想。

吃过了饭，她们就在包厢里唱歌跳舞，这儿场地宽敞，灯光一调，就跟进了KTV是一样的。

桌上还有送的啤酒和果盘，施甜喝了几罐，头靠着徐子易的肩膀："这顿饭是纪亦珩请的，不是我请的……"

"小狮子，你跟大神是一家的，他的就是你的，我们可不计较。"

施甜微醺，脸色红红的："我高兴！"

"对对对，今天就数你最高兴了。"

包厢外，一只手落在门把手上，轻轻拧开，里面的声音毫无遮拦地传到门口。

来人却并未走进去，修长的手指只是握住了门把手，没有动。

"你还是想想明天跟纪亦珩去哪儿庆祝吧。"

"不去，"施甜挥舞着手臂，"他身边有人呢，现在肯定跟人喝酒呢，说不定还跟人搂搂抱抱……"

蒋思南放下话筒，回头朝她看眼："小狮子，你这是受什么刺激了？"

施甜委屈地动动唇瓣："这个时候，陪着他的人不该是我嘛。"

"我看你有了大神之后，越来越像小孩子了，以前从不这样的。"

"我怕他以后越来越忙，学校也不怎么来了，我还怕他插上翅膀飞走了。"

施甜一说完这话，朱小玉和蒋思南也不闹了，都安安静静地盯着她看。

施甜忙冲她们摆摆手："哎呀，我瞎说的啦，你们赶紧玩。"

包厢的门被人推开，蒋思南是第一个发现的，她两眼圆睁。施甜听到关门声，直起身往后看了眼。

眼里的吃惊和讶异一点都藏不住，施甜站起身，原地跳了好几下，然后冲过去扑在了纪亦珩的怀里。

她似是不相信这是真的，又退开身看看，待完完全全确认之后，这才重新靠在他身前，两手还在纪亦珩后背上捶了几下。

蒋思南手里还拿着话筒，这时候也不知道要不要再唱。

徐子易看到纪亦珩将手落在施甜的肩膀上，应该是轻轻问了句话，只不过她们都听不见。

施甜脑袋在他胸前摇了好几下。

蒋思南都忍不住要笑施甜两句："这下好了吧？不哭了吧？"

"谁哭了？"施甜小声嘟囔一句。

她抱着纪亦珩不肯撒手，两人也没法往前迈一步。纪亦珩手臂收紧了些："我不是回来了吗？"

后面还有几个朋友看着，施甜这下才觉得不好意思，松开手："你吃过晚饭了吗？"

"吃了。"

吃完晚饭就匆匆赶回来了。要不是他推托实在累得不行，今晚还真走不掉。

施甜闻到纪亦珩身上有酒气："你喝酒了啊？"

他拉着施甜的手在沙发上坐定："是不是你不喜欢？"

她猜想今天的场面，肯定有人给纪亦珩敬酒，他也会敬别人酒："没有啦，就是怕喝多伤身体。"

蒋思南看了眼施甜，瞧瞧她现在这乖巧而体贴的模样，蒋思南啧啧两声："她还怕你酒后乱那什么……"

"蒋思南！"

"来来来，我们唱歌。"蒋思南拉了朱小玉和徐子易到身边。

纪亦珩一本正经地靠向施甜："怕我酒后乱什么？"

"你听她胡说呢。"

她们几人开始唱歌，施甜想要将话题转移开："要不要把金哲和徐洋一起叫过来啊？热闹热闹。"

"不用，改天吧。"

徐子易点了首《像我这样的人》，蒋思南只会唱几句，就在边上瞎唱。

施甜是幸运的，可徐子易知道这种运气从来不会降临到她头上，她从小到大就是被遗忘掉的人，哪怕是喜欢上了韩凌阳，却没人给她一点点开口的底气。

施甜听到后半段，感觉出徐子易嗓音里像是带了哭腔。徐子易自己也意识到了，忙将话筒塞到朱小玉手里："后面不会唱了。"

朱小玉看她眼，没有说破，赶忙过去切歌："我也不会唱。那我换歌了啊？"

她切了一首《卡路里》，包厢内的气氛再度被带起来。徐子易本想在沙发上安静地坐会儿，可又怕扫了别人的兴，还是站到了蒋思南的身边。尽管心里是苦的，嘴上却要唱着最欢乐的歌。

纪亦珩见施甜不说话，伸手去拉她，她脸皮薄，碍着室友在场，就想躲。

纪亦珩手臂揽住她的肩膀，干脆将她的脑袋压在他腿上。施甜睁开眼就能看到纪亦珩靠近的脸，她紧张得直摇头。

"你刚才在这儿说的话，我都听见了。"

"我没说什么呀。"

"你说我跟人搂搂抱抱，还要插上翅膀飞走。"

施甜屏息凝神，纪亦珩的俊脸近在咫尺，她尽管有时候叫嚣着什么扑倒扑倒，可这会儿还没到那份上呢，就怂了。

她伸出手指戳在纪亦珩的肩膀上："你别靠这么近。"

"那你把耳朵凑过来。"

"干什么？"

"我有悄悄话跟你说。"

"你说啊，我听得见。"

"到了我嘴边我才能说。"

施甜将信将疑，就怕他一会儿有别的动作，只不过她这会儿躺在他腿上，要把耳朵凑过去很吃力。施甜翻个身，一手搂着纪亦珩的腰，另一手撑起身，将耳朵贴在纪亦珩的嘴边。

他轻轻呼出口气，她颊侧的头发丝微卷，撩动着耳边那一片细腻的肌肤。

"我是你的小心心。"

扑通、扑通、扑通通——

施甜一拳抡过去，就差把纪亦珩打蒙了，想想不对，又伸手抱住了他的脖子。

真是肉麻死了，偏偏施甜还说不出什么，他喊一声她的微信名怎么了？是吧？

可这听着明明又是表白嘛。

纪亦珩的发型到这会儿都没乱，黑亮的发丝一根根梳在耳后，他的眉眼一览无余，鼻梁都显得越发高挺了。

就是这张脸，哪怕面对镜头时都毫无死角，施甜收回神，看眼时间。

"回去吧，你今天肯定累坏了。"

纪亦珩见蒋思南她们兴致正浓："不累。"

宿舍有关门时间，大家也不好回去得太晚，又过了一会儿后蒋思南就招呼着大家散了。

这儿离学校不算近，几人站在门口，纪亦珩挥手拦了辆出租车。

一共五个人，一辆车上不去，施甜寻思着那就各回各家吧。

蒋思南她们都上了车，她也想钻进去，却被纪亦珩给拉回来了。

施甜看着车门被他推上，忙道："你也累了，你直接回家就好了。"

"你不送我回去？"

施甜看到坐在窗边的徐子易冲她挥挥手，车子发动离开，又一辆出租车开了过来。

"你要我送你？"施甜心想着她没听错吧？

"送送我不行吗？"

"不是，那一会儿……"

纪亦珩已经拉开车门推着她往里坐了，然后将家里的地址告诉了司机。

施甜掏出手机看看时间："这要送你回去，再回宿舍的话就来不及啦，要关门了。"

司机朝着纪亦珩所说的地址开去。这种套路他见得多了，现在的小姑娘就是好骗，这明显是不让她回家的意思啊。

到了纪亦珩家楼下，他慢条斯理地推开车门，施甜赶紧让司机走："去东大。"

"车门还没关呢。"

施甜的手伸过去，却被纪亦珩握住了："你现在赶回去也来不及了。"

"还有十分钟，说不定可以呢？"

连司机都同情她了，他一手握着方向盘，转过身同施甜说道："来不及了。"

"师傅，您帮帮忙。"

"除非你把我的车换成飞机。"

纪亦珩再一用力，把施甜拉下了车。他动作麻利地甩上车门："再见。"

司机摇头，现在长得好看的男生也都要耍手段才行了？那他这种长相一般脑力一般，还老老实实的大龄青年，岂不是注定要孤独一生了？

施甜看着出租车扬长而去，纪亦珩的手在她面前挥了挥："某人说想我，我可一点没看出来。"

"那是放在心里想的。"

"好啊，我看看你心里有没有……"纪亦珩说着，将手朝她伸过去。施甜忙抓紧领口："干吗？"

"上楼。"

施甜跟着纪亦珩到了他家，刚换上拖鞋，手机就传来了振动声，一看是蒋思南发来的信息。

"宿舍关门啦！"

这还用说吗？都几点了？

手机再度振动了下，还是蒋思南发的："小狮子，祝你有个美好火热的夜晚，你的热情，好像一把火，燃烧了整个沙漠……"

施甜好想让她滚远远的，刚要回话，就看到纪亦珩站在前面等她。

施甜将手机塞回兜内，纪亦珩开了家里的灯："饿吗？"

"不饿。"

"我饿了，我去下饺子，你也吃点。"

"你晚上没吃饱吗？"

纪亦珩拉开冰箱门，从里面拿了速冻饺子出来："没吃主食。"

施甜往锅里面加了水，打开煤气灶。纪亦珩撕开包装袋，看到施甜将手机摸出来，正盯着屏幕看。

"怎么了？"

"我爸打电话来了。"

施甜走到相对安静的客厅，接通了电话："爸。"

纪亦珩关小了火，听到施甜的声音传来："现在？我……我睡觉了啊。"

"爸，你有什么急事吗？为什么非要我现在过去？"

纪亦珩走进客厅内，施甜就站在沙发跟前："可宿舍门都关了。

"请假？不行啊……

"别，你别过来。"

施甜不知道有什么事能让施年晟急成那样："你现在在哪儿？你把地址给我，我过去。"

纪亦珩回到厨房，将火关掉，施甜跟着走到厨房门口处："我要出去趟。"

"地址在哪儿？我看看。"

施年晟正好发了信息过来，施甜将手机递给他。

"没说什么事吗？"

"没有，就是挺着急的。我爸不会是出事了吧？"

纪亦珩掏出手机叫车，可都这个点了，网约车也不多，他边穿鞋子边打开另一个软件。

施甜走到玄关处将鞋子换上："你别去，我自己打车就行。"

她穿得很急，使劲将脚往鞋子里塞，可越是着急越没用，鞋后跟都被施甜踩进去了。

纪亦珩蹲在地上并未起身，伸手解开了她的鞋带，再用手指抠着她的鞋后跟让她往里踩。施甜低头看着少年的身影："你真的不用跟我一起去。"

纪亦珩让她将另一个鞋子穿好，再系好了鞋带，起身将门推开。

一直到了楼下，还是没有叫到车，小区门口也没看到出租车。

纪亦珩盯着手机，上面显示四周没有车辆。

施甜急得团团转，他伸手将她拉到身边："你爸只是找你有事，不会是大事，要不然能给你这个地址吗？"

"嗯。"施甜紧挨在纪亦珩身边，见实在叫不到车，纪亦珩拉着施甜先去坐了地铁。

幸好地铁还未停运，坐了一段路后出去，倒正巧在路边看到了出租车。

施年晟给的地址是个小区，到了楼底下，纪亦珩想要跟她上楼。

施甜忙拉住了他的手臂："要被我爸看到我大半夜的跟你在一起，他会疯的。"

"我也不放心你这样上去。"

"别担心，他又不会害我。"

纪亦珩紧抿唇瓣："我把你送到楼上。"

"好吧。"

有些话纪亦珩不好明说，施甜也懂，他虽然表面上清俊冷静，可脑子里却有了最不好的打算，万一施年晟出了什么事要把施甜卖了怎么办？这种可能性……也不是没有的吧？

纪亦珩将施甜送上去。施甜没让他走到门口，自己上去按响门铃，很快有脚步声传来。

施甜冲纪亦珩摆摆手，他往后站了几步。门被打开了，一个女人热情地张口说道："是施甜吧？快进来，你爸等你好一会儿了。"

施甜被女人拉进屋，门很快被带上，纪亦珩站在一片昏暗的灯光中，眉头紧锁。

施甜进屋看到施年晟好好地坐在沙发上，她悬着的心总算落定："爸。"

"快过来。"

施甜几步上前，被施年晟拉着往下坐。

"你这么晚叫我过来，出什么事了？"

施年晟将茶几上的几张宣传册放到施甜手里："你赶紧选一套。"

"这是什么啊？"施甜看了眼，居然都是商品房的宣传单，"爸，你这是要干吗？"

"我想给你买套房子。"

"什么？"

施年晟指了指其中一张："我看这个就不错。不过爸想问问你，等你毕业后，你是想留在东城呢，还是回家？"

"爸，你不会是出什么事了吧？"

施年晟看着女儿的样子，她就是从小缺乏安全感，所以本该是高兴的事反而让她这样忐忑："爸这些年攒了不少钱，想着你也大了，我们总不能还要租房子住吧？沈阿姨是爸爸的老同学，也是中海的销售，她替我留意了好几个楼盘。"

施甜心头微松，但她深知施年晟这么多年来都没有好好工作，他的钱她用之有愧："爸，我不要什么房子，租房子就挺好的呀。再说我还没有毕业，将来在哪儿安定下来也不一定呢。"

"算了，你还是留在东城吧，这儿挺好的，认识你的人也少。"施年晟说着，将一张宣传册摊开，"这套东城的房子怎么样？八十平方米，两个房间……"

370

"爸，我用不着。"

"不行，我也难得过来，你要选不中，我替你决定。"

纪亦珩在外面等了好久，都不见施甜出来。

眼见时针划过了凌晨，纪亦珩轻声走到门口，却听不到里面的动静声。他有些焦急起来，万一这房子还有别的密道可怎么办？万一施甜被人掳走了，又该怎么办？

一直到了凌晨一点多，施甜才跟着施年晟走了出去。

施年晟站在门口冲她说道："这么晚了，你就住在沈阿姨这儿吧。"

"不用了，我回去。"

女人想要留她，但施甜已经快步往前走，她不喜欢住在陌生人的家里。

纪亦珩这会儿应该已经回家了，她中途趁着上厕所时给他发了个信息，让他先回去。她熬到现在都快困死了，跟着施年晟下楼后，被风一吹，整个人打了个冷战。

"爸，你现在去哪儿……"

施年晟的手机响起，他顾不得回答施甜，赶紧接通了电话："喂。"

施甜闭紧了唇瓣不语，小心翼翼地看着施年晟。

"我马上回来……你别发火，我没去哪里，回来再说。"

施甜站在路灯下，看着自己的影子孤零零地被拉长。施年晟一边讲电话一边快步走着，施甜见状，小跑着跟在他身后。

挂了通话，施年晟两手插在兜内："你请假出来的吧？"

"嗯。"

"现在回去可以吗？"

"可以，让宿管阿姨开个门。"

施年晟犹豫着朝她看了眼："我要赶紧回去。"

"你快走吧，我自己打个车就行。"

说到底还是不放心她，施年晟看眼小区门口："这会儿可能没有出租车了。"

"我用手机叫一辆好了。"

施年晟朝她招下手："我先送你回学校。"

"爸，你要上高速，跟我不是一个方向，你……你快回去吧，我自己可以的。"

施年晟的手机又响了，他有些烦躁。

"那你注意安全，到了宿舍给我打个电话。"

"好。"

施年晟是自己开车过来的，施甜看着他快步走到停车场，开了一辆越野车出来。

她站在月光底下，看着施年晟的车子开出去。他提了速，轮胎狠狠地碾轧过地面，那一抹黑色最终消失在施甜的眼里。

她抬头又看向身边的住宅楼，已经没有几盏灯是亮着的了。

施甜没想到施年晟真会丢下她，她原本只是体贴他一句，可深更半夜被丢在这儿，她真的害怕啊。

也是，他向来心大，也将她丢惯了。

施甜茫然地盯着前方那片黑，这时候恐怕打不到车了，她不是请假出来的，要是这会儿回宿舍，肯定也会招来不少麻烦。

她好委屈，难道纪亦珩真的走了吗？

是啊，肯定走了啊，这都多晚了。

施甜掏出手机，想要给纪亦珩打电话，停车场上有辆车忽然发动，大灯灯光打向施甜，吓了她一大跳。

司机冲她按响喇叭，施甜定睛细看，可她不认识这个人啊。

司机将车开到路上，落下车窗："是你吧？"

"什么啊？"

"还不上车吗？"

施甜满眼警惕，脚步不由得往后退，刚要拔腿逃跑，就听到身后传来了熟悉的声音："施甜。"

她扭头看到纪亦珩正快步走来，高兴地呆立在原地："你真的没走呢？"

"我走去哪儿？"纪亦珩到了车旁，将车门拉开，推着施甜坐了进去。

"你什么时候喊的车啊？"

司机打过方向盘，脸上还带着倦意："我都在车里睡了一觉了，一早就接了单子，却让我在楼下等。幸亏你男朋友说要给我加钱，不然这个时候你们也只能走回去了。"

施甜闻言，握住了纪亦珩的手，发现他手掌冰凉："你怎么不在车里等我呢？"

"我怕我也睡着了。"

他一直都守在楼上，守了几个小时，腿都快站麻掉了。后来听到动静，见他们总算出来了，纪亦珩这才放下心。

司机将他们送回家，纪亦珩给了他包车的钱。到了楼上，他拿了拖鞋放到施甜的脚边："你爸找你到底有什么事？"

"他说要给我买房子。"

纪亦珩将屋内的灯都打开，他带着施甜走进小房间，又从衣橱里面拿了干净的睡衣出来："这是给你的。"

"谢谢。"

"贴身的衣物，抽屉里也有。"

"啊？"

"我网上买的，也不知道合不合身，你随便穿穿吧。"纪亦珩丢下这句话，就准备走。

"我不想要他的房子……"

纪亦珩站在门口，回头看她："那就不要。"

"我也不知道我爸怎么了，今天急急忙忙非让我选，我有点不安。我其实是怕他买了房子后，对他来说反而是个麻烦。"

"我们的房子，我会买。"

施甜一怔，脱口而出："要真到那时候，我……我跟你一起挣钱买。"

"好。"纪亦珩毫不犹豫地答应了。

他没有多问施甜一些细节，上次那个女人来学校闹过，也闹开了，纪亦珩和施甜都明白施年晟手里的钱是怎么来的。

纪亦珩将门轻带上，施甜不由得低下头，手里的睡衣好香啊，都是他洗过了才拿给她穿的。

第十六章　我们分手吧

　　第二天是周六，也不用起早，施甜原想着睡醒后起来做个早饭，没想到却是被纪亦珩给叫醒的。

　　敲门声一阵阵传进耳朵里，她抱着被子坐起身："谁啊？"

　　真是睡糊涂了，在这儿除了他还能有谁？

　　"起床了。"

　　施甜穿着拖鞋走到门口，将门拉开，纪亦珩抬手推了下她的脑袋："起来吃早饭。"

　　"我还没做呢。"

　　"我下楼买了点，洗洗出来吃吧。"

　　施甜换了衣服后来到餐桌前，纪亦珩催促她赶紧吃早饭。

　　"你今天还有事吗？"

　　"最近这几天没事，不过马上会有忙不完的工作。"

　　也是，纪亦珩这第一仗打得漂亮极了，陆一乐肯定会不计一切捧他的。

　　施甜吃完了早餐想要收拾下，纪亦珩将打包盒推到边上，拉了她的手快步出门。

　　"去哪儿啊？"

"买个东西。"

到了目的地后，施甜拽紧了纪亦珩的手臂："你看车展干什么？"

他用力一扯，将施甜拉了进去。

纪亦珩在看车的时候，施甜紧紧跟在他身后："你要买车吗？用不着吧？"

"总有用得着的时候。"

"那是不是也要等毕业以后啊？"

纪亦珩拉开一辆车的车门，坐进了驾驶座。他目光透过敞开的空间望向施甜："昨晚，我看着你因为打不到车而在小区门口急得团团转，那种场景，我怕是很难再忘掉的。"

施甜心头好似有重物落地的声音，她两手垂在身侧，不知道要抓着还是握紧："那只是偶尔，不会经常发生的。"

"那这辆车就放在家里，就为了偶尔用。"

"纪亦珩……"

"坐我身边来。"

施甜没想到纪亦珩这样果断，他看得差不多后，直接决定了下来。

只不过车行没有现车，要半个月左右才能拿到手，纪亦珩签了购车合同，还当场付了款。

纪亦珩这次回来，只是短暂地歇息几天，过了几天后是被陆一乐亲自给接走的。

时间匆匆而过，施甜能见到纪亦珩的时间也不多，很明显就是聚少离多了。而节假日，也正好是纪亦珩最忙碌的时候。

到了大四，女生宿舍里，徐子易是第一个拿到推荐机会后走出去的。

施甜从未见过徐子易这样，她一开始又是哭又是笑的，把宿舍里的人都吓得半死。

施甜心想着是不是她家里又有事了，赶紧上前安慰她："别哭，有事慢慢说，总能过去的。"

徐子易抓着施甜的手臂，脸蒙在她身前半晌没起来。

"子易，是不是家里……"

"刚才老师给我发信息了，说我……说我可以去电视台了，我……"

施甜猛地拍了下徐子易的肩膀："那是好事啊，你哭什么？！"

徐子易迫不及待地擦干净眼泪："你不知道，我听说另外几人家里条件都好，还有人让我送礼……我送不起，我以为我没机会了，呜呜呜……"

施甜忍不住又抱紧了徐子易，她总是喜欢将什么事都藏在心里，也不跟她们商量下。这些日子，徐子易想必也是备受煎熬着过来的。

"现在好了，全校就一个名额，老师推荐的你，电视台那边也通过了，你的好日子来啦！"

徐子易狠狠地掐了把自己的脸："告诉我，我不是在做梦。"

"当然不是了。"

徐子易眼睛都快哭肿了："我觉得这种好事落不到我身上啊。"

"别傻了，你不要就给我吧。"

"我要要要，"徐子易抱紧了施甜，又用力摇晃她两下，"晚上我请你们吃饭。"

"好啊！"

蒋思南她们知道徐子易家里的情况，她说了让她们选地方，她们当然不会像宰纪亦珩那样不客气的。

吃饭的地点就在学校附近，是家小湘菜馆，平日里多数招待的也是学生。

徐子易拿了菜单给她们："别客气，使劲点吧。"

"那我们不客气了。"

对施甜来说，吃什么都无所谓的，但她还是象征性地看眼菜单。

韩凌阳今天也跟朋友过来吃饭，一推门进来，就看到了施甜这桌，他让同伴先去找个地方坐。

他走到施甜身后，招呼也没打，弯腰将手臂压在了施甜肩膀上。

"啊！"施甜上半身被压趴下去，韩凌阳另一手在她脑袋上用力揉了下："有这么脆弱吗？"

徐子易坐在施甜旁边，一抬头就看到韩凌阳的脸，他眼角边那颗小小的痣都能看清楚。

376

"臭羚羊！"

韩凌阳更加用了些力，施甜忙求饶："快放开，你好重啊。"

他直起身，两手扶着施甜的椅背："你怎么在这儿呢？"

"我跟你说，我家徐子易可厉害了，她马上要去电视台实习了。"

"是吗？"少年淡淡应声，目光也自然地落到徐子易脸上，"恭喜。"

徐子易小脸绯红，他的声音仿佛就在她耳边。

"谢、谢谢。"

"羚羊，你有没有要去实习的地方啊？"

韩凌阳手指在椅背上轻敲着："没有，我就得过且过好了。"

"我才不信。"

"你们吃吧，我先过去了。"

韩凌阳迈着一双长腿转身离开，施甜的注意力落回到菜单上。蒋思南若有所思地盯着韩凌阳的身影："小狮子，你这老同学是不是喜欢你啊？"

徐子易看了眼施甜的脸色，施甜抬头瞪了眼蒋思南："就你最会胡思乱想。"

"真的啊，要不然一个男生一个女生……对吧，反正我觉得，他好像喜欢你。"

徐子易心里冒着酸涩，施甜却完全不放在心上："他拿我当兄弟，我拿他当闺密，他要真喜欢我，就他那性子，能憋到现在吗？再说了，韩凌阳家里底子足，我这样的人能入得了他的眼吗？"

"可拉倒吧，那你怎么入了大神的眼呢？"

施甜气得卷起菜单恨不得暴打蒋思南一顿："会不会说话啊？你该说我温柔美丽善良，配纪亦珩绰绰有余嘛！"

徐子易嘴里苦得难受，像是一颗药化在了喉咙间，咽进去的每一口口水也都是苦的。

施甜有句话说的是对的，韩凌阳家世好，眼光自然也是高的。

晚饭吃了好久，女生在一起就喜欢侃八卦，聊着聊着总能忘记时间。

徐子易看眼时间，也该散了，她拉开椅子率先起身。

她鼓起勇气望向韩凌阳的座位处，看到服务员正在收拾桌子，原来他已经走了。

徐子易微微垂下眼帘，她真是没用，方才一顿饭的时间，就连朝那边看眼的勇气都没有。

几人跟着徐子易来到前台，准备结账。

她将账单递给服务员，服务员看了眼："您的账已经结过了。"

"什么？"徐子易还跟她反复确认下，"十九桌吗？我没有买过单啊？"

"是八桌的客人帮忙结的。"

徐子易指了指韩凌阳先前坐的那个方向："是那桌吗？"

"对。"

徐子易握紧手机，施甜拍了下她的手臂："羚羊给你付过了，走吧。"

徐子易僵硬了嘴角笑道："他分明是替你给的。"

"瞎说，我都说了今天是你的好日子，他还能不知道是你请客吗？"

"是这个道理啊，说了是你去电视台，韩凌阳肯定知道是你请我们吃饭。"

朱小玉凑到徐子易身边，不怀好意地笑道："有苗头啊，我怎么没看出来你们……"

"快别胡说了，"徐子易拉了她们往外走，"快回去。"

回到宿舍，徐子易洗漱好后上床，将今天的饭钱给韩凌阳转账过去。

但那边并没有接受，徐子易等了半天没有回应，又发了条信息："这是你帮我结的账。"

韩凌阳正在宿舍跟室友打牌，散场后才看到徐子易的信息。他简单地回了三个字："不用了。"

"你收下吧，我不能让你请客。"

韩凌阳说不要就不要，也没再回徐子易的消息。

于他来说不过就是顿饭而已，徐子易很久以前的那个电话他听见了，她被逼成了什么样，他也看到了。

施年晟给施甜发了新房样板房的照片，他真的买了下来，而且写了施甜一个人的名字。

只不过是期房，要等一年以后才能拿到。

施甜收拾好东西回了家，又要过年了，只是这次纪亦珩在外地，没有送她。

施年晟照例是不在的，施甜到家后就忙碌着收拾东西、打扫卫生。

她给施年晟发了信息，他没回，打了电话过去，也没有人接。

施甜不再催他了，想着等到过年那天，他总是会回来的。

她一个人去超市买了东西，将冰箱塞满，纪亦珩一有空就跟她视频，时间消磨得也快。

今天难得好天气，施甜准备将被褥拉出来都洗一洗。

桌上的手机一直在响，施甜匆匆跑过去接通："喂，你好。"

"你是施甜吗？"

"是。"

"这边是公安局的。"

施甜猛然一惊："有……有事吗？"

"施年晟是你父亲吗？"

"对。"

"他出事了，你现在过来一趟。"

施甜忙不迭地点头，又忍不住焦急地问道："我爸出什么事了？他怎么了？"

"一两句话说不清，等你过来了再说吧。"

施甜赶到公安局时，并没见到施年晟的人影，一名年长的女警给她倒了杯水："小姑娘，你还在读书吧？"

"嗯。"

女警叹口气："你爸的事，你知道多少？"

"我爸怎么了？"

"他非法侵占他人财产，还涉嫌诈骗，已经被逮捕了。"

施甜脸上没有多余的表情，怔怔地盯着桌上的水杯，过了半晌，这才开口："我能见见他吗？"

"见不了。"

施甜用力掐着自己的手指："对了，我爸给我买了套房子，把它赔给受害人行不行？这样可以填满那个窟窿吗？"

"事情没有这么简单，你要做好心理准备。"

施甜一手撑向桌沿："好，有什么需要我配合的，我一定好好配合。"

女警忍不住多看了施甜两眼，她还这样年轻，遇到这种天都要塌下来的事居然还能这般冷静，难道她是不知道事有多严重吗？

报警的女人也是恨惨了施年晟，好好地供着他养着他不够，偏偏还要联合外人一起去骗她。

事情穿帮以后，施年晟对她态度冷淡，私家侦探又查到他跟别的女人在一起逛街。

这下好了，彼此翻脸不认人，可施年晟犯法是不争的事实，现在就算是服软都没用了。

施甜将知道的都告诉给警方了，她什么都做不了，只能回去等消息。

马上就要过年了。施甜难得回去一次，跟周边的邻居不熟，她看到别人回家都是拎着大包小包的年货。

有人在楼下挂了两个大灯笼，物业也在挨家挨户地发放对联，施甜跟没事人一样笑着跟邻居们打招呼。

回到家，家里冰冷刺骨，空调一直就没有修。施甜在沙发上坐了许久，这才摸出手机。

她手指头冻得打不出字，就给纪亦珩发了语音。

"在干吗呢？工作吗？

"中饭有没有吃啊？

"纪亦珩，你别累着自己。"

昨晚纪亦珩就跟她说过，接下来两天的工作量大，他可能要到晚上才能有时间。

施甜一个人在屋里坐到了傍晚，尽管穿着羽绒服，却还是被冻得喉咙间发毛。

门铃声猝不及防地传到耳朵里，施甜收回神，确定自己没有听错后这才走到门口。她开门的动作有些犹豫，就怕是有人上来找麻烦的。

"谁啊？"

"我。"

施甜赶紧推开门："师姐？"

陆一乐走了进去，她穿了身单薄的修身西服，一到屋里就说道："这么冷。"

"去我房间吧，我房间有空调。"

"不用了，"陆一乐走到沙发跟前坐定，"施甜，你知道我为什么来找你吗？"

"为什么？"

"你爸的事，可是大事。"

施甜从抽屉里拿出一次性杯子，给陆一乐倒了杯热水。

"要是被外面的人知道了，再顺藤摸瓜地把纪亦珩牵扯进去，他可就完了。"

施甜将水杯放到了茶几上："师姐，我知道。"

"说实话，我一直是反对你和纪亦珩的，但之前也只是反对你们公开罢了。"

施甜坐在边上，寒意从地底下顺着她的双腿往上爬："我会跟纪亦珩分手。"

陆一乐一眼望入她眼底："真的吗？"

"我一早就跟自己说过，如果我爸总是这样浑浑噩噩的，只要不出大事，我就自私地赖着纪亦珩不走。可他一旦出事，我……"

"你看得真明白。"

施甜从懂事起，就在害怕这一天的到来，现在这天真的来了，她反而是心里做足了准备的。

"我懂，如果让人知道纪亦珩有我这么个女朋友，我还有那样一个爸爸，他会被我拖累死的。"

陆一乐什么都没说，轻点了点头。

"只不过，他知道我家在这儿。"

"我明天就安排人，替你搬家。"

381

施甜微微弯下腰："我爸出事，不能让纪亦珩知道。他最不怕的就是被我拖累，我也不能见他，我今晚就跟他说清楚。"

"怎么找分手的理由，你决定。你爸的事确实要瞒着纪亦珩。不过你也放心，我可以帮你爸请律师。至于费用方面，你不用担心。"

施甜抬头看着陆一乐："师姐……"

"毕竟你喊我一声师姐，你现在这样的境地，自己又没有能力赚钱，我不会见死不救。"

"请律师的费用，等我工作后一定还给你。"

陆一乐环顾下四周，她只是坐了一会儿，就冷得有些受不了了："随你吧。"

"我今晚把东西都收拾下。"

"好，明天上午我安排搬家公司的人过来，先随便替你找个住处。"

"谢谢师姐。"

这两天纪亦珩都在封闭式工作，陆一乐都不用想借口拖住他。

她坐了没多久就起身了："你自己保重。"

"好。"

施甜将她送到门口，陆一乐出了门，正好看见对门的邻居正在张贴对联。她转身望了眼施甜，有些话到了喉间，还是被她咽回去了。

"再见。"

"师姐再见。"施甜将门轻带上。

陆一乐走出去几步后，再度回头望望，门上的对联还是去年的，看来，今年也不用换了吧。

对施甜来说，也没多少东西是要收拾的。

她将行李袋一个个拖出来，施年晟的东西很少，她的行李也不多，之前搬家的时候，有些不需要的东西都被扔了。

客厅内已经放了好几个大袋子，施甜又将冰箱里的东西拿出来，都塞在塑料袋里。

纪亦珩的电话打过来时，已经是后半夜了。

施甜坐向床沿，手指在屏幕上轻点了下，然后将手机放到耳边。

"喂。"

施甜一手遮在面前："你忙完了？"

"是，怎么还没睡呢？"

"等你呢。"

纪亦珩上了车，施甜能听到那边的汽车喇叭声。

"纪亦珩，我们分手吧。"

车门被用力拉上，嘭的一声正好掩住了施甜最后的那几个字。纪亦珩身子往后靠去："你方才说什么？"

施甜原本也是鼓足了勇气才说出来的，这下话到嘴边，却很难再开第二次口。

"这几天都在家做什么呢？"

施甜眼眶微热，手掌用力地擦着眼角处："纪亦珩，我们分手吧。"

电话那头沉默了下，坐在前排的陆一乐不着痕迹地往后看眼。

施甜没有得到纪亦珩的回音，但她知道他是听进去了的。

少年身子微往前倾，手臂轻落在膝盖上："为什么？"

"我现在一天到晚见不到你的人，初始的甜蜜感也没有了，现在只觉得累，我想分开。"

陆一乐见纪亦珩的脸色变得阴郁，很是吓人。

"都会过去的，我也可以将你带在身边。"

"纪亦珩，我也会有我自己的工作和生活，不可能为了你就放弃我的一切。我觉得跟你在一起好累。"

纪亦珩刚配完音，嗓子这会儿还不舒服着："就这个原因？"

"这还不够吗？"

陆一乐竖起耳朵听着，纪亦珩的声音像是刮着的凛冽的寒风："你当真要分手？"

"是。"施甜语气坚决。

纪亦珩胸口起伏着，他手掌轻握成拳，在额头上敲了几下："好。"

施甜没想到他这样干脆，就连陆一乐也吃了一惊。

纪亦珩冲着电话那头的施甜道："你要觉得累了，那就分吧。"

施甜的眼泪不争气地掉下来，忍都忍不住，明明是她提的分手，这会儿怎么变成她哭了呢？

"好。"她趁着哭腔还未出来，脱口说道。

电话那头传来嘟嘟声，纪亦珩第一次先挂了她的电话。

施甜看着屏幕上的照片，那是她跟纪亦珩的合影。她原本想了好多借口的，这个不行，就换下一个，她清楚纪亦珩的脾气，他是不会那么容易被她说动的。可施甜万万没有想到，纪亦珩竟然答应得这样干脆。

难道，是他厌倦了这段关系吗？

纪亦珩如今接触的圈子和学校是大不一样的，身边也不缺优秀的人。施甜哽咽出声，她和他的两年就这么画上句号了，毫无防备，更是猝不及防。

她躺在床上，也没盖被子，就连明天要去哪儿都不知道。

施甜将脑袋钻到枕头底下，又用手将枕头狠狠压紧，可这又有什么用呢？

车上，纪亦珩一语不发，半个身子隐在黑暗中。

陆一乐盯着看他一眼："什么分手不分手的？施甜跟你闹了？"

"嗯。"他淡淡地应了声。

"没事，过两天等她缓过劲儿，你再找她……"

"她要分就分吧。"

陆一乐倒真是挺吃惊的："这话可不像是从你嘴里说出来的。"

"人心都是会变的，我现在就想把手里的事做好。"

陆一乐没再多说什么，点了点头。

第二天，施甜蜷缩在床上只觉得冷，门铃声响了许久，她从噩梦中惊醒，睁眼看眼窗外，天色还未亮。

她挣扎着起身，穿上了拖鞋快步出去。施甜走到门口，头还有点晕，一把将门推开。

"你好。"门口站了两个搬家公司的人，施甜看眼时间："这么早？"

"车子已经停在楼下了，有大件的东西吗？"

"没有，只有些行李。"施甜忙侧身让两人进来，"都在客厅。"

他们提了东西下去，施甜匆忙回屋，将卧室内的被子也收拾好。

她随意地洗漱了下，门都没关。施甜守在客厅里，听到脚步声进来，便想着起身一道帮忙。

　　施甜拎起脚边的一袋子书："这里面有些重……"

　　她视线落定在来人的脸上，后半句话卡在了喉间，施甜手里的书重得很，她不得不放回地上。

　　纪亦珩看了眼她脚边那些还未来得及搬走的行李："你要搬去哪儿？"

　　施甜脑子一片空白："你怎么过来了？"

　　"我要是不过来，你就打算不声不响地搬走了，是吗？"

　　搬家公司的员工上来，纪亦珩拦在了他们面前："这儿先用不着了，你们把搬下去的东西搬上来吧。"

　　"什么？"两人面面相觑，目光均看向了施甜。

　　施甜只好接过话："麻烦你们了，要不先到楼下等我一会儿？"

　　"那好吧。"

　　两人走到外面，施甜过去将门关上，回到客厅时，见纪亦珩已经坐在了沙发上。

　　"你要跟我分手，是不是师姐找过你？"

　　施甜完全没料到他会想到陆一乐身上："没有，跟她无关。"

　　纪亦珩是连夜赶过来的，这会儿满面倦容，身上的衣服都没换过，他昨天这么轻易答应了分手，就是想好了要避开众人回来。

　　施甜站在他几步开外的地方，不敢上前。

　　"你爸呢？是你爸出事了吗？"

　　她只觉双腿发软，好像什么事在纪亦珩面前都是藏不住的。施甜强自镇定地摇头："我爸还没回来，跟我爸……也没关系。"

　　"你胡说。"

　　"我没有！"

　　纪亦珩看施甜激动，朝她伸出了右手："既然没有，为什么不敢靠过来？"

　　"我只是觉得没必要。"

　　纪亦珩的手微僵在半空中："你答应过我，有什么事都要第一时间跟

385

我讲，不会再一个人擅自做主。”

施甜心里难过地翻滚着，她知道，也清楚地记得那句话，可她不能用纪亦珩的前途去做赌注。

自己将来会怎样，她已经懒得去想了："纪亦珩，我没有别的话要跟你说。"

"那我明白了，不是你爸自己出了事，就是他让别人出了事。"纪亦珩口气笃定，如果不是陆一乐这边使了绊子，就应该是施甜家里的事逼得她不得不做这个决定，"你怕连累我，也怕毁了我，就想狠心分手算了，是吗？"

施甜下意识地否认："不是！"

剧情怎么就没按着她设想的那样走呢？生活应该是充满了狗血套路的，她一声不吭地离开，他从此以后万人之上，这才应该是最好的结局啊。

"施甜，我现在就问你一句，你执意要分手是吗？"

哪怕他现在戳穿了她，她还要坚持到底吗？

施甜心如刀绞，施年晟身上背负了太多难听的词——吃软饭、诈骗，到时候媒体再润色一下，那就是骗财骗色，或者来个颠倒黑白的说法——卖女儿？

被泼了这样的脏水之后，谁又能洗得清呢？

如果她不跟纪亦珩在一起，她就只是施甜，可以无所谓，顶多就是缩着脖子过日子好了。

"是。"施甜再次回答了纪亦珩的问题。

就是执意要分手。

纪亦珩精神不济，再加上一路过来一冷一热的，人也有些撑不住。他喉咙痛得厉害，像是扁桃体发炎了，他知道他说再多的都没用了。

"你搬家，无非就是要躲着我。既然说开了，你也不用多此一举。"

施甜坐到沙发上，对，是没必要了。

纪亦珩手掌紧贴着前额，半晌不语。施甜余光偷偷地落在他身上，他应该是甩掉了陆一乐之后就连夜赶来的，陆一乐至今都不知道他没在酒店里，要不然的话电话早就打过来了。

386

施甜握紧手掌，好想过去抱抱他，靠一靠他的肩膀。

纪亦珩手臂往下垂，上半身没了支撑力，显得有些疲倦。他侧目紧盯着施甜："要分手，也行，如果半年时间内，你觉得你能过得比现在好，我们就彻底分掉；如果不行，我们就结婚。"

什么？

施甜两眼圆睁，看着他，纪亦珩挺直了上半身："从今天开始，我们算是分手了。既然是分手，那就连朋友都做不了，只能形同陌路。我从你的生活中退出去，你的事我不会再管，我对你不闻不问，从此以后你做什么都跟我无关。半年之后，你若能完全适应了，我也不会再来找你；你要是忘不掉我，我们就结婚。"

施甜觉得好荒唐，但纪亦珩已经站了起来："你最后肯定会后悔，但你现在把话都说到头了。半年时间绰绰有余，你要是能熬过去，我就相信你能潇洒地走掉。"

施甜生平第一次这样豁得出去："我不会后悔。"

纪亦珩已经走出去了几步，头也没回地说道："我想给你一点转圜的余地，哪怕有一天你真的后悔了，至少还能回头，不至于一条黑道走到底。"

她听着他的脚步声远去，不过三五秒，屋内恢复成一片死寂。施甜忙起身跟到门口。门是掩着的，她伸手推出去时，门板的力量重得她几乎要推不开。

走廊上空无一人，纪亦珩已经走了。

施甜回到屋内，给陆一乐打了个电话。

陆一乐这两天也忙疯了，这会儿还在酒店里睡着，施甜听到她迷迷糊糊的声音从电话那头传来。

"师姐，不用搬家了。"

陆一乐撑着坐起身，睡意全无："你反悔了？"

"纪亦珩来过了。"

"什么？"陆一乐拿起床头柜上的手表看眼时间，"他去了你家？"

"是，正好我在搬家。"

"他真是疯了，一会儿还有工作，他怎么能说走就走呢！"

387

施甜听陆一乐口气愤怒，忙着急解释道："这也是最后一次了，我们当面说清楚了，也分手了……所以，我也用不着搬家躲着他了。"

"他答应了？"

"嗯。"

纪亦珩还是聪明的，前途和一堆烂事之间，谁会去选择后者呢？

"既然这样，我让搬家公司的人回去吧。"

"谢谢，麻烦师姐了。"

陆一乐还要去协调后面的工作时间，纪亦珩就算立马赶回来也是要迟到的，真是不让人省心。可就像施甜说的那样，这是最后一次了，忍也要忍下去。

搬家公司的员工将已经拿到下面的东西又给施甜送上来，她就看着满屋子的东西，发呆。

行李不用再放回去了，现在施年晟被抓，房子到期后，施甜也没有能力再去支付。况且她在找实习的公司了，要是顺利的话，还能有住宿安排。

她按亮手机，盯着上面的屏保看了半天，以后，她就连一个问候早安的人都没了。

陆一乐说话算话，给施年晟请了辩护律师。

施甜见不到施年晟，有什么话只好让邢律师代为转告。

施甜坐在路边的咖啡店内，邢律师将案子的严重性，以及施年晟可能会面临的惩罚都跟施甜说了。她两手捧着咖啡杯，若有所思："我爸有没有让您带什么话给我？"

"他让你照顾好自己，他知道你谈了朋友，让你们好好相处，他的事，最好是瞒着你朋友……"

施甜的心再度像被剜开个口子似的疼："还有呢？"

"让你不要担心他，不论判多少年他都认了。他说这样的日子也不错，清清净净，以后每天还能看会儿书。"

施甜轻拭下眼角，邢律师看她一个小姑娘也可怜："你放心，他虽然说了这话，但我还是会尽我最大的努力替他争取的。"

"谢谢您。"

施甜留在这儿也没什么用，她没有任何人可以依靠，也没时间担心这个担心那个。现在就连生活费都断了，光在这儿哭，有用吗？

徐子易已经去电视台实习了。蒋思南和朱小玉都不着急，对她们来说，在学校打打游戏也是很好的。

返校后，施甜忙着将床上的东西清洗一遍，蒋思南摘下耳机："小狮子，你看学校论坛了吗？"

"又有什么八卦？"

"不是八卦，是关于你家大神的好事！"

施甜拆卸枕套的动作顿住，她现在最怕听到纪亦珩的事，这无疑是在她伤口上撒盐。可蒋思南她们不知情，有什么好事总想第一时间跟施甜分享。

"还记得去年我买过一套小说吗？影视化后选的男女主都是大咖，你家大神给男主配音啊！"

施甜发现这个枕套特别难拆，她恨不得将它撕开。

"你看看，我们还在这儿混日子，可纪亦珩都要站到食物链顶端去了。小狮子，我真羡慕你啊！"

施甜躺到了床上，将枕头放在脸上，上铺是有隔板的，蒋思南就算一眼望去也看不到她在流眼泪。

纪亦珩自从那天从施甜家走后，一个电话、一条信息都没有给她打过、发过。

他知道她过年只有一个人，哪怕这样，他也是连一条复制粘贴的祝福短信都没有。

就像纪亦珩说的一样，要分手就得分得彻彻底底，连朋友都不要做，跟陌生人一样。

徐子易也睡在宿舍里。她晚上回来都已经很晚了。

她瘦了一圈，回到宿舍就从抽屉里拿了袋方便面出来。

施甜将热水拎到她桌上，徐子易将包装袋咬开："小狮子，我太爱你了，你又帮我打好水了。"

"你就不能在外面吃了回来吗？老是吃泡面，对身体也不好。"

"太忙了，没时间啊。"徐子易将热水倒进泡面碗里，她其实闻着那股味道都快吐了。可这是最省钱省时间的法子，她这会儿腰酸背痛，真不想还要为了口吃的再往外跑。

宿舍门口传来敲门声，动静不大，蒋思南正好走过去，一把将门拉开。

"学姐，你好。"

蒋思南看了眼外面站着的两个女生："你们是？"

"施甜学姐在吗？"

"小狮子，找你的。"蒋思南一扭头喊道。

施甜走过去，看了看，那是两张完全陌生的脸："你们找我有事吗？"

"学姐你好，"一个女生将手里的本子递过来，"能不能麻烦你，让纪亦珩学长给我们签个名啊？"

蒋思南忍俊不禁地道："耳朵都挺好使的啊，知道从大神夫人这边下手了。"

施甜握了握手掌，没有伸手去接："他……他很忙，我也好久没看到他了。"

"没关系，你是他女朋友，要想见他还不是分分钟的事吗？我们不着急，就想要个签名。"女生说着，将本子塞到了施甜的手里，"学姐，上面有我的联系方式，到时候你打我电话，我过来取就好了。"

"但是……"

"我们不打扰了，再见！"

蒋思南伸手将门关上："小狮子，你以后可以卖大神的签名啊，一百块钱一个，赚翻了。"

施甜高兴不起来，"纪亦珩"三个字，已经在她的生活中无孔不入。她和他之前有多高调，现在就有多么不想被提及。施甜将本子放在了抽屉里，然后重重地将抽屉推上。

几天后，施甜正在修改简历，桌上的手机响了起来。

这段日子，除了上课之外，她不敢将手机开成振动，就怕会错过什么

390

重要的信息。施甜看眼来电显示，是班主任焦老师打来的。

"喂，焦老师。"

"施甜，你在宿舍吗？"

"在呢。"

"明天早上你去爱酷那里报到，我一会儿将地址发你手机上。"

施甜激动地丢开了手里的鼠标："不用面试吗？"

"不用了，直接去实习。"

"谢谢焦老师，太谢谢了。"施甜不知道还能说什么感谢的话，这个消息，好像灰暗的生活中总算注入的一抹阳光。

朱小玉走了过来，将手里的水杯放到桌上："爱酷，那不是挺有名的视频网站吗？"

"是啊。"施甜兴奋地摇晃着朱小玉的手臂，"我马上也能赚钱啦！"

"你个小财迷。"

施甜起身，将位子还给朱小玉："谢谢你的电脑，简历暂时不需要改了。"

"我想起来了，你家大神配音的剧，好像是要在爱酷播的。"

施甜只能噢一声。她赶紧上床，这时候她最怕朱小玉拉着她继续这个话题，纪亦珩现在是她的禁忌，谁提都不行。

第二天一早施甜就去爱酷报到了。地铁过去很方便，虽然是要换乘，但出站之后就是公司了。

她先去人事部报到，办齐了手续后，有人过来带她。

说是实习，但也没有明确的工作，施甜被分到了一个办公桌后，就被要求写采访稿。

主编还给她规定了时间："明天就要用，你今天下班之前务必给我。"

"好。"

写稿子之前，首先要了解清楚被采访人的一些事，施甜急急忙忙上网查资料。之前在学校的时候，她就经常给纪亦珩写稿子。那时候觉得很痛苦，因为不知道怎样才能写得吸引人，后来也算是被训练出来了，就比如到了这会儿，她居然已经能驾轻就熟地找到切入点了。

下午时分，施甜将稿子交到主编手里。主编粗略地看了眼："这都是你写的？没有求助别人吧？"

"没有，我在校园广播站待过，也写过稿子。"

"那直播活动，你可以做吗？"

"我做过很多次。"

主编满意地轻点下头："不错，你先出去吧。"

"稿子……需要修改吗？"

"不用了，写得挺好。"

施甜走出去，将门轻带上，心里的忐忑在瞬间放下来。她跟着纪亦珩磨炼了那么久，不知不觉间，她这把剑已经被磨得锋利了。

一周时间相处下来，施甜跟同事们的关系都不错，刚吃过中饭，主编就匆匆找到了她。

"施甜，你去超市买点吃的、喝的，去采访室帮忙布置下，下午你就留在那里帮忙吧。"

"好的。"

施甜马不停蹄地去了超市，拎着大包小包进入采访室，帮忙将水果清洗过后装入果盘内。

主持人坐在边上正在看稿子，施甜将零食等东西放在不远处的桌子上。一般过来的人都会带助理什么的，这种关系也都是要打好的。

施甜见布置得差不多了，又将花瓶里的花整理一下，将一片枯黄的叶子掐下来。

咚咚——

她听见敲门声，赶紧过去将门打开。

负责带路的同事站在施甜跟前："嘉宾到了。"

"好。"

同事让开身，施甜刚探出脑袋，就看到一抹高大的身影来至她身前。她下意识地抬头，眼里的吃惊藏都藏不住，就连脸上刚漾起的笑都僵住了。

纪亦珩朝她看了眼，门被施甜堵住了，他也只能站定脚步。

同事朝施甜不住地使眼色，坐在里面的主持人热情地迎了过来："你好，等你好一会儿了。"

纪亦珩唇瓣往上扯动，视线不着痕迹地从施甜脸上挪开，她没让开，他就从她身前挤了进去。

同事见状，拍了下施甜的肩膀："就算人家长得帅，你也不用呆成这样吧？"

生活真是处处充满了惊喜和惊吓。同事赶紧推着施甜的手臂："快进去啊。"

噢，对，她还要进去帮忙的。

主持人带着纪亦珩入座，施甜将门关上，纪亦珩来早了，离采访还有一段时间呢。

纪亦珩身边有了助理，还是个女助理，施甜拿茶杯的时候，手有些抖。

她倒了三杯水，先给主持人和纪亦珩送过去。

一杯水刚放到纪亦珩面前，他就开口了："我不喝。"

主持人笑着将手里的稿子放到边上："采访可是要很长时间的。"

纪亦珩的目光再次越过施甜，看向了那张摆满零食的桌子："给我拿罐可乐吧。"

他现在工作量大，怎么还这样不珍惜自己的嗓子呢？

施甜站在原地没动，主持人叫萧虹，朝她轻使个眼色。

"还是喝点水吧，碳酸饮料对嗓子不好。"施甜坚持着。

纪亦珩双手交握，手指在手背上轻点着："我习惯了。"

"偶尔一次应该也没事。"萧虹搭起腿，"平时，你应该也没什么机会碰这些吧？"

"我会偷偷吃。"纪亦珩难得幽默。

女助理听到了赶紧起身："好啊，你居然背着我们偷吃，我要告诉一乐姐。"

纪亦珩做了个嘘的动作，收回修长的手指，嘴里调笑出声："你嘴怎么这么碎呢？"

"一乐姐要我看着你的，我回去就是要告状。"

施甜听着他们你一言我一语，她戳在原地就跟个傻子一样。以前都是她管着纪亦珩，想说什么就说什么，可现在不一样了。纪亦珩身边的这个助理跟他关系肯定很不错，至少她能让纪亦珩这座冰山跟她开起玩笑。施甜怕再待在这儿，会绷不住想哭。

"还是不给吗？"纪亦珩的注意力落回到施甜脸上。

他真的完全就当作不认识她了，纪亦珩伸手在脑后轻摸了下，目光看向身边的萧虹："这也是你的助理吧？跟我身边的一样，管得太宽。"

最后四个字扎在了施甜心上，萧虹定定地看着施甜，施甜回过神，转身去往零食区。

"说起来，施甜还是你校友呢。"

纪亦珩淡淡地应声："是吗？"

"当然，都是东大的。"

施甜拿了罐可乐回来，放到纪亦珩的身边，少年轻抬眼眸看她："几班的？"

何必这样明知故问？施甜收回手："六班的。"

纪亦珩打开易拉罐，喝了两口饮料没再说话，显然就是不认识，也不想认识的态度。

施甜退到旁边去。纪亦珩今天穿了件现下流行的薰衣草紫带帽卫衣，能将这颜色穿出极致的，也没几个人了。他外面套了件宽松的白色牛仔外套，整个人少年感十足，他跟萧虹说着话，完全没有看这边一眼。

施甜和纪亦珩的关系，尽管整个东大的人几乎都知道，可外面的人没有挖得那么深。再说他蹿红的速度太快，很多采访也都是临时增加的。

聊天氛围很是融洽，说到一半，纪亦珩起身去零食区拿吃的。

小助理跳起来："干吗呢？不许乱吃啊。"

纪亦珩拿了包薯片："就一包。"

"真是的，你嗓子还没完全好呢。"

萧虹笑着用手掩住嘴角："说实话，进这儿吃东西的嘉宾，你还是第一个，吃的居然还是薯片。"

"那东西摆在这里，不就是给我们吃的吗？"

纪亦珩不客气地撕开包装袋。萧虹见施甜干站着，朝她招下手："过来。"

施甜只得老老实实地过去。

"你们既然是同学，干吗这么生分？施甜，你坐下来。"

施甜面前一共就两个坐的地方，萧虹是单人沙发，纪亦珩身边倒是有空位。施甜往旁边退了步，尽管跟他坐在一个沙发上面，但已经是尽可能地远离他了。

"纪亦珩在你们学校肯定已经是风云人物了吧？"

少年吃着东西，不接话。

施甜有些不知所措："是、是啊。"

萧虹凑上前冲纪亦珩说道："我一会儿还要问你个问题呢，你有女朋友了吗？"

纪亦珩嘴里咀嚼着薯片，施甜垂着头，比谁都紧张。

少年微微一笑："还要问这样的问题呢？"

"这是必问的，逃都逃不掉。"

"没有。"纪亦珩给了答案。

萧虹倒是有些吃惊："是你要求太高了吧？"

"有过，但是分了。"

施甜听得后背冒出冷汗，萧虹没有再继续这个话题："施甜，你们学校追纪亦珩的女生肯定也多吧？"

因为他们是一个学校的，又是同一届的，这话题真是躲不开了。

"嗯，多……"

"那你呢？"

什么叫作"那你呢"啊？想当初可是纪亦珩追她的好不好？

气氛尴尬到不能再尴尬了，纪亦珩坐在边上吃东西，手伸进袋子里发出的动静传到施甜耳中。这可让她怎么回答？

纪亦珩余光轻落，看到施甜紧张地两手交握，她说道："有些人只能远远看着的。"

纪亦珩将抬起的视线落到施甜脸上，这撇得可真干净，远远看着而已？他们亲过，搂过，抱过，还在一张床上睡过，她现在跟他说，他这样的人就只配被她远远看着？

纪亦珩的面色阴冷些许，唇间溢出声冷笑。施甜听到了，萧虹也听到了。

施甜乖乖闭紧嘴巴不敢再说什么。萧虹什么场面没见过？再大的腕都能应付过来："显然，你对这个说法是不同意的吧？"

"每个人都有自己的想法，我们不好强求。"纪亦珩将吃剩下的半袋薯片放到桌上，不远处的助理见状，赶紧过来将它收起来。

"快，把手擦擦。"助理递了湿纸巾给纪亦珩。

他动作优雅地擦拭，助理将湿纸巾和零食都收起来："等等，这边头发掉下来了。"

她拿了化妆包过来，将它打开后摊放在桌上。萧虹客气地在旁边说道："我们这儿有化妆间，也有专业的化妆师。"

"谢谢。"助理随手拿了把小梳子，将纪亦珩掉下来的一缕头发往上梳，"就这点小事，不用劳烦你们了。"

助理一手遮在纪亦珩的眉前，另一手拿了定型喷雾喷在他黑亮的发丝上。

纪亦珩眼帘轻闭，没有丝毫不自在的样子。助理拿了镜子放到纪亦珩面前："哥，今天的造型满意不？"

他睁开眼，很敷衍地看了下，然后将镜子推开："还行。"

"什么啊？多潮啊。"

"那是我长得潮。"

助理将东西放回去，拿了化妆包回到她的座位上去。施甜心里酸得要命，什么叫眼不见为净？没看见就索性当不知道。可现在不只要让她看，还要让她听。这助理一口一个"哥"地喊着。纪亦珩之前是最不喜欢这样的，有多少女生想认他做哥哥，都被他怼回去了。非亲非故的，瞎喊什么？

她坐在这里，很是多余啊，但她不能说走就走。

好不容易挨到采访开始，施甜才得以脱身。但主编让她今天跟着萧虹，她也不好独自出去，只能坐到纪亦珩的助理身边。

采访进行得很顺利，纪亦珩也没什么黑料不能聊的，镜头下的那张脸还是施甜熟悉的样子，她这下可以光明正大地盯着他看，不用怕被他发现了。

纪亦珩回答问题时条理清晰，还会冷幽默，这样的采访放出去绝对是有看头的。

施甜不舍得删掉纪亦珩的联系方式，只是换了屏保的照片，工作场合进进出出都是人，难免会被别人看到。他跟在学校时候的样子还是不一样的，那会儿他穿着随意，头发也大都是顺着的，不像现在，出门都要经过包装。

纪亦珩回答了萧虹的一个问题，冷不丁地扭过头看向施甜的方向。

她吓了一大跳，赶紧将视线移开。施甜紧张得只能听到自己的心跳声，又偷偷望过去，发现纪亦珩居然还在看她。

施甜干脆将眼帘往下压，一刻都不敢瞎看了。

采访时间足足有两个小时，施甜坐得腰酸背痛，总算听到萧虹说了一声结束。

纪亦珩的助理站起身，迎了过去。施甜看着她从自己面前经过，心头有些微的惆怅。

"一起吃个晚饭吧。"萧虹看时间正好，"这边附近都是吃的。耽误不了多少时间。"

助理看眼纪亦珩的脸色，知道他肯定也累了，今天是坐了飞机赶回来的，晚上还要坐高铁去另一个地方。这样连轴转的强压下，他其实是想有点时间休息的，哪怕是坐在车里都比应酬好。

"不用客气了，我们还要赶高铁，谢谢了。"助理替他开口回绝。

萧虹自然也要将客套做足："一顿饭耽误不了多少时间，一会儿我让公司的车送你们去高铁站。"

纪亦珩看了眼身边的助理："你想吃什么？"

"啊？"

"晚上想吃什么？"

助理想了想："泰国菜。"

"巧了，楼下就有一家挺著名的泰国菜餐厅。"萧虹将采访稿放到边上，又朝施甜招了招手，"施甜，一起去。"

施甜真觉得要疯了，她上前几步，拒绝的意思全写在脸上："我手头还有很多工作。"

"你今天的工作就是跟着我，你和纪亦珩是校友，不愁没话说。"

施甜恨不得找出十八个理由："我真的没时间……"

萧虹的脸色微变。她虽然脾气好，可施甜不过就是个来实习的罢了，她对她一声呵斥没有过，她反倒一次次驳她的面子。

现场气氛冷下来，纪亦珩眼皮轻跳了下，施甜也不是个看不出别人脸色的人："那我回办公室拿个包，是现在就走吗？"

萧虹闻言，神色缓和了些："对，现在过去正好。"

"好。"

萧虹让纪亦珩在这里休息会儿，她将手里东西去放一下，马上过来。

助理看到萧虹将门轻带上，看眼又坐回去的纪亦珩："你不是从来不答应别人出去吃饭的吗？"

"我饿了，不行吗？"

"行，我就是觉得挺奇怪的。"

纪亦珩若有所思地盯着门口处："一会儿你就说不想吃泰国菜了，换别的。"

"你想吃什么吗？"

"你就说你忽然想换换口味。"

助理轻拧了下眉头："这样不好吧，万一别人对我们有看法怎么办？"

纪亦珩知道施甜是不喜欢吃泰国菜的，尤其是各种带了咖喱的食物。她已经算是不挑食的了，遇上喜欢的能吃很多，他不在她身边，她肯定是应付着吃东西的，也不会舍得去餐厅。

施甜跟着萧虹再度回到采访室。纪亦珩和萧虹径直往外面走，助理几次欲言又止，眼看要走到电梯跟前了，她这才找到机会开口。

"哥，我们要不别吃泰国菜了。"

纪亦珩扭过头看她眼："怎么了？"

"我……我肚子难受，想换换口味，杭帮菜怎么样？"

纪亦珩走进了电梯："吃不吃都是你这张嘴在说。"

助理也真是觉得冤枉，她是爱极了泰国菜的，这不是他让她改的吗？

"没关系，那就吃杭帮菜好了，反正附近都有。"萧虹按了一楼键，施甜站在边上，杭帮菜对的也是她的口味，她喜欢。

第十七章　疼痛的亲吻

　　萧虹选了家餐厅，问服务员要了个包厢，助理坐在边上负责点菜。

　　包厢里放了张圆桌，他们也就四个人，纪亦珩和萧虹坐在一起，那个助理自然地挨着纪亦珩身边坐。施甜总不能离他们都远远的吧，只好拉开了萧虹身边的椅子。

　　服务员开始上菜，萧虹问纪亦珩要不要喝点酒，被助理给婉拒了。

　　"他明天还要工作，我点了鲜榨的果汁。"

　　服务员将榨好的橙汁送上来，放到桌上，这一桌四人，不论是按照资质还是什么，都该施甜站起来斟果汁。

　　这一点施甜也清楚，她默默地推开椅子准备起身。

　　纪亦珩的腿在桌子底下踢了下旁边的助理。助理一抬头，反应极快地丢掉手机："我来！"

　　她动作迅速地起身，拿了装有橙汁的玻璃杯先给萧虹倒了一杯。

　　"谢谢。"

　　施甜也已经站起来了："我来吧。"

　　"你坐着，我来就行。"助理将其余几人的杯子都满上。她跟施甜就是陪吃的，主要的人物还是萧虹和纪亦珩。

　　两人说着话。施甜拿起筷子，放在面前的是一盘糖藕，她夹了一块。

纪亦珩跟她在一起两年，最是清楚她的口味。看她现在这样拘谨，连吃顿饭都要小心翼翼的，他终究还是舍不得。

　　其实，分手是她说的，现在的苦头也应该由她去吃，纪亦珩想到这儿，也就不去管她了。

　　萧虹只顾着和纪亦珩说话，两人都不动筷，施甜只能吃着面前的两个菜。

　　可面前的偏偏都是凉菜，她这会儿饥肠辘辘，不远处的白斩鸡摆盘精致，旁边还放着酱料，那只翘起来的鸡腿仿佛在跟她说："来啊，你来吃我啊。"

　　她轻咽下口水，肚子好像在咕噜噜叫着，施甜喝了两口橙汁。

　　纪亦珩伸出手，将糖藕转到自己跟前，那盘白斩鸡不偏不倚到了施甜的面前，她赶紧伸出筷子将鸡腿夹到碗里。

　　一口咬下去真是满足，好好吃，施甜也不参与进他们的话题中，就不停地吃吃吃。

　　旁边还有一盘椒盐虾，施甜忙夹了两个放到碗里，就怕一会儿这些好吃的都被转走了。

　　纪亦珩跟萧虹说着话，目光看她时，余光正好能看到施甜。

　　她都吃了些什么，他是清清楚楚看在眼里的。这样光吃荤的也不行，纪亦珩转动圆桌，将一盘金花菜转到了施甜的面前。

　　她又伸手夹了一筷。这是多少天没吃东西了吗？他就看她一人在那儿狂风卷落叶的。既然离开他过得这么不好，就不能低低头来找他吗？

　　服务员敲门进来，将一大碗酒酿圆子放在桌上。

　　施甜两眼放光，可她不能第一个冲上去。纪亦珩看她将碗里的菜全部吃干净，腾了只空碗出来，就为了一会儿盛小圆子吃。

　　他看她那副样子，心就完全软了。他转动圆桌，等酒酿圆子到了施甜面前，一下按住桌面。

　　施甜迫不及待地盛了一小碗，她开心地冲着边上的萧虹道："萧姐，我帮你盛吧。"

　　"不用了，我自己来就行。"

　　助理看看纪亦珩的碗里，他转了半天，也没见他动筷子，这是干什么呢?

好几次她的筷子都要碰到菜了,却眼睁睁看着喜欢吃的菜从她眼皮子底下溜走,纪亦珩这显然不是在照顾她啊。

施甜从坐上桌子开始,就在吃。旁边的萧虹碰了下她的腿:"施甜,你看你,也不知道敬人家一杯。"

她忙放下手里的筷子,拿起玻璃杯准备起身。

"不用了。"纪亦珩说完这话,举了杯子跟萧虹轻碰了下,"希望下次还能接受你的采访,今天过得很愉快。"

"一定,我也期待下次合作。"

施甜动作僵着,有些下不来台,只好自己喝了口。

纪亦珩拿起桌上的筷子,夹了一块白斩鸡放到助理碗里:"这不是你喜欢吃的吗?"

助理忙不迭点头:"谢谢哥。"

一顿晚饭下来,施甜虽然吃饱了肚子,可大部分可能是被气饱的。

纪亦珩这人什么都好,就是肚量太小,分手以后怎么就做不成朋友了?表面上嘘寒问暖一下不行?还有还有,他为什么这么听他助理的话?她说不吃泰国菜想吃杭帮菜,他就这么全答应了。这不像是纪亦珩的风格,难不成……

施甜坐在那里默默地吃着水果,晚饭结束后,纪亦珩还要赶高铁,所以没有时间逗留。

萧虹和施甜将他们送到门口,萧虹打了个电话:"车子马上到,在开进来。"

"实在是太麻烦你们了。"

"这么客气做什么?应该的。"

施甜跟个小透明似的站在边上,时间一分一秒都转得跟一天似的那样漫长,她目光盯着出口的方向,就盼着车子快点来。

肩膀上猛然被人拍了下。韩凌阳也是从餐厅里出来的。施甜扭头看眼,他的声音已经迫不及待地传到她耳朵里:"小狮子,真是你啊?你怎么在这儿?"

"羚羊。"施甜不知是惊还是吓,喊了他的名字后就没再说接下去的话。

韩凌阳探头，看了看施甜身边的人，纪亦珩的双眼同他对上，韩凌阳一副这下明白了的表情："原来……"

施甜怕他当着萧虹的面说漏嘴，一把拽着韩凌阳的手臂要将他拖走。

"喂，你手劲还挺大……"

施甜将韩凌阳拉到旁边："闭嘴，闭嘴，别说了。"

"就不怕有人看了吃醋吗……"

施甜着急，用手去捂住韩凌阳的嘴："别乱说！"

她这会儿跟纪亦珩权当互不认识，韩凌阳要是将这层关系捅破了，尴尬不说，萧虹又该怎么想她？

韩凌阳见纪亦珩眼里像是藏了一根根针，目光犀利逼人，可看着施甜跟他拉拉扯扯的，他怎么就不过来呢？

"小狮子，你干吗呢？"

施甜跺了跺脚："别说了，你等我一会儿，待会儿跟你解释。"

韩凌阳比了个OK的手势，施甜转身回到萧虹身边，就听到韩凌阳扬了声道："解释什么啊？"

纪亦珩冷眼睇着，看来韩凌阳还不知道他们已经分手的事，这是撞上来了，所以施甜要跟他明说？

萧虹视线越过施甜的脸，多看了韩凌阳两眼："施甜，这是你男朋友吗？"

"啊，不，不是。"施甜赶忙摇头，"我同学。"

萧虹意味深长地勾起抹笑："你同学跟你关系不错。"

纪亦珩视线落定在台阶上，神色越来越冷。来接送他的车子开到了餐厅的正门口，司机下来将车门打开。

萧虹抬起手腕，看眼腕表："时间应该是绰绰有余，路上不用着急，安全第一。"

"好，谢谢。"纪亦珩抬起脚步上了车，坐进了车，冲着萧虹又说道，"再见。"

施甜看到助理去了另一边。纪亦珩再次说了声"再见"，施甜接触到他的目光，这才意识到他是跟她说的。

她赶紧张张嘴："再见。"

从施甜现在的角度看去，纪亦珩的面上有掩饰不住的疲倦，那是长时间没有自由之后，从心底延伸出来的一种疲累。他靠着椅背，车门被带上的瞬间，他的眼睛也闭了起来。

一路到高铁站，他还能眯半个小时，这三十分钟对他来说也是实在难得。

施甜看得心里酸酸的，所有人都在羡慕纪亦珩，她却很想再看一眼那个在篮球场上意气风发的少年。

彼时他肆意张扬，她还能在他身边狐假虎威，当个校园小霸王，多好呢。

"这助理，八成是纪亦珩女朋友吧。"萧虹在旁边一边挥着手，一边说道。

施甜心里咯噔一下："为什么啊？"

"言语间听不出来吗？就算现在不是，日久生情，近水楼台先得月，以后肯定会有消息传过来的。"

施甜看着那辆车驶入夜色中，她的心被紧揪着像是要滴出血来。萧虹迈出去一步："施甜，你怎么回去？"

"我坐地铁好了。"

"那我回趟公司，我的车还在那里。"

施甜不住地点着头："好，萧姐再见。"

韩凌阳挪步来到她身边："小狮子，怎么回事？"

"什么怎么回事？"施甜心虚，就想赶紧离开。

韩凌阳一把将她抓回来："你跟纪亦珩不对劲，以前恨不得时时刻刻缠着他，现在怎么连句话都不说了？"

施甜沉默不语，韩凌阳看了眼她的头顶："吵架了？"

"不是，分了。"

"分手？"

施甜撇开他快步往前走。韩凌阳跟在她后面，眼见她越走越快，他只好大步追上她："你腿虽短，步子倒是迈得不小。"

"你就会胡说八道！"

"分了就分了吧，也不是多大的事。"

施甜站定在马路边："对啊，追我的人排着长队呢。"

韩凌阳垂首，看她的表情就能知道她说的这话有多违心了："你要不嫌弃，就考虑考虑我？"

"没心思跟你开玩笑。"

韩凌阳站到她跟前去，施甜盯着他的胸口："羚羊，你不知道喜欢一个人，却不得不分开的滋味有多难受。我又忘不掉他，睁眼闭眼都是他……"

韩凌阳就算有再多的心思，也只能藏起来："那你为什么要分手？难道是他提的？"

"不是。"

"你把他甩了？"

"一两句话说不清。"

韩凌阳听她说话的语调，像是要马上哭出来："行了，不说了，哥送你回宿舍。"

"我就说你把我当兄弟，我同宿舍的朋友还说你喜欢我。"施甜将外套拉链拉到最上面，又将帽子戴起来。

韩凌阳的脚步停住了，回头看她："我喜欢你，难道不行吗？"

"当然不行。"

韩凌阳就想问个明白，怎么就不行了，可施甜神色怏怏，压根不想继续这个话题。韩凌阳纵使有十句百句话到了嘴边，也只能吞咽回去。

纪亦珩坐在后车座上，手里攥着手机，正闭目养神。

车子上了高架，助理玩着游戏，一扭头看到他睁开眼，出神地盯着手机屏幕在看。

"怎么了？"

纪亦珩没说话，他走的时候，韩凌阳还在边上等着施甜，他们这会儿应该在一起吧？

虽然韩凌阳没有明确表达过喜欢施甜，可男闺密这物种，纪亦珩向来是忌惮的。

他心烦气躁得很，万一韩凌阳利用这半年时间对施甜穷追不舍怎么办？

纪亦珩点开屏幕，找到施甜的头像点进去。可他这个时候能跟她说什么呢？让她赶紧回去不要在外面瞎转悠？让她一脚将韩凌阳踢走？

他的手指在屏幕上使劲戳着，旁边的助理好奇地瞅他眼："干啥呢？"

"死机。"

好吧，死机那就重启好了，戳来戳去有什么用？

纪亦珩的手机传来声嘀嘟声，他看眼屏幕，是有人请求加他为微信好友，纪亦珩点开，验证信息一栏写着"萧虹"。

他最擅长装没看见，可是屏幕刚被他按灭，想了想，点了通过。

施甜回到宿舍，看到徐子易趴在桌子跟前写东西，泡面的味道充满了整屋。施甜将一杯奶茶放到她桌上："又是泡面。"

"哇，有奶茶喝，谢谢小狮子。"

"你就不能买点有营养的东西吃？"

"今天换口味了，香菇炖鸡面。"

施甜无奈地靠在边上："写什么呢？"

"我们台要准备一场重要的晚会。对了，跟爱酷有合作的，到时候说不定你也要过来。"

施甜伸手轻拍了下徐子易的脑袋："你想多了，要去也是大佬过去，我还是个打杂的呢。"

"放心啦，我陪着你一起打杂。"

施甜这一天下来，累得快疯了，爬到床上打算躺会儿："你比我好多了，我还等着你做知名主持人，到时候好拉我一把呢。"

徐子易用筷子将面块往碗里捅了捅："好啊，我会为了这个目标奋斗的。"

徐子易所说的那场晚会，是一场文学IP盛典，其中准备拿奖的几部作品都是从小说改编的，而且无一例外的是，它们转变成有声作品时，都是由纪亦珩配的音。

爱酷跟电视台有合作，跟有声网站也有合作，自然会被邀请过去。

纪亦珩提前一天就回了东城，今晚他总算能睡个好觉，明天只要下午赶去电视台就行。

他坐在阳台的藤椅上，啪哈安静地蜷缩在他脚边，盯着阳台上的一盆吊兰出神地看着。

施甜说不来就不来了。那会儿她一个劲儿往他家里搬东西，走得倒是干脆，怎么不知道把这些都搬走呢？

手机振动两下，纪亦珩拿起来看眼，是萧虹发来的。

"明天能抽空约个采访吗？"

关于采访的事，陆一乐早就安排好了，时间有限，都是她亲自筛选的。

爱酷这边刚采访过，陆一乐肯定要将机会留给别人，行程单都交给了助理。

纪亦珩掂了掂手机，目光望入无尽的月色中。

萧虹再次发了条信息："明天得奖的两部潜力IP作品，有声作品都是你给配的音。其中有部作品被我们爱酷买了版权，我是真想再跟你约个时间聊聊的。"

纪亦珩盯着屏幕看了半晌，打了一串字过去。

萧虹喝着咖啡，却有些看不懂他的话了。

"明天的采访都安排满了，我还要回趟学校买点东西。"

这是在拒绝她吗？为了回去买东西？

"你要买什么重要的东西吗？"

"酱香饼，好久没吃了。"

萧虹嘴里的咖啡差点被她喷出去，也似乎找到了一丝机会："这个好办，你把买东西的时间留给我，酱香饼我到时候给你送过来就是。"

"不麻烦了，那家饼店很难找。"

"在你们学校附近？"

"是，大概也只有东大的学生能找到。"

萧虹以为多大点事呢："你把明天行程外的时间告诉我，明天见。"

纪亦珩跟她确认了时间，萧虹转身就打了个电话出去。

施甜正在洗澡，徐子易拿了她的手机拍响了洗手间的门："小狮子，你的电话。"

"谁啊？"

"萧虹。"

"妈呀！"施甜赶紧跑到门口，哆嗦着伸出一条手臂接过手机。

"喂，萧姐。"

"施甜，你们学校附近是不是有卖酱香饼的？"

洗手间里装满了热气，施甜用毛巾擦了把脸："对啊。"

"应该有家很出名的吧？"

"嗯，在学校旁边的小区里。"

"这样，你明天上午不用过来了，中午你去买份酱香饼，然后直接去电视台。"

施甜彻底蒙了："我明天买酱香饼？然后去电视台？"

"对，我出发的时候打你电话，电视台门口集合吧。"

施甜答应下来，可是越想越不对劲。萧虹要去准备明天的工作，也不会跟她详细解释，就剩下施甜一个人在那儿胡乱猜测。

她怎么开口就说了那家的酱香饼？这要不是东大出去的学生或者附近的居民，还真没人知道那家饼店的事。

施甜一个激灵，不会是纪亦珩要吃的吧？

第二天中午，施甜买好了酱香饼去赶地铁，又一路赶到了电视台门口。

她没看到萧虹的身影，就给她打了个电话。

萧虹哪有时间等她呀，这会儿已经坐在了休息室。她让施甜直接拿了东西过去："对了，你的通行证在我这儿，我拍个照片给你，你验证下身份就能进来了。"

"好。"

施甜不敢耽误，拿了东西快步往里走。

进了电视台，就跟进了迷宫似的，施甜好不容易找到那间休息室，站在门口敲了两下门板。

407

"进来。"是萧虹的声音。

施甜推门进去，一眼就看到了坐在沙发上的纪亦珩，她走到几人跟前："饼买过来了。"

萧虹起身，从她手里接过去："哎呀，凉了。施甜你怎么做事的，不知道热好了再拿来吗？"

纪亦珩朝萧虹伸出手："这个饼就要凉了吃。"

真的假的？

萧虹还是没松手："还是微波炉转一下吧？"

"真不用。"

萧虹只好将它递到纪亦珩的手里，少年拿了签子扎起一块放到嘴里："是那家大刘饼店吗？"

施甜点了点头。

"看，还是要你的校友才能买到。"

施甜猜不透纪亦珩的心思，要吃饼肯定是他提出来的，这摆明了就是故意的吧？

纪亦珩的助理给他杯子里的水装满，然后将杯子放到桌上："不就是酱香饼吗？有这么好吃？"

"他家的酱是自己配的，外面买不到。"

助理听了，也想尝尝："我吃一块。"

施甜紧盯着纪亦珩手里的袋子，就算再亲密，也不能从他手里拿吃的啊！再说她和萧虹都在这儿呢，就不怕她们瞎想吗？对施甜来说，只有男女朋友关系才能同吃一样东西，尽管里面放了两根签子，可……

施甜的神色也有些绷不住了，这助理要是真敢吃，她就……

就怎么样呢？

她连动怒发火的权利都没有啊，施甜捏紧了拳头，手背上的青筋都暴出来了。

纪亦珩用余光将她的表情都看在眼里，他不着痕迹地轻挑一下嘴角。助理的手伸过来，摸到了其中一根签子，纪亦珩侧开身，将她的手推开。

"吃一块嘛。"

纪亦珩抬眼看她："在吃东西这方面上，还是要保持点距离。"

"小气。"

纪亦珩又吃了块酱香饼："我手里的东西，只有女朋友可以碰。"

施甜嘴角禁不住往上勾翘，幸灾乐祸极了，可再一想，她在这儿乐什么啊，她也不是纪亦珩女朋友了。

"萧姐，我出去转转。"

萧虹扭头看她眼："你就待在这儿好了。"

一场采访最起码也要一个小时吧，这儿就连个坐的地方都没有，她就算留在这儿也是不自在的。

"那这样吧，你去买点喝的过来。"

施甜立马就答应了："好。"

这一来一回都是时间，总比她闷在这儿要好。

"半个小时。"纪亦珩突然开口，"半个小时必须回来。"

萧虹看了眼施甜："去，去吧，半小时内回来。"

施甜恨恨地走向门口，这怎么还给规定时间了呢？！半小时，她也就够跑到外面点个单，再急急忙忙跑回来。

从电视台里弯弯绕绕地出去，施甜好不容易找到一家咖啡店，这是萧虹喜欢的。施甜走进去，点了几杯。

她进门的时候看到旁边还有家卖鲜榨果汁饮品的，施甜走过去点了杯橙汁。

回到休息室，施甜特地看了眼时间，正正好好半小时。

她将两杯咖啡分别递给萧虹和纪亦珩的助理，将另一手拎着的果汁放到纪亦珩的跟前。

"我怎么就喝果汁？"纪亦珩明知故问。

施甜总不好不搭理他："咖啡对嗓子也不好。"

萧虹看在眼里，不由得轻笑出声："看吧，这就是校友的好处，事事关心你。"

施甜尴尬得要命，想要起身溜走。纪亦珩伸手，将手掌按在了那杯果汁上："你怎么知道我喜欢喝橙汁？"

这话真是没法接了，他就算要将她当陌生人，但两人毕竟在一起过，他喜欢吃什么喝什么，她还能不清楚？

409

"我……我猜的。"

"完全猜对了，真有心。"纪亦珩这下目不转睛地盯着她。施甜直起身，还是能感觉到他的目光落在她脸上。

萧虹若有所思地喝了口咖啡，视线在两人身上望来望去，施甜忙退到一边去。

萧虹开始采访。为了不耽误纪亦珩接下来的事，她时间掐得很准，眼看差不多了，这就带着施甜起身告辞。

两人走出休息间，施甜紧跟在萧虹身边："萧姐，我们现在回公司吗？"

"不回去了，盛典开始之前我还有两个采访，你跟我一起留在这儿。"

"好。"

萧虹看她挺乖巧，又听话，忍不住还是要关照两句："施甜，你觉得纪亦珩怎么样？"

施甜一惊，不会是被人看出什么了吧？

"挺好的。"

"长得挺帅的是不是？"

施甜越发心虚："帅也不能当饭吃呀。"

"你能这样想最好了，我们这个行业，接触的都是帅男靓女，没有一定的定力真不行。"

"萧姐，你怕我被人拐跑了吗？"

萧虹看了她一眼，忍俊不禁地道："还真有点担心呢。"

"我有自知之明的。"

"话也不能这样说，"萧虹轻拍了下施甜的肩膀，"有时候吧……男人那张脸比女人的杀伤力更大，你刚进这行，以后要见的人太多了。"

施甜立马明白过来，八成是纪亦珩今天的态度让萧虹有了些担忧。

"萧姐，您放心。"

"你不说你有个同学在电视台工作吗？你去找她玩会儿，我晚点再找你。"

"谢谢萧姐。"

施甜没想到纪亦珩在萧虹眼里瞬间就变成了见谁都瞎撩的人，她想想就好笑，谁让他小心思那么多的呢？

施甜给徐子易发了个信息，徐子易很快回了她，问她在哪儿。

她拍了张照片给徐子易，没过几分钟，施甜就看到徐子易手里提满了东西正快步走来。

"小狮子。"

"你怎么拿这么多东西啊？"

徐子易示意施甜让她跟着她走："人多嘛，我那边还在紧急开会呢。"

"那我是不是打扰你了？"

"没事，你等我把东西拿过去。"

施甜见她手里都快拿不下了："我帮你吧。"

"不用，马上就到了。"

徐子易来到一间紧闭的休息室的门口，想要腾出只手去敲门，施甜见状，快她一步在门上敲了两下。

"进来吧。"

徐子易冲施甜小声吩咐："你等我下。"

"嗯。"

施甜替她将门推开，徐子易快步往里走，施甜就在门口等她。

一阵尖锐的女声却在这时刺到了施甜的耳朵里："让你买个东西折腾这么半天，再迟一会儿，会都要开完了。"

"对不起。"徐子易小声地赔着不是。

"真不知道你们学校是怎么把你推荐过来的，笨手笨脚，又懒……"

施甜听得浑身不舒服，徐子易做事情向来拼命，有时候宿舍关灯了，她还在赶工作。可别人要想找你的麻烦，就能将白的说成黑的。

徐子易连一句解释都没有，一声不吭地给每个人发了饮料。

"出去吧！"

她将桌上的打包袋都收拾干净，这才走出了休息间。施甜看着徐子易将门轻带上，她嘴唇嚅动了下，最终什么话都没说。

徐子易往前走了几步，到了一个公共的休息区域，她从柜子里拿出一

411

次性水杯，给施甜接了杯水。

"子易，你要是忙的话不用管我。"

"我的事都忙完啦。"

施甜将水杯接过去，徐子易靠在旁边，施甜从她的脸上看不出任何愤怒和委屈。

施甜也不知道这时候还能说些什么去安慰她。她们总觉得走上了社会，就可以摆脱掉在学校时遇到的所有窘境，比如可以自食其力，比如可以靠自己瘦弱的肩膀撑起一个家。可这其中要经历的艰辛，就算不是刀山火海，却也可以说是荆棘满布吧？

"小狮子，我们以后一定要靠自己走出条路。"

施甜用力地点了下头："对。"

"越是处在底层，受的委屈就越多，别人也越会觉得是理所当然。"

施甜将手轻轻落在徐子易的肩膀上："也正是因为年轻，所以脸皮才要厚一点，也许被人骂着骂着，我们也就习惯了。"

"好，干了这碗毒鸡汤。"徐子易用手里的杯子跟施甜轻碰了下。

文学IP盛典开始前一小时，施甜就坐到了台下，萧虹名气大，自然不会跟她坐在一起。

灯光渐暗，施甜看到有人陆陆续续进场。位子都安排在最前面，她好奇地张望着，就看到一堆人簇拥着一个高大的身影过来了。

纪亦珩穿着黑色的修身西服，里面一件简单款式的白色衬衣，这般随意的搭配却令他有了矜贵高冷的气质。他迈着长腿往前走，通道就在施甜的身边，她高高地仰望，看着他的身影从她眼底掠了过去。

他的助理快步跟在他身边，两旁还有保安，一路将纪亦珩护送到了他的位子上。

施甜有些心不在焉，她平日里忙得要死，也没那么多时间去看小说，所以她对那些得奖的作品并没有多深的印象。

直到大屏幕上播放了一段影视剧的片段，而男主角的声音却分明是从现场传出来的，施甜这才抬起脑袋。

她看到纪亦珩并未上台，而是站在离她不远的一个地方。那边没有机位，他拿着话筒，高高的身影被拉得笔直，嘴里的台词像是奏起的音符，跳跃着钻进了每个人的耳朵。

现场有人尖叫起来，施甜料定纪亦珩这时候不会回头，所以肆无忌惮地看着他。

他好像不是纪亦珩了，可一回神，依稀又是校园里的那个明朗少年。

施甜的眼睛有些刺痛，她看到灯光打到他身上，他几步间上了台，瞬间便是万众瞩目。

纪亦珩的曝光度越来越高，再加上这又是一个看脸的时代，他这样的资质就是最好的奠基石。

他拿了奖后，助理护着他先行离开。台上还有歌舞表演，约莫过了半个小时后，这才结束。

施甜原本想自己离开的，但她想着萧虹还在这儿，便站起身去找她。

四周的人一下全部起来了，电视台有多个出口，施甜被人推挤着，等她好不容易跑到前面一看，萧虹的位子是空的，人已经走了。

她在人群中找了圈，看到了萧虹的身影，追了过去："萧姐。"

前面的人没听到，施甜不住地往前挤，出了演播厅，直接到了地下车库。

她赶紧打萧虹的手机，却一直没人接。

四周乱糟糟的都是人，纪亦珩坐在车里，助理在他耳边念着明天的行程："我明早五点就给你打电话，你千万别睡过头，今天就先送你回家……"

纪亦珩不说话，透过茶色的玻璃看向窗外。

不远处，施甜正在四下张望，好像是找不到路在哪里。她站在出口处，像个迷路的小羔羊似的。

看吧，离开了他，她就是个小白痴，她偏还嘴硬，至今都不肯来找他。

"我自己走回家吧。"纪亦珩冷不丁说道。

助理抬了抬头："为什么啊？"

"沿路看看风景。"

疯了吧？

413

"你以为谁都不认识你呢？你这脸只要往外一露，你今天就别想安全回家了。"

纪亦珩目光仍旧盯着窗外。

"男孩子在外，要保护自己的安全才行。"

司机发动车子，把车子开出去。

施甜找不到回去的路了，就想着跟人群走算了。她看了眼路标，前面就是出口，应该错不了。

她快步往前冲，却不想出去的好像是个偏门，走到路边上，竟还发现对面一大块地被围起来封死了，看着凄凄凉凉的。

施甜忙问了边上经过的一个女生："请问这是电视台的正门吗？"

"我也不知道，我是过来取车的。"

她不敢再乱走了，四下张望，心想着实在不行，原路返回算了。

但万一录播厅已经清场了怎么办？

既然都出来了，还能找不到回家的路吗？笑话，她堂堂一个大学生能被这事难住了？

周边没有出租车，她掏出手机开了导航，这下总算将方向找准了，上面显示两公里左右处有个地铁站，走过去也不算远，施甜就跟着导航到了对面。

围起来的这块地也不知道是要修路还是建房，风吹在广告牌上，呼呼作响，施甜越往前走，就看着人越少，心里也越慌。

她攥紧手机，打了萧虹的手机还是没有人接。

施甜垂下手臂，猛地听到一阵哗啦的声音传到耳朵里，紧接着一个身影从围墙里面钻出来，广告牌被撕开个大口子。施甜定睛细看，见那人衣服破烂，头发比她还长，一张脸全是灰，脚上的鞋子都破了洞。

施甜吓得倒退两步，弯腰在地上乱摸一通，这才摸到根小树枝。

她举着那根树枝站起身："别……别过来！"

施甜嗓音发抖，这应该是个流浪汉，没有地方住，就躲在工地里面。这万一要是将她拉扯着带走，是不是到明天都不会有人发现啊？

施甜用手里的树枝朝流浪汉点了点："你别过来啊，走……走开啊。"

她都快急哭了，扭头就准备跑，右脚刚抬起来，就看到她身后其实是站了个人的。

施甜看不清楚对方的长相，就见他穿了件宽大的外套，脸上还有口罩。她赶紧往前走了几步："救命啊。"

她看到那人一把扯下口罩，施甜的脚步停了下来，她再看看他的身边，并没有别人，接送他的车也不在。

施甜喉结滚动一下，脚底下像是被粘住了似的不敢过去。

纪亦珩看她这个样子，气不打一处来，难道在她心里，他就跟她背后的危险分子一样可怕？

流浪汉在脸上抓了抓，往前走了两步。纪亦珩快步站到施甜跟前，高大的身影将她完完全全护在身后，那人冲他看了看，继续往前走去。

一口气落定，施甜悄悄探出脑袋看眼流浪汉走远的身影。她这运气都能去买彩票了，居然大晚上还能碰到这种事。

这下，眼前的危险是没有了，但满满的压迫感还在。

纪亦珩站在她面前就没有挪步的意思，施甜背后就是广告牌，她躲在他背后，成了小小的一团。

兜里的手机响起来，施甜赶紧掏出来看眼，是徐子易打来的。

她毫不犹豫地接通："喂……"

"小狮子，你在哪儿呢？"

"我也不知道在哪儿呢。"

"我准备回去了，你要是还没走的话，我们一起？"

施甜忙不迭点头："好……"

手心里突然空了，纪亦珩将通话直接掐断，拿着手机也没有要还给她的意思。施甜吃惊地盯着他看，两人犹如在赌气般，谁也不肯先开口说话。

施甜伸手要将手机拿回来，纪亦珩一个侧身，将她的手机塞进他的裤兜内。

他朝着施甜先前的方向往前走，她也只能跟着他。

两人一前一后地走，施甜最后没忍住，跑到纪亦珩跟前拦住了他的去路："把手机还给我。"

他越过她继续向前走，施甜觉得郁闷了，又跑过去拦住他。

徐子易的电话再度打过来，好端端的通话忽然中断，她还以为信号不好呢。

纪亦珩看了眼，挂断了，他两根手指捏着施甜的手机，在她面前扬了扬。她跳起来要抢，纪亦珩快一步将它握住后，将两手背到身后。

"纪亦珩，你要干吗？"

这就是她的开场白。

"这片地方经常出事，知不知道？"

施甜面露怀疑："这就在电视台门口，能出什么事？"

"正因为在它门口，有些事才没有被播报出去。有几人夜间经过这边，被人袭击了，还有一个女学生至今没有找到。"

施甜后背冒出涔涔冷汗："我才不信。"

纪亦珩伸手扣住施甜的胳膊，将她往回扯了好几步，两人站在那个流浪汉出来的洞口处，这原本都有彩钢板围住的，不知怎么就破了个洞，成了个能自由出入的小门。他们背后有路灯，可围起来的那块地却是乌漆墨黑的，纪亦珩作势要将施甜推进去："你要不信的话，现在就进去找找，说不定还能看到那个失踪女生。"

"啊！"施甜胆子小，在原地跳了两三下，洞口有风吹过，拂在了面上。

纪亦珩的手掌松开，脚步往后退。施甜急匆匆乱跑，却不想一头撞在纪亦珩肩膀上。

他手臂揽住她的腰，施甜惊魂未定："你别吓我，我胆子小。"

"我哪是吓你，说不定你明天就会出现在新闻上，你胆子怎么这么肥呢？"

施甜想将他推开，纪亦珩干脆伸出另一手抱紧了她。

施甜紧张得话都要说不出来了，明知纪亦珩是故意吓她，却还是快被吓破胆了。

"你助理呢？"

"回去了。"

施甜在他怀里挣扎几下，纪亦珩手臂微松，她将跑出来的一缕头发夹

416

回耳后："别这样，你刚才还在电视上露过面，现在要被人看见……对你不好。"

"施甜，你是不是长胖了？"

她摸了摸自己的脸，哪有，这段日子她是苦苦煎熬过来的，明明瘦了好几斤呢。

纪亦珩皱着眉头看她："你怎么好意思长胖？"

"我长点肉还不行了？"

"我掉了十斤。"

纪亦珩一句话就让施甜哑口无言。这个话题开始得不清不楚，她都不能为自己辩解一句。他哪只眼睛看到她长胖了的？

施甜近距离地盯着纪亦珩看，他下颌的线条好像更分明了，果然是瘦了一圈。

"你助理应该照顾你照顾得挺好的，你怎么还能掉肉？"

"你爸出事了。"

他这话题转换得太快，不给施甜反应的时间，她下意识里当然还是要挣扎下的："谁说的？"

"这还用别人来告诉我吗？托人去你们当地的公安局问一问就清楚了。"

施甜面色微变："才没有呢。"

"你爸涉嫌诈骗，而且金额较大，即便你卖了房子把那些钱填进去，却还是亏空不少。你当机立断跟我分手，真当我什么都察觉不出来？"

是！纪亦珩这人还有个缺点，就是智商永远在线上，以至于施甜原本以为是天衣无缝的借口，到了他嘴里就成了个大笑话。

"我们都已经分手了，就算是我爸出事了，也跟我们分手的事无关。"

纪亦珩胸腔内夹带了火："是，无关！"

"再见。"施甜趁着纪亦珩一个恍神，溜走了。

他被气得脑袋疼，也想着就此丢下她不要去管她，可看她一个人孤零零地走着，他能放心吗？

纪亦珩跟在她身后，他还拿着施甜的手机，她的密码没变，纪亦珩点开进去，看到屏幕上的照片已经换掉了。

他脸色变得更加铁青，施甜走出去一段路后，这才意识到手机还没拿回来，她一转身就看到纪亦珩在翻看。

她快步冲到他跟前："你……"

纪亦珩的视线落到她脸上："你就料定，你从此以后不会再有找我的时候？"

施甜嘴角紧闭着，两人对视半晌，她还是咬定了那句话："是你说的，分手以后就连朋友都没的做。"

她将手机拿了回来，然后快步离开。

纪亦珩轻咬下牙关，最终还是跟了过去。

前面转过弯，人多了些，纪亦珩戴回口罩，直到看见施甜进了地铁站后，他这才顿住脚步。

她真是铁了心要和他分开的，要不然也不会在听到他说了施年晟的事后，还是这个态度。

施甜在地铁站里等徐子易，过了十多分钟后，徐子易才过来。

施甜朝她招手："在这儿呢。"

徐子易快步跑过去："我以为你跟大神走了。"

她嘴角的笑意微僵："快回宿舍吧。"

"不过纪亦珩现在确实不方便带着你，你也别多想。"

"我能多想什么啊？"施甜走过去买了地铁票。刚检票进去，萧虹就给她发了条消息："我已经到家了，有事吗？"

施甜一边下台阶，一边给萧虹回了信息："没事，萧姐晚安。"

徐子易轻挽住施甜的胳膊，地铁正好到站，两人匆忙跑下楼，为了能早点回去，拼尽全力在关门之前挤了进去。

地铁内全是人，施甜气喘吁吁地被挤在角落里面，徐子易紧紧拉着她的手。

施甜看她另一手抓着上方的吊环，手臂高高地举着："子易，你说得没错，我们已经不单单是学生了，想要别人和颜悦色地对我们，就只有让自己站到更高的地方去。"

徐子易嘴角微展开："对。"

施甜在爱酷实习了两个多月，几乎什么活都干过。

她比徐子易要幸运些，至少没被人厉声呵斥过，但有些关系也就是表面上的，很难交心。

施甜正在写着采访稿，被主编一个电话喊进了办公室。

她随手将门关上："主编，您找我？"

"施甜，如果现在有个机会摆在你面前，你会不惜一切抓住吗？"

施甜问都没问是什么机会："当然。"

"好，我可以推荐你。"

"谢谢主编。"

萧虹进来时，恰巧主编正跟施甜说起这件事："网站要弄个直播频道，正在物色人选，我这边有推荐权，我会推荐你去。"

施甜自然是高兴的："太谢谢您了。"

萧虹走到沙发前坐定："上头以为我们都是吃闲饭的，还妄想让我们接下这个活。直播很累的，而且遇上嘉宾不配合的话，会弄得很难堪。"

"没问题，我都可以的。"

主编拿起桌上的杯子喝了口水："这也不是我推荐了你，上头就会选中你的，同期的实习生好几个呢，别的部门都会推荐人过去，后面的事就靠你自己了。"

"好。"

萧虹盯着施甜看了眼："我刚得到的消息，第一期直播必须请到重点嘉宾才行，纪亦珩配音完成的古装剧下周就要在爱酷独播了。我说这话，你明白是什么意思了吧？"

主编手指在杯子上轻敲两下："施甜，你要是能让纪亦珩参你的直播，我直接去跟上面谈，我让他们放权，直播频道以后就是你的了。"

这意味着什么？这意味着天上掉下一个馅饼。

萧虹她们爬到今天的位置都不容易，哪个不是头破血流地过来的？

现在这个馅饼砸到了施甜脑袋上，就看她要不要了。

女生宿舍。

朱小玉和蒋思南去看电影了，还没回来。

徐子易买了个二手的笔记本，正在忙着下载软件。

"子易。"

"怎么了，小狮子？"

"请教你一件事情啊。"

"说。"

施甜拉了凳子坐到徐子易的身边："如果你们领导跟你说，只要你约到一个人来做开场嘉宾，事成之后把一个节目单独给你做，你干不干？"

"废话，撞破脑袋也要干啊。"

施甜就知道徐子易会这样回答："那如果这个人，很难搞呢？"

"难搞也要搞，不惜一切代价搞，"徐子易放下手里的活，"要想走到更高处，首先要舍弃的就是脸皮。"说着，用力捏了把施甜的脸，"顶多就是痛一下下，后面就都好了。"

施甜满面为难，徐子易是不清楚她和纪亦珩之间的情况才能说得这样轻松："如果你跟那个人有过节呢？比如……比如宋玲玲、季沅清那样的？"

"小狮子，你不会真碰上她们了吧？"

"我就打个比方，再说我采访她们干吗呀！"

也是。

徐子易认真地想了想："如果是我，单从我自己来说，不管是谁，我都要拼了命地抓住这次机会。小狮子，你是个新人，知道一个单独的节目对于你来说意味着什么吗？"

施甜懂，她自然明白。

"错过了这次，有可能下一个机会要等到十年以后。我呢，现在看得很开，就算人家叫我下跪，我都愿意。尊严是什么？尊严是自己挣来的，但也要有机会去挣啊！我不想天天窝在宿舍里吃泡面。其实你也一样，你爸那个样子，不是长久之计，小狮子，你要为将来考虑清楚。"

其实在回来的路上，施甜就用这样的话安慰过自己一遍。

她上了床，刚钻进被子里，萧虹的信息就发了过来。

"我刚跟同事吃饭，知道她手底下的两个小姑娘已经联系了纪亦珩那边，你这边呢？"

施甜就跟被人上了金箍似的："我马上联系。"

"那边回复说考虑下，这就是个拼先来后到的事，你琢磨下吧。"

萧虹不愿意接直播的事，她有她自己的节目，而且做得风生水起，何必浪费那种精力呢？她现在帮施甜一把，也不是因为她有多惜才，只不过施甜也算是跟过她几次，肥水不流外人田。如果这个节目真到了施甜手里，以后她们免不了是要合作的。

施甜心急如焚，如果纪亦珩那边答应了，她就什么都没了。

主编看她办事不成，说不定以后也不会再想着她。

施甜捧着手机，急得在床上翻来覆去，就跟身后有条小鞭子在抽她似的。

她不敢耽误，这种事，与其找纪亦珩的助理，还不如直接找他。

施甜用手机在脑门上敲打了好几下，犹豫、纠结，总之是各种情愫在揪扯着她的心脏，最后没法子了，只能豁出去在屏幕上打出一串字。

"我想跟你约个直播，可以吗？新节目需要开场嘉宾，能抽个时间出来吗？"

她反复念了几遍，确定没有错字后，手指又在手机上方虚空地点了好几下，最终才跟下了什么重大决定似的，戳在了发送键上。

等待纪亦珩回复的每一分每一秒都是煎熬的，以前他要是不回她，她还能一个电话追过去，但现在不一样了。

施甜眼看着时间越来越晚，她都快等睡着了。

她不甘心，又给纪亦珩发了个表情。

这下，那边倒是很快回了。

"没有时间。"

施甜目瞪口呆，这拒绝得也太干脆了吧！萧虹不说别人找他助理，那边的回复是考虑下吗？

施甜这下也顾不得那么多了，打算死缠烂打到底。

"你什么时候回东城？给我一点时间就行，两个小时行不行？"

纪亦珩蹲在阳台上撸猫，表情放松，一脸闲适："不行。"

施甜坐了起来，这半途打退堂鼓可不行啊："一个半小时？"

纪亦珩可是记得清清楚楚的，他问她是不是料定了她从此以后不会再

421

有找他的时候，她的表情可是坚决得很，这才多长时间就全忘记了？

施甜这下也觉得自己的脸好疼，早知道，就不把话说得那么绝了。

"我刚问了助理，爱酷那边有好几个人发了邀请。"

施甜恨不得直接跟他语音，手指飞快地在屏幕上点着："所以，你能答应我吗？"

"公司这边会筛选的，我不参与这种事。"

施甜使劲地捶向墙壁，徐子易站起身看她眼："这是干什么呢？"

她甩着手掌，手都要捶废了："没事没事，有蚊子。"

施甜用力抓了抓自己的头发，隔了半天，也只能再主动地去找纪亦珩。

"但你想参加谁的节目，不是你说了算吗？而且我对直播很擅长，我一定会给你好好弄的。"

"你想让我因为仅仅那一点的校友关系，就帮你吗？"纪亦珩回了这句话后，起身坐到藤椅上。

施甜心里闷闷的，可有求于人不就是这样吗？

"那你要怎样才答应？"

"面谈。"

施甜盯着手机屏幕，面谈就面谈，谁怕谁啊："好！"

她回了个好字之后，那边又没了声响，也没说什么时候谈，去哪里谈。施甜捧着手机等啊等，纪亦珩不慌不忙地在他的屋子里走来走去。现在是施甜要追着他，他一点都不担心她会忽然没了消息。

纪亦珩倒了杯水，手机再度振动。

这件事不落实干净的话，施甜今晚都睡不着。

"那明天行不行？你在哪里？我可以去找你。"

"我就在东城，明天要去西山见个人。"

原来他回来了，这就更好办了，施甜忙回道："西山哪里？我几点过去找你？"

纪亦珩发了个定位给她："时间不定。"

他跟人谈事情，也不知道要谈到什么时候才结束。

施甜打算明天早上就去蹲点，她赶紧给主编发了个信息请假，就说知

422

道了纪亦珩在东城，要去面谈下直播的事。

主编自然也就答应了，让她自己加油。

第二天，施甜调了闹铃，七点钟就准备起床。

她困得不行，眼睛迷迷糊糊睁不开，拿起手机看眼，居然有纪亦珩发来的信息。

施甜点开看眼，只有简短的一句话："下午过去。"

太好了！

反正主给了她一天的假期，她总算能在宿舍睡个懒觉了。施甜丢开手机，闭上眼，想想又觉得哪里不对，再度拿起手机看眼纪亦珩发信息的时间。

凌晨两点。

他居然那么晚都没睡？

施甜心里觉着有些不好受，他如今怕是连个休息的日子都没了。

她给纪亦珩回了个"好"字。

收到施甜的消息时，纪亦珩已经出门了，刚坐上车，手指抚着屏幕，他盯着那个"好"字，勾起唇瓣。

他就知道，她只要一有心思就会睡不好。他上午确实有事，也舍不得看她在西山眼巴巴地等着他。

吃过了中饭，施甜才出门。西山那边交通不便，她乘坐地铁又转了公交车，最后喊了出租车，这才到达纪亦珩发给她的地址。

施甜走进农庄，原本想问前台，但一眼就看到了纪亦珩的助理坐在院子内。

施甜快步上前："请问，纪亦珩现在有空吗？"

助理的视线从手机上抬离："没有。"

"那我在这里等会儿。"

施甜见状，只好拉开椅子坐下来等。

她在院子里干坐着，纪亦珩是想好好晾她一下的，既然一天舍不得，半天总行吧？

可他站在屋内，看到施甜做了个拉紧领口的动作，他心里就涌起千般滋味来。

423

他打了助理的电话，让她带着施甜过来。

助理敲响房门，施甜听到脚步声渐渐移到门口。纪亦珩一把将门拉开，助理挡在施甜面前，没让她进去。

她压低了嗓音同纪亦珩道："下面就有茶室，你还是去那里面吧。"

"做什么？"

助理急得就差要跺脚了："这是你的房间，房间！"

"不打算进来吗？"纪亦珩个头高，目光轻易地越过助理的头顶落到施甜脸上。

施甜抬起脚步，从助理身边走过去，纪亦珩将门给关上了。

助理狠狠地拍了下自己的额头，真是令人脑壳疼啊。

施甜跟在纪亦珩后，想着要怎么开口才行。纪亦珩坐回沙发上，稿子摆满了一个茶几，有好几份都用荧光笔标注过。

纪亦珩拿起一份稿子仔细地看着。施甜坐也不是站也不是："我想跟你谈谈直播的事。"

"谈吧。"

"不会耽误你太长时间。"

"你说现在，还是直播的时候？"

施甜嘴唇轻嚅动了下："那对你来说也是一个很好的宣传。"

纪亦珩现在要还需要这种宣传的话，压根就不会让施甜过来："我之前接受了萧虹的两次采访，我不认为你的直播能给我带来多少帮助。换句话说，在同一个网站曝光过于密集也不好。"

"但你现在风头正劲，宣传越多对你肯定是越好的。"

纪亦珩抬起了视线盯着她看："你们爱酷怎么回事？要接洽就该有专门接洽的人过来，你已经是第四个要跟我约直播的人了。你们做的是同一档节目吗？"

有些事肯定是瞒不住他的，与其遮遮掩掩，还不如开门见山："网站给了任务的，你要是答应了我，以后直播频道就交给我了。"

"原来是这样，"纪亦珩用手指在纸面上轻弹了几下，"我要是答应了昨天的张三李四，那节目就会交给她们，是吗？"

施甜心里隐约有些担忧："你跟她们不认识，她们也不了解你。"

"是，你是了解我，但我第一次被人甩也是拜你所赐。"

施甜竟是无言以对。

"你甩了我，还想我帮你，天下有这样的道理吗？我可是比谁都记仇的。"

"可是……"

纪亦珩挑眉，等着她接下来要说的话。

施甜的脸涨得通红，都到这一步了，她总不能无功而返。

"我们好歹在一起过，前任总比陌生人情谊深吧？是不是？"

纪亦珩看她还能说出朵花来："陌生人，说不定还能发展成情侣关系；跟前任共事，好像有点浪费时间。"

施甜差点一口老血喷出去，都忘记愤怒了。这说的是人话吗？她跟他在一起好歹也有两年吧，甜甜蜜蜜的时候怎么不说啊？怎么早没发现纪亦珩这么绝情啊？！

施甜捏紧了手掌："我的另外几个同事，都有男朋友了。"

纪亦珩轻笑出声："那你说我要是硬抢的话，能不能抢一个过来？"

"你——"施甜被气得胸口疼，"这种事，不地道！"

纪亦珩低下头，继续看着手里的稿子。施甜上前几步："我知道你是故意为难我。"

"我怎么为难你了？"

"就是为难了。"

纪亦珩眼帘都没有抬一下："你无理取闹，我不跟你争。"

果然，没感情了就是不一样，她多说两句在他看来就是无理取闹了。

施甜一语不发，又不甘心扭头就走。

她一路赶过来不容易，还是特地请了假的，回头主编跟萧虹肯定要问她。

纪亦珩工作的时候特别认真，施甜在原地站了会儿，她怀疑他已经彻底忘了她还在这儿呢。

她想要插话，但看看他的态度，又不知道能说什么。

施甜的脚往旁边轻轻地挪了下，膝盖碰到了沙发，她慢慢往下坐。

纪亦珩翻动手里的稿子："还没走呢？"

这吓得施甜赶紧站起来："我不走。"

"那你今晚住这儿。"

"纪亦珩，你怎么变成这样了？"

"赶你也不行，留你过夜也不行，那你喜欢哪种的？"

她也真是跟以前不一样了，他说了这样的话她都没走，现在应该是充分体会到了工作不易，这就是一个人的棱角被慢慢磨平的过程。

纪亦珩伸手拍了拍旁边的位置："坐过来。"

施甜面露犹豫，但还是坐了过去，旁边人的气息萦绕在她身侧，多了些许压迫感。纪亦珩放开手里的稿子，他双手交握，脸转向施甜这边。

她也不知要看哪里才行，目光转来转去，但民宿的房间都不大，最大的目标就是不远处的那张大床。

施甜轻咽下口水，眼神躲躲闪闪地移开。

肩膀上陡然一重，她回过神，看到了握住她肩头的那只手。施甜的心怦怦乱跳，扭头盯着纪亦珩的脸看："你……"

纪亦珩朝她凑近些。施甜甚至已经能从他眼里看到一脸惊慌的她，她想要往旁边退，但纪亦珩的手臂抱紧了她，她还能退去哪里？

"带你的编辑好像对你不错。"

施甜僵直着坐在那里："是。"

"她有没有传授你一些经验，比如遇到这种事，你该怎么解决？"

施甜努力地捋直了舌头："靠努力，靠争取，靠坚持不懈……"

"你信啊？"

施甜眉头都快皱起来了："主编给了我这个机会，能不能抓住，都看我自己。"

"我们两个之前在校园广播室的时候，念过不少言情稿，里面的情节你还有印象吗？"

"你想说什么？"

纪亦珩的鼻子都快跟她的碰上了，施甜屏息凝神，大气不敢出。

"当你想要一样东西的时候，是不是也该为此付出些什么呢？"

施甜倒吸口冷气。不夸张地说，她差点被自己的这口冷气给呛到了。那些霸道总裁剧里面的剧情，她怎么能不记得呢？！他不会是要让她献身吧？这个暗示已经明显到就差明说了，施甜双手不知道要摆在哪儿：
"你跟他们不一样。"

"跟谁不一样？"

"小说里的人。"

纪亦珩再往前凑，前额碰到了施甜的额头："你这么笃定？"

"纪亦珩……"她话音颤抖，在她心里，他还是那个她初见时的少年模样，就连爱吃零嘴这一点都没能改掉，怎么可能会在短短的时间内心性大变呢，"你才不会那样。"

"嗯——"施甜话音刚落定，嘴巴就被堵住了。不过纪亦珩并未深入，柔软的唇瓣松开后，他的呼吸还是在她鼻翼跟前："你现在还要说，我不会那样吗？"

施甜小脸涨得通红。她这会儿应该噌地站起身，然后夺门离开。不不不，还要揍了纪亦珩一顿才能走。可她双腿不听她的使唤，完全被他亲蒙了。

纪亦珩的手指顺着她的肩胛骨和脖子，爬上了施甜的脸。他稍一用力，就将她别回去的脸转到了他的面前。

"有时候还是不要太笃定的好。"

"就像我以为你会帮我，其实你不会，是吗？"

纪亦珩望进了施甜的眼底深处："不一定。"

"你到底什么意思？"她有些恼了，被吊得不上不下。

纪亦珩的呼吸声明显加重，施甜见他盯着她的唇在看，不会还要来一次吧？

是不是只要亲过了，这件事就结束了？

施甜攥着自己的衣角，用力地撕扯，不断地做自己的心理工作。以前他们经常亲亲啊，很多时候施甜还会主动，虽然现在分手了，但还是那张熟悉的嘴，多亲一下又怎么了？

施甜想到这儿，也就能豁出去了，将眼帘轻闭上。

纪亦珩的目光在她脸上肆无忌惮地扫来扫去，他心里没有半点喜悦，她这是妥协了？

这才多大点事，她就把她锋利的小爪子给收起来了？！纪亦珩越想越气，越想心里就越不是滋味。万一以后有人开出更苛刻的条件，她不会也要答应吧？

她进的是什么公司，教给她的都是什么玩意儿？！

纪亦珩握着她肩膀的手紧了紧，像是在使劲捏她，施甜眼皮抖了几下，想睁开。

纪亦珩可没想将她推开，他俯身亲吻她，然后一口咬住施甜的唇瓣。

她痛得立马睁开眼，手掌下意识地挥过去打到纪亦珩的胸前，他手臂一松，施甜忙连滚带爬地起身，坐到了旁边一侧的沙发上。

纪亦珩跟没事人似的又开始看稿子，施甜一手捂着嘴，嘴唇火辣辣的，有可能被咬破了。

看纪亦珩的样子，还是不打算谈接下来的事，施甜可不能做赔了夫人又折兵的事，但她也没法跟他好好谈啊。

施甜酝酿了下情绪，表情丰富起来："呜呜——"

纪亦珩一眼扫过去，施甜后面的声音被她吞回去。他冲她轻描淡写地道："不要来这套，我不吃。"

"你刚才那样对我，我去曝光你。"

"我还怕你？"

怎么办，这人油盐不进啊："你就不怕负面新闻会毁了你吗？"

"是你进了我的房间，大不了，我就说你是我前女友，你心术不正。"

"你、你、你——"施甜都快变结巴了，"你够狠。"

这个地方她是待不下去了。施甜腿动了动，刚要起身，偏偏那么巧，萧虹发了条微信过来："怎么样了？"

施甜跟泄了气的皮球似的，只好坐在原位，静观其变。

428

第十八章　强势求复合

半晌后，纪亦珩再度将稿子放回桌上。施甜正襟危坐，以为他准备要跟她好好谈了，却不想竟见他站了起来。他两条大长腿从茶几跟前走过去，到了床边，一手掀开被子，人往上面一躺，居然是要睡午觉了。

"事情还没说完呢。"

纪亦珩不理她，自顾自闭上双眼。

施甜不信她在这儿，他还能睡得着，可没过一会儿，她听着纪亦珩的呼吸声明显沉稳下来，她不由得起身靠近大床……

他还真睡着了！

亏她在这儿战战兢兢，施甜拿起床上的另一个枕头，手都扬起来了，最后还是慢慢收回了手臂。

他昨晚应该是没睡吧，现在也就是抽这么一点点空出来补个觉，她也实在不忍心打搅他。

施甜小心翼翼地在床沿处坐下，他几乎是刚沾上枕头就睡了，而且睡得很熟。

助理守在楼下的院子里，始终不见施甜下来，也有些着急。孤男寡女共处一室啊，一旦这个消息传出去，陆一乐非骂死她不可。

施甜坐得后背发酸，屋内安静得只有她和纪亦珩的呼吸声。她坐着的床猛然震动了下，施甜吓了一跳，就看到纪亦珩坐了起来。

他应该是做了噩梦吧，这会儿神色慌张，满眼焦急，一张脸上甚至写满了恐惧。施甜忙开口说道："那是噩梦。"

纪亦珩听到声音，视线定到她脸上，似乎还未从梦里面走出来，他伸手使劲攥住了施甜的手腕。

这一把就犹如溺水之人抓住了唯一能救命的浮木，施甜手腕痛得厉害。纪亦珩两眼死死地盯着她，目光不住地在她脸上看来看去，好像不相信她就这样活生生地坐在他面前。

施甜嘴唇嚅动了一下："做噩梦了是不是？"

纪亦珩松开手，什么都没说，掀开被子下了床，走到茶几跟前，拿了水杯一口气喝下大半杯水。

施甜跟到了他身后，纪亦珩将杯子放回茶几上："你还没走？"

"你不答应，我就不走。"

"你们公司的另外几个人也会跟你一样吗？这样谁受得了？"

"我不管她们怎样，反正我就这样。"

纪亦珩转过身看她："没用。"

"那我……我哭给你看。"

"你哭一个试试。"

施甜也实在没办法了，她就想要这个机会，直播节目她是一定要拿下的。她这会儿都这么惨了，男朋友没了，爸爸还看不见，如果连工作都做不好，怕是自己都要养不活自己。

施甜吸了吸鼻子，眼圈发红，真的就要哭出来了。

纪亦珩伸手在她额头上推了下："不许哭！"

"你还能管我哭不哭吗？"鼻子发酸，施甜忍不住抬起袖子擦了擦眼睛。

"你也就会跟我哭。"

纪亦珩往前走了几步，施甜紧紧地跟着，他站在窗边，拉开窗帘望向远处。落日西斜，西山以湖和山著名，远处的半边山都红透了，余晖也染红了纪亦珩眼底跳动的那一抹温柔。

"施甜。"

他轻轻地唤了她一声，就像以前那样。

施甜心头就像有什么东西塌陷了："嗯。"

"我们回到之前那样的关系，不好吗？"

挂在眼眶处的泪水一下涌了出来，施甜赶紧抬起手臂将它擦掉。纪亦珩这是明知前面是火山，还偏要往前冲啊，就算是她都拉不住吗？

这样的分手才是最无奈的吧？没有别的误会，他也猜出了她的分手理由，却还是要面对那个改变不了的结局。

他气她的轻易放弃，却又心疼她的瞻前顾后。可如果他跟她换了立场，他也会那么做的，所以即便心里有气，却又不能怨恨她。

施甜不回答，他就知道她的答案了。

在他身后有抽泣声，纪亦珩听得心里难受，施甜很快就忍住了。他越发觉得不舒服，她在他面前，现在居然连哭一下都要隐忍了？

"好了。"他的嗓音柔和了几许，"我答应你就是了。"

施甜还在擦着脸，听到这话，忍不住就上前一步："你再说一遍？"

"我不说。"纪亦珩不信她没听见。

"你答应了，我可都听见了啊！"

纪亦珩转过身，靠着墙壁看她："不过最近真没空，你们筹备节目也需要时间吧？应该不会这么匆忙就要上线的。"

"对，我得跟你先确定下来，然后公司也会给我培训。前前后后准备，怎么也要两三个月的时间。"

"好。"纪亦珩总算是松了口。

施甜脸上还有泪痕，纪亦珩看她一眼："除了哭还会什么，还不把眼泪擦干？"

她这会儿是高兴得想哭，施甜的两手在脸上胡乱地抹着："还是你好。"

"我不好。"

"你好，你好，你最好。"

"别瞎撩，我都说了不吃你这套。"纪亦珩起身走到茶几前，严肃的嘴角不着痕迹地往上勾，前一刻还说不管她的，可他比谁都清楚，他就是做不到。

"你不能说话不算话的。"

"这么不相信我？"

施甜怕他反悔，赶紧摸出手机给主编打个电话过去。

纪亦珩听到后面传来说话声："主编主编，纪亦珩已经松口了，他答应参加直播了。

"对对对，说定啦!

"你赶紧帮我争取直播的事，太谢谢了，还有……让另外几个人别白费力气了，嘿嘿……"

纪亦珩听着，她怎么有种小人得志的感觉？施甜最后藏不住高兴，在电话里都笑开了。

他坐定下来，等她打完电话，纪亦珩抬头看着她。

施甜将手机塞回兜内："那我不打扰了，我走了。"

"等等。"见她真要往门口走，纪亦珩出声叫住了她，"晚饭不吃了？"

"这么客气，还要留我吃饭，不用了不用了。"

"我也就是口头答应你一下罢了，成不成还不一定呢。"

施甜立马就转了口风："这农家乐里肯定有很多好吃的吧？土鸡土鸭什么的了解下？给我个机会，让我请你吃顿饭吧，大神。"

求生欲这么强，看来平时磨炼得不错。

"好，我就给你这个面子吧。"

施甜指了指门口的方向："那我去点菜？"

"去吧。"

晚上，施甜和纪亦珩面对面坐下来，圆桌上已经摆了好几个菜。施甜看眼四周："你助理呢？叫她过来一起吃吧。"

"我让她先回去了。"

"啊？什么时候的事？"

纪亦珩拿起手边的筷子："她在这儿也无聊。"

"你晚上回去吗？"

"回。"

施甜好奇地又问道："那你干吗开个房间啊？"

"因为知道你要来。"

"……"

算了，问话也要适可而止，要不然这饭都没法吃了。

晚饭过后，纪亦珩回房间收拾下东西，让施甜在楼下等他。

她也不敢一个人开溜。纪亦珩叫了车在门口等，施甜等他下来后，跟着他一道上了车。

纪亦珩让司机先将施甜送回宿舍，下车之前，她还不忘跟他确认了一下："等我跟主编谈妥后，就跟你联系。"

她开口闭口都是工作的事，纪亦珩不想听。

施甜见他闭起了眼帘像是要休息，只好将车门关上。

第二天，施甜刚进公司，就看到办公桌上有包糖："这是谁结婚吗？"

对面的同事朝她看眼，颇有些同情地道："王芬给的。"

"有喜事？"

她刚说完这话，就看到王芬脸上挂满了笑，正从门口走进来："一会儿我请大家喝奶茶。"

"这么大方？我们多不好意思啊。"

王芬走到施甜边上，一手撑向她的桌子："不好意思啊，这次直播我已经约好了纪亦珩，你不会怪我的吧？"

"什么？"施甜觉得这话毫无可信度，"不可能，他已经答应我了。"

"纪亦珩亲口答应你的？"

"是啊。"

王芬掩着嘴笑道："施甜，你说这话不是要让人笑死吗？我那是通过他公司搭的线，陆一乐把文件都发过来了，你要不要看看？"

"不可能。"

施甜想到昨天她和纪亦珩分开时，他都没有怎么搭理她，可就算是这样，纪亦珩也不至于出尔反尔吧？

主编快步走进来，正准备进自己的办公室，她看到施甜时脸色很不好看。施甜忙迎上前一步："主编。"

她朝她看看，什么话都没说。

"昨天我给你打电话时，纪亦珩答应我了。"

"你这小小的实习生，口气倒是不小啊。"一道女声从门口传进来。王芬闻言，笑眯眯地喊了声："师姐。"

主编睐了眼施甜，说话的人走了过来："陆一乐的文件都发过来了，你怎么还是不信？"

施甜垂在身侧的手掌轻握，看了眼主编，又看了看王芬。王芬是靠着她师姐的关系进来的，平时也没有谁会去得罪她。

而爱酷的人都知道，施甜的主编和王芬的师姐彼此不对付已经很久了。

施甜坚信纪亦珩不会骗她，王芬看了眼站在边上的主编："文件我们在老大办公室都确认过了。施甜，这次不行下次还有机会嘛，你看开点。"

主编面色铁青，狠狠地剜了施甜一眼，准备进办公室。

"我可以找纪亦珩问清楚。"

主编的脚步都抬起来了，她面色犹疑地又瞅了眼施甜："找纪亦珩，还是找他助理？"

"找他。"

"怎么找？"

"我有他的电话。"

施甜翻出了通话记录，主编看眼，不确定是不是纪亦珩的，便发了信息给萧虹。

直到萧虹将号码发过来，她对比过后确认无误，这才说道："那你打吧，开扬声器。"

施甜手指轻顿，犹豫起来。

站在王芬边上的女人不客气地说道："其实，人这一生最应该要学会的就是恭喜别人，得失心不要太重。不过你刚入社会，没人教你，你自然不懂的。"

她话中带着深意，目光又时不时地看向主编，施甜知道她现在是伸头一刀，缩头也是一刀了。

施甜拨通了纪亦珩的电话，手指又在扬声器键上轻按下。

彩铃声还是施甜给他设的，他一直没换。她都没想好要怎么问，那边的声音就已经传了过来："喂。"

施甜不由得紧张起来，那么多双眼睛都在盯着她看："直播的事，你是答应了我的，是吗？"

"昨天不都说好了？"

"但今天公司收到了文件，说直播的事交给了我的另一个同事。"

纪亦珩这会儿坐在车上，他落下车窗，看眼外面的景致："谁说的？"

"我想，应该是通过陆一乐直接安排好的。"施甜也没敢说"师姐"两字。

"她说的不算。"

主编扬了下眉头，王芬的脸色第一个拉了下来。施甜现在也没底，毕竟纪亦珩身后是陆一乐，她决定的事他应该是要听的吧？

"那现在怎么办？"

"等我打个电话给她。"

施甜噢了声。纪亦珩见她不说话了，猜都能猜到她得急成什么样："不要急，直播的事若真交给了别人，我是不会去的。"

主编看了施甜两眼，小丫头不简单啊，她方才一听声音就知道是纪亦珩错不了，这嗓子的辨识度太高了。

施甜轻点下头："麻烦你了。"

"你麻烦我的事还少吗？"

嗯？这话有点不对劲啊，王芬跟她的师姐面面相觑，施甜生怕她们听出些什么来："那我挂了。"

"好。"

施甜赶紧挂断通话："我没胡说，昨天确实是他亲口答应我的。"

"那……那也不能算，"王芬有些语无伦次起来，"他总要听公司的，他做不了主！"

"纪亦珩能不能做主，就看一会儿怎么说了。"主编单手插在西装裤内，整个人也放松下来，"他都说了，直播要是交给你的话，他是不会过来的。为了大局，你也应该懂事点。"

"师姐。"王芬小着声地朝边上的人求助。

"最后怎么定还没说呢，我就不信陆一乐还能将文件撤回去。"

陆一乐还能不明白纪亦珩的心思吗？所以她知道这件事后，立马就定了王芬，只要不是施甜就好。

可纪亦珩性子霸道，要不是看在他有这把好嗓子的分上，陆一乐第一个就想把他给雪藏了，让他吃吃苦头。但她又不能跟钱过不去，把一棵摇钱树得罪了也不好。

陆一乐最后恼了："你自己去找爱酷的人说吧，我不去！"

"不用说，你直接让公司发个文件过去就好。"

"纪亦珩，你真是太横了！"

好吧，纪亦珩认了就是："我等你的消息。"

他想着施甜总爱胡思乱想，又想着她这会儿恐怕不好跟上面的人交代，便催促出声："快点。"

大爷的！

陆一乐都想摔电话了，到底谁是谁领导啊？

直播频道的事，最后是在高层私密群里公布的。主编看眼信息，眼角眉梢都是藏不住的笑："这次承让了啊，看开点嘛，年轻人，以后机会多的是。"

王芬和施甜都不在那个群里。王芬小声地问着旁边的师姐："怎么了？"

对方面色白了又白，什么都没说，转身就离开了。

接下来的日子，施甜忙得不行，一边要为直播节目的事想主意，一边还要应付学校的功课和考试。

临近毕业，她跟公司请了一段时间的假，就为了临时抱佛脚。

施甜看着徐子易在宿舍里收拾东西，朱小玉和蒋思南没了平日里的吵吵闹闹，宿舍很安静。

"子易，你什么时候搬？"

"考完试就搬。公司安排了住的地方，跟几个同事一起，还算不错。"

蒋思南走过去将她抱住："我们以后就不能像现在这样天天见面了。"

"没事，周末还能约啊。"

施甜鼻子酸涩不已："大学这几年过得真快……"

"小狮子，你准备住哪儿？"

"她还用说吗？"朱小玉都不为施甜担心这个问题，"大神家里啊，住得好、吃得好，还能朝夕相处，说不定哪天就要请我们喝喜酒了。"

"我在找地方，想找合租的。"

蒋思南也很是不解："为什么？难道纪亦珩没让你搬过去？"

"我不会跟他一起住的。"

徐子易见她不想提及这个话题，便拉着蒋思南让她帮忙收拾。

施甜这几天都在看租房信息，看了两个地方，但是太贵了。虽说是跟人合租的，可一个房间每个月还要一千二。

她想找性价比更加高点的。

"考完试后，每年的毕业生都要参加大会，据说今年蒋熙睿会过来。"

"真的假的？"朱小玉搬了小板凳坐到旁边，"那可是传说中的神级人物啊。"

"是啊，东城蒋远周的儿子，开了家专门研发机器人的公司。前段时间新闻还报道了，地震的时候他捐了一批机器人，机器人参与搜救，救了不少人呢。"

朱小玉一把挽住施甜的胳膊："你就幸福了，有大神护体，都不用花痴别人了。"

施甜想开口说出她和纪亦珩的关系，但她又疲于应对接下来可能要面临的十万个为什么。她也不想自己的伤疤一次次被揭开，所以啊，最好的法子就是闭嘴沉默。

考试结束后，应届毕业生都被通知要去礼堂。

班主任远远地冲着施甜她们招手："按照位子坐，六班是十二排往后，上面都贴了班级的，自己找。"

礼堂内已经坐满了人，施甜挨着徐子易入座，等到人都到齐后，学校领导也坐到了台上。

施甜第一次觉着他们的声音格外亲切，可能是感慨于这样的日子再也不会有了。

以前总是会抱怨哪个老师居然到了大学还拖课，宿管的阿姨嗓门太大不好惹，还会嫌弃食堂的饭菜有多难吃，可到了最后的离别时刻才会真正懂得，从此以后，再也没有一个地方，会像学校这样包容他们所有的过错，给予他们最大的自由。

施甜心头涌上万般滋味。

徐子易猛地捅了下她的手臂："你家大神。"

施甜收回神，看到纪亦珩作为学生代表上台讲话，"你家大神"这四个字，是施甜听过的最好的标签。

随后，有人上台给纪亦珩颁奖。施甜看到最前排的一个身影站了起来，那人穿着修身的黑色西服，他上台之前跟旁边的人说了两句话，举止亲昵，隐约还挂了笑意。

施甜跟着人群鼓掌，有同学喊了那人的名字："是蒋熙睿啊，蒋熙睿真的来了。"

施甜看见蒋熙睿拿了奖状交到纪亦珩手里，两人握了手，还低声地说了两句话。

优秀的人总是能吸引到拥有相同品质的人，蒋熙睿望着台下，蒋梓霖冲他眨了眨眼睛。

"很高兴还能有机会回到母校，也很荣幸能给纪亦珩颁奖……"

徐子易压低了声音跟施甜说道："据说有人被招进了蒋熙睿的公司，而且他还给学校捐了钱，扶持了一个研究班。"

"真好。"

"对啊，真羡慕这样的人。"

施甜一边听着台下的讲话，一边望着纪亦珩的身影。四周总是有人将目光投过来，那里面充满了多少羡慕，可施甜这会儿只觉得心酸。

蒋熙睿发言过后，回到了座位上。旁边的蒋梓霖凑到他耳边："睿

438

睿，我们什么时候走啊？"

"等会儿。"

"不知道学校边上的那家冰沙店还在吗？我想吃。"

蒋熙睿压着嗓音道："在。"

"你怎么知道？"

他伸手握住了她的手掌："昨天我绕过去看了眼，知道你嘴馋。"

蒋梓霖手指在他掌心内轻刮了两下，被蒋熙睿一把紧紧握着。

大会结束后，施甜她们站在礼堂门口，等着跟班长和另外的同学们集合。

毕业之后，以后再想碰面怕是难了，班长提议六班的人聚在一起多拍些照片。

等到人都聚得差不多后，大家准备去操场。

蒋思南眼尖，一下发现了纪亦珩的身影："大神！"

施甜心里咯噔一下，想要拦住她已经来不及了，蒋思南用力挥舞手臂："在这儿呢。"

纪亦珩走到众人的面前，蒋思南开口邀请他："跟我们一起去拍照吧，我帮你和小狮子多拍点。"

施甜赶紧接过了话："他忙得很……"

"对，我还有事。"

徐子易下意识地皱了眉头，六班的同学们都在，也都看在眼里。蒋思南看了看纪亦珩，又看看施甜："这都要毕业了，难得的一次机会嘛。"

施甜这会儿面红耳赤，也不想被人看到纪亦珩对她态度冷淡的样子。

徐子易拉了下施甜的手臂："你们平时也没多少机会合影吧？蒋思南拍照技术很棒，千万别错过了。"

纪亦珩盯着施甜在看，确实，他跟施甜除了偶尔的自拍合影之外，就没有一张像样的站在一起拍的照片。

以后要是再想起来，八成会成为遗憾吧？

纪亦珩收回视线："去哪里拍？"

"就操场啊。"

纪亦珩伸手，手臂勾住了施甜的脖子："走。"

施甜个头小，只能顺着他快步往前走。他走得快，她还要踮起脚才行，真是太欺负人了。

后面一大帮人都看着，班长带头笑弯了腰："施甜，你还要再长长个子才行啊。"

到了操场上，纪亦珩才松开手。

施甜摸着脖子，小脸涨得通红，都快被勒个半死了。

蒋思南她们都跟在后面。徐子易上前冲纪亦珩伸出手："我帮你拿着东西。"

"谢谢。"纪亦珩将手里的东西都交给她。

"就这棵银杏树底下吧，"蒋思南指了下施甜身旁，"还能看到一侧的教学楼，完美。"

施甜戳着没动，纪亦珩挨近她。蒋思南拿出手机对焦："你们两个干吗呢？一点不亲密，小狮子，你脸怎么那么僵？"

施甜很勉强地勾扯一下嘴角，蒋思南一脸嫌弃："笑得比哭还难看。"

纪亦珩拿出手机递给蒋思南："用我的拍。"

"好吧。"

他回到施甜身边，手臂自然地揽住她的肩膀。徐子易看着施甜脸色都变了，她隐隐觉得不对劲。这要放在平时，施甜早就该乐开了花，可这会儿呢，即便纪亦珩抱着她，她的双手都只是老老实实地摆在身前，一点回应都没有。

蒋思南对着两人连拍了好几张，施甜笑得嘴角都快酸了。

"施甜真幸福。"

"就是啊，这是要从校服直接到婚纱了吧？"

"可怜我们这些单身狗，没钱没对象……"

施甜想要装作没听见，但人家觉得这些都是好话，所以更加兴致勃勃地讨论着。

"好了，男帅女美，令人称羡啊。"蒋思南欣赏着自己的杰作。纪亦珩手臂松开，走了过去："我看看。"

440

她将手机还给纪亦珩。他一张张地翻看着，直到觉得满意了，这才将手机收起来。

"谢谢。"

"你是我们妹夫，不用这么客气的。"

纪亦珩回头看了眼施甜："直播的日子定了吧？"

"嗯，下周二。"

"我后天有空，这是你的第一个节目，你不需要事先跟我对对稿子？"

"需要，"施甜听到这儿，眼里噼里啪啦冒着光，"太需要了。"

"那你到时候来找我。"

"好。"

纪亦珩从徐子易手里接过了东西离开。施甜原本就在想着这事呢，只不过她不好意思去打扰纪亦珩，所以犹犹豫豫地一直拖着。

当天，徐子易就从宿舍搬出去了。

几个女生一起帮她将东西搬到了新的住处。施甜回到宿舍时，看到门口停着很多私家车，谁家的爸爸或者谁家的妈妈来了，有些同学是父母过来一起接的，一路上都在絮絮叨叨的："这些还要干吗啦？扔掉好了，这被子你拿回家也不盖的呀。"

施甜看到女生的脸上满是不耐烦，她听着这些念叨，却觉得好羡慕。

她从小到大就没有感受过这种滋味，所以不能理解别人为什么总会觉得烦。

蒋思南和朱小玉明天也要走了，东西都收拾得差不多了。施甜经过宿管室，阿姨探出头来问她："施甜，你什么时候搬走？"

"就这几天。"

"可要抓紧了啊。"

施甜点了点头："好，我已经在找房子了。"

合租的房间特别难找，因为供不应求，很多应届的学生经济不充裕，合租房就成了首选。

蒋思南走的时候，还抱着施甜痛哭了一顿。朱小玉也是眼泪汪汪的，热闹了四年的宿舍瞬间就剩下施甜一人。

她有些茫然地望向宿舍门口，门是开着的，仿佛还能看到室友们拎着热水瓶有说有笑地进来。

找房子不是一天两天就能解决的事，施甜上午去看了个地方，但了解到合租的都是男生后，吓得她扭头就跑了。

吃过中饭，她直接去了纪亦珩家，到了他家楼下，她才给他打了电话。

"我到了，你下来吧，我们去门口的咖啡馆谈？"

"家里没人，你直接上来。"

纪亦珩挂了电话，施甜将拎着的东西换到另一只手上，抬起脚步进了单元楼。她按响了门铃，没过三五秒钟，纪亦珩过来将门打开。

施甜率先将手里的东西递过去："给你买的水果。"

纪亦珩侧开身，让施甜进去，她将水果袋放到餐桌上。

啪哈从阳台上跑过来，两脚踮起抱住施甜的腿，它一个劲地汪汪叫着，施甜忙蹲下身摸着它的脑袋："你怎么样？最近乖不乖啊？"

啪哈穿着一件粉红色的小衣服，喜感十足。纪亦珩走到阳台上，施甜看了眼，跟着起身："啪哈乖，自己去玩，一会儿陪你。"

施甜从随身携带的包里拿出了稿子，阳台上还有个小竹椅，是她跟纪亦珩之前去古镇玩时，从会手工编织的老人手里买下来的。

施甜将稿子递给纪亦珩："你看看吧。"

"坐。"

施甜在小竹椅上坐下来，纪亦珩随手翻开一页："你不出镜？"

她目光有些闪躲："嗯，我就在边上配合你。"

"你的直播节目，你不出镜，你怎么做稳它呢？"

施甜为了这件事，都失眠好几天了，她跟纪亦珩的关系很多人都知道，她只要一露脸，肯定会被人在直播间里认出来。

她的第一期节目，爱酷的人都会关注，直播间里说什么话的人都有，她可不敢冒险。

"没事，到了第二期，我就露面了。"

"这样也不是办法。我教你一招，你给自己准备个面具戴上，定制个好看点的，就是那种只遮住鼻子上方的。就说是开播福利，到时候我也替你圆几句话。"

施甜听着这主意怎么觉得怪怪的呢："可行吗？"

"你不信我？"

"戴面具，会不会不尊重别人？"

纪亦珩将视线落回稿子上："你全程不出面，才是不尊重人。"

施甜心想也是啊。纪亦珩见她皱着眉头，便知道她心里在担忧什么："我替你跟爱酷说一声，就说我要求的。"

"这不好吧？"

"你实话实说，这好不好？"

施甜嘴角抑制不住地轻扬："好。"

纪亦珩专注地看着施甜的稿子，因为他们之间的特殊关系，所以很多问题被施甜刻意避开了，写的稿子更是中规中矩，特别官方。他也没提什么修改意见，身子往后轻靠："找到住的地方了吗？"

施甜鼻尖还冒着汗，想到今天看见的群租房，推门进去鼻子里全是烟味，轻摇一下头："还在找。"

"施甜，我们分开马上就要满半年了。"

她也是数着日子在过，当然清清楚楚地记着。

施甜面色不自然地看着别处："是吗？我太忙了，不记得时间。"

"你能把我忘了吗？"

这个问题被摆出来，再度成了一块压在施甜心口上的巨石。她佯装已经完全放开的样子："我干吗要把你忘了呀，是不是？记着你也挺好的。"

"所以呢？"纪亦珩目光低低地落在她脑袋上。

"我看着你越来越好，我很高兴。"

"你还记得我跟你说过的话吗？如果半年之内你过得不好，我们就结婚。"

施甜口干舌燥，她两腿下意识地并拢，眼睛也不知道应该看去哪儿："但是我过得很好。"

纪亦珩原本以为给她半年时间，她总能想清楚，只要她吃了苦头，就会意识到跟他在一起有多好。可现在看来，就算给她两年、三年都没用，她绝口不提一句想他的话，更加没有想跟他复合的意思。

她就像个小乌龟似的，喜欢缩在龟壳里面，只要他不动，她是永远不可能主动的。

施甜小心翼翼地看他一眼。纪亦珩这个时候也不再搭她的话了，只是脸色难看得吓人。

"我写的稿子没问题吧？"

"嗯。"

"那稿子就放你这儿了，你正好想想到时候怎么回答。"

施甜没有多逗留，纪亦珩也没留她，直播间里还差一点摆设，她还要去趟花鸟市场。

虽然施甜之前是有过经验的，但那时候的纪亦珩不比现在，他如今已经是声咖界的超级大神，施甜预感直播间肯定会爆掉。

纪亦珩到达爱酷时，身边还跟了好几人。

施甜将他带进直播间，里面的东西都是她亲自采买的。他看到桌上摆了个面具，看来她还真将他的话听进去了。

纪亦珩忍着笑，坐定下来。施甜比他紧张多了，一个劲地在旁边喝水。

她戴上面具，开启直播间。施甜看着人数噌噌往上涨，清了清嗓音："欢迎大家来到小狮子的直播间，我有幸邀请到了纪亦珩作为这个节目的开场大神……"

施甜紧接着介绍了纪亦珩的代表作，以及最近刚完成的配音作品。

"下面，让纪亦珩给大家打个招呼。"

纪亦珩坐在镜头跟前，一张脸入境，那是无可挑剔的。施甜微笑地看着他，示意他说话。

不想他竟然抬起手，一把拿掉了施甜面上的面具，要不是因为顾忌着镜头，施甜肯定吓得跳起来了。纪亦珩将面具换到另一只手里，施甜脸上的表情那叫一个精彩，她下意识地要用手遮住脸，可想想这样不好，还是将手放下去了。

纪亦珩跟直播间内的人打过招呼，并没有要将面具还给施甜的意思。

施甜的心都快跳到嗓子眼了，她总不能这个时候落荒而逃吧？只能硬着头皮往下主持。

纪亦珩的助理坐在外面，有人给她送了吃的跟喝的，她进入直播间，就怕纪亦珩在里面乱说。

可她一看留言，惊呆了。

有好多人开始刷屏："这不是施甜吗？纪亦珩的女朋友啊。"

绝大部分人不知道纪亦珩跟施甜的关系："瞎说吧，纪亦珩什么时候有女朋友的？"

"他们大学时候就是一对了，那时候纪亦珩的直播都是她主持的，他们两个都是东大的！"

"戴面具是怕被我们认出来吗？哈哈哈，没用，已经认出来啦！"

施甜看眼留言区，怎么办？她好慌啊，只能装作看不见。她强迫自己冷静下来，按着事先写好的稿子往下提问。

这留言区为什么忽然变成这样，纪亦珩心里跟明镜似的，他顺着施甜的话往下说了几句。

她嗓音都在抖了，这可怎么办？她千防万防，就没防住纪亦珩的那只手，他干吗要这样做？

施甜心里乱死了，要不是手里有稿子，她都不知道接下来要说些什么话。

助理眼睛直勾勾地盯着手机屏幕，完了完了，出事了出事了，她就说直播容易坏事吧！

她赶紧起身给陆一乐打电话，满屏都在说施甜是纪亦珩的女朋友，这绯闻一旦传出去，这可怎么得了？

施甜偷偷地瞄了眼正在刷新的留言，这个话题怎么还不过去啊？

纪亦珩凑上前看了看："好多人在提问，你怎么不回答？"

她的脸色越发难看。施甜看眼直播间在线人数，疯了！这远远超过了她的心理预期，纪亦珩话都说到这儿了，她还要充耳不闻吗？

他挑了一句留言念出来："纪亦珩是不是红了，所以始乱终弃，两人分手了吗？"

"没有，"纪亦珩一张认真脸摆出来，"我可不是这样的人。"

他扭头看向旁边的施甜，两人的目光相触，施甜真想起身逃跑。她看到纪亦珩眼里藏满了不怀好意，觉得这事情有蹊跷，自己好像掉坑里去了。

纪亦珩伸手将她的椅子拉向自己，一把抓住了施甜的手："跟大家介绍下，这是我女朋友。"

办公室内，主编一口咖啡喷在了手机上。

办公室外，纪亦珩的小助理急得上蹿下跳。

直播间内，施甜脑子嗡嗡作响，只觉得天塌下来了。

好好的一场直播被纪亦珩搅得一塌糊涂、乱七八糟。

施甜手心里湿腻腻的都是汗，想将手抽回去，可纪亦珩却紧抓着不放。

他甚至将直播的镜头转向施甜的脸，她都能看到她脸上写满错愕和来不及掩藏起来的吃惊。

"来，跟大家打个招呼。"

施甜第一反应就是用另一只手捂住脸，纪亦珩将她的手给拉了下去："很多人之前就认识你了，不用遮。"

陆一乐得到消息，第一时间进直播间，看了一眼就吓得退出来了。

她赶紧打纪亦珩的电话，可他的手机放在助理那儿了，陆一乐急得都忘记这茬了。

她赶紧又打施甜的电话，可施甜这会儿也接不到。

纪亦珩这是亲自站台啊。施甜被他吓得说不出话，他就站出来活跃气氛："这是我女朋友的第一档节目，热度刷起来。这是谁送的火箭？"

"火箭是要钱的吧？送钱就算了，送点掌声和鲜花什么的吧。"

纪亦珩都不用施甜在旁边参与了，他自个念着留言区的提问："今天算是公开吗？"

"也不算吧，还是有很多人之前就知道了的。"

施甜一听这样可不行，她要赶紧拿回主动权，将话题尽量往纪亦珩最近的作品上面扯："我相信看过电视的人都知道，孤夜子那个人物既冷血又腹黑，非常不好把握，而且你跟这个作品可以说是非常有缘的。据我所知，最初的有声也是你配的，现在你又给电视剧版的配了音，你能跟我们

446

说说你对这个人物的理解吗？"

纪亦珩听着，低低笑出声："说什么据你所知？我大学时候出去工作，哪次不是你陪着的？"

留言区有几个账号最会找机会插话了："大热天的撒狗粮，真的好吗？"

"你们在一起该有两年多了吧？"

"羡慕羡慕，结婚了请我们吃喜糖。"

施甜眼角跳动着，她跟纪亦珩对稿子的时候，可没想过会有这样的状况，她现在脑子就算是再乱，也要硬着头皮继续下去。

可关键是，纪亦珩不配合啊！

施甜都把话题扯开了，他却偏要拉回来。

爱酷内部也炸了，萧虹推开主编的办公室门："我就说施甜这小姑娘不简单吧。听到纪亦珩说的话了吗？他们早就是一对了。"

王芬的同事也在安慰她："怪不得你争不过那个施甜，人家有男友保驾护航，你这输得也不亏。"

直播还没结束，纪亦珩公开恋情就上了热搜第一。

很快，数不清的人拥进直播间。

纪亦珩目的达到了，后面倒是肯配合着施甜了。

施甜掐着时间，掌握节奏，她脑子里没有多余的脑容量去想直播以后的事了。

好不容易挨到直播结束，施甜赶紧将频道关闭，怒气冲冲地看着纪亦珩："你什么意思啊？"

"现在所有人都知道我们在一起了，你想躲也躲不掉了。"

施甜手指抖啊抖的，朝他点了又点："我们都分手了！"

"可在别人看来，我们没分手。"

"那是你让人……那样以为的！"

纪亦珩端正了下坐姿，拿起桌上的饮料，打开后喝了两口："你别跟我说这些，你只要出了这扇门，你就解释不清楚了，所以你不要跟我浪费口舌。"

这关系她要是还能撇得清楚，就算他输。

施甜恼怒地站起身，走到门口，一把将门拉开。

纪亦珩的助理还贴在门板上，这下差点摔进去。她朝屋内的纪亦珩瞅了眼："这下你完了，一乐姐气炸了。"

施甜走出去一步，外面站满了人。

"天哪，施甜，你藏得真深啊，纪亦珩居然是你男朋友！"

"不是的，不是的，"施甜着急解释，"他不是……"

"好浪漫啊，羡慕！"

"怪不得王芬输得那么惨。"

"我就说嘛，纪亦珩怎么能亲口答应你呢？"

施甜真想说，他们其实已经分手了。她看到主编和萧虹也走了过来，萧虹到了她跟前，拍拍她的肩膀："有前途啊。"

"我跟纪亦珩……不是那种关系。"

主编不关心这个："开播第一期太成功了，纪亦珩为了你也是不惜下血本，光是自爆恋情这一点就足够吸引人眼球了。你这直播知名度算是打出去了，今后不愁没人上你节目了。"

纪亦珩的助理站在边上，一张小脸垮着，爱酷这边是开心了，她回去还不知道要怎么哭呢。

自爆恋情这事她们事先一点都不知情，这也是陆一乐最忌讳的。

施甜看着门口堵满人，有些事，还是想解释解释的："我真的不是纪亦珩女朋友。"

"知道知道，是不是马上要结婚了？要变一家人了吧？"

"……"

纪亦珩说得对，她还真解释不清楚了。

施甜身后传来脚步声，主编上前跟纪亦珩握了手，纪亦珩看眼跟前的施甜，见她的脸成了咸菜色。

"以后我家甜甜在这里，有劳您多多照顾。"

"哎哟，别这么客气，这是应该的。"

施甜的脸由青转白，主编笑着一把将施甜拉过来："这藏得真好啊，居然连我都不告诉。"

"是我的原因，"纪亦珩这会儿倒是全部揽了下来，"公司有规定，那段时间委屈了施甜。"

"明白，清楚。"大家都是这个圈里混的，有些规矩当然知道，"放心，以后施甜在我这儿绝对不会受半分委屈的。"

他们这一来二去的，把她卖得干干净净啊。

小助理将手机递给纪亦珩，他看了眼，来电显示是陆一乐打来的。

纪亦珩接过了手机，将它塞进裤兜内。

他还有事，就先离开了。施甜想赶紧躲进直播间去，但主编拽着她的手臂不松开："送送啊。"

她一脸不情愿，主编又推了她一把，她只好带着纪亦珩往前走。

这一路上，她都被人围观着，施甜压低了嗓音："你肯定是疯了。"

"我好好的，哪儿疯了？"

"网上那些人不出一会儿就能把我扒干净，到时候我爸的事也会瞒不住，你……"施甜越想越害怕，"你干吗非要跟我扯上关系啊？"

"你爸是你爸，你是你，我就不信我能被人这么毁了。"

小助理在旁边插句话："万一被竞争对手利用怎么办？到时候买水军买黑子，你也不怕被人撕了。"

她尽管不清楚施甜所说的事究竟有多严重，但总不可能是不值一提的小事吧？

"那就试试看，看他们能不能把我撕了。"

"你……你真是飘了。"小助理拿他没办法，小声嘟囔一句。

施甜眉头紧锁，心里都是事："还能挽回吗？或者就说我们早就分手了。"

这一招恐怕不行，他刚在直播间那样说，如果转头就说分手的事，到时候又有人会说纪亦珩是怕施年晟的事连累到他，那他不就成了渣男了吗？

她急，他却一点不急，走的时候还跟施甜挥了挥手。

施甜垂头丧气地进了公司，里头还有一堆八卦的小伙伴在等着她呢，最要命的是她都不敢乱说，连已经分手了这样的话都不敢说了。

下班后回到宿舍门口，施甜其实是有些心虚的。毕竟宿管阿姨天天都在盯着她，她大概是最后一个还赖着不走的了。施甜实在不好意思，缩着脑袋往里走。

"施甜！"

施甜赶忙停住脚步："阿姨，不好意思啊，我这两天就搬走……"

"你男朋友不是把你东西都搬走了吗？你怎么还回来啊？"

"什么？"施甜上前几步，"我男朋友？"

"纪亦珩啊。"

施甜飞奔着回到宿舍，钥匙还在她这儿呢。施甜开了门进去，里面空空如也，全部搬空了。

宿管阿姨也跟着进来了："你把钥匙给我吧，一会儿我也要回家了。"

施甜忙将钥匙递了过去："不好意思，这段日子麻烦您了。"

"没事没事。"

她所有的东西都被搬走了，也只能找纪亦珩了。施甜边往外走，边打纪亦珩的手机，可却一直显示在通话中，她只好坐了地铁找到他家里去。

她伸手按向门铃，不一会儿，门就被打开了。

施甜看到纪亦珩穿了身宽松的睡衣，像是刚洗过澡。她走进去将门带上："我行李呢？"

"都给你放好了。"

"放哪儿了？"

纪亦珩指了指小房间。

施甜快步冲过去，客卧的房门是开着的，她走到里面，才发现她的行李都被收拾过了。

她喜欢的小摆件都放在了书桌上，还有她的书，就连她的喝水杯子都已经放到床头柜上了。施甜走过去将衣橱拉开，里面挂满了她的衣服。

她转身看向站在门口的纪亦珩："你——你——"

"以后你就住在这儿。"

"我不住！"施甜激动地出声，都破音了，"就不住！"

"那你还搬回宿舍？"

被纪亦珩这么一折腾，施甜连钥匙都交出去了，难道只能去宾馆吗？

可是她肉疼啊，她也住不起啊。

"你的床上用品，我都给你洗了。"

"什么？"施甜真怀疑自己听错了。

"晾在阳台上，还没干。"

施甜捏了捏拳头："纪亦珩，你是真不怕给自己找麻烦啊。"

"你从来就不是我的麻烦。"

她忍不住上前了两步："我怕啊，肯定会有人知道我爸的事……"

纪亦珩听到这儿，一把将她拉到怀里。她想挣扎离开，纪亦珩两手在她背后圈紧："那又怎么样呢？知道就知道，为什么你总要将事情想得那么糟糕？"

"不是我想象得糟糕，是……"

"没有什么是比我们分开更糟的事。再说我已经公开了，开弓没有回头箭，你只能跟我一起去面对。"

纪亦珩知道，兵行险着，他要是不主动迈出这一步，要让施甜自己想通想明白，几乎是不可能的事。

施甜抬手打了他一拳，纪亦珩手掌在她脑后揉了揉："你要是还想着跟我分手，我就先一步发声说我不要你了，再找人爆料你爸的事，我让所有人都来骂我。"

"纪亦珩，你是病得不轻吧？"施甜在他后背用力抓了把。

"你先在这儿住下来，至于后面的事，你不用操心。"他轻退开身，见她一脸生气又无奈的样子，一把拉住她的手，"冰箱里买了好多菜，我还没吃晚饭。"

"我不做！"

"那我哄着你做，行不行？"

施甜还担忧着这个事那个事，在她眼里，那些都是大事。可纪亦珩心胸宽阔，在他眼里那些都是好事啊。

纪亦珩从冰箱拿了菜出来，在旁边帮着施甜的忙。她心事重重，还想趁着明天中午休息的时间，去找找房子。

晚上，施甜调了闹铃的，可她几乎失眠了整晚，眼见天都快亮了，才眯着一会儿。

451

闹铃声响起后，她第一时间坐起身，纪亦珩今天应该不出门，她就想着要去给他做点吃的。

施甜穿了拖鞋往餐厅走，耳朵里隐约听到动静。纪亦珩居然起得比她还早。

她走过去几步，看到一个身影从厨房出来。施甜双腿发软，俞临慧将粥端出来放到餐桌上，施甜倒退了步："阿……阿姨。"

俞临慧松开手，身上还系着围兜："起来了啊，怎么不多睡会儿？"

这话是什么意思？

施甜着急忙慌地也不知道要说什么："我就在这儿借住下，我知道很不方便……"

"你不用这么紧张，"俞临慧两手在围兜上轻拭，"告诉阿姨，你早上喜欢吃什么啊？饺子？馄饨？我还买了包子和油条。"

纪亦珩是被她们的说话声吵醒的。他睡眼惺忪地往外走，看到俞临慧时，惊得睡意全无："妈，你怎么会在这儿啊？"

"我看了热搜才过来的。"

"什么意思？"

施甜听着两人的对话，摸出手机。她昨晚来找纪亦珩的画面被人拍下来了，而且那些人尽职尽责，愣是在楼下守了一夜，标题大大地写着她彻夜未归。施甜轻咽一下口水，也不知道他们是怎么找到她的生活照的，总之她现在是全方面被人扒皮了。

说不定那些人现在还守在纪亦珩家楼底下。

"你也真是，谈了那么久也不带给我看看。"俞临慧这话是冲着纪亦珩说的，目光却不住地在施甜身上打转，"甜甜，你这名字真好听。"

"没……没有纪亦珩的好听。"

"你在这儿有什么需要的话，尽管告诉我，阿姨给你买。"俞临慧拍了下手，"我今天就去趟商场，把该买的都买买，给你置办一下。"

"阿姨，不用了，我……"

"还没洗漱吧？快去，换了衣服赶紧出来吃早饭。"

纪亦珩在她身后轻拍一下："去吧。"

施甜赶紧开溜，再多待一秒她都待不住了。

她在洗手间内磨磨蹭蹭，换了衣服回到餐厅。俞临慧拿了几件上衣在纪亦珩身前比了比："这可是让你宋阿姨代购回来的，这牌子很潮的。"

纪亦珩一脸无奈地将她的手推开："妈，我不喜欢穿这种。"

"我给你买的，你不喜欢？"俞临慧看到施甜过来，丢开手里的衣服，"甜甜，你怎么穿这么素的衣服啊？你这年纪就跟小公主一样，就该穿粉色的，blingbling（闪闪）的。"

施甜不好意思地揪着自己的上衣衣角，小公主？她从小就没有过那样的待遇。

"你这发质也好，改天我带你去做个发型。"

纪亦珩头疼地回头看眼："妈，你歇歇吧。"

"我一直希望有个女儿，你相信阿姨，我最会给人打扮了。"

是，会打扮，纪亦珩嫌弃地拎起几件粉色上衣。啪哈从阳台上跑进来，纪亦珩弯腰将它抱起。

"妈，你也别给啪哈瞎准备粉色的衣服和裙子行不行？它是只公狗。"

啪哈要是能说话，肯定一早就抗议了，这简直是对它最大的侮辱。

俞临慧满意地盯着施甜看，真好，她个子娇小，又瘦瘦的，打扮起来不要太美啊。她这会儿眼里看不到纪亦珩和那条狗，灵感大发，都想好怎么把施甜打扮得美美的了。

"来来来，尝尝阿姨做的早饭。"俞临慧说着，拉了施甜到餐桌前，让她坐下来。

"阿姨，您别忙，我自己来……"

俞临慧不听她的，给施甜盛了碗粥放到她手边："快吃吧。"

"谢谢阿姨。"

"这小菜也不错的，还有包子。"俞临慧拿了筷子不住地往施甜碗里夹，她也不敢说不要，给她什么就吃什么。

"珩珩，一会儿送甜甜去上班。"

纪亦珩在旁边逗弄着啪哈："好。"

"不不不，不用了，我自己去就行。"

"这可不行。"俞临慧接了话道，"有些事就该让他们做习惯的，男人送女人天经地义，不然出门多危险啦？还有男人要做饭、洗衣服，女人

453

的手糙了就会不好看的。"

施甜抬起一张吃吃惊脸看看纪亦珩,他仿佛听着这样的话都听习惯了。

吃过早餐,纪亦珩拿了车钥匙准备送施甜出门。施甜站在楼梯间的窗户跟前往下看:"那些人肯定还没走呢,就等着我出去,这可怎么办?"

"他们要拍,就让他们拍好了。"

"不行啊!"

纪亦珩按了下行键:"有什么不行?我妈都看见了,你更撇不清了。"

施甜没想到事情会发展得这么快,一桩接着一桩,眼见电梯门打开,纪亦珩率先走了进去。

施甜只好跟着走进电梯:"阿姨还不知道我家的事,她要是知道我爸是那样的,她不会同意的。"

"这些都是你自己胡思乱想出来的。"

"纪亦珩,你不懂,这是两个家庭之间的事。"

到了一楼,纪亦珩握着施甜的手往外走,她赶紧挥开,快步跑了出去。

纪亦珩取了车跟在施甜身后,车速被压得很慢。他将车子开到她身边,不住地按响喇叭,她被吵得头疼,又怕给人制造新闻点,就赶紧上车了。

到了公司,施甜看到办公桌上放了一束鲜花。同事走过来轻拍下她的肩:"主编送你的,昨天的开播,节目在线人数远远超出公司预期,你算是给我们部门长脸了。"

施甜将手里的包放到桌上,同事满脸八卦地紧挨着她说道:"你说你也是的,连我都瞒着,你都跟纪亦珩同居了,你事先还装不认识他呢。"

"我没有,"施甜有口难辩,"我都是住学校宿舍的。"

"可拉倒吧,都被人拍到住一起了。你说你干吗非要否认呢?要我有这样的男朋友,我巴不得曝光,让全世界都知道。"

施甜刚坐下不久,有从未照过面的几个同事拿了纪亦珩的照片过来,让她带回家让纪亦珩签名。

她头痛欲裂,这发展趋势已经不是她能控制得了的了。

施甜不敢看任何新闻,更加不敢看热搜。

第十九章　就差一个你

下了班，施甜接到了律师的电话，说是施年晟的案子即将开庭。

她失了神一般地往外走，现在去哪儿都有人盯着，可她总不能连开庭的时候都不去吧？

纪亦珩的车在公司门口等她。这儿来来往往都是人，施甜不等他下车，直接打开了副驾驶座的门坐进去："你不用来接我的。"

"我这几天在家休息，闲着也是闲着。"

"公司给你放假了？"

纪亦珩发动了车子，他一脸春风得意，真真是自在得很。

"说让我休息段时间，低调点，毕竟我跟你的事闹得太大了。"

"你也知道啊？！"施甜将安全带系上。

"师姐原本想否认的，就说我在直播间说的那些话是开玩笑。不过今天曝光了你在我家过夜的照片，公司又急得团团转了，公关部都快忙死了。"

施甜能想到陆一乐的样子，不由得闭了闭眼帘。

车子停在了停车场上，施甜却干坐着没有下车："我还是要搬走的。"

"这件事要是过得去，你就不用搬走。"

"要是过不去，我就搬走。"

纪亦珩一手推开车门，修长的腿已经跨出去了，把俊脸转向施甜："如果过不去，就意味着我被毁了，你就更应该对我负责。"

施甜抬腿踢了他一脚，然后下了车。

回到家里，厨房内正在炖肉，香味四溢。施甜站在玄关处就能闻到了，她中饭没怎么吃，这会儿闻这味道，肚子都开始不听使唤地叫了。

厨房里有脚步声出来，施甜张嘴想要喊阿姨，却看到一个男人手里拿着锅铲，身上系着围裙，高高大大地站定了脚步："都回来了。"

"叔……叔叔。"这应该是纪亦珩的爸爸。

"做什么好吃的呢？真香。"纪亦珩将施甜手里的包接过去，放到旁边。

"卤了牛肉，还有排骨汤，我还弄了一大盘的猪蹄和凤爪。"

"回来了？回来了？"俞临慧从客卧出来，一把抓住施甜的手腕，"快跟我过来。"

施甜还不习惯别人对她这样好，求助似的看向纪亦珩。纪亦珩喊了声："妈……"

"我有惊喜给你。"俞临慧才不肯撒手。她拉着施甜来到客卧，施甜一眼看到了她昨晚睡着的那张大床上面，挂了圆顶的公主蚊帐，就是那种蕾丝边的，纱帐一直垂到地上。纪亦珩跟进来，差点被这一幕吓退了脚步："妈，你这是干什么呢？"

"是不是特别好看？"俞临慧满意地望着自己的杰作，"夏天有蚊子，还是要准备蚊帐的。"

房间内显然被精心布置过，书桌上摆了一盏台灯，书架上挂满了一串串的灯饰，这会儿开起来，像是缀满了粉色的桃花花瓣。

施甜鼻子发酸，俞临慧喊她过去看看，她也没有答话。

纪亦珩走到她身边，见她眼圈发红，她似是不想被人看见，赶紧压下了眼帘。

俞临慧也察觉到了不对劲："怎么了？"

"是不是不喜欢？"纪亦珩心想，我就说吧，这放在谁身上都会被吓到的，"没关系，我现在就把它拆了。"

"我喜欢，"施甜忙拉住他的手臂，"我真喜欢。"

她走到床边，满面欣喜地看着垂下来的纱帐，擦了擦眼角处："我从小就喜欢这样的，只不过第一次拥有，我……"

施甜家里的大概情况，纪亦珩今天下午都跟俞临慧说了。她看到施甜这样子，心头不由得跟着发酸。

"你喜欢就好，只要是你喜欢的东西，以后阿姨都给你买。"

施甜嘴角轻扬起，却又很忐忑："不用，真的不用。"

她不能心安理得地接受别人对她的好，施甜最怕纪家人知道了她家的情况，会觉得她是个倒霉蛋，会连看她一眼都觉得是多余的。

到时候，这满屋子的香味，这精心布置过的房间都会成为一场空。

施甜还是第一次感受到这样热闹的家庭氛围，她从小到大最渴望的就是回家有热饭吃，睡觉的时候能抱着妈妈买的洋娃娃。可惜啊，她什么都没有。

纪爸爸擦净了双手站在房门口："可以吃晚饭了。"

纪亦珩拉过施甜："先去吃吧。"

餐桌上已经摆了满满的一桌子菜，卤的五香牛肉看着跟熟菜店卖的是一样的。碗筷都整整齐齐摆好了，只需要坐下来吃就行。

"叔叔，这些都是您做的吗？"

"当然，他的菜式可多了。"俞临慧眼角含笑，话里都是骄傲，"保准能让你连吃一个星期，都不重样的。以后经常回家来吃，让你叔叔做。"

"谢谢。"

纪亦珩起身给每个人的杯子里都倒了椰汁，俞临慧拿了筷子，夹起几片牛肉放到施甜的碗里："尝尝。"

施甜吃了一块："好吃。"

"甜甜，你跟珩珩谈了有两年多了吧？"

施甜握着筷子的手一紧："嗯。"

接下来，她是不是要问问她家里的情况了？

"我对珩珩一直都是放心的，他从小到大就有主意，包括要上什么学校，念什么专业，从来不用我们操心……"

施甜紧张地竖起耳朵听着。

"那么我想，在谈恋爱这件事上也是一样的。"

"阿姨，"施甜知道有些事不能永远隐瞒着，"我家里的情况有些特殊。"

"我知道，你爸这事不小，我咨询过朋友，有可能会被判好几年。但你不用怕，你就换个角度想吧，他荒唐至今，也该好好反思反思了，人不跌跟头，就永远不会知道自己错得多么离谱。等他出来以后，改过自新了，人也老了，那个折腾不动了，你就开导他，让他学学广场舞、打打太极拳什么的。"

俞临慧一边说着，一边往施甜碗里夹菜。

"妈，你也不问问她喜不喜欢吃。"

俞临慧哎呀一声，把菜夹回去了："我也不喜欢吃莴笋啊。"

她嘟囔句，朝身边的纪爸爸看眼，就很自然地把菜放他碗里去了。

施甜轻咽喉间一下："阿姨，我爸那件事……很不光彩，而且他要是坐了牢……"

"甜甜，这种事没什么好觉得丢脸的，以后要是别人问我你爸是做什么的，你妈是做什么的，我就坦坦荡荡地告诉他们，我家孩子命苦，妈妈在她小时候去了天堂，爸爸做错了事，正在接受惩罚。这又怎么了呢？我家孩子没有做错事啊，小心翼翼生活了这么多年，多不容易啊？"

纪亦珩听着这话，连他都不由得动容了。他向来是知道俞临慧的性子的，只不过从不知她能想得那样透彻。

施甜放下了筷子，两手也不知道要摆在哪儿，纪爸爸插不上嘴，忙夹了块猪蹄给施甜。

"我是相信珩珩的眼光的，他要觉得好，能带回家的，我就肯定能接受。"俞临慧拿了筷子塞到施甜手里，"吃饭，多吃点。"

她喉间轻哽，连句谢谢都说不出了，只要她张张嘴，肯定会忍不住哭出来的。

一直以来她最怕的事，就是所谓的门不当户不对，施甜想，百分之九十九的人家是不会同意她这样的人进门的。命运除了眷顾给她一个纪亦珩外，好似从未对她宽容过，可如今她不敢奢望的种种，都被人捧到了面

458

前，她受宠若惊，更是战战兢兢。

吃过晚饭，施甜要帮忙收拾桌子，俞临慧拉过她的手："咱不做这些，去洗个手看会儿电视吧。"

"阿姨，我来刷碗，让我帮帮忙吧。"

"真不用，你们去坐着。"纪爸爸已经起身，熟练地收拾起碗筷，纪亦珩也在边上帮忙。

两人在厨房里忙了一通，纪爸爸眼看时间差不多了，便催促着俞临慧回家："孩子明天还要上班，不能太晚睡。"

"好好好，这就回去了。"

施甜和纪亦珩将他们送出门，俞临慧摆下手："早点休息。"

纪爸爸的车停在楼下，两人坐进车内，他并未第一时间发动车子："这俩孩子……你是真同意他们在一起吧？"

"谁不想自家孩子的另一半，家庭幸福，父母双全呢？最好还是书香门第，我还想过女方爸妈要是一个当老师，一个当医生就更好了……"

纪爸爸闻言，不由得轻笑："我就说吧，有些事只能顺其自然，你前几年想得太多。"

"是啊，听珩珩给我讲了那边的情况，我当时心里是咯噔了下。可看着那小姑娘眼神怯怯的，我就觉得好可怜。你说我要是再不同意，她不就连个依靠的人都没了吗？"

俞临慧是很难想象一个爹不亲没有娘爱的孩子，从小到大是怎么过来的："最主要的还是珩珩，你儿子太有主意，既然反对没用，干吗还要浪费这个时间呢？非要折腾一番，最后不得不妥协，那丫头从此以后不跟我亲了，又怎么办？"

纪爸爸连连点头："是，你分析得都对。"

"算了，只要她品性好，比什么都重要，我以后多疼疼她就是了。"

纪爸爸总算发动了车子，一边拐弯一边说道："主要是她肯听你的话吧。你给布置的房间，她肯乖乖住着，你买的衣服她也肯乖乖地穿上，你最开心了吧？"

俞临慧嘴角噙笑："儿子喜欢的我就喜欢。"

"那你喜欢的，我也喜欢。"

施甜这会儿站在阳台上，她放在这儿的绿植长势良好，只不过有几片叶子干枯发黄，一看就是缺水。她拎了水壶浇水，纪亦珩在她身后看了会儿，见她放下了水壶，然后将几片枯黄的叶子掐去。

他走上前，伸手轻拍了下施甜的肩膀。

她转过身，被纪亦珩抱在怀里，施甜两手抵在身前："这是阳台……"

纪亦珩仿若没听见，他一手固定在施甜脑后，俯下身去找她的唇瓣。施甜忙别开脸。纪亦珩另一手握住她的下巴，固定住不让她乱动后，他的唇覆上了她的。

施甜呼吸变得急促，纪亦珩加深了吻，手指落在她脸颊处摩挲，她往后退了步，后背碰到了身后的栏杆。绿萝的叶子沾了水，这会儿紧贴着施甜身上的布料，她觉得凉凉的，不敢再用力倚靠。

纪亦珩靠着她的前额，唇瓣落到施甜耳边："抱紧我。"

她羞红了脸，纪亦珩干脆抓过她的手，让她抱紧自己的腰。他湿漉漉的唇重新落回她唇上，彼此的呼吸都被缠入了唇齿间，半晌后，他才意犹未尽地将她按进他怀里。

施甜的小脸埋在纪亦珩胸前，耳朵根都红透了。

她怀疑再要这么下去的话，纪亦珩会把她吃了的。

施甜从他身前溜进了屋，纪亦珩也不恼，他看着绿萝的叶尖上有水珠在往下滚落，他用手指轻轻弹了下。

回到房间后，施甜将房门反锁起来。她将屋内的灯开亮，钻进了公主纱帐躺了下来，真好看呀，望出去满眼都是粉粉的。

她小时候总是幻想着自己能穿上美丽的公主裙，抱着一个心爱的洋娃娃，还希望有人可以哄着她睡觉。

如今这一片小小的空间给了施甜莫大的安全感，也圆了她儿时实现不了的梦，她在床上翻来覆去，真的好喜欢这个小天地。

施甜起身摸了摸纱帐，见它垂在地上，又小心翼翼地将它拉起来，塞在了床单下面。

施年晟的案子开庭当天，施甜请假过去了。她生怕纪亦珩要跟她一起去，到时候会惹来不必要的麻烦，所以她是瞒着他的。

那个女人彻底跟施年晟撕破了脸皮，施年晟看着施甜所坐的方向，什么话都没说。

他知道她现在不至于居无定所，所以还挺好的。

施年晟被判了八年，施甜没有想象当中的那样难以接受，所有人都要为做错的事付出代价，这样才能心安理得地过以后的日子。

庭后，施甜跟着人群往外走，一声汽车喇叭声传到她耳朵里。

施甜抬了下头，看到纪亦珩驾驶座侧的车窗已经落了下去，她赶紧三步并作两步上前："你怎么在这儿啊？"

"上车。"

施甜不敢久留，忙走向副驾驶座旁，拉开了车门往里坐。

"判了吗？"

"嗯，八年。"

纪亦珩朝她看看："还好，如果表现好的话还能减刑。"

"我知道。"施甜扣好了安全带，"你怎么过来了啊？这儿来来往往都是人。"

"这么大的事你不告诉我。"纪亦珩发动引擎，开了车子出去，"我要是能跟你一起进去，你爸看到我们在一起，他总归还能放心些。"

"辩护律师是师姐帮忙请的，他会告诉我爸的。"

纪亦珩腾出一手握住了施甜的手掌，她轻轻回握住，嘴上却在说道："好好开车啊。"

一路上施甜都没什么精神，靠着座椅还睡了觉。纪亦珩下了高速，给俞临慧发了个信息，告诉她施年晟判了。

俞临慧没有多说一字，看眼时间不早了："晚上我们出去吃饭，你把车开到万达广场，我和你爸在南门等你们。"

纪亦珩想想还是算了："还要出去吃饭吗？又不是有好事庆祝。"

"没好事，日子就不过了？你们两个在外奔波一天了吧，难道要回家吃泡面？"

纪亦珩想想也是，越是这个时候就越要过得好好的。

他将车开进了万达的停车场，施甜睁开眼，迷迷糊糊看了眼窗外：

"到了吗？"

"先去吃饭。"

"这是哪儿？"

"万达。"

施甜坐着没动："我不饿。"

纪亦珩倾过身，替她将安全带解开："我饿了，爸妈也过来了。"

施甜坐起身，推开了车门下去。两人走到南门，看到俞临慧和纪爸爸站在一家鲜榨果汁店的门口。

纪爸爸已经付过了钱，里面的服务员将榨好的橙汁一杯杯打包起来。

施甜跟着纪亦珩走了过去："叔叔，阿姨。"

俞临慧转身拉了把施甜："回来了，累坏了吧？"

"不累。"

她赶紧拿了杯橙汁出来，将吸管插好后递给施甜。

"谢谢阿姨。"

"晚上想吃什么？这儿新开了一家粤菜餐厅，味道非常不错的。"

"好，我喜欢的。"

俞临慧看眼施甜的脸色，她倒没有精神不济或者是很不好的状态表现出来，只不过家里出了那样的事，心里肯定是不痛快的。

万达一楼有商家在做活动，四周围满了人，热闹极了。

俞临慧经过时停住脚步，看到主持台上挂着一个个气球，她拉了施甜一把："看看。"

纪爸爸怕两个孩子饿着："先去吃饭吧。"

"才五点，我们看会儿热闹。"俞临慧带着施甜挤入人群中，纪亦珩见状，也只好跟过去。

主持人怀里抱了个半人多高的熊公仔："游戏规则很简单，由一男一女组成一队，当然，是情侣就更好了。男生抱起女生，女生的头碰到气球个数最多，且最快完成一排任务挑战的就算赢。我手里的玩偶就是奖品，这可是我们公司刚上市的一款，放在床边保管你夜夜安睡，连男朋友和老公都不用了……"

台下传来哄笑声，俞临慧笑着凑近施甜道："这是抖音同款，最近红得很呢。"

"看着也很可爱。"

主持人将话筒朝向下面："有没有想要试一试的？"

施甜睨见俞临慧将手高高地举起来："这边，这边！"

纪亦珩不由得同情地看向纪爸爸："爸，你身子骨行吗？"

主持人一伸手，示意俞临慧上台："这位小姐姐，请请请。"

"我请不动了，让我儿子和媳妇上！"俞临慧说着，将一脸蒙的施甜给推上去了。纪爸爸原本是想撸起袖子开干的，这会儿一听这话，高高兴兴地就把纪亦珩给拱上台了。

施甜和纪亦珩面面相觑，她从来没有参加过这种活动，以前顶多也就是站在人群中看看热闹。

主持人又请了另外两队上来："游戏规则刚才都讲过了，你们也可以商量下一会儿要怎么抱。公主抱恐怕是够不到的，总之只要女生双脚离地就行，这规则够宽松了吧？"

施甜看看纪亦珩："要不你背我？这样最省力了。"

"不用，我有更快的法子。"

"什么啊？"

纪亦珩冲她笑了笑，他拉着施甜让她站到气球底下，施甜看到另外两队都做好准备了。一组肯定是要将女生背起来的，另一组应该是男生要扛起女生吧。

主持人抱着手里的大熊，上前两步："听我口令，三、二、一，开始！"

施甜刚要扭头看看身后，就觉得肩膀上忽然一紧，紧接着整个人被纪亦珩一把提着往上蹿，她失声尖叫："啊——啊啊——啊！"

脑袋一下撞在了气球上，纪亦珩将她放到地上，紧接着两手握紧她的臂膀，轻松一提，就让施甜碰到了第二个气球。

这速度和体力可真是惊人，旁边两组眼看没希望了，干脆都不动了。

施甜最后被放定在地上时，心跳还是加速的。纪亦珩揉了揉她的脑袋："赢了。"

她两腿有些发软，俞临慧在底下不住地招手："甜甜。"

施甜在胸口处拍拍，吓死了，旁边一队的女友在小声抱怨："你怎么想不到这个办法呢？这样多快啊。"

"你可拉倒吧。"男友抱怨一句，"人家瘦瘦小小的，你一百三，我提得起来吗，我？"

"滚！"

主持人将奖品递给了施甜，她伸手抱在怀里。台下都是人，施甜这会儿不好意思地将小脸藏在熊的脑袋后面。

她这模样很是娇羞，眉眼轻笑开，整个人也都放松开了。

两人下了台后，施甜将手里的熊递给俞临慧："阿姨，送你。"

"阿姨不需要，你拿着。"俞临慧轻拍下纪亦珩的肩膀，"臭小子挺厉害啊，刚把甜甜提起来的时候，我都吓了一跳，就怕你把人摔了。"

"妈，你这么不相信我？"

施甜额头上挂着汗，纪亦珩抬手擦了下。

"去吃饭吧。"

"对对，"俞临慧这下又着急起来，"那家菜品好，去得晚估计排队都排不上。"

"没事。"纪爸爸拉着她，她还穿着高跟鞋，急急忙忙容易崴脚，"刚才你们在这儿玩，我提前去取了票，这会儿过去正好。"

俞临慧说了个"好"字，对他的体贴和细心也都习以为常了。

吃过晚饭，俞临慧挽着纪爸爸的手臂说要散步回家，他们所住的小区就在万达对面，几分钟路程就能到。

"赶紧回去休息吧，甜甜，早点睡。"

"好，叔叔阿姨再见。"

施甜抱着手里的熊，心情愉悦了不少。纪亦珩在前面走着，她小跑跟过去，手自然地拉了下他的袖子。

纪亦珩回头冲她轻笑："我帮你拿。"

"不要。"

她现在就跟个小孩子似的，晚上居然还有了陪睡的玩偶。

回到家，施甜刚进门就接到了徐子易的电话。

她将大熊放到沙发上："喂，子易。"

"小狮子，晚饭吃了吗？"

"嗯，刚吃过。"

徐子易跟施甜在电话里聊了会儿，施甜也问了下她的近况："你明天也是休息吧？我们出去吃个饭吧，想见见你了。"

徐子易话语间带有犹豫："我……我加班呢。"

"电视台这么坑？你怎么忙成这样啊？"

"是啊，最近事多，你明天也别出去了，就在家吧。"

施甜听着徐子易的说话声有些不对劲："在家很闷的。"

"出去也没劲，对吧，还累得慌……"徐子易将明天要穿的衣服收拾出来，放在床上，"等我过段时间不忙了，我去找你玩。"

"好啊。"

两人又东扯了一句，西扯了一句，施甜挂了通话后觉得不放心，用手机查了下新闻，果然，她最担心的事情还是来了。

施年晟的事被人扒了个精光，那些事原本就够荒唐了，可有心人觉得还不够，又给添了几笔。

施年晟跟施甜是绑在一起的，而现在施甜又跟纪亦珩绑着，这件事引起的轩然大波也不是一两天就能平息的。

网上各种各样的说法都有，还有人自称是东大的学生，在留言区爆料："这女生很有心机，纪亦珩也是被骗了，不可能知道她家里的情况。"

当然，网友千千万万，自会有不同的声音。

"这么大的事会不知道吗？说不定纪亦珩不在乎。"

"他现在是名人了，谁还能不在乎这种事？"

"说不定只是玩玩的，没有想过结婚……"

施甜退出页面，看到纪亦珩从阳台上过来："我爸今天才被判刑，网上就已经都知道他被判多少年了。"

"不必去管他们。"

"可你怎么办呢？"

纪亦珩弯腰，拿起茶几上的遥控器后将电视打开："你总是忧心忡忡，可你的担心在我这儿都是多余的，我根本不在乎那些人怎么说。"

"我怕，会害了你的。"

"把我推出去的从来都不是别人，而是你。"

施甜拉一下他的手，纪亦珩眼底染了抹笑："其实有个一劳永逸的办法，只是你不会答应的。"

"什么办法？"施甜抬起眼帘盯着他。

纪亦珩面露为难："算了，说出来也只会吓到你。"

这件事毕竟因她而起，她本来就心存内疚，别说那事有多难了，就算真要跑天上去摘月亮，施甜也要试试啊。

这可是她让他说的，纪亦珩紧抿的唇瓣嚅动一下："我们结婚吧。"

"什么？"施甜嗓音里装满了不敢相信，这是什么馊主意啊，"结婚？这不是火上浇油吗？"

"这是最好的办法。"

施甜转身就要往卧室走，纪亦珩一把拉住她："事情已经到了最糟糕的地步，你无非是怕连累我，但这时候我们要是结婚的话，不就可以堵住所有人的嘴了吗？我知道你家里的情况，却还是选择跟你在一起，这就是最好的证明。"

施甜还是觉得荒唐："他们会骂你，说你眼神不好使，喜欢诈骗犯的女儿。"

"你怎么不换个角度想想？我选择在这个时候结婚，就说明我真不在乎你爸的事，我都不在乎了，别人还操什么心？"

是吗？

施甜脑子有点乱，思来想去一番，怎么觉得纪亦珩的话这么有道理呢？

周一到了公司，施甜是战战兢兢的，爱酷又是做这行的，灵敏度本来就高，不可能不知道施甜爸爸的事。

她去休息间泡了杯水，有同事进来，施甜开口打了招呼。

对方只是冲着她点了下头，便快步出去了，连水都没倒。

回到办公区，施甜刚放下手里的水杯，就看到主编打开办公室门，喊了她一声："施甜，进来下。"

"好。"

她这会儿反而没有那么忐忑了，施甜进了办公室，将门轻推上。

"你这事这样吊着也不是办法啊，要么澄清，要么顶过去。"

施甜知道她嘴里的这事是哪件事："可越是回应恐怕就越乱，主编，我爸的事是真的……"

主编也不想在施甜的伤口上撒盐："现在别人要看的是纪亦珩的态度。说实话，这种事我们见得多了，你爸是你爸，你是你，他要坚决认定了你，你爸的事就能过去了。"

施甜是当事人，所以想得比较多："他要是承认了我，我爸的事不就是一个标签，一辈子跟着他了吗？我怕……"

主编吹了口新泡的花茶，笑着推开椅子坐下来："你还不懂这行吗？风往哪边吹，后面那群跟风的就跟着往哪里跑。这事不爆出来当然是最好的，既然被爆了，也不是不能解决的。你让纪亦珩发个声明，就说你们好好的，越是实锤（确定）了你们住一起，对他就越有利，懂不懂？这不是现成的好男人人设吗？不离不弃啊，纯纯的校园恋爱终成眷属，你家出事，你爸这么大一个丑闻他都给扛下来，还坚持跟你走到底，你说，这操作是不是巨能吸粉？"

这就是经常在风浪里混的人物啊，事情已经很糟糕了，这些人却还能在最坏的局面中找出最有利于自己的一面，然后去放大它，再用它去填那个令人头疼的巨坑。

施甜被这么点拨了一下，好像能彻底明白了。

"现在哪个人不立个什么什么人设的，你说你站在旁观者的角度来看，是不是会觉得纪亦珩特别有魅力？特别男人？特别有担当？到时候，谁还关心你爸的事啊？要我说，你们要结婚的话就最好了，结婚证一发，保证堵住所有人的嘴。"

这话怎么跟纪亦珩说的差不多呢？

施甜一语未发，主编意味深长地看向她："下一期的直播嘉宾确认了吗？"

"早就确认好了。"

"你再去联系看看，别有什么变化。"

施甜心里咯噔一下："好。"

"出去吧，我跟你说的这些话，你也好好想想，这件事要让它顺其自然地过去，太难了。即便过几天降了热度，可只要有心之人哪天再想翻起来，就又是一波风浪。"

施甜轻点下头："谢谢主编，我知道您是为我好。"

施甜走出办公室，赶紧找了下期的嘉宾助理，探探口风："我的稿子这两天就能写好，到时候先发给你看看。"

那头倒是很快回话了："不好意思，刚要跟你讲这事，那天是我没看清楚行程表，你约的时间冲突了，实在不好意思。"

施甜心里凉了半截，那天她明明不是这样说的。

"那改期呢？"

"最近都没有空余时间，您还是找别人吧。"

施甜知道对方在忌惮什么，她心里压了一口气，却也只好往下咽。

回到家，家里就剩下纪亦珩一人。

施甜换了鞋走进客厅，纪亦珩应该是在出神地想着什么事，就连她回来都没听到。她不由得上前一步，看着纪亦珩蹲在阳台上陪啪哈玩。他心不在焉的，啪哈不想跟他玩了，扬了扬爪子要抓他。

"小心。"施甜喊了声，啪哈听到后起身溜到了阳台角落去。

纪亦珩扭头看向她："回来了。"

"嗯，我去做饭。"

"我做好了，炒了两个菜，就差个汤在煮。"

施甜将信将疑的："你会吗？"

"味道凑合，等你回来，太晚了，怕饿着你。"

施甜走到了餐厅，看见桌上摆着一盘鱼，还炒了个芹菜，厨房的灶上炖着鸡汤。纪亦珩走进去看看，差不多好了，他伸手关掉火。

施甜拿了碗盛饭，两人坐定下来，整鸡被炖得一拆就能散开，纪亦珩夹了个鸡翅放到施甜碗里。

"你之前都好忙的，就算是要避避风头，可也不该连工作都停了。"

"公司规定的，我也没办法。"

施甜心里隐约有些担心："师姐是怎么说的？"

"没说什么，她也管不住我。"

看来，说肯定是说了，就是纪亦珩没听进去，再加上施年晟的事闹大闹开了，陆一乐也清楚这个时候是不能逼着他们分手的。

纪亦珩夹了一筷子菜放到碗里："我今天回了趟家，跟爸妈提了想要结婚的事。"

施甜莫名地紧张起来，视线落定在纪亦珩的脸上："叔叔阿姨怎么说？"

"当然是开心的了，我妈从我上大学的第一天起，就在想着我什么时候结婚。"

施甜将碗里的芹菜夹起来放到嘴里："你呢？有没有想过应该多看些人后再决定？你身边会有越来越多优秀的人，都比我好。"

"我身边有很多优秀的人，这点我赞同，但没一个有你好。"

施甜嘴角不由得笑开，胸口紧抵着桌沿，笑得自己都觉得有些不好意思了："那你想什么时候结婚？"

纪亦珩听着这话，很明显有戏："明天去登记，然后再拍婚纱照、订酒席……"

"好。"施甜也没再多说什么，纪亦珩想娶她，她也想嫁给他，与其拖个一年半载的，还不如早早答应。

纪亦珩没想到她今天变得这么爽快："我明早就去家里拿户口本。"

"我先跟公司请个假，我家的户口本在我这儿，我爸出事后，我就随身带着了。"

纪亦珩真没想到事情会这么顺利，他不住地将菜夹到施甜碗里："我现在就去告诉我爸妈，要不，我一会儿就去拿户口本？"

"明天顺路过去就是了。"

这还不是怕她反悔吗？吃过晚饭，纪亦珩就往家里打了电话，说了要结婚的事。

这么一提，还真是挺突然的，俞临慧什么准备都没有："新房还没看呢，首饰也没买呢，就连套新衣服都没给甜甜准备，这样是不是太委屈她了？"

"妈，明天领完证回来后都补上，行不行？"

469

"那你就等两天，我明天带甜甜去买东西。"

纪亦珩一刻都等不了，女人的心思海底的针，万一施甜变卦了呢："等我领完证回来，我们再去。"

晚上，施甜去洗手间洗澡，她正往头上挤洗发水时，隐约听到外面有说话声。

应该是纪亦珩的爸妈过来了，施甜忙草草地冲洗干净，换上了干净的睡衣后出去。

她一边擦着头发一边走进客厅，纪亦珩听到脚步声，转身看她。

"是叔叔和阿姨来了吗？"

"对。"

"人呢？"

纪亦珩手里拿着户口本："我妈非亲自送过来，说不耽误我们休息，就走了。"

施甜上前两步，纪亦珩拎起放在沙发上的袋子递给她："妈给你买的。"

施甜愣了下，接过手，看到里面放了件新衣服。

"一会儿你试试，也不知道合不合身。"纪亦珩拿出来看眼，是条粉色的连衣裙，袖子和领口处缀着细碎的花边。

这是纪亦珩头一次认同俞临慧的眼光："明天正好穿了去民政局。"

施甜看到尺码是S码的，应该是正好的："谢谢阿姨和叔叔。"

"明天开始，你要改口了。"

她拿了衣服，面色羞报，推了纪亦珩一把："你快去洗澡吧。"

施甜躲进了客卧，俞临慧怕她心有负担，付完款就让导购员将标签给剪了。她总能将事情想得很周到，就是想让施甜在这个家舒舒服服的。

办理结婚证很快，里头拍照什么的都有，纪亦珩还觉得时间慢。

施甜坐在那里，觉得恍恍惚惚的。昨天还跟蒋思南打过电话，她们连工作还没找到呢，她却已经结婚了。

这速度，好像是坐了火箭的呀。

工作人员将结婚证递给他们："恭喜，祝你们白头到老。"

施甜捧着新鲜出炉的结婚证，纪亦珩翻开一页，里面有两人挨在一起

470

的照片。

"从此以后，我要喊你纪太太了。"

施甜小脸涨得那叫一个通红，推着纪亦珩赶紧出去了。

俞临慧昨晚就交代的，让他们拿了结婚证后直接去家里。纪亦珩带着施甜回去，门刚打开，就听到里面传来了说话声。

"鱼蒸上了吗？虾，今天要做油爆虾吧？还有鳗鱼，你来得及吗？"

纪爸爸将俞临慧从厨房推出去："来得及，来得及，你先去看会儿电视。"

"妈。"纪亦珩喊了声，打开鞋柜，给施甜拿了双拖鞋。

"回来啦。"俞临慧快步朝门口走去，"挺快的，办好了吗？"

"办好了。"

施甜换了鞋，赶紧跟俞临慧打招呼："阿姨。"

纪亦珩轻拱了下施甜的手臂："还叫阿姨？"

她脸红得真像是树上刚摘下的红苹果，施甜对那个字是特别陌生的，她嘴巴张了又张，俞临慧挥下手上前："不要紧，不要紧，慢慢来。"拉过施甜，上下端详着，"嗯，真好看，打扮过后像个娃娃似的。"

施甜嗓音特别轻，却也特别甜："妈。"

俞临慧听得清楚，只感觉心都化开了一块，一连答应了好几声。

纪爸爸从厨房出来，施甜也喊了声："爸。"

纪爸爸有些不好意思，应声后就钻回了厨房。

中午，家里的桌子翻开，圆桌上几乎摆满了菜。陆一乐的电话一个个地打过来，纪亦珩起身走到阳台上，最后，他将结婚证拍给陆一乐看。

"纪亦珩，你做事真是太任性了！为什么没一件事肯跟我商量着来呢？"

纪亦珩的耳朵都快被震聋掉，他将手机从耳边挪开。确定陆一乐的火气下去后，他才继续开口道："师姐，这是我的私事。"

"私事，私事，你——"

纪亦珩用脚轻轻踢了下阳台上的一只猫："你也别气了，你给我安排的工作我都答应，行不行？"

"你等着吧，我把你结婚证放出去！"

"放就放吧，我巴不得别人都知道。"

陆一乐直接挂了通话，跟纪亦珩真是没法好好沟通的。

不过陆一乐转头一想，纪亦珩结婚也不是坏事，她只要找些营销号，再让人写几篇软文带带节奏，那可是大大有利于纪亦珩形象的。

反正是他先不地道的，陆一乐也就不跟他商量了，她赶紧去安排这些事。等跟营销号那边确定好后，她用公司的微博将纪亦珩和施甜的结婚证照片给发出去了。

接下来，各大营销号相继转载，什么《校园恋爱开出了花》《甜甜的你，甜甜的我》《无论什么时候的你，都配得上我》，等，各种各样的文章都出来了，陆一乐就不信她扭转不过这个势头来。

施甜跟纪亦珩是在家里吃过晚饭才回去的。

纪亦珩开了热水，又将空调打开，让施甜先去洗澡。

她软软地倚靠在沙发上："你先去吧，我坐会儿。"

施甜耳朵里的脚步声渐渐变小，她刚在沙发上躺下来，电话就响了。

她看眼来电显示，是韩凌阳。施甜忙坐起身接通："喂。"

"小狮子，吃过晚饭了吗？"

"吃啦，你呢？"

"还没有。"

施甜这会儿还觉得很热。韩凌阳顿了顿后，轻声问道："你结婚了？"

"你怎么知道的？"

"网上看到的结婚证。"

施甜有些不好意思地解释："今天刚领的证，还没来得及通知朋友们，改天请你吃饭啊。"

"好啊，这顿饭你是赖不掉的，我要吃顿贵的。"

施甜忍俊不禁地道："好好好，没问题。"

"小狮子，恭喜你。"

"谢谢。"

韩凌阳原本想问她开心吗，幸福吗，可话到嘴边被他咽回去了，他从她的语气中就能听出来她有多高兴了。

而且她现在有了个自己的家，多好，最主要的还是施甜自己喜欢。韩凌阳觉得心里酸酸涩涩地难受："这么早就结婚，你啊，真是不给别人一点机会了。"

　　"那是，我就认定纪亦珩了，我早早结婚也是不想祸害别人嘛。要是有人暗恋我，现在可以转移目标了。"施甜就是开句玩笑罢了，可这话听在韩凌阳耳朵里，就像是被人狠狠击了一锤。

　　"是，你人见人爱，花见花开。"

　　"你这嘴巴挺甜的嘛，以后哄女孩子好哄得很。"

　　两人说了会儿，韩凌阳就结束了通话。印象中那个倔强而孱弱的小女孩好像离他越来越远了，她再也不需要他的拳头去保护她了。

　　纪亦珩洗完澡出来，施甜正在阳台上收衣服。他坐定在沙发上，看着施甜的身影从他跟前走过去。

　　她还穿着那条及膝短裙，两截小腿露在外面，随着她走动的动作，裙沿往上轻掀，无限春光微露。

　　纪亦珩喉结艰难地滚动了下，堪堪地别开视线。

　　施甜洗过澡后，将头发吹干，她穿着睡裙走出来。

　　纪亦珩见她又要去阳台："做什么？"

　　"把衣服洗了啊。"

　　"放着吧，明天洗也一样。"

　　施甜将衣服拿到阳台，很快又回到客厅内："我们结婚的事，公布了是吗？"

　　"是。"

　　"噢，"她今天觉得还挺累的，"你也早点睡，晚安。"

　　纪亦珩看着她快步走向卧室，他并未犹豫，站起了身。

　　施甜进了屋后，反手要将门推上，却感觉门板受到了阻力。她转身看到纪亦珩站在外面，他的手掌正撑在门上。

　　"你……还不睡吗？"

　　"睡。"

　　施甜朝他招招手："晚安。"

　　纪亦珩的手并未收回去，施甜看了他一眼："到底睡不睡？"

"睡。"

可她要关门，他却不让啊。

施甜见纪亦珩的目光灼热地落在自己身上，像是自带了火球一样，心里有些慌了："那你还不回房间？"

"你忘了？我们领证了。"

"那……那又怎样呢？"

"春宵一刻值千金，你念书的时候，老师没教你吗？"

施甜耳朵根发烫，纪亦珩手臂一用力，将门彻底推开了，他朝着她一步步逼近过去。

施甜怎么觉得她是小白兔，这会儿进来的就是大灰狼呢？

"纪亦珩，你别冲动。"

"我不冲动，我这是持证上岗。"

施甜伸手指着他："你就爱瞎说。"

不能再听他说话了，她脸都要烧起来了。

施甜转身就走，她听到脚步声跟进来，还没等她跑远，腰上就缠了条手臂。纪亦珩稍稍一使劲就将她抱起来，她两脚腾空，眼看着被他提到了床边。

纱帐落在了地上，纪亦珩伸手却找不到能进去的那一面，他将地上的纱帐拎起来，带着施甜钻了进去。

她趴在了床上，趁着纪亦珩上来的间隙，转过身。

他两手按在她身侧，施甜心跳加速："这……这太突然了。"

"一点都不突然，我做好准备了。"

"我……我没有准备啊。"

"没关系，我慢慢来。"

这是什么话？

施甜着急，用手挡在身前，纪亦珩俯下身亲吻她的脸，她急得都破音了："别……"

"你现在是我老婆。"他在她耳边呢喃，最后的两字装满了缱绻和缠绵。施甜心头拂过一阵阵痒痒的风，酥麻感令她浑身都软了，一点力气使不上。

纪亦珩的吻一下很轻，一下很重，轻时落在她眉心上，重时狠狠地辗转在她唇齿间。

两人都是第一次，毫无经验，施甜又紧张，紧张得浑身僵硬。

纪亦珩脱了衣服，施甜扭扭捏捏的不肯配合，但最后还是被剥干净了。

他将她扣在怀里："放轻松。"

施甜紧紧地闭着眼，虽然没有经验吧，也知道第一次是要吃些苦头的。可她没想到苦头是这样的呀，施甜忍不住，就大喊大叫起来。

纪亦珩着急，看她这样又舍不得，只好连声哄着。

他也是很不容易，第一次听到自己发出来的声音能沙哑成那样。他盯着怀里的小脸，她咬着自己的手指，纪亦珩见状，将她的手拉开。

"要咬，你就咬我吧。"

施甜照着他肩膀给了一口。

纪亦珩也知道，长痛不如短痛，干脆就给个痛快了。

施甜狠狠地捶了他两下，纪亦珩手掌拨开她额前的碎发："是不是难受？出这么多汗？"

"你试试啊，我改天给你打一针……"

她说到最后，觉得这话怪怪的，赶紧闭上嘴巴。

施甜偶尔睁开眼，看到头顶的纱帐晃动得厉害，纪亦珩双臂圈紧她，越来越用力。她原本就是瘦瘦小小的，这会儿越发觉得自己处于劣势，就这么被困住之后，她是丝毫没有挣扎余地的。

等到能翻身后，施甜忙抓过被单裹在身上，两腿也蜷缩起来。

纪亦珩一把从她身后抱着她，施甜觉得好热，哪怕房间里有冷气都阻挡不住身上的火苗。

纪亦珩下巴抵着施甜的脑袋："是不是好多了？"

哪有这样问的呀？

施甜恨不得钻到被子里面去，就不能安安静静地自我回味吗？

"我困。"

施甜耳边传来纪亦珩低低的笑声："那你睡。"

他在她身边躺着，她睡不着，睁着眼轻问道："你什么时候开始恢复

475

工作？”

“过几天，把手里的事情先处理好。”

“还有什么事？”

纪亦珩没说话，脸埋在施甜颈间。

很快，他呼吸声沉沉的，施甜一颗心放松下来后，也陷入沉睡中。

第二天，施甜还要上班，她起了个大早，起来时并没看到纪亦珩的身影。

她穿好了衣服出去，看到纪亦珩坐在阳台上正看着稿子，餐桌上放着买回来的早餐，还是热的。

“起来了。”纪亦珩听到脚步声，站起身来。

“你吃早饭了吗？”

“没呢，等你一起吃。”

施甜去厨房拿了碗筷。两人面对面坐着，纪亦珩将一碗胡辣汤递给她：“你喜欢的，不过先吃口包子垫垫肚子，辣的会刺激胃。”

施甜接过手，纪亦珩拿了旁边的蒸饺放到嘴里：“你喜欢住高层，还是矮一点的楼层？”

“怎么了？”施甜想了下现在住着的楼层，“这儿多好啊？”

“是，挺好的。”纪亦珩没再继续这个话题，“待会儿我送你去上班。”

“不用了。”

“我在家反正也没事。”

施甜吃完早饭，见时间还早，偷偷溜回了房间。她抱着床单和被子往外走，刚走到走廊上，就碰到了纪亦珩。

她小脸再度变得红通通的，压下了视线就往前冲，纪亦珩没有给她让道：“要洗吗？”

“嗯。”

“放着吧，我来洗。”

施甜鼻血都快喷出来了，他是不是忘记这上面有什么了啊？还好意思在这说他来洗：“不用不用！”

“你再不去公司，就该迟到了。”纪亦珩说着，要去拿她手里的东西，施甜赶紧往旁边钻："不行！"

纪亦珩拉着被子，施甜就是不松手："我洗一下很快的。"

他稍一用力，施甜手里的床单一角往下漏。纪亦珩看到了上面的痕迹，俊俏的脸上也爬了抹淡淡的粉，赶紧退到边上去。

施甜脚底抹了油似的跑了，到了阳台，立马开始洗刷刷。

纪亦珩不好意思走过去，便一个劲地看着时间。

"再不走要迟到了。"

"马上，马上。"施甜使劲搓啊，刷啊，好不容易将痕迹洗干净，将盆里的被子和床单一股脑塞进洗衣机。

纪亦珩坐在沙发上，眼看着施甜走进屋内，他站起身，两手不知道要摆在哪儿："好了？"

"嗯，走吧。"

纪亦珩开了车将施甜送到公司。中午时分，她刚吃过中饭，就收到了纪亦珩发来的微信。

"老婆，给我发个红包。"

施甜还觉得奇怪呢，怎么无缘无故要起红包来了？这还是纪亦珩头一次这么主动呢。

施甜发了个二百的红包过去，纪亦珩点开了。

"你要红包干吗？"

"没钱吃饭了。"

施甜才不信。

下班的时候，也是纪亦珩去接的她。施甜上了车，看到他戴了副骚包的墨镜："这粉粉的眼镜片挺好看。"

"妈给买的。"

施甜忍俊不禁。纪亦珩开了车出去，车子一路沿街而行，最后开到了万科的售楼处门口。

"下车吧。"

施甜抬头望向窗外，纪亦珩率先下去，走到副驾驶座一侧，将车门拉开。施甜看到他手里还拿了个文件袋："你这是干吗？"

"带你来看看我们的新家。"

施甜忙拽住了纪亦珩的手臂："你不会是要买房吧？"

"就是。"

"我们住的那个地方足够啦。"

"我先带你去看看这边。"

纪亦珩约好了售楼处的人，就在门口等着，年轻的小伙子远远地迎过来："你好，我带你们去看看一期的房子，还有样板间。"

纪亦珩早就看过了，这会儿带着施甜进了小区。

"我们新小区都是人车分流，而且有一大片游乐场，到时候孩子都有玩的地方，安全性特别好，不会有车子开来开去。"

施甜去看了样板间，纪亦珩看中的房型是三房两厅的，将近一百五十平方米，小区环境一流，就跟花园似的。

他之前就定好了这里，今天就是过来签合同的。

纪亦珩把相应证件全部带齐了，售楼处这边也准备好了资料，纪亦珩让施甜拿了笔签字。

"不用写我名字。"施甜将两手放下去，她一点积蓄都没有。再说就算她能存钱，存个几年也买不起这套房子的一个洗手间啊。

"这是婚后财产，必须写两个人的名字。"纪亦珩说着，拿了笔塞到她手里，"赶紧写，要不然这么好的楼层一会儿就被人买掉了。"

纪亦珩见她不动，又推了下她的肩膀。

施甜犹豫着开了口："但我没出钱。"

"你出了。"

"我什么时候出的？"

纪亦珩指了指要让她签字的地方："你先写。"

"就是啊，赶紧定下来，这楼层我可是跟经理关照过，特地留到现在的呢……"对面的售楼员也在催促。

施甜一笔一画地写下了自己的名字。

"我真没出钱。"

"今天中午，我不是问你要钱了吗？"

售楼员将合同一张张翻开，让施甜和纪亦珩不断地签名。施甜怔了怔，又仔细想了想，难道他说的是那二百块钱红包？

她给了他二百块钱，就算是一起出资买了房子吗？

他想让她心无负担，也想让她参与进来，就问她要了个红包。

施甜签完了字，将笔递给纪亦珩："那我以后赚的钱都交给你吧。"

他一听，脸上的笑已经忍不住了："还是我交给你吧，我不会管钱，也不会理财。"

"我也不会理财。"

"没关系，你不用理，想用的时候就用好了。"

售楼员抬头看看两人，真羡慕，这么一套房子说买就买了，还在这边给人喂狗粮，这样做地道吗？

纪亦珩买的是二期的房子，还要过几个月才能交房。办完了全部的手续后，他带着施甜离开了。

"那你现在住的房子怎么办？"

"留着，"纪亦珩拉起施甜的手，"那个房子楼层不高，就算是偶尔电梯坏了，走着也能下楼。而且小区里就有便民超市、菜市场，还有老年活动室，很适合养老。"

施甜轻点下头："等以后孩子大了，我们就再搬回来。"

纪亦珩停住了脚步看她，他抬手在她额前轻弹一下："有长进，已经想到生孩子的事了。"

"我就是随口一说的！"施甜不由自主地想到昨晚的种种，"我没想，没想。"

"没想？那脸怎么这么红？"

施甜不想搭理他，越过他后快步往前。纪亦珩倒是没有想过他和施甜老了以后会怎么样，毕竟他们还年轻，那个年龄段对他来说还早着呢。

他是想到了施年晟，等他服刑出来，总不能还让他居无定所的。

那套房离他新买的房子很近，方便施甜照应。

第二十章　最好的爱人

回去的路上，两人一道去买了菜。到了家，施甜忙碌着做晚饭，纪亦珩在旁边帮她。

"今晚睡主卧吧，次卧的床小，挤死了。"

施甜都不敢正眼看他："你睡主卧嘛。"

"我要跟你睡一起。"

施甜这会儿已经完全接受了自己的新身份，将掰成两半的豆角扔进了盘子里，转身搂住纪亦珩的脖子，踮起脚将脸凑到他面前。

纪亦珩倒没料到她会有这个动作，昨天是谁羞得直往被子里钻的？

"纪亦珩，我上初中的时候在被窝里偷偷许过一个愿望——将来爱我的人不必太出挑，勉勉强强能蹿过一米七的个子就好，胖一点我也能接受，笨一点也无所谓，要是脸上长点小瑕疵……只要不严重，我也觉得可以。"

施甜端详着跟前这张脸，用手捏了捏纪亦珩的脸颊："你说上天怎么舍得把你赐给我呀？"

"你就喜欢那样标准的吗？"

"当然不是啦，"谁不知道施甜是一只小颜狗，"只是不敢相信我还能配得上那个标准以外的人。"

"不许这样说，"纪亦珩轻贴着施甜的额头，"在我眼里，你是最好的，我眼光高又挑，除你之外的人，我都看不上。"

"嘴巴这么甜？"

"那要不要给点奖励？"

施甜唇瓣不由得勾起来："你想要什么奖励？"

纪亦珩薄唇贴到了施甜的耳边："昨晚的车开得太慢，我今天还想开一次。"

施甜缩了下脖子，手掌使劲在纪亦珩胸前推着："出去出去。"

"干吗呢？让我在这儿帮你。"

"你就会捣乱。"

纪亦珩被她推到了门口，施甜还想将厨房的门关上，纪亦珩忙拉住了她："好，我从这儿走开，行了吧？"

施甜回到厨房，听着他的脚步声远了，偷偷探出脑袋，看到纪亦珩走到了阳台上在收衣服。

俞临慧要不是被纪爸爸拦着，恨不得天天往这边跑，可两个孩子也需要单独相处的时间，她只能尽量不过来打扰。

晚饭过后，纪亦珩拿了篮球，带施甜去篮球场打球。

她这会儿得空，也才敢打开手机看看有关她和纪亦珩的消息。

陆一乐是多么会运作的一个人，她最擅长如何在劣势中寻找优势，再加上纪亦珩自己傻，在风口浪尖还敢承认关系，还敢去结婚。他敢这么折腾她，陆一乐就敢给他搞事情。

纪亦珩这几天为什么不看新闻呢，就是怕把自己给看得恶心了。

陆一乐想给他立人设，他能理解，但也别这么肉麻吧。各大营销号恨不得把他说成世上最深情的人，还变着法给他作诗、作词，下面又有水军带头，紧接着"想嫁纪亦珩""如果不谈一次纪亦珩式恋爱，你就白瞎了""女人哪，睁眼寻找身边的纪亦珩"等各种话题被纷纷拱上热搜。

纪亦珩是眼不见为净，施甜看到那件事总算被掀过去了，自然比谁都高兴。

打完球回去，纪亦珩大汗淋漓，球衣被汗水浸湿掉，紧紧地贴在身上。

晚上，两人分别站在床的两侧，纪亦珩看了看施甜，施甜也朝他看了看。

她莫名地口干舌燥起来，刚洗过澡，身上清爽无比，施甜动了动腿想要上床。

纪亦珩站在对面没动。施甜躺了下来，人还没睡踏实呢，就感觉整张床动了动，纪亦珩一下扑在她身上。

算了，算了，她也能理解，年轻小伙子嘛，血气方刚的……

哎呀！

只是别这样重手重脚行不行啊？施甜想说她自己脱，但显然是来不及了，她都听到扣子绷掉的声音了。

纪亦珩就算是再性急，也不能急成这样吧？

施甜想着明天要深刻地教育他一番才行，折腾到后来，她换了一种想法，算了，明天她能起得来再说吧。

徐子易很久没回家了，好不容易等到国庆节，才带了大包小包的东西回去。

快递送不到家里，平时她就算想给家里买东西，也不方便得很。

回到家，徐爸爸徐妈妈杀鸡宰鱼的好不热闹，村上的人都知道徐子易在电视台上班，以后就是名人了，一听到她回来，纷纷过来串门。

隔壁的大妈最是热情，拔了一筐子的菜带过来，徐妈妈连说不用了，可也推托不掉。

徐子易坐在院子里跟邻居们说话，大妈问了她在东城的一些近况，无非就是工资怎么样，有没有男朋友了，等等。徐子易其实觉得很累，就想回屋睡一觉，但徐妈妈非让她在这儿陪着，说她难得回来，大家也是关心她。

"子易，你真是厉害，你是我们从小看着长大的，看来也是村里最有出息的人了。"

"大妈，您真是高看我了。"

大妈嗑了口瓜子说道："电视台啊，多风光，以后你可是要上电视的人呢。"

徐子易接不上话，她千辛万苦快要撑不下去的时候，是没人能看得见的。

"子易，你看我们娟娟跟你是同届的，但到现在还没有找到实习单位，愁死我了。"

徐子易只能出声安慰："找工作不是一天两天的事，慢慢来。"

"你们电视台还招人吗？你能不能跟领导说说，把娟娟带进去？"

徐子易不由得苦笑一下："大妈，我都只是个实习的，我哪有那个能耐啊？"

"哎哟，你好歹也是进去了的，总能见到领导吧？你说话比我们管用啊，或者你约领导出来，我请他吃个饭。"

徐子易无奈，却也只能耐心解释："大妈，这个忙我真帮不了，最高层的领导我至今也没见过。"

大妈嗑了两口瓜子："那算了。"

气氛有点尴尬，围坐着的人也没久留，都起身离开了。

傍晚时分，家里人在忙着准备晚饭，徐子易坐在院子里，拿出手机刷了下朋友圈。

她一下就看到了韩凌阳的更新，不由得坐直身，他许久不发朋友圈，她以为她都要失去他的消息了。

他发了张照片，应该是车子坏了，还配了个无奈的表情。

徐子易定睛细看，看到旁边的小超市了，这不是她家村口的那家吗？

难不成韩凌阳就在这儿？

徐子易赶忙起身，徐妈妈正好从屋里出来："干什么去呢？"

"我去买两瓶饮料。"

她快步走出去，家旁边就有地，农作物长得正好。远处的晚霞涂染在高高的秃树枝上，徐子易小跑着来到了村头。

她远远地看见了一辆车，到了跟前，就看到韩凌阳从车的另一侧走过来。

"你怎么在这儿？"韩凌阳吃了惊。

"真是你啊？"徐子易也觉得巧得很，"我家就在这儿。"

她看了眼韩凌阳的车，很霸道彪猛的一辆越野车。只不过这个转弯口不好，再加上前两天一直下雨，不熟悉路况的人很容易中招："这是轮胎陷住了吗？"

"对，车子也坏了，发动不了。"

"那怎么办？"这儿可没有修车的地方，而且离市区比较远，应该很麻烦。

韩凌阳是出来自驾游的，也没想到会出这样的事："我已经打了电话，说是尽快赶过来。"

"那就好。"徐子易看眼天色不早了，"要不你先去我家坐会儿吧？吃口饭，你这车子不知道要修到什么时候，总不能这样干等着。"

小超市今天没开门，他开了一路，又渴又饿，原本想在路上找家店随便对付点，没想到越开越偏，就连个买水的地方都没了。

"好。"

徐子易心里被洒了把明亮的光，赶紧在前面带路，韩凌阳跟在她身后。这路很窄，也就够自行车出行，车子是绝对开不进去的。徐子易领了韩凌阳到家，徐妈妈正在屋旁的地里摘青椒，一抬头看到女儿还带了个小伙子来，她忙站起身："子易，这是？"

"妈，是我同学，他的车正好坏在超市那边了。"

"噢噢，"徐妈妈忙不迭地拿起菜篮子，"赶紧进去坐吧。"

两人进了院子，家里的狗没有用绳拴着，见到陌生人一边叫着一边扑过来，徐子易忙出声呵斥："不要叫！到一边去。"

那狗倒也听话，摇着尾巴灰溜溜地走了。

徐子易方才见韩凌阳一脸疲惫，所以脑子里没有多想，直接开了口，这会儿想想，却是有些后悔的。

家里院子的一角堆满了稻草，鸡鸭鹅虽然都是关着养的，但难免有那么几只钻了出来，随地拉撒不说，还有味道。

徐子易忙带着韩凌阳上了台阶，那上面干净多了，门口摆着好几张小椅子："你坐啊，随便坐。"

"谢谢。"韩凌阳走过去坐下来。

"子易，你怎么不带着客人进屋坐呢？"

徐子易很是不好意思："妈，晚饭做好了吗？"

"快了快了。"徐妈妈进屋泡了杯茶给韩凌阳。

徐子易拿了张椅子坐到他身边："就你一个人出来玩吗？"

"对。"茶水很烫，韩凌阳将杯子放在旁边。

"怎么不和朋友一起呢？"

"人多反而不方便，每个人想去的地方不一样，而且容易耽误时间。"

徐子易也赞成，她轻点一下头："你……找到工作了吗？"

"嗯。"

她没有细问，想到施甜之前就说过韩凌阳家是有些背景的。徐妈妈进屋，高兴地拉过了徐爸爸："家里来了个客人，你女儿带来的，长得那叫一个好看，穿得也好。"

"是吗？在哪儿呢？"

不多久，徐爸爸出去了，要给韩凌阳递烟。韩凌阳忙站起身："谢谢叔叔，我不抽烟。"

"不抽烟好啊，真好。"

徐子易忙拉着徐爸爸，将他送进屋内，没多久，徐子易的奶奶也出来了，老人家虽然岁数大了，但眼睛明亮得很："这小伙子长得俊啊，也高，真好，真好……"

奶奶说要加菜，还说要亲自下厨，徐子易拉都拉不住她。

"不好意思啊，"她没想到家里人的反应是这样的，"你先坐会儿。"

"没事，你去吧。"

徐子易快步进了厨房，看到几人都在忙碌："妈，我同学就吃个便饭，不用准备这么多。"

"你也是的，有客人来也不提前打声招呼。"

徐子易见奶奶切了土豆，正在炖鸡："他车子坏了，我在手机上正好看见的。"

"他这么年轻就有车了？"徐爸爸看了徐子易一眼，"家里条件是不是不错？"

"爸，他不是我男朋友，你们也别多想，就是普通的同学！"

徐子易的弟弟听到消息，也去凑了热闹。他走到外面，听到韩凌阳正在联系修车的人。

　　等他挂了电话后，男生忙弯腰坐下来："你是我姐姐的男朋友吗？"

　　韩凌阳冲他看了眼："不是。"

　　"我才不信，我姐从不往家里领人的，你是第一个。"

　　韩凌阳没再答话，男生的视线落到韩凌阳的脚上："你这鞋子什么时候买的？我早就看中了，可我爸妈不肯给我买，太好看了吧。"

　　这鞋子？

　　韩凌阳低头看了眼，他知道徐子易家里的情况，但没想到她弟弟眼光这么高。

　　"你多大了？"

　　"上初二。"

　　韩凌阳的视线落向远处，看到两只鸡站在草垛上打架："你要喜欢的话，我送你一双。"

　　"真的吗？"男生就等着这句话。

　　"官网就有，到时候直接寄给你。"

　　"我家收不到快递，你寄到我学校行不行？"

　　韩凌阳轻点一下头："行。"

　　"你加我微信吧，买好了告诉我一声，我要去门卫才能拿到。"

　　男生掏出手机，这手机是他缠着爸妈缠了两个月才给买的。他非要苹果手机，别的还不行，最后家里人实在受不了，正好徐子易又打钱回来，就咬咬牙给他买了。

　　男生加了韩凌阳的微信："一言为定，等我放完假回学校，应该能收到了吧？"

　　徐子易从屋里走出来，刚巧听到这句话："收到什么？"

　　男生吓得从椅子上站起身："没什么啊。"

　　徐子易看到了他来不及放回去的手机："你……你什么时候买的？"

　　"爸妈给我买的！"他赶紧将手机藏进兜内，扭头就跑回了屋。徐子易这个时候不好发作，要不然她肯定拿着笤帚追着他打。

　　她心不在焉地坐下来："是不是我弟弟……"

486

"他看到我的鞋子，喜欢，我答应送他一双。"

徐子易脸唰地红了，这会儿又急又气："你千万别送他东西。"

"一双鞋而已。"他的视线落在她手上，看到了徐子易手背上的凸起。对他而言，她当初替他挡的那一下，是什么东西都换不回来的。

只是他意识不到，他这样做会让徐子易无地自容。

"马上要吃晚饭了，我进屋收拾下。"

"好。"韩凌阳在给修车的人发定位。

徐子易进了厨房，一脸铁青："妈，那个手机是谁去买的？"

徐妈妈让儿子藏着别给徐子易看见，却不想还是没藏住："你弟弟也要跟家里联系联系的，没有手机不方便。"

"你以为我不知道那个手机多少钱吗？"

"哎呀，买都买了。"徐爸爸有些不耐烦。

"他这身毛病都是被你们惯出来的，他刚才还问我同学要了一双鞋，他这样不是在找打吗？"

徐妈妈也是不以为然的："这要是你男朋友的话，买双鞋也应该啊，都是一家人嘛。"

"我都说了，他不是！"

"那我看他挺好的，还有车呢，你抓紧抓紧。"

徐子易心里涌起无尽的悲凉，这就是她的原生家庭，一个吸血的家。

厨房里忙活好后，徐妈妈将菜都端出去，徐子易这会儿没有半分欢喜，心里除了后悔之外还是后悔。

天色已暗，修车的居然找不到这里，还在兜兜转转。

韩凌阳跟他们一直在打电话沟通，可这儿很偏，就算开了导航也很容易开错。

徐子易将客厅的灯亮起来，房屋是自家建的，客厅很大很大。她走到外面，盯着韩凌阳的背影道："吃晚饭了。"

"好。"他挂了电话，转过身跟着徐子易进屋。

徐妈妈热情地招呼着，还拿出了家里的雪碧。徐子易特地拿了个新碗给韩凌阳，筷子也挑了最干净的一双给他。

徐爸爸高喊了一声名字，徐子易的弟弟捧着手机出来了。

他即便是坐到了餐桌上，都在看手机，徐子易冷着脸，不搭理他。男生也不怕她，反正都被她发现了，再说她敢把他手机砸掉吗？

徐子易给韩凌阳倒了杯雪碧，一家人都坐定下来。

韩凌阳真饿了，今天中午就没吃到饭，是用车上唯一一包饼干垫的肚子。

"你是哪里人呀？"徐爸爸在桌上忍不住开口。

韩凌阳照实回答，徐爸爸不由得赞道："那是个好地方啊，有钱人特别多。"

徐子易将一碗鸡汤端过来，放到两人面前："爸，吃饭的时候少说话。"

"你真是的，这是你同学，那也就是你朋友了。"

徐妈妈坐在徐子易的身边，不经意挑起个话题："子易，你这手究竟怎么回事啊？之前问你总是不肯说，好好的怎么骨头成这样了？"

徐子易看到韩凌阳喉结轻咽了下，就要说话，她赶紧在桌子底下踢了他一脚："我都说了是我不小心摔的。"

韩凌阳朝她看看，徐妈妈才不信："摔能摔成这样？"

"我自己不小心砸到的。"

韩凌阳觉得他还是应该说实话，毕竟那件事因他而起。徐子易看得出他想开口，干脆踩住了他的脚："怎么不能了？"

"是在学校吗？"徐爸爸连忙问道。

徐子易已经猜到徐爸爸接下来要说什么话，她心里紧张得不行："不是！"

"那真是的……要是在学校的话，学校有责任的……"

这话摆在明面上，谁都知道是什么意思了——这要在学校出事，他们就能找学校算账，怎么也要到点赔偿的。

徐子易握住筷子的手在发抖。韩凌阳就坐在边上，她不好发作，可这席话里的意思，韩凌阳不可能听不出来。

徐子易扒了口米饭塞到嘴里，奶奶坐在对面，要给韩凌阳夹菜。家里没有公筷的意识，奶奶怕夹过红烧鱼的筷子不干净，在嘴里抿了下后夹了块排骨就要起身。

488

"奶奶，他自己要吃什么就让他自己夹，他也不喜欢吃排骨。"

奶奶听了，只好将排骨放到自己碗里。徐子易示意韩凌阳多吃鸡肉，摆在他手边的菜没有被别人碰过。

"妈，这次我去学校，你多给我五百块钱。"

徐子易忍着口气，瞥了弟弟一眼，想让他闭嘴。

"多五百？你干什么呢？"

"换季了，我不要买新衣服吗？没衣服穿！"

徐妈妈脸垮了下来："去年的衣服都是新的，怎么就不能穿了？"

"都说是去年的了，那是旧的！"

弟弟看了眼徐子易，知道这会儿有客人在，她不敢拿他怎样："姐，你可别这么看着我，我又不花你的钱，我问妈在要呢。"

这家里哪还有什么钱？不都是靠着她平时寄回家的吗？

徐爸爸用筷子在碗上轻敲了下："行了行了，别说了，有客人在呢。"

韩凌阳不好插嘴，他也不知道他还能说什么。

晚饭吃到一半，韩凌阳也觉得饱了，兜里的手机响起来，他赶紧接通。

"喂，好，到了是吗？我马上过来。"

徐子易跟着放下筷子，韩凌阳看眼桌上的另外几人："叔叔、阿姨、阿婆，你们慢慢吃，修车队已经过来了。谢谢你们的款待，今天实在是麻烦你们了。"

"不麻烦不麻烦，那让子易送你去。"

徐子易已经站起身，拿了长桌上的手电筒准备送韩凌阳出门。

"别忘了我的球鞋，你答应我的。"弟弟生怕他忘，又提醒他一声。

韩凌阳回头看了眼："不会忘。"

徐子易脸皮发烫，鼻子酸酸的，泪水被逼在眼眶里。要不是韩凌阳还在，她肯定就忍不住了，她确实不敢吵闹，更怕会被韩凌阳看到更多的不堪。

徐子易打了手电筒跟在韩凌阳身后走，灯光照亮了一长条路，村上的狗叫声此起彼伏。

489

她心头已经跟死灰一样，将韩凌阳送到村口。修车队的人将车停在路边，韩凌阳把车钥匙给他们，也大致描述了下车子出现的状况。

徐子易陪在边上，他朝她看了眼："你先回去吧。"

"这需要多久？"

"很快的。"

徐子易轻点一下头，一会儿要是被村上人看见了，一传十、十传百，还不知道要说成什么样。

"车子修好后，告诉我一声。"

"好。"

徐子易说了声再见，转过身要走。她心里是有不舍的，她跟韩凌阳之间唯一的纽带，只可能是施甜，可施甜跟他之间，是见一面少一面了。

"等等。"

徐子易忙停住了脚步。

"你以后要是遇上什么困难，就跟我说，我一定会帮你。"

徐子易忍了一路的眼泪就这么滚落下来了："我挺好的呀，没有什么需要帮忙的。"

"你听进去了就行。"

"我……我走了。"

"好，再见。"

"再见。"

徐子易逃也似的走了，韩凌阳出生至今，怕是从来没有见过这种事吧？有些话他不好明说，又怕她实在辛苦，所以才开了这样的口。

徐子易走到半道上，拐进了自家的田里，坐在田埂上，将手电筒给关了。

施甜接到电话时，正坐在沙发上看电视。俞临慧和纪爸爸都过来了，正拿了大包小包的水果往冰箱里塞。

施甜接通电话："喂，子易。"

那头没有说话声，只有哽咽声和哭声，施甜吓了一跳，忙起身走到阳台上："子易，你怎么了？"

徐子易已经哭得说不出话了，施甜在那边急得不行："你到底怎么了？家里出事了吗？"

"呜呜呜……"

"你别吓我。"

徐子易从来没有奢望过什么，她也知道什么叫同人不同命。她更加不会因为看到了施甜跟纪亦珩在一起，就天真地以为她也能冲着韩凌阳将心思说穿。

她知道他高不可攀，可难道她就连偷偷喜欢他都不行吗？

一顿饭，短短不过半小时而已，就让徐子易尝到了什么叫痛不欲生。

她原本就只是靠着那一点暗恋的小心思在支撑着，工作再苦再累，可偷偷看看韩凌阳之前发的消息，再看看他朋友圈里弹琴的片段，就觉得什么都是能撑过去的。

可如今，这种简单的关系被蒙上了一层污垢，她想起来就心痛。

施甜不再问了，就静静地听着她在电话里哭。

徐子易哭到最后没力气了，自我平复之后，才沙哑着嗓音开口："小狮子，你别担心我，我没事。"

"真没事？"

"嗯，就是因为家里的事有点烦躁，我一时想不开。"

施甜轻叹口气，知道她的难处："你要是碰到了解决不了的事，一定要告诉我，别自己硬扛。"

"放心吧，我很好。"

两人说了会儿话，徐子易这才挂断通话。施甜在朋友圈也看到了韩凌阳的动态，但她并不知道那里就是徐子易的家乡，更加不会往深处想。

徐子易独自坐了会儿，这才起身，她擦干净眼泪，刚走出去两步，就收到了韩凌阳的微信。

"车子已经修好了，我回去了。"

她眼眶热热的，又想哭："好。"

"再见。"

徐子易没有再回，抬头望了望天空，如果还能再见，那就好了。

施甜怔怔地盯着屏幕看，有时候她想不明白，究竟是她有那样一个爸

491

爸幸运些,还是徐子易有那样完整的家庭更加幸运些呢?

当然,这种比较,也只能是她们之间的。

施甜心里觉得沉重不少,只希望徐子易能赶紧碰到一个对她好的人。

回到屋内,俞临慧将洗好的水果放在茶几上:"甜甜,快过来吃。"

"妈,您坐会儿吧,别忙来忙去的了。"

"冰箱里我放了些菜,还有包好的饺子,冻起来了,你记得吃。还有,等珩珩不在家的时候,你到我这边来住,省得自己还要做饭……"

施甜连连答应,于她来说,这样的幸福是她等了好久好久的。

纪亦珩趁着这几天在家,带施甜去将婚纱照给定下来了,还定制了结婚戒指。

自从施年晟的事件过去后,纪亦珩的热度越来越高,陆一乐求之不得,这也算因祸得福了。

施甜把节目也做得有声有色,主编亲自开口,在会上提了让施甜签约爱酷的事。

她当时也在场,有人问了一句:"做直播间的人有那么多,你怎么保证施甜就能做起来?"

主编回道:"因为她切入点清奇,观众不喜欢老生常谈和太官方的话题,施甜从第一期至今的直播,哪一场不是人气爆棚?这就是她最大的优点,至少在我们公司,谁都及不上她。"

施甜还是第一次听到主编对她有这样的评价,会后,她便顺顺利利签了公司。

爱情大丰收后,事业也是出奇顺利,现在施甜想要找嘉宾,再也不用像开始那样求这个等那个的了。

下午就有一场直播,来的人在声咖界也是小有名气,起初是对方的助理主动找了施甜,说梁安跟纪亦珩合作过,希望能上一上爱酷的节目。

施甜自然是答应的,就跟那边约好了时间。

直播要涉及的一些话题,施甜都会提前列了单子发过去,那边确定了没问题后,双方就去各自准备。

施甜进了主播间,跟梁安打过招呼,两人坐在一起,梁安的目光不住地在她身上扫着。

开播后，施甜在前面做热场，每次都会有固定的几个人上来送礼物。

"少奶奶今儿真美。"

"少奶奶脸色红润喜洋洋啊。"

"少奶奶洪福齐天！"

施甜忍不住笑道："你们真是越来越会说话了啊。"

直播间内鲜花刷起来，火箭送起来，就算纪亦珩不说，施甜也能猜得出来这些是托儿。粉丝群里，不知道是谁想的主意，给纪亦珩起了个"少爷"的称号，这会儿这声"少爷"已经弄得尽人皆知，施甜自然而然就成了少奶奶。

这几个托儿混在粉丝里头，八成是纪亦珩身边的人，比如助理什么的。

施甜开了场后，跟梁安互动，既然是嘉宾的直播节目，主角当然还是梁安。

她让梁安先跟观众打招呼，然后才开始进入话题。

当初施甜问梁安的助理直播的时候着重点想要在哪方面上，助理希望多提问提问梁安是怎么一步步走到今天的。

施甜这会儿就按着对方的要求，让梁安谈谈这一路是怎么走来的。

这说穿了，多少有点卖惨的成分在里面。

梁安开始说她小时候的事：家庭不幸，可从小嗓子就好，想要学唱歌，却没有学成；当年还想偷偷报考艺校，却被父亲抓回来打了一顿，关了整整一星期。

总之她有今天的成绩，全靠自己的努力，是一步一个脚印走来的。

梁安说到动情处，还擦了擦眼泪，施甜忙抽了纸巾给她。

"我跟纪亦珩合作过，我真羡慕你，能找到那么好的靠山。"

这话什么意思？这弯转得让施甜真是猝不及防啊。她看了眼身侧的梁安，女人的第六感觉又是十分灵敏的，这意思不就是在说她全靠纪亦珩吗？

施甜又不好在直播间跟她撕破脸："羡慕吧？不过没办法，我在大学里就是一路被人羡慕过来的，我都习惯了。"

梁安的脸色有些不好看，但终究要照顾自己的形象："所以说你这样呀，算是少奋斗了十年呢。"

奶奶的，施甜居然没看出来她是这样一朵白莲花啊。明里暗里都在说她全靠纪亦珩，想让人觉得离了纪亦珩，她什么都不是，是吗？

这一看就是情敌了，想想啊，跟纪亦珩合作的时候靠那么近，施甜又不是不知道那家伙的魅力，一来二去地把人家的魂给勾了。但纪亦珩偏偏又结婚了，这就成了典型的看得着摸不着，多气！多气！可不就逮着机会给施甜下绊子了吗？

施甜皮笑肉不笑地说道："梁安这一路走来真是不容易啊，其实当初要是家里人同意你报考艺校的话，你肯定会大有作为的。所以啊，还是因为没人，苦啊。"

"不，我一点都不觉得苦！能靠自己多好？我很骄傲。"

是，苦都被她诉完了，这会儿又说一点不苦，什么好处都要被她给得了。

"那我跟你不一样，我这辈子的幸福都是纪亦珩给我的。我有很多需要靠他的地方，夫妻本就应该互帮互助……"

梁安直接打断了施甜的话："那你能帮纪亦珩什么呢？"

"我能让他配偶一栏上永远不空白。"

梁安一直保持面带微笑，说话尽量柔软不含任何攻击性："说来说去，我还是羡慕你。"

"羡慕着吧，世上没有第二个纪亦珩，他已经是我的了。"施甜带了几分玩笑的口气，又轻轻松松地将话题扯开。梁安看到有人已经看出了她的咄咄逼人，留言带着几分不客气的指责，她要再不顺杆往下爬，就是在自己找死了。

她原本就想让人都知道施甜能走到今日，靠的完全是纪亦珩罢了。没想到施甜不以为耻反以为荣，她也就只能闭嘴了。

直播结束后，施甜将梁安送出直播间。

施甜没有跟她多客气什么，径自去了休息间。

爱酷的人将梁安送到外面，助理在边上，将外套递给她。

"你刚才怎么回事啊？那些话是不是太有针对性了？"

"有吗？"梁安套上外衫，不以为意地道。

"当然了，我都替你捏把汗。"

梁安顺着台阶往下走，走到一半时，看到一抹高大的身影正迎面走来。她不由得停住脚步，纪亦珩看到她时，也停了下来。

梁安赶紧打招呼："嘿，纪亦珩。"

"你好。"他规规矩矩地跟她说话。

"好久没见你了，有空一起喝咖啡吗？"

"我刚才看了你的直播。"

梁安干笑一下："我说得不好，有点紧张呢。"

"确实说得很不好。"

她面色变了变："我还有工作，我先走了。"

纪亦珩抬起脚步，上了一个台阶："你要是不靠别人，上次那部剧怎么轮得到你配音呢？你嗓子太粗，其实不适合这一行。"

梁安几乎是落荒而逃，如果你对一个人有好感，那他说的每个字都会被放在心上。

施甜在休息区喝了整整一杯水，心头的怒火这才被浇熄。

她回到办公桌前，拿了包，将电脑关掉，已经是下班时间了。

施甜打了卡走出去，出了公司大门，准备去地铁站。

身后有脚步声传来，施甜来不及回头，脖子就被来人的手臂轻轻勒住了。这一下都快吓死她了，她不会是遭到了什么打击报复吧？

施甜掐了把对方的手臂，纪亦珩吃痛，却也没有松开："是我。"

施甜抬头一看，将纪亦珩的手拉开后，一下扎进他怀里："怎么是你啊？"

"那你希望是谁？"

"我没想到你今天回来啊。"

纪亦珩拉着施甜的手往前走，施甜忙用力抱住了他的手臂，整个人挂在他身上。

"你开车过来了吗？"

纪亦珩轻摇头："车子放在家里，你没开吗？"

"我连驾照都没有好不好？"

纪亦珩笑着揉了下她的脑袋："我忘了，我是直接过来的，行李让人送回去了。"

"让助理送的？"

"是。"

施甜很小气地拍了下纪亦珩的手臂。

"怎么了？"

"你把家里钥匙给她了？"虽说纪亦珩一再强调是助理，但毕竟孤男寡女的对不对？施甜心里一千万个担忧啊。

"没有，我让她放门卫了。"

这还差不多，施甜摸了摸纪亦珩方才被打过的地方。

要走一段路才能到地铁站，施甜的脑袋在纪亦珩的手臂上蹭着："走路好累的，背我啊。"

"行啊。"

施甜顿住脚步，等着纪亦珩弯下腰。纪亦珩朝她看了眼："你自己要是能跳上来的话，我就背你。"

"你瞧不起我……是不是？"

施甜差点脱口而出瞧不起她矮是不是。

纪亦珩笑着往前走了两步，一点腰都不肯弯呀："来，跳上来。"

施甜还就不信了，将单肩背着的包斜挎着，往后退了几步，然后加速往前冲，到了纪亦珩的背后，使劲一跳。

手掌摸到纪亦珩的肩膀了，但是力道不够，抓不住啊，她狼狈地往下滑，双脚还没挣扎呢，就落地了。

纪亦珩哈哈大笑起来："你这也太不行了，这点高度都上不去。"

"什么啊？！什么啊？！"施甜不死心，原地往上蹦，更加不行了。

"纪亦珩，你好歹走的是沉稳低调的路线，能不能不要笑得这么张扬？"

"对不起，我实在是忍不住，我要背后长双眼睛的话，我肯定觉得更好笑。"

施甜用手指使劲捅着纪亦珩的后背。

"行了，我背你。"

"不用了，"施甜也是个有脾气的人，"走，回家。"

　　"我真背你，背你是我的荣幸。"

　　"我已经不相信你了。"

　　两人回到家里，施甜将纪亦珩行李箱里的东西收拾出来，然后去万达跟纪亦珩爸妈一起吃了个晚饭。

　　再次回到家，洗完澡已经不早了，纪亦珩进房间时，看到施甜在床上站着。

　　"不好好地躺着，干什么呢？"

　　施甜听到这话，不乐意了："我为什么要好好躺着啊？"

　　"你在床上不躺着，还能站着吗？"

　　"纪亦珩，你流氓，你厚脸皮！"

　　纪亦珩被逗得不行："你想到哪里去了？"

　　"你脑子里想的，就是我想的。"

　　"我脑子里在想你啊。"

　　施甜弯腰拿起床上的枕头，冲着纪亦珩扬了扬。他上前两步，施甜朝他一指："退回去。"

　　纪亦珩乖乖往后走，施甜丢开了手里的枕头："就在这儿站着。"

　　"好。"

　　施甜在床上跳了两下，然后起步，助跑，朝着纪亦珩就扑了过去。

　　他生怕她摔着，赶紧张开双臂。施甜跳到他身上，两手圈紧他的脖子，额头都快把纪亦珩的下巴给撞碎了。身子往下滑，施甜这次可不能放弃，使劲全身力气往上爬，爬啊爬啊爬不上去，只能用腿夹住了纪亦珩的腿。

　　对，是腿，不是腰，因为她就要掉地上去了。

　　纪亦珩伸出一条手臂，圈紧了施甜的腰后将她往上提了提。她顺势发力，扭动着身子往上蹭啊磨啊，纪亦珩脸色微变："不许再动了。"

　　施甜也快没力气了，两腿紧紧夹着，不肯下去。

　　纪亦珩手掌托着她，怕摔了她。施甜笑着凑到他耳边道："网上有个热词叫'盘他'，是不是就是我这样的？"

　　纪亦珩体内的火，是被施甜这话给彻底点爆的。他大步上前，到了床

497

边想将施甜丢下去，但她双手圈紧不放，纪亦珩干脆压着她躺到了床上。

施甜觉得她最近吧，脑子不够用，总是做一些让自己后悔的事。

比如说今晚，这火可不就是她自己点的嘛。

纪亦珩这次回家能待得久一点。周五这天，他等到施甜下班后，接了她去往酒店。

"爸妈已经到了。"

"就是个生日嘛，在家过过就好啦。"

纪亦珩发动了车子："这可不一样，这是我们结婚后，你的第一个生日。"

俞临慧和纪爸爸早就到了，在酒店的包厢里已经忙活半天了。施甜推开门进去时，满面吃惊，包厢内一看就是被精心布置过的，俞临慧也不怕麻烦，气球都是她让纪爸爸一个人打的。

"妈，您不用这样大费周章……"

"一点都不麻烦，甜甜，你过来。"俞临慧拉着施甜的手来到旁边，那儿摆着一张长方形的桌子，用粉色带蕾丝边的桌布铺着，上面放满了礼物盒，满满的都是啊。施甜不用数，大概扫了眼，最起码得有二十来个。

"甜甜，你之前都没好好过过生日吧？没关系，以后每一年我们都给你过。这礼物都是妈给你补上的，你有多少个生日没有收过礼物，妈就给你补多少份。"

施甜听到这儿哪还受得了啊，伸手抱住了俞临慧就要哭："妈。"

"不哭不哭啊，过生日要开心。"

这事，俞临慧是瞒着纪亦珩的，就连亲儿子都没告诉。

"妈，你一下送这么多，让我的礼物怎么拿得出手？"

"那不一样，妈妈是妈妈，老公是老公，情意不一样。"

施甜赶紧用手背轻拭着眼眶："爸，妈，谢谢你们。"

"一家人不说两家话，先吃晚饭吧。"

俞临慧对她是真好，总念着她一个女孩子孤孤单单长大不容易，总是心疼她。施甜心里就跟塞满了蜜糖一样，就连吃口辣的菜，都能吃出甜味。

回了家，纪亦珩和施甜坐在床上一起拆礼物。

他也好奇啊，还不知道俞临慧都往里面塞了什么呢。

施甜第一个就拆到个贵重的："天哪，是周生生的锁骨链。"

纪亦珩也拆了个："这是什么？"

"手链……"

施甜拆到后面，都快不敢拆了："妈怎么准备了这么多啊？我不好意思……"

"她就喜欢女儿，你就满足满足她的心愿吧。"

礼物真是各式各样都有，有睡衣，有鞋子，最贵重的当数一只手表。

施甜将东西都小心翼翼地收起来，就连床上的礼物盒子都不舍得扔。

纪亦珩切了水果拿到阳台上，施甜搬了张椅子坐到他身边，将脑袋轻枕在他的腿上。

他手掌轻抬，掌心摩挲着施甜的后脑。

"纪亦珩，你当初为什么会喜欢我？你看上我哪点呢？"

纪亦珩很认真地想了想："觉得你很有趣。"

"哪里有趣？"

"你千方百计地混进去看我洗澡，还不有趣吗？"

施甜磨了磨牙，轻轻地在他的腿上咬："我都说了，那是意外！"

"但我记住你了。"

"好啊，等以后我要生了女儿，我就这么教她……"

施甜话说到一半，哎哟了声，纪亦珩手指在她脑袋上轻叩了一下。

"你打我，你不喜欢我了是不是？"

纪亦珩笑着，弯腰在她发上亲了口。他薄唇一点点移到她的耳朵边，嗓音轻而柔："我爱你啊。"

这道声音极具穿透力，穿过了施甜的耳膜，直击她的心脏。

她双手紧抱着纪亦珩的腿，嘴上挂了满足的笑："纪亦珩，我也爱你，就像你爱我一样，谢谢你给了我一个完整的家。"

纪亦珩的手指穿过施甜的发丝，没有说话，她以为他没听到，又开了口。

"谢谢你，我最好的爱人。"

（全文完）

番外　好久不见

车子到了小区的门口，就不能进去了。

徐子易给了出租车的钱，然后从后备厢内提了大包小包的东西下去。

门卫将她拦下来，登记得清清楚楚后这才放她进去。

小区内有很小的孩子在踢球，不远处的喷泉池边也有三五成群的人聚在一起说话。徐子易找到了施甜家所在的楼层，按响门铃。

透过门板徐子易能听到一声尖锐的叫喊声："纪予甜，你再把家里弄得这么乱，我揍你！"

施甜穿着拖鞋跑到门口，一把将门拉开，看到了徐子易。

她赶紧扑上前抱住徐子易："哎哟，你总算来了。"

徐子易忍俊不禁："你家宝贝这么大能耐啊，把你折腾成这样。"

"别说了，你看我气得有没有老一岁？"

"没有，没有，美着呢。"

徐子易进了屋，换上拖鞋，将手里的东西都放到地上。

"甜甜，过来，看阿姨给你买什么好玩的了？"徐子易拿了盒玩具走过去。电视柜上有个收纳箱，里面都是施甜刚收拾好的东西，纪予甜小手拉着边缘处，一用力就将收纳箱拽倒了。

哐啷啷——

里头的东西全部撒出来，一个不剩。她知道闯祸了，后退两步后朝着徐子易飞快跑去。

施甜轻拍一下额头，纪亦珩从主卧走出来："怎么了？"

徐子易跟他打声招呼。纪亦珩快步过去，看眼施甜的脸色："你先招呼朋友坐吧，我来收拾她。"

纪予甜抱着徐子易送的玩具，爱不释手："谢谢阿姨。"

"不客气，宝贝儿。"

纪亦珩将女儿抱起来，看着满地狼藉的客厅，拧起眉头："又惹妈妈生气了是不是？"

纪予甜年纪小小，却会察言观色得很，眼瞅着纪亦珩好像生气了，赶紧伸出胖乎乎的小手在他眉毛上划拉："爸爸不气，宝宝错了。"

这小表情再配上一把软糯糯的嗓音，纪亦珩不投降才怪呢。

他拍了拍纪予甜的后背："那下次可得当心了。"

"好。"

施甜轻摇头，这明摆了就是故技重施，而且屡试不爽。可谁让纪亦珩是女儿奴，看不得这个宝贝掉一滴眼泪？

纪亦珩抱着女儿到阳台上去逗狗，他们已经搬到新家来住了，客厅也比之前的房子要宽敞不少。

施甜给徐子易泡了杯果茶，两人在沙发上坐下来，施甜踢了下脚边的玩具，懒得收拾。

"蒋思南和小玉下周过来，到时候我们再聚聚吧？"

"好啊，"徐子易欣然答应，"特别想她们。"

工作场上很难交到知心的人，之前的朋友情也就越发显得弥足珍贵了。

"子易，你最近还忙吗？"

"嗯，一直都忙。"

"你现在已经是电视台的新闻主播了，这一路走来，真的不容易。"

徐子易真是凭着自己摸爬滚打着过来的，生活一次次陷入绝望，都让她挺过来了。

"你也很好。"

施甜拿了水果给她，徐子易将手伸过去。

"当初你替羚羊挡了那么一下，他真该谢谢你一辈子的。"

这么多年来，徐子易还是第一次从别人嘴里听到这个名字。

这么多年来，她从未忘记这三个字，它成了她坚持不下去时支撑着她的唯一信念，却也成了她午夜梦回时最可怕的梦魇，触及得。

徐子易故作轻松地道："都是过去的事了，他现在挺好的吧？"

"四处演出去了，交了个女朋友，是拉大提琴的。"

时隔这么久，徐子易却还是有撕心裂肺的疼痛感，她拿着水杯的手颤抖了下："多般配啊。"

"也算是兴趣相投吧，"施甜淡淡地说道，"他当初要是挨了那么一下，手肯定就废了。"

可不是吗？

只要到了阴雨天，徐子易受过伤的地方就开始隐隐作痛。

她满脑子都是韩凌阳女朋友的样子。一个是弹钢琴的，一个是拉大提琴的，这才叫匹配。

徐子易在施甜家里吃过了中饭，一直到下午时分才回去。

她难得有休息的时候，还想着回去睡会儿。

施甜将她送到小区门口，看着她上了车后，这才回家。

走进客厅，她看到纪亦珩正在看手机，女儿在他怀里已经睡着了。

施甜放轻了脚步过去："要不要抱床上去睡？"

"没事，我抱会儿。"

纪亦珩明天就要出门，可舍不得，他弯腰在女儿的脸上亲了口。

施甜在他身边坐定下来，纪亦珩端详着怀里的宝贝："看她这么闹腾，估计是一个人在家太无聊。"

"什么时候一个人了？明天送去爸妈家，她不要太能玩。"

"要是有个弟弟或者妹妹呢？"

施甜瞪了纪亦珩一眼："你怀啊？"

"辛苦老婆了。"

眼看着纪亦珩的脸凑向她，施甜赶忙用手推他："少来。"

"我明天就要出门了。"

好吧好吧。

施甜看他可怜，嘟起小嘴要亲过去。

纪亦珩的下巴被一只小手给打中，怀里的女儿挣扎一下坐起来，施甜赶紧捂住嘴。

纪予甜凶凶地盯着两个人，纪亦珩摸了摸下巴："为什么打爸爸？"

"不能亲亲！"

"为什么不能亲亲？"

纪予甜圈住了他的脖子，将小嘴凑到纪亦珩嘴边吧唧吧唧两大口："只能宝宝亲。"

什么？

施甜怒了，这是要跟她抢人了啊！这是她老公好不好？

施甜就要凑过去，可女儿眼里有敌意啊，伸手将她的脸给推开了。

好嘛，这是情敌无疑了。

徐子易录完节目走出去，有些心不在焉地接了家里的电话。

经过一间休息室，有钢琴声传到耳朵里，徐子易不由得驻足，不知道为什么，她听到琴声就总是会想到韩凌阳。

她鬼使神差地推开了那扇门，一个挺拔的背影出现在眼中。

旁边的同事冲她招招手："录完了？"

"是啊。"

琴音戛然而止，那人转过身看她一眼，徐子易的目光定格在对方的脸上，居然真是韩凌阳。

她大吃一惊，韩凌阳率先打过招呼："好久不见。"

"是啊，是……好久不见。"

"你们认识吗？"

徐子易强自镇定："我们是同学。"

"对哦，你们都是东大的。"

"你……怎么在这儿？"徐子易轻问。

"他是我请来的嘉宾。"旁边的同事回道。

"那我不打扰你们了，慢聊。"徐子易退到外面，将门带上。

503

她怦怦直跳的心久久不能平复，没想到还能见到他。回了办公室，她什么文件都看不进去，心里一团乱。

快下班的时候，手机传来阵振动声，她拿过来看一眼，居然是韩凌阳的信息："有空一起吃个晚饭吗？"

徐子易知道她心里不该抱有半分幻想，可想要见一见他的念头却如此强烈，她犹豫片刻后，回了个"好"字。

她来到电视台的地下车库，韩凌阳将车子开到她身边，徐子易拉开车门后，大大方方地坐上去。

韩凌阳选了个吃饭的地方，就在电视台边上，他让她点菜，她也没有客气。

两人的话都不多，徐子易好几次话到嘴边，都咽了回去。

她想问问他好不好，但她知道，他一定是过得很好的。

"你现在还自驾游吗？"

"会，但是不经常，没那么多时间了。"

韩凌阳主动问了她工作的事，谁都知道她走到这一步有多难。

徐子易见他低下头看手机，目光才敢肆无忌惮地落在他脸上。他还是那个少年郎的模样，举手投足间还有些张扬不羁，那一双修长的手好看到无法用言语来形容。

韩凌阳猛地一抬头，徐子易的视线无处躲闪，她脸都红了，堪堪望向别处。

韩凌阳笑了笑，徐子易赶紧压下眼帘，他方才应该是在给女朋友回消息吧？

晚饭过后，韩凌阳将徐子易送回住的地方。

车子停在小区门口，徐子易朝他看眼："谢谢，再见。"

"再见。"

她推开车门下去，在关上门之前，鼓起了勇气说道："你结婚的时候，我送个礼物给你。"

韩凌阳明显怔了下："你听谁说我要结婚？"

"不是，你不是有女朋友了吗？"

韩凌阳想了想，一下就想到了施甜："小狮子说的？"

"是啊。"徐子易怕再留下来，会绷不住，忙将车门嘭地关上了。

她抬起脚步往前走，听到身后传来动静，韩凌阳落下了车窗："分了。"

"什么？"她转身看向他。

"早就分手了。"

徐子易噢了声，忙转回去继续往前走，她知道这个时候她笑出来是不地道的，可嘴角就是不受控制地轻扬了起来。

她的身影渐行渐远，韩凌阳看了半晌后，这才离开。

徐子易再度转身，见他的车在开出去，轻抬手臂挥了挥。

韩凌阳视线盯着后视镜，看到了她的动作，不由得跟着轻笑。